本間久雄日記

平田耀子 編著

松柏社

昭和 31 年 11 月撮影

奥村土牛画

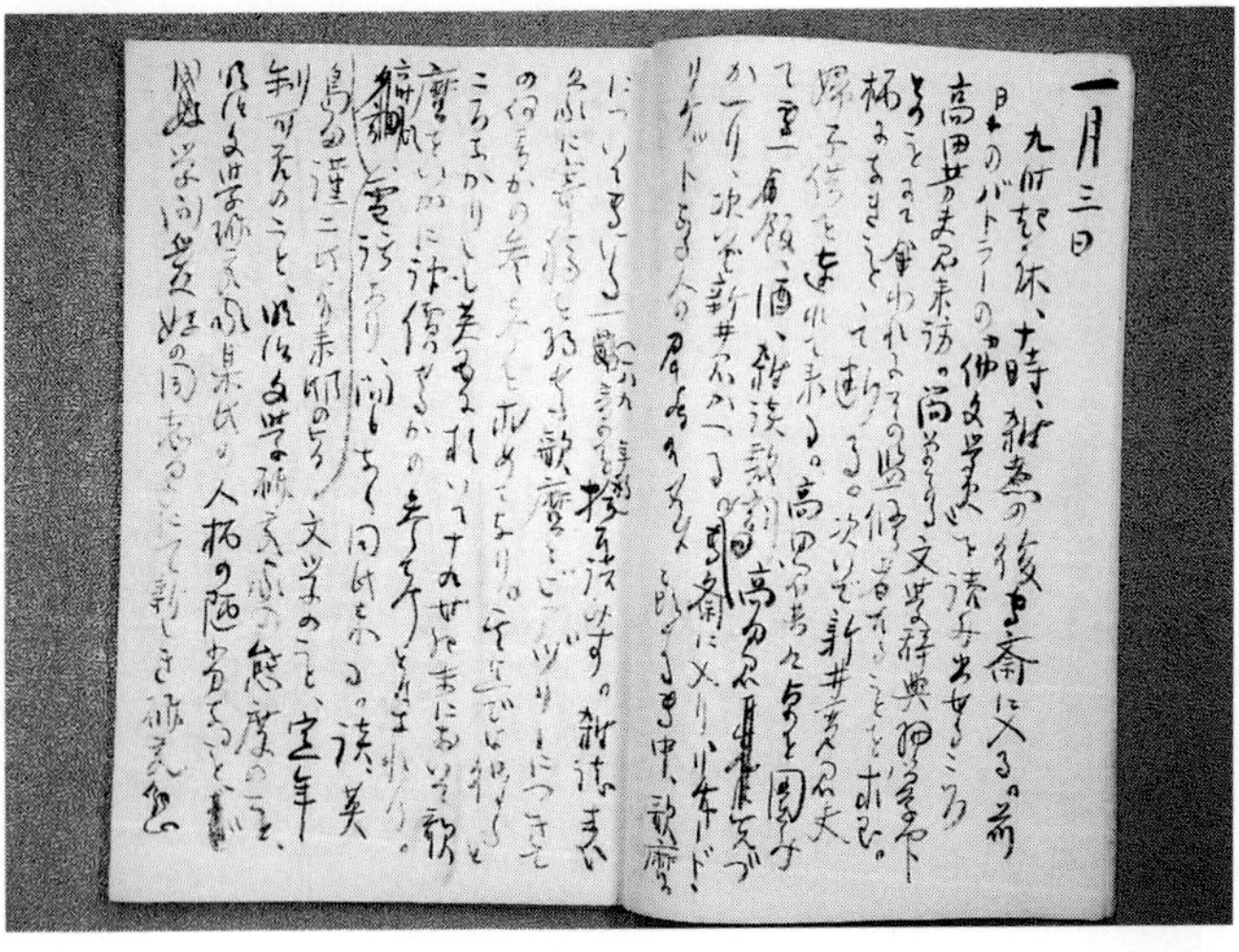
一月三日

日記（昭和 34 年 1 月 3 日）

はしがき

本間久雄が日記をつけ始めたのは、七〇歳で早稲田大学停年退職した二年後、昭和三四（一九五九）年元旦からであった。すくなくとも編者の手元にある「日記」は、昭和三四年元旦に始まり、三九（一九六四）年一二月末日に終わっている。

したがってこの「日記」は彼の九四年の長い生涯のうちでも、晩年の丸六年間のことにすぎない。しかし、明治、大正、昭和、という波瀾に満ちた日本の啓蒙時代を誠実に熱心に生きた人物の日常生活と思想表現の一つの貴重な記録になっているように思われる。

日記は、本間にとってもその日その日の出来事を忘れないように書き留めていく備忘録であった。そして、本間も寝る前の時刻に書くことが普通だったようで、出会った人々や出来事や自分の行動をたいてい要領よく書き留めている。しかし、日記には出来事の感想を書き添えることもできるし、関連した思い出話を書き留めることもできるし、出来事の他にも、研究資料メモをしのびこませることもできる。書き方も、日付と天候、その日の行動を二、三行で記すこともできれば、同じことでも事細かに感情を込めて記すこともできる。したがって、ドキュメンタリーにもなれば、エッセーにもなり得る。日記は、丁度パソコンでいえば、マイ・ドキュメントのようなもので、種々雑多なファイルをなんとなく一緒につめこめる便利さもある。

早稲田大学を退職して一年余、七二歳になった本間も友人、知人の訃報に接することが多くなった。そんな折に、一日一日を有為にすごし、その日の行動を反芻し、姿勢を正して記録することに格別な意義を見出したのであろう。また、その時々に念頭に浮かぶ思いを失われないうちに書き留めておきたかったのかもしれない。

日記を書くにあたって、本間は市販の日記帳や大学ノートのようなものは使わなかった。彼は半紙に毛筆で日記を書いたのである。半紙に毛筆で書くのが身近であった世代に属していた。坪内逍遙より贈られた近松机に正座して端渓の硯にたっぷり墨をすり、日記を書き始める。書きためた半紙がある程度たまったらきりで穴を開けて、反故紙でつくったこよりで綴じる。したがってこよりで綴じた一冊の長さもまちまちで、一つづり四〇枚にもわたることもあれば、ほんの四、五枚のこともあった。

こうして書かれた日記を読んでみると、本間久雄の個人的な生活や感情と同時に、彼が生きた時代のさまざまな領域にかんする膨大な認識が書き込まれていることに気がつく。昭和三〇年代の政治・社会情勢、当時の歌舞伎界や日本画界の動向、英文学界、近代日本文学界、比較文学界に活躍する学者たち、早稲田大学、実践女子大学、昭和女子大学、立正大学の関係者たち、はたまた本間の追憶のなかによみがえる坪内逍遙、島村抱月、徳富蘇峰、土方與志、そして「青鞜」の女性たち。

本間久雄は明治以来のいわゆる「奇跡の百年」の最後に位置する文人であった。山形県米沢市出身、坪内逍遙をしたって早稲田大学に入学、英文学専攻。のち同大学で教鞭をとり、停年後名誉教授となった。しかしはじめから象牙の塔にこもることなく、明治末から文芸評論家としての活躍をはじめた人である。『早稲田文学』を中心に、オスカー・ワイルド、エレン・ケイ、ウィリアム・モリス等の作品を翻訳、紹介する一方、大正年間から昭和初期にかけて、婦人問題、平和問題、教育問題その他を幅広く扱うジャーナリストとして、読売新聞，国民新聞、朝日新聞、中央公論などに寄稿し、ラジオ放送にも関与した。昭和初期からその活躍はアカデミズムに傾斜したかのように見える。昭和一一年には『英国近世唯美主義の研究』で博士の学位を取得、さらに明治文学の資料保存と研究評価にも力をそそぎ、『明治文学史』全五巻を完成し、晩年には比較文学の領域にも足を踏み入れた。同時に、文芸評論家としての意識を持ち続け、相変らず文化活動全般を視野におさめ、多くの歌舞伎評や、絵画評を発表し、書評や推薦文にいたるまで誠実で丹念な執筆活動を最後まで続けた。

その長い生涯を振り返ってみると、本間がつとめた役割は、日本の啓蒙時代の要請を引き受け、それに応え、さらに新たな領域に踏み込む仕事だったと言えるだろう。明治末から大正期、急変する状況に直面して個人が新しい人生観や価値観を模索しているときは、参考になるはずのヨーロッパの情報を提供することであり、その情報によって想像力を刺激された人たちの文学作品を整理し、大系づけ、学問研究の対象として明確化することである。さらに脱領域的な認識の必要を感じて、文学表現の研究に有効な比較の方法を探求するという作業に着手する。

晩年の彼の日記を読むと、そういう時代が課した役割を自分の人生のテーマと重ね合わせ真剣に生きた人物の気概が、横溢しているのを感じる。時勢の変化や人間関係の複雑さにとまどいながらも、ひたすら学問の絶大な可能性を信じてそれに情熱をそそぎ、恩師や友人、知人を尊敬し、学生たち、弟子たちに配慮し、家族を愛し、一刻一刻を大切に忙しい日常生活を送った、という意味で一つの時代の文化を代表する典型と言ってよさそうな人物だったことがわかる。この日記に表れる揺ぎない信念と気概、そしてそんなものに裏付けされたある種の明朗さ、明快さは、複雑で先の見えない不安のなかに生きる平成の人々にとってはなつかしく、そしていつの時代の人にとってもうらやむべきものであるかもしれない。

『本間久雄日記』の翻刻にあたって編者が直面した最大の困難は、そのトピックが明治末から昭和三〇年代にひろがり、扱う分野も英文学、国文学、比較文学、歌舞伎、日本画ときわめて多岐にわたり、しかもその内容が時としてかなり専門的である点である。学問大系が細分化している現代、各分野について充分な学識を蓄えることはほぼ不可能であり、それぞれの分野に関して行き届かないところも多々あると思う。お気づきの点をご教示いただければ幸いである。

今ひとつの困難は固有名詞の表記の問題である。戦後、丁度『本間日記』の時代と前後して、国語国字に関してさまざまな論議がなされ、当用漢字（現在では常用漢字）が制定された。その結果、多くの固有名詞が教科書や新聞のみならず専門的な文献でも新字体で表記されるようになった。しかし、近年固有名詞の表記に関する漢字使用制限が緩和され、正式名称表記に好んで旧漢字を使用する個人や団体が増える傾向にある。逆に、新聞などでは、新字体表記法がほぼ定着しているように思われる。一方では同じ固有名詞の表記法が出版の時期により、刊行物の種類によって異なるという現実があり、他方、『日記』の原文ではジャンルの性質上、誤記もあり、略字や異体字も使用されているという状況のなかで、固有名詞の表記に関して正確を期することは困難であった。本間久雄の研究対象である明治期の文人名や書名、適切と思われる場合には旧漢字を使用したが、他の固有名詞については、若い世代の読者のことを考慮して、原則として新字体を使用した。本文中、同じ名称が新旧両字体で表記されたり、個人名、団体名、書名等の表記法が正式なものでない場合もあると思われるが、この点に関してはお許しいただきたい。

『本間久雄日記』の公刊にあたっては多くの方々の御助力をいただいた。この「日記」の公刊を薦めてくださった今は亡き飛田茂雄先生、この日記の通読の労をお引き受けいただき、貴重な助言をいただいた野中涼先生。学問上のご教示をいただいた諸先生方、なかでも菊池俊彦先生、塚本康彦先生、池田和臣先生。有益な示唆やかけがえのない情報をくださった志賀謙先生、松野良寅先生、遠藤寛子先生、粟野博助氏。本間久雄研究の先達清水義和先生、内藤寿子氏。方法論的ご指導をいただいたD・E・ラスカム先生、常にご助言とお励ましをいただいた岸田紀先生。草稿のチェックや校正に御助力をいただいた笹部晃子嬢。困難な編集の仕事をお引き受けいただいた櫻井三郎氏。日記に出てくる人名その他の解読・識別、資料蒐集に協力してくださった本間久雄長女高津久美子氏（伯母）には謹んで感謝したい。氏の協力なしには多くの人名を識別することが不可能であった。本間久雄研究のために特定課題研究費の支給をお認めくださった中央大学、また、資料蒐集にあたってご助力いただいた中央大学図書館、早稲田大学図書館、同大学演劇博物館、実践女子大学図書館、昭和女子大学図書館、近代文学館に厚く御礼を申し上げる。また、かつて本間久雄の著書『歌舞伎』、『坪内逍遙』の二書を出版し、今回『本間久雄日記』の刊行をお引き受けくださった松柏社の森信久氏のご好意に深く感謝する。

最後に、私事であるが、本間久雄次女星川清香（母）、夫平田翰那、娘夫婦高橋修平・彩、そして本間久雄の末孫である亮平と昌平の名を、ここに記すことをお許しいただきたい。

二〇〇五年　初夏

平田　耀子

凡例

一、本文は原文にしたがって旧かなづかいとし、原文が漢文である場合や引用文、一部固有名詞等の例外をのぞき、漢字は新字体で表記した。著者自身の翻刻が公刊されている部分についてはそれを尊重した。
二、数字、カタカナ、ふりがな及びローマ字部分は原則として原文通りとした。
三、段落、句読点については、原則として原文通りとしたが、並記部分など、表記上特にわかりにくい場合には補った。
四、括弧については、原則として原文通りとしたが、「 」と『 』に関しては、表記上まぎらわしい場合には、補正した。
五、あきらかな脱字は〈 〉にて補い、あきらかに余分と思われる文字は《 》に入れた。
六、誤字と思われるものは、できるかぎり固有名詞は正字にあらため、それ以外は〔 〕内に正字を記した。
七、異例な表記には傍記〔ママ〕と付し、原文ふりがなと区別した。
八、解読不能の箇所は□とし、推測部分には〔?〕を付した。
九、原文中の空白部分は、〔 〕で囲み、だいたいの字数を・・・で示した。
一〇、原文中著者による削除部分はあえて翻刻しなかった。
一一、わかりにくい人名や書名に関しては註記した。その際、年号については、原則として和暦を用いたが、適宜西暦を補った。

目次

目　次

解説

凡　例

一、特定の人物にいくつか呼称がある場合、あるいは人名に幾通りかの書き方がある場合には、より一般的と思われる書き方に統一し、必要に応じて（　）内に他の呼称を記した。

二、同一人物にいくつかの職歴あるいは勤務先がある場合、出来る限り昭和三〇年代のそれを記載するようにしたが、特定が難しい場合には一般的と思われる職名あるいは、勤務先名を記した。

三、同一人物の活躍分野が多岐に渡る場合には、主たる分野、あるいは本間久雄にもっとも関係の深い分野を明記するよう心がけた。

四、人物名は姓名のわかる者に関しては原則として敬称略、その他の場合には本間が用いている称号を用いた。

五、年号に関しては、原則として和暦を用いたが、適宜西暦を補った。

一　本間久雄、人とその生涯

イ　坪内逍遙と島村抱月の弟子

本間久雄（一八八六―一九八一）は明治一九（一八八六）年一〇月一一日山形県米沢市越後番匠町に生まれた。祖父本間益美は上杉家おかかえの能役者で、ゆくゆくは久雄にあとをつがせるつもりで芸事をしこみ、芝居にも連れていった。久雄は、旧藩校興譲館であった県立米沢中学校で学び抜群の成績をおさめたという。明治三八（一九〇五）年卒業後、一九歳のとき、逍遙をしたって上京。当時「文学」の講座がある唯一の機関であった早稲田大学に入学。卒業とほぼ同時に著述活動をはじめ、『早稲田文学』、『文章世界』、『読売新聞』などに寄稿。主として自然主義の評論家として活躍する一方、ウィリアム・モリス、エレン・ケイ、オスカー・ワイルドの作品を翻訳・紹介する。のちに抱月のあとをついで『早稲田文学』の責任編集者となった。同時に大正デモクラシーの時代に評論家として新聞、雑誌、ラジオに活躍し、文学だけでなく、婦人問題や平和問題について論じる。同時期、ほとんど毎月の劇評に加えて美術評論をも執筆する。昭和初期からは研究者としての業績もあげ、英国唯美主義の研究で博士号を取得。明治文学研究の面でも膨大な著書を残した。それに加えて、一九世紀末の日英文化交流に関心を持ち、比較文学というジャンルの形成者のひとりとなった。逍遙と同じく長寿であり、その活動が多方面にわたり、没年まで現役で活躍していたという点では、本間は坪内逍遙の衣鉢をついでいるといえるかもしれない。

大正元年の早稲田大学校友会名簿によれば、本間久雄と同級、明治四二（一九〇九）年度英文科卒業生数は六二名の多数であった。そのなかで逍遙とこの米沢出身の能役者の青年を結びつけたのは、のちに親友となった同級生、逍遙の養子坪内士行と「芝居」に対する共感であったと思われる。明治末から大正にかけて逍遙の最大の関心事は文芸協会と演劇改良運動をめぐる活動であった。したがって逍遙のまわりの若人たちも当然演劇に関心を持っていた。坪内士行《つぼうちしこう》、池田大伍《いけだだいご》、島村民蔵《しまむらたみぞう》、東儀鉄笛《とうぎてってき》、楠山正雄《くすやままさお》らとともに、本間も歌舞伎へ招待にあずかり、明治末期から大正初期にかけて『歌舞伎』、『演芸画報』、『演芸倶楽部』等に演劇関係の文章を書くようになる。本間がのちに亡き抱月にかわって『早稲田文学』の編集責任を負うこととなった折に、その編集方針を相談したのも逍遙であった。師弟であるとともに、著者兼相談役と編集者の間柄となった本間と逍遙の交流はより緊密、頻繁となる。逍遙と本間との往復文書は一七〇余通におよび、逍遙は、愛用の近松机を本間に与える。

早稲田における本間のいまひとりの師は島村抱月であった。外遊から帰って間もない抱月の唯美主義の講義や、彼により復刊された『早稲田文学』（第二次）その他を通じて発表される文章は、多くの学生を惹きつけた。本間は抱月より卒論指導を受け、卒業とほぼ同時に、『早稲田文学』にほとんど毎月執筆するようになった。自然主義提唱の先端に立っていた島村抱月の影響を受け、『早稲田文学』も自然主義運動のひとつの舞台であったので、本間も自然主義運動の評論家として世に出た。『早稲田文学』のまわりに集った多くの若者のひとりとして本間久雄もまた、抱月によって啓発され、才能を開花させる機会を与えられた。

大学を卒業して間もない頃、逍遙、抱月がかかわった問題で、本間もまた関与し、彼に大きなインパクトをあたえたのが、第二次文芸協会にまつわる一連の出来事である。明治四二年、逍遙、抱月らによる第二次文芸協会の発足、女優松井須磨子の誕生、その須磨子と抱月との恋愛が発覚し、逍遙と抱月が決別する。抱月の早稲田大学辞職、逍遙の文芸協会会長辞任、第二次文芸協会解散、抱月と須磨子による芸術座結成とつづく。本間もまた、相馬御風らとともに芸術座を支援した。そして大正七年、事情により本間は『早稲田文学』の責任編集者の責務を負うこととなり、そのためか、抱月の死と須磨子の後追い自殺という事件とその事後に近しくかかわることとなった。この事件はエレン・ケイの書物や『青鞜』の女流作家との交流と同じように本間の女性観や恋愛観に影響を与えた。本間が早稲田大学で教鞭をとりはじめたばかりの頃であった。

ロ　大正時代のジャーナリスト

大正年間の『読売新聞』のゴシップ欄を見ると、他の文壇人と同じく本間についても、その講演予定はもとより、本間久雄が風邪をひいた、本間久雄が帰省した、本間一家が避暑に行った、転居した等々、本間の動静がまるでタレントなみに報道されている。もちろん、映像メディアの出現以前、出版ジャーナリズムの比重が今と比較にならぬほど大きく、プライバシーの観念も薄い時代であった。ジャーナリスティックな評論家としては脂がのりきって、当初の自然主義の評論家から脱皮し、扱うトピックも演劇、小説一般、文壇、芸術論、世界平和、労働問題、国語問題、教育問題、恋愛・結婚問題や性道徳等々、社会問題全般にわたり飛躍的にふえ、おびただしい量をこなすようになる。これはひとつには本間の交友関係の広がりによるものであろうか。

たとえば、吉野作造。本間は、大正一一年ころからは、ひろく平和問題、社会問題について『中央公論』などに発言をするようになる。婦人問題、社会問題もつきつめてみれば政治問題に還元されるという点で本間も吉野博士の活動に共鳴する部分もあったのであろうか。『早稲田文学』に「黎明会の設立を喜ぶ」の一文をのせ、「現代の青年を動かしつつある政論家、思想家吉野作造博士と與謝野晶子女史」の一文を『中央公論』にのせている。吉野作造は同年七月から八月にかけて日本人青年基督教会の招待で上海に滞在、そして本間も吉野の勧めでほとんど入れ違いに上海行。丁度関東大震災勃発の時であった。震災後、明治文化保存の重要性があらためて認識され、翌一三（一九二四）年に吉野等の明治文化研究会が発足したが、本間は参加していない。おそらく、本間にとっては、まず逍遥による文化保存プロジェクトを遂行することが先決だったと思われる。

そして島田青峰《しまだせいほう》（一八八二―一九四四）や徳富蘇峰（後述）の知遇を得たことも、本間のジャーナリスティックな活動の幅を広げたものと思われる。大正一四（一九二五）年より、本間は『国民新聞』学芸部の特別寄稿者となり、同紙に毎月二、三回主として劇評を執筆している。大正末期、『読売新聞』、『みやこ新聞』にも時折寄稿し、昭和にはいって飛躍的に部数をのばした『東京朝日新聞』にも執筆する。大正一四年七月東京放送局のラジオ放送が開始されると翌一五（一九二六）年三月二二日、本間はさっそくラジオ放送、『婦人講座』で「物の哀れ」を講じている。

八　学者への道

そんな本間にも昭和三（一九二八）年早稲田大学留学生として留学のチャンスがやってくる。イギリス留学中、オスカー・ワイルド、ラファエル前派、そして、とくに日本の浮世絵がイギリスの絵画運動に多大な影響をおよぼしたことに大いに興味をいだいた。ワイルドの遺児にも会い、ワイルド関係屈指の資料を手に入れ、帰国。この資料をもとに、本間は、昭和九（一九三四）年博士請求論文『英国近世唯美主義の研究』を刊行し、昭和一一（一九三六）年に博士号を取得することになる。イギリス留学を終えて帰国した昭和四（一九二九）年秋にはシリーズで倒叙英文学講座を放送。本間は文化や社会問題に関して、かなり広くコメントできるジャーナリスティックなセンスをもつ評論家であり、同時にマスメディアの世界で知名度があり、広いインテリ大衆に対して特定の学問領域の講座を担える学者でもあった。

大正年間、ジャーナリズムの世界でのびのびと健筆をふるっていた本間の執筆態度は、徐々に変化をみせる。同じく多量の記事を書いたが、そのテーマからは、時事問題的なものは影をひそめ、より狭くよりアカデミックになる。外遊から帰った本間は、外国で得た知識、体験について多くの記事を書くが、婦人問題に関係するものはほとんど姿を消す。そのかわり、昭和年間になって多くなったのは美術雑誌への寄稿であった。『美之国』、『美術街』、『塔影』などに、森田恒友《もりたつねとも》について、川合玉堂について、堂本印象について文人の立場からコメントし、海外における浮世絵の影響について紹介する本間の記事がみられる。とくに昭和一〇年頃からは、その著作物は、時折の美術評論を交えて、ほとんど歌舞伎と明治文学のそれに終始する。

二　戦争

この著述傾向は、意識的、無意識的に自衛本能が働いたためかもしれない。昭和初期の頃から段々と世相が暗い時代になってくる。本間が洋行した翌昭和四（一九二九）年、ウォール街の大恐慌がおこり、その余波は世界中にひろまり、日本でも昭和恐慌を引き起こした。軍部は台頭し、大正一四（一九二五）年に成立した治安維持法はますます強化され、早稲田大学内でもその影響がひしひしと感じられるようになった。早くも昭和九（一九三四）年には帆足理一郎にたいする治安維持法、出版法違反告発が右翼によりなされる。昭和一五（一九四〇）年の文学部教授津田左右吉《つだそうきち》出版法違反事件と、つづく彼の大学辞任は社会に大きな波紋を引き起こした。同年、親しかった文学部教授西村真次の著書に対して、文部省による絶版勧告がなされる。つづく一六（一九四一）年には京口元吉がその自由主義的な講義内容により警視庁から忠告を受け、彼もまた辞任に追い込まれた。そして同じ年、『国民新聞』の文芸担当主任をしていた頃からの友人島田青峰が治安維持法違反容疑で検挙され、早稲田署に留置される。体調をくずし、仮釈放されたが、その後健康を回復しないまま他界。本間自身検挙されることはなかったが、特高は彼のもとにも訪れている。

戦時中本間はもっぱら、より「安全なテーマ」である歌舞伎や明治文学について著述活動をつづける。昭和一八（一九四三）年一〇月には『続明治文学史　上巻』を刊行。昭和一〇（一九三五）年『明治文学史　上巻』が刊行されてから八年目、シリーズの第三冊目であった。昭和一九（一九四四）年六月には『改稿文学概論』が、一〇月には『五十嵐力博士記念論集・日本古典新攷』が刊行された。

昭和一九（一九四四）年、年末頃から日本本土爆撃が激化する。本間にとって一番の気がかりは苦心して集めた研究資料であった。行李につめてできるだけ田舎に送った。本間自身、とうとう八月一五日の終戦まで疎開しなかったのは、家に残した資料が心配であったからであるらしい。だがそれらも、翌年五月、終戦前最後の東京大空襲の際、小石川の本間の家とともに消失。

ホ　戦争が終わって

六〇歳に近い本間が、戦後まずしなければならなかったのは、生活基盤の立て直しであった。平和な時代であるならば生活も安定し、そろそろ老後を考える年頃であるが、当時の多くの日本人と同様、この年で人生の再出発をせまられたのである。焼け跡に家を建て、失われた研究資料を買い集めることからはじまった。最重要の資料は無事であったとはいえ、日常的に使っていた参考文献とか、自著とかは失われ、新たに注文したり、古書店を通じて買いなおさなければならなかった。そんななかで、『近代作家論』、『歌舞伎（研究と鑑賞）』、『新訂明治文学史　上巻』、『文学概論・改訂版五版』、『婦人問題（その思想的根拠）』等々が刊行された。明治文学に関する研究も精力的に行い、それらを新たに創刊された『明治大正文学研究』誌上で次々と発表し、昭和三三（一九五八）年には『続明治文学史　中巻』を刊行している。昭和二六（一九五一）年近代日本文学会（現、日本近代文学会）が設立され、その会長に推される。この頃から、明治文学に関するものと同様、「逍遙とシェークスピア」とか「相馬御風とロセッティ」というような比較文学的な論考も目立つようになる。昭和二〇年代から新制大学に生まれ変わった早稲田大学で昭和二六（一九五一）年から本間が担当した科目は、「文学論」、「英文学主潮（一）」、「日本現代文学思潮」、「近代イギリス批評史」、「英文学文献研究（一）」、「英文学演習」等であった。昭和二〇年代前半より一時期、日本女子専門学校や昭和女子大学でも講師をつとめる。そんな本間も昭和三二（一九五七）年に停年をむかえ、早稲田大学を退職する。

へ　停年、そしてその後

本間にとって、停年がもたらしたあきらかな違いは、満七〇歳になったということと、肩書きが早稲田大学教授から早稲田大学名誉教授に変わり、昭和三三（一九五八）年には、職場が実践女子大学になったということであった。当時、実践女子大学の他にも昭和女子大学、立正大学でも講師をつとめていた彼は、相変わらず教壇に立ち、相変わらず研究にいそしみ、相変わらず雑用に追い回された。昭和女子大学、つづいて実践女子大学を退職するが、昭和三八（一九六三）年には大学院創設に関連して、本間は立正大学の教授となる。昭和三九（一九六四）年「明治文学史」の最終巻『続明治文学史　下巻』完成。昭和四九（一九七四）年立正大学を退職した後、昭和五二（一九七七）年九〇歳の時、明治文学史に関連して長年蒐集した資料のうち肉筆のものを選び丁寧な解説をつけた『明治大正文学資料　眞蹟図録』を刊行した。その後も現役で研究や講演活動を行い、昭和五六（一九八一）年六月一一日永眠。享年九四歳。

二　『日記』とその時代

（一）時代背景

日記が書かれた昭和三四（一九五九）年から三九（一九六四）年という年は、今考えてみれば、ある時代から他の時代への分岐点となる重要な年であったかもしれない。

昭和三四年から三五年にかけて、通年世論は安保条約改定に揺れ、一一月にはとうとうデモ隊が国会に乱入、翌年には死者まで出すさわぎとなった。物情騒然としたなかで結局は新安保条約が成立したが、岸信介内閣は総辞職。混迷した政治情勢のなかで三五年七月には岸刺傷事件がおこり、一〇月には社会党委員長浅沼稲次郎刺殺事件がおこる。三四年、最高裁は松川事件の有罪の原判決を破棄、三八年最高裁で、松川事件再上告審で検察側の上告を棄却、被告全員の無罪が確定した。昭和三四年には、明治以後最大級の伊勢湾台風が本土をおそい死者五〇〇〇名を出す。同年、皇太子（今の今上天皇）の御成婚がマスコミをにぎわし、昭和三九年東京オリンピックの開催がきまった。日本経済はこの頃から高度成長期にはいる。暗いニュースもあり、戦争の痛手を引きずりながらも、明るい未来への希望と活力を感じさせる年でもあった。

生活面では、マイカーが登場し交通量が増加したが、道路整備が間に合わず、運転マナーも確立しないなかで、交通事故が跡を絶たなかった。東京では、省線（JR山の手線）の朝夕のラッシュの混雑はすさまじく、その解消策の一環として地下鉄が建設され、三四年頃までに銀座線と丸ノ内線はほぼ全線開通した。路面電車は衰退の方向にむかうが、張り巡らされた都電網は、依然として都民の便利な足であった。テレビは急速に普及し、電話も普及に向かったが、電話のない家も多く、まだまだ電報が幅をきかせていた。家庭電化が進む一方、家事手伝いの人手が少なくなった。便利な電化製品が普及しはじめる一方、「舶来高級品」はまだまだ手に入りにくく、人々の「物」への渇望は強く、この頃より拝金主義的傾向が強まった。週刊誌ブームが起こり、次々と新しい週刊誌が創刊された。文化面では、伝統文化保護育成のための国立劇場の必要性が叫ばれ、他方国語審議会による新かなづかい、漢字制限の動きは識者の間で種々の論議を呼んだ。伝統的な生活様式と「物」・「金」への欲望がぶつかり合い、新旧の価値観がせめぎ合い、社会全体がダイナミックな変容を遂げていく時代であった。

こんな生活・文化の変容は大学の場でも感じられた。大学も少数の選ばれたものの学舎であることをやめ、多くの若者に高等教育を受ける機会を与える場となった。大学の数もふえ学生の数もふえた。特に文学部では女子学生が急増し、「女子大生亡国論」も飛び出した。学生の側では、大学とは学費を払って卒業という資格を得るところであり、大学とは学生にわかりやすく学問を与える一種のサービス産業である、という意識が生まれつつあった。教員の側でも、教員もまた被雇用者であり、金銭と交換に自分が獲得した知識を学生に与えるのであるから、教育に携わるものもまた労働者であるという意識からであろうか、この頃教員の労働組合が多くの学校で組織された。一方、大学教授は、学問上至高の高さに達し、師としてその学問を学生に伝授するのであり、学生は教授の教えを授かり自らの努力でそれを自分のものにしなければならないという考え方も依然として存在した。理屈はどうであれ、当時の早大生も時たまの「休講」を喜び、早慶戦の折には自主休校をして、神宮球場に駆けつけた。教授も、「休講」に対してさほど罪悪感を感じず、すばらしい講義はするが、最高の授業ができない状況の時、あるいは他に重要な用事がある時に休講することに対してさほど罪悪感を感じなかったようである。

（二）本間の行動半径

昭和三〇年代、本間が活動した場所はほとんど東京二三区内であり、それも渋谷界隈、早稲田、新橋から日本橋近辺、神田、上野界隈であった。東京以外では時折熱海や米沢を訪れた。

イ　渋谷近辺

本間が当時よく訪れた場所のひとつは職場の関係上渋谷近辺であった。当時渋谷にあった実践女子大学はＪＲ渋谷駅から徒歩、当時大崎にあった立正大学にはＪＲ五反田駅から徒歩、世田谷区太子堂にある昭和女子大学は渋谷よりバスあるいは東急玉川線に乗り三軒茶屋駅より徒歩で通った。これら三つの大学のほぼ中心が渋谷駅。駅上の東横百貨店（現東急デパート）はよく利用した。ここの画廊の展覧会をよく訪れ、実践女子大学六〇周年記念行事の一環として『近代女性文化展』もここで行った。デパートの向かい側には東急会館があった。会館食堂街の永坂更科支店で本間はよく昼食にそばを食し、会館一階のユーハイムでは朋輩としばしばお茶を喫した。会館内ゴールデン・ホールも、よく利用された。この地は初台に住む長女久美子宅ともほど近く、高津一家との待合せにもよく使われた。そして渋谷界隈の美術関係店とも親しくなり、駅前の松本画材店や道玄坂上の古美術商石橋南洲堂は足場がよく、時々立ち寄った。

ロ　早稲田大学近辺

文京区雑司ヶ谷（現目白台）の自宅から胸つき坂を下ると早稲田通りにぶつかり、向かい側には都電の車庫があった。大学へは徒歩で通うのが便利であったが、時折タクシーを利用することもあった。早稲田大学のキャンパスは理工学部をのぞいて政治経済学部、商学部、法学部、文学部、教育学部が早稲田の地にコンパクトにまとまっていた。退職後も本間がよく利用した図書館は現在では当時の建物のまま会津八一記念館となっている。演劇博物館（演博）は当時も今もかわらず。国劇向上会、のちには逍遙協会の理事や代表をつとめたこともあって、本間は足繁く同館を訪れた。

現在すっかり様変わりしたのが大隈会館の一角である。旧大隈重信邸とその庭園であった大隈会館一帯は大戦で焼失。戦後庭園をのぞむ新たな和風建築が建てられ、当時教職員クラブとして使われていた。教職員がつどい食事をし、そのホールは各種の催しや卒業生の結婚式場として利用された。昭和二七（一九五二）年に寄付により庭園に移築された合掌造りの建物完之荘は建築的に価値ある建物であり、この建物もまた小会合によく利用された。

ハ　新橋、銀座、京橋

本間がよく訪れた場所はたまたま地下鉄銀座線の沿線にあった。自宅から中央へは東京駅行き、新橋行きのバスが通っていたが、タクシーを利用することもあった。時折本間は地下鉄でこれらの地域と職場との間をとんぼ返りした。新橋駅からよく行ったのは芝（現・西新橋）の東京美術倶楽部。ここでは美術品、書画の売り立てが行われた。銀座からは歌舞伎座と新橋演舞場。京橋では画廊の兼素洞をよく訪れ、ついでに日本橋寄りの富田で表装の裂地《きれじ》を求めたり、銀座界隈の他の画廊を訪れたりした。渋谷東横百貨店と同系列の日本橋の白木屋には画廊関係の知人もあり、時々訪れた。当時、デパートはおしゃれな場所であり、本間夫妻は日本橋からほど近い三越本店にお帳場を持ち、買い物に、食事に、展覧会によく訪れた。

ニ　神田、上野

このあたりは、昭和三〇年代当時、都電が便利であった。よく利用した道筋のひとつは、上野方面であった。自宅に近い江戸川橋始発、須田町行きの都電に乗ると上野、末広町、黒門町を通った。勤務先渋谷からは、地下鉄銀座線が末広町、御徒町、上野を経由した。黒門町の古書店、文行堂、広田書林をよく訪れ、展覧会など催し物があると上野松坂屋へも足をのばした。上野松坂屋からは湯島へも一足であった。上野公園は本間が学生の頃から桜の名所であり、博物館や美術館を擁し文化の中心であった。山上のレストラン上野精養軒は古くからのレストランで、そこから見下ろす不忍池の景観は遠く明治・大正時代への郷愁をさそい、本間夫妻はこのレストランを会食に使った。

末広町からは、都電小川町乗り換えで神田古書会館や神田古書店街方面へも便利であった。古書店街、および古書会館へは、自宅から早稲田あるいは江戸川橋まで出て、そこから都電に乗ると神保町まで一本であった。

ホ　熱海、米沢

熱海といえば、常に双柿舎であった。大正九（一九二〇）年に完成したこの屋は逍遙の終の棲家となった。逍遙夫人の没後、早稲田大学に寄贈され、関係者は宿泊をすることもできた。逍遙記念行事がここで行われることもあったし、本間自身、その昔折に触れこの地に逍遙を訪れたので、ことさらなつかしく、時々ここに宿泊し、近くの海蔵寺の逍遙の墓に墓参をした。熱海に来ると、天神下在住の妻美枝子の叔父高橋龍造と叔母七海ウンを訪れた。

生地米沢へは、本間も妻美枝子も法事その他所用で、時々訪れ、出身校県立米沢中学（昭和三〇年代には興譲館高校）創立七五周年記念式典に招待され講演を行った。

(三)　昭和三四―三九年、本間久雄の活動

昭和三四（一九五九）年から三九（一九六四）年末までの本間久雄の活動を見ると、昭和三四年度は、学内外で記念行事等々が多く雑事に翻弄された一年であったことがわかる。昭和三五年三月にて昭和女子大学を退職、宿願であった「明治文学史」の最終巻『続明治文学史　下巻』の完成のためより多くの時間を割けるようになった。三五年には肺気腫を、三八年には目を患うなどの障害を克服し三九年半ばに生涯の大著「明治文学史全五巻」を完成、その後はふたたび外的な活動にも多くの時間を費やすようになっている。

イ　昭和三四（一九五九）年

この年、継続的に従事していた活動は、授業以外には、三三年に刊行された『続明治文学史　中巻』の続編『続明治文学史　下巻』をまとめるための研究を行うことであった。その他には『芸術生活』に毎月一編を連載し、時折『日本経済新聞』、『歌舞伎筋書』、『表象』等に寄稿した。この年に本間が従事した催しとしては、まず、実践女子大学六〇年記念事業の一端として渋谷東横百貨店にて五月初旬に『近代女性文化「女性の歩み」展』を企画し、同記念講演会にて講演を行うこと。ついで五月二二日の坪内逍遙生誕百周年記念行事に携わり、かつ自著『坪内逍遙』を刊行すること。一〇月には山田美妙《やまだびみょう》五〇年祭に関する行事に携わることであった。その

他には、昭和女子大および立正大学の学園祭にそれぞれ資料を貸し出したこと、森田恒友展出陳のために東横画廊に書画を貸し出したこと、プライベートなことでは、ながらく関西にいた弟国雄が東京に居をさだめたこと、故郷米沢で本間の所有していた土地の売買をめぐって訴訟がおこったこと、などであった。このうち、特に大変であったのが実践女子大学六〇年記念事業、および坪内逍遙生誕百周年記念事業であった。

実践女子大学の『近代女性文化展』の実現のために本間は多大な努力を払った。かねてからの友人、当時東横傘下にあった日本橋白木屋の宣伝部に勤務していた日本画家、三木正寿（後述）を介して東横百貨店宣伝部小松原氏に企画を持ち込み、実践側の担当理事伊藤氏との橋渡しをしたのである。ただし、実際の展覧会の企画考案、展示品の調達はほとんど自身で行った。所蔵の品々を出陳し、関係ある古書を古書店に注文するばかりでなく、知人の応援を求めたのである。画家の木村荘八未亡人には、木村曙の著書の出陳を請い、昭和二九（一九五四）年文化勲章受章者となった鏑木清方には書簡を送り、旧来の知己であり、本間久雄著『自然主義及び其以後』（東京堂、昭和三二年）において口絵の本間久雄像と見返しを担当し、昭和三七（一九六二）年に文化勲章受章者となつた奥村土牛（後述）や、本間家の来客のひとりであった新井勝利（後述）らには、絵画資料の提供を懇請し、女性史上の人物としては、歌人、柳原白蓮《やなぎはらびゃくれん》（一八八五―一九六七）を訪問し、平塚雷鳥（一八八六―一九七一）にも面会を申し込んだ。早稲田大学演劇博物館、『女学雑誌』の発行者であつた巌本善治の娘、実践女子大学校友会長中野静子、竹柏園主佐佐木信綱（一八七二―一九六三）とその息治綱（一九〇九―一九五九）には文書資料を、随筆家、慶應幼稚舎教諭の吉田小五郎（一九〇二―一九八三）には蒐集品の明治期石版画、慶應義塾塾史編纂部の昆野和七には福沢諭吉著書類の貸与をそれぞれ懇請した。そして展示資料がほぼ確保されると、今度は、宣伝ポスターの印刷、資料説明書等々、細かな雑用がひかえていた。

五月五日から一一日まで開かれた展覧会は成功裏に終わるが、当日まで展示ミスなどもあり、本間は日記をつけるいとまもないほど多忙であつた。

はからずも、『近代女性文化展』とほぼ時を同じくして早稲田大学演劇博物館主体に行われたのは、坪内逍遙生誕百年祭の行事であった。演劇博物館理事のひとりとして本間はこの事業にも積極的に関与した。昭和三四年一月二三日、及び同三月一四日、早稲田大学演劇博物館における逍遙生誕百年祭準備委員会開催。五月二二日坪内逍遙誕生の日、早大共通教室にて生誕祭式典挙行。翌二三日、日比谷図書館小講堂にて逍遙百年記念学術講演、本間も演壇に立つ。五月二八日には逍遙終焉の地熱海で逍遙生誕百年祭開催、一時より記念講演会、本間も講演者のひとりであった。本間はまた、逍遙生誕百年を記念して、これまで逍遙に関して書いた論文を一冊の本にまとめようと企画した。大部分旧稿に手入れしたものであるが、この書のために書き下ろした「役の行者と近代絵画」に関しては、早大図書館から多数の書物を借り出し新たな考証をし、前々年文化功労者に選ばれた洋画家中沢弘光や、昭和三四年度文化勲章受章者となった日本画家川端龍子を訪問、取材している。

ロ　昭和三五（一九六〇）年

昭和三五年は、本間にとって前年より研究に没頭できた年であった。一月に同郷の師五十嵐力を祥月命日にちなんで追慕する集まりに出席し、和敬塾で講演を行った他、三月の学年末まで特別なイベントはなく、三月に三年の講師生活にピリオドを打ち昭和女子大を退職して、時間的に楽になりゆとりをもてたせいであろうか。『芸術生活』の執筆は毎号つづき、時折『歌舞伎座筋書』にも執筆している。その他依頼を受けて本の序文や推薦文を書き、講演も四月に沙翁生誕記念の講演を実践女子大で行い、同校夏期講習会でも講演を行っている。この年は東横で吉川霊華《きっかわれいか》展が行われ、本間所蔵の霊華作品の何点かが出陳された。六月の昭和祭の近代文学展にも出陳のため所蔵品をいく点か貸与している。この年『早稲田文学』時代よりの知己、教育学の原田実が古稀をむかえた。歌舞伎、芝居、展覧会行は相変わらずであったが、総じて静かで学究的な年を過ごしたといってよい。ただし、呼吸器系が弱く、肺気腫をわずらったことは、その後の体調不良のもととなった。

八　昭和三六（一九六一）年

風邪、そして肺気腫の発作からはじまった一年であったが、この年も研究にいそしんだ年であった。『続明治文学史　下巻』を書き進めるかたわら、『芸術生活』には毎号寄稿し、『演劇百科大事典五巻』中「冥途の飛脚」、「マンフレッド」の項、青少年用の読み物『アーサー王物語』、『国文学　解釈と教材の研究』のための「シェークスピアと日本文学」、などを著述している。五月二二日の逍遙生誕の日には講演を行い、六月には立正大学でも講演を行っている。同じく六月には松竹歌舞伎審議会に出席。この年古稀をむかえた旧同僚には、伊藤康安、増田綱、谷崎精二がおり、他界したものには青野季吉があった。六月末より一〇月初旬まで日記を休んでいるが、その間九月、米沢興譲館創立七五周年記念式典に列席して、記念講演を行った。

二　昭和三七（一九六二）年

この年も実践女子大と立正大学二校で教え、『芸術生活』に寄稿し、『続明治文学史　下巻』の執筆にいそしんだ。ただし、この年の日記では五月一六日から八月一六日の部分が欠けている。「日記を休んだ」という記述もみられないところから、この部分は喪失したのかもしれない。歌舞伎見物では、この年は早大八〇周年記念行事の一環として大隈重信を主題とした石川達三作『人生百二十五年』という出し物があった。絵画について、この年は所蔵の鷗外書翰他を鷗外遺墨展に貸し出した。五月には退職した昭和女子大にて「国語問題特別講演」を行い、同月笹淵友一恩賜賞祝賀会が盛大に行われた。八月末には亡母の法要のため米沢に数日滞在。

ホ　昭和三八（一九六三）年

『芸術生活』の寄稿がなくなり、推薦文、序文を時折書くのみで『続明治文学史　下巻』の執筆に時間をかけることができた。ただし、日記は一月一九日より七月六日まで欠。この部分も喪失かもしれない。この年実践女子大学を退職して客員教授として同校出講。大学院設置にからんで立正大学教授となる。本間家にもこの頃までにテレビが入り、相撲観戦を楽しんだ。七月頃世間を騒がしたのは早大法学部一又教授辞職事件で、母校ということでこれについて本間も大いに関心をもった。ブリジストン美術館のターナー展にちなんだ講演、山一ホールにおける日本浮世絵協会主催の講演を行った。本間にとってこの年のビッグ・イベントは坪内逍遙の案山子画讃、森田恒友の版画集会津風景五葉を求めたことであった。眼病を患いながら明治文学史の執筆続行。同年後半には酒田の本間美術館の本間祐介より依頼を受けた管原白龍屏風の調書作成、翌年一月に完成した。

へ　昭和三九（一九六四）年

一月の主な出来事は白龍屏風の調書を本間祐介に手渡したこと。翌月より『日記』は中断。六月三日に『続明治文学史　下巻』の原稿を東京堂に渡し六月五日より『日記』を再開している。一〇月二六日、本ができるまでは、校正に追われ、一二月一七日出版記念会までは出版関係者の労をねぎらい、記念会の準備に時をすごした。大作を完成して心のゆとりができ、この年後半は『実践文学』の「『明治文学史』後記（副題　ペイタアと私）」その他を執筆する他、多彩な活動をした。昭和女子大『学苑』のシリーズ、坪内逍遙研究の座談会、日本演劇協会主催のシンポジウム『劇壇人としての坪内逍遙』に出席し、日本女子大主催『先人に学ぶ、坪内逍遙先生につきて』の講演を行う。九月には酒田の本間美術館の『私のコレクション・文学と美術展』にて所蔵の書画を展示、その折に『山形新聞』に四日連載で紹介記事を書く。米沢有為会評議会、国劇向上会理事会、山形美術博物館運営に関する有識者の会に出席する。近代日本文学会にて安倍能成の講演を聴き、矢野《やの》峰人《ほうじん》東洋大学学長就任祝賀会出席。その間立正大学大学院設置のための教授陣、図書の手配その他に従事した。

三　『日記』に現れる本間久雄の交友関係

（一）　早稲田大学関係

イ　役職者および事務局行政関係者

長らく早稲田につとめていた関係上、本間は役職者にも知人が多く、引退後も毎年の卒業式や早大八〇周年記念行事その他各種の行事に出席した。昭和二九（一九五四）年より早稲田大学総長をつとめた大浜信泉《おおはまのぶもと》（一八九一―一九七六）とは大学内外の会合等で会う機会が多かった。当時早稲田大学理事をつとめておりのちに総長となった阿部賢一（一八九〇―一九八三）には名刺交換会で挨拶をかわした。同様に早稲田大学理事からのちに総長となった村井資長《むらいすけなが》（一九〇九―　）や時子山常三郎《とこやまつねさぶろう》（一九〇〇―一九八四）には会合で会ったり、知人を紹介したりした。同じく当時理事であった戸川行雄（一九〇三―一九九二）には『逍遙選集』の出版社についての依頼もしている。早大学院長樫山欽四郎（一九〇七―一九七七）、第二政治経済学部長平田冨太郎（一九〇八―一九九五）、当時英語英文学科主任であり、主事でもあった中西秀男（一九〇一―一九九六）にも就職斡旋依頼の手紙を書き、様々な用向きで法学部長斉藤金作（一九〇三―一九六九）を訪れている。当時第一文学部長であった谷崎精二（一八九〇―一九七一）、第二文学部長、のちに第一文学部長をつとめた岩崎務（一九〇〇―一九七五）、などとは各種行事などで顔を合わせた。

本間は早稲田大学図書館をしばしば訪れ、館長であった法学博士大野実雄（一九〇五―一九九四）、副館長、日本近代史研究家、洞富雄《ほらとみお》（一九〇六―二〇〇〇）、事務主任の吉田篤男とはよく顔をあわせ、助力を得た。演劇博物館も足繁く訪れ、昭和三二（一九五七）年当時館長であった河竹繁俊（一八八九―一九六七）、事務主任国分保、事務の加藤長治、白川宣力《しらかわせんりき》（一九二七―　）とはよく相まみえた。また国劇向上会理事会や各種行事で、他の逍遥門下の人々，公私ともに逍遥と深いかかわりを持つ編集者大村弘毅（一八九八―一九八四）、児童劇作家伊達豊《だてみのる》（一八九七―一九六一）、ならびに早稲田大学教授演劇専攻、印南高一（一九〇三―二〇〇一）らとも同席した。

昭和三四年当時、受験シーズンになると受験生やその父母が教授邸に受験相談に訪れることは珍しいことではなかった。現代と違って、そのような相談が特にタブー視される時代でもなかったが、本間も偶然詐欺の一例に出あったように、この当時から、その危険性が認識されはじめたようである。退職者であった本間は、受験相談についてはそれぞれ志望者の希望学部の役職者とか知人の教授に紹介していたようで、そのような関連で、昭和三六年度には政治経済学部教務主任となった山川義雄（一九一一―一九八八）、英文学専修主任飯島小平《いいじまこへい》（一九〇三―一九九一）、経済学科主任であった久保田明光（一八五七―一九七一）、昭和三二年度商学部長中島正信（一九〇二―一九七三）などの名が現れる。

また事務局では、文学部事務主任杉山博、庶務課長佐久間和三郎をたびたび所用で訪れ、長らく早大総務部長をつとめ、大隈重信の追憶をまとめた『巨人の面影』を刊行した三二年度校友部長、評議員丹尾磯之助《においそのすけ》は郷土史家、早大商議員、演劇博物館嘱託の山口平八（一八九九―一九七六）を伴って本間の家を訪れている。

また出版関係のことで早稲田大学出版部、著書販売については早稲田大学生協を訪れたり、出版社社員を紹介している。

ロ　在職時の同僚

時折本間家を訪れる人々のなかには、当時の早稲田大学の教職員、つまりかつての同僚、もいた。英文学では、アイルランド文学研究者尾島庄太郎（一八九九―一九八〇）は逍遙を知るほとんど最後の世代に属し、その意味で本間の弟弟子であり、時折本間家を訪問した。昭和二五（一九五〇）年、早稲田大学英文学会の『英文学研究と鑑賞』が創刊され、本間久雄が代表者であった頃の執筆者のひとり杉山玉朗《すぎやまたまろう》（一九〇五―一九九一）は、博士論文その他に関して本間を訪ねた。いまひとりの執筆者鈴木幸夫（一九一二―一九八六）を、丸善の『學燈』の執筆者推薦をたのまれた際に本間は推薦する。大沢実、内山正平、岩田洵（後述）らは親しく本間を訪れた。国文学では、歌人、国文学者の岩津資雄《いわづすけお》（一九〇二―一九九二）も『歌合せの歌論史研究』を学位論文として提出すべきかについて本間に相談する。早大出身の高校教師の斡旋を頼まれた時本間が依頼したのは、五十嵐力の学風の後継者である、平安文学研究家岡一男（一九〇〇―一九八一）であった。川副国基《かわぞえくにもと》（一九〇九―一九七九）も研究上本間と席を共にするばかりでなく、私的な依頼をすることもあった。

専攻を異にするが、交流のあった同僚のなかには、著書の推薦文を書いた中国古典学の大野実之助（一九〇五一九八九）、日本史、古文書学の荻野三七彦（一九〇四—一九九二）、著書を送ったり、知人を紹介した中国哲学者の福井康順《ふくいこうじゅん》（一八九八—一九九一）がいる。歌舞伎研究家郡司正勝（一九一三—一九九八）には著書を謹呈し、郡司も本間に著書を送った。英語教育の萩原恭平（一八九八—一九六九）の場合は、早大文学部を卒業後、一時早稲田関係に就職し、のちに東洋大学教授となった子息敬一のことなどに関して恭平夫人と本間妻とも親しかったと思われる。大正時代から戦時期まで本間の同僚であった歴史学の西村真次（酔夢、一八七九—一九四三）の子息、文化人類学者の西村朝日太郎（一九〇九—一九九七）とは親子二代のつきあいであった。

尾島庄太郎と同期で、本間が大正年間から昭和初期にかけて『早稲田文学』の編集責任者をつとめていた頃、その手助けをした帆足図南次《ほあしとなじ》（一八九八—一九八三）は本間をたびたび訪れた。帆足のみならず、昔『早稲田文学』の同人であった教育学の原田実（一八九〇—一九七五）をはじめ、西宮藤朝《にしのみやとうちょう》（一八九一—一九七〇）、森口多里《もりぐちたり》（一八九二—一九八四）なども、時々昔を懐かしんだ。主として本間が編集にかかわっていた頃の『早文』の寄稿者中河與一（一八九七—一九九四）も全集出版の件で本間に相談した。

本間につづいて停年をむかえ、古稀祝賀会等に本間を招待した人々に、河竹繁俊、谷崎精二、原田実、英語学の増田綱《こう》（一八九〇—一九七〇）、仏教学の伊藤康安（一八九〇—一九六五）らがいる。早大校内で、あるいは種々の会合等で顔を合わせたり、たまたま構内で出会ったりしたかつての同僚のなかには、古代オリエント史の定金右源二《さだかねうげんじ》（一八八七—一九七二）、国文学の稲垣達郎（一九〇一—一九八六）、フランス古典文学の佐藤輝夫（一八九九—一九九四）、江戸文学の暉峻康隆《てるおかやすたか》（一九〇八—二〇〇二）らがあり、このなかにも次に重要な役職に就く教職員もあった。

八　先輩、同級生、故人〔思い出話〕

本間の大学時代の先輩で昭和三〇年代に交流があった人物としては、詩人、国文学者の服部嘉香《はっとりよしか》（一八八六―一九七五）がいた。嘉香とは会合、講演会などで相まみえ、料亭への招待を受け、その著書の書評を書いた。会合などで席を共にした先輩のなかには、『早稲田文学』で活躍して以来、息の長い作家活動をつづけていた正宗白鳥《まさむねはくちょう》（一八七九―一九六二）、白松南山という名で『早稲田文学』に活躍した評論家、哲学者杉森孝次郎（一八八一―一九六八）、同じく『早文』の細田民樹《ほそだたみき》（一八九二―一九七二）らがいた。大学卒業当初、同じ道を歩み、親しく接していたが、のちに疎遠になった先輩、同級生のなかに劇作家、小説家秋田雨雀《あきたうじゃく》（一八八三―一九六二）や劇作家、演劇評論家の島村民蔵（一八八八―一九七〇）らがあり、本間は新聞紙上で、あるいは人づてに音信を聞き、感慨にふけった。本間と同じく明治四二年卒業組で当時交流のあったものには、劇作家、評論家、元早大教授坪内士行（一八八七―一九八六）、英文学者、元早大教授市川又彦（一八八六―一九八二）、小説家、詩人、本間の同僚の実践女子大学教授三木春雄（一八八四―一九七三）、東洋大学教授佐藤緑葉（一八八六―一九六〇）、中島利一郎（一八八四―一九五九）、高賀貞雄らがおり、クラス会を開いた仲間であったが、三四年には佐藤は東京を去り中島は故人となる。

その他にも、本間の年齢では、訃報に接することも多くなる。早大関係者で彼が訃報に接したり、葬儀に参列したもののなかには、英語学専攻で、その昔軽井沢の別荘に滞在したこともある勝俣銓吉郎《かつまたせんきちろう》（一八七二―一九五九）、早大時代の友、明治三七年卒の国文学者、早大教授岩本堅一（素白《そはく》、一八八三―一九六一）、本間と同時期に退職した理工学部教授小栗捨蔵（一八八六―一九六〇）、東洋史学者清水泰次（一八九〇―

一九六〇）、本間より四年下で同じく逍遙、抱月の教えを受けた文芸評論家青野季吉《あおのすえきち》（一八九〇―一九六一）、窪田空穂《くぼたうつぼ》の子息で、同じく文京区雑司ケ谷に住んでいた日本文学の窪田章一郎（一九〇八―二〇〇一）の夫人、元早稲田高校校長広本義章、若い人では三六年当時副手であった田村勇（一九六四年没）があった。

その他、昔親しい交流があり、『日記』にその思い出を書き残している人物もある。その筆頭が坪内逍遙（一八五九―一九三五）であろう。逍遙とは、卒業後も親しく交わり、教えを請い、『早稲田文学』の編集責任者になった後も、その職の遂行にあたって細かく助言を仰いだ。その意味で逍遙は生涯の師であった。その死後本間は逍遙について種々書き残し、逍遙研究者のひとりとなった。『日記』が書かれた当時、逍遙生誕記念行事が行われ、逍遙に関する講演も行っている。本間は逍遙の書画を求めたり、請われればその鑑定を行っている。『日記』には、逍遙が『逍遙選集』刊行打ち合わせの折に興に乗って「酔墨」をものしたこと、徳富蘇峰《とくとみそほう》（一八六三―一九五七）が、逍遙の「酔墨」を所望した折のことなど、逍遙の思い出を書いている。今ひとりの師、島村抱月（一八七一―一九一八）に関しても、その教えとともに、抱月と松井須磨子（一八八六―一九一九）の思い出が、折に触れてよみがえる。映画『女優』のなかで抱月を演じた俳優土方與志《ひじかたよし》（一八九八―一九五九）についても訃報に接して、彼との思い出話を記している。また、本間と同郷の先輩であり師であった五十嵐力《いがらしちから》（一八七四―一九四七）や、早大の仲間や先輩であった評論家高須梅溪《ばいけい》（一八八〇―一九四八）、小説家、劇作家の中村吉蔵（一八七七―一九四一）、小説家の中村星湖（一八八四―一九七四）も時折思い出のなかに現れる。

早稲田大学関係以外にも、法事の際、あるいは訃報に接して故人の思い出にひたる場合も『日記』中によく見受けられる。大学卒業当時に親交のあった『青鞜』の同人荒木郁子（一八八八―一九四三）の一七回忌の折には、当時の彼女とその仲間を思い、婦人解放運動につくし、のちに衆議院議員となった評論家神近市子（一八八八―一九八一）ら当時活躍中の人々と旧交を温める。イギリスの彫刻家ジェーコブ・エプスタイン（Jacob Epstein, Sir, 1880-1959）の訃報に接しては、オスカー・ワイルドの墓の作者であるエプスタインとの会見の折を思い出し、日中友好につくした内山書店店主内山完造（一八八五―一九五九）の訃報に接しては、二回にわたる本間の上海訪問、一度目は政治学者、評論家吉野作造（一八七八―一九三三）の薦めにしたがって上海のキリスト教団体にて講演した折、二度目には欧州渡航の途中で上海に寄港し、思想家、小説家魯迅（一八八一―一九三六）や作家郁達夫《いくたつぷ》（一八九六―一九四五）に会った折のことを思う。新聞紙上に画家名取春仙《なとりしゅんせん》（一八八六―一九六〇）や、演劇研究家若月保治（紫蘭、一八七九―一九六二）の訃報を見いだし、感慨にふけり、父の命日に際しては、父保之助の思い出にふける。

二　若い研究者たち

本間家では伝統的なライフスタイルがかなり守られていて、公私ともども来客が多かった。年のはじめの来客のなかには、当時早稲田大学文学研究科を修了したばかりの若い研究者も多かった。研究科修了年度順に列記すると、昭和二九（一九五四）年修了の金田真澄（一九三〇―　）、佐藤俊彦、飛田茂雄（一九二七―二〇〇二）、米田嗣《よねだあきら》、昭和三〇（一九五五）年修了の都築佑吉（二〇〇四年没）、上条真一、三一（一九五六）年修了の夏堀昇、三二（一九五七）年修了の志賀謙（一九三〇―　）、高橋雄四郎（一九二七―　）、野中涼（一九三二―　）、三三年修了の森常治《もりじょうじ》（一九三一―　）、三四年修了の井内雄四郎（一九三三―　）、窪寺力、昭和三五年修了の、高儀進（一九三五―　）などがあった。彼らのうち、志賀謙と井内雄四郎は本間の遠縁にあたった。彼らは、時候の挨拶、学問談義、進路相談、就職依頼、留学その他のための推薦状の依頼等々、様々な用件のため本間の家を訪れた。彼らの大半は教育・研究職に進んだ。金田真澄はのちに早大政経学部教授となり、佐藤俊彦は日本大学、専修大学講師をへて米国留学、のちにヴァージニア大学教授となり、飛田茂雄は青山学院大学、小樽商科大学をへて中央大学教授となった。米田嗣は東洋大学教授となった。都築佑吉、上条真一は一時高校教師をつとめたが、その後それぞれ群馬大学教授、東京工芸大学教授となった。夏堀昇は当時八戸市立商業高校につとめていた。志賀謙は早大政経学部教授となり、高橋雄四郎は実践女子大学教授となり、野中涼は早大文学部教授となった。森常治は早大理工学部教授となった。窪寺力は研究科修了後高校につとめ、井内雄四郎は助手から早大文学部教授となった。高儀進は早大政経学部教授となった。変わったところでは、中学校教師をしていたが、昇曙夢《のぼりしょむ》（一八七八―一九五八）の紹介で本間を訪ね、三八（一九六三）年文学研究科を修了、のちに実践女子大学教授となった峯田英作がいた。

かなり前に早稲田大学を卒業したが、その後本間と交流を保っていた者のなかには、昭和一〇（一九三五）年卒業し、当時高校につとめ、のちに大東文化大学教授となった藤島秀麿や、旧制大学院で英文学を学び留学、のちに青山学院大学の教授となった向山泰子《むこうやまやすこ》（一九一四―　）や、昭和二一（一九四六）年英文科を卒業し、早稲田学院の教諭をつとめていた本間武もいた。昭和二四（一九四九）年卒業、法学部講師、のち教授になった岩田洵も本間と近しく、家にたびたび訪れた。

英文科出身で、学問上本間にもっとも近い弟子にあたるのが昭和一四（一九三九）年卒早大文学部教授大沢実（一九一六―一九六八）、早大法学部助教授内山正平であった。大沢、内山の他にも昭和一四年の英文科卒業生とは特に親しく、そのなかに埼玉大学助教授、早大文学部講師をつとめる黒河内豊、戦時中本間の自宅が焼失した折にその宅に仮寓した岡崎建生、西高校に勤務していた太田博、美術出版社の小林正二などがいた。

国文科出身者で本間と親しかったものには、のち上智大学教授となった村松定孝（一九一八―　）、早稲田大学講師石丸久（一九二一―一九九九）、のちに青山学院大学教授となった岡保生（一九二三―一九九九）、日本女子大学教授となった熊坂敦子（一九二七―　）、昭和二六（一九五一）年国文科卒業、高校にて教鞭をとりつつ著書『岩野泡鳴』を出版し、のちに東京学芸大学教授となった大久保典夫（一九二八―　）、早稲田高校勤務のかたわら竹村晃太郎の名で詩を書いていた小出博らがいた。昭和二四（一九四九）年国文科卒高校教員新井寛司も時々本間を訪れた。

昭和二〇（一九四五）年心理学科卒、群馬大学に勤務する潮田武彦も本間を年始に訪れている。

英文科出身で研究・教職の道にはつかなかったが、本間と親しく交流したものもいた。昭和三一年卒業、田崎暘之助（一九二七―　）は、作家の道を選んだ。本間は田崎の父田崎廣助画伯と親しく交際し、暘之助の結婚媒酌人をつとめている。二二年国史卒の桜井幾之助はおそらく中央区京橋第百ビルで美術商兼素洞を営む桜《さくら》井猶司《いなおじ》（一八九六―一九六九）の親族であり卒業後同社に勤務している。その関係か、本間は京橋兼素洞をしばしば訪れる。本間は故服部実（一九〇一―一九五七）のあとをついで社長となった昭和二一（一九四六）年早大修了の服部洌（一九二五―　）とその弟、昭和二六（一九四六）年早大法学部卒の服部和夫等、株式会社コロンブス一族と面識があり、服部実の法要、母の死をめぐる家庭内外の紛争、記念文集刊行等々、様々な関わりを持った。

本間夫妻は、若い研究者のキャリア相談にのる他、結婚の媒酌人をつとめたり、祝辞を述べたり、妻子の病気、子供の入学などのことでいろいろ相談を受けた。

ホ　早稲田大学校友

本間は校友ともいろいろなかたちで交流を保った。早稲田大学、特に文学部には出版関係に就職した卒業生も多く、本間自身、この方面への教え子の就職の斡旋をすることもあった。昭和一一（一九三六）年国文科卒の佐藤良邦（一九一一―一九九一）は日本経済新聞総務局長、のち同社常務取締役、さらにテレビ東京社長をつとめ、昭和三〇年代には政経学部の非常勤講師もつとめていた。昭和一三（一九三八）年仏文卒安本浩は同社工務局次長をつとめ、同じく一三（一九三八）年国文卒の山本英吉は中央公論社の取締役理事で『婦人公論』編集長をつとめていた。一〇（一九三五）年英文卒の平武二もその出版部に属していた。昭和一七（一九四二）年国文卒の玉井乾介は岩波書店編集部副部長をつとめ、本間に記事を依頼し、昭和一九（一九四四）年政経学部卒業、朝日新聞アサヒグラフ担当の小金沢克誠も本間に抱月、須磨子についての取材を申し込んでいる。

昭和三〇年代に本間が毎号連載していた『芸術生活』の担当者、ＰＬ学園広報部の井手藤九郎は昭和一六（一九四一）年早大国文科卒。毎月原稿を取りに本間邸を訪れ清談に興じ、書画の表装に関して依頼事をしたりした。もともと無宗教であった本間も井手を通じてＰＬ教団教主御木徳近と間接的交流をもった。国文科出身、目白在住の新井寛は、雑誌『表象』を創刊したが、わずか二号を出版するにとどまった。

それ以外にも、経済評論家、日本経済新聞社顧問の小汀利得《おばまとしえ》（一八八九―一九七二）、日本化薬（株）社長、ラジオ東京取締役原安三郎（一八八四―一九八二）とは、著書を贈呈しあい、長らく交友関係を保った。東京海上火災常務反町茂作（一八八八―一九六二）とは趣味を同じくし、同氏の所蔵になる藤島武二、梅原龍三郎、安井曾太郎、岸田劉生などの名品を鑑賞したこともあった。三名とも早稲田大学評議員であり、小汀利得は昭和三二年当時評議員会会長をつとめていた。

（二）実践女子大学、昭和女子大学、立正大学関係

昭和三三年早稲田大学定年一年後、本間は実践女子大学教授となる。実践女子大学は早稲田大学に比べて規模が小さいせいか、理事長菱沼繁枝をはじめとして、理事の伊藤亀吉、吉田政一（一九七一年没）、教務部長の窪田敏夫国文学教授（一九六七年没）、会計部長の森川権六（一九六八年退職）等々、経営の中枢の人々とも緊密な関係をもつた。

当時実践には早大関係者や学界その他の本間の知人も多かった。ここで教鞭をとる三木春雄は早稲田大学の明治四二年卒の同窓生であり、美術史の坂崎坦《さかざきたん》（一八八七―一九七八）も早稲田の同輩であり、堀江清彌（一八九六年生）や山脇百合子（一九二〇―　）も稲門出身、若手では、三五（一九六〇）年早大文学研究科修了の高橋雄四郎も実践に職を得た。また小倉多加志（一九一一―一九九一）は本間と同じくオスカー・ワイルドの研究家でもあった。英文科教授にはその他山田惣七、坪内章（一九〇九―一九七九）がおり、本間とも親しかった英文学、比較文学の島田謹二（一九〇一―一九九三）も短期間であったが教授陣に加わった。国文には三谷栄一（一九一一―　）、福田清人（一九〇一―一九九五）、平尾美都子らがいた。当時の名誉学長は

宇野哲人《うのてつじん》（一八七五―一九七四）であり、学長は国文学者の山岸徳平（一八九三―一九八七）、次期学長も国文学者守随憲治《しゅずいけんじ》（一八九九―一九八三）であった。同じく国文学の成瀬正勝（一九〇六―一九七三）、塩田良平（一八九九―一九七一）、また上田敏の『芸苑』の準同人で、『白樺』、『心の花』等の寄稿者であった独文学者の吹田順助（一八八三―一九六三）らは、各種会合などでも相まみえる間柄であった。倫理学担当の有原末吉の著書推薦文を書き、東京学芸大学助教授フランス語の小泉清明は本間家を訪れ、その他教授陣、家政科の教員木幡瑞枝、塩川ふみや辻村みちよ、教職担当の土屋周作、家政科の石川清一、外人講師ウェルスやプライスとも交流があった。また、組織が小さいだけに英文科の佐藤吉助、山脇百合子、堀江清彌らをめぐる、対人関係の確執にも関与せざるをえなかつた。実践女子大学創立六〇周年記念行事に関連して、実践女学院校友会長であった巌本善治の娘であり、元早稲田大学総長故中野登美男夫人であった中野清子にも協力を求めた。

実践女子大学の学生のなかにも本間邸を訪れるなど交流があったものもあった。昭和三四年卒業の河合昭子、田部井俊子らは実践中・高教員になり、河野和子、喜多恭子、中野恵子、本間孝子らは、女子短大や大学助手となった。下条慧子のように『実践文学』に投稿するなど研究活動を行ったものもあった。昭和三七年度卒業の清田信子は卒業後短大、三八（一九六三）年より大学英文科の助手をつとめ、のちに実践女子大学教授となった。

昭和女子大との関係はおそらく本間と人見円吉（東明、一八八三―一九七四）との友情に集約されるのであろう。『早稲田文学』や『劇と詩』の同人として青春の思い出を共有するふたりの友情は、当時を知る人々がひとり去りふたり去る中で強いものになったと思われる。本間は人見の一大プロジェクト『近代文学研究叢書』の監修者に加わっている。出講しているうちに昭和女子大の他の教員とも知り合うこととなった。昭和女子大の幹事、早大英文科大正八年卒業の英語担当教授のち学長坂本由五郎《さかもとよしごろう》（一八九五―一九八四）、食品化学担当教授大嶽六郎、フランス語担当教授内藤濯《ないとうあろう》（一八八三―一九七七）、教育史担当の辻幸三郎（一八八八年生）、教育原理の人見楠郎、そして大学行事等々を通じて英文学担当の上井磯吉とも知り合った。当時昭和女子大には、国文学担当助教授のち教授の戸谷三都江、昭和三一（一九五六）年早大第二文学部英文科卒業の講師倉橋トキもいた。その他、饗庭篁村《あえばこうそん》（竹の屋主人、一八五五―一九二二）の研究家大塚豊子、山田美妙の研究家谷村女史、松本女史、水原女史らも所用で本間を訪ねた。学生のなかには本間の講義に啓発されて、昼休みにさらなる教えを請うたり、自宅を訪れたりする学生もいた。なかには、早大大学院聴講生となるものもいた。英米語学概論担当の金子健二とも知り合いであったが、同氏は昭和三七（一九六二）年没。

　本間と立正大学の関係は、立正大学と早稲田大学との緊密な関係の延長線上にあるのかもしれない。『芸苑』や『明星』の寄稿者でもあった評論家、翻訳家、英文学者栗原元吉《くりはらもときち》（古城《こじょう》、一八九〇―一九六九）とは親しい友人であった。その後、大学院設置にからんで教授として同大学に深くかかわることとなった。学長は稲門出身の石橋湛山（一八八四―一九七三年）であり、各種会合にて相まみえ、立正学園長、立正大学理事長小野光洋《おのこうよう》（一九〇〇―一九六五）や地理学担当教授桝田一二《ますだいちじ》（一八八五―一九七四）の洋行の際は、歓送会に出席している。立正大学学監の文芸評論家久保田正文（一九一二―二〇〇一）とは大学院設置に関して協力し、氏の学位授与祝賀会にも出席している。同じく大学院設置問題に関しては文学部長、後立正大学学長となった哲学専攻の菅谷正貫《すがやしょうかん》（一九一三―一九八三）、アメリカ文学専攻、教授佐瀬順夫《させゆきお》（一九〇八―一九八九）とも談合した。ギリシア哲学の波多野通敏（一八九九―一九七七）とは書画についても会話を楽しむ間柄であった。中国文学研究者で大乗院（日蓮宗）住職の戸田浩暁《とだこうぎょう》（一九一〇―　）からは書物を借用し、美術史家で浮世絵研究家の楢崎宗重（一九〇四—二〇〇一）が司会をつとめる浮世絵関係の講演会で講演したこともあった。英文科助教授、のちに教授になった中島未治（一九〇五—一九九八）、当時講師、助教授であり、のちに神奈川歯科大学に転職した安藤幸雄（一九二五—　）らも所用で本間邸を訪れたこともあった。事務・経営の関係では、のちに理事長となった梅山信太郎（一九〇三—一九八九）や粕谷誠学務部長（一九〇七—一九九四）とも面識があった。

(三) 学界人との交流

本間が交流を持ち、活躍の場を得た学問世界は、近代日本文学に関するもの、英語英文学に関するもの、比較文学に関するものを柱として、坪内逍遙、歌舞伎、西洋美術、浮世絵、そしてよりジャーナリスティックな国語問題などであった。したがって、公刊した著書を送り送られ、出版記念会等の会合に招き招かれたりし、学問上の疑問を正したりする仲間は早稲田大学関係者以外にも評論家、ジャーナリストなど多彩であった。たとえば昭和三三、三四年当時、著書『歌舞伎』や『坪内逍遙』を送られた者のなかには、前述原安三郎、小汀利得、福井康順、伊達豊、郡司正勝の他にも、国文学者笹淵友一（一九〇二—二〇〇一）、演劇史専攻、評論家秋庭太郎（一九〇七—一九八五）、日本経済新聞社の松井武夫（一九八六年没）、近代日本文学研究者勝本清一郎（一八九九—一九六七）、英文学者、随筆家福原麟太郎（一八九四—一九八一）、英文学者、文芸評論家本多顕彰《ほんだあきら》（一八九八—一九七八）、東京堂社長大橋勇（一九一二—一九六七）、東京堂専務取締役増山新一

（一九〇〇―一九八九）、早大英文科卒の劇作家、編集者西沢揚太郎（一九〇六―一九八八）らがあった。本間もいろいろな学者から著書の謹呈を受けている。そのなかには、文芸評論家、鷗外研究家、詩人の長谷川泉（一九一八―　）、小説家、評論家の伊藤整（一九〇五―一九六九）、専修大学教授、近代文学研究家関良一（一九一七―一九七八）、若い層では昭和三五（一九六〇）年早大文研修了、演劇評論家和角仁《わずみひとし》（一九三二―　）、村松喬（後述）があった。

本間は各種講演会に講師として出席した。本間久雄は大正の頃より国語、国字問題に関心をもっていたが、昭和三四年当時も国語問題がジャーナリズムをにぎわしていた。この問題に関する新聞記事にも注目し、本間自身も取材を受けたり、この問題について見解を述べる機会も多かった。『表象』主催の国語問題座談会の講師として座にあったのは、前述服部嘉香、東北大学教授、独文学者小宮豊隆（一八八四―一九六六）、評論家、劇作家、演出家福田恒存《ふくだつねあり》（一九一二―一九九四）、評論家山本健吉（一九〇七―一九八八）、学習院大学教授国語学者大野晋（一九一二―一九九四）らであった。昭和三四（一九五九）年逍遙関係の講演会がいくつか開かれたが、それらには必ずといってもよいほど坪内士行と同席したが、その他にも守随憲治、杉森孝次郎、河竹繁俊、暉峻康隆、正宗白鳥、詩人、英文学者、比較文学者の矢野峰人《やのほうじん》（一八九三―一九八八）、歌舞伎研究家山本二郎（一九一〇―　）、谷崎精二（一八九〇―一九七一）らとも顔を合わせた。昭和三四、三五年当時、実践女子大学では夏期講座を行っていたが、そのような折に本間とともに講演者となったのは、坂崎坦、成瀬正勝、山岸徳平、守随憲治、久松潜一（一八九四―一九七六）、らであった。山田美妙五〇年祭では塩田良平とともに講演した。美術の分野では、美術史家、石橋財団理事の谷信一（一九〇五―一九九一）より依頼を受けたターナー展記念講演会があった。他の講演者は前述本多顕彰、美術史家矢代幸雄（一八九〇

―一九七五）であった。また、日本浮世絵協会の講演者をつとめた際、司会は立正大学の楢崎宗重であった。

本間はまた、学会の講演会等にも時折でかけていった。昭和三五年度の近代日本文学会講演会は、司会稲垣達郎、講演者に仏教学者、東京大学教授、中村元《なかむらはじめ》（一九一二―一九九九）、比較文化論、フランス文学、筑波大学教授村松剛（一九二九―一九九四）をむかえて行われた。出会った人々のうち、勝本清一郎、笹淵友一、村松定孝、小出博、文芸評論家木村毅《きむらき》（一八九四―一九七九）の名をあげている。三九年度の近代日本文学会では一時期自然主義に関して論壇をにぎわした安倍能成《あべよししげ》（一八八三―一九六六）の講演が行われた。その席で会ったものは、成瀬正勝、勝本清一郎、長谷川泉、川副国基、近代文学研究者の吉田精一（一九〇八―一九八四）らであった。

近代日本文学、比較文学上大きな位置をしめている蒲原有明《かんばらありあけ》に関連した行事については、比較文学関係者や詩人がつどった。こうした集まりには、矢野峰人、尾島庄太郎、吉田一穂《よしだいっすい》（一八九八―一九七三）、野田宇太郎（一九〇九―　）野溝七生子《のみぞなおこ》（一八九七―一九八七）らが出席した。発足したばかりのペーター協会の講演会では司会をつとめ、詩人、英文学者、慶應義塾大学教授西脇順三郎（一八九四―一九八二）と、英文学者、古典学者、東北大学、のち津田塾大学教授土居光知《どいこうち》（一八八六―一九七九）が講演者であった。

本間にとって、数々の祝賀会、出版記念会等々は旧知に出会い、新たな知人を作る機会でもあった。本間の活動範囲を反映して会の種類もその出席者も多岐にわたった。本間はそのような折に出会った学界関係者名を日記に残している。たとえば、英語英文学界の重鎮市川三喜《いちかわさんき》（一八八六―一九七〇）の文化功労賞受賞祝賀会では、東京大学教授、ギリシア語学者高津春繁（後述）、東京大学教授英語学者中島文雄（一九〇四―　）が世話役、福原麟太郎、矢野峰人、東京大学教授独文学者相良守峯《さがらもりたけ》（一八九五―一九八九）、英文学者大和資雄《やまとすけお》

（一八九八―一九九〇）、詩人で英文学者の山宮允《さんぐうまこと》（一八九二―一九六七）、東京大学教授英文学者の斎藤勇《さいとうたけし》（一八八七―一九八二）らがスピーチを行い、本間は乾杯の音頭をとった。この席で英文学者、松浦嘉一《まつうらかいち》（一八九一―一九六七）に紹介された。矢野峰人東洋大学学長就任祝賀会では、人見東明、木村毅、服部嘉香、森於菟《もりおと》（後述）、西条八十（後述）、福原麟太郎、島田謹二らに会い、本間も祝辞を述べた。比較文学の太田三郎（一九〇九―一九七六）の司会で行われた笹淵友一恩賜賞祝賀会の出席者としては、早大関係の国文学の稲垣達郎、村松定孝、岡保生、川副国基、英文学では兼任の佐々木達《ささきたつ》（一九〇四―一九八六）らが集った。他大学では、国文学の久松潜一、学習院大学教授近世文学者麻生磯次（一八八七―一九七九）が出席した。英文学・比較文学の分野では、斎藤勇、矢野峰人、土居光知、青山学院大学学長、豊田實《とよだみのる》（一八八五―一九七二）らが出席者のなかにあった。立正大学学監、文芸評論家久保田正文学位祝賀会では石橋湛山、法学者山田三良《やまださぶろう》（一八六九―一九六五）等々と顔を合わせた。

　比較文学研究者、成蹊大学の安田保雄（一九一四―　）と作家森茉莉《もりまり》（一九〇三―一九八七）のジョイント出版記念会では、矢野峰人、吹田順助、栗原元吉、比較文学の島田謹二らが出席し、作家であり、森常治の父であった森於菟（一八九〇―一九六七）の顔も見えた。森於菟とは他の機会にも顔を合わせることがあった。三七（一九六二）年三越で催された鷗外百年忌展では、森一族の森於菟や小堀杏奴《こぼりあんぬ》（一九〇九―一九九八）、野田宇太郎、木村毅などにも会った。フランス文学から童謡の作詞まで幅広く活動した西条八十（一八九二―一九七〇）の会では、西条の活動を反映して諸分野の人物がつどったが、そのうちで本間の知人は、豊田實、山宮允、尾島庄太郎、人見円吉、逍遙や小山内薫に師事した南江治郎（二郎、一九〇二―一九八二）や山宮允の斡旋により昭和二五（一九五〇）年に発足、西条八十が理事をつとめた詩人クラブの人々であった。

本間の年齢になると周囲の人々の古稀や米寿の祝いに招かれることも多かった。谷崎精二古稀記念会では小説家、評論家の広津和郎（一八九一―一九六八）、増田綱古稀祝賀会では英文学者、山形大学の田中菊雄（一八九三―一九七五）、津田左右吉（一八七五―一九六一）米寿祝賀会では津田左右吉に挨拶し、天野氏、荒木文相（荒木万寿夫、一九〇一―一九七三）に紹介される。伊藤康安古稀祝賀会では小説家網野菊子（一九〇〇―一九七八）、河竹繁俊古稀祝賀会では慶應大学教授、日本芸術院院長、高橋誠一郎（一八八四―一九八二）、松竹創立者、演劇興行主大谷竹二郎（一八八七―一九六九）、政治家衆議院議員松村謙三（一八八三―一九七一）が出席した。

ただし、招待されても本間が出席できなかった記念会も多々あり、そのなかには津田塾大学の六〇年記念祝賀会、小説家小笠原忠《おがさわらちゅう》（一九〇五―一九八五）の『裏路』出版記念会、川柳・江戸風俗研究家岡田甫《おかだはじめ》（一九〇五―一九七九）の川柳出版記念会もあった。

冠婚葬祭の場でも古い知人に出会い、新しい人とも出会った。小説家村松梢風（一八八九―一九六一）告別式では子息の教育評論家、東海大学教授村松喬に弔意を表し、東京堂会長大野孫平長男義光の結婚式では文相や国際文化振興会会長をつとめた岡部長景《おかべながかげ》（一八八四―一九七〇）、ジャーナリスト、朝日新聞コラム「天声人語」担当者の荒垣秀雄（一九〇三―一九八九）などと同席した。

研究上、本間はよく古書展などに顔を出しそのような折に同好の士と巡り合わせた。たとえば芝の東京美術倶楽部における古書展入札では、小汀利得、石丸久、帆足図南次、人見円吉、近世学芸史研究家の森銑三《もりせんぞう》（一八九五―一九八五）に会い、神田の古書展でも野田宇太郎、勝本清一郎ら知人に会った。また多くの学者と趣味を通じての交流もあった。そのなかには、天龍道人に関しての波多野通敏、絵画や歌舞伎に関しての、東京教育大学教授、のちに立正大学教授となった歴史学者肥後和男（一八九九―一九八一）、浮世絵関係では、立正大学の美術史家で浮世絵研究家の楢崎宗重、横井金谷《よこいかなや》に関しては、古川北華（後述）や小説家、劇作家、俳人藤森成吉（一八九二―一九七七）、歌舞伎を通じては、青山学院大学教授桜井成広（一九〇二―一九七七）があった。そして展示用の資料を借用したもののなかには、旧知の佐々木信綱、治綱、研究用の資料の貸与または提供を受けたもののなかには、西沢揚太郎、小島文八未亡人小島かね、渡辺修二郎、木村嘉次があった。

早稲田関係の学者たち以外にも、『オスカー・ワイルドの生涯』の平井博（一九一〇―一九七八）のように学問上のことで本間が応援した若い研究者や、立教大学のち、立正大学の杉木喬（一八九九―一九六八）の紹介で本間を訪れた後藤弘、岩手県立盛岡第二校につとめる山田美妙研究家浦田敬三、本間のもとに小冊子を送った都立大学図書館司書の練馬準、福岡の渡辺崋山蒐集家村田修のように、学問や趣味上のことで本間と接点を求めた人々もいた。

（四）出版・古書関係者

出版関係者で本間と接触のあったもののなかでは前述のように、校友関係も多かった。早稲田大学出版部渡辺氏、編集員の城下氏や鈴木氏、販売に関しては早大生協とも接触があった。その他にもいろいろな出版社と関係があった。たとえば、冨山房関係者。郡司氏、伊達氏と面会し、坂本守正社長（一八九〇―一九六〇）の葬儀にも出席し、坂本氏（おそらく守正社長の後継者となった坂本起一）に献本をしている。そして、昭和

三三、三四年に、『歌舞伎』と『坪内逍遙―人とその芸術』を出版することとなった松柏社社長の森政一（一九一〇―一九九〇）も、二書の出版にかかわる種々のことがらで本間と親しく接触があった。研究社の編集者荒竹氏からも時折記事の依頼を受けた。また、講談社の少年少女向け文学全集のなかの『ホメロス物語』や『アーサー王物語』を執筆した際の担当者は曽我四郎、池田女史であり、その縁で曽我は同僚子息の早稲田大学入学に関して本間邸に相談に訪れる。かわったところでは、本間は眞山青果の知人、歌舞伎座の黒川一、のちに松竹専務取締役となった堀口森夫（一九九六年没）と知り合い、その縁で三四年頃から歌舞伎座や新橋演舞場の筋書に寄稿するようになった。

しかし、もっとも緊密で長つづきした関係は東京堂関係者とのそれであった。ながいつき合いとしては、前述増山新一、同社長年の功労者赤坂長助（一八七八―一九五四）の子息赤坂長明。大正中期から昭和初期、本間が『早稲田文学』の編集責任者を務めていた頃から本間と関係が深く、本間は『文学概論』、『明治文学史全五巻』も東京堂から出版している。大橋勇夫（一九一二―一九六七）や、長らく東京堂社長をつとめ昭和三三（一九五八）年に会長にしりぞいた大野孫平（一八八〇―一九六三）とも懇意であった。増山新一令嬢や大野孫平令息の結婚式にも出席している。

本間にとって、研究上、本を出版すると同じように大切なことは、本を購入することであった。そして研究歴が長いほど、書籍購買歴もながく、長いつき合いの書店も少なくなかった。洋書の調達は新書の場合もっぱら丸善洋書部に依頼した。同部粟野博助（一九三二―　）は本間と同学、米沢興譲館昭和二五年度卒業生で、伊藤正道（後述）の紹介で本間と知り合った。本間は本の注文以外にも蔵書目録の作成を粟野に依頼する一方、粟野も洋行に際して本間に知人の紹介を頼むなど、私的なつき合いにおよんだ。

しかし、明治時代の古雑誌、古書、初版本、肉筆物、戦災で焼失した自著や愛読書などについては古書に頼らざるを得なかった。購入の仕方に幾通りかあった。古書店の店頭を訪れて購入する方法、古書店より送ってくる目録をみて書店に直接電話して取りよせる方法、古書展で購入する方法等々。目録販売は、書店まで出かけなくても商品が手に入る分簡単であった。『古書通信』の目録をはじめ、大阪萬字屋、高尾彦四郎書店、京都川合文庫、思文閣、臨川書店、名古屋日光堂書店、川崎壺中庵書店等々の目録がそうで、目黒区の都立書房のような東京都内でも普段行かない方面の書店である場合はとくに便利な方法であった。たとえば大田区上馬の時代やのように品揃えがよく、古くからの得意筋であっても、本間の行動半径からいささか外れている場合も古書目録が威力を発揮した、そして、八木書店、山田書店、友愛書房、反町弘文荘、文雅堂等々、以前は一軒一軒足を運んだ神保町や本郷の有名古書店についても、自社目録か古書展出品録を見て購入することが多かった。ただし、目録注文の欠点は、当時は郵便事情が悪く、目録の遅配により商品が売り切れとなっていることがしばしばあったことだった。

目録注文をするかたわら、本間は古書店の店頭にもしばしば足を運んだ。立正大学大学院設置のように急に大口の買い付けをしなければならない時には、神田の洋書専門店、崇文荘、大手の古書店大屋などを訪れた。その他、神田駿河台方面で数多い古書店のなかで訪れる店はだいたいきまっていた。明治大正の文学書関係ではオールラウンドな一誠堂。古書、古雑誌、などを求め、古書展用の肉筆物や書幅の入札下見に行った。必要に応じて明治堂、東邦書店、小宮山書店等を訪れた。小宮山書店には、自宅の雑書を売却に出すこともあった。本郷では、急に明治期の書物が必要になった時、戦前より定評のある明治物取り扱い店木内書店に、電話で注文し、大山堂にもついでの折には立ち寄った。洋書については、早稲田界隈でも良書がおいてあることがあった。

当時の文学部よりほど近い進省堂など古書店をよくのぞき、和洋にかかわらず欲しかった書に偶然出会い買い求めることもあった。その他自宅から便のよい、目白の夏目書房や戸塚の文献堂などもなにかのついでに訪れることもあった。だが、参照文献、洋書その他必要に応じて勝手がわかっている早稲田大学図書館や演劇博物館、上野の国会図書館等を利用した。そして明治期の新聞に関しては東京大学に明治新聞雑誌文庫の西田長寿《にしだたけとし》（一八九九―一九八九）を訪れた。

昭和三四、五年頃、本間はほとんど五の日ごとに駿河台の古書会館に通っており、多くの場合古書会館で出品される品物を目録で見、電話予約し、古書会館にて受けとった。古書展で見てたまたま興味があるものを見つけるとその場で購入した。古書展の前に出品店を訪ねて目当ての本が手に入るように、いささかの配慮を頼み込み、可能な場合は出品店の好意で買い求めることもあった。ただし、同じ本を求める買い手が多くくじ引きになることもあった。くじ引きではずれ、残念な思いをすることも少なくなかった。明治古典会展覧会とか、白木屋における文車《ふぐるま》会主催の古書展とか、大変な盛況で、研究者、大学、公的機関の代表者も多く集まり、会場で知人に会うことも多かった。そして本間は駿河台の古書会館ばかりでなく、うつぎ書店、平沢書店、豊川堂書店等々、主として中央線沿線の古書店の寄り合いである荻窪会館の古書展や渋谷古書センターにも時折顔をだした。豊川堂書店とは懇意で、荻窪会館の古書展についての依頼ごとは豊川堂を通じた。

昔から名家筆跡に特に力を入れていた黒門町の文行堂へは戦前よりよく足を運び、そしてほど近い広田書林にも立ち寄った。気に入ったものがあると売約する場合も多かった。本間が特に好んだ吉川霊華蒐集品の売り立てを行った柏林社社主古屋幸一郎（後述）を時折訪れた。書画幅は美術品と研究資料の両方であることも多く、美術商から購入したり、芝の東京美術倶楽部の売り立てで求めることもあった。肉筆もの、書画幅の場合は、かならずといってもよいほど古書展の前に出品店を訪ねて現物を見た。贋物である場合も少なくなかったようである。

本間が、その値段のあまりの高さと研究資料価値の高さに口惜しい思いをしたのが、三九（一九六四）年ふじき画廊で行われたアラヽギ展即売会であった。長塚節に関する資料で興味あるものもあったがすでに売約済みであり、大金を投じていくつかを入手した池上浩山人（後述）には、それらの一瞥を許してくれた好意に感謝しつつも、それらを入手し得たことに対しては羨望を禁じ得なかった。

こうした古書展では、勝本清一郎、野田宇太郎、吉田精一、人見円吉、森銑三、石丸久、小汀利得など同分野の学者や古書愛好家と出会うこともしばしばあり、美術品を好んだ早大の帆足図南次や国文学の中村俊定（一九〇〇―一九八四）と店頭で出会うこともあった。

古書肆とは関東大震災以後逍遙の唱道のもとに明治文学保存運動に力を入れはじめて以来のつき合いであり、個人的に親しくなる店主も少なくなかった。本間の方も買い付けに関して頼み事をする一方、古書肆の方でも受験シーズンには子女のことで本間を訪れるものもあった。

（五）絵画関係者

本間が絵画に深い関心をもったのは、絵画の道を志して久雄とともに上京した弟国雄の影響であったかもしれない。久雄が明治四〇年青木繁（一八八二―一九一一）の「わだつみのいろこの宮」を内国博覧会に見に行った当時、弟は白馬会研究所で洋画を学んでいた。青木繁に関しては、本間自身が英国唯美主義の研究を博士論文のテーマにしたせいもあって関心を持ちつづけ、青木繁展を訪れた際に目に付いた繁の一書簡を紹介している。生来の絵画鑑賞力が国雄とその世界によって一層磨きをかけられたに違いない。

そのような絵画鑑賞力が仕事面に生かされる機会があたえられたのが、大正七年より『早稲田文学』の編集責任者として同誌の作成にあたるようになってからであった。表紙絵、口絵、挿絵などを画家に注文する必要上、当然画家とのつき合いをもつことになった。当時『早文』の表紙を飾った画家には織田一磨《おだかずま》（一八八二―一九五六）、津田青楓（一八八〇―一九七八）、森田恒友（一八八一―一九三三）、岸田劉生（一八九一―一九二九）、小川芋銭《おがわうせん》（一八六六―一九三八）、吉川霊華（一八七五―一九二九）、平福百穂《ひらふくひゃくすい》（一八七七―一九三三）等がいる。森口多里の紹介による萬鉄五郎《よろずてつごろう》（一八八五―一九二七）の作品も紙上に採用された。

このなかで、津田青楓とは家が近かったせいか、家族的なつき合いもあった。いわば国雄をきっかけとして知り合った森田恒友に関しては、紹介記事を書くなど親しい仲となり、恒友没後も展覧会に未亡人を訪ねたり、恒友について一文ものしようと、彼の女婿より資料を借用したりしている。総じて、本間は『早文』の画家たちには特別な愛着を覚え、昭和三〇年代にも森田恒友や吉川霊華の展覧会には所蔵の作品を出陳し、小川芋銭や萬鉄五郎の展覧会には熱心に足を運んでいる。

昭和初期の頃から本間の記事は美術雑誌にも掲載されるようになる。その一つ『美術街』の編集長が大山廣光（一八九八―一九七〇）であり、大山もまた本間の『早稲田文学』に寄稿している。絵画と文学について絵画雑誌にも寄稿していた本間のこの方面の活躍も、他の活動とともに大戦によって中断される。しかし戦後、昭和三〇年代に、本間久雄の名前が美術関係者のあいだで無名人でなかったのは、彼の出版活動全般とともに、昭和初期の美術雑誌への執筆活動によるものかもしれない。戦前本間が傾倒していた画家のひとりに川合玉堂

（一八七三―一九五七）があった。そのためか阿部六陽（一九〇六―一九八七）や中村玲方《なかむられいほう》（一八九八―一九八〇年）のような玉堂門下三多圭《みたけ》会の画家の活躍にも本間は関心を持っていた。彼は、その昔弟国雄もそのメンバーに名を連ねていたヒューザン会の一員木村荘八（一八九三―一九五八）とは展覧会で共に写真におさまり、遺作展では、未亡人に木村一族の小説家木村曙（一八七一―一八九〇）の書を実践女子大学六〇周年記念の『近代女性文化展』に出陳してくれるよう依頼している。『近代女性文化展』については、鏑木清方《かぶらききよかた》（一八七九―一九七二）にも手紙を書いている。また、論文の考証に必要な際には、直接画家に取材している。そのような目的で訪問した画家には川端龍子《かわばたりゅうし》（一八八五―一九六六）、小杉放庵《こすぎほうあん》（未醒、一八八一―一九六四）、中沢弘光（一八七四―一九六四）などがあった。

　本間と画家との今ひとつのかかわり方は、本の著者と装丁者としてのかかわりであった。昭和九（一九三四）年に『英国近世唯美主義の研究』を出版した際の装丁者は小林古径《こばやしこけい》（一八八三―一九五七）であった。古稀記念出版、昭和三二（一九五七）年『自然主義及び其以後』の装丁者は奥村土牛（一八八九―一九九〇）であった。その縁であろうか、土牛には梶田半古《かじたはんこ》（一八七〇―一九一七）の箱書きを依頼したり、訪問したり、大隈会館に招いたり等々交流を持つこととなった。

　その他にも昭和三〇年代に、本間と個人的な交渉があった画家もいる。白木屋の宣伝部に所属しのち退職した三上正寿《みかみまさとし》（一九一五―一九八四）は本間企画の展覧会の実現に力をつくし、本間もまた三上正寿の個展を見、その宣伝文を書いた。当時本間の家を訪れた画家には新井勝利《あらいしょうり》（一八九五―一九七二）、山元桜月《やまもとおうげつ》（一八八七―一九八五）、古川北華《ふるかわほっか》（一八八三―一九六二）、大潮会会長浦崎永錫《うらさきえいしゃく》（一九〇〇―一九九一）、酒井三良《さかいさんりょう》（一八九七―一九六九）らがいた。南画家の古川北華とは雑司ケ谷に住んでいた学生時代家が近かったこと、横井金谷という共通の好みがあったことなどで親しく、本間が古川北華と窪田空穂や坪内逍遙との橋渡しをしたことなどにより、三〇年代にも交流があったものと思われる。浦崎永錫は、明治以降の美術資料の研究を行いその成果を『日本近代美術発達史・明治篇』にまとめその出版に関して本間に相談する。酒井三良は小川芋銭に私淑し、芋銭なきあとは、大観や土牛とも親交があったことから、本間は小川芋銭の箱書きを依頼している。そして子息の田崎暘之助が本間の弟子であったことから、安井曾太郎の高弟田崎廣助とも親しくなり、暘之助結婚の際には媒酌人をつとめている。京都派の画家堂本印象《どうもといんしょう》（一八九一―一九七五）とは昭和三〇年当時会う機会はあまりなかったと思われるが、戦前彼の絵を好み美術雑誌に印象評を寄稿していたためか、季節の挨拶をとりかわしている。

個人的な交渉の有無は人によって異なるが、本間は、梶田半古及びその門人たち、小林古径、前田青邨《まえだせいそん》（一八八五―一九七七）、新井勝利、奥村土牛、小林三季《こばやしさんき》（一八九二―一九七二）の活躍に注目し、概してその画風を好んだ。平福百穂、小川芋銭らとともに、結城素明《ゆうきそめい》（一八七五―一九五七）、の画風も好み、川端龍子についてもその画風の変化に注目していた。速見御舟《はやみぎょしゅう》（一八九四―一九三五）、今村紫紅《いまむらしこう》（一八八〇―一九一六）、小茂田青樹《こもだせいじゅ》（一八九一―一九三三）らについては、師松本楓湖（一八四〇―一九二三）との関係も含めて関心をもった。

本間と画家たちとの接点として重要な役割を果たしたのは画廊やデパートの展覧会かもしれない。特に京橋第百生命館の桜井兼素洞の展覧会には足繁く通った。本間は成和会、清流会、雨晴会展等々で奥村土牛、堂本印象、前田青邨、鏑木清方、小野竹喬《おのちっきょう》（一八八九―一九七九）、金島桂華《かなしまけいか》（一八九二―一九七四）、徳岡神泉《とくおかしんせん》（一八九六―一九七二）、福田平八郎（一八九二―一九七四）、西山英雄（一九一一―一九八九）、安田靫彦《やすだゆきひこ》（一八八四―一九七八）、山口蓬春《やまぐちほうしゅん》（一八九三―一九七一）、梅原龍三郎（一八八九―一九八六）、小倉遊亀《おぐらゆき》（一八九五―二〇〇〇）、中川一政《なかがわかずまさ》（一八九三―一九九一）、山本丘人《やまもときゅうじん》（一九〇一―一九八六）、中村岳陵《なかむらがくりょう》（一八九一―一九六九）等々、当時の画壇の代表ともいえる人々の作品を目にしている。より若い層では、春陽会の中谷泰《なかたにたい》（一九〇九―一九九三）、南大路一《みなみおうじはじめ》（一九一一―一九九四）、自由芸術会々員森芳雄（一九〇九―一九九七）の油絵を特集した「橋畔会第一回展覧会」には好感をおぼえるが、山本丘人門下の野火会の信太金晶《しだきんしょう》（一九二〇―　）や稗田一穂《ひえだかずほ》（一九二〇―　）のような新しい絵画や抽象画は好まなかった。また戦前からよく行った日展や院展にも行き、中沢弘光、有島生馬《ありしまいくま》（一八八二―一九七四）、鈴木信太郎（一八九五―一九八九）、辻永《つじひさし》（一八八四―一九七四）、あるいはのちに文化功労者となった同郷の画家小松均《こまつひとし》（一九〇二―一九八九）らの作品に注目している。

近代日本絵画以外にも本間は国立博物館の展覧会からデパートの展示会まで様々な展覧会に行くことを好んだ。ルーブル展、トルコ展からアフガニスタン展、日本のものでも古いものから新しいものまでさまざまな展覧会に行った。田能村竹田《たのむらちくでん》展に行って竹田と青木木米《あおきもくべい》との友情に思いをはせ、長谷川等伯展では、狩野永徳と長谷川等伯とを比較し、下村観山展をみては、観山、菱田春草《ひしだしゅんそう》、横山大観の画風を比べている。本間とほぼ同時代の画家の展示会では、青龍会展で川端龍子一門の作品を見、国際具象展で、藤田嗣治《ふじたつぐはる》（一八八六―一九九二）、林武（一八九六―一九七五）の作品を見、坂崎坦の関係した女流デッサン展で、三岸節子（一九〇五―一九九九）や、友人の美術研究家勝之助氏未亡人仲田好江（一九〇二―一九九五）の作品を見ている。松林桂月《まつばやしけいげつ》（一八七五―一九六三）展を見て八〇歳過ぎの桂月のエネルギーに驚嘆し、刑部仁（一九〇七―一九七八）油絵展を見て、その古典味を好ましく思った。異色作家では萬鉄五郎、村山槐多《むらやまかいた》（一八九六―

一九一九）、関根正二（一八九九―一九一九）、長谷川利行（一八九一―一九四〇）らの展覧会をも見ている。その他にも春草生誕九〇年展、五姓田義松《ごせだよしまつ》展、小島善三郎自薦展、落合朗風《おちあいろうふう》遺墨展、野沢如洋《のざわじょよう》遺墨展、天龍道人遺墨展、前田青邨展、青木繁展等々、幅広く鑑賞した。そんな折に画家その人と知り合うこともあった。小杉放庵展では放庵自身と永田喜健に会っている。お茶の水高校校長の坂本越郎の紹介で海老原喜之助（一九〇四―一九七〇）に会い、三上正寿の紹介で福王子法林（一九二〇― ）、今野忠（一九一五― ）に会い、小林三季展では自己紹介をして親交を結んでいる。

展覧会に行くだけでなく、本間は書画のコレクターでもあった。掛け軸には格別のこだわりをもち、床の間にその時々にふさわしく美的鑑賞に堪える幅を掛けかえ、愛でるのは無上の楽しみであった。そのため、芝の美術倶楽部には足繁く通った。本間が若い頃から特に好んだのが郷里米沢出身の画家菅原白龍《すがわらはくりゅう》（一八三三―一八九八）であった。本間自身、白龍の幅を求め、白龍の画法を学び、その生涯について調べた。かつて白龍の弟子渡辺白民《わたなべはくみん》を自宅に招いて教えを請うたものであった。したがって、白龍の師熊坂適山《くまさかてきざん》や白龍が私淑した倪雲林《げいうんりん》の絵が画廊に出ると、心して見に行った。昭和三〇年当時、白龍研究家、蒐集家としての本間は、同好者の間ではよく知られており、個人の蒐集家や、画商が時折各種白龍幅を本間のもとに持参し鑑定を請い、本間自身気に入れば、買い手となった。白龍の幅を所蔵、または持参した画商のなかに、本間と同じく米沢出身で郷土に関することがらで交流のあった木村東介（一九〇一―一九九二）を社主とする羽黒洞、文行堂、東横美術部画商太田、音羽の画商今川、画商亀山、高野正巳らがいる。酒田市の本間美術館長本間祐介（一九〇七―一九八三）は昭和三八年三月山形県文化財に指定された米沢の中山寿男所有の菅原白龍筆『紙本淡彩近江八景』の説明文を本間に依頼し、故郷米沢では立町の粟野陽吉のように白龍作品の所蔵者と会って白龍談義に時を移すことを喜びとした。同様に、本間は師坪内逍遙の書画も好み、求め、その鑑定に関しても一目置かれていた。羽黒洞木村東介、永山画商、中川寿泉堂等、逍遙書画の箱書きを依頼しており、逍遙にゆかりの深い、会津八一（秋艸道人、一八八一―一九五六）の箱書きを請われたこともある。画商田島には鷗外書幅の鑑定を請われるが、その件に関しては森於菟を紹介している。

本間が愛し、昭和三〇年代に作品を購入したいまひとりの画家はかつて『早文』の表紙を飾った吉川霊華であった。昭和四（一九二九）年に没した画家であるが、本間はその作品が市場に現れた折に購入することもあった。吉川霊華に関しては、芝の美術倶楽部、道玄坂上の南洲堂（南州堂?、社主石橋）、田園調布にある寿泉堂（社主中川清寿）、本郷にある文雅堂（社主江田勇二）等を訪れた。買い物をした場合、当然社主とも親しくなり、石橋南洲堂はその息の大学入学相談に本間家を訪れている。また、吉川霊華と関係の深い前述柏林社書店主の古屋幸太郎（一九〇一―一九八四）を訪れ、関連の書物を借用したりしている。

本間はこうして購入した書画の表装に関しては人一倍気をくばった。もっとも高価でもっとも気に入った絵の表装は、新宿区東五軒町中村豊の中村鶴心堂に依頼した。その他のものは喜多山表装師、宇田川に頼んだ。表装のデザインは本間夫妻の好むところで、その材料を新宿の原田表装具店で求めたり、ついでがあるたびに京橋の富田に立ち寄り表装裂地を買った。また書画に関して親しく交わった人のひとりには俳人で、かつて徳富蘇峰の秘書として著作助手をつとめ、のちに文化財修理業に従事した池上浩山人《いけがみこうさんじん》（一九〇八―一九八五）があり、本間も掛け軸作成、修復を依頼した。また、中村鶴心堂主は知人息の早大受験相談に本間を訪れたりしている。その他交流があった画商には実践女子大学六〇周年記念展覧会の折に資料を求めたり、浮世絵講演会で会合した外神田の浮世絵専門店尚美社の中嶋晋一郎などがある。

本間は所持する書画を森田恒友展、吉川霊華展、鷗外百年忌展などで公開したり、大学祭展示会に出品したり、テレビに出したりした。酒田の本間美術館では所蔵作品の展示会を行い、その紹介記事を山形新聞に寄せている。

(六) 演劇(歌舞伎)関係

本間と歌舞伎の関係は、本間と絵画との関係以上に古いかもしれない。能役者の家系に生まれたこともあり、演じるということ、舞台を見るということは本間にとっては身近に感じられたことだったのだろう。米沢という質実剛健の地に育ったにもかかわらず、幼少の頃より芝居には親しんできた。早稲田大学に入学して坪内逍遙に出会って芝居好きは助長され、さらに各種演芸雑誌に観劇感を書く機会が与えられた。その間、明治文学名著全集のなかの『竹の屋劇評論集』の校訂を行ったり、その「はしがき」を書いたりして、過去の優れた劇や劇評に触れる機会をも持った。大正末から昭和初期にかけての本間の書誌録を見ると著しい数の劇評がある。その後、戦中戦争直後文化活動は総じて下火であり、本間の劇評もほとんど姿を消すのだが、戦後まもない昭和二二(一九四七)年には『歌舞伎(研究と鑑賞)』を刊行している。そして更に昭和三三(一九五八)年にも大正末期から昭和五、六年にかけて国民新聞に劇評を書いていた頃の記事を主体にして松柏社より『歌舞伎』を刊行する。

戦後の本間の劇評面での活躍は多くはないが、少なくとも昭和三四年から三九年にかけて、本間はしばしば歌舞伎座や新橋演舞場、そして前進座の公演に足を運ぶ。歌舞伎座の黒川一と知遇を得、時折歌舞伎座筋書の原稿の依頼を受け、時には種々の本を参照し一方ならぬ苦労をして仕上げている。歌舞伎座の招待券を寄贈されると、大いに観劇を楽しみ、坪内逍遙ゆかりの出し物の時は、早稲田大学とか演劇博物館関係で切符を入手したようである。歌舞伎に関する全般的な興味は衰えることを知らず、ラジオで歌舞伎の名作の放送や、歌舞伎俳優と評論家との対談があると興深く聞き、雑誌に歌舞伎の危機に関する記事があると、早速一読する。観劇生活はつづき、劇評は『日記』のなかに記されている。

　昭和三四年から三九年頃本間が見た出し物にはおよそ次のようなものがある。まず近松の『心中天網島《しんじゅうてんのあみじま》』、「梅川忠兵衛」、「俊寛《しゅんかん》」。同じく義太夫狂言の名作『義経千本桜』、『伽羅先代萩《めいぼくせんだいはぎ》』、それに「金閣寺」、「合邦《がっぽう》」、「石切梶原《いしきりかじわら》」、「野崎村」等。なかでも本間がとくに好んだものとしては、首実検が見所の「熊谷陣屋」（『一谷嫩軍記《いちのたにふたばぐんき》』）、「寺子屋」（『菅原伝授手習鑑《すがわらでんじゅてならいかがみ》』）、「盛綱陣屋」（『近江源氏先陣館《おおみげんじせんじんやかた》』）、そして悲劇的ドラマ性が強い「太十《たいじゅう》」（『絵本太功記』）があった。それから歌舞伎十八番のうちでもポピュラーな『勧進帳』、「鳴神《なるかみ》」、「助六」（『助六由縁江戸桜《すけろくゆかりのえどざくら》』）等。そして江戸末、瀬川如皐（三世）の代表作「源氏店《げんじだな》」（『与話情浮名横櫛《よわなさけうきなのよこぐし》』）、「佐倉義民伝」、それと黙阿弥の諸作品、「弁天小僧」（『弁天娘女男白浪《べんてんむすめめおのしらなみ》』）、「魚屋宗五郎」、「河内山」（『天衣粉上野初花《くもにまごううえののはつはな》』）、リットンの *Money* の翻案物『人間万事金世中』。明治の作品では言うまでもなく坪内逍遙の『鬼子母解脱《きしもげだつ》』や『沓手鳥孤城落月《ほととぎすこじょうのらくげつ》』、そして舞踏劇『鏡獅子』等であった。大正末期から昭和初期に初演された幸田露伴の『名和長年《なわながとし》』、『一口剣』、小山内薫の『息子』、鈴木泉三郎の『生きている小兵次』。本間が特に好み、歌舞伎座の筋書にも一筆書いた眞山青果の『司法卿捕縛、江藤新平』、『元禄忠臣蔵』、『慶喜命乞』。戦後のものでは、大佛次郎の『江戸の夕映』、『朝妻船』、宇野信夫（一九〇四―一九九一）の『落窪物語』、歌舞伎とはかぎらず三島由紀夫がかかわった諸作品、そして、三四年当時の皇太子のご成婚を祝って書かれた平田都作『十七条憲法』のような新作劇。本間は、古典物、新作の別なくエンジョイし、批評力を行使していたようである。

特に注目したのは、明治大正の頃の新作劇とその作者、つまり、坪内逍遙に関係する作品や眞山青果の作品であった。逍遙の『沓手鳥孤城落月』や眞山青果の『江藤新平』、『元禄忠臣蔵』、『大石最後の日』、『慶喜命乞』など期待をもって見に行った。古典物に関しては、上演回数が多く、過去何度もみた演目であるから、いきおい演じ手、つまり今回の俳優の演技と過去の俳優のそれを比較することになった。昭和三〇年代の俳優の演技をみながら過去に見た名演、とくに、本間がジャーナリストとして活躍していた頃のそれを思い浮かべる。

たとえば、歌舞伎十八番のひとつで、明治四三（一九一〇）年に二代目左團次が復活した「鳴神」については、二代目市川左團次（一八八〇―一九四〇）の鳴神上人と左團次一座の立女形、二代目市川松蔦《いちかわしょうちょう》（一八八六―一九四〇）の雲の絶間姫《くものたえまひめ》のコンビの右に出る物はなく、「江藤新平」では、同じく二代目市川左團次の江藤新平と市川寿美蔵《いちかわすみぞう》（のちの三代目市川寿海《じゅかい》、一八八六―一九七一）の細川是非之助の戦前コンビに勝るものはない。その他、「川連館《かわつらやかた》」における初代中村吉右衛門（一八八六―一九五四）の忠信と六代目尾上菊五郎（一八七〇―一九四九）の静御前、「源氏店」では歴史に残る名演と評判の高かった一五代目市村羽左衛門（一八七四―一九四五）の与三郎、六代目尾上梅幸（一八七〇―一九三四）のお富、四代目尾上松助（一八四三―一九二八）の蝙蝠安《こうもりやす》がやはり最高の名舞台であった。『沓手鳥孤城落月』を見れば、その昔この役をあたり役のひとつとした五代目中村歌右衛門（一八六五―一九四〇）の演技が、『名和長年』については、大正二年初演の際に長年を演じた七代目松本幸四郎（一八七〇―一九四九）、「寺子屋」の松王については、七代目市川中車（一八六〇―一九三六）の名演が、目の当たりに浮かぶ、といった具合である。その他、印象に残った過去の俳優として、七代目澤村宗十郎（一八七五―一九四九）、初代中村雁次郎（一八六〇―一九三五）、一二代目片岡仁左衛門（一八八二―一九四六）、二代目尾上幸蔵（一八六六―一九三四）、七代目市川團蔵（一八三六―一九一一）等の名がを挙げられている。そして、昭和三〇年代の俳優のなかでは、名女形としてこの後四〇余年歌舞伎界を支えることとなった六代目中村歌右衛門（一九一七―二〇〇一）、三代目市川寿海などを巧者と認め、演目によっては、七代目尾上梅幸（一九一五―一九九五）、一一代目市川團十郎（一九一〇―一九六五）、三代目尾上松録（一九一三―一九八八）、八代目市川中車（一八九六―一九七一）なども賞讃し、七代目松本幸四郎の次男、初代中村吉右衛門を岳父に持つ八代目松本幸四郎（一九一〇―一九八二）、その弟二代目尾上松緑（一九一三―一九八九）、八代目坂東三津五郎（一九〇六―一九七五）などに、あるいはその祖先の面影を見出し、またはその芸の発展を祈る。

　本間はまた歌舞伎俳優ばかりでなく、舞台をより良くする要素として巌谷慎一（一九〇〇―一九七五）、宇野信夫（一九〇四―一九九一）、中島八郎（一九二三―　）のような脚色家や演出家、舞台美術家の仕事にも注目し、三島由紀夫（一九二五―一九七〇）による『桜姫東文章《さくらひめあずまぶんしょう》』、平田斎三による「熊谷陣屋」の改訂についてもその善し悪しについては厳しい意見をもつていた。宇野信夫や北条秀司（一九〇二―一九九六）のような比較的新しい作家の作品も鑑賞し、批評している。

　昭和三〇年代、演劇関係者としての本間の活動は一時ほど盛んではなかったが、それでも時折雑誌の座談会などに出ていた。本間は劇界長老のひとりとみなされ、昭和三六（一九六一）年二月には日本演劇協会主催で東宝劇場で催された演劇人祭に夫妻で招待されている。だが、長老視されるのを好まず妻のみ出席。七〇歳以上の劇壇、放送関係者七〇人の名簿に九〇歳の新派女形喜多村緑郎（一八七一―一九六一）、八四歳の松竹社長大谷竹次郎（一八七七―一九六九）、八三歳の正宗白鳥と鏑木清方、本間と同年のものには市川寿海、谷崎潤一郎（一八八六―一九六五）、七〇歳の浜村米蔵（一八九〇―一九七八）、森律子（一八九〇―一九六一）を見出し感慨にふけった。同年六月、歌舞伎座前東急会館にて開かれた松竹主催歌舞伎審議会には出席。この席では、正宗白鳥、山本健吉、浜村米蔵、坪内士行、久松潜一、塩田良平、市川猿之助（二代目、一八八八―一九六三）、文芸評論家和田芳恵（一九〇六―一九七七）、日本画家江崎孝平（一九〇四―一九六三）等と挨拶を交す。三七年三月には海老蔵の一一代團十郎改名披露宴が帝国ホテルで開かれ、招待をうける。この席では河竹繁俊に会い、俳優では、猿之助、幸四郎、左團次、坂東簑助《ばんどうみのすけ》に会った。とりわけ、猿之助とは、肝胆相照らすところがあった。この会合のせいか簑助が同年九月八代目坂東三津五郎を、四代目八十助が七代目簑助（後の九代目坂東三津五郎、一九二九―一九九八）を襲名する時には、自宅まで挨拶に来ている。

本間に関して忘れてはならないのが、明治末年から大正初期の頃、逍遙、抱月による文芸協会にまつわる一連の事件と、主として劇評を通じての当時の演劇改良運動との関わりである。本間は、島村抱月と松井須磨子の恋愛のため同協会の解散、抱月、須磨子による芸術座の立ち上げに関わり、一連の事件に身近に接した。そのためか、その昔芸術座員であった田辺若男（一八八九―一九六六）の訪問については懐かしく思い、抱月、須磨子の事件の映画化、それぞれを演じた土方與志、山田五十鈴（一九一七―　）の演技と情景描写に感激し、ほどなく報じられた土方與志の死を心よりいたむ。当然、『サロメ』のような芸術座ゆかりの演目については特別な関心をもち、三島由紀夫演出、岸田今日子（一九三〇―　）、仲谷昇（一九二九―　）主演の『サロメ』に対しては、厳しい鑑賞眼を向ける。そしてこの鑑賞眼は、高津春繁訳『女の平和』の翻案ものの上演についても遺憾なく発揮される。

昭和三〇年代後半、本間は大正当時のことに詳しい数少ない演劇関係者となった。抱月、須磨子を実際に知っている人も少なくなり、この方面のことを語る機会もたびたび訪れる。ロシア文学者上田進（一九〇七―一九四七）を兄に持ち、秋田雨雀と親戚関係にある演劇評論家尾崎宏次（一九一四―一九九九）が日本の女優に関する著書を執筆した際、情報を提供した。かつて演劇評の分野で同様な仕事をしてきた演劇評論家渥美清太郎（一八九二―一九五九）の葬儀に参列し、河竹繁俊編集、伊原青々園（一八七〇―一九四一）著の『歌舞伎年表』の附録にも一文を奏する。

（七）米沢関係

米沢は本間久雄とその妻美枝子の郷里であり、それ故、いろいろな意味で強い絆を保ち、法事、その他の用事で久雄も美枝子も時折帰郷していた。そして東京に住んでいても、旧米沢藩の文化的背景とか歴史上の人物についての郷土意識をもっていた。前述のように、本間が菅原白龍を好んだのも、画それ自体の魅力とあいまって、郷土出身の画家であったということがひとつの理由であろう。また書の世界では、同じく米沢出身で米沢人の心を捉えた書家、宮島大八（詠士、一八六七―一九四三）を本間は誇りとする。米沢中興の英主上杉鷹山（一七五一―一八二二）、鷹山治下米沢藩の学問の形成に力をつくした儒学者細井平洲（一七二八―一八〇一）、そのもとで落成した興譲館の督学となり、平洲とともに藩学の教育方針の決定に携わった神保蘭室（一七四三―一八二六）等に対する敬慕の情、この頃形成された米沢精神への誇りと共感を、本間もまた共有した。上杉神社の宮司大乗寺良一（一八七九—一九六九）の『平洲先生と米沢』のように米沢史に関連のある書を読んだり、上杉鷹山の書跡を鑑定し鑑賞するために米沢出身の小説家、出版業者大橋音羽（一八六九—一九〇二）の史伝『上杉鷹山公』を読み返したりもする。これらの偉人たちの書に感動を覚えるのも米沢人ならではのことであろう。そんな故郷への愛着が、本間の脳裏から消えることはなく、米沢名物鯉の甘煮も、本間の好物であった。

本間久雄の祖父本間益美は上杉家おかかえの能役者であった。能の金剛流は上杉家の後援を得て栄え、益美は、久雄を跡取りにしようと謡など仕込み子役として舞台に立たせた。明治維新の動乱期、藩おかかえの能役者は困難な立場に置かれ、益美も隠居の身分となった。益美は明治三一（一八九八）年久雄が一二歳の時他界。益美の息本間保之助は金融業を営み一家の家計を支え、本間が中学を出る頃までは一家は何不自由なく暮らしていた。のち事業がうまくいかなくなり、保之助は大正八（一九一九）年六月七日他界、享年五九歳。保之助の姉は高橋家に嫁ぎ、その子、つまり本間久雄の従兄弟、がのち東北大学総長、文化功労者になった高橋里美（一八八六—一九六四）であった。保之助の妻タケは、その祖に上杉鷹山の頃御中之間年寄をつとめた志賀祐親をもつ志賀家の出身で、本間はのちに上京した志賀一家（後述）とも、親しく交際した。

本間は、三人兄弟で、弟国雄（国生、号、逸老庵、一八九一—一九七三）（後述）は絵画の道を志し久雄とともに上京、米沢に在住したもっとも近い親戚は妹みち（一九六六年没）であった。みちは、豊嶋三臈（一九三九年没）に嫁いだ。その子女に敏子（一九九一年没）、登代子、律子、岑子、淑子、令雄、阿沙子がいた。昭和三四年当時、令雄は米沢に在住していたが、姉妹のうちで東京に在住していたものもあったと思われる。豊嶋令雄は米沢の本間家の土地を久雄より買い取ることになる。ただし、土地問題について訴訟がおこり、相手方の弁護士となったのが、本間の興譲館の先輩、明治三六年卒近幹之助であった。この他三四年当時米沢の人で本間のもとを訪れたものに戦前神戸商船学校の教官をしていた豊嶋家本家の豊嶋富雄（一八九八―一九七〇）とその子息春雄（一九二八―二〇〇一）がいる。豊嶋富雄の父道之助は本間久雄夫妻の結婚媒酌人をつとめたということである。また春雄の妹昌子（一九二九―　）は、伊藤正道（後述）の妻となった。豊嶋春雄は一時東京に教職を求めたが、米沢に帰郷し、米沢女子高等学校に勤務することとなった。

本間美枝子、旧姓高橋み江の家系は高野家のそれと入り交じって複雑である。山形県士族高野清一には長男省三（一八七二年生）、次男四郎（一八七四年生）一女、二女、三女ウン（一八七八―一九六三）がいた。高野省三は東京高等商業学校卒業後三井物産に入社、その後東洋汽船、東京電力等取締役を歴任し昭和九（一九三四）年頃は奉天造兵所常務取締役をつとめていたと思われる。一方旧米沢藩士高橋孝次には長男高橋盛蔵と次男龍造（一八六八年生）がいた。高野省三のふたりの妹はそれぞれ高橋盛蔵と龍造に嫁いだが夭折した。末の妹ウンは福島県出身三井鉱山常務取締役となった七海兵吉（一八七一年生）に嫁いだ。高橋盛蔵は米沢に残り、その次男美雄（一八九三―一九四五）は伊藤家の養子となり海軍に入り、主として教育、行政面の任務を担当し大佐となるが終戦直前に病没。その長男が伊藤正道（一九二一―二〇〇一）である。伊藤正道は一橋大学卒業後住友本社に就職したが終戦後米沢に帰郷。昭和三〇年代には、米沢興譲館高校をへて県立米沢女子短期大学で教鞭をとっていた。

前述高橋盛蔵の長女み江は、明治四三（一九一〇）年米沢高等女学校卒業ののち、本間久雄の妻となる。盛蔵の弟龍造（前述）は、三重県に在籍し、愛知銀行の重役となる。七海兵吉・ウン夫妻の二女富美代（一八九三年生）は高橋龍造の長男三井銀行勤務高橋龍雄（一八八三年生）に嫁ぎ、三女武代（一九〇六年生）は外交官鈴木九万《ただかつ》（一八九五―一九八七）に嫁いだ。昭和三〇年代、一族は、法事などの折に会することもあった。み江は、学童期、家庭の事情で名古屋の龍造家にあずけられたこともあつて、高橋龍造一族とは親しく、昭和三〇年代、本間夫妻は、折があると当時熱海に住んでいた高橋龍造と七海兵吉未亡人ウンを訪れている。

米沢在住の知人で、親しかったものに丸魚米沢営業所の佐藤繁雄がいる。佐藤も上京の折にはしばしば本間を訪ね、米沢にあっては、土地訴訟問題などに関して等々本間の助けとなった。興譲館の同級生で農業を営む竹田源右衛門は白龍を好み上京の際、本間を訪れた。粟野博助の叔父にあたり、博助を介して知り合った立町の織物商、粟野陽吉（一九一〇―一九九七）は白龍蒐集家で、本間が米沢を訪れた際にはともに蒐集物を鑑賞し、閑談にふけった。

明治時代以後、本間も含めて諸般の事情で米沢から東京に出てくるものは少なくなかった。彼らは東京の知己を通じて交際の輪をひろげ、故郷の縁で交流を深めた。たとえば、前述粟野博助は、昭和二五（一九五〇）年の上京の際、伊藤正道の紹介で本間と知り合った。前述母方の親戚志賀家もまた戦前に東京に出てきた。銀行業を営んでいた志賀槙太郎は、米沢大火と昭和はじめの金融恐慌で関係する銀行が閉鎖され、昭和九（一九三四）年に東京に移った。古文書蒐集家であり、優れた古文書解読家であった志賀は、昭和一四（一九三九）年より東京大学史料編纂所に勤務。久雄は古文書解読にあたって志賀の教示を受けたこともある。槙太郎の長男景昭および前述次男謙は、昭和三〇年代しばしば本間宅を訪れ、本間もまた槙太郎邸を訪れている。

親戚以外にも東京在住の米沢市あるいは山形県出身者、特に興譲館出身者の中には、同郷の絆を保っているものも多かった。本間も小学校時代の友人で明治三八（一九〇五）年興譲館中学卒、昭和三〇年代後半にかけて中野区に住んでいた医師小鷹利三郎、明治三九（一九〇六）年興譲館卒、世田谷区在住、丸新石油株式会社会長穴沢精一、本間と同級明治三七（一九〇四）年卒、世田谷区成城在住農林省水産局につとめる丸山英一と同窓会を開いている。明治三八（一九〇五）年卒、旧陸軍大佐の湯野川国治郎は、なつかしさから本間の家を訪れ、明治三八年卒、三高教授から、大阪大学教授となった須貝清一は息の入学について本間を訪れ、明治三六（一九〇三）年卒、慶應義塾大学に進み、当時日新化工株式会社の相談役を務めていた高野大輔は、しばしば本間家を訪問し、子弟の入学相談その他に関して友人を紹介し、慶應義塾大学に関係することがらに関しては時には本間の依頼も引き受けた。

昭和三五（一九六〇）年には、交流の場に興譲館卒業生の組織、有為会が加わる。明治四五（一九一二）年卒、日販社長、日銀理事を務めていた相田岩夫（一八九四—一九八二）が第七代会長を務めていた昭和三五（一九六〇）年一月の有為会新年会に本間は出席し、明治三三（一九〇〇）年卒、宮崎、高知、福島県知事を歴任した加勢清雄、大正一一（一九二二）年卒、日販副社長加藤八郎、明治四五（一九一二）年卒、明電舎専務取締役金沢忠一、明治四三（一九一〇）年卒、篠田新宿診療所所長篠田義市らに会った。その後もこの会で同席した人のなかには、本間の従兄弟、東北大学名誉教授となり、東村山市久米川在住の高橋里美、のちの日銀総裁、当時三菱銀行頭取をつとめ有為会第八代会長となった港区在住の宇佐美洵（一九〇一—一九八三）、世田谷区在住衆議院議員黒金泰美（一九一〇—一九八六）等がいた。

昭和三〇年代後半になると、本間は山形出身の文化人のひとりと数えられる。山形新聞主催により山形美術博物館運営について学識経験者の意見を聞く会合がもたれた際には、米沢出身の美術評論家小泉篤男（一九〇二—一九八四）や庄内出身、東京国立文化財研究所所長の田中一松（一八九五—一九八三）とともに招待される。また、昭和三六（一九六一）年、米沢興譲館高校創立七五周年式典の記念講演に母校に招待されるなど、興譲館出身の名士のひとりでもあった。また、美術や書道に対する共感によるものか、本間は尾崎周道（一九二三

―一九七八）の知遇を得、大熊信行（一八九三―一九七七）など同じ米沢出身者の文化活動にも関心を持った。

（八）家族と近隣

本間夫妻のもっとも近しい親族は二人の娘とその家族であった。長女久美子は昭和一二（一九三七）年市河三喜の媒酌で東京大学教授、古代ギリシア語、ギリシア文学研究家の高津春繁（一九〇八―一九七三）と結婚、娘顕子がいた。本間と同じく文系の学問をした高津とはよく気が合い、本間は高津の家を訪れることも多かった。兄高津奈良男（一九〇三年生）は、関西出身の実業家で昭和三〇年代にはビオフェルミン製薬副社長をつとめ、その長男高津鉄郎（一九二九年生）は早大建築科卒、昭和三四年当時関東学院にて教鞭をとっていた。高津春繁はオックスフォード大学にて学位を取得し、その折の学友に昭和二年早大英文科卒、昭和三〇年代の前半早大第一文学部で講師をつとめていた垣内商事（株）社長、垣内武二（一九〇三年生）がいた。そのつてで、本間は当時入手困難であった上質の洋服生地を購入したり、日本橋井岡洋服店を紹介してもらったりした。次女清香は大浜信泉の媒酌で早稲田大学法学部教授星川長七（一九〇八―一九九六）と結婚、長女耀子および長男熙がいた。

明治三八（一九〇五）年本間久雄と共に上京した弟国雄は、画家を志し、白馬会の洋画研究所に学び、『読売新聞』、『文章世界』、『演芸倶楽部』等の挿絵や表紙を描いていたが、南画に転じ、戦前朝鮮半島や満州を放浪し画業にはげんだ。戦後しばらく関西に住んでいたが、昭和三四年頃から東京に居を定めることになった。

久雄は大変弟思いで、彼の作品頒布会や個展のために援助を惜しまなかった。また、当時国雄の弟子であった新宿在住の画家、染織家鯉江ちかしに、本間美枝子は着物の染色を依頼し、ちかし病気入院の際はよく見舞った。

当時の文京区雑司ヶ谷一四四番地（現目白台三丁目）の本間家の構成員は、主の久雄、その妻美枝子、中学卒業後間もなく住み込みの女中として入った貞、そして本間が愛した秋田犬のエスであった。本間の家は来客が多く、美枝子は隣地に菜園を持ち、そこからとれた野菜を使い手料理で客をもてなすことを好んだが、特別な折には石切橋の鰻屋橋本より出前がとられた。雑司ヶ谷一四四番地の宅地購入以前の大家であったのが竹内りやう、当時の隣人には鈴木四郎、佐藤万造父子、牛尾、そして早大学院で教鞭をとっていた歌人都筑省吾（一九〇〇―一九九七）らがいた。高木力の圧力で私道に関する土地問題がおこった時は弁護士、東京都議会議員の四宮久吉（一八九五―一九八〇）を頼んだ。私鉄、地下鉄が未発達で、電話の普及もなかなかであった昭和三〇年代初頭、早稲田関係者で大学近辺に住んでいる者も少なくなかった。例えば同じく文京区雑司ヶ谷一四四番地の都筑省吾、高田豊川町の本間武、豊島区雑司が谷の田村勇。村松定孝は大塚坂下町に住み、『表象』の新井寛も目白に住んでいた。本間も大学に通う道すがら古書店に立ち寄り、都電の早稲田車庫前の松本理髪店で散髪をした。

昭和三四年、七〇歳を過ぎた本間は、体調が悪く医者にかかることも少なくなかった。当時近隣医療の最前線を担ったのが、東大分院と呼ばれた東京大学付属分院であった。本間も専門医療を必要とする時はここに通った。分院の田久保（田窪？）氏の紹介で、各科にかかることもあった。眼科の近藤医師、内科の長谷川医師、外科の林田医師、中川医師等々。その他、近所の松尾歯科、都筑省吾紹介の眼科山下清医師、小川耳鼻科などにかかり、近所の鈴木医師には往診を頼んだ。

四　本間久雄と「本」

最後に昭和三四（一九五九）年から三九（一九六四）年までの『日記』を貫いている本間と本の関係について触れておかなければならない。

本間の知的活動の源泉は本であり、書見は彼の生活の今ひとつの中心であった。座右には常に本があり、講義に関してはベテランであったはずだが、それでも授業の前日は必ずといってよいほど、授業の下調べの書見を行っている。

本間はじつにしばしば図書館に通った。主として早稲田大学図書館と演劇博物館であったが、時に応じて東京大学の新聞文庫や国会図書館にも足を運んだ。三〇年代半ばから後半にかけて、毎月『芸術生活』に連載記事を書く他にも、折に触れ『日本経済新聞』、『表象』、『学苑』、『国文学　解釈と鑑賞』、『短歌芸術』、『英語青年』、『実践文学』、『歌舞伎座筋書』等に寄稿していたからである。これらに掲載された記事の内容は、専門分野に限らず、文化全般にわたり、幅広い知的背景を要求するものであった。なかでも、歌舞伎座の筋書のように、その月の演目にしたがって記事の題目がきまっている場合、その題目について更なる知識が要求された。たとえば、九代目團十郎について原稿を頼まれるとさっそく早稲田大学図書館と演劇博物館に行って、伊原青々園の『市川團十郎』（東京、天方貞造、明治三五年）、同『近世日本演劇史』（東京、早稲田大学出版部、大正二年）、松居松葉の『團州百話』（東京、金港堂書籍、明治三六年）、坪内逍遙の過去の歌舞伎関係の著述を集めた『逍遙選集　第一二巻』（東京、春陽堂、昭和二年）を借り出して調べるという具合である。講演についてもまた然りで、坪内逍遙、山田美妙、など明治文学、世紀末英文学関係のみならず、イギリス絵画や浮世絵にわたった幅広い演題は、そのつど入念な下調べを要求した。

本間にとって調べることは、長年の修練により第二の性となり、いわば趣味の道である絵画に関しても、好みの菅原白龍や吉川霊華の作品解釈のこととなると労苦をいとわず納得がいくまで調べた。そうした作業のいくたりかは、のちに文章の形となり発表されたが、吉川霊華の『離騒』の解釈や『雨月物語』の「蛇性の淫」とキーツの **Lamia** の比較の場合のように納得のいく解釈が文章としてまとめられなかった場合もある。

しかし、こうした断片的な執筆、講演活動の背後にあり、昭和三四年から三九年までの日記の底流に流れるものは、『続明治文学史　下巻』の作成であった。学期中、あるいは種々のイベントで忙しい時には、一時休止。だが、休み期間、特に夏休みというまとまった期間は原稿の作成には絶好のかき入れ時で、エアコンもない当時、暑さのなかで執筆にはげんだのである。三四年から三九年にかけて本間が購入したり借り出したりした洋書もその多くが『続明治文学史　下巻』執筆のためのものであった。たとえば、同書第七篇自然主義及び其以後、第一章所謂自然主義、（ロ）リアリズムとナチュラリズムの項（一六八―一七三頁）を執筆するに際して、本間が使用している洋書のなかには次のようなものがある。（○を附したものは早大図書館の蔵書、◎を附したものは本間の蔵書。なお旧本間蔵の洋書の多くは実践女子大学図書館に収められている。）

◎Butler, K.T., *A History of French Literature* (London: Methuen, 1923).
◎McDowall, A. S., *Realism: A Study in Art and Thought* (London: Constable and Co., 1918).
◎*The Oxford Companion to French Literature*, compiled & edited by Sir Paul Harvey and J. E. Haseltine (Oxford: Clarendon Press, 1959).
◎Saintsbury, G., *A History of the French Novel: To the Close of the 19th Century* (London: Macmillan, 1917-19)
◎Saintsbury, G., *A History of English Criticism: Being the English Chapters of a History of Criticism and Literary Taste in Europe* (Edinburgh: W. Blackwood and Sons, 1911).
○*The Outline of Art* , ed. Sir William Orpen (London: G. Newnes, 1924).
○Wells, B.W., *Modern French Literature* (London: Sir Isaac Pitman & Sons, 1910).
○Konta, A. L. *The History of French Literature: From the Oath of Strasburg to Chanticler* (New York: London; D. Appleton, 1910).
○Faguet, E., *A Literary History of France* (London: Unwin, 1907).

その他Maurice Baring の説に関しては*Encyclopaedia Britannica*、ブリュンティエール、ペリシエ、ゴンクール兄弟、その他原文がフランス語の著書に関しては英訳か和訳本を利用したようである。

今のように瞬時にして文献を検索するシステムがなかった当時、本間も書店の目録から、古書店の店頭で、時に触れ折に触れ役に立ちそうな文献を購入するしかなかった。コピー機がまだ普及していなかったので、手元にない文献は図書館その他から借りるか、借りられないものは筆写するしかなかったのである。本間が購入した文献のなかには、昭和三〇年代（一九五〇年代後半）の新しい文献もあるが、本間が若い頃に読んだ大家の著書も多く、空襲で焼失した著書を改めて買い直す場合もあった。当然のことながら、日本の研究者には、第二次世界大戦をはさんだその前後のイギリスの学界動向に関してはあまり知られていなかったのである。

『続明治文学史　下巻』の作成を念頭において昭和三四年から三九年の間に本間によって蒐集された和書は、文学史の資料としては価値があるものとなった。作者、作品解釈に際して、できるだけ、執筆者の心理や著述過程を物語る手稿を珍重し、出版された時代の雰囲気を伝える初版本を尊重した本間は、自著執筆にあたっても古書展にてできるだけそれに近いものを求めたのである。手稿のいくつかは本間九〇歳の時の著書『明治大正文学資料　眞蹟図録』（東京、講談社、一九七七年）に解説つきで公刊されており、これらに加えて初版本や稀覯本は早稲田大学図書館に本間文庫として収められ、いまなお研究者の利用に供している。

昭和三四年日記

昭和三四年一月元日

午前十時起床。前夜平武二君花園万頭持参、年越しの酒を共にせしためか頭少々重し。例年の通り、朝雑煮を祝ひ万頭にて朝茶を飲し、すぐ書斎に入る。バトラーの『仏文学史』(一)を繙く。一八五〇年以後の仏文学をすべてネオ・ロマンチシズムの名目に一括せるは斬新なる解釈なり。リアリズムとナチュラリズムとを区別せるも面白し。十二時頃内山正平、岩田洵二君相次いで来る。酒。談論風発数刻にしてかへる。年賀郵便到着。夕刻、志賀景昭君来る。酒、夕食を共にす。八時頃かへる。

この日は珍らしく雪なり。午前中霙なりしが正午過ぎより雪となりて夜なほ降りやまず。障子越しに打見やる雪景色えもいはずよし。今宵もし降りやまずば明日は国電にてどこかに雪見に出かけばやなど妻と共に語る。近年になき静かなる正月なり。十時就寝、其前書き残せる年賀状少々書く。

斉田母娘、鈴木四郎氏来り、玄関にてかへる。

(一) Butler, K. T., *A History of French Literature* (London: Methuen, 1923). Kathleen Theresa Blake Butler (1883-1950).

一月二日

午前九持起床。昨夜おそくまで降りつゞきし雪、名残なく晴れわたり昨日にかはる好天気、庭の松の雪を冠りてたわゝなる様、美し。朝の雑煮の後、書斎に入り昨日のつづきの『仏文学史』を読む。リアリズムに二派あり、一をアーチスチック・リアリズムといひ、他をシュード・サイエンチフィック・リアリズムといふ。フロオベエル、モウパッサンを前者、ゾラを後者といひ、夫々の特色を説く。論旨明快にして得るところ多し。

正午頃、志賀謙君来る。酒半ばにして大沢実君来る。英文学会のこと、学校の事など雑談数刻。二人かへりて後、岡保生君来る。つづいて星川耀子、熙二人来る。二人、葡萄酒など飲み、ほどなくかへる。岡君と夕食を共にす。明治文学についての雑話に時を移す。岡君かへりて後、年賀状を書く。なほ、当日、平出、松永両嬢来り、玄関にてかへる。今日は前日に比し、あはたゞしき一日なり。名古屋日光堂古書目録来る。電話にて左の書、注文。全部入手の運びとなる。

美妙『ふたり女』、　秋聲『凋落』、　青年文　二巻三、五、　小天地　二巻八号。

志賀槙太郎君より謙君に托し董其昌(一)の江南楽の書帖(石版)を贈らる。右書帖の奥附に白龍山僧梵林識として「此巻用筆蕭《ママ》」、云々の批評めける言葉あり。文久三年竹秋勧農日とあり。白龍が青年時代に董其昌を学べることを実証するものとして面白き資料なり。

(一)　董其昌(一五五五―一六三六)明末の書家、画家。日本には享保年間(一七一六―一七三六)に輸入される。

一月三日

九時起床、十時雑煮の後書斎に入る。前日のバトラーの『仏文学史』を読み出せるころ高田芳夫君来訪。簡単なる文学事典編纂中とのことにてわれにその監修者たることを求む。柄になきことゝて断る。次いで新井寛君夫婦子供を連れて来る。高田君共々卓を囲みて一飯、酒、雑談数刻、高田君先づかへり、次いで新井君かへる。新井君と引きちがいに熊坂敦子嬢来る。次いで山本英吉君来る。二人に酒。山本君は中央公論社最初の海外視察員として米欧八ヶ月の旅を終へて去る十二月初め帰朝せる人。欧米旅行談に興の尽きざるものあり。われ亦往年の欧州旅行の思い出に耽ることしばし。二人かへるのち、なほ、この日、玄関迄来れる人に内田千里氏夫婦（赤ん坊をつれて）、高井嬢、萩原敬一君あり。

書斎に入り、リチャード・リケットなる人の Pages on Art (一) と題せる書中、歌麿について書ける一章（一八九〔・〕年稿）を拾ひ読みす。雑誌「表象」に寄稿を約せる歌麿とビアヅリーにつきての何等かの参考を求めてなり。其点では得るところなかりしも英国に於いて一九世紀末において歌麿をいかに評価せるかの参考とはなれり。六時頃、島田謹二氏より来邸の旨電話あり、間もなく同氏来る。談、英文学のこと、定年制可否のこと、明治文学研究家の態度のこと、明治文学研究家某氏の人柄の陋劣なること、学問愛好の同志間にて新しき研究懇話会をつくりたきことなど、種々談笑数刻。九時半頃かへる。興深き一夕なり。後、書き残せる年賀ハガキを認め、十二時半就床。

（一）Ricketts, Charles S., *Pages on Art* (London: Constable, 1913)〔?〕。

一月四日（日曜）

九時起床、昨夜不眠のために頭少々重し。新聞にて洋画家和田英作氏の死を知る。氏の卒業制作と伝へらるゝ大作『渡頭の夕暮』（明治廿年）は、嘗つてこれを近代美術館にて見たる折にも、その当時の田園趣味牧歌趣味を偲ぶ好個の作品として感銘の深きものありたることを今おもひおこす。氏は明治文学に関係深き人にて「明星」の表紙「白百合」の表紙を始め、挿画、書物の装幀等にも記念すべき作品数々あり。又、その『あるかなきかのとげ』の如きは（多分四十年？の内国博覧会出品と記憶す。）西鶴の『五人女』のお七吉三の挿話より取材せるものとしてその頃評判の高き作品なり。一度その謦咳に接したきものと思い居りしが、その機なくて過ぎしは遺憾なり。

午前中、年賀状を認む。午後、西村朝日太郎氏来る。父君酔夢氏のこと、中村吉蔵氏、高須梅渓氏のこと、其他学問上の話に時を過ごす。

夜、書斎に入り、バトラーの『仏文学史』のつゞきを読む。リアリズム及びナチュラリズムがロマンチシズムよりいかなる要素を受けつぎたるかの解釈精緻にて得るところ頗る多し。ビアヅリイと歌麿との関係を調べたくシモンスの『ビアヅリイ』(一)其他ビアヅリイについての英文の著書数種をあちこちと探したれどわが取扱はんとせる問題の核心に触れたるものを見出し得ざるは遺憾なり。

前日、言ひ遺したることなれど、松村武雄氏(二)の『日本神話の研究』が朝日賞に選ばれたることは、喜ばしきことなり。われは賞といふものに何等の興味を持たず。しかし松村氏の如き著書による物質的報酬を度外視して(推測なれど)孜々として一筋にその道に精進せる学者気質は以て敬するに足る。

松の内なれど閑散の一日なり。十一時就寝。

(一) Symons, A., *Aubrey Beardsley* (London: The Unicorn, 1898). Arthur Symons (1865 - 1945). イギリスの詩人、批評家。

(二) 松村武雄(一八八三―一九六九) 神話研究家、児童文学者。

一月五日(月曜)

午前九時起床、年賀郵便のこと其他雑事に午前中を過す。十二時頃潮田武彦君夫婦子供を連れて来る。簡単なる食事ののちかへる。半折二枚(寒山詩)を書く。藤島秀麿君来る。色紙一葉(性月澄々朗云々)(一)を贈る。耀子、熙連れ立ち来る。熙、写真機を携へ、余等を撮影せんとてなり。郷里の須貝氏年賀に来る。雑話中時間経過、日影傾き撮影の機を失す。煕、失望憤懣の様子にてかへる。

夕食後、書斎に入り、バビットの“The Masters of Modern French Criticism”(二)を取出し、ブリュンチェール(三)の一章を読む。流石に明快直截な論旨にて感心せり。たゞし、ブリュンチェール其人は観念的批評家にて、吾等、批評家として範とすべきか否かは疑問なり。とは云へ、彼れが、そのストイシズムの立場より近代頽廃の世相に反抗し、同時に唯美主義的芸術観、享楽主義的芸術論に反抗して孤軍奮闘を辞せざりし勇敢さは推賞するに足る。宜なり、彼れの批評の militant criticism と称せらるゝは。

歌麿とビアヅリイの関係を知らまほしく昨夜同様ロスの『ビアヅリイ論』(四)、オスバアト・バアデットの『ビアヅリイ時代』(五)ジョン・グレイの『ビアヅリイ書簡集』などを、無益に、そこはかと漁る。「今の吾れは入日を浴びつゝ暮れぬる間にと道をいそぐ旅人の如し」十一時就寝。

(一) 寒山詩の一節「性月澄澄朗　廓爾照二無邊一」寒山詩については『本間久雄日記』（以下『日記』）昭和三四年七月二九日（二二二頁、二二三頁註）参照。
(二) Babbitt, I., *The Masters of Modern French Criticism* (Boston: Houghton Mifflin, 1912). Irving Babbitt (1865-1933).
(三) ブリュンチエール、Ferdinand Brunetière (1849-1906). フランスの批評家。
(四) Ross, R. B., *Aubrey Beardsley* (London: J. Lane, 1909). Robert Baldwin Ross (1869-1918). イギリスの著述家、文芸批評家。
(五) Burdett, O., *The Beardsley Period: An Essay in Perspective* (London: J. Lane, 1925). Osbert Burdett (1885-1938). イギリスの文学者、批評家。

一月六日（火曜）

午前九時起床、今日にて松の内終る。たゞし余に有りては松の内も何もなし。戦後は新年を祝ふ心持ちも失せ、毎年門松も立てず日の丸の旗も立てず今日に至れり。喪服を着たる心地にていつも新年を送れり。昨年暮の政府の発表によれば未帰還者三万を越すといふ。而もそれらの多くは死亡せるものと推測さるといふ。彼等の遺族の心事や如何。新年何ぞ祝ふに足らんや。午前十一時頃夏堀昇君来る。妻と共に三越七階にて昼食をとり、国華社七十周年記念展覧会（高島屋）にゆく。日本近世絵画史の縮図を見る心地す。岩佐又兵衛のお国山三の絵巻も面白く、漢画の手法によれる四季耕作の屏風湘瀟八景の絵巻更に面白し。国芳の版画に構図色彩、今日のものそっくりのものあるを見て一驚を喫す。大雅、蕪村、木米、半江等、いづれも屡々見たるものなれど、今日はゆっくりと見得たるはうれし。留守中、増山新一君、赤坂長明君（別々に）、田崎暘之助君夫妻来る。

夕食後書斎に入り、昨夜のバビットのブリュンチェール論のつゞきを読む。ブリュンチェールが、始めにはゾラ一派の自然主義を、後にはフランス、ルメートルの快楽批評を烈しく非難せることを解説せるあたり特に面白し。

「ナチュラリズムはロマンチシズムの反動なりと云はるれど事実は、多くの点において、その論証的継続に外ならず。ゾラの気質《テンペラメント》はユウゴーのそれを低級化せるものに外ならず。単にロマンチックの夢が一種の夢魔《ナイトメエア》に変形せるなり。ゾラは現実といふものを勝手に“the obscene or grotesque visions of his overheated imagination”に置きかへたるなり。ゴンクウル一派の印象主義―絵画の技巧と文学の技巧とについての組織的混乱（システマチック・コンフュージョン）に外ならぬ印象主義亦、その起原はロマンチシズムにあり。」p. 307

バビットは云ふ。「ナチュラリズムを憎悪せるブリュンチェールは、ナチュラリズムがルソーの『懺悔録』

に芽生えたりと見たおのづからの結果、ルソーの流れを汲める一切の文学を憎悪せり」と。それが本当ならブリュンチェールは相当に偏見の人なりと云はざるべからず。

十時半就寝。

二日に注文せる名古屋日光堂書店より美妙、其他の書籍到着。

一月七日（水曜）

午前九時起床。家の真向かいの広場に新しく四階建の住宅公団、旧臘より建築中にて騒々しきことおびたゞしく書斎に閉ぢ込もり得ず、止むを得ず茶の間にて時を過ごす。本日都築佑吉君来る。雑話数刻、ラファエル前派につきての講義の準備にとりかかる。来月曜の実践女子大にての特殊講義のためなり。

夕刻喜多山表具師、兼て依頼し置ける森田恒友小品（堤三題の中二題）表装出来とて持ち来る。二千六百円を払う。改めて芋銭寒山拾得、半古紙雛の二幅を頼む。夕食後、米沢の大乗寺良一氏著『平洲先生と米沢』を拾ひ読みす。事件の羅列に大半を費せるのみにて、事件を味はい噛み含めて鑑賞評価せる趣きに乏し。資料的に価値なきにあらざるも読者の興趣を喚起する点に欠けたり。

今日は学問的にも思索的にも収穫なき一日なり。十時入浴、後間もなく寝に就く。

一月八日（木曜）

午前八時起床。この間日光書店より取りよせたる雑誌「小天地」（第二巻第八号）巻頭所載の秋聲の小説「見え坊」を読む。街の一寸とせる出来事を描けるもの。見え坊の悲劇か喜劇か。自然派小説の先駆的作品の一種と見るべし。

石井柏亭の青山斎場の告別式（午後二時）にゆく。嘗てなき数の多数の参列者也。控室にて奥村土牛、添田達嶺、坂崎坦諸氏に逢ふ。添田氏の話にて柏亭氏が晩年比較的不遇なりしは横山大観の圧迫によるといふ。柏亭氏が日本画の結城素明と、呼応して自然主義、写実主義に始終せることが理想主義の大観の意に［悖］れるに因れりといふ。果して然るや。尚、大観が素明はもとより玉堂にさへ、如上の点にて圧迫を加へしといふ。余はその真相を知らず。画壇通の添田氏［の］話をそのまゝに記録するにとゞめむ。

帰路、伊勢丹に古川北華氏の個展を見る。賦彩の高雅にして濃鮮なる賞すべし。玉堂富貴と題して牡丹を描けるものなど際立ちてその感あり。

夕食後、「婦人公論」所載山田賢子といふ女性の「私はリトル・ロックの黒人学校にいた」（一）と題する一文を読む。昨年リトル・ロックにおける白人の黒人虐待についての新聞記事を読んで以来、その委細の真相を知りたく思ひ居たればなり。山田氏の右の文は、それほど委しきものにあらざれど、やゝその真相を推測するに役立ちたり。人種的偏見ほど恐ろしきはなし。而も文明国を以て誇るアメリカの現代にこの恐ろしさを描ける作家ありや。ストウ夫人以来、恐らく皆無なるべし。余は今にして第二のストウ夫人の出現を望むことしきりなり。

入浴後、十時、寝に就く。

この日、三日ばかり前に甲州の書肆甲文堂に注文せる書籍三種、早文、（四十年五月号）、萬朝報附録（三十年一月）『新選女大学』、佐野天聲作『不死の誓』（四十年刊）到着す。

（一）山田賢子「私はリトル・ロックの黒人学校にいた」（『婦人公論』昭和三四年二月号）一三〇―一三二頁。

一月九日（金曜）

午前八時半起床。十一時久美子来る。昼食を共にす。雑話。一時半頃かへる。二時かねて約束しある小泉氏来る。氏は仏文学者、学芸大学の助教授にして且つ実践女子大にて十年来仏語を教へつゝある人。東京の人、九州大学出身。紳士的の人なり。四時頃かへる。かねて何かの用にもと、リトル・ロックの男女共学問題について切り抜き置ける朝日新聞を取り出して改めて読む。「芸術生活」への寄稿の内容を、この問題にすることを思ひ定む。

六時頃、田崎廣助氏、暘之助氏と共に来る。酒、夕食。石井柏亭氏のことについて語る。その説、我が意を得たること多し。田崎氏又、画家としての態度、抱負を語る。物象を描く場合、何よりも先ずその本質を把握すべきことを説く。且つ画品の貴ぶべきことを語る。すこぶるわが意を得たり。田崎氏と始めて逢ひたるは五・六年前のことなりしが、その後氏の画境急激に進展、世評亦急激に高きを加へたるも氏の日頃の態度の真摯なるおのづからの結果ならんか、悦ばしきことなり。九時半かへる。十時半就寝。この日久美子、清香別ゝに来る。

一月十日（土曜）　欠く

一月十一日（日曜）

九日夜、田崎氏かへれる後、急に下痢を催し、且つ風邪をひきかへせると覚え鼻腔に故障ありて切りに鼻汁出づ。以後厠に立つこと数次、明け方まで一睡もし得ず。輾転反側、亡き友中島利一郎君のこと、故五十嵐力先生のことなど切りに思ひ出さる。中島君は稲門における余の同窓也。漢語漢文に委しく東洋言語学の樹立を終生の念願とせり。稲門卒業後間もなく黒田家に身を寄せ同家の古記録、文庫の整理にあたれることあり。当時、「栗山大膳」執筆のため森鷗外、屡々文を寄せて氏に質し、且つ一二度氏を訪ねたることありといふ。氏の黒田家文献に委しき以て推すべく、鷗外亦その歴史小説をものせる折、資料研究に苟もせざりしその態度の真摯なる亦以て推すべし。

　中島氏は戦前『東洋言語学』の著あり。たゞし当時学界において余り高く評価せられざりしやう思はる。戦後氏と数回面晤の機あり。一日、氏より『伊勢物語は業平の作にあらず』といふ考証的論文を学位論文として早大に提出したしといふ相談をうけたり。専門家ならぬ余としてはその内容についてとかくの評なけれど論文提出についての種々の事情を熟知せる余には、もう少し時機を見てからにしてはと暗に提出に慎重を期するやう忠告したれど、氏は余の意を察せざりしにや、間もなく文学部長をたづね、而もすげなく断られたるやにて其後は失望の様子なりき。去る十二月、氏は、直腸癌の手術を受け日本通運病院（大塚仲町）に入院せりとのことにて、余、同窓四五人（坪内、市川、三木、高賀、余）を代表して同二十日同病院に氏を見舞ふ。氏自身癌とは知らず慢性腸カタルにて間もなく退院の気理《〔ママ〕》なりしもいたまし。輸血にて辛じて生命を支へたる重体にて、始め、余を見たる瞬間、余を識別し得ずそのいふ言葉も録々聞き取り得ざりし程なりしが、「京都の学会」々々と二度ほど云へるのみ、余の耳詆《〔ママ〕》に残れり。思ふに当時の氏の脳裏にたゞ学会（歴史学会？）のこと、学問のことのみありしならむ。かほど学問に執着しながら、世にその真価を認められず窮乏の中に世を去りしは気の毒の限りなり。昨年公刊せるものに『卑語考』（雄山閣刊）一巻あり。余に贈りてその批評を、余の毎号執筆せる「芸術生活」において公けにすることを求む。専門外のことなれば批評すべきやうもなく、そのまゝに打過ぎたるも今にして思へば何となく同氏に済まぬやうな心地す。

昨十日午後医師を迎へ診察を乞ふ。軽微なる風邪なりといふ。午後飛田氏母堂来る。一日床を離れず。

今十一日は五十嵐力先生の祥月命日にて、飯能市久能寺にて法要ある由、かねて未亡人より案内あり。風邪のため出席し得ざりしは遺憾なり。午後六時、床を離れ茶の間にて夕食をとる。間もなく又床に就かんとす。この日田崎暘之助君夫妻一昨夜依頼せし『石井柏亭』（美術出版社刊）を持参。大潮社々長浦崎永錫氏来る。その著『日本近代美術発達史』刊行につきその推薦文を求めてなり。臥床中この日一切人に逢はず。

一月十二日（月曜）

八時半起床、実践女子大へゆく。理事長菱沼氏に茶を贈る。吉田、伊藤両理事に逢ふ。午前二時間、午後二時間の授業をなす。風邪心配せるほどならず。格別の疲れをも覚えず。夕食後「芸術生活」のための文を書き始む。演博より電話あり。逍遥百年祭相談会の時間につき余の都合をきゝ来れるなり。十一時就寝。

一月十三日（火曜）

八時半起床。昭和女子大へゆく。人見、辻、内藤、大獄其他の諸氏と逢ふ。人見氏に田崎暘之助君の採用について依頼す。中々面倒らしき由にて其事情を縷々として語る。この事について大獄氏とも語り合ふ。機を待つより外途なきやう思はる。人見氏、学者としての私学出身者の不遇なることを語る。同感なり。午前二時間、午後二時間の講義を終へ、渋谷より地下鉄にて三越にゆき山元桜月氏富士展覧会を見る。氏は富士描写に取組むこと十五年、富士の高貴なる姿、春夏秋冬富士の千変万化の風姿などよく写しあり、よき展覧会なり。五時半帰宅。夕食後書斎に入り、「芸術生活」のために昨夜書きかけの原稿を書く。原稿紙八枚、漸く完結、「ストウ夫人を憶ふ」と題す。アメリカにおける奴隷解放運動の歴史など併せて種々調べるところあり。十一時半就寝。

一月十四日（水曜）

午前八時半起床、十時実践女子大学にゆく。途中寸暇を割きて東横七階画廊に昨日より開催されし故木村荘八氏『東京繁昌記』展を見る。東京スケッチ也。氏は流石に生粋の東京ッ児だけあって江戸より東京へと移りかはれる明治期の過渡的風俗より大正昭和にかけての新興東京の街巷の種々の、而も特殊の情調をよく味得し居れるのみならず、その特殊の線描、独自の賦彩、共に珍重すべく、氏の如き現代画壇において特筆すべき存在たるを失はずといふべし。この展覧会は最もよくその事を証す。昨年二月、余、この東横画廊にて明治文学の資料展を催せる折、氏は、賛助としてその筆になれる一葉荷風等の挿画あまた出陳し呉れられたり。その折余、氏と並んでうつせる写真（新井寛君撮影）を今取り出して見るにつけても氏を偲ぶの思ひ切なり。

実践女子大にて午後二時間の講義を了へ夕刻かへる。食後書斎にて雑誌類などに何くれとなく眼を通す。十一時就寝。

一月十五日（木曜）

木曜は午前、実践女子大、午後は立正大に出講の日なれど、今日は成人の日とて休みなり。神田古書会館に東京愛書会主催の古書展あり。目録にて是非欲しきものに『欧米女権』あり。波多野巌松堂の出品なり。出かける筈なれど少々風邪気味とて、使を出す。後、使より電話あり。クジ引の結果、幸ひに入手せりとのことにて喜ぶ。製本屋柏来る。森田恒友画論原稿二部外六種依頼す。午後、上条真一君夫妻、新年の挨拶を兼ねて来る。同君は早大教育学部を出で、後、大学院にて余の指導の下に修士過程を卒へたる篤学の士なり。最近氏の勤め居る学校（ある都立高校）の紀要に寄せし氏の論文「プラトンの「洞窟の比喩」とワイルドの『獄中記』及び『レディング監獄の唄』における思想との関連に就いて」と題するもの丶抜摺を示さる。着想奇抜にして興味ある論文の如く思はる。氏に精読後の感想を語ることを約す。二時半頃かねて電話にて約しありし井手君来る。「芸術生活」への原稿「ストウ夫人を憶ふ」を渡す。書画のこと其他愉快に談語す。

四時頃、これも電話にて約ありし森常治、高橋雄四郎、野中涼三君連れ立ちて来る。何れも早大大学院博士［課］程の新進学徒なり。同人雑誌「ホライズン」を創刊し各自の論文を載せ居れり。相携へて共に好学の気運を醞醸しつゝあるは喜ばしきことなり。早大次期の学風は恐らくこれらの若人を以て創められんか。文学談、文章談、談尽きるなし。七時頃かへる。

この日はあはたゞしき日なり。何となく疲れたるまゝ、夕食後はラジオなどきゝて過ごす。読書の暇なかりしはさびし。

一月十六日（金曜）

九時起床、時雨空にて何となく憂鬱の日なり。昼食後白木屋に妻と共にゆく。折柄開催中の浮世絵展覧会を見るためなり。北斎のものにて西洋画の影響を受けたる浮〈世〉絵風のものに、仮名や落款を仮名にてわざと横ものらしく見せようとしたるものあるは面白し。か〻るふとしたる、通りすがりに書きたりと思はる〻ところに、西洋崇拝の一端のほの見ゆるを以てなり。歌麿の美人画は流石に栄松斎長喜、春潮（一）などに比して一きわすぐれたるを覚ゆ。特に『江戸三美人』と題するもの印象に残れり。三美人の夫々の個性を表情の中に表現せるは面白し。三上正寿君をたづね、地下にて茶を飲む。同君の長女、ノイローゼにて入院、其他家庭内のゴタゴタあるとの物語り、気の毒なり。ついでに六階にて開催の日本洋画商連盟の洋画展覧会を見る。田崎廣助氏作、長足の進歩嘉すべし。

五時帰宅、夕食後書斎に入り「表象」への寄稿文を種々勘考す。先頃物故せる和田英作の『衣通姫』『あるかなきかのとげ』其他中沢弘光等の古典に取材せる作品によりて明治三十年代洋画における浪漫主義についてものせんとす。たゞし考案未だ成らず。其上資料甚だ乏し。早大図書館にて一応調べ見んかなど思ふ。ラファエル前派の影響についても十分に検討するを要す。

（一）栄松斎長喜、勝川春潮、美人画家（生没年不詳、江戸中・後期に活躍）。

一月十七日（土曜）

午前九時起床。ラファエル前派の影響のことにつき中沢弘光画伯に質したきことあり電話にて明十八日訪問することを約す。午後一時画商寿泉堂来る。旧臘買ひ求めたる霊華筆紺地金泥尺八絹本観音像の代価壱万壱千円を払ふ。三時、かねて電話にて約束しありし東横の小松原氏来る。来る二十日よりの東横七階画廊にての森田恒友展のために『夏の川』『野径』『孤屋』外画帖二点を貸与す。志賀謙君来り、鳥取大学助手の口ありとのことにて相談を受く。夜、明後月曜実践女子大学出講のこと――ロセッティと有明のことにつき調べるところあり。大潮会々長浦崎永錫氏著『日本近代芸術発達史』の推薦文を書く。九時入浴、十時就寝。纏まれる読書の時間なく、平凡なる一日なり。

一月十八日（日曜）

午前九時起床。十時新宿諏訪町に中沢弘光氏を訪ふ。明治三十年代の洋画壇のこと、ラファエル前派の影響などについて質す。有益なる訪問なり。氏は余等学生時代より有名なる人。而もその住居の有様、簡素古朴、いかにも明治期画人の面影あり。今日の新進画家など（特に日本画家）には時流に投ずるや、忽に大厦高楼に住ひ、奴婢をして自分を「御前《ぜん》様」と呼ばしめてゐるものもありとかや。それらに比すると中沢氏の態度、すべて雲泥の差なり。芸術家はかくありたきもの。余、今更の如く氏に対する敬愛の念を新たにせり。午後平出美依子氏来る。岩波玉井氏に紹介状を書く。窪寺力氏来る。早大大学院修士課程修了のための論文につきてなり。五時大隈会館にゆく。森茉莉、安田保雄両氏出版記念会（九日会、表象合同主催）出席のためなり。一場のテーブル・スピーチをする。来会者八十名ばかり、矢野峰人、吹田順助、栗原古城、森於菟、島田謹二諸氏に逢ふ。九時政一氏（二）の車に送られてかへる。入浴後十一時頃寝につく。

（二）政一氏、森政一（一九一〇―一九九〇）松柏社社長。

一月十九日（月曜）

昨夜就寝後一時間半位は熟睡せりと覚ゆ。午前二時近くふと眼ざめ、其後五時近くまで一睡もなし得ず床中に輾転反側苦しき事一通りならず、昨夜大隈会館にて寒さのため身体冷え渡り風邪を引きかへせしにはあらずやなど心配せしこともこの不眠の一因らし。会館に出かける折には義理の人々に挨拶して、すぐかへらんと思ひ居りしに、その機を失し、最後迄（九時迄）居残り居たることの愚かさよ。義理がたきも時にこそよれ。われと吾が身を責むれど及ばず。

五時頃より二時間位は眠れりと覚ゆ。八時過ぎ起き出づれども頭重く、到底午前十時よりの授業（実践女子大）に出でがたく電話にて断り、午後の授業（一時より三時）に出講す。ロセッティのこと、ラファエル前派のことなど画の写真など示しつゝ語る。教員室にて小倉多加志君と来学年の英文科課目配当などにつき相談す。坂崎坦氏又来合せ、氏の西洋美術史の配当のこと亦併せ談合す。渋谷より地下鉄にて銀座に至り、歌舞伎座に黒川一氏を訪ね劇壇のことなど種々話し合ふ。氏は眞山青果と親交ありし人、一昨年偶然に知り合せ以後親しく交り、昨年暮には歌舞伎座切符二葉の寵贈を受けたり。今日はその礼かたがた訪ねたるなり。六時帰宅、昨夜の不眠崇りて疲労おびたゞし。夕食直後丸善の粟野氏「聲」を持参、新刊英書のことなど暫く語り合ふ。志賀謙君来る。鳥取大学助手としての赴任についての相談なり。

九時入浴、明日の昭和女大にての講義の準備にかゝる。十一時就寝。

一月二十日（火曜）

九時起床。朝食もそこそこ昭和女子大午前十時半よりの講義にゆく。午後の講義を了へて直ちに東横百貨店七階画廊にゆく。八日より開催されたる森田恒友展覧会を一見せんとてなり。滞欧中の作品（大正三年—四年）『ベトイユの丘』『リオン郊外』其他と帰朝してよりの作品『城跡』『会津風景』其他と比べ見ると賦彩の調子いちじるしく異なれり。滞欧中のものは鮮麗にして帰朝後のものは淡く、くすみ居れり。その一つの、而も重大なる原因はその描写の対肖《ママ》となれる彼我自然そのものゝ相違によるなるべし。今日は一瞥なれど明日亦来り、調べ見んなど考へつゝかへる。

五時帰宅。夕食後、「帝国文学」明治卅八年のものを調べる必要あり、あちこちと拾ひ読みす。その二月号雑報欄に斎藤野の人の筆になる「日露問題に対する吾人の見解」（敢て國民に警告す）と題すものを一読す。徒らに大言壮語せるのみにて内容の空疎なる憐れむべし。（一〇二頁、一〇三頁参照）

日本経済新聞社松井武夫氏よりわが著『歌舞伎』の書評載れる日本経済新聞（一月十六日）送り来る。該批評は著者の意向をよく把握せる、而も簡にして頗る要を得たる文章なり。多分松井氏の筆ならんか。不取敢ハガキにて礼を認む。十一時就寝。

一月二十一日（水曜）

午前八時半起床、十時かねて約束し置ける恒友未亡人に逢ふために東横画廊にゆく。未亡人とは三十余年ぶりの対面なり。恒友生前中、中野なるその居宅にて二三度逢ひたることを記憶す。恒友の画の前に立ちて種々そのかみのことを質す。得るところあり。食堂にて茶菓を饗し別る。実践女子大にゆき卒業論文など少し調ぶ。午後二時半より一時間半の講義アーノルドの文化論を終へて帰宅。五時かねて電話にて約束しありし米田嗣君母堂来る。米田君の将来につき種々相談に応ず。夕食後炬燵にて小憩の後、書斎に入り中沢弘光氏より贈られたる『回想の旅』と題する一書を拾ひ読みす。この書は昭和十九年の公刊のこととて紙質わるく、印刷亦不鮮明にて手触り悪しき書なれど内容は相当に面白し。画人として以外、文人としての中沢氏を知る上のこよなき資料なり。たゞし、これといふ纏りたる読書の時間もなく、今日も亦淋しき一日なり。十一時就寝。

一月二十二日（木曜）

午前八時半起床。十時半よりの実践女子大の講義にゆく。国文科四年生のための明治初期文学の講義なり。今日は政治小説の話をす。午後一時よりの立正大学の講義にゆく。文学部長波多野通敏氏に来学年出講辞退のことを申出づ。同氏切に慰留す。余、情誼の容易に断ちがたきを痛感す。四時半より開演の歌舞伎見物にゆく。劇場にて妻と落合ふ。出し物は舟橋聖一氏作、『瑤泉院』四幕、『鈴ケ森』『鏡獅子』『河内山』なり。『瑤泉院』は各新聞の批評極めてよければ期待を以て見たれど一向につまらなし。小説の一部をたゞ平板に制作せるもの丶如く、劇的発展もなく従って特別のクライマックスもなく無味平凡なり。瑤泉院夢の場に高師直が塩谷判官の妻顔世の風呂入りを覗き見する場面の如き猥雑を極む。大歌舞伎の大舞台にかゝる場面が公然と演ぜらる丶は奇怪至極なり。其他の出し物については云ふべきことなし。勘三郎の鏡獅子、懸命によく演ぢたれど六代目菊五郎のそれの名品余等の眼前に髣髴するだけ損な出し物なり。幸四郎の河内山、よくも岳父吉右衛門の白《せりふ》のメリハリ、口跡を真似たものかなと感心する以外に格別云ふことなし。大切に皇太子の結婚を祝へるとかいふ『慶祝名歌寿』と題する舞踊あれど見ずにかへる。十一時半就寝。

一月二十三日（金曜）

午前八時起床。十時中沢弘光氏を訪ぬ。雑誌「光風」十余冊、「美術講話」及び坂井犀水著『黒田清輝』を借りかへれり。氏の百号の大作『誘惑』は逍遙先生の『役行者』に取材せるもの。嘗て氏の近作展〔・・〕にて見たることあり。その作今尚余の印象に深く残り居れり。而もその作尚氏の手元にある由をきゝ再び見て、その印象を書かんことを期す。そのためには『役行者』を描ける古来よりの文芸を先づ一瞥するを要す。但し、余に取り興味ある課題の一なり。午後一時半新井寛君来る。石井柏亭著『画人東西』を借覧を乞へる余のために持参せらる。「表象」への寄稿は準備整はざるために次号迄延期を乞ふ。遺憾なれど編輯の期日に迫られ拙きもの書くよりは増しならんと吾れ自ら思ひ慰む。兼素洞主催の川端龍子『急龍七種』展を見に京橋の百一銀行楼上にゆく。いつもの如くごってりと賦彩せるものと異り、粗描淡彩にて水墨の味ひを恣まゝにせるものなり。余は龍子のいつもの作よりはむしろこの方を採る。会場にて黒田明信氏に逢ふ。三十年ぶりなり。妻と三越にて落合ひ、懐中時計を買ふ。これ迄持ちつゞけたるものは、戦前の航空機時計にて屡々故障を生じ最早用をなさぬやうになりたればなり。値、五千百円。円タクを駆りて大隈会館にゆく。逍遙生誕百年祭につきその下相談のためなり。河竹繁俊、坪内士行、谷崎精二其他の諸氏と会食す。演博の国分氏より演博所蔵の『山城少掾聞書』(一)の一書を借る。先刻、歌舞伎座の黒川氏より電話あり。来月六日（?）より新橋演舞場にて山城少掾隠退興行あるにつき原稿紙一枚半位にて山城少掾につきての宣伝用文句を書いて欲しいとのことを、ぅかと引受けたるを後に悔めど詮なく、急に参考書を漁る必要に迫られたるなり。八時帰宅。右書を拾ひ読みす。山城少掾が作の性根そのものゝ解釈より出発せるところ、さすがに卓見なり。この日、夕の会食の折、新調の三つ紋の羽織と袴を料理にて汚染し、妻よりいつもいつもあなたはと大小言を喰ふ。余弁ずるに辞なし。十一時就寝。

（一）　茶谷半次郎『山城少掾聞書』、京都、和敬書店、昭和二四年。

一月二十四日（土曜）

午前八時半起床。十一時、実践女子大にゆく。午後一時より開催の同校六十年記念事業準備会に列席、年末その一部委員会にての話合の結果を委員長としての立場より報告す。話合のものには端的に実現し得るものと単に希望にとゞまるものとあり。それらを説明す。夕刻帰宅。夕刊にて自由党総裁争ひの結果、岸再選（三百二十二）松村謙三（百六十六票）にて破れたることを知る。勝敗は初めよりわかり居れど、この結果、岸金権政治が愈々幅をきかせることになるべく今更の如く憂鬱なり。政治は力なり、力は金也といふのが岸の政治理論といふ。そこには道義も情誼もいさゝかのかけらもなし。かゝること公言して憚らざる首相をいたゞくこと、何たる国民の禍ぞや。

『山城少掾聞書』昨夜の如く拾ひ読みす。芸術家としての彼れを考える上に得るところあり。ロセッティのSister Helenを読みかへす。明後月曜における実践女子大英文科特殊講義（有明とロセッティ）につきての準備なり。明日曜は早朝より外出、夕刻より来客の筈にて、その準備すべきことを知ればなり。実践女子大記念事業のための「近代女性の歩み」展のために種々考案するところあり。十二時就寝。

一月二十五日（日曜）

午前八時半起床。十時頃福島県白河市の佐藤昭治君来る。同氏は昭和二十五年の早大英文科卒業にて白河にて英語の教師をつとめ居る人。創作に志あり。東京にて何かの職に就く傍、志を遂げたき由なり。職業につき種ゝ相談を受けたれど、目下直ぐにはこれといふものなきことを語り、一応現職に落着くやうすゝむ。同君を誘ひ、東横七階画廊にゆく。かねてそこにて逢ふことを約しある高津一家三人と逢ふ。文化会館にて昼食を共にし、其後余一人白木屋美術部三上正寿君の東道にて、これも兼ねて約束しある森田仁介氏を下北沢に訪ふ。氏は森田恒友氏の女婿にて、会計監査院の官吏、岳父の遺作あまた保存しあり。且つその遺品整理に没頭しつゝある人なり。画廊出陳の名画『四季和楽図』の下絵その他を見る。苦心の跡歴然、恒友の作品を再検討のためのよき資料たり。『恒友画集』及び雑誌「方寸」二十五冊を借りてかへる。午後五時、金田真澄、飛田茂雄両君来る。両君共早大大学院博士［課］程を了へたる新進学徒にて、性真摯態度着実精進忘らずば、将来、必ず学者として為すところあるべし。両君携へ来るところの「国冠」を賞美しつゝ、夕食を共にす。互ひによく語り、互ひによく談ず。愉快なる一夕なり。

一月二十六日（月曜）

午前八時半起床。日洩れずうす寒き朝也。十時半実践女子大にゆく。伊藤理事と逢ふ。昨夜立正栗原元吉氏より電話、立正にとゞまるやうにと懇願されしことなど語る。伊藤氏も立正に同情、暫く立正にとゞまりし方よからんなどいふ。憂鬱極りなし。午後の授業はロセッティと有明との関係の講義なり。（午前は文学概論）坂崎氏余の部屋に来り、余又氏の部屋にゆく。氏と共にバス、国電共にすさまじく混雑せる中を揉みに揉まれてかへる。夕食後も疲労なほ止まず。島根大学の平野金之助氏宛、志賀謙君の推薦状を書く。長文の推薦文なり。筆思ふまゝに進まず大難儀す。すでに九時なり。書斎に入るいとまなし。「近代女性のあゆみ」展のことを少し考案す。入浴後寝に就く。今日も亦学問的には無収穫の一日なり。淋しきこと限りなし。

一月二十七日（火曜）

午前八時半起床。十時半よりの授業のため昭和女子大にゆく。午後にかけて二課目の講義なり。午前に欧州文学史、午後は文学概論なり。何れも英文科、日本文学科合併にて人数多く講義というよりは寧ろ講演の感あり。それだけに疲労多し。五時帰宅、書斎に入りて「近代女性の歩み」展を考案す。夕食後に及ぶ。八時、第二放送にて「浄瑠璃研究会」と銘打ちて浄瑠璃表現の諸様式につきての解説［を］兼ねて山城少掾の忠臣蔵四段目の録音による放送あり。偶々山城少掾につきての一文を草する参考にもと、この放送を聞く。山城少掾は流石に名人なり。この場面は歌舞伎にては往々だれがちのものなれど、山城少掾のは、だれさせるどころ、始めより終りまで、余をして緊張をつゞけしむ。その一字一句人の肺腑を突く。彼れは節《ふし》よりも詞《ことば》を重んじ、詞（白《せりふ》）によって作中人物の心理に味到し、彼れ自ら作中人物そのものに同化して語る結果なるべし。浄瑠璃の大夫に往々見る大向に媚びる如き軽浮なる調子なきは嘉すべし。数日来読み漁りたる『山城少掾聞書』亦、今夜の彼れの演技を味ふ上に大に役立ちたるやうなり。竹の屋（一）は嘗つて「よき芝居は眼の薬なり」と云へるが山城少掾の今夜の語り物こそは余に取って心の薬なりしと覚ゆ。喜びの中に十一時半寝に就く。

（一）饗庭篁村（竹の屋主人、一八五五―一九二二）小説家、劇作家、劇評家。

一月二十八日（水曜日）

午前八時起床。新橋演舞場より依頼されたる山城少掾推薦文を書く。速達にて演舞場中屋真一氏宛送る。昨夜聴きたる山城少掾への感激はこの文を草するに役立ちたり。僅か一枚半の文章に、これほど骨の折れたることなし。それといふのも浄瑠璃の分野は余に取りて未踏の領分なればなるべし。しかしともかくも、そのために『山城少掾聞書』などを読みて余が知識的享楽にいさゝか付け加へ得たるは喜ぶに足る。午後二時半よりの実践の講義にゆく。学生は本年卒業の英文科四年生なり。今日はその最終講義なり。顧みて一年、余講義に最善を尽したれど、学生には、如何に受け入れられしや。果して彼等に、英文学につきての何等かの興味を与へ得しや否や。五時半帰宅。夕食後書斎に入りて「女性の歩み展」の考案にとりかゝる。九時よりラジオの浄瑠璃研究会（昨夜のつゞき）にて若太夫の『逆艪』を聴く。昨夜の山城少掾とは雲泥の相違なり。聴くに堪へず、松右衛門の出を待たずして書斎に引きかへす。丸善の粟野君かねて注文し置けるブリュンチェールの仏文学史を届く。代価二千円を払ふ。十一時就寝

一月二十九日（木曜）

午前八時起床。気温下がり霙ふる。憂鬱なる日なり。十時半よりの実践女子大の講義にゆく。今日は国文科四年の最終講義なり。明治初期より『小説神髄』迄の講義、ともかくも片つく。十二時、立正大へといそぐ。午後一時よりの出講のためなり。二時早々に切り上げて、再び実践女子大にかへる。こは余その世話役として午後二時半より開始さるべき例の六十年祭記念準備会開催のためなり。坂崎坦氏、辻村女史其他七八名集る。「女性の歩み展」の中の第一部近世女性文化発達資料展についての余の腹案並びに、その雛形としての草稿を示す。坂崎氏、記念式典に皇太子を招待したいと提案す。賛成者多し。たゞし余は気乗りせず。学校の宣伝としても、物欲しげにて厭なればなり。記念行事につき、実践と立正との間の雨中の往復、其後の長時間の会議など、今日は疲労の一日なり。夕食後、書斎にて昨夜届きしブリュンチェールの英文の『仏文学史』(Manual of the History of French Literature) をあちこちとめくる。この書は余のためにはまさに大旱の白雨なり。十一時就寝。

一月三十日（金曜）

午前八時起床、午前十時頃、新橋演舞場の宣伝部〔・・〕氏来る。昨日送れるわが稿（山城少掾のこと）のことにつきてなり。題目を改めて『独自の芸術境』とす。間もなく福島県安達郡の佐藤秀吉氏来る。同氏に挨拶もそこそこに、早目に昼食をしたゝめ、実践女子大にゆく。出講のためならず。家の南側にアパート新築中にてその騒音堪へがたく、むしろ、実践女子大の研究室の方、書見に便なりと思へればなり。実践にて、偶々、出講中の坪内士行君に逢ふ。持参の新著『歌舞伎』を贈る。（外、坂崎、三木、小倉氏にも贈る。学生の卒業論文二三を携へかへる。夕食後河合昭子のを読む。ジェーン・オースティンの研究なり。資料も豊富、観察も穏健、批判も妥当、誠によき論文なり。文章も達意の文章にて推賞すべし。たゞ、数字をアラビア文字でそのまゝ入れたるなど、又、コンマ、ピリオットの区別なきなど、いさゝか乱雑なるは惜し。河合昭子は級中学問的に出色の学生の一人にて、余の講義に［侍］する、亦、熱心のさま面に現る。教壇に立つをもて生涯の事業としたしとのこと、それにつけても、いち早く実践高女の教師採用に内定せしとは嘉すべし。雑誌「女学新誌」（明治十八年刊）第一号、「文明の母」第一号（明治二十一年刊）など拾ひ読みす。例の「近代女性歩み展」資料整理のためなり。十一時半就寝

一月三十一日（土曜）

午前九時起床。朝食後永井医師にゆく。血圧最高百十八、最低六十九。葡萄糖及びビタミンの注射を受く。十二時妻同伴丸善にゆき粟野氏に逢ひチョオサア物語の書籍につき、海外より取りよせ方を依頼す。同氏を誘

ひ高島屋の「東西甘い物くらべ」にゆき、川甚の鯉こく料理を食す。味ひよく、近頃の満足なり。食堂に当てられたる八階の大広間人浪を打ちて物すごし。次手に三越にゆく。妻の家庭用雑品を買ふにつき合ふ。この日風つよく寒さきびしく外出したるを悔ゆ。三時半帰宅。留守中東横の小松原氏より恒友展に出品のかずかずを届け来る。画帖損じて散々なり。夕食後書斎に入りて実践女子大の卒業論文喜多恭子のディケンスの研究を読む。喜多恭子も亦熱心なる学生なり。ディケンスのヒューマニズムを論じて、よくその核心を掴む。ディケンスのペーソスとユーモアの入り交りたる微妙なる心情を解説するところ特に優れたり。これ一つは、彼女の思ひやり深き心情の特色によるならんか。文章はたどたどしきところあれど、一気に読ませるだけに、まづまづよき文章といふべし。たゞし、昨夜読みたる河合昭子のとおなじくアラビヤ文字の数字をあちこちにそのまゝに入れあるは、或ひは今日の風潮にや。いつの間にわが文体が、かゝる乱雑になれるにや、嘆かはし。

二月一日（日曜）

午前九時起床。本年五月二十二日は逍遙先生生誕百年に当り、演博関係者において種々画策するところあり。余、思ひつくことあり。これまで逍遙についてものせるものを一纏めにして世に問ふては如何にやと。余、三十年前、ロンドンにありし時、折柄ロセッティの生誕百年の記念出版としてメグロッツのもの、ホール・ケーンのロセッティ追懐録（一）など公刊されて読書界を賑はしたることを思ひおこしたればなり。さて余の逍遙につきてのものを集めて左の数篇を得たり。

「坪内逍遙」（昭和六年岩波講座）（二）「逍遙先生追懐断片」（昭和十年「改造」其他へ所載）（三）『底知らずの湖』（没理想論の原型）昭和十三年）（四）『小説神髄』と『玉の小櫛』（昭和十九年）（五）「逍遙とシェークスピア」（昭

和二十年）(六)「逍遙の史的位相」（昭和三十年）(七)

右の如くわづかにて意外に少なし。全体にて四六字詰原稿紙二百二三十なりと覚ゆ。これに昭和十年刊の『明治文学史』上巻所蔵の『小説神髄』及び『書生気質』についての長論文(八)及び昭和十八年刊の『続明治文学史』所蔵の戯曲家としての逍遙についての長論(九)を加へても、余の逍遙論、必ずしも量において多しと云ふべからず。乍然、ひそかに思ふ。少なくも逍遙文学の神髄を把握せる点において必ずしも人後に堕ちざるべしと。たゞしこの出版を引受くる書肆ありや否や。夕刻白河の佐藤昭治君愛人と共に突如上京し来る。結婚について、並びに東京における生活などにつきて種々相談を受く。両人についての複雑な事情を聞くにつけても、円満に運びゆくや否や疑はしく、気の毒に堪へず。妻と共に力めて励まし慰さむ。午後九時かへる。

明日の『実践女子大』の授業（三年生）のことにつき調べるところあり。十一時半就寝。

（一）Megroz, R. L., *Dante Gabriel Rossetti: Painter Poet of Heaven in Earth* (London: Faber & Gwyer, 1928). Rodolphe Louis Megroz (1891-1968). Caine, H., *Recollections of Rossetti* (London: Elliot Stock, 1882). この書に加筆されたものが、同タイトルで一九二八年 Cassell and Company Ltd. より出版された。Sir Thomas Henry Hall Caine (1853-1931). イギリスの作家。昭和三（一九二八）年は本間久雄イギリス留学の年であった。

（二）本間久雄『坪内逍遙』（岩波講座日本文学第一〇巻五）東京、岩波書店、昭和七年。

（三）同名のもの『改造』にはナシ。「逍遙先生追懐断片」は『文藝』（逍遙先生追悼号特集、昭和一〇年四月）一〇二―一〇六頁に見られる。「追憶断片」は『藝術殿』（坪内逍遙先生追悼号、昭和一〇年五月）二〇九―二一一頁。

（四）「『底知らずの湖』（没理想論の原型）」（『東京堂月報』第二二巻第三号、昭和一〇年三月）六―九頁。

（五）「『小説神髄』と『玉の小櫛』」、『日本古典新攷』（五十嵐力博士記念論集）、東京、東京堂、昭和一九年、四九九―五一一頁。

（六）「坪内逍遙とシェークスピヤ」（『英文学　研究と鑑賞』第一号、昭和二五年一一月）五―九頁、「坪内逍遙とシェークスピヤ」（『英語研究』第四二巻第一一号、昭和二八年六月）二〇―二二頁の二点はあるが、昭和二〇年のものについては不明。
（七）「坪内逍遙の史的位相」（『明治大正文学研究』第一六号「坪内逍遙研究」特集号、昭和三〇年五月）一―九頁。
（八）『明治文学史　上巻』、東京、東京堂、昭和一〇年、三〇四―三六八頁。
（九）『続明治文学史』、東京、東京堂、昭和一八年、二七七―三一二頁。

二月二日（月曜）

午前九時起床、朝食もそこそこ実践女子大にゆく。午前十時半よりの文学論講義（三年生）のためなり。午後電話にて立正大学の英文科助手安藤君を呼びよせ、試験問題を渡す。余の部屋にて卒業論文中島長子のハアデー論を読む。全部読むに至らざりしも、首尾一貫、理路もまづまづ整然として居り、よき論文なり。余の引き受けたる今年の卒業論文は九通、河合、喜多、中島の三人はとり分け熱心にて余の指導を直かに受けるもの、出来のよろしきは指導者としての喜びなり。アラビア文字を数字に取り入れたるは前二者とおなじ。午後四時、三木君と共に円タクにて渋谷にゆき、同君と別れ、地下鉄にて銀座にゆき、大急ぎにて新橋演舞場に駆けつく。辛じて四時半の開演に間に合ふ。『義経千本桜』（川連法眼館の場）『賤機帯』大佛次郎氏作並に演出の『江戸の夕映』三幕五場及び『江戸生艶気樺焼』三場なり。川連館の忠信は菊五郎、吉右衛門にて夫々嘗つて見たることあれどつまらなしといふ印象のみ残り居れり。たゞし菊五郎の狐になってからの軽妙なる科《しぐさ》には感心せり。今回の松緑は万事菊五郎写しなれど原作がすでに荒唐不〔ママ〕稽なれば所詮は骨折甲斐のなき出し物なり。『賤機帯』は嘗つて先代梅幸の狂女先代宗十郎の舟長にて見て面白きものなりとの印象残り居れど今回のは一向につまらなし。梅幸の狂女、何等哀れげの風情なく、羽左衛門の舟長〔ママ〕に至っては形のわるさ、振りの手ぶり、拙劣見るに堪へず。『江戸の夕映』は脚本もよく役者もよし。左團次の旗本松平掃部、品位もあり見識も高く、老の一徹を写し得て堂に入る。左團次近来の当り芸なり。海老蔵の旗本本間小六の、一すぢに徳川家に尽さんとして志ならず絶望に身を持ち崩し居るさまもよく、松緑の遊び人になり下りながら、どこかに旗本のおもかげあるもよく、情誼にあつき人となりを写し得て妙なり。総じてこの芝居、つひ先頃見し歌舞伎座の『揺泉院』などゝは比べものにならぬほど興深きを覚ゆ。役者の努力もさることながら、芝居のよしあしは所詮は台本の如何による。

『江戸生艶気樺焼』は期待を以て見たれど、それほどのことはなし。つまりは読み物として種々の場面を想像する方増しなり。つまり心中の場面の如き原作で読んでは面白けれど、舞台で見ては一向つまらなし。艶次郎の裸体姿や、女郎浮名の襦袢一重の姿など、むしろグロテスクにて面《おもて》をそむけたき程なり。十一時半就寝。

二月三日（火曜）

午前八時半起床、十時半よりの昭和女子大への出講、午後三時、帰路東横百貨店七階画廊に立寄り、ユーゴスラビア中世墓石彫刻拓刷展を見る。阿部展也氏（二）の五ヶ月にわたる苦心の結晶なりといふ。ひそかに敬意を払ふ。東横宣伝部の小松原氏と電話にて連絡、画廊に来て貰ひ、食堂にて茶を飲みながら、実践女子大の女性文化展を七階画廊にて開催したき希望につき語り且つ氏の意見を求む。氏曰く、至極賛成なり。但し実践にて予定しある三月初旬は折あしくふさがり居るにつき部科長ともよく相談の上回答せんと。五時半帰宅。夕食後入浴、又々女性文化展目録整理に取りかゝる。もともとこの案は余の云ひ出せることなれば、今更いたしかたなかれど、取りかゝり見て、意外に困難なる仕事なることを覚る。今日まで漸く明治二十五六年迄の大綱出来上りしのみ。前途遼遠。今日は無益に疲労せる一日なり。十一時就寝。

（一）阿部展也（一九一三―一九七一）洋画家。

二月四日（水曜）

午前八時起床。午前十一時実践女子大にゆく。卒業論文を読むためなり。中島長子のハアデー研究を読む。ハアデーのペシミズムの本質並びにその由来を詳論し、その具体化としてテスを挙げて解説す。理路整然、よき論文なり。たゞしテスの解説の如き、情緒的繊細を欠く。筆者は女性には珍らしく、理論に長ぜる人か。他の二人のワーヅワース論、コオリッヂなどを見る。ガタ落ちなり。河合、喜多、中島は余に親しくつきて書き方其他指導を受けたることゝて流石によく出来たり。

伊藤理事と連れ立ちて理事長の部屋にゆく。女性文化展のことについての相談のためなり。座に守随氏あり。氏は来学年より国文科々長となるとのこと、皆々と種々学校発展のことにつき語り合ふ。午後三時、校門を出でんとせる折、岩波より差向けられたる自動車にておなじく校門を出でんとする山岸氏に逢ふ。すゝめらるゝまゝ、余亦同乗し、江戸川迄送られ来る。道々山岸氏と学校のことなど種々語り合ふ。

四時帰宅。茶の間にて小憩ののち書斎に入り、携へ来れる卒業論文を読む。明後日迄更に五篇を読まざるべからず。文化展のことゝ重なり合ひしため難儀一方ならず。夕食後、八時頃、いくらか心の隙を得て、森田恒友の『田園小景』（二）其他画集などを見る。「芸術生活」に寄稿すべき筈の恒友小論の準備なり。九時半入浴。妻の長唄三味線のおさらひを耳にしつゝ、今日の日記を書く。

（一）森田恒友『田園小景』、熱海、竜星閣、昭和二九年。

二月五日（木曜）

午前八時半起床。十時半東京堂出版部に増山君を訪ね、『坪内逍遙』出版のことを相談す。東京堂の出版部目下不況のどん底にありとのことにて出版不可能らしきおもむき、期したることとなれど、あれほど盛んなりし東京堂がと、これ、感慨に堪へず。次に明治堂にゆきてミル原著『自由之理』（明治五年刊）及び福澤諭吉『學問のスヽメ』初刷十六冊（一）（十七冊欠く）を求む。両方にて参千円を払ふ。その足にて隣りの古書会館の展覧会にゆく。求むべきもの一つもなし。それより市電にて渋谷にゆき、文化会館の永坂にて昼食をすまし一時半実践にゆく。二時半よりの教授会に列す。余昨年九月より止むを得ざる事情（先任長沢英一郎氏病気のため）にて英文科の世話を引受けたるため、何かと雑用切りなり。かくて月日空しく過ぎなば、腹案中のかずかずの著述も亦日の目を見ずに終らん。おぞましきことしてけりと悔めど詮なし。六時帰宅。夕食後、一日の疲れ一時に発し、書斎に籠るの勇なし。せめては恒友のこと少しにても調べばやと茶の間にありて、森田仁介氏より借用の「方寸」をあちこちと拾ひ読みす。恒友を新しく考へる上に得るところ甚だ多し。無益しく過ぎたる一日も、かくて、いさゝかの悦びあり。十二時就寝。

（一）福澤諭吉『學問ノスヽメ』、福澤諭吉著並刊、東京、明治六―九年、（初編、再刻）一六冊、早稲田大学図書館本間久雄文庫（以下　文庫）所蔵。

二月六日（金曜）

午前五時少し前、吾が家の前に建てつゝあるアパートの土台工事にて眼ざむ。大成建設請負の工事なり。右の土台工事は四日夜、十時頃より始めて十二時を過ぎて尚、止まず。昼を避けて人の寝静まる時を待ってものする如し。憤りに堪へず、大塚警察署に電話にて深夜の工事中止について依頼す。警察署の注意にや、間もなく工事やみ、眠りにつくことを得たり。昨夜は前夜の警察署の注意のためにや、十時少し過ぎには幸ひに工事を中止せり。しかし余の喜びも束の間、夜半の眠りの脅かされざりし代償にや今朝は未明、暗き中より又々眠りをさまたげらる。何たる禍ぞや。かくては果てじと、午前十一時余自ら工事監督に逢ひて依頼す。彼れ快く承諾、午後十時より翌午前六時迄は工事を中止することを約す。余の喜び大なり。午後一時実践にゆき、卒業論文をあれこれと読み見る。よきものなし。山岸氏に逢ふ。氏と余と専門を異にすとはいへ学者気質において共通せるものあるにや、お互ひに親愛の情を持てり。問はず語りに学校の内情など種々氏より聞くところあり。五時帰宅。夕食後書斎に入りて、恒友の『畫談』㈡『畫生活より』を拾ひ読みす。昨夜同様、数日来案を練りつゝある恒友小論の準備のためなり。

「先づ自然に拝跪する心が畫の命《いのち》の始りである。」

「平凡を嫌ふ者は終に偉大を解せず。」

芸術は「毎に出直すことに命《いのち》を見出してゐる。」

『畫談』九二頁

『畫談』には　其他味ひの深き言葉多し。たゞし、恒友のこの心境は、昨夜読みたる「方寸」第五巻第一号（四十年一月）所載の「方寸言」にいち早く窺ふを得べし。恒友の自然拝跪の心境の因って来るところ遠く且つ深しと云ふべし。『恒友小論』の考案次第に成る。十一時半就寝。

（一）『恒友畫談』、東京、古今書院、昭和九年。

二月七日（土曜）

午前八時半起床。各新聞にて芸術院賞候補者の発表あり。中に学者として余の日頃蔑侮せる某氏あり。芸術院賞の価値年毎に下落しつゝある今日、別に不思議にもあらざれど、少しばかり不快なり。とは云へ、左様のこと、もともとどうでもよきこと、風馬牛に看過して可なり。午前十一時頃米田君来る。かねてよりあづかり置けるキーツについての論文を注意事項二三を話してかへす。昼食後書斎に入り、「芸術生活」寄稿のものとして逍遙の訳『春風情話』とスコットとの関係についての文章にとりかゝる。昨夜までは森田恒友小論のつもりなりしが、急に『春風情話』にかへたるなり。恒友小論、未だ筆を下し得るまでに至らず。且つメ切期限の関係もありてなり。五枚目を書きかけたる折五時頃、白河の佐藤昭治君来る。身の振方につきての相談なり。夕食を共にして種々語る。九時かへる。今夕中にも原稿纏めんと思ひゐたる矢先とて少々閉口す。しかし、当人に取りては危急存亡の場合、閉口など云ふべきにあらず。妻とともその相談に乗りて、いさゝか情誼を尽したるを心私かによろこぶ。入浴後、妻と雑談。十一時就寝。

二月八日（日曜）

昨夜三時以後少し不眠、九時起床、朝食後直ちに書斎に入り『春風情話』につきての原稿のつゞきに取りかゝる。十二時頃秦一郎氏より電話あり二時頃来ると。後再び電話にて来れずなれるといふ。

今日は静かなる日なり。原稿すゝみて夜八時頃迄十枚を書く。近来かゝること稀なり。多くは筆遅ゝとして進まず、気欝すること屡々なり。今日やゝ心楽しむ。九時入浴、入浴後明日、十時半よりの講義（実践三年、文学論）のことなど暫く準備す。十時半就寝。

二月九日（月曜）

午前八時起床。十時半よりの実践の授業にゆく。小倉君と逢ひ、英文科のことにつき打合せをなす。卒業論文などを整理し、午後四時帰宅。間もなく豊嶋春雄君来る。米沢より上京し来れるなり。同君の職業につきかねかね依頼を受け居り、常に心がけ居れど今に至るもこれといふものなく、同君には気の毒、余亦、情誼上苦しきこと限りなし。同君、郷里よりなめこ、豆もやし、朝づき《（ママ）》などを土産として持ち来る。何れも余の好物なり。

夕食後直ちに書斎に入り昨夜の原稿のつゞきを書く。十一時迄に九枚、一昨夜よりのもの、合せて二十二枚。完結す。今度ほど筆の走りしことなし。『春風情話』とスコットとの関係についての問題は、従来永くわが脳裡にありて整理され居たればなるべし。よりて思ふ。筆の難きにあらず、頭脳の整理難きなりと。

二月十日（火曜）

午前八時起床。十時半の昭和女子大への出講のため出かける。午後二時半講義を了へて帰路南洲堂に立ちより、電話にて約束し置ける吉川霊華の作品『太平楽』、『解牛』の二幅を見る。共に尺八の紙本横物なり。出来は前者の方よろしきやうなれど、後者は「中央美術」の霊華号に写真版となり居れるものゝ原画にて資料的にはこの方面白さうに思はる。『解牛』は例の「遊刃有餘地」（二）の画題にて荘子養生篇に出づ。紙面一面に、その出典を記せるは珍なり。値を問へば、この方は一万五千円、『太平楽』は一万円なりといふ。再考を約してかへる。

東横七階画廊に表現派展覧会を見る。三上正寿氏の『白い鳥』『黒い鳥』の二点印象に残る。五時帰宅。直ちに書斎に入り、柏北社の霊華画集、中央美術の霊華追悼号(二)を取出し、あちこち拾ひ読みす。霊華に対する敬意を新にす。食後、逍遙の『役の行者』を取出し、その後記を読む。霊華、龍子、中沢弘光等何れも役の行者を描けり。特に中沢弘光のは逍遙の『役の行者』をそのままに描ける観あり。余、近く「近代絵画上の『役の行者』」の一文を草せんとする意あり。

八日〔・・〕の新聞にて大西克礼《よしのり》氏の訃を知る。四十年前のこと、氏の訳にかゝるギュヨウ〔ママ〕の『社會学より見たる藝術』の一書は当時の余を益すること多かりき。余、氏と一面の識なきも、心ひそかに哀悼す。十一時就寝。

(一)荘子、養生主第三「恢恢乎其於レ遊レ刃、必有二餘地一矣」。
(二)『中央美術』昭和四年五月号。

二月十一日(水曜)

午前八時半起床。十時演博にゆく。新演芸所載の文章『沓手鳥孤城落月』の批評(一)をさがすためなり。漸くさがしあて、その筆写を館内の人に依頼す。加藤、国分二氏に『歌舞伎』を贈り、又、林氏に『春風情話』の写眞撮影を依頼す。

これより図書館にゆく。寛文年間刊の『扶桑隠逸伝』を借り出す。同書所載役の行者の画像につき調べたきことありてなり。午後一時帰宅。村松定孝氏来り、『明治大正文学』につきての増山君の態度不得要領にて更につゞけ得べきか否かを案じつゝ語る。同君に『歌舞伎』を贈る。同君かへれるのち森政一氏来る。逍遙生誕百年祭記念出版の『坪内逍遙』について相談す。同氏出版を快諾。夕食後、昨夜脱稿せる『春風情話』とスコットにつきての文章を修正す。昨日南洲堂にて一見せる霊華作品の年号を記憶を辿りて調べ、『太平楽』は大正四年作、『解牛』は大正十四年なることを知る。十一時半就寝。

（一）「孤城の落月合評——悲劇としての価値」（『新演芸』第一巻第九号、大正五年一一月）八——一一頁。

二月十二日（木曜）

午前八時半起床。妻の同窓生五六名我が家にて同窓会をひらくとのことにて妻、貞など朝よりいそがしく座敷の手入れ其他立ち働らく。余十時半実践女子大に出かく。十二時半、学長室にて来学年国文科にて招聘する教授のことにて相談あり。後、伊藤理事の部屋にて「女性の歩み展」のことなど話し合ふ。坂崎氏来り会す。二時半より余の研究室にて来学年入学試験のことなど相談す。集まるもの小倉、三木、山田、坪内氏等学部教授に短大の堀江某他四人。小倉君中心となりて一切の手筈を定む。余はたゞ聞き役なり。六時帰宅。疲労甚だし。夕食後書斎にこもる勇気なく、炬燵にて休息。志賀謙君より電話あり、其件につき余より中西秀男氏に改めて電話し、志賀君を高等学院に推薦することにつき余より樫山氏に依頼状を書く手筈なり。南州堂にて一見せる霊華、求むべきか否か迷ふところあり。未だ決せず。妻と雑談に時を過し、十一時床に入る。

この日は文字通り無収穫の一日なり。淋しきこと限りなし。十一時就寝

二月十三日（金曜）

午前九時起床、朝日新聞論壇にて今泉篤男氏の「芸術院に望む」の一文あり。尤も至極の論旨なれど余を以て云はしむれば芸術院の如きは無用の長物なり。芸術批評家は、芸術院の情実を云々するよりもむしろ一般世間をして芸術院会員なるが故にその作品を有がたく思ふやうのことなきやう世間を教育することの方、むしろ肝要なるべし。

十一時妻と共に三越にゆく。石版画展覧会見るため［な］り。見て、而して驚きたり。陳列の作品はすべて慶應幼稚舎教諭吉田小五郎氏(一)一人の蔵品なりといふ。よくもかく集めたるものかなと感心す。もう一度見て、印象にとゞめ置きたきもの五六あり。会場にて白蓮女史(二)に逢ひ、訪問を約す。午後一時東横画廊にて久美子に逢ひお好み食堂にて昼食を共にす。後、妻は久美子宅へ、余は実践へゆく。伊藤理事と逢ひて「女性の歩み展」のことを相談す。同校図書館を閲し、女性展に出品すべきもの殆んどなきを知り、今更の如く当惑す。

六時帰宅。夕食後書斎に入り、逍遙の『役の行者』の最後の部分をよみかへす。中沢弘光の行者を主題とせる『誘惑』解説の手がゝりを得んとてなり。霊華の『解牛』の出典を何かと漁りて得ず。荘子の原本を見るに如かざるを知る。笹淵友一氏へ礼状を書く。昨日氏より、その大著『文学界と其時代』の寄贈をうけたればなり。十一時就寝。

（一）吉田小五郎（一九〇二―一九八三）教育者、随筆家、慶應幼稚舎教諭。
（二）柳原白蓮（一八八五―一九六七）歌人。

二月十四日（土曜）

午前八時半起床。十時森田仁介氏に電話にて「方寸」もう暫く借りたき旨を伝へ、同氏快諾す。それより直ちに演博にゆき［浄］瑠璃名作集及近松半二傑作集（帝国文庫本）を借り出す。前者の『摂州合邦辻』後者の『役行者大峯桜』を一読するためなり。次いで図書館にゆき『広文庫』役の行者の項を一覧、『仏像図彙』を借り出す。図書所載役の行者像につき一考したきためなり。

一時帰宅。志賀謙君来る。樫山欽四郎氏に同君の紹介状を書く。三時、書斎に入り、夕食以外、引きこもり、九時に及ぶ。『役行者大峯桜』を読む。行者の描写につきて得るところあり。『扶桑隠逸伝』を読む。霊華、龍子、弘光等の行者につきての絵（写真）を調ぶ。腹案漸く熟せんとす。たゞしなほ資料として読むべきもの一、二あり。そを一見せずしては稿を起しがたきを覚ゆ。九時入浴、十時半就寝。

二月十五日（日曜）

午前八時起床。古書会館の古書展にゆく。実践女子大のために「女学世界」十余冊「婦人のおしへ」等を求む。午後一時中根駒十郎氏建築師を連れ来る。余がブロックの書庫を見学のためなり。次いで高野大輔氏、斉田母子（辰子）と同道にて来る。福井康順氏へ紹介状を書く。次いで井手藤九郎氏来る。令息の早大心理学科入学のための相談なり。「芸術生活」のための原稿「春風情話とスコット」一回分を渡す。日本経済の佐藤良邦氏来る。井手氏と佐藤氏とはおなじく早大国文科出身にて旧知の仲とのことにて話しはづむ。次いで窪寺力氏来る。故金原省吾氏遺族へ資料借用のことにて頼みたきことあり、そのことにて金原家と交りある窪寺氏へ手紙にて依頼せりしが、氏はそのために来れるなり。衷心、氏の好意を謝す。夕食後書斎に入り、役の行者につきて構想を練ることしばし。九時半入浴。今日はあはだゝしき一日なり。十一時半就寝

二月十六日（月曜）

午前八時半起床。十時半の授業のため実践にゆく。十二時、伊藤理事の部屋にて中野清子氏に逢ふ。清子氏は巖本善治氏（二）令嬢にて、嘗つて早大総長たりし中野登美雄氏に嫁せる人。実践女学校の第二回卒業にて現に校友会の会長なり。女性文化展のために助力を乞はんとして来校を求めたるなり。同氏は戦災に逢ひて「女学雑誌」其他資料的なもの一切なしとのことにて失望せり。但し巖本善治氏関係のものは親戚を探して間に合はせんとのことにて一縷の望みなきにあらず。十二時半より会議室にて来学年度の試験課目のことなどの相談あり。二時半より余の研究室にて女性文化展につき〈て〉の委員会。中々に多忙なり。地下鉄にて新橋演舞場に駆けつく。妻、清香、耀子共に。

若太夫の『ひらがな盛衰記』の松右衛門内の段。歌舞伎とは大ぶ異なれり。たゞし歌舞伎の方、見た眼は面白く、松右衛門にしても権四郎にしても、演《し》どころも一層派手なり。しかし「逆櫓の段」は面白し。稚拙古雅な趣き。人形ならずばあれだけの味はひを出しがたし。幕切れはさびし。やはりこゝは歌舞伎の権四郎との割りぜりふに哀愁深きものあり。

『摂州合邦辻』の「合州住居の場」の前は山城少掾、後は綱太夫。山城少掾のは古淡そのもの、坦々たる語り口の中にえならぬ味ひあり。紋十郎の玉手御前もよく、俊徳丸への執心のさまもすべて手づよくそれだけに、手負になってから、本心を打明ける件も一きは哀れに見えたり。次の『生写朝顔日記』は、「宿屋の段」は、松太夫の美音耳に残る。吉田栄三の朝顔亦可憐なり。妻曰く、人形を遣ふにあらずして、人形に遣はれてゐる如く見ゆと。面白き観察なり。そは、人形を遣ふものゝ魂が人形そのものに乗りうつり居ればなり。この境地に至れる人形遣ひは、上手といふべし。もし、人形のみ見えて人形つかひの存在を観客意識せざるに至らば、そは上手の域をはるかに通りすぎて、名人の域に至れりといふべくや。十一時就寝。

（一） 巖本善治（一八六三―一九四二）教育家、評論家。『女学新誌』、『女学雑誌』の創刊者。

二月十七日（火曜）

午前八時半起床。十時半より出講のため昭和女子大にゆく。午後二時半講義を了へ、東横七階画廊に落合朗風遺墨展を見る。朗風は明治廿九年に生れ昭和十二年四十一歳にて死せる画家、余は彼れが昭和六年青龍会に加入し、同会に出品せる折一見せることとあり。今日改めて見て、早世のわりに大作の多きに驚きたり。今回の展覧会は年代順に陳列しあるをもて、彼れの画風の変遷をも兼せ知ることを得たり。彼れは一刻も一ところに停滞せず常に新たら〈し〉きものを求めゆきたる如し。たゞし、それだけに、彼れ自身の画風を成さずに終れる如し。早世せる彼れにとり無理からぬことゝは云へ。なほ、賦彩、構図等に土田麦僊などの影響あらしく思はる。場中第一の大作は『エバ』と題するもの。こは大正八年の第六回院展出品画なりといふ。大正八年は彼れの二十三歳にあたる。イヴの誘惑を描けるもの、構図整はず、イヴの裸像亦、美しといふべからず、むしろ醜怪の感あり。後年の半折に見る如き清楚の画風とは雲泥の相違なり。天をして、もしこの画家に齢を貸せしめば或ひは一新風を創始し得しも知るべからず。

朗風を見て直ちに実践にゆく。三木氏に落ち合ひ、服部嘉香氏に招かれて長崎料理の南風荘（港区赤坂桧町三）にゆく。瀟洒なる部屋、数寄を凝らせる庭、山田耕作氏の旧邸なりといふ。料理亦味よく三人鼎座して雑話に耽けることしばし。八時、車に送られてかへる。

南州堂の霊華『解牛』売れたりときく。買はんと約束せるものにもあらざれ［ば］売れたりとて致し方なきことなれど、『解牛』の出典につきて種々に調べ資料的に愈々興の深きを覚え、買はんと決心せる矢先のことゝて、落胆かぎりなし。十一時就寝

二月十八日（水曜）

午前八時半起床、朝食後、立正大の試験答案、欧州文芸史、エッセイ研究を見る。前者は二十二名、後者は十二名なり。午後一時採点完了。すぐ書面にて立正大教務課に送る。石橋南州堂夫人来る。その子の早大入学についての依頼なり。一時半早大図書館にゆく。五時頃迄在館、役〈の〉行者に関する資料を調ぶ。〔・・・〕などを借り出し来り、夕食後読み漁る。資料未だ不足の点あり。明朝、亦図書館に行かざるべからず。考証的なるものを草するは短文と雖も難きかな。学年末の上、例の女性展のこと気にかゝりて安き思ひなし。かゝる折、かゝる厄介なるものに取りかゝれることのおぞましさよ。とは云へ、かゝる苦労も、好きな道なればこを厭はざれと、ひとり自ら慰む。

二月十九日（木曜）

午前八時半起床。朝食後書斎に入り、役の行者のことにつき書き始む。午後二時、妻と共に白木屋に木村荘八遺墨展を見にゆく。洋画、さし絵、日本画など全部で百余点、近頃での大がゝりの展覧会なり。さし絵、日本画等はこれ迄度々見たれど、油絵を、これほど多く纏めて見たることなし。大正元年の第一回フューザン会出品の『虎ノ門附近』より、昭和三十三年の絶筆『銀座みゆき通』（未完）まで油絵は五八点、その大部分は東京に取材せるもの。而もそこには「東京」——氏を生み、氏を育てたる東京そのものに対する氏の限りなき

風土的愛着の横溢せるを見る。おなじ春陽会員の森田恒友が田園に愛着せると軌を一にす。『パンの会』（三〇号）（昭和三年作）『牛肉店帳場』（一五〇号）（昭和七年作）『新宿駅』（東京風景の五）六〇号、昭和一〇年）『浅草寺の春』（東京風景の六、六〇号昭和十一年）などの場中の大作はいづれも春陽会出品の作なり。

挿画の中にては鷗外の『雁』の挿画三葉最もよし。就中不忍池畔を描けるものゝ如き、わが近代の挿画史上の逸品なるべし。会場にて図らず、木村未亡人並びに三上正寿君に逢ふ。未亡人には、実践女子大の「近代女性歩み展」のことを語り木村曙女史（一）の作〔・・・・〕の出品のことを乞ふ。四時半白木屋を出で、車にて新橋演舞場に駆けつく。豊竹山城少掾引退披露の招待を受けたればなり。妻の外に、高津春繁君及び久美子、顕子と共々なり。菊池寛の『恩讐の彼方』は脚色も拙く作曲も感心せず。峠茶屋の段の如きは蛇足。次の幕の「青の洞門の段」の間に「この間二十年経過」と幕外に書き出せる如きは拙の拙なるもの。四、五十年前の新派劇には、よくかゝる幕外張出しの常套手段にて時の経過を示せりしが、今日尚、かくの如きを見んとは思ひもかけざりしこと。脚色者の幼稚笑ふに堪へたり。

山城少掾引退狂言の『良弁杉由来』二月堂の段、流石に満堂水を打ちたる如く静粛にきく。十七日夜の語り物の合邦よりは一段とよき出来なり。其他の出し物は見ずにかへる。午後十一時就寝。

この日『石井柏亭画集』を田崎氏にかへす。

（一）木村曙（一八七二―一八九〇）小説家。木村荘八は異母弟のひとり。

二月二十日（金曜）

午前八時起床。十時第一文学部に主事杉山博氏を訪ふ。昭和二十五年卒の小林発巳氏よりの手紙のことに就てなり。図書館にて『元亨釈書』（国史大系本）『続日本記』（同上）『日本霊異記』（日本古典全集本）を借り出す。これにて役の行者についての参考書一方揃ふ。それより直ちに実践にゆく。英文科、国文科四年の答案の閲読採点了る。かへりに、三木、坪内（士）両君と東急文化会館にて茶を飲み、五時半帰宅。留守中増山君より電話ありし由にて、同君間もなく来る。『文学概論』七百部の検印紙を持ち来、捺印して持ちかへる。服部氏より依頼の件を相談す。其他出版のことなど何くれと語り合ふ。夕食を共にし、同君八時かへる。

今日は奔走の一日なり。書斎に籠るには余りに疲れたり。九時半入浴。十一時就寝。

二月二十一日（土曜）

昨日の好天気、四月とも思はるゝ春あたゝかき陽気に比べて、今日は朝まだきより雨、うら寒き日なり。午前中役の行者論を少し書く。筆遅く進まず。午後二時半、文行堂にゆく。紅葉の撰句（紅葉句入れ）一葉あり。白龍の大幅（画仙全紙）瀧の図あり。墨痕淋漓快心の出来なるべし。値を聞けば二千円也といふ。食指動かざるにあらざれど、余りに大幅にて床の間に掛けかぬるやう思はれて躊躇す。紅葉のは二千五百円也といふ。資料として多少の興味なきにあらず。たゞし、すぐ取りつくほどのものならず。尚美堂にて周延（二）筆三枚続きの洋装貴婦人図（音楽練習）を買ふ。千五百円也。例の女性文化展のためなり。同店にあづかり置きを頼む。それより神保町の小宮山書店を訪ふ。古書入札下見のためなり。この方を目的として家を出でたれど電車の都合にて、後廻しになれるなり。風葉著作十三種を一纏めにせるものの入札を依頼す。参千円前後なるべしといふ。風葉のものは大方所持し居れども、十三種の中にありし『女学生』と題するもの未見なり。それ一つのために、他のものをも買はざるべから［ざ］るは災難なり。しかしこの入札手に入らず［ば］更に災難なるべし。六時帰宅。

夕食に少し酒。書斎に入れど筆とる勇気なく茫然と机に向ひたるまゝにて時を過す。十時入浴、間もなく寝に就く。

（一）周延（号、楊洲、一八三八―一九一二）浮世絵師。

二月二十二日（日曜）

五時に眼ざめ、再び眠りに入り、九時起床。妻は五時迄一睡もし得ざりしといふ。心配なり。白河の佐藤君来る。神経昂ぶり居るやうにて話し、要を得ず。小汀氏に電話してたか子氏を呼び寄せ会はすことゝし、余は午後一時、約束に従ひ、中沢弘光氏邸にゆく。氏の役の行者に取材せる大作『誘惑』につきてその製作の動機、苦心等を聞きたきためなり。有益なる話しにて余の行者論の考案に益するところ多し。かへりに早大図書館に立寄りたれど、あいにく休館にてそのまゝ帰宅す。午後四時なり。佐藤、たか子、妻三人鼎座にて談合中なり。余も、佐藤、たか子二人のためよかれと種々忠告す。六時頃二人かへる。夕食後書斎に入り行者論の稿をつゞ［く］。たゞし考証に不備あり。昨日の稿半ば書き改む。十一時入浴。今日の朝日朝刊に岸内閣についての世論調査記事あり。岸首相の不人気まさに急坂を石のまろび落つるが如し。官僚金権政治の末路憐むべし。十二時就寝。

二月二十三日（月曜）

午前八時半起床。午前中用件の書簡（宮崎市東雲町一ノ一四小林発巳氏）など認め、十一時頃家を出で実践にゆく。伊藤理事に逢ひて女性文化展のことにつき相談す。三時学校を出で地下鉄にて末広町下車、尚美堂に立寄り一昨日買約せる洋装貴婦人図を受け取り広田に立寄る。大正初期の演芸画報バラバラにて二十余冊あり。余の寄稿文あるものゝみを探して九冊を得。一冊二百円〔づゝ〕なり。買約す。白龍の筆にて明治五年の作、聯落の長条幅にて唐人主徒の川を渡るの図也。余の所持せる明治四年のものに後赤壁の図あり。

この頃は、白龍未だ支那画模倣の域を脱〔せざ〕りし時代と覚ゆ。後年の彼れの作とは、趣きいたく異れり。それだけに資料的に価値あるものなり。値をきけば五千円といふ。食指動かずにあらねど買はずにかへる。渡辺白民の箱書なり。

六時帰宅。大阪萬字堂に、旧臘の目録所載の「女学雑誌」其他多くを実践女子大のために電話にて注文す。大部分売切れとなり居れり。無理ならぬことなり。小宮山書店に頼み置ける風葉も駄目となりぬ。面白からぬ日なり。夕食に酒少し。書斎に入りて役の行者の稿をつゞく。筆遅々として進まず。十時半入浴。

十一時半就寝。

二月二十四日（火曜）

午前八時、雪積るといふ声に驚き起き上り障子をひらき見れば、庭一面の雪しばし眺め入りぬ。この正月元旦といひけふといひ恵まれたる日といふべし。コロンブス主事新保氏来る。服部家内紛のことにつきてなり。午前十一時、妻と共に車にて大隈会館にゆく。妻は完之荘にてクラス会をひらくにつき余はいさゝか肝入りせるを以てなり。図書館にゆき役の行者のことにつき調べることあり。『役の行者〔・・〕』其他を借り出し、午後一時大隈会館食堂にゆく。暫くぶりのことなり。偶然に谷崎、暉峻両君に逢ひ食事をしながら四方山のこと語り合ふ。

庭の雪景、この頃の見ものなり。二昔前のこと五十嵐力先生、庭の雪景を眺めながら、酒を暖めて昼食をとられたるその時の先生の面影など切りに偲ばる。かへりに完之荘をのぞく。妻の同勢七人、大きなる爐を囲みて談笑、楽しきさまなり。二時半帰宅。三時約束通り、東京堂増山君、池部博君同伴にて来る。清水卯一(二)氏作湯呑三個を贈らる。雅致ゆたかなる作品なり。夕食に酒少々。書斎に入り昨夜の原稿のつゞきを書く。筆遅く進まず。十二時床に入れど寝つき悪しく二時迄辛じて眠る。

（二）清水卯一（一九二六―　）陶芸家、重要無形文化財。

二月二十五日（水曜）

午前八時起床。古書店行きの必要あればなり。頭重し。眠り足らざればなるべし。九時二十分駆けつけたれど目的《あて》にせるもの大方売れたり。例の女性展に必要と思はるゝもの、合せて五千円ばかり買ふ。帰途一誠堂に立寄り、月郊『寝ざめ草』外二点の書籍を求む。森鷗外の書簡（三村竹清宛）紅葉の書翰（水蔭宛）などを見る。前者は価六千円、後者は九千五百円。其他獨歩の矢野龍渓宛の長文書簡、樋口一葉の短冊などを見る。十二時帰宅。電話にて鷗外の書簡を改めて注文す。四時頃新井寛君来る。五時半池上浩山人来る。恒友画帖の直し、三宅花圃書簡（魯庵宛）巻物等をたのむ。夕食に酒少し。書斎に入り昨夜の稿をつゞく。例により筆遅し。十一時半就寝。

二月二十六日（木曜）

午前八時起床。雨、やがて霰となり、うす寒し。十一時実践女子大にゆく。伊藤理事と会ひ、例の女性文化展のことなど話し合ふ。午後二時半よりの教授会に出席し、四時半南州堂にゆく。霊華『解牛』を買約のためなり。『解牛』は他に売却となり、余落胆せる旨を知り、改めて余のために買手より更に買ひ求めて呉れたるなり。余その交誼を謝し、改めて売約、手附として五千円を渡す。価格は壱万四千円也。それより「ふるさと」といふ秋田料理にゆく。幸ひに南州堂の近所なり。荒木東一郎氏よりその姉郁子の十七回忌のための招待を受けたればなり。回想すれば約半世紀前のこと、余、廿五歳と六歳の間約一〈年〉半ばかり、目白女子大の近くなる玉茗館といふ下宿屋に弟国雄と共に起臥せることありき。郁子はその女将なり。齢廿一、二、と覚ゆ。おなじ下宿には嘗つて正宗白鳥氏も居りしとのこと。余よりすこし遅れて近松秋江氏も亦来り住めり。郁子氏は才女なり。青鞜社の同人なり。小説二三篇を青鞜に発表、所謂新しき女として嬌名を馳す。同宿に増田某（名前失念）(一)あり。かねてより郁子の恋人なり。二人の恋、時として館中の問題となる。余、私かにそを庇護す。郁子は又、女侠なり。岩野泡鳴の墓を雑司ヶ谷墓地に建設せるも彼女なり。彼女の晩年につきては余、知るところなし。今日の忌会には平塚雷鳥氏を始め青鞜社同人も来るとのことなりしが一人も来るなし。たゞ僅かに神近市子氏一人やゝ後れて来る。余、神近氏と隣りして相語る。廃娼運動につきての政治家の腐［敗］を彼女よりきく。就中大野伴睦(二)、船田忠(三)等自由党代議士と貸座敷連中と結託せるさま浅間しとも浅間《ま》し。利権漁りに狂奔せる彼等、腐肉にたかる蛆虫の如きか。七時「ふるさと」を出で、八時帰宅。「ふるさと」は合掌造りの民家にて秋田の郷土料理を売物とす。大なる爐を囲んで田舎料理を味ふ。又一種の風趣なきにあらざるも、すでに都会料理に馴れたる余等には所詮、舌幅を満喫し得るには至らず。書斎に入るには余りに疲れたり。炬燵にて妻と雑談、十一時就寝。

（一）増田篤夫（一八九一―一九三六）小説家、評論家。

(二) 大野伴睦（一八九〇―一九六四）政治家、衆議院議長、自民党副総裁。
(三) 船田中〔?〕、（一八九五―一九七五）政治家、衆議院議長、自民党副総裁。

二月二十七日（金曜）

午前八時半起床。今日は晴天。たゞし寒さきびしく昨日の雪、とけやらず、庭のあちこちまだらなり。午前中、喜多山表具師、かねて頼み置ける芋銭旧作寒山拾得（画帖くづし）持参す。よき出来なり。かねての半古作短冊雛祭の表装並びに箱代二個とし三千九百五十円を払ふ。講談社の曽我四郎君来る。同僚の子息の早大入学についての依頼なり。二時昼食、四時頃より書斎に入り、役の行者の稿をつゞく。筆例によりて遅く、十時迄に漸く五枚を書く。霊華作『役の行者』につきての鑑賞なり。前々よりの原稿合せて二十枚。予定の三分の二に達せり。いさゝか安心。十時入浴。

二月二十八日（土曜）

午前八時半起床。昨日の新聞（日本経済新聞）文化欄に金子光晴氏(一)の「やくざっぽい」と題するものあり。偶然に読む。面白し。中に大学教授にもやくざっぽきものありといふ。蓋し真なり。彼等には小唄の一つもうたひ、新宿あたりの某々酒場に通ふことを以て得意とするもの多し。昔しの教授気質とはいたく異なれり。十一時実践にゆく。午後一時より余の部屋にて六十周年記念展のことにて委員会をひらく。閉会後、山岸氏、伊藤氏相次いで来り、学校のことなど種々語り会ひ、六時帰宅。夕食後一時書斎に入りしが筆採るに至らず。九時入浴、身辺の雑誌類など乱読。十一時就寝。

（一）金子光晴（一八九五―一九七五）詩人。

三月一日（日曜）

午前九時起床。午前眼科医者にゆき次手に理髪。午後書画商亀山〔・・〕来る。余は忘れ居れど往年市島春城翁（一）の紹介にて来訪せることありといふ。雲坪（二）二幅を携へ来る。共によき出来なれど断りてかへす。次いで黒門町の広田来る。逍遙先生の横物「克勤于邦克倹于家」（三）の鑑定かたがた求めよとてなり。真跡疑ひなきものなり。値をきけば四千五百円也といふ。大正五年のものにて晩年の枯淡なる書体に比すれば味ひうすし。断りてかへす。夕食後、役の行者の稿をつゞく。霊華の役の行者につきての稿一まづ片つく。十時入浴、十一時半就寝。

（一）市島春城（一八六〇―一九四四）随筆家、東京専門学校の設立に力をつくし、早稲田大学と深い関係を持つ。
（二）長井雲坪（一八三三―一八九九）南画家。
（三）書経大禹謨「克勤二于邦一、克倹二于家一」。

三月二日（月曜）

午前九時起床、軽く朝食をすまし、十一時実践にゆく。十二時の評議員会に列するためなり。卅四年度予算につきてなり。余はたゞ並び大名なり。二時学校より、直ちにかねて電話にて約束し置ける川端龍子氏邸にゆく。宏壮なる中に流石に雅致ある構へなり。氏の力作『行者三部作』につきての画因、苦心等を質さんとてなり。殊に三部作の中の最後の作『神変大菩薩』の出典を質して得るところ多し。かくて漸く安心して余の稿をつゞけ得るに至れるを喜ぶ。五時帰宅。夕食後書斎に入り机に向へど疲れたればにや、筆執り得ず。十時入浴。十一時就寝。

三月三日（火曜）

午前七時起床。好天気、雛祭りの日也。茶の間の床には二三日前より半古雛祭の短冊の表装せるを掛けたり。たゞし心あはたゞしく雛祭りどころにあらず。午前十時よりの実践女子大卒業論文の口頭［試］問の日なればなり。朝食もそこそこに駆けつく。三木、小倉、山田、坪内（章）氏等すでに先着。［試］問は午後五時までかゝる。六時半帰宅、夕食に酒少し。疲れを休むるいとまもなく書斎に入りて役の行者についての稿をつゞく。筆例に依って遅し。十時迄に辛じて三枚を書く。この日、大阪萬字堂に注文し置けるもの、晶子の『舞姫』(一)外、岡本かの子『かろきねだみ』(二)『愛のなやみ』(三)福澤諭吉著作八種、「モザイク」創刊号其他とゞく。大部分は実践女子大図書館のためなり。昨二日には一誠堂より買約し置ける鷗外書簡（三村竹清宛） 月郊『寝覚草』(四)葵山『富美子姫』(五)大塚楠緒子『晴小袖』(六)森しげめ『あだ花』(七)等届［き］合計七千七百五十円を払ふ。内鷗外書簡は五千五百円也。尚、上記最後の二点は実践女子大のためなり。

余の所持せる鷗外の書簡三通。(八)最も古きは饗庭篁村宛にて明治二十年代初期のもの、次は大正初期、島田青峰宛、次は此回求めたるものにて大正五年のもの、或ひは書籍借覧につきて、或ひは研究上必要なる書簡筆写依頼のもの、或ひは考証上の年代の疑問に関するものなどにて、学者としての鷗外を知る好適の資料たり。余不幸にして鷗外の［謦］咳に接するの機を持たざりしが、書簡を通して見るとき、鷗外は真に敬慕すべき人なりしが如し。十一時就寝。

（一）與謝野晶子『舞姫』、東京、如山堂書店、明治三九年、文庫所蔵。
（二）岡本かの『かろきねたみ』、東京、青鞜社、大正元年、文庫所蔵。
（三）岡本かの子『愛のなやみ 上・下巻』、東京、東雲堂書店、大正七年、文庫所蔵。
（四）高安月郊『ねざめぐさ』、東京、金尾文淵堂、明治三九年、文庫所蔵。
（五）生田葵山人（葵）『富美子姫』、東京、左久良書房、明治三九年、文庫所蔵。
（六）大塚楠緒子『晴小袖』、東京、隆文館、明治三九年、文庫所蔵。
（七）森しげ『あだ花』、東京、弘學館書店、明治四三年、文庫所蔵。
（八）森鷗外書簡、三通。文庫所蔵。写真と解説は、本間久雄『明治大正文学資料 眞蹟図録』、東京、講談社、昭和五二年、図録四二―四三頁、解説一五―一六頁。

三月四日（水曜）

午前八時起床。朝食後直ちに書斎に入り役の行者の稿をつゞく。筆例により、すゝまず、但し午前十時頃迄に十枚ばかりを書く。龍子『二天護持』につきてなり。これにて約三十枚を越ゆ。あと十枚は書かざるべからず。思ひしより長篇となれり。今日は学校出講の必要もなく、且つ来客もなかりしことゝて、心平静、執筆にいそしむことを得たり。

三月五日（木曜）

午前八時半起床。九時よりの古書会館にゆく。雑誌「方寸」其他をクジ引にて求む。代価三千五百十円を払ふ。十一時実践女子大にゆき、伊藤理事と会ひ、且つ電話にて中野清子氏と女性展のことにて相談。午後一時半奥村土牛氏を訪問す。半古の箱書四個（かも、つる、白馬の節会、紙雛）依頼を兼ね、女性展に半古筆画彩出品依頼のためなり。帰途地下鉄にて京橋百一会館に兼素洞の展覧会を一瞥す。印象、神泉、平八郎、竹喬其他京都派のグループなり。印象の『花』清麗いふばかりなし。西山英雄の『阿蘇への道』は大胆な筆致、大胆な賦彩、称すべきなきにあらねど、何となく未完成の感あり。神泉、平八郎共に例の如し。調子の高きを賞づ。それより白木屋に富士名作展を見る。北斎、広重の版画あり。大観、玉堂、靭彦、浩一路あり。雪州あり。光琳あり。雑然たる中に、おのづと霊峰富士の神髄を享受し得たる思ひあり。更に鐵斎、百福、霊華の富士等、あらまほしく思へるは余のみなりや否や。ついでに広告部に小松原氏を訪ね、東横宣伝部と実践との会談の期日などにつき相談。六時帰宅。疲れたる一日也。夕食後書斎に入れど、気欝し、筆進まず。十時入浴、十一時寝につく。

三月六日（金曜）

午前八時起床。十一時実践にゆく。入学試験の日とて教授連朝よりつめかけ、戦場の如し。伊藤氏と展覧会のことにて打合せ、すぐ帰宅。すぐ書斎に入り、稿をいそぐ。午後十時迄に八枚ばかり書き上ぐ。全部にて三十九枚なり。あと一息、心やゝ平らけし。十時半入浴。

三月七日（土曜）

午前六時起床。朝食もそこそこに実践に出かく。今日も入学試験とて教授連皆九時迄につめかけるに、たとひ、余は出題採点等に直接に関りなしとはいへ、出勤せざるはいさゝか義理を欠く恐れあればなり。十一時伊藤氏と連れ立ち東急文化会館のゴールデン・ホールにゆく。例の文化展のことにつき東横宣伝部の田中課長其他を招げるなり。種々打合せ、二時開散。再び学校にゆく。英文学研究室にては三木、小倉其他の教授助教授集りて採点に余念なし。余は、余の室に一人籠りて三年生の後期試験の答案などを調べて時を過す。五時半学校より夕食の馳走を受く。カツレツ御飯なり。不味くして喉を通らず。半ばほど、強ひて喰べたるを悔ゆ。七時かへる。今日は風塵にまみれし一日なり。書斎に籠る勇気なく、茶の間にて役の行者の原稿を読みかへして手入れなどす。九時入浴、十一時半就寝。

三月八日（日曜）

午前九時起床。十一時実践に出かく。一時よりの入学試験成績判定会に列するためなり。英文科には問題なきも入学志願者の多き家政科、殊に短大の生活科など試験点数の最低標準につき種々問題あり。教授連、おのがじし［に］意見を述べて纏らず、各科の科長会議一任となり、余は六時近くまで残る。今日は昨日同様、或ひは昨日以上に風塵にまみれたるを感ず。学校にて夕食の準備ありといへど昨日に懲りて真直に帰宅す。夕食後書斎に入りて役の行者の稿をつゞく。十一時半就寝。

三月九日（月曜）

午前八時半起床。朝食後直ちに書斎に入り昨夜の稿をつゞく。漸く完結、全部にて四十三枚なり。近来の力作なり。余に取り、専門外のことなれば当然のことゝは云へ、想纏らず筆遅し、近来かほど苦しめることなし。たゞしそれだけに最後の筆を擱きたる時の喜び大なりし。正午少し前久美子来る。ブリの刺身、さつま汁にて昼食。午後より夜にかけ、公刊『坪内逍遙』の原稿整理に従ふ。十一時に至るも未だ整はず、明日を期して就寝す。

三月十日（火曜）

午前九時起床。朝より雨、うら寒き日なり。妻は十一時友達がりたづねて家を出づ。（東横にて落合ふとなり）余も昼食後一時家を出で日経新聞にゆく。かねて電話にて佐藤良邦氏と二時訪問を約束し置けるためなり。雨いよいよ烈し。自動車を拾ひかねて困惑す。佐藤君の部屋（工務局長室）にて松井武夫、安本浩、吉田晴夫三君に逢ふ。安本氏は早大仏文科出身（昭和十三年）にて現に日経社の企画部長なり。同君の謀ひにて吉田小五郎氏と逢ふ約束成る。談笑数刻、安本氏先づ去る。三越七階のお茶へ誘へど、松井氏用事にて都合あしとのことにて皆々と他日を約す。佐藤君の好意にて社の車にて家迄送らる。雨を侵してゆけるためにや風邪気味なり。その上疲れたればにや、書斎に入る勇気なし。十時就寝。

三月十一日（水曜）

午前八時起床。朝食後書斎に入り役の行者原稿を読みかへし、手を入る。夕刻までかゝる。午後七時森政一氏来る。『坪内逍遙』出版についての種々相談す。十時半入浴、其後寝に就く。

三月十二日（木曜）

午前八時半起床。数日来片づけざりし書斎を片つけ、十一時演博にゆき明治廿四年度の「早文」、及び明治四十年後半の「早文」を借り出す。『坪内逍遙』に収むべき「逍遙と沙翁」の一文中、書き足すべきことあり。

その参考にせんとてなり。かへりて昼食、午後二時、実践にゆき、市川女史に逢ひ、平塚雷鳥氏訪問のことを依頼す。三時半学校を出で、時代屋にゆき、風俗の錦絵其他約三千円余を求む。例の女性文化展のためなり。それより用賀町に新井勝利氏を訪む。女性文化展に半古作品出陳依頼のためなり。氏快諾、半古の挿画草稿並びに氏の舞台スケッチなど数々を見る。氏は半古最終の門弟にて歴史画に妙を得たり。夕刻とて故意故意鰻ドンなどを取寄せ呉れ《くれ》たれど、辞してかへる。七時半帰宅。今日の一日も風塵にまみれたる日なり。文化展のことはもともと余より云ひ出せることなれど、そのために余自らかほどまで風塵にまみれんとは思ひもかけざりし。入浴後十一時就寝。

三月十三日（金曜）

午前八時起床。書斎に入りて旧稿「逍遙とシェークスピヤ」を補修す。やがて出づべき『坪内逍遙』に収めんためなり。十時頃中村鶴心堂主来る。かねて頼み置ける霊華古歌筆写の一葉、表具出来とて持ち来れるなり。中廻し、一文字、配合よろしく見事なる出来なり。古筆を見る如し。二千円を払う。雑談昼頃かへる。午後一時井手藤九郎君来る。「芸術生活」のために書き置ける「春風情話とスコット」の原稿を渡す。快談数刻かへる。実践女子大英文科本年卒業の北沢、山野井両嬢来る。卒業あいさつのためなり。聞けば北沢嬢の父君は余より年長にて帝大英文科出身にて目下逗子にて私塾をひらき居るとか、研究対象をおなじくせるよしみあり。逢ひ見れば意気の投合するものあらんか。夕食後書斎に籠り、午前中取りかゝれる原稿補修ともかくも纏む。

三月十四日（土曜）

午前八時起床。朝食後書斎に入り『坪内逍遙』に収むる「沙翁と逍遙」についての原稿に手入れをなす。十時半新井寛君来る。かねて寄稿を約束し置ける役の行者の稿を渡す。「表象」経営のことなど種々話しあり。午後、『坪内逍遙』の原稿など整理。四時家を出で演博にゆく。逍遙生誕百年祭の相談なり。来会者、河竹、坪内、谷崎、岩崎其他館内の人々なり。

七時半帰宅。白木屋の三上正寿君同じ店員三浦〔・・〕氏同伴、留守中に来り余の帰宅を待ち居れり。三浦氏令息早大入学についての相談なり。アジア大学工藤重忠君へ、豊嶋春雄君就職についての依頼の手紙を書く。

今日も俗用に追はれたる日なり。十一時半就寝。

三月十五日（日曜）

午前八時起床。十時、妻と共に車にて本郷麟祥院にゆく。妻の叔父高野省三外高野家の法要に列するためなり。伊太利大使鈴木九万氏に逢ふ。氏は高野家と縁〔・〕関係なり。公的用事にてつひ二三日前帰朝せるなりといふ。十二時、読経の終るを待たず退出、松坂屋より地下鉄にて渋谷に出で、東横線自由ヶ丘にて乗りかへ上野毛迄ゆく。吉田小五郎氏訪問のためなり。明治時代の石版画数品を例の文化展出品を乞ふためなり。氏は明治版画の蒐集品は恐らく千を超ゆらむ。三十年来の努力なりといふ。丹緑本及び西洋古版画亦氏の蒐集するところ。氏の奇特感ずべし。四時帰宅。暫時休憩の後、椿山荘にゆく。実践四年卒業生の謝恩会に列するためなり。三木、山田、小倉其他専任教授連出席。教室にては少女らしく見えたる彼女等も、各々着かざりてかゝる席に列せるを見れば、われとわが眼を疑ふほど大人びて見ゆるもおかし。八時散会、小倉君、わが家に立寄り茶を飲みながら、種々学校の内幕話をきく。今日は疲れたる一日也。上野毛の行きかへりに、電車混み合ひ、立ちつゞけたることなどその原因の一なるべし。椿山荘にて卓子に向ひ居れる間、心臓の鼓動烈しく一時は如何なりゆくならんと気づかひたるほどなり。ソボリンなど呑み十一時就寝。

三月十六日（月曜）

午前八時起床。今日は昭和女子大の謝恩会（上野精養軒）の日なり。前以て出席を通知しあり、行くべきなれど、昨夜以来、何となく気分すぐれず、改めて電話にて欠席を通告し、永井医師にゆく。一足先に同じ医師がり訪れたる妻とそこにて落ち合ふ。余は大したことなき様子にて血圧も百十七にていつもと変りなし。たゞ妻の方、百四十に上れりといふことにて要注意なり。たゞし格別心配のこともなきとのことにていさゝか安堵す。

午後久美子夫妻、顕子来る。古川北華君、次いで来る。快談数刻。次いで森政一氏来る。『坪内逍遙』の原稿全部を渡す。夕食後米沢の豊嶋富雄君、春雄君を伴ひ来る。春雄君の就職催促のためなり。親心思はざるにあらねど、如何ともしがたし。尚、百方手を尽し見んことを約す。今日はあはたゞしき一日なり。読書の暇なき一日なり。心さびしき一日なり。十時就寝。

三月十七日（火曜）

午前八時半起床。朝より雨なり。少し風邪気分すぐれず。朝食後書斎に入り、バトラアの『仏文学史』自然主義の条下を再び読み始む。コントとPositivismの一節を読了。午後より例の文化展の考案と整理につとむ。午後三時高野大輔氏来る。知人の息の早大第二政経学部入学のための相談なり。時子山常三郎氏へ紹介状を書く。六時、白木屋の三上正寿氏笠原グラビヤ会社主を伴ひ来る。雑談数刻。九時半かへる。今日も為すことなく過ぎぬ。

三月十八日（水曜）

午前八時半起床。朝食後書斎に入る。十時半清水晴夫君来る。同君は清水喜平氏次男にて早大第二文学部西洋歴史科卒業の青年なり。第一政経学科に学士入学したしとのことにて久保田明光氏に依頼状を書く。新刊書特に西洋近代文学の翻訳書など多く読み居るらしくサルトルの礼讃者なり。現代青年の一典型を見る如く覚ゆ。午前久我山の酒井三良氏にかねて依頼し置ける芋銭箱書を受取りに使を差出す。文化展目録の草稿に取りかかる。夜に及ぶ。八時頃、妻、脳貧血とのことにて電話にて永井医師を呼ぶ。大したことなきやうなれど、最近、余も妻も共に、健康すぐれざるやうにて何となく心細し。余は最近逍遥に関する二論文を矢つぎ早にものして、精力を傾けたる外、文化展のことにて外出せること多く、そのために疲労甚だしきを覚ゆ。今更悔いても詮なきことながら文化展は余にとりいたく重荷なり。

三月十九日（木曜）

午前八時半起床。午前三時頃眼ざめ息苦しく暫く眠るを得ず、床上に［輾転］反側す。そのために《は》本朝は気分すぐれず。十時よりの実践教授会に出席のため朝食もそこそこに出かく。午後三時帰宅。意外に俗用多端なり。今日も疲れたる一日也。暫く静養を要するらし。書斎に入れど書見ものうく、萬字堂書店に文化展に必要なるもの約十種（「明治大正文学書目」所載のもの）を紹介〔ママ〕注文す。たゞし、該書目は昨年暮の刊行なれば、恐らくは入手不可能ならん。明日は実践の卒業式あり。出席せざるべからず。なまなかに英文科の世話役を引受けたるため、特殊の義務と負担とを感ぜざるを得ず。教鞭を採る、又、難いかな。十一時就寝。

三月二十日（金曜）

午前八時起床。実践女子大学卒業式の日なり。午前十時同大学にゆく。午後一時より例の文化展のことにて中高小会議室にて会合あり。午後三時迄に演博にかけつく。理事会のためなり。六時帰宅。今日も風塵にまみれし一日なり。夕食後書斎に入りて、帰路、偶然、早稲田電車通にて買ひ求めたる雑本など繙く。九時入浴、十一時就寝。

三月二十一日（土曜）

午前八時起床。十一時迄帝国ホテルにゆく。英文科、国文科（短期大学とも）合同の謝恩会に列席のためなり。招がれたる教授を併せて三百余人。三階大広間立錐の余地なき程なり。今日を晴れと着飾りたる姫御前たち一堂にまばゆきばかりに居並びたるさま、眼の法楽とも云ふべくや。菱沼理事長、山岸学長、宇野名誉学長、吉田高校校長につゞきて、余亦祝辞を述ぶ。余に取りて、かゝる席上にてのテーブル・スピーチは苦手なり。伝統の価値、メエテルリンクの埋もれたる宝のことなど、簡単に語る。聴衆理解せしや否や。四時帰宅。留守中歌舞伎座黒川一氏より電話ありしとのことにて余より改めて電話をかけ、明日の訪問を約す。追ひかけて同氏より電話あり、四月の歌舞〈伎〉座筋書に推薦文執筆の依頼を受く。一夜考へたしと返事す。本島秀峰氏、志賀謙君相次いで来る。五時秀峰氏に誘はれて近所なる同氏宅にゆき、芋銭、不折其他の書画を見る。六時半帰宅、入浴、夕食に酒少し、雑本をよむ。今日も亦風塵にまみれし一日なり。

三月二十二日（日曜）

午前八時半起床。小雨。午前中書斎に入り、文化展のことなど、そこはかと考案す。午後二時歌舞伎座に黒川氏を訪ぬ。あらかじめ電話し置けるためにや、氏は表大玄関の椅子に腰かけて余を待ちつゝあり。コーヒー、菓子などの馳走になりつゝ、しばし演劇のはなし、眞山青果の話しなどす。昨日の筋書に推せん文の依頼、承諾の旨を語る。来四月大歌舞伎の中の一つの出し物なる『十七ケ条憲法』と題する脚本の草稿を借りてかへる。夜これをよむ。これは平田都といふ女性（歌舞伎座本部の一人なりといふ）の作にて聖徳太子を描ける二幕四場のもの、「聖徳太子の御遺徳を偲び、御結婚に贈る」といふ断り書きあり。作者は余に取り始めての人なり。人物の出し入れなど技巧的には稚拙ながら、軍部の圧力を物ともせず和議を整へるために単騎、エゾの軍中に赴く平和主義者としての太子の風貌相当によく描かる。現代の日本の状況にも似通ふところあり。

歌舞伎座よりのかへるさ、文行堂に立ちよる。逍遙の絹金地の扇に白楽天の詩を書せるものあり。代価は参千円也といふ。求めかへる。其他紅葉の選句、子規の青年時代の漢文などあり。少しの手金を置き、買約してかへる。十一時就寝。

三月二十三日（月曜）

午前八時半起床。昨夜より歯痛あり。今朝愈々はげし。分院の歯科にゆき堀越医長に診察を乞ふ。原因よくわからず、レントゲンをとる。それより目白なる柳原白蓮女史を訪ふために家を出づ。例の文化展のためなり。

バスにて、財布を忘れたることに気づく。バス嬢の好意にて目白まで運び貰へり。かへりのバス代を貸りんと新井寛君を訪ぬ。新井君、幸ひに白蓮女史の家を知れりといふことにて、余を伴ひゆく。女史、往年の麗人の面影あれど今や白髪の老婆、卒塔婆小町もかくやと思はる。住居も古きためにや、荒れすさべるさまなり。座敷の様子など取り散らしたるまゝなり。女史の物言ひ、態度など、どこかに昔しの名残をとゞめてか、横柄らしきところあり。着物の着こなしのだらしなさ、一しほ目立つ。座に二女性（老いたると若きと）あり。着物の着こなしのことなど、無関心な余に取りてさへ、しか思はるれば、彼等二女性に取りてはさぞかしと思はる。たゞし、余の質問には、はきはきと答へ、其上に、資料展のことにつき、伊藤鉄五郎氏に紹介し呉るゝなど、女史の好意亦謝すべし。床の間にかゝれる魯迅の半切（詩書）なげしの上なる孫文の書額共に珍らし。女史の岳父滔天（一）、亡夫龍介氏（二）、共に支那に関係の深き人、ここに孫文と魯迅を見る。宜なりといふべし。何等の手入れもなき庭は相当にひろく、松の木立、雑木など、武蔵野の面影をこゝにそのまゝ見るも面白し。新井君と連れ立ちかへる。同君宅にて一休し、正午少し過ぎかへる。

二時、早大図書館、演博にゆく。図書館よりは福澤諭吉、中村正直の伝記を借り出し、演博よりは、かねて頼み置ける文芸協会其他新劇の引のばし十七葉を受取りこの引のばし代三千五百二十九円を支払ひかへる。四時、文華女子学園に園長河口氏を訪ね、豊嶋春雄君の就職を依頼、氏、好意を持ち、同君の引見を約す。夕食後書斎に入り、バトラーの仏文学史を少し読む。

（一）宮崎滔天（一八七〇—一九二二）中国革命運動の協力者、孫文支持者。
（二）宮崎龍介（一八九二—一九七一）宮崎滔天の長男。弁護士、社会運動家、柳原白蓮と結婚。

三月二十四日（火曜）

午前八時起床。昨夜電報にて来邸を求め置ける豊嶋君来る。河口氏とのことを語り、明朝十時氏を訪ぬべきことを伝ふ。分院にゆく。レントゲン、別に異状なしといふ。呑み薬を貰ひかへる。すぐ早大図書館にゆき、エンマ・ゴルドマンのGiving My Life（一）といふ自叙伝を借り、更に演博にゆき、青果全集第六巻文化展借用の品々を借りてかへる。夕食後書斎に入れど、歯痛あり、雑本を暫く漁れるのち寝に就く。

（一）Goldman, E., *Living my Life [by] Emma Goldman* (New York: A. A. Knoph, 1931). Emma Goldman (1869-1940). ロシア生れ、ユダヤ人。社会思想家。

三月二十五日（水曜）

午前八時起床。十時古書会館にゆく。愛書会主催の展覧会あればなり。目録にてかねて注文し置ける品々——山川菊栄訳ベーベルの『婦人の過去、現在、未来』（一）と題するもの其他数種を求む。例の展覧会用のためなり。会場にて人見氏に逢ふ。それより直ちに新橋の美術倶楽部にゆく。永山、四谷美術店などより送り来れる目録に、霊華、恒友、半古などあり、それらを見んためなり。霊華の半切『斉宮女御親意』と題するもの（共箱）落款より推せば稍〻初期の作なるが如し。よき出来にあらず。恒友のもの数種あれど買ふ程のものにあらず。半古の『業平』、晩年の作なり。しかし期待せるわりに面白からず。例の八ツ橋（二）の図なり。いづれも遣り繰りまでして買ひ求める程のものにあらず。新橋より地下鉄にて渋谷に出で、例の永坂にて昼飯を済まし、直ちに実践にゆく。小倉、伊藤、三木氏に逢ふ。伊藤氏と例の展覧会のビラのことにつき打合せ、三時半帰宅。この日、古書展にゆく途中、豊嶋君を文華女子学園の河口氏に紹介す。

夕食後、書斎に入り歌舞伎座四月興行のための原稿を書く。青果作の『江藤新平』を中心とせる推薦的解説文なり。思ふやうに書けず。幾たびか筆を措きて青果作の原文を、あちこちと読む。十一時ともかくも終る。十二時就寝。

（一）ベーベル著、山川菊栄訳、『婦人論、婦人の過去・現在・未来』、東京、アルス、大正一二年。
（二）カキツバタの名所。伊勢物語や芭蕉の句で有名。

三月二十六日（木曜）

午前八時起床。朝食後直ちに書斎に入り、昨夜の原稿下書きを清書、『江藤新平』四部作（先覚者の悲劇）と小見出しをつけ、速達にて歌舞伎座宣伝部堀口森夫氏(一)宛に送る。やゝ肩の荷を下せるやうにて心地よし。僅かに三枚半の原稿のために故意々々演博より青果全集を借り出し、四部作を改めて読み直すほどの勤勉さ、当世才子の眼より見なば、その律気さ、馬鹿正直さ、笑ふに堪へたるものならん。されど、目下の余はかくせずにはをれぬなり。因果とや云はん。とはいへ、四部作を改めて読み直し見て、文化史劇の作家としての青果につき、従来、感じ得ざりしことを感じ得たり。喜ぶべし。夕食後バトラーの仏文学史を読む。今日はやゝ落ちつける一日なり。

（一）堀口森夫（一九九六年没）（株）歌舞伎座宣伝部、松竹社員、のち同社専務取締役。

三月二十七日（金曜）

午前八時起床。十時半一誠堂にゆく。来る三十日三十一日両日開かるゝ明治古典会に、同書店出品の手紙類を一見せんとてなり。逍遙の佐野天聲宛のは期待せるほどのものにあらず。木下杢太郎の内田魯庵宛四通は情もこもり、且つ氏の芸術愛好の風愛見えて面白し。全体にて四千円也。樗牛の笹川臨風宛のも内容は期待せるほどのものにあらず、たゞ臨風よりの病気見舞につきての返事なり。値は四千円也。希少価値ならんか。芥川龍之介の香取秀真宛（一）のは短けれど俳句三句を入れたる洒落れたものなり。我鬼の号なり。壱万円也。その他一葉の書簡は中島塾時代のものにて短かきもの、二万五千円也。片々たる書簡にして、いつの間にかゝる高値を呼ぶやうになれるや、たゞ驚くの外なし。杢太郎のものを除きては研究資料として何等価値あるなし。たゞ骨董的価値のみ。而もかゝる高価にて売買せらるゝを見れば世に骨董趣味のもの、いかに多きことよ。

午後一時かへる。留守中に妹豊嶋みち、娘、淑子と共に来り居れり。みちは昨冬郷里より遊びをかねて上京、淑子、みね子等の家にかたみ代りに宿とり居れりしが、故郷も恋しくなり近くかへらんとてその暇乞ひに来れるなり。昼食を共にし雑話数刻かへる。そのあとに新井寛君来る。「表象」に寄稿せる余の文章の中に入るゝ挿画、カットなどの相談を受く。夕食後書斎に入り机に向ひ「方寸」所載（第五号第一巻）恒友の「方寸言」を少し読む。

（一）本間久雄『眞蹟図録』、図録一六八頁、解説一四三頁。

三月二十八日（土曜）

午前八時半起床。昨夜ふと眼ざめ、暫く眠り得ざ［る］に加へて、昨日よりの肋間神経痛と覚しき苦痛癒えず、永井医師にゆく。大したことなしとのことにて注射を受けて帰る。午後一時半、車にて演博に駆けつく。近代日本文学会の例会あり、岡保生君の風葉『恋ざめ』の研究発表をきかんためなり。岡君は初版本の『恋ざめ』に加へるに『恋ざめ』の原稿（中根駒十郎氏所持のものを写真にせるもの）を持ち来り、作者が字句に訂正を加へたる跡を丹念に調べて、作者の意のいづくにありしかを考証論話せるものにて、その学究的態度、推賞すべきなり。殊に風葉の絵画愛好と（原稿の［罫］の上に描ける絵画）その文章との関係を説けるは確かに卓見なり。風葉の文章に見らるゝ画様的風趣はたしかに彼れの絵画愛好より来れると覚ゆ。岡君は流石に風葉研究に取組むこと多年にゐたれるだけ、他の人々の空々に看過せるところに重要なる意義を発見せり。嘉すべし。それよりすぐに歌舞伎座に駆けつく。五時開演の逍遙『鬼子母解脱』につき演博よりの招待を受けたればなり。

『鬼子母解脱』は坪内逍遙作、杵屋栄蔵作曲、花柳寿輔振付なり。嘗つて菊五郎、梅幸等にて上演せることあり（一）といへど、余は見ず、今回始めて見る。上品な、よき一幕物なり。巖谷槇一君（二）の演出もよく、中島八郎氏（三）の舞台意匠もよし。たゞ九朗右衛門（四）の釈迦如来は、何の品格もなく貫禄もなく、困りものなり。役者の優格ともいふべきものゝ争はれざるを今更おもふ。七時帰宅。夕食後書斎に入り、恒友の「方寸言」を「抄録集」に筆写す。十一時就寝。

（一）昭和七年六月歌舞伎座初演。配役、鬼子母＝六代目尾上梅幸、釈迦如来＝六代目尾上菊五郎、槃陀伽＝七代目板東三津五郎。
（二）巖谷慎一（巖谷三一）（一九〇〇―一九七五）劇作家、演出家。
（三）中島八郎（一九〇三―　）舞台美術家。
（四）尾上九朗右衛門（一九二二―　）歌舞伎役者。

三月二十九日（日曜）

午前八時起床。電話にて服部洌君に来宅を求む。同君家庭内のことにつき種々談合するところあり。午後一時、早大記念会館に赴く。来賓の一人として卒業式参列のためなり。卒業生全部にて六千余人。父兄を合せて、あのひろき会館、階下階上立錐の余地なし、すさまじきばかりの様なり。式終りて、大隈会館にて大浜総長をはじめ学校の当局者、来賓など一室にてビールの満を引きて今日の盛会を祝す。

四時帰宅。昭和女子大の答案を閲読、午後九時半に及ぶ。未了なれど疲れたれば一先づ閲読を中止す。十時半就寝。

三月三十日（月曜）

午前七時半起床。九時開催の明治古典会展覧会（古書会館）にゆく。人々肩々相摩し、狭き会場苦しきことおびたゞし。芥川龍之介の秀真宛蜆の句三句を入れたる書簡（一万円也）(一)二葉亭の『浮雲』初版二篇(二)（五千円）其他雑書数種、早稲田文学明治卅九年、四十年及び大正期のもの十六冊等を求む。代価二万四千円を払ふ。午後再び同古書会館にゆき、偶々野田宇太郎君と逢ひ、相連れて神保町某喫茶店にてコーヒーを飲み、文壇のことなど種々談じ合ふ。蒲原有明の郷里に有明の詩碑建立の計画ありとのことにて、余にその発起人の一人たることを求む。余快諾。三時半帰宅、六時頃、松柏社の森氏『坪内逍遙』の組見本を持ち来る。夕食後昭和女子大の答案を閲読す。本日も無益に疲れたる一日なり。

（一）『日記』三四年三月二七日（一三二―一三三頁）参照。

（二）春の屋主人（坪内雄蔵）・二葉亭四迷（長谷川辰之助）『新編　浮雲　第一・二篇』、東京、金港堂、明治二〇・

二二年、文庫所蔵。

三月三十一日（火曜）

午前八時半起床。曇り、うす寒し。早昼飯にて慶應義塾々史編纂所に昆野和七氏を訪ぬ。例の展覧会に福澤諭吉の文献の出品を乞ふためなり。氏にはすでに塾出身の高野大輔氏より余の訪問の趣旨を伝へあることゝて、氏は快く余を迎へ、あらかじめ用意しあるかずかずの文献を示されたり。その殆んどすべては、余に取り、初めて見るものとて珍らしからぬはなし。明治五年の『かたわ娘』の自筆草稿『かたわ娘のはなし』の如き取り分け面白し。明治三年稿の『中津留別の書』は写本なれど、福翁生涯の男女観、婦人論等、この一書にすでに尽くされたりと云へば福翁研究に取りても、わが女性思想の発達に取りても、貴重なる資料なることいふ迄もなし。明治三十年刊の『新女大学』の中扉に――この一書は翁が某氏に送れるものなりといふ――翁の墨くろくろと「男も亦これを読むべし」と書けるものなど殊更に面白し。翁は婦人の開発は男子の協力なくしては不可能と考へたると共に、男子の進展亦女子の協力なくしては不可能なりと考へたるが如し。従って亦婦人の問題は同時に男子の問題なりと思惟せるなるべし。「男も亦これを読むべし」の一語よくこのことを語る。

又、昆野氏の話しによると、福翁の婦人論の根底には翁が青年時緒方洪庵に就きて医を修めたること、又、慶應義塾大に関係ありと。即ち翁は男女の愛情を男女の生理的条件に置けるなりと。又、慶應義塾が後年医学部を設けたるも亦翁の青年期の医学修業の夢の実現せるなりといふ。面白き観察なり。特に翁の婦人論と医学との関係は一考を要す。夕食後、書斎に入り、文化展の資料整理に力む。

四月一日（水曜）

午前八時半起床。午前中文化展資料整理、午後本郷木内書店にて高橋義雄の『人種改良論』(一)を求む。余に取り、永く求めて得られざりし大望の書なり。新聞文庫に西田長寿氏を訪ね、『続明治文学史』中巻並びに『歌舞伎』を贈る。帰途東京堂に増山君を訪ね、雑談数刻。夕食後佐佐木治綱氏来る。例の文化展のことにつき竹柏園蔵書(二)の出品を乞ふために電話せるを、氏の方より故意故意来られたるなり。氏は信綱翁の三男、中世和歌史の研究家として聞こゆ。余、面晤せるは初めてなれど、真摯なる学徒の面影、眉間に漂ふ。余より訪ふべきを却って余を訪はれたること、その好意謝するに辞なし。

（一）高橋義雄『日本人種改良論』、東京、石川半次郎、明治一七年、文庫所蔵。

（二）竹柏園については『日記』三九年九月二六日（六三九頁）参照。

四月二日（木曜）

午前八時半起床。書斎に入り文化展資料整理。久美子来る。正午家を出で途中文化会館の永坂にて昼食。実践にゆく。伊藤理事に相談の事ありてなり。同理事不在。偶々坂崎氏研究室にゆく。——吉田理事室にあり。共に将来の学校発展策などにつき暫く話し合ふ。四時帰宅。間なく、電話にてすでに通知ありしといふことにて、岡保生君来る。去る廿八日の近代日本文学会講演後の理事会の模様など語る。同会の事務所の従来東京堂なるを文理大吉田精一氏研究室に移し、講演会場も文理大にすることに決定せしとのこと、それもよろしからむ。たゞし理事者の中には従来演博を会場とせることを以て早大色強しと考へ居るものあるが如し。特に余が永らく同会の会長として〔・・〕せること多きを以て、同会に本間色強きを難ずるものあるが如し。かゝる非難は一笑にも値せず。学問の研究には何等のParty spiritもあるべからず。余はたゞ若き研究家のために、いさゝか尽瘁せるところありしのみ。たゞ、その人が全責任を以て事に当る以上、その人の性格、趣味等おのづからそこに現はれ来る。そは当然のことなり。もしそこにその人の何等の色調もあらはれず［ば］、その人は何等の特色をも持たざる凡庸人か、さもなくば何等の特色をも現はし得ざるほどの不熱心にて事に当れるかの何れかなるべし。この意味にて本間色云々は余に取り、むしろ喜ぶべき諌言たるを妨けず。

三木春雄夫人、真由美孃同伴にて来る。孃は実践国文科今年度卒業の才媛なり。余の講義に熱心に侍したる一人なり。書斎、書庫などを一見せしむ。夕食後、岩田洵君夫妻来る。同君は今年度より早大法学部助教授（従来講師）となれるとのこと、同君多年の真摯なる学究、漸く報いられんとしつゝあるは嘉すべし。『歌舞伎』を贈り、且つ歌舞伎の話しに時を移す。八時半かへる。九時入浴。十時就寝。

今日もあはたゞしき一日なり。読書の暇なき淋しき日なり。

四月三日（金曜）

午前八時半起床。午前十一時妻と連れ立ちて上野公園にゆく。花を見んとてなり。動物園前にて電車を下り、東照宮前の桜花を見る。折柄の快晴の天気にめぐまれ、肩々相摩す混雑なり。樹下にむしろを敷きて酒を傾けるものあり。花見衣装にて手拍子をかしく踊れるあり。満開の花を賞しつゝ、更に清水堂のあたりをさまよひ、西郷の銅像の前に出づ。これより階段を下り、車を呼びとめて三越にゆく。思へば三昔前のこと、上野図書館にゆきてのかへりさ、前の美術館前より北白河寛翁像の方へ差しかゝりて、ふと頭を上ぐれば、桜花一面に咲きほこりて雲か霞かとまがふばかりなるに、われ知らず感嘆の声を放ち、これほど美はしきものを、何とて今日まで見もかへらざりしことよと嘆じたることありき。其後の上野は次第に俗化し、老樹年ごとに枯凋し、その上に、心なき東京都の官吏の手にかゝりてにや、青々と緑なる草木取払はれてあちこちに運動場出現し、悪童ども巾をきかせるに至り、昔の面影絶えたり。たゞ清水堂より不忍池を遠望するところに辛じて往昔の風趣を偲び得るのみ。わびしさ極りなし。たゞし余、近年、一葉の云ひぐさならねど「今年の花は見ずして散らしぬ」といふことのみ多かり。妻を誘ひて花見にと連れ立ち来れ〈る〉など、恐らく余の生涯に取り、楽しきおもひでの一つにやあらん。三越七階にて昼食。現代美術家展覧会を見る。美術館建設のための寄附画なりといふ。皆一様の大きさのものに、日本画洋画とも多くは花［卉］を描けり。眼に残るものなし。たゞ洋画の中沢弘光、向井潤吉、辻永諸氏の風景等印象に残るのみ。次に六階画廊に小林三季氏の個展を見る。三季氏は梶田半古門なれど古径、青邨、土牛等とはいたくその画風を異にせり。その画風はロマンティックにして幻想的なり。絵巻物風に描ける『雨月物語』など、この点に於て殊に面白し。花袋の『田舎教師』に取材せる絵巻物風のものも亦面白し。偶々会場にて三季氏に逢ひ、初対面のあいさつを交し、且つ半古のことなど何くれと語り合へり。帰途、富田に立ちより表装のキレなど少し買ふ。四時帰宅。分院に眼の手術のため入院中の原安三郎氏を見舞ふ。新井寛君、余の稿「役の行者」の校正を持ち来る。『表象』のことなど何かと話し合ふ。八時夕食。例の文化展の資料整理。十一時就寝。

四月四日（土曜）

午前八時半起床。曇。朝より書斎に閉ぢこもり文化展の資料を整理す。午後二時、喜多山かねて依頼し置ける湖處子書簡（角田浩々歌客宛）㈡の表装出来しとの持ち来る。代価壱千二百円を払ふ。更に逍遙先生の『寒山拾得』㈡『述懐の歌』㈢の二幅及び與謝野晶子の半切和歌を依頼す。夜九時まで資料整理に費す。中々厄介な仕事なり。十一時就寝。

今日の一日も、読書の暇なく淋しき日なり。

（一）宮崎湖處子書簡、角田浩々歌客宛（明治二六年一月一日）文庫所蔵。

（二）坪内逍遙画讃、舞踏劇『寒山拾得』の一節「大海の、水のほとりはなきものを、よりくる魚の千万が、おなじ餌食に…」文庫所蔵。本間久雄『眞蹟図録』、図録四一頁、解説一一三頁。

（三）述懐の歌

存へば三とせは三とせ十とせあらば
十とせのわざをわれいとなまむ

文庫所蔵。由来については『日記』三四年五月一九日（一五九―一六一頁）参照。

四月五日（日曜）

午前八時起床。古書会館にゆく。「女学雑誌」八冊（代価三千五百円）及び外国雑誌三四冊を求む。会場にて勝本清一郎君に逢ふ。氏は先日の明治古典会にて一葉の書簡（価二万五千円）樗牛の臨風宛書簡（四千円）を求めたりといふ。樗牛のは一誠堂にて余も嘗つて見たり。病気見舞に対する礼状なり。内容は別に面白からねど樗牛の筆跡は珍らしきものなればいさゝか羨ましき心地す。午後吉岡誓氏来る。芋銭、百穂を持ち来れるなり。芋銭の『二仙』（三良子箱）寒山拾得を描けるものか。初期のものなれど面白し。四時より五時にかけ、岡保生、新井寛、小出博、熊坂敦子、村松定孝の諸君相次いで来る。一夕の宴を張る。種々の話しに打ち興ず。八時かへる。入れちがひに佐藤昭治君、たか子氏同伴にて来る。東京に落ちつけることにつきての挨拶なり。

玄関にてかへる。
今日も読書の暇なく、あはたゞしき日なり。

四月六日（月曜）

例により八時半起床。朝より書斎にこもり例の文化展の整理にあたる。午後、茶の間にてラジオの『面影を偲ぶ』といふ題にて福澤諭吉についての諸家の話をきく。松永〔・・〕氏の話なりしか。諭吉は一生涯一人の婦人（妻）を知れるのみ、諭吉亦それを以て誇りとせりといふ。この点は坪内逍遙が生涯、夫人の外に女性を知らざりしとおなじ。又、誰れの話なりしか、はっきりせざりしが、大槻文彦の『言海』出版の祝賀会開催の折、発起人として伊藤博文と名を連ねたることを嫌ひ、つひに祝賀会にも出席せざりし〔と〕のこと、さるところにこそ恐らく福澤諭吉の真骨頂ありともいふべきか。私学の精神も恐らくそこに極まる。福澤を塾主にいたゞける三田の学風まさに敬慕すべし。夕食後も書斎に入りて文化展資料整理に忙〔殺〕さる。身から出た錆とは云へ誰れに苦情の訴へようもなき仕末。われながら情けなきことかぎりなし。『坪内逍遙』の校正出づ。十一時半就寝。

四月七日（火曜）

午前八時起床。直ちに書斎に入り校正に取りかゝる。午後一時、昨夜よりの分を合せ八十二頁を終る。それより原安三郎氏を病院に見舞ひ、わが菜園に育ちしす□み桜草などを贈る。早大図書館にゆき、「青鞜」「東洋の婦女」などを借り出す。

四月十二日（日曜）

午前八時半起床。八日以来、俗用多端とは云へ日記の筆を取るに至らざりしを愴づ。昨十一日、実践の始業式とて出かく。う［す］ら寒き日に雨天体操場に長時間立ち居りたるためか、今朝より風邪気味にて鼻汁出で、何となく心地重し。昨夜より取りかゝりたる「芸術生活」の原稿「福翁男女観」を纏め上ぐ。六枚ばかりの小品なり。十時頃新潟の人立川能勝氏夫人及び令嬢を伴ひ来る。令嬢の実践入学にいさゝか口をきゝたる礼にとてなり。氏は海運業者にて上品なる紳士なり。好物の筋子贈らる。次いで大野孫平氏来る。氏の長男義光氏の婚約とゝのひたりとのことにて余にその席上にて祝辞を述べ呉れよとのことなり。快諾す。午後より書斎にこもり、夜十時までかゝり例の展覧会の草稿の整理を終る。明日の実践女子大準備会にて披露する筈なり。その間、鏑木清方氏に右展覧会出品画のことにつき長文の手紙を書く。

頭愈々重ければ十時寝につく。此分にては明十三日午後五時よりの早大文学部懇談会にも、出席の通知出し置けるも或ひは欠席の止むを得ざるならんか。

四月十三日（月曜）

午前九時半、実践女子大入学式に出席。午後二時半理事長室にて女性展準備委員会開催、集るもの、理事長、学長、吉田、伊藤両理事、坂崎、福田其他十名。余の文化展資料解説を読む。聴者内心驚きたるものゝ如し。余もこれにて些か肩の重荷を下せる如く感ず。次いで理事長の車に送られて平河町万平ホテル側の都市センターホテルにゆく。早大文学部教授懇談会の招待を受けたればなり。余一昨年定年退職、以来、関係なきも、今年より名誉教授を招待するとのことにて、暫くぶりにて旧知の諸君に逢ふ。余の外に定金君も出席す。愉快なる春宵の一刻なり。一場のテーブル・スピーチをなす。帰りには車にて送り呉れるなど至れり尽せりの饗応ぶりなり。これには主事杉山博君などの斡旋多きことゝ思はる。七時半帰宅。妻と雑話数刻。十時半就寝。

四月十四日（火曜）

午前八時半起床。快晴なれど風強し。頭重し。数日来の無理たゝれると覚ゆ。この種の風邪最初はセキ、次に鼻、最後に頭といふ順序なるか。正午、久美子顕子同伴にて来る。顕子、修学旅行にて九州に出かけ一昨日かへれることゝて、土産物など持ち来る。皆ゝ昼食を共にし四時頃まで、何かと話してかへる。久美子、顕子代り代り肩を揉みくれる。其後直ちに床に入り、六時半まで眠る。頭いくらか軽し。ソボリンなど飲み、十時半眠りにつく。

四月十五日（水曜）

午前八時起床。昨夜の静養にて快癒と思ひの外今朝は頭昨日より重し。九時開催の古書展には使ひをやり、かねて電話にて注文し置けるものを求めしむ。幸ひに全部手に入れり。

「月刊スケッチ」（三千八百円）、「新思潮」第五号（八百五十円）、「明星」午歳第一号（八百円）、明星辰歳第二号（九百円）、半古筆「源氏物語」石版刷ハガキ、五十四枚（二帖）（五百円）、「みだれ髪」四版（千八百円）、太陽増刊近時の婦人問題（大正二年）百八十円、「女学雑誌」（百十九号、三百五十円）

右の内最後の三点は実践女子大のためのものなり。女学雑誌一冊片々たる一小誌を数名にてクジ引きせりとか。不思議なる世の中なり。

午後二時井手藤九郎君来る。「芸術生活」の原稿「福翁男女観」を渡す。例のもの五千円を受け取る。雑談数刻かへる。頭重く気欝す。饒舌るも物うし。直ちに床に入る。少しまどろむ。夕食後今日大阪高尾書店より送り来れる古書目録「書林」を調べ、電話にて「開化本論」「日南子」「キング憂世の涕涙」の三種を注文す。昨日今日とつゞける風邪は最近の過労にも幾分原因せるところありしならんと思ふにつけ、今夕は静養のつもりにて何もせず。今日も淋しく、空しき日なり。

四月十六日（木曜）

午前十一時開場の歌舞伎座に駆けつく。序幕『十七条憲法』を見落さじとてなり。二幕四場の中最もよきは第二幕第一場大極殿の場なり。中車の蘇我の馬子奸譎なる様を現はし得て最もよし。次には芝鶴の穴穂部皇子《アナホベノミコト》よし。どこか変性男子らしく、それとなくいちやつく様もよく、宗十郎の媛もよし。たゞし芝雀の聖徳太子は無理な役なり。宗十郎の炊屋媛《カシキヤヒメ》に、二幕第二場の鈴鹿山中で段四郎の綾糟を説得するところなど貫禄にも乏しく、条理も徹底せず。無論これは原作にも罪あり。あれで説得されて和議調ふとは余りにも単純なり。段四郎の綾糟もつまらぬ役なり。わざわざ五千の兵を引率して出かけて来ながら、あんなアッケなき仕末になるとは気の毒なり。これも原作の罪なり。台辞にも耳障りのところあり。第〈一〉幕不盡山麓の場で屯田兵が「女をやつた」など云ふところ二ケ所あり。これはたとへ雑兵の下司の言葉としても、舞台に上す以上は、「女を弄んだ」ぐらゐにすべきなり。たゞし、この頃、覗ひどころ面白し。この作者に期して待つべし。

『十七条憲法』十二時に終る。早速実践に駆けつく。午後一時、英文科第一年入学式に臨み、一場の挨拶をなす。三木君曰く、「甘きものなり。理路整然たり」と。理事長室にて伊藤理事と会談。すぐ又歌舞伎座に駆けつく。

『心中天網島』河庄の場、治兵衛が障子紙に刀を突き込むあたりより見る。勘三郎の治兵衛大車輪にて各新聞にも好評のやうなれど余は感心せず。第一、台辞の大阪言葉が、故意とらしく耳障りなり。することもこれでもかこれでもかと熱演すぎて却って情調を殺ぐ。過ぎたるは及ばざるに如かざるなり。案外によきは幸四郎の孫右衛門なり。弟思ひの気持もよく現はれ、侍の身ながら、常に町人を忘れぬ心底もよく現はれたり。この人、先代幸四郎のよきところと吉右衛門のよきところとを併せ取り、打って一丸としたるが如し。白廻しに於ては、吉右衛門の影響特に大なり。耳〔ママ〕をつぶりて白だけきゝ居れば吉右衛門かとわが耳を疑ふ事さへあり。ゆくゆくはこの人一流の調子を創造するなるべし。この度の河庄、総じて無駄が多く、芝居では雁次郎以来のやり方ならんも原作の簡潔直截の味ひに乏し。近松劇を演ずる場合には、演者先づ作品の研究より出発すること肝要なり。

六時帰宅。『坪内逍遙』頁少し足りぬといふことにて附加すべきを種々考案す。

四月十七日（金曜）

午前十一時実践にゆく。理事長をその室に訪ぬ。座に吉田理事あり。新聞発行についての腹案を述ぶ。皆大賛成。間もなく坂崎君来り議愈々熱し実行に移らむとす。明日午前又、集会を約す。午後一時暫くぶりにて立正に行く。未だ授業始らず。安藤、中島両君を誘ひ、五反田にてコーヒーを飲む。帰途、石橋南州堂に立寄り町氏に逢ひ霊華『解牛』買約の残金九千円を払ふ。五時帰宅。『坪内逍遙』の校正を少しする。七時、池上氏来訪。実践より依頼の下田歌子の手紙及び『日本の女性』の原稿巻物及び余のもの二三を依頼す。池上氏例の如く四方八方の話に興じ九時半かへる。

今日もあはたゞしき一日なり。疲れたる一日なり。此頃はかくて何事も為すなく過すこと多し。淋しきこと限りなし。

四月十八日（土曜）

例の文化展のことにつき十一時理事室に行く。来会者、理事長を始め、学長、吉田、伊藤二理事、外、坂崎、守随、辻村、石川諸氏なり。主として新らしく発行する学校新聞につきてなり。余、種々の意見を出す。皆賛成す。昼食の馳走になり、其後坂崎氏室にて少し話し合ひ、四時頃かへる。夕刊に猿之助、八重子、章太郎等連れ立ちて橋本文相を訪ね、例の国立劇場建設促進のために訴ふる所ありと写真入りにて報ぜるものあり。国立劇場そのものゝ建設は余、もとより賛成せざるにあらねど、今日の時代においてその建設を策する如きは愚の極なり。今日は国立劇場に二十幾億円を投ずるよりも他に当然、庶民生活改善のために投ずべきもの多々あり。それに仮りに国立劇場を建設したりとするも、如何なる内容のものをいかなる観衆に向つて、いかやうに上演せんとするにや。策士連に果してその自信ありや否や。元来、今日の日本には劇場余りに多し。国立劇場の代用品として或る程度役立ちたりし帝劇先づ亡び、次いで東京劇場亡ぶ。国立劇場の如きも、かりに建設し得たりとするも、恐らくは帝劇の二の舞のみ。

四月十九日（日曜）

午前九時、柏来る。製本四、五頼む。午後横浜の桜井茂君来る。今年早大商学部卒業、激烈なる入社試験を経て第一銀行に入り、今月始めて俸給を得たりとて、土産物を持ちてあいさつに来れるなり。入学の時、余、いさゝかの口を聞きたるを忘れず、この挙に及べること感ずるに余りあり。茂君は、学業も優秀、体躯も強健、その上風采もよし。将来の発展期して待つべし。画商亀山氏来る。預り置ける白龍、鷹山の二幅をかへす。鷹山は食指動かざるにあらねど自制せるなり。昨夜より今日一日来客の隙を［ぬ］すみて『坪内逍遙』の校正数十頁を片つく。

四月二十日（月曜）

午前十時半よりの実践の講義（文学概論）十二時、例の展覧会のことにて写真師の訪問を受く。中野清子氏、展覧会についての写真持参。一時より英文学の講義に出席。二時半、理事長の室にゆく。学長、吉田理事と会ふ。坂崎氏室を訪ぬ。五時帰宅。中沢、喜多両嬢を佐佐木治綱氏宅へ使ひにやり『翡翠』『金鈴』『薫染』『踏絵』『藤娘』大塚楠緒子書簡を借り来らす。両嬢、七時頃、余の宅に来る。次いで丸善の粟野君、かねて注文し置ける一書入手せりとて持ち来る。代価二千百六十円を支払ふ。明日東横三上氏に手渡すべき解説原稿の手入れをす。今日は取り分けあはたゞしき一日なり。

四月二十一日（火曜）

午前十時半、昭和にゆく。午前より午後にわたり文芸思潮史（午前）、文学概論（午後）の講義を始む。三時東横宣伝部に田中部長を訪ね文化展目録解説原稿を手渡す。それより実践に立寄り、午後六時帰宅。夕食後『坪内逍遙』校正の残り二台を校正す。十一時就寝。

四月二十二日（水曜）

午前十時半、東京堂に増山君を訪ね、実践六十年記念文芸講演会のポスタア六十枚を依頼す。冨山房に伊達、郡司両君を訪ね、坂本氏(一)に贈るべき拙著二部、『自然主義及び其以後』『歌舞伎』を手渡す。一時間ばかり雑談。一人で出雲そばを食し、二時帰宅。三時半森政一氏来る。『坪内逍遙』追加原稿を手渡す。最近俗事多く読書の暇なし。淋しきことおびたゞし。

（一）坂本守正〔?〕、（一八九〇―一九六〇）冨山房社長。

四月二十三日（木曜）

午前十時より十二時迄、実践四年国文科に明治文学につきての講義を開始す。午後理事長室にて新聞につきて坂崎氏其他集合。学校より歌舞伎座にゆく。

『司法郷補縛、江藤新平』を見る。こは眞山青果一代の佳作なり。余、依頼を受けて歌舞伎座筋書にも、その解説をものせり。たゞし往年見たる左團次一座のものに比するとき今回はいちじるしく見劣りせり。猿之助の江藤に左團次程の迫力と貫禄なきは是非なしとするも白廻《せりふ》しなどにはもう少し工夫を要せずや。この点は中車の細川是非之助にも同断なり。演《す》［る］ことにソツはなく、且つ心理描写も見事なれど、白の聞き取れぬところあるは惜しむべし。小劇場にてはともかく三千人を入るゝ大歌舞伎座にては白廻しこそ優人に取りて成功不成功の第一条件なりと知るべし。それにつけても左團次所演の折には細川是非之助は寿美蔵なりしが、優の朗々たる音声のいたく舞台効果のありしことを今改めて知る。

『勧進帳』、幸四郎の弁慶は優近来の佳作也。力、全身に充ち溢れ、かどかどの極りも鮮か、延年の舞も見事。

これ迄見たる同優の弁慶中、此度のが最もよし。勘三郎の富樫は、弁慶に比しいたく見劣りせり。問答の体などすっかり弁慶に喰はる。気の毒なほどなり。世話物にかけては先づ当代無類ともいふべき勘三郎なれど、かゝる役にかけては柄になき為めにや、これ迄見たる数ある富樫の中最も拙きものゝ第一也。形もわるく、音声最もわるし。第一場幕の出そもそもから何等颯爽たる風趣なく、「かやうに候者は云々」の白の如き、何等の抑揚もなく、何等の荘重のひゞきもなし。

歌右衛門の義経は無類なり、品といひ風趣といひ、当代第一なり。二三年前にこの歌舞伎座にて雁次郎の扮せる義経のグロテスクなるすがた未だに眼底に残りゐて気味わるき折柄、歌右衛門の義経を見て、心漸くさわやかとなれり。よき舞台は竹のやの主人(一)の如く、眼のくすりなり。次の『恋娘昔八丈』『団子売』の二つは見ずにかへる。

(一) 竹の屋主人、『日記』三四年一月二七日(九二頁)参照。

四月二十四日(金曜)

今日は講義のなき日なれど実践にゆく。わが家に置きたりと思ひ居りし須磨子始め演劇関係の写真(何れも演博所蔵のものを複写せるなり)十七葉、紛失せるを数日前発見、或ひはわが家に持ちかへれるかと昨日より家中を探せど見えず、さては学校内の何処にか置き忘れたるにやと、無益にも探しに来れるなり。午後は新井勝利氏宅に半古筆女学生の軸物を借りに妻を遣はさざるべからず。偶々理事長室にて談そのことに及ぶ。理事長は情にあつき女性なり。自家用の自動車をそのために差向け呉れたり。好意謝すべし。

夕食に酒少しを取る。血圧やゝ低きやう思はるればなり。七時頃小宮山書店主来る。明治文学上重複せるもの及び雑本数種を売却す。小宮山四千円を置きてかへる。

九時入浴、十時床に入る。床の中にて雑本など読む。

四月二十五日（土曜）

午前九時古書会館の書窓展にゆく。目録にて約束し置ける横山源之助の『日本の下層社會』(一)と題せる一書（八〇〇円）及び田島象二の『西國烈女傳』明治十四年刊(二)を買ふ。後者は表紙等汚損しあれど稀覯本に属す。出品者その価値を知らざりしにや七〇円といふタゞの如き値なり。余前々より美なる一本を所蔵せりしが、その値の余りに安きにいさゝか腹立たしくなりて求めたるなり。

午後三時頃、昨日新井君を迫して慶應にゆき福澤翁の日本婦人論の原稿撮影を依頼し置ける写真師、出来上りしとて持ち来る。二千円を支払ふ。去る十五日に大阪の書店高尾に依頼し置ける三書（エドワード・キング原作『憂世の涕涙』（五〇〇）(三)吉岡徳明の『開化本論』二冊（三〇〇）福本日南の『日南子』（二〇〇）(四)とゞく。値安けれど、余に取り何れも必要の書なり。而も何れも美本なり。余の喜び以て知るべし。

午後七時三上正寿君、美術出版社編集部古城一明氏並びに写真師二名を連れ来る。例の目録印刷の相談、並びに資料の撮影のためなり。九時半かへる。

十時入浴、その後就寝。

(一) 天涯茫々生（横山源之助）『日本の下層社會　付附録（日本の社會運動）』、東京、教文館、明治三二年、文庫所蔵。横山源之助（一八七一－一九一五）ジャーナリスト、社会問題に関心をもち「労働世界」に寄稿。
(二) 田島象二『西國烈女傳　第一編』、東京、弘令本社、明治一四年、文庫所蔵。田島象二（一八五二－一九〇九）戯文家、新聞記者開国欧化の風潮に反対。
（三）エドワードキング著、夢柳居士訳、『一滴千金 憂世の涕涙 巻之一～三』、神奈川県、成文舎、明治一七年、文庫所蔵。
（四）福本誠『日南子』、東京、博文館、明治三三年、文庫所蔵。福本日南（一八五七―一九二一）政論家、九州日報の社長兼主筆、安易な西欧追従に反対。

四月二十六日（日曜）

午前十時理髪にゆく。午後家に引きこもりて坪内逍遙の再校に取りかゝる。東横の三上君小松原氏より電話、展覧会のことにつきてなり。再校漸く四十二頁まで片つく。

四月二十七日（月曜）

午前十時実践にゆく。東横宣伝部の人と展覧会のことにつき逢ふ約束ありてなり。午前の授業を済まし正午少し理事長室にゆく。坂崎君も来合せ、新聞広告のことなどにつき相談す。午［後］二時半藤井和子氏来る。氏は昨年の実践国文科卒業にて目下に〔ママ〕勤務。白木屋広告部の小松原氏の依頼にて展覧会のことにつき広告記事を余に徴するためなり。四時校門を出で、電話にて約束し置ける歌舞伎座の黒川氏を訪ふ。風雨烈しく途中すこぶる困惑す。七時帰宅。

今日一日も空しき日なり。

四月二十八日（火曜）

正午、大野孫平氏長男義光氏の結婚式に列するため、帝国ホテルにゆく。新婦は岩城律子（旧姓中村）とて国際造花会を組織して活躍、屡々外国にもゆけりといふ。義光氏とは氏が去る廿九年画学修業のため巴里に滞在中の交遊なりと云へばこの結婚こそ二人の間に自然に芽ぐみ、自然に孚み育てられたる愛情を基礎とせるものなることを知るべく、それだけに先づは目出度き結婚なりといふべし。座に岡部長景氏(一)、朝日の天声人語氏(二)などなり。岡部［氏］とは初対面なり。卓を隣して美術談にふけることしばし。乞はるゝまゝに余一場の祝辞を述ぶ。車に送られてかへる。途中、美土代町の美術出版社に立ちより展覧会目録の校正を持ちかへる。七時、美術出版社の古城氏校正を取りに来る。忙しきこと限りなし。

夕食後始めて朝刊の新聞を読む。国立劇場の記事あり。第一劇場と第二劇場とに分ち、第一劇場にては文楽、カブキ、邦楽、日本舞踊、民俗芸術などの古典芸能と新派、新劇、新国劇などを上演することゝし、収容人員を千三百人とし、第二劇場にては、音楽、バレエ、オペラなどの現代芸能の専門劇場とし収容人員を二千人とする案なりといふ。音楽、バレエ、オペラが［現代］芸能にて、歌舞伎や新派、新国劇などは、現代芸能にあらずといふにや。不思議なる考へ方もあればあるものかな。笑ふに堪へたり。今日も疲労甚だし。空しき一日なり。

九時半入浴。直ちに就寝。

(一) 岡部長景(一八八四―一九七〇) 国立近代美術館長、国際文化振興会理事長。
(二) 荒垣秀雄(一九〇三―一九八九) ジャーナリスト、早大政経卒。昭和二一年四月より三八年六月まで一七年間、朝日新聞コラム「天声人語」担当。

四月二十九日(水曜)

天長節にて一日家居す。正午少し過ぎ志賀謙君来る。『坪内逍遙』の校正をなす。夕刻便ののち血下る。直腸に故障ありしにや。気分あし。例の展覧会にて連日の奔走にて疲労甚だし。詮なきことを引き受けたるものかな。夜は入浴の後直ちに寝に就く。

―欠―

四月三十日（木曜）

午前十時早大図書館にゆき抱月の『その女』を

それより東横宣伝部に至り田中氏を訪ぬれど不在。大津氏に逢ひ写真、錦絵等を見せて、いかに飾るべきかを相談す。十二時、実践にゆき評議員会に列席。午後三時、電車にて徐々と神田小川町の美術出版社にゆき、目録の再校をなす。社の常務取締小林〔・・・〕(二)に逢ふ。氏は昭和十四年の早大英文科出身にて大沢実、内山正平君などゝ同窓なり。卒業後直ちにこの社に入れる人。流石に美術出版の人とて趣味もゆたかにて余と意気投合す。好紳士なり。七時かへる。夕食後喜多山、かねて依頼し置ける晶子半切幅出来しとて持ち来る。頗る高雅なる味ひにて満足せり。『坪内逍遙』の再校少し読み始めしが疲れたるまゝ十時就寝。

夕刊は一せいに永井荷風の死を報ず。

（二）小林正二。

五月五日（火曜）

暫く日記をつくることを休む。この間俗事に奔走して、徒らに心身の疲労を贏ち得しのみ。昨夜は夜おそくまで東横七回画廊にありて陳列の指揮に携はる。

今朝九時起床。かゝることは珍らしきことなり。昨夜の疲労のたゝれるためなり。十一時妻と共に東横に行く。

すでに観覧者多数あり。先はさいさきよし。菱沼理事長、吉田、伊藤両理事連れ立ち来る。陳列の不備多々あり。標題の書きちがひなどその一なり。係員に訂正を依頼す。それより理事長の車に（両理事共）同乗して学校に至る。坂崎氏亦現代女流画家十人展のため大童なり。こも面白き展覧会なり。坂崎氏と余とあらずば、此度の文化展は恐らく開催不可能なりしならむ。余、昨年末以来実践女子大のこの計画実現のため心身を労することおびたゞし。一昨年、余、この学校に招がれたる折、今日、かゝる労苦に浮身をやつさんとは思ひもかけざりき。もし、この労苦を、著述に向けたりしならんには、など今更思ふは愚痴なり。学校の、余を遇するの厚きにいさゝか報ひたりと思はゞ可ならむのみ。

五月六日（水曜）

午前中休養す。下痢の気味にて心地あし。午後二時実践より迎への車来る。妻と同乗して東横に至る。次いで実践に至り、下田歌子の〔・・・〕よりの拝領品の文台、硯箱など理事長と共に展覧会場に持ち来る。午後四時半慶應の昆野和七氏福翁の『男女交際論』を持参せらる。直ちにケースへ飾る手筈を定む。氏と応接間にて暫く対談。六時半帰宅。今日も会場は観覧者にて賑はひたり。新聞〔「・・・」〕を見る。展覧会につき大々的に宣伝しあり。白木屋広告部長小松原氏の好意謝すべし。

五月十一日（月曜）

日記暫く休む。日記を書くいとまなければなり。いとまありても、心身共に疲れて筆とる力なければなり。この数日、それほどに多忙なり。東横の展覧会は学校の主催と雖も、すべてはわが双肩にかゝれり。従って開催後も毎日、会場につめかけて何かと心を配ること多し。八日夕刻の朝日（家庭欄）に大きく紹介しあり。筆者は有馬真喜子といふ女流記者、流石に催しものゝかんどころをよく掴みたる書き方なり。わが説明せる主意も、よく徹底せり。このためにや翌九日には入場者多く肩々相摩す盛況なり。

九日正午、東横宣伝部田中氏にゴールデン・ホールにて昼食の馳走になり、閉会、其他事務上の打合せをなす。午後一時少し過ぎ実践に駆けつく。記念講演会出講のためなり。昨八日には山岸氏の「源氏の女性」並びに「近松の女性」の講演ありしが今日は余の「一葉と晶子」及び坪内士行君の「沙翁作中の女性群」あり。余の駆けつけたる時はすでに士行君の話あり。士行君の話は円転滑脱、加之、話し中に身振手振を加へたるもの、聴者飽くことを知らず。余はその後を受けてすこぶる閉口す。余元来口重なる上に、性、きはめて沈鬱、洒落を解せず。話によりて聴者を魅惑する如きは余の到底よくし得るところに非ず。たゞ淡々と説き去り説き来るのみ。たゞし、余の講演、案外によかりしにや、講了へて拍手すこぶる多かりし。午後五時、展示会場にて今年の卒業生、河合、田部井、喜多、下条、諸嬢及び坪内章君と逢ふ。それより日比谷陶々亭にての慰労会（学校よりの招ぎ）におもむく。集るもの三十名。たゞし余、数日来のぢ疾のため一滴の酒も飲めず。沈鬱いよいよ加はる。ころあひを見はからひ早々にかへる。後にて聞けば理事長、守随、吉田、平野女史等、赤坂に二次会をひらいて痛飲のよし。羨むべし。

十日は、展覧会最終日とて、午後二時半頃妻と共に出かけ、六時半閉会まで会場にあり。閉会後取りかたつけをすまして、東横の車二台に送られてかへれるは九時半。この日、久美子、新井寛氏兄弟、手伝へくれたるは謝すべし。これにて漸く肩の荷下りたる心地す。たゞし心身の疲労甚だし。家にありても跡仕末についての種々の雑用をすまして十一時就寝。

五月十一日（月曜）

理事長来訪、妻と久美子に贈り物あり。

五月十二日（火曜）

午前十時半昭和にゆく。午前中西洋文芸史の講義。昼食の時間に、英文科四年の生徒三名教員室に余を訪ね来り、ペイタアの文芸復興を携へ来り、序文につき種々質問す。一々親切に指導す。休むいとまもなく迷惑なれど、彼等の熱心さ又嘉すべし。彼等三年の折（昨年）の余の講義殊に文芸復興の条項いたく彼等に好学の刺戟を与へたりと覚ゆ。午後一時よりの講義を了へて直ちに実践にゆく。理事長室にて理事長並に吉田理事と逢ひ暫く、展覧会の跡仕末につき語る。

六時帰宅。疲れたるまゝ十時早々就寝。

五月十三日（水曜）

午前八時より書斎に引きこもり「芸術生活」のための原稿「女性文化の問題」と題し、東横にての展覧会を中心とせる一文をものす。午後にゐたり七枚を書き上ぐ。大野実之助氏より依頼を受けたる氏の大著『李太白研究』の推せん文を漸く書き上ぐ。わづかに一枚半のものなれど、余の専門外のことゝて、無より有を生ずるものゝ如き苦しみなり。夜、新井寛君の紹介にて加藤忠哉氏来る。氏は早大英文科卒にて出版社新鋭社の社員たりしことあり。『坪内逍遙』の校正を依頼せるなり。

五月十四日（木曜）

午前八時、約束通り、大野氏来る。推せん文を渡す。十時、これも約束通り井手藤九郎君来る。「芸術生活」のための原稿を渡す。加藤君校正原稿を持参す。昼食を早目にすまし、実践に駆けつく。午後一時よりの授業（英文学史）のためなり。帰途三時妻と東横に落合ひ、宣伝部の稲田君を呼びて茶を共にす。夜、加藤君来る。校正の打合せをなす。『坪内逍遙』の序文書くべきなれど疲れたるまゝえせず寝に就く。

五月十五日（金曜）

午後一時よりの立正大学の講義にゆく二課目（エッセイ研究）（文芸思潮史）の講義を了（五時帰宅）。夜美術出版社の古城氏来る。『坪内逍遙』の表紙及び口絵の写真ワリツケの相談のためなり。十時かへる。

五月十六日（土曜）

朝より雨はげし。書斎に籠りて『坪内逍遙』の序文にとりかゝる。わづか三枚ぐらゐのものなれど筆進まず難産なり。午後二時妻同伴白木屋の等伯展覧会にゆく。等伯は桃山時代の障屏画の代表の一なり。等伯は永徳其他の狩野派の一派の豪華なる色彩主義の障屏画に対して枯淡なる水墨画を以て対抗せるものなりといふ。又、落款には雪舟五代目と記せるもの三四あり。等伯が雪舟の後継者を以て自任せる以て知るべし。たゞし等伯の絵はその山水画に見る如く雪舟の如く峻厳ならず、どこかに温藉の風趣を湛へたり。これ等伯の為人によるか、或ひは時代好尚の異なれるに因るか。所謂禅機画には面白きもの多し。信春落款は等伯青年期の作なりといふ。余は信ずる能はず。等伯と信春とはその視覚形式と芸術の世界とを全然異にす。かくの如きはいかに年数の相違を以てしてもあり得べきことにあらざればなり。序でに三越に立寄り「美の美」展を一瞥す。二つの展覧会ともに日本経済新聞社主催なり。よき企てなり。三越にて妻と別れ、地下鉄にて東急文化会館ゴールデン・ホールにゆく。高賀貞雄君の世話による「四十二年会」に参加のためなり。集まるもの、高賀、三木、市川、坪内と余と五人のみ。昨年のこの会には佐藤緑葉君、中島利一郎君ありしが、佐藤君は九州へと都落ち、中島君は死亡。明治四十二年の早大英文科の卒業者百に余れるもの、多くはその消息を絶つ。五人一堂に会して、うたゝ寂寞の感あり。雑話数刻。九時帰宅。入浴後就寝。

五月十七日（日曜）

朝より一日、書斎に閉ぢこもり『坪内逍遙』の序三枚半を漸く書き上ぐ。永井医師より貰ひたる緩下ざい、医師のいひつけにかゝはらず、多量に飲めるためにや下痢す。又、そのためにや疲労を覚え、午後四時頃、近頃になく床を取らせ休む。夕食後も二度下痢あり。下痢と共に血あり。懐炉にて暖め寝につく。

五月十八日（月曜）

雨甚だし。且つ下痢の後とて気分すぐれず。電話して学校（実践）を休む。たゞし朝七時より書斎にこもり昨日日本経済新聞に送るべき筈の逍遙追憶の原稿を書く。十一時急に思ふことあり。痔疾の原因を明かにせんとて分院の林田氏に電話にて診察を乞ひ、直ちに雨の中を病院にゆく。診察の結果、排便と共に血の下れるは痔疾によるに非ず。痔には何の故障もなし。従って血の下れるは、直腸の故障にあるべしとのことにて明後水曜、改めて直腸鏡にて検査すべしといふ。余嘗つて痔疾にて血の下れることあり。しかし今回のはその下り方、前と異なれり。余、私かにその故障の直腸にありはせぬかと疑ひしことあり。今日、その疑ひの愈々濃厚となれるを知る。

午後、午前のつゞきの原稿を片つく。原稿紙六枚なり。妻にも読みきかせてその意見をきく。夜、丸善の粟野氏来る。コールドヱルの新著を持ち来り、『學燈』(一)のために、早大方面の人にその書評を依頼せんとの相談を受く。鈴木幸夫君を紹介す。粟部君かへれるのち書斎に入り原稿を訂正清書。十時半筆を措く。

(一)『學燈』。明治三〇年創刊、丸善株式会社発行月刊PR雑誌。

五月十九日(火曜)

十時半より昭和に出講の筈なれど電話にて断り休講す。午前松柏社『坪内逍遙』校正四校持参。一瞥してかへす。午後喜多山、依頼し置ける逍遙二幅持参。三千三百円を払ふ。余等の見立によれるだけキレの取合せ見事なり。この二幅、寒山拾得、述懐の歌は往年、昭和五、六年の頃と覚ゆ。余、国民新聞に客員たりし頃、徳富蘇峰翁より逍遙先生に書画を懇望したしとのことにて、余その使ひに立てり。逍遙先生は依頼者は蘇峰なり、忽かせにすべからずと思はれたるにや、間もなく絹本横物(横一尺寸、タテ、一尺二寸)に酔墨寒山拾得、述懐の歌を認め、又、余を使ひとして蘇峰翁に贈らしめたり。酔墨の寒山拾得は余も所持せり。そは大正十五年の秋、逍遙選集刊行の折の打合せ会を芝紅葉館にひらく。恐らく版元春陽堂の主催せしものならんか。集まるもの、金子(一)、五十嵐(二)、河竹(三)、山田(四)、大村(五)、伊達(六)及び余等の編輯委員と春陽堂の和田利彦氏(七)。外に美妓を加ふ。宴酣の頃、先生興に乗りて寒山拾得、お夏狂乱などをものせり。その中の一つは今日余の所持せるものにて、これこそ文字通りの酔墨なり。蘇峰翁に贈れるものは「酔墨」とあれど、事実は雅印まで丁寧に押してあり酔墨に非るべし。真面目さ優りて、余の持てるものより、飄逸の趣少なし。そはともあれ、其後一ヶ月ばかりして、余、池上氏宅（八）にて図らずも逍遙先生が蘇峰翁に贈れる二幅を見出す。池上氏は翁に親炙せる人。翁に懇望して貰へるや否やは知らざれど、せっかくの贈物を無下に他人に与へたる翁の心事、思へば不快也。余、両翁の間に立ちて使ひの役をなせるだけ、不快至極なり。

それも二十年の昔しとなりぬ。昨年暮図らずもこの同じ二幅を余、黒門町広田の店頭に見出す。値をきけば二幅にて七千五百円也と云ふ。直ちに買ひ求め、余の好みに従ひ、前の持主の粗末なる表装を改めて床の間にかく。見ちがへるばかりの見事なる幅となれり。いさゝか査由をしるす。

夜、外国より取り寄せたるカルレールのDegeneration in the Great French Masters（九）のゾラのところを拾ひよみす。先頃より例の資料展其他に追はれ、吾が身にて我身ならざる思ひなりしが、こゝに漸く魚の水を知たる心地す。

（一）金子筑水（一八七〇—一九三七）哲学者、文明評論家、東京専門学校で坪内逍遙に師事。
（二）五十嵐力（一八七四—一九四七）国文学者。東京専門学校で坪内逍遙、大西祝に師事。
（三）河竹繁俊（一八八九—一九六七）演劇研究家。逍遙に傾倒、文芸協会付属演劇研究所に入る、河竹家養嗣子。
（四）山田清作（一八七五—一九四九）出版人。坪内邸に寄寓、坪内家内外の雑務の処理にあたる。
（五）大村弘毅（一八九八—一九八四）出版人。
（六）伊達豊（一八九七—一九六一）児童劇作家。
（七）和田利彦（一八八五—一九六七）春陽堂社長。
（八）池上浩山人（一九〇八—一九八五）俳人、一時期、徳富蘇峰の秘書をつとめる。
（九）Carrère, J., *Degeneration in the Great French Masters: Rousseau—Chateaubriand—Balzac—Stendhal—Sand—*

Musset—Baudelaire—Flaubert—Verlaine—Zola (*Les Mauvais Maîtres*) trans. McCabe, J. (London: T. Fisher Unwin, 1922). Jean Carrère (1865-1932). フランスのジャーナリスト、著述家。

五月二十日（水曜）

午［前］十時半、妻を附添へとして帝大分院にゆく、直腸鏡にて診察の結果は幸ひにも大したことなきやうなり。痔核といふものにて左程心配のものにあらず、たゞしなほ出血長びかば又、診察すべしとのこと。今日あたり、出血も極めて少なければ、このまゝにて次第に快癒するに至るべきか。

午後歌舞伎座の黒川氏より電話。二十三日夜の部の歌舞伎座切符二葉を贈るとのこと。いつもながら氏の好意謝すべし。

五月二十一日（木曜）

午前、実践に出講、引きつゞき午後二時半講義。正午の休憩時に坂崎君余の部屋に来る。学校の機関新聞のことにつき相談を受く。伊藤理事に逢ふ。両君とも痔疾なる由。痔疾者意外に多きを知る。

夜、松本耕三なるもの（昼、余の留守中電話ありとのこと）（刈谷市肴町六三、トヨタ本体工業第二工場）嘗つて早大に学び、後中支に出征（そのために早大中退）一昨年かへれる由、苦労せる様まことゝ思はる。最後に靴下一足を余に贈物とし、残りの幾足かを買ひ呉れずやといふ。贈物を含め二足を買ふ。六百円を払ふ。妻、ペテンなりと云ふ。後に考へればペテンにかゝれるに相違なし。その時の松本の挙動に怪しきところあり。妻、余の暗愚を憤り嘆くこと切りなり。余恐らくそれに値す。六百円は惜しからねど、ペテンにかゝれる余の暗愚に惜しきなり。

この日、河竹君より『人間坪内逍遙』一冊贈らる。目次を一見す。逍遙研究の資料として興味あるものゝ如し。特に巻頭の逍遙夫妻の秘事に関する一文はすこぶるセンセーショナルなるものにて資料的にも重要なるものの如し。早速読まんことを期す。

五月二十二日（金曜）

逍遙先生生誕の日なり。午後一時早大共通教室にて生誕祭式典挙行さる。盛大なる式典なり。司会者印南君、大浜総長、河竹君、谷崎君の挨拶につゞいて、来賓として正宗氏、山本氏（一）の祝辞あり。余、舞台前列の向って右側の端に座れるためにや、河竹君のあいさつの外は、よく聞きとれず。たゞし、山本氏の話しの中に逍遙の作品を余りに低く評価せる言辞ありしは面白からず、例へば逍遙の数ある作品は菊池寛の一作品（名は忘る）森鷗外の「阿部一族」に如かず云々と云へる如きは正直な態度とはいへ、少し場所柄を弁へぬことゝいふべし。

式後映画『女優』あり。山田五十鈴（二）の須磨子は上品に過ぐ。実際の須磨子はまだまだ野性的にて情熱的なり。土方與志（三）の抱月は始終品をくづさず、よき出来なり。抱月に似せたる扮装もよし。余旧師に逢へる如き心地す。恋愛問題をあっさりと品よく取扱へるもよし。芸術座にて当り狂言の一つなりし武郎の「死と其前後」を抱月の死と結びつけたるもよく、須磨子の自殺直前に彼女の役のかずかずを幻に思ひうかべるところもよし。カチューシャの雪の野道の場面、絵のやうなり。たゞしその当時を知らざる今日の若人には、果してその頃の気分をこの映画より直ちに味ひ得るや否や疑はし。ともかくも余に取りては追懐の情、こまやかに起りて、会場を出でたる後まで情景余の眼前に髣髴たるを覚ゆ。夜は、日比谷公会堂に名流大会による逍遙作品の舞踊あれど割愛。校正の残りやら明日の講演の準備などに費す。
今朝の日本経済新聞にわが稿「逍遙と山椿」出づ。
（一）山本健吉（一九〇七―一九八八）評論家、父は石橋忍月。
（二）山田五十鈴（一九一七―　）女優。
（三）土方與志（一八九八―一九五九）演出家、俳優。土方伯爵家の出。小山内薫に師事、築地小劇場建設。

五月二十三日（土曜）

早昼飯にて日比谷図書館小講堂にゆく。逍遙百年記念学術講演出講のためなり。講師及演題は余の「逍遙の史的位相」矢野峰人氏の「逍遙と英文学」杉森孝次郎氏の「逍遙の倫理観」坪内士行氏の「逍遙の新舞踊運動」なり。朝より雨、午後大雨の予報のありしためもあらんか。聴衆極めて少なし。漸く五十人足らずなり。三百人の聴衆を入れる講堂なれば五十人たらずにて、聴衆たゞ点々と席に散らばれるのみ。昨日の盛況に比べて何たる淋しさぞや。逍遙そのものが、今日の文化人の興味圏外にあるためにや。余等講師連、又、その興味圏外にあるためにや。それとも学術講演など銘打てる文芸講演会など、又、その興味圏外にあるためにや。今日の天候と相俟って、会場わびしきこと極りなし。従って気分沈鬱、第一陣を承はれる余の講演亦近来の不出来なり。第二陣は矢野氏。例により諒々と説き来り説き去る。そこには何等の場当りや、当て気もなく、如何にも学者らしき講演なり。かういふ講演こそ、学術講演の名に値するものと云ふべきか。次に杉森氏の講演を聴く。氏は明治三十九年の早大文学部哲学科出身の俊秀なり。プラグマティズムの権威、且つ頭脳の明晰、文章の新鮮を以て一時、新時代に喧伝せられたる人。当時、余の尊敬せりし先輩の一人なり。永く、早大第二学院の院長をつとめ、且つ理事の一人なりしが、田中総長(二)の死を境として何故か、早大との一切の関係を打ち切り、今は中央大学に教鞭を採りつゝありといふ。久しぶりのことゝて、余、多大の期待を以て氏の講演を聴きしが、期待は全然、跡かたもなく裏切られたり。云はんとせる意図はかすかにわかれど、おなじことを繰りかへすのみにて何等の発展もなく、徒らに時間を空費す。司会者河竹君の焦燥思ふべし。余も亦気が気に非ず。最後は坪内君の話なり。例の円転滑脱、加之、身振り手真似を以てす。聴衆これにて漸く救はれたるべし。たゞし、余、中途(四時十五分)にて場を出で、車にて歌舞伎座に駆けつく。四時半開幕に間に合せんとてなり。今日の杉森氏の講演に侍して、うたゝ感慨の深きものあり。麒麟も老ゆれば、駑馬か。"To live too long is not to be lived, …" 西諺、よく真理を伝う。杉森氏は明治十四年の生れなれば、数へ年にて余より五つの年長なり。五年後の余、亦、かゝる様になりゆくにや。かまへても、余は、老醜をさらすまじきなり。夜の歌舞伎座は『高時』、『吉野山』、大佛次郎氏新作『朝妻船』、『流星』。海老蔵の高時は風采、音声共に見事なり。開幕早々、柱にもたれて大盃を手にせるところ、横顔など先代幸四郎の面影あり。血すぢは争はれぬものか。たゞし天狗舞ひになりては振のなきためか、どこか骨ばりて鮮かならず。この点にては、その他の点は、はるかに劣れるとは云へ、一年ばかり前に見たる羽左衛門の方まだよし。『吉野山』は眼の法楽。松緑の忠信特によし。最近これほどの忠信を見しことなし。

『朝妻船』は武士対平民、特権階級対庶民階級の問題を捉へて狙ひどころ面白けれど、六幕九場といふ長編のためか、全体のシマリなく散漫の嫌ひあり。筋として腑に落ちざるは柳沢美濃守屋敷に間者として入り込めるお勝(梅幸役)が、いかなる径路を取りて旗本本多之殿(羽左衛門役)の養女となりしかといふ一事なり。この点が明かならざるため、観客のお勝への同情も昂揚せず、従ってお勝を庇護する仏師遊扇(松緑役)も絵師朝湖（左團次役）も一向引立たず、損な役なり。お勝も柄のせいか、哀れげ少なし。最後の幕切はいつかの『江戸の名残』（二）と同巧異曲なり。『流星』は見ず。

（一）田中穂積（一八七六―一九四四）昭和六年より戦時中にかけて早稲田大学総長。

（二）新橋演舞場昭和三四年二月公演、大佛次郎作『江戸の夕映』〔?〕。

五月二十四日（日曜）

妻、午前中東横宣伝部に出かく。展覧会の跡仕末なり。午後三時頃米沢の人湯野川国治郎氏来訪。氏は余より一年、年下。幼年学校出身の旧軍人。余の一昨日の日経に出でたる「逍遙と山椿」を見て、急に逢ひたくなりしとて訪ね来れるなり。六十年前に相見しことあるのみ。面影悉く変りて、名乗らずば、行きずりに逢ひては判別しがたし。旧軍部の誤りを切りに語る。悲憤面に現はる。よき人物なり。

五月二十五日（月曜）

午前十時、実践にゆき、理事長室にて理事長、伊藤理事に逢ひ、展覧会収支決算書を手渡す。決算書の明細書は妻の努力によれり。学校のために立替たる四万六千余を改めて貰ふ。午後三時地下鉄にて銀座松屋裏の近畿地方ラジオにゆく。「明るい女性」ラジオのために、例の女性展のことにつき吉屋信子女史（一）との対談の約束あればなり。吉屋氏は、余往年、四十年以前なり。早稲田文学社の小石川水道町にありける折、一日同社に余等―余と中村星湖氏（二）とを訪ね来れることあり。女史の二十歳頃のことか。余、その時の女史の風貌をかすかに記憶す。女史またその時のことを語る。共に懐旧の情あり。三十分にわたりて対談す。謝礼五千金を受取りかへる。夜食後、雑談、入浴十時、床に入る。近頃になき早寝なり。尤も床中にて雑書瞥見、真に眠りにつけるは十二時近くなり。

（一）吉屋信子（一八九六―一九七三）小説家。
（二）中村星湖（一八八四―一九七四）小説家。早稲田大学英文科卒業後、早稲田文学記者となるが、抱月の死後辞任。

五月二十六日（火曜）

十時半昭和にゆく。昼飯後、休憩の時間に英文科四年生六名、教員室に余を訪ね、ペータア、『文芸復興』序文につき質問す。余、その熱心を嘉して丁寧に教ふ。たゞしそのために切角の休息の時間なく、一時よりの講義に疲労甚だし。四時かへる。

妻、三越にて久美子と会食。かへりて、久美子白内障なることを聞く。天地急に暗くなれるを覚ゆ。原安三郎氏より眼疾全快の内祝とて雅韻ゆかしき風呂敷贈らる。礼状を書く。

五月二十七日（水曜）

二十六日夜下痢す。恐らくは下剤の飲み過ぎならむか。二十七日の朝もやまず。かくては今日熱海へゆくべき日なり。いかにせばやと迷ふ。十一時［懐］炉を抱き、妻と共に漸く出立す。十二時二十分東京駅発湘南電車に乗る。二時半熱海に着く。朝食を廃したればにや疲労を覚ゆ。駅前のそばやにてうどんを食す。車にて双柿舎にゆく。離れ屋に一泊。閑寂なる四周、翠緑したゝるばかりの庭の樹立。心地すがすがし。

五月二十八日（木曜）

朝湯に漬り、朝食をとる。暉峻君、昨夜おそく到着せりとのことにて余の部屋を訪ぬ。午前十時よりの双柿舎書庫前にての逍遙先生誕百年祭の式に参列す。熱海市長、熱海早大校友会幹事の式辞、早大を代表して演博国分君の挨拶ありて、熱海小学校生徒の逍遙の児童劇『京のネズミと田舎のネズミ』の朗読などあり。児童劇は逍遙先生晩年の心血をそゝがれたる運動なり。先生終焉の地なる双柿舎にて熱海児童によりてのその作の朗読は、先生地下に霊あらば定めし嘉納し給はむ。よき企てなり。坪内君、暉峻君を始め、国分、河竹登志夫（一）君、余等夫妻昼飯を共にし、（昼飯の前に、余は車を駆りて西山なる佐佐木信綱博士を訪ふ。実践にての展覧会に種々出品を乞ひ得たる礼を述べんとてなり。切りに座敷にとすゝめられたれど、時間の都合あればと玄関にて辞しかへる。

午後一時より市役所の観光会館にて市長司会にて記念講演会開かる。今朝、汽車にて駆けつけたる坪内君第一陣「逍遙と熱海」の題にて、次に余の「逍遙雑感」最後に暉峻君の落語の話あり。盛会なり。聴衆の大部分は中学校、高等学校の生徒にて話しにくきことおびたゞし。余、「逍遙の史的位相」について語るべく用意もしたれど、さる難かしきことは俚耳に入りがたしと思ひつき、急に坪内君の話しに便乗して何やかや打ち交へて語れり。聴者果して納得せりや否や。三時より熱海芸者連の「浦島」其他の舞踊あれど見ず、三時二分の汽車にてかへる。家につけるは六時。清香夕食をとゝのへ来る。

（一）河竹登志夫（一九二四― ）演劇研究家。のちに日本演劇協会会長、早稲田大学名誉教授となる。

五月二十九日（〔金〕曜）

午前妻の友赤田こま氏来る。余の著『明治文学史』上下二巻を買ひ求む。各扉に白楽天の句、鬼貫の語などを書き与ふ。十一時、久美子と実践にて落ち合ひ、講義用のため同校研究室にあづけ置けるギリシャ劇場の写真数葉を貸し与ふ。高津、テレビ説明用に必要なりとのこと。東急文化会館永坂にて久美子とソバを食し、更にユーハイムにて小憩、一時の授業に立正にゆく。二課目の講義を了へ五時帰宅。昨日の疲労にや、或ひは気のゆるみにや、入浴、夕食後は何をする勇気もなし。たゞ書斎に入りて静かに書斎の気分を味ふ。蓋し醍醐味なり。

弟国雄、大阪を引上げ、東京に落ちつける由電話あり。

五月三十日（土曜）

午前、早大図書館にゆき、かつて借り出し置ける役の行者関係の諸文献を一纏めにして返却す。辰野隆氏、本田喜代治氏共著の「フランス自然主義文学」（昭和二十三年刊）を読み出す。この書は昨年春、早大図書館より借し出し置けるもの、読まんとして読み得ず、今日に至りぬ。今日図書館より返却を迫られ、急ぎ読み出せるなり。

フロオベエル自身がロマン主義の眞唯中で人と成りまた教へを受けた。彼は壮麗な心像と奔騰する感情と調和に富んだ語彙とを熱烈に追求してどこ迄もロマン的抒情主義の大道を歩んだ。彼の初期作品は「ロマン病」**maladie romantique** の素晴らしい見本である。（二一二頁）

ゴンクウル兄弟――「歴史は一つの在った小説である。小説は在り得たであらう所の歴史の一つである。――今日の小説は、歴史が書かれた記録で出来てゐるやうに、自然に則って物語られ、再構成された記録(documents)から成ってゐる。歴史家は過去の物語手であり、小説家は現在の物語手である。」(二六頁)

テエヌ曰く「教養のある識者ならは誰れでも、自己の経験を拾ひ集めて、立派な小説を一つや二つを作ることが出来る。何故なら、結局小説とは経験の集積に他ならないからである」(三二頁)

テエヌ曰く「小説から批評へ、批評から小説へ、其間距離は今日では大したものではない。小説が我々が何であるかを示す為に用ゐられるのであるならば、批評は我々が何であったかを示す為に用ゐられる。双方共、今では、人間に関する――人間性の一切の変異、一切の状況、一切の繁栄、一切の頽廃に関する――一つの偉大なる研究である。両者は、その眞面目さ、その方法、その厳密な正確さ、その將來、そしてその希望に依り、共に科學に近づきつゝある。」

テエヌ、『イギリス文学史』緒言、「悪事や美徳は硫酸塩や砂糖と同様一種の生成物である」

(尚、ゾラはこれを自然主義小説『テレエズ・ラカン』第二版の題銘とす。(三二頁)

この日午後より松屋に妻同伴、福田平八郎自選画展を見にゆく。すでに日展、兼素洞展等にて見たるもの多し。日本画における技巧の極致ともいふべきか。たゞしその結果、線、色彩、構図共に抽象的表象的となり、従って又図案的、模様的となれるもの多し。この種の絵画、問題的にはとにかく、好尚的には余は採らず。

夜、本田氏の『フランス自然主義』を読む。

五月三十一日（日曜）

一日中書斎に籠り、本田氏の自然主義についての著書を読む。一日も早く図書館に返却せんためなり。本田氏の右の書はあちらこちら翻訳をつぎ合せたるごとく、解しにくきところ多し。もう少し解り易く、平明に書けぬものにや。夕方目白に散歩、夏目書房にて偶然にも本田氏の右の書を発見、三百円を投じて買ひ求む。図書館借用の分は早速にも返し得る筈にて安心せり。

何となく疲れたり。今日日本経済新聞社より「逍遙と山椿」の稿料七千五十八円（源泉徴収税を差引き六千円）を送り来る。

六月一日（月曜）

午前、実践にゆく。今日あたりより身体も漸く回復せるらしく、講義にもいさゝか生色をとり戻す。午前、午後、講義、疲れを覚えず。四時帰宅。外出中の妻もかへり来り、暫く雑話。留守中近所（帝大病院前）の牧野女史、田辺若男氏(一)同道にて訪ね来れりといふ。田辺氏はもと芸術座の俳優にて詩をよくせり。余を屢々訪ね来れるは、四十年の昔なり。其後消息を絶ち居り、生死の程も明かならざりしが、今日訪ね来しとは、意外なり。逢はまほしかりし。夕食後入浴、本田氏の著書を読む。わかり悪き文章なれど、フランス自然主義について得るところ少なからず。

（一）田辺若男（一八八九―一九六六）俳優。島村抱月の芸術座に参加、同座解散後も俳優をつとめる。

六月二日（火曜）

昭和女子大に出講。この月十三、十四の両日昭和祭開催のために、美術、逍遙等につき余の所蔵品の出品を懇請さる。午後四時帰宅。今日は昨日よりはやゝ疲れたり。妻、明三日帰省の筈にて、その準備のため、家中何くれとなく忙し。余も亦その雰囲気の中に没入、何くれとなく、心忙し。留守中に久美子来る。

六月三日（水曜）

午前七時起床。朝食を早目にすまし八時少し過ぎ、妻と共に家を出で、車を拾ひ、上野停車場にゆく。折から清香来り、途中まで手伝ふ。上野につけるは八時二十分。九時発（青葉号）までには時間あり。而も特二にて座席券を前以て求め置けることゝて、急ぐ必要毫末もなかりし筈。家にありてもう一ぷく濃茶にても飲み得べきになど繰り言を云へど詮なし。汽車の座席に妻とならびて何かと雑談に耽る。妻を送りてのかへるさ、文行堂に立寄り、かねて約束し置ける紅葉選句、子規少年期漢文の書簡、眞山青果の書簡など求めかへる。五千八百円を払ふ。

午後昭和女子大の谷口嬢、（山田美妙研究家）来る。美妙につきての余の所蔵品出品につきての打合せのためなり。次いで吉岡誓氏来る。同氏よりかねて揮毫の依頼を受けゐたる扁額「秉燭遊」(二)を手渡す。暫く美術談に時を過す。四時半頃かへる。急に思ひ立ちたることあり。酒井三良氏に使ひを出す。同氏より依頼を受けゐたる逍遙先生幅の余の箱書を持参して、同氏に依頼し置ける芋銭の箱書（寒山拾得）を持ち来らしむるためなり。使ひ出立後、驟雨一時に至り、雷鳴加はる。使ひの者の難渋、思ひやるだに心いたむ。七時半無事かへる。酒井昭氏に手渡すべき金員四万六千円、（電気冷蔵庫代金）用意せりしも、同氏遂に来らず。

「芸術生活」の原稿、今夜、筆とる筈にてこも亦つひにえせず。各新聞の夕刊に参議院選挙の結果の発表あり。

市川房枝氏東京地区より第二位にて当選せるを知る。同氏は公明選挙を目標として選挙費を使はざるを以て落選疑ひなしとの巷の噂高かりしが見事その噂を裏切りたり。余は今日の金権政［治］に悉く愛想をつかし居たるもの、選挙の如きどうでもよきことながら、市川氏のこと、いさゝか意を強ふするに足れり。

（二）「秉燭遊」。文選、古詩一九首、第一五音に「昼短苦二夜長一 何不二秉レ燭遊一」とある。李太白の「春夜宴二桃李園一序」に使われているので有名。

六月四日（木曜）

午前より午後にかけ、実践に出講。午後二時半より守随氏部屋にて学校新聞計画につき坂崎氏中心に相談、会するもの、坂崎氏の外に山岸、守随、平野女史及余の五人。

新聞夕刊に土方與志氏の死を報ず。惜き人なり。余、面識あり。昭和の初め頃と覚ゆ。築地小劇場にて講演を頼まれたる折、氏と面［晤］す。其後、昭和八年のこと。中央公論社発行の沙翁全集宣伝のため、同社の依頼を受け、余、森田草平氏と共に北海道にわたる。その船中にて、偶々新劇団を引きつれて同じく北海道にわたる同氏に逢ふ。余等の二等船客なりしに対し、氏は三等船客なり。氏の庶民的生活ぶりに対し、余、ひそかに敬意を表せり。氏の如く華冑の出にして敢て庶民の生活を厭はず、而も主義のためには入獄を辞せず、断々乎としてその信ずるところを貫けるは現代稀に見るところ、愈々敬するに余りあり。氏は最近「女優」に出演して島村抱月に扮す。扮するところの抱月は実際の抱月以上の高雅なる風姿なり。余、たまたまフィルムの抱月を通して再び氏の風姿に接す。これ余の氏に接せる最後なり。氏は享年六十一。まだまだのところ、痛惜に堪へず。夜、「芸術生活」のための原稿「女性文化の問題」のつゞき（前月号の）を執筆、たゞし未完。十一時就寝。

六月五日（金曜）

午前、酒井昭君来る。電気冷蔵庫の代金、四万六千円を手渡す。午後一時よりの出講のため早昼食をすまし立正にいく。四時迄二課目の講義。立正は目下増築中のため工事の騒音堪へがたし。騒音に逆ふため、講義には無理にも声を張り上げざるべからず。そのために喉をいため、咳出で、苦しきこと一方ならず。

五時少し過ぎかへる。『坪内逍遙』見本出来とて松柏社より届け来る。『歌舞伎』の華やかさなく、どこかくすんだ装幀なれど、内容には適はしかるべきか。ともかくよき出来なり。

丸善の粟野氏、かねて注文し置ける McDowall の Realism（一）を持参す。二千円を払ふ。この書は戦前に読みて益を得たるもの戦災にて焼失。戦後巷に求めて得ず。丸善を介して漸くロンドンの古書店より求めたるもの。取りあへず机上に飾りて喜びを新たにす。

留守中、演博より、去る二十八日熱海双柿舎にて河竹登志夫君の撮影にかゝる写真四葉送り来る。三葉は余と妻と相並べるもの、一葉は余と坪内士行君と相並べるもの、背景は新緑滴るばかりの双柿舎庭園なり。余に取りよき記念なり。九時半入浴、昨夜の原稿の続きをものせんと思ひ居りしも、何となく疲れたるやうにて筆をえとらず、十時就寝。

（一）McDowall, A.S., *Realism: A Study in Art and Thought* (London: Constable and Co., 1918). Arthur Sydney McDowall (1877-1933).

六月六日（土曜）

昨夜安眠出来ず。三度ばかり厠に立つ。朝七時、米沢にゆき居れる妻より長距離電話あり。明七日午後二時米沢発の急行にて八時頃東京に着くと。用件仲々解決困難なりと。

午前中書斎に籠りて「芸術生活」のための原稿を書き上ぐ。午後、貞を神田の池上氏より渋谷上通の石橋迄使ひに出す。霊華の『解牛』を携へかへり来る。今更の如く見事なる出来なり。久美子留守見舞に菓子、牛肉など持参す。共に霊華『解牛』を鑑賞す。かへれる後、清香、夕食の馳走を持参。又、共に『解牛』を鑑賞す。心こめたる馳走に舌つゞみを打つ。夜はやがて出来の『坪内逍遙』の送り先などを種々勘考。且つ明治文学史続篇の講想につきても勘考するところあり。十時床に入りて雑書を繙く。

六月七日（日曜）

今日は我が父の祥月命日なり。父、名は保之助。大正八年六月七日没。静徳院唯信居士と諡す。享年五十九歳。父は幼にして俊秀の聞え郷党の間に高かりしが、父の父すなはちわが祖父益美、能役者として名人の誉ありしも維新後、禄に離れて生活の道を失ひ、父保之助は夙くより一家父母、姉妹を支へざるを得ざる立場に置かれ、苦労の限りを尽したりと聞く。始め機業を営み、一時は時運にかなひ、倉をさへつくりしも、やがて機業の投機性をいとひて金融業に転ぜり。余の小中学時代——中学三年頃まで——の父は、金融業者として比較的栄えたり。家富むといふ程にあらねど、これといふ不自由もなかりし如く、余亦、何の苦労もなく学業にいそしむを得たり。然るに余の中学四年の頃、父は人を信用せる余りに詐欺にあひ、資産を失ひ、失敗を取りかへさんとて、一攫千金を夢みて馴れぬ鉱山発掘のことに携りて、大失敗を招ぎ、それ以後は、することなすこと、すべて鵾の嘴と食ひちがひ、加之、大正七年の米沢の大火に逢ひ、焼け残りたる倉の一隅に辛じて病躯を横たへ、落魄窮乏の中に世を去れり。その頃の余は新進批評家として評論壇にいさゝか活躍せりしとは云へ、一竿の筆、辛じて一家（妻及び二人の娘）を支へるにとゞまり、父の窮乏を救ふの余裕なく、わづかに野辺の送りの資を妻の才覚によりて得たるのみ。そのかみのことを思ひ感慨殊に深し。妻故郷に在り。未だかへらず。余ひとり仏前に香をたき、静かに父の冥福をいのる。午後八時二十分上野駅に妻を迎ふ。清香も共にゆく。郷里の土地の問題も大部分好都合に向ひつゝある由を聞く。妻の労苦察すべし。同時に妻の手腕も高く評価すべし。十一時就寝。

六月八日（月曜）

午前、午後とも実践に出講。昼の休みの時間に坂崎君、余の部屋をたづね来る。雑話しばし。午後四時、三木君を誘ひ、助手中沢、中野、喜多三嬢を伴ひ、ユーハイムにゆく。例の展覧会の折の三嬢の骨折をいさゝかねぎらはんためなり。六時帰宅。七時、弟国生来る。二年ぶりの会合なり。極めて元気にて在阪中のことゞもを語る。土地問題に就きては、妻の取謀らへることにすべて賛成す。ビール二本を平らげ機嫌よくかへる。十一時就寝。

六月九日（火曜）

昭和女〈子〉大学に出講（午前十時半）。人見氏に逢ひ、新著『坪内逍遙』を贈る。十三、十四日両日の同校文化祭（昭和祭と呼ぶ）のために沙翁関係、逍遙関係の書籍の出陳を依頼さる。午後四時半同校教諭水原女史、学生一人を連れ来る。出陳の品物、二人にて運ぶには多きに過ぐ。車をやとひ、改めて来ることをすゝむ。

森政一氏来る。『坪内逍遙』販売のことなどを相談す。余、五十部入用なること、代価は印税より差引にしたきことを語る。氏承諾。なほ、この日検印千百五十部を手渡す。

修道社より電話あり。世界紀行文学イギリス篇（一）のために、その月報にイギリス滞在中の感想（六枚）を書くことを求めらる。（二十五日迄）承諾す。美術雑誌『萌春』より電話あり。藤森成吉氏（二）横井金谷論（三）を同誌に寄すとのことにて、そのために余所蔵の金谷幅の写真の撮影を依頼し来れるなり。承諾す。

（一）『世界紀行文学全集　第三巻　イギリス編』、志賀直哉、佐藤春夫、川端康成監修、東京、修道社、昭和三四年。同書中、本間久雄『滞欧印象記』、東京、東京堂、昭和四年、より数編が抜粋されている。

（二）藤森成吉（一八九二―一九七七）小説家、劇作家。著訳書に、『金谷上人行状記　ある奇僧の半生』横井金谷著、藤森成吉訳、東京、昭和四〇年、がある。

（三）横井金谷（一七六一年頃―一八三二）江戸期の放浪の画僧。自作自画の自伝『金谷上人御一代記』を残した。

六月十日（水曜）

午前より書斎に籠る。午後二時井手君来る。霊華のこと表装のことなど語る。「芸術生活」のための原稿「女性文化の問題」（承前完結）を手渡す。五千円を受け取る。森政一氏来る。「坪内逍遙」の販売のこと、「歌舞伎」四百部残れることなどを語る。「歌舞伎」は好評嘖々たるにかゝはらず、辛じて七百幾部売れたるにとゞまる。全部にて千二百部の印刷なり。三分の一の返品なり。出版も亦難きかな。

森君の車に送られて午後五時少し前、大隈会館にゆく。坂崎坦君の『ドラクロア』出版記念会に出席のためなり。来会者百余名、近頃の盛会なり。坂崎君は嘗つて朝日の記者たりし関係より、朝日関係者、並びに美術家連の来会者多し。早大関係者比較的少なし。テーブル・スピーチなども、学校を代表せるは大浜総長一人にて、早大関係者皆無なるは何となく面白からず。而も、外部の人のスピーチの大部分は、多くはハッタリにて、いかに面白く聴者に訴へんかと腐心せるもののみ〈に〉て、肝じんの『ドラクロア』につきて語れるもの、わづかに田中一松(一)、今泉篤男二君のみなるは心細し。其上坂崎氏の前のメーン・テーブルに座を占めたるもの七、八名、最後の坂崎君の謝辞を待たず揃ひも揃って退席せるは心外なり。主賓たる坂崎君に対して失礼千万なり。エチケットを心得ざるも甚だし。坂崎君心中の不快いかばかりか。余は、他人事ながら何とも云ひがたき不快の念を抱きて大隈会館の門を出でぬ。九時帰宅。妻と雑談。十一時就寝。

（一）田中一松（一八九五―一九八三）山形県生。古美術研究家。

六月十一日（木）

午前十時少し過ぎ実践出講。理事長室にて菱沼理事長に逢ふ。午後臨時教授会、席上理事長、学長と意見の相違、或ひは感情の相違といはんか、面白からぬ空気あり。午後三時より理事長室にて人事問題にて各［科］長会議あり。窪田教務部長の権限につき理事長と学長との意見に食ひちがひあることを知る。理事長、学長に対して憤懣やる方なき様子、困った事なり。四時、校門を出で、小倉君とユーハイムにて小憩。帰宅せるは五時半。村松定孝君来り、独協高校をよして武蔵野女子短期大学に移ることを語る。余賛成す。夕食後書斎に入り、明治三十八年頃の雑誌「時代思潮」など乱読。十一時就寝。

六月十二日（金）

午前、昭和の倉橋、水原両女史、並びに谷村嬢連れ立ち来る。沙翁の翻訳書、逍遙、美妙の著書、書画等あまたを貸し与ふ。明十三日、明後十四日の両日、同大学にて開催さるべき昭和祭出陳のためなり。早昼飯にて立正にゆく。途中おなじく同校に出講の上井磯吉教授と逢ひ、連れ立ちてゆく。上井氏は昭和の専任教授なり。昭和の内部事情など問はず語りに聞くところあり。人見氏の労苦察するに余りあり。

二課目の講義を了へ五時帰宅。疲労甚だし。夕食後書斎に入れど、わづかに「時代思潮」をそこはかと読み漁れるのみ。九時入浴。茶の間にてラジオの長唄（綱館、舟弁慶）などをきく。綱館は富十郎の美音称すべし。舟弁慶は余りに謡曲のそれに負へるところ多く長唄として面白からず。皆まできかず再び書斎に入る。たゞし書見のためならず。いさゝか書斎の雰囲気に親まんとてなり。今日、夕方より、何となく寒く、火鉢をかゝふ。六月半ばといふに珍らしきことなり。

六月十三日（土曜）

午前十時半、妻同伴久美子と渋谷東横にて落ち合ひ、昭和女子大にゆく。昭和祭見物のためなり。日本における沙翁関係、逍遙関係、美妙関係の出陳を見る。余の出品せるもの出色なり。学校にて編纂せる目録は気の毒ながら杜撰なり。人見氏と会場にて逢ふ。正午、東横お好食堂にて顕子と待合せ、昼食。同卓子にて偶々実践の土屋氏あり。雑話。食後ユーハイムに行き菓子。食後、四人にて文化会館下のニュース・映画を見る。ニュース映画だけの会館に入れるは余に取り始めてのことなり。四時帰宅。松柏社より『坪内逍遙』三部届く。

夕食後「時代思潮」などところどころ拾ひ読みす。疲れたれば九時入浴、十時就寝。

六月十四日（日曜）

一日中書斎にこもり「時代思潮」「太陽」などを拾ひ読みす。「太陽」所載、大塚保治（一）の『露國の三大平和論者』（三十八年一月）は有益なる読物なり。画家ヴェレスチャーギン、経済学者イヴァン・ブロッホ及びトルストイの反戦争、平和主義を論ぜるもの。画家ヴェレスチャーギンにつきては余かつてムーテル絵画史（二）にて一瞥せることあり。大塚博士はベルタ・フォン・スットネル夫人の『彼れは戦争を詛へり、彼れは戦争を描けり、而して彼れは戦争を愛せり」の語を引きて、それにつけ加へて「彼れは戦争に殉せり」と云へるは面白し。

午後四時、理髪店にゆく。七時頃、昭和の坂本教授、水原女史、谷口嬢の三人、昭和祭出品の余の所蔵品あまたを持ちて返しに来る。

（一）大塚保治（一八六八―一九三一）美学者。大塚楠緒子夫。当該記事は『太陽』明治三八年一月号六六―七七頁。本間久雄『続明治文学史　下巻』、東京、東京堂、昭和三九年、二四―二五頁参照。

（二）Muther, R., *The History of Modern Painting*, 4 vols. Revised edition (London: Dent; New York: Dutton, 1907). Richard Muther (1860-1909). ヴェレスチャーギンについては第四巻二六一―二六五頁。本間久雄、前掲書、二五、五九頁参照。

六月十五日（月曜）

午前、実践にて講義。午後教授会。後、七月下旬夏期講習会のことなど次の五人にて相談す。菱沼理事長、山岸学長、伊藤理事、坂崎君及び余。余、日本文化の本質につきてのものよからむと提議、皆賛成す。「ものゝあはれ」（山岸氏）歌舞伎の本質（守随氏）浮世絵の海外進出について（余）など候補に出づ。五時半かへる。

夕食後珍らしく妻と共に散歩す。清香の家に立ちよりかへる。書斎に入れど疲れたるまゝ書見をえせず。十時就寝。

六月十六日（火曜）

午前、昭和に出講。午前、午後とも緊張裡に講義す。午後の文学概論の如き、特に緊張す。未だ学校には正式に申入れざれど、余、今年だけにて昭和を辞するの意あり。それにつけても講義だけはよくして置きたしと思ふなり。午後四時半かへる。留守中に、松柏社をして『坪内逍遙』を送らしめたる方々より礼状来る。原安三郎、福井康順、秋庭太郎、伊達豊、松井武夫諸氏なり。原氏、福井氏共に拙稿「役の行者と近代絵画」を真先に読まれたらしくその感想を述べられたり。感謝に堪へず。原氏の如き多忙の間寸暇を割きてものせられたる、愈々感謝に堪へず。

夕刻。新井寛君、「表象」第二号出来しとて持参せらる。前号にも増して内容充実、外観も愈々佳なり。郡司正勝氏の拙著『歌舞伎』についての批評を読む。真に知己を得たるの感あり。かゝる知己ありて、著者亦楽し。昨日のことなりしが、余の「坪内逍遙」を送れると行きちがひに伊達豊君より坪内逍遙先生の古き写真二葉贈りこされたり。共に大正初期のものらしく一つは博文館編輯局の撮影せるもの、多分、太陽か文章世界に出でたるものなるべし。一つは先生が、近松の机を模倣してつくられたるその机に向ひて執筆に余念なきところなり。（博文館のも書斎における先生なり）先生に眼のあたり接せる如き心地す。特に、近松模造の机に凭りかゝれる先生を見て余は感慨の深きものあり。そはその机こそ今日余の日常凭りかゝり居る机なればなり。この机は大正十四年の頃、先生より余に贈られたるもの。戦前は余珍重措かず、客間に飾りてひたすらに先生を偲ぶよすがとなし居りしが戦後は、余の机など一切焼失せるまゝ（先生より贈られたるこの机は他の家宝と共に疎開し置けるため、幸ひに祝融の難を逃れたり）、いつとはなしに先生のこの机を日常の用に供することゝはなしつ。机の裏には先生の自筆にて左の文字あり。（以下原文のママ—編者）

松山米太郎（一）氏が珍藏の近松巣林子の机と傳へたるもの　そは欅塗はやゝ茶がゝりたる春慶かとも見えて總高八寸四分横幅は三尺向うへの幅は一尺二寸汚れぶりといひ古びといひ形も味ひも何さまかの翁の使ひちらしつるものとも見えて趣ありその裏面に朱漆もて左の如く誌したるもまことらし

祖父近松信盛常用机
杉森家傳来中西氏依望
讓之

杉森信平カキハン

尚一枚の折紙添はりて「傳云杉森信平は出雲國松江に其家ありときく信平の筆蹟見覚不申候へとも朱うるしの古色眞蹟無論なりまた机の構造は元ろく享保年中のものにうたがひなきしなどと鑑定云々栄中證之」とありその眞偽はともかくもあれわれも亦其松林に遠からぬ一本なればなつかしくて

大正六年八月一日

始終逍遙人　判

（一）松山米太郎（吟松庵、一八七〇―一九四二）。

六月十七日（水曜）

午前十時早大庶務課に行く。佐久間副課長に逢ひ年金前期分十三万余を受け取る。生活協同組合書籍部栗原大明氏に庶務部長室にて逢ひ、『坪内逍遙』販売のことにつき森政一氏紹介のことを語る。午後森氏を紹介す。かねて依頼を受け居れる有原末吉氏の著書『諺語と人生』の推薦文を書く。有原氏は実践女子大にて倫理学を担当し居れる人。同僚のことゝて無下にも断りかね、引受けたれど元来、専門外のことゝて如何に書くべきかに迷ひ荏苒日を過せり。今日筆を取り、一気呵成に左の文を為す。

叡智の書

有原末吉氏の『諺語と人生』は叡智の書である。旧きに泥まず、新しきに趨らず、中庸の立場に立って、巷間伝へられる古今東西の無数の諺語を新しく解釈しつゝ、人生如何に生くべきかを興味深く教へる書である。読者はこの書によって、改めて現代に生きることの意義を認識し、その幸福と悦びとを感得するであらう。この書は万人に読まるべき書である。

今日、『坪内逍遙』を贈れることにつき大村弘毅、笹淵友一氏より礼状来る。夕刻、西村朝日太郎君、父君酔夢翁の著書『血汗』（二）持参貸与せらる。この書は日露戦役従軍のリポータージュなり。余、従来、求めて得ず、君に貸与を乞ひ居れるものなり。『坪内逍遙』一本を贈る。

夕食後姉崎正治の『戦勝と國民的自覺と日本文明の將來』（卅八年太陽七月）（三）を読む。

戦勝国が戦敗国の文明を包容し咀嚼する時には、その戦勝は兵馬の勝、ばかりでなく又文明の勝者である。

単に兵馬の勝利だけに終らば、その国民は傲慢と固陋に陥り、却ってその一時の幸運のために化石するに終る（大意）と云へるはよし。我国の連戦連勝の原因をたづねて武士道に帰するはよし。たゞし吾等の、その原因よりも一層知りたく思ふこと、考へたく思ふことは、むして〔ママ〕「戦争の行末」であるといへるもよし。而して、その戦争の行末に関して「日本の立場に基いて世界と同伴し、協同し、又、終には世界を嚮導し指揮するの度量と力量とを発揮しなければならぬと云へるもよし。たゞし、いかにしてそれをするかの方法について何等いふところなし。従って徒らに空疎なる大言壮語に終れるは遺憾なり。

（一）西村真次『血汗』、東京、精華書院、明治四〇年。

（二）当該記事は『太陽』明治三八年五月号、四四―五〇頁。本間久雄『続明治文学史 下巻』、九一―九三頁参照。

六月十八日（木曜）

午前十一時菱沼理事長より電話にて夏期講習会のことにつき相談ありとのこと。午後一時理事長室にゆく。室には山岸学長、坂崎君、窪田教務部長等あり。愈々本極りとなる。余の注意なくば夏期講座のこと忘るゝところなりしなど、理事長云ふ。去る五月の六十周年記念祭のことにて学校当局皆忙殺され、祭済みてはヤレ安心といふことゝなりて夏期講座のことウッカリ忘れたるも無理ならぬこと。六十周年の祭りは事実、それほど皆人の身心を労せることとなりしと覚ゆ。

午後二時半余の室にて新聞編纂のことを相談す。坂崎君を初め、平野、小幡両女史（二）集る。四時半、三木、小倉君と連れ立ち、青山六丁目の佐久間といふうなぎ屋にゆく。三木君余とにて小倉君の日頃の労をねぎらはむとてなり。たゞし、部屋も粗末、食器も粗末、うなぎも甘からず、サシミの如き、気味わるく、余は箸もえつけず。小倉君ビールの満をひきて談論風発。九時帰宅。俗務に始終せる一日なり。

（一）平尾美都子、木幡瑞枝〔?〕。

六月十九日（金曜）

午前十一時久美子来る。余早目に昼飯を済まし、立正にゆく。エッセイ研究、文芸思潮史二課目の講義を了へ、五時帰宅。松柏社より『坪内逍遙』二十部届く。勝本清一郎、西沢揚太郎、早稲田文学社より礼状（坪内逍遙を贈れる）来る。福原麟太郎氏より『本棚の前の椅子』の寄贈を受く。この書の中の「美の典型」なる一章を読む。中に芥川龍之介と松村みね子女史との交遊の記事あり。恐らく資料的に興味ある発見なり。十時床に入り、新着「中央公論」文芸特集号（七月号臨時増刊）の石川淳の『影』を読む。余、嘗つて同氏の『紫苑物語』『修羅』等を同誌上に読み、その想の奇抜なると文章の瑰麗なるとを嘉せることあり。此度のも期待を以て読みしが、それほどでなし。尤も第一回なればとかくの評をするも無理なり。

六月二十日（土曜）

午前、机に向へれど何をするでもなく、ぐづぐづと過す。午後一時頃、京都の藤岡薫氏、子息正治氏同道にて来る。正治氏は早大商学部四年にて、来年は卒業とのこと、正治氏の入学の折には余、いさゝか口をきけることあり。正治氏の成績は殆んど全優にて卒業後は貿易商社に入る希望なりといふ。頼もしき青年なり。京都の画壇のこと、並びに榊原紫峰氏の近況をきく。氏は京都派中最も芸術的気稟に富める人、毫も世俗に媚びず、一すぢに自己の道を歩める人、風格敬すべし。余も藤岡氏より贈られたる『竹に雀』の絵を珍蔵せり。藤岡氏に托して『歌舞伎』を贈る。（藤岡氏にも）。岩津資雄君来る。君は歌論史研究の学徒、余、前ゝより学位論文として早大に提出すべきことをすゝめ居れり。昨今、愈々提出せるよし。たゞし文学部受理するや否や疑はしとのこと。気の毒なり。その受理を心ひそかにいのる。

六時頃、大成建設の監督某君来る。家の前のアパート漸く落成に近く、それにつけても、建設のため余の家の板塀を破損せるを修理せんとて相談に来れるなり。長時間対座。八時少し過ぎ夕食を取る。

今日の一日、学問上何の収穫もなし。淋しき日なり。

六月二十一日（日曜）

午前より書斎に籠る。修道社に約束せる原稿（滞英中の感想）について案を練るところあり。午後三時、高橋雄四郎、野中涼二君来る。二君とも電話にてあらかじめ来訪を約束し置けるなり。二君とも、早大大学院博士課程在学なり。種々学問上の話しに時を過す。『歌舞伎』を両君に贈る。（森常治君の分を両君に托す）夕食後、手元にある今月号の諸雑誌を一瞥す。中央公論文芸特集号所載円地文子氏の『驢馬の耳』を読む。精神病で死んだ母親を持つ歌子といふ女中の哀れな生涯や、それに同情を寄せてゐる女将志乃の心持などよく描かる。「王様の耳が驢馬の耳であることを知ってゐる床屋が、その秘密を胸に畳んで置くのが一つにやり切れなくなって、野原の葦の中で、その封じられた言葉をいってしまふ童話を志乃は時々実感を以て思ひ出した。」といふところから思ひつける題目なり。志乃や歌子の時々の心の微妙な変化など、流石に女流ならでは描きえぬものなるべし。　十一時就寝。

六月二十二日（月曜）

午前十時半、実践出講。午後理事長室にゆく。吉田理事、山岸学長あり。『坪内逍遙』を理事長に贈る。新聞発行のことにつき、問はず語りに理事長の意見をきく。編輯費問題につき坂崎君の考へ方と、合はぬところあり。

新聞発行恐らく不可能ならむか。理事長室を辞してかへれる。間もなく坂崎君余の室を訪ね来る。同君は何等の疑ひなく新聞発行に専念。そのことにつき、余を同君の室に誘ふ。誘はるゝまゝ、余、同君の部屋にゆく。たゞし、余、一言も理事長のことに触れず。そは悶着の起ることを恐るればなり。何等の悶着起らずして、そのまゝ新聞発行の運びとならば、それに越す喜びなし。もし悶着起らば、余、始めて調停に立たん。其時までは見ざる聞かざるを装ふに如かじ。沈黙々々。

六時かへる。

六月二十三日（火曜）

午前より午後にかけ、昭和に出講。講義緊張前週の如し。四時帰宅。夕食後、修道社より依頼の原稿を考案す。

六月二十四日（水曜）

朝より書斎に閉ぢこもり執筆す。午後一時頃清水君（早大政経学部）㈡早大国文科三年の井上君を伴ひ来る。文学談に時をうつす。井上君中々に見識ある青年なり。余、執筆中なる由をかたる。二人そこそこにかへる。余、少し疲れを覚え、床をとらせ珍らしく昼寝す。三十分にて起床。書斎に入る。森常治君来る。執筆中迷惑なれど、断りかね、座敷に招じ入れて対談。同君二百枚の小説をものせりといふ。梗概をきく。構想甚だおもしろし。世に問ふの日の早からんことをひそかに念ず。常治君は於菟氏を父とし鷗外を祖父とす。文才の渙発は夫れおのづからのことか。夕食後、又、直ちに書斎に入り、執筆をつゞけ、九時漸く脱稿。題して「ロンドン回顧」、副題して「イギリス人のこと」といふ。入浴、十一時就寝。

（一）『日記』三四年三月一八日（一二七頁）参照。

六月二十五日（木曜）

午前六時半起床。「ロンドン回顧」を妻に読みきかす。妻の意見を容れて一、二訂正するところあり。速達にて修道社に送る。

午前九時、古書会館にゆく。小山内薫の「七人」（七八〇）第四号、美妙の「女装の探偵」（六五〇円）星湖『影』（七〇〇）外二三点を求む。美妙、星湖のはクジ引の結果なり。それより芝美術倶楽部に駆けつく。霽華『齋宮女御』及び樗牛の手紙を一見せんとてなり。霽華のは半切。恐らく初期のものか。出来甚だわるし。或ひは贋物か。樗牛のは明治廿五年仙台の高等学校の時代のもの、病気を郷里の知人に知らせたるもの、資料的に価値あるものならず。美術倶楽部を早々に切り上げ、地下鉄にて渋谷にゆき、文化会館更科にてソバ。直ちに実践にかけつく。十二時半より「実践文学」の編輯会議。二時半よりの教授会議。つゞいて新聞発行の準備会議。家にかへれるは六時近し。

あはたゞしき一日なり。

留守中本多顕彰氏より、『坪内逍遙』を贈れることにつきての礼状来る。

夕食後書斎に入り、雑書乱読。更に、雑誌「文学四季」所載城夏子氏の『八一遺文』と題する創作を読む。（四分の一ばかり）

六月二十六日（金曜）

早昼飯にて立正に出講。二課目の講義を了へ午後五時かへる。夕食後手元の雑誌など乱読。記憶にとゞまるものなし。立正の講義は、緊張裡に行へり。紅葉、子規、芥川などの表装のことを例の切地などかずかず取出し妻と話し合ふ。

六月二十七日（土曜）

午前十一時、演博にゆく。国劇向上会理事会に出席のためなり。演博にて昼食の後、図書館にゆきマクドウオルの『リアリズム』を返却、『坪内逍遙』を寄贈。後文学部事務所に杉山博氏を訪問。『坪内逍遙』を贈る。午後一時半演博にゆく。『表象』例会のためなり。聴衆甚だ少なく、新井君に気の毒なり。吉田一穂氏㈠の『詩と幾何学的精神〔?〕』は独りよがりにて要領を得ず。沢柳大五郎氏㈡の『ギリシヤ神話とギリシヤ芸術』は特に新らしといふにあらねど学究的講演にて好感のもてる話しぶりなり。会終って演博別室にて会食。集まるもの一七、八名。沢柳氏が文部省よりこの九日海外に派遣さるゝとかにてその送別会なりといふ。暫くぶりにて矢野峰人氏に逢ふ。更に暫くぶりにて前田鉄之助氏㈢に逢ふ。氏より詩集〔・・・〕を贈らる。講演の合間に前田氏の詩の朗読をきく。美音なり。氏は往年、詩の朗読にて名声を博せる人。そを聴けるは余に取り始めてのことなれど、流石にとうなづくに足れり。

八時半帰宅。今日は一日講演会以後、腰を木造りの堅き椅子にかけづめのことゝていたく疲労せりと覚ゆ。茶の間にて妻と雑話。書斎に入らず。入浴後雑書を耽読。十一時就寝。

（一）吉田一穂（一八九八―一九七三）詩人。
（二）沢柳大五郎（一九一一―一九九五）美術史学者、評論家。
（三）前田鉄之助（一八九六―一九七七）詩人。

六月二十八日（日曜）

午前十時羽黒堂主木村君、鑑定をかねて箱書のために逍遙先生書幅二幅及び楽焼の皿持ち来る。書幅は二つとも面白からず。箱書を断る。楽焼はよし。「わが好か〔ママ〕ず云々」の和歌なり（一）。書道の話しに時を過し、正午かへる。昼食後三十分昼寝。それより妻と共に三越仙崖展を見にゆく。何となく疲れを覚え、外出は好まぬながら今日は仙崖展の最後の日なればと無理に出かく。たゞし出かけてよきことしてけりと思ひぬ。仙崖展は予想以上に興趣ゆたかなりければなり。仙崖についてはたゞ飄逸の禅画家として以外余深く知るところなし。作品もたゞ三、四、眼にせるのみ。今日図らずも一堂にかく集められたるを見て、禅機画は禅機画なるも、そこには単に禅画とは片づけられ［ぬ］ものゝ存するを見る。又、飄逸は飄逸なるも、そこには単に飄逸とのみ云ひては、済まされぬものゝ存するを見る。そは一言にして云へば人間的温情なり。人生を愛し慈しむ心情のおのづからの発露なり。又、その小伝（目録にかゝげられたる）を一瞥するに、彼れは権勢に媚ひず、庶民の友として生涯を終れるごとし。「享和三年（一八〇三）五十一歳、本山妙心寺の諸老より綸旨を受けて紫衣勅任の大典を挙げることを勧められたが、堅く辞して受けず、終身、黒衣の一座元に甘んじた。」――小伝はかく伝ふ。

余、そこに仙崖の為人の真骨頂を見る。宗教家、芸術家、その気概ありて、真に敬するに足る。

大作『寒山拾得』六曲一双（聖福寺の宝）は七十三才の制作なりといふ。彼れの精力絶倫なる以て知るべし。

画讃に曰く世画有法、厓画無法、仏言法本法無法アートレス・アートの謂か。面白し。

（二）「われ好かず古風な干菓子諸罐詰　二番煎じ茶やくざ翻訳」〔?〕。

六月二十九日（月曜）

午前実践出講。午後は四学年生実習のため休講。帰途、「週刊新潮」「週刊文春」等を買ひ求む。後者所載福田恒存氏の『英語亡国論』は痛快なり。漢字節減、新かなづかひ、英語乱用等、すべて亡国の必然的過程なり。日本はいよいよどこかの植民地となり下る。而も自ら求めてなり下れるなり。その音頭を取れるものは国語審議会か、文部省か、ジャーナリズムか、余、その何れなるを知らず。たゞかくなり下りつゝある現実を知るのみ。

六月三十日（火曜）

午前、午後、昭和女子大に出講。学校の雰囲気何となく面白からず。帰路用事にて実践女子大に一寸立寄り、すぐかへる。白雨に逢ふ。夕食後一寸又雨。今日は一日じめじめしたる日なり。何事もなすなし。淋しき一日なり。

七月一日（水曜）

午前小雨。戸塚町なる中沢弘光氏を訪ぬ。新著『坪内逍遙』及び「表象」第二号を贈る。モデル操縦の苦心談などをきく。モデルを人形として扱ふは可なり。人間として扱ふべからずと。又、最近は女子美術学校の生徒や女子大生など往々アルバイトのためにモデルを志願するものありといふ。而も彼等は裸体のモデルたることを毫も恥づるなしといふ。往年は職業のモデルといへども裸体となることには多少の羞恥あり。又、頼む側にも多少の気兼ありしが、今日はアルバイト学生すら裸体を何とも思はぬ世なり。況して職業モデルに於てをやと。おもふに女性のすべてがドライとなれるなり。すべてを物質にて割切りて他をかへり見ぬことゝなれるなり。さてモデル料はと問へば半日にて三四百円也と。中沢氏は今月半頃又々京都に旅行する筈なりと。今秋の日展には尼の生活を描くべく、そのための京都行なりといふ。

中沢氏よりかへりに戸塚町の文献堂に立寄る。山田珠樹氏(一)の『ゾラの生活と作品』吉沢義則氏(二)『室町時代文学史』(元版)を求む。二冊にて千円。そのかへりに早大図書館に立寄り、鈴木敏也氏(三)の『雨月物語新釈』(大正五年版)桜井忠温氏(四)『肉弾』(明治卅九年再版)及厨川白村(五)全集第三巻文芸評論の部を借り来る。白村氏の『西洋の蛇性の淫』を見んとてなり。こは秋成の『蛇性の淫』をキーツの『ラミア』と比較せるもの。余も往年よりこの二作を比較して時々学校にて講義せることもあり、又、改めて、この比較を筆にせんとし、その参考のために白村氏のを読まんとてなり。家にかへるや、直ちに一読す。白村氏これにつきての思索、思ひの外に皮相にして浅薄なり。思ひつき以上に出でず。又、白村氏のこの文稿、何年のものなりや、何処にも明記しなきは全集編纂として親切を欠く。鈴木氏の『雨月物語新釈』にも『蛇性の淫』につきての出典―支那の出典につきて一言の触るゝところなきは、かゝる学究書としては不備の譏を免れずといふべし。たゞし、この書は氏の大学における卒業論文なりといへば、出典問題はとにかくその他の点においてはその当時としてかくも精緻を極めたるを先づ以て推賞すべきものならんか。

午後四時杉山玉朗君来る。『イギリス近代の批評文学における象徴主義の研究』と題する長編論文を示さる。序文だけを読みてもその真摯なる学究的態度ほの見えてうれし。文学理論と言語理論の両方面よりの研究にて従来のわが学者の未だ試みざる領域に始めて鍬を入れたるものゝ如し。学位論文として提出せんとして谷崎部長よりニベなく断られしとは気の毒千万なり。一日も早く書籍として世に問はんことをすゝむ。

杉山氏と夕食を共にし氏のかへれるのち文京区駕籠町なる處川堂書店にゆく。五日の古書展目録中同書店出品のもの（大和田建樹(六)「いざり火」）注文のためなり。同店、好意を寄せくれたれど、例のクジ引にて果して余の手に入るや否や。

かへりて、『肉弾』三十頁ばかりをよむ。九時半入浴、十一時床に入る。

(一) 山田珠樹（一八九三―一九四三）仏文学者、森鷗外の女婿（森茉莉と結婚のち離婚）。
(二) 吉沢義則（一八七六―一九五四）国文学者、歌人。
(三) 鈴木敏也（一八八五―一九四五）国文学者。
(四) 桜井忠温（一八七九―一九六五）随筆家、評論家。陸軍士官学校卒業後旅順攻囲軍参加、その体験を書いた『肉弾』で一躍有名になる。この書については、本間久雄『続明治文学史　下巻』、八三―八五頁参照。
(五) 厨川白村（一八八〇―一九二三）英文学者、文芸評論家。
(六) 大和田建樹（一八五七―一九一〇）国文学者、歌人、唱歌作者。『いさり火』、文庫所蔵。

七月二日（木曜）

午前十時半大野実之助氏来る。かねて同氏大著『李太白研究』のために草せる推薦文の活字となれるを持参せられたるなり。推せん文は、余の外に文学博士竹田復氏(一)、松本洪氏(二)なり。竹田氏は教育大教授にて漢文学界の権威なりといふ。左の余の文章をしるす。

李白は我国において、古から愛誦されてゐる盛唐第一の詩人である。たゞし、その愛誦の力点は、主として彼れの酒仙たるところに置かれてゐたやうである。歴代の狩野派を始め、南画の大雅、蕪村等が、例へば「酔李白」「飲中八仙」などの画題で、彼れを取扱ってゐることも亦、このことを証する一つの例である。しかし彼れの親友の杜甫が彼れを評して「佯狂真可哀」と云ったやうに、彼れは単なる酒の詩人ではなかった。『李太白研究』の著者が云ってゐるやうに彼れは酒の人であると同時に、自由奔放の人であり、正直侃諤の人であった。そしてこの侃諤の情熱児が、酒仙として自らを韜晦したところに、恐らく詩人李白の時代的意義と共に、人間李白の近代的意義があるであらう。そして又、これらの意義を攻検し、闡明するところに、恐らく今日の文学研究の学徒に取っての、限りなき知識的享楽があるであらう。

『李太白研究』の著者は、李白に関するあらゆる古来の文献を博捜精査して、詩人として、又、人間としての全貌を明らかにしようとしてゐる。而もその研究方式に西洋近代のメソドロジーを巧みに応用してゐることは、その丹念に整理された目次を一瞥したゞけでも明らかである。

大野氏のこの大著は、現在の私に取って限りなき興趣をそゝる。博く好学の読書子にすゝめる所以である。

以上の文章、短文ながら、専門家ならぬ余のことゝて相当に苦心せることを記憶す。竹田氏の文章は流石に見事なり。大所高所に立ちて『李白研究』の価値を推賞す。たゞ単に自己の興味の問題として取扱へる余の文章とはおのづから趣きを異にす。専門家ならでは能はぬことなり。早昼飯にて実践にゆく。教授会に列す。終りて学生懇談会に列す。余の出る幕にあらず。中座してかへる。留守中、電話にてかねて面会を約束し置ける立教大学大学院学生後藤弘君、杉木喬氏の名刺を持参、余を待ち居れり。「文学界」所載平田禿木の「薄命記」一覧のためなり。快く示し、且つ二三の質疑に応ず。好感の持てる真摯なる学生なり。

夕食後書斎に入り、『肉弾』を読む。疲れたるまゝ入浴後十時床に入る。

（一）竹田復（一八九一―一九八六）中国文学者。

（二）松本洪（一八七六―一九六五）中国文学者。

七月三日（金曜）

午後、早大図書館にゆきLife & Times of Apollonius of Tyanaを借り出す。こはPhilostratusのギリシャ語の原書を訳したるもの。訳者はCharles P. Bells,（一）Stanford University Publications (University Series) のLanguage & Literature (Volume II, Number I)にて一九二三年の刊にかゝる。それより東京堂に廻り、大橋社長、増山君等に逢ひ、『坪内逍遙』を贈り、雑談数刻の後かへる。

夕食後右『アポロニアス』の中の第四篇二十五章六節Lamiaを読む。バアトンの『憂鬱の解剖』の典拠なり。同時にキーツ『ラミア』の原型なり。得るところ多し。たゞしこれを以て秋成『蛇性の淫』との関係を考察するためには、まだまだ読むべき資料あり。そは他日に期すべし。

美妙の『丸二つ引新太平記』（二）を読む。一気に読了。たゞし、この作は余の予想せる如き新らしき見解のものにあらず。いさゝか失望す。十二時就寝。

（一）訳者名は、Charles Parmelee Eells.

（二）美妙齋主人（山田武太郎）『丸二つ引新太平記』、東京、春陽堂、明治二四年、文庫所蔵。

七月四日（土曜）

一日小雨、鬱陶し。

七月五日（日曜）

午前十時岡保生君来る。暫くぶりにて話し込む。小栗風葉の研究を纏めたしとの君の念願一日も早かれと念ず。午後二時頃服部洲君来る。今年の十月は、父君実氏の三周忌とて、追悼録を自費出版する筈にて、その装幀等の相談を受く。余もそのために一文を草する約束あり。そのこと常に念頭になきはあらねど、さてこれと云って書くべきことなし。いかにせばやと悩む。古書店に使を出し、建樹『いざり火』を求む。値千円也。

この日、妻、理事長宅にゆく。過日の返礼のためなり。

夜『肉弾』を読む。

七月六日（月曜）

実践に出講。午後講義半にて下痢を催し苦しむ。古書店に電話にて金子堅太郎（一）の『日露戦争秘話』（昭和四年刊）を注文す。四時かへる。下痢。宿便らし。夜『肉弾』を読む。

（一）金子堅太郎（一八五三―一九四二）官僚、政治家。日露戦争中、アメリカにて外交に活躍。

七月七日（火曜）

昨日下痢せるためか、疲労を覚え、電話にて昭和に出講を断る。今日は近来になく気持のわるき日也。余の疲労のためのみならず、そは恐らく大部分湿気を含める天候のためなるが如し。

正午の郵便にて明治堂の英文目録来る。その中に Zola & His Age（一）と題するものあり。早速電話にて買約す。この書は約十年前、早大付近の古書店にて発見、求［め］んとしてその機を失し、以来、探し居れるもの。かゝる書の入手は一しほ心地よし。正午顕子来る。二時、昼寝三十分。午後五時尾島君来る。学校内学位論文提出の模様などをきく。其他雑話。夕食を共にし七時かへる。八時、机に向ひ、「芸術生活」のために『浮世絵伝播考』を書き始む。秋成蛇性の淫とアポロニウスとの比較をと思ひ居れるも、準備とゝのはず。急に右の題目にかへたるなり。十時入浴、十一時就寝。

（一）*Zola and his Time*〔?〕。『日記』三四年七月十日（一九七—一九八頁）参照。

七月八日（木曜）

昨八日《〔ママ〕》といひ、今日といひ朝より暑さ堪へがたし。十時栗原古城氏来訪。立正大学英文科よりの機関雑誌に英文学者としての日高只一氏につき何か書き呉れ間敷やとの依頼なり。余、日高氏とは学問に対する態度も研究方法もすべて異なれり。気分的にも同氏とは合はざること多し。この故を以て気の毒ながら断れり。たゞし右雑誌のためにいさゝか献策するところあり。すなはち日高氏のページェントに関する遺稿を解説附にて載せては如何といふことなり。栗原氏も同意し、且つ種々雑談、正午過ぎかへる。耀子来る。三越より清香買物届き居れるを以てなり。午後四時坪内士行君来る。実践女子大のことについてなり。夕食後書斎に入り、浮世絵伝播考のつゞきを書く。九時漸く一回分七枚を脱稿す。

七月九日（木曜）

実践女子大へ出講（午前午後にわたる）。新聞漸く出来上る。坂崎君始め、平尾女史の心労察するに余りあり。正午の時間、理事長室に理事長をたづね、坪内士行君の教授たることを推せんす。なほ、坂崎君、平尾女史へ金銭の報酬のことを云ひ出でたることは、却って理事長の心証を害せるもの ゝ 如く、且つそのために坂崎君亦理事長の誤解をいさ ゝ か受けたるもの ゝ 如し。余、坂崎君のために弁ずるところあり。午後二時半、新聞編纂のこと其他の問題につき、理事長の隣りの部屋にて相談会あり。

理事長を始め山岸学長、伊藤理事其他各科長連大勢出席。家にかへれるは五時なり。六時頃、丸善の粟野君来訪。「聲」の最近号を贈らる。余亦『坪内逍遙』を同君に贈る。「浮世絵伝播考」を読みかへし、種々訂正を加ふ。入浴後十一時就寝。

七月十日（金曜）

午後十時中根駒十郎氏来訪。目下ブロックにて倉庫をつくりつ ゝ あり、其参考に余の倉庫を一瞥せんとてなり。つゞいて井手藤九郎氏来る。「浮世絵伝播考」を渡す。五千円を受けとる。午後二時上野精養軒にて催されたる西條八十会発会式にゆく。異常なる盛会。余未だ嘗つてか ゝ る盛会に列せることなし。発起人八百余名、文壇、画壇、劇壇はもとより政治界、実業界など各方面を網羅せり。協賛団体にはキングレコード株式会社を始め音楽、舞踊に関する各団体更に、平凡社、中央公論社、小学館等の出版社等二十余。会場は余の見知らぬ人にて充満。会場にて人見、豊田（一）、山宮（二）、尾島、南江（三）諸氏、詩人クラブ（四）の人々に逢へるは珍らしき心地す。それほど見知らぬ人にて充満せり。男女の歌手夫々高台にて西條氏作品を音楽に合せて歌へれど、聴衆多きためにやきゝとれず、西條氏のあいさつの後、立食のパーテーに入れど、余早々にして退却。帰路、黒門町の文行堂、広田、尚美堂等に立ちより、ついでに駿河台の明治堂に立ちより電話にて注文し置ける「ゾラと其時代」(Zola & his Time)（五）を求む。値五百余。この書、七、八年前早大附近の古本屋にて見たることあり。暫くして同じ店にゆけるにこの書すでになし。近年ゾラを調べつゝあるにつけてもこの書を想起すること切なり。今、図らず得たるを喜ぶ。

（一）豊田実（一八八五―一九七二）英文学者、昭和二四年より青山学院初代大学長、日本英学史学会初代会長。
（二）山宮允（一八九二―一九六七）詩人、英文学者、法政大学名誉教授。
（三）南江治郎（二郎、一九〇二―一九八二）詩人。坪内逍遙、小山内薫に師事。昭和九年ＮＨＫ入社、二八年退職。
（四）詩人クラブ。詩人団体。山宮允の斡旋により昭和二五年発足。理事長西条八十。
（五）Josephson, M., *Zola and his Time* (New York: Garden City Publishing Co., 1928). Matthew Josephson (1899-1978).

七月十一日（土曜）

午前十一時半開催の明治座に妻と共に、耀子を連れゆく。耀子来月末にはアメリカに日米親善のための学生として行くといふに歌舞伎の知識をつけてやりたく、且つ、いさゝか送別を兼ねたるなり。耀子は現にお茶の水高校の三年なり。歳十八。厳格なる試験の結果、選抜されてゆくとのこと、わが孫ながらよく出かしたりと感心せり。

今月の明治座は前進座の興行なり。出し物は一番目眞山青果の『大石最後の日』二幕四場、次は歌舞伎十八番の『解脱』次は默阿弥作の『魚屋宗五郎』二幕なり。『魚屋宗五郎』は默阿弥作品中の愚劇の一なり。かゝる愚劇を出し物とせる前進座の演劇的良心をいさゝか疑ひたくなるほどの愚劇なり。宗五郎が妹の無残なる死をきゝ禁酒を破って次第に酒乱となるところ、演者に取りては野心の存するところならめど、作品そのものがすでに愚なれば、演者に取りても結局は骨折甲斐なきに終る。それにつけてはよき脚本を選択することが、成功の第一義と知るべし。『解脱』は大正三年に故左團次の復活せるもの。今日は前進座専売の一つなりとか。大まかな古劇らしき味ひに嘉すべきものなきにあらねど、飛びつく程の代物ならず。永の年月埋れ居りしも所以なきにあらず。長十郎の景清、柄もよく音声もよけれどせりふ廻しなど一本調子にて面白からず。第一の見ものはやはり『大石最後の日』なり。脚本もよく長十郎の大石、芳三郎の十郎左衛門、国太郎の〔・・・〕も皆よし。この作を見て愈々作者青果氏の女性心理の理解の深きを知る。この点において明治以後の劇作家、彼れの右に出づるものなし。彼れこそは真の意味におけるフェミニストか。

七月十二日（日曜）

午前十時新井寛君来る。中元のあいさつを兼ね「表象」編輯上の相談など。余、『歌舞伎』、『坪内逍遙』と矢次早に出版せるをもて、その労をねぎらふために「表象」主催にて祝賀会をひらきてはなどすゝめらる。

午後金田、飛田両夫妻連れ立ち来る。両夫妻とも余の媒酌人たりしをもて、中元のあいさつかたがた来れるなり。両君とも新進英文学者のホープなり。フォースタアのものを共訳し居るとか。相互友情亦嘉すべし。折柄、妻、胃をわづらひ別室にて臥床中にて、両夫人にはえ会はで気の毒なるおもひせり。両君とも文学談に談論風発、数刻。

午後七時半、電話にて約束し置ける国雄夫妻来る。近く作品頒布会を開くといふことにて発起人其他相談を受く。国雄も大正初期には新進画家として声名ありしも大正六年（？）雑誌「漫画」の経営に失敗、都落ちして以来は、一竿の絵筆にてよく今日まで生活を支へ得たるものと驚くの外なし。たゞし、その得意とする水墨画は、事実、今日の画壇稀に見る妙境に達せり。その頒布会にも、余、もとより一臂の力を惜しまざらんとす。これ恐らく余の実弟に対する情誼の最後ならんか。余古稀を超ゆるに、余命幾何もなき筈なればなり。

七月十三日（月曜）

午前眼科医にゆく。かへりに「文藝春秋」八月号を求めかへる。「戦後責任を問ふ」の特集を読まんとてなり。早速「天国中国に流されず」（大宅壮一氏）「六・三制のO・Kのうらで」（大隈秀夫氏）の二編をよむ。余の知られざる事実を知りて得るところあり。午後三時本間武君来る。中元を兼ね、子供を日本女子大附属幼稚園に入れたしとのことにての相談に来れるなり。本間君亦、余の媒妁するところ。かゝることの相談を受くる亦、自然の理なるか。

午後七時、森政一氏中元のあいさつに来る。夕食後小澤打魚著『離騒評釈哀怨』(一)を読む。この書は矢崎さがのやの『無味気』(二)中村吉蔵『牧師の家』(三)田岡嶺雲(四)の『屈原』（支那文学大綱）と共に「時代や」より目録によりて取り寄せ、今日着せるものなり。小沢打魚に就ては余何等知るなし。評釈も独りよがりなり。少なくも『離騒』と日本の詩歌との比較の如き特にその感あり。

（一）小澤打魚『離騒評釈 哀怨 離騒上・中・下篇』、東京、明城舘、明治四三年、文庫所蔵。
（二）嵯峨のやおむろ（矢崎鎮四郎）著、春のやおぼろ校正、『無味気』、大阪、駸々堂本店、明治二一年、文庫所蔵。

矢崎鎮四郎（一八六三—一九四七）小説家、詩人。
（三）中村吉蔵（春雨）『新社会劇　牧師の家』、東京、如山堂書店、明治四五年、文庫所蔵。中村吉蔵（一八七七—一九四一）小説家、劇作家、演劇研究家。
（四）田岡嶺雲　（一八七〇—一九一二）批評家、中国文学者。

七月十四日（火曜）

今日は魂祭りの日なり。床の間には霊華筆観世音を掛け、茶の間の床には仏への供物などす。午後、早大図書館にゆき『漱石全集』第十四巻文芸評論の部及びムーテル近代絵画史第四巻目を借り出す。前者所載「文藝とヒロイック」(一)の一編を、後者のウェレスチャーギンの一節を読まんためなり。夕食後それらを読む。たゞし大して得るところなし。たゞし、同時に読める漱石の「〔・・・〕」（岩波「文学」〔・・・〕）は面白し。漱石の天皇観もその当時としては破天荒の見解なり。稀に見る卓見なり。成るほどあれは従来の漱石全集に伏せられゐたるも無理ならず。とにかく漱石は明治の文人中、その天皇観において、デモクラチックな観点を把持せる点、恐らく他に類例を見ざるべし。敬服に値す。この日、時代や書店に、振替にて千百九十円を送る。

（一）夏目漱石「文藝とヒロイック」『漱石全集第十四巻　評論　雑篇』、岩波書店、昭和四年、一八九—一九一頁。

七月十五日（水曜）

午前十時古書会館にゆく。逍遙の『作と評論』(一)（二百円）「早稲田文学」（四十三年七月特大号）（三百円）余の『恋愛の殉教者』(二)（百円）などを求む。

正午大沢実君来る。同君の級友相集り、早大英文科卒業の二十周年を祝するため来る八月一日椿山荘にて祝賀の式を張るといふ。それにつき、余にも来賓の一人として出席せよといふ。午後三時井手藤九郎君、P・L教団の同僚二人を同伴し来る。教主よりの中元の使ひを兼ね、窪田空穂氏書幅の改装の相談のためなり。余の表装のかずかずを示して説明す。喜多山に依頼し呉れよとのことにて、迷惑ながら、同君持参の三幅をあづかる。

島田謹二君より中元として文明堂カステラを贈らる。直ちに礼状を差出す。島田君は平田禿木、上田敏等の衣鉢を伝へたる好学の士なり。文芸に対する鑑賞力のゆたかさと理解力の深さとにおいて、当代稀に見るところ。而も文芸に対する態度において、余、同君と共鳴共通するもの多々あり。余、ひそかに心の友となす。同君亦余に対して然るか。

夕食後書斎に入り Sir William Orpen の Outline of Art の中のホィッスラアの一章をよむ。例の『バタシー・ブリッチ』を北斎の『富嶽士三十六景』の『深川万年橋』の暗示によるとせるはいぶかし。こはむしろ広重の『両国橋宵月』なるべし。たゞしホィッスラアの伝は簡にして要を得たり。浮世絵を "Mirror of the Passing World" とは誰が云ひ初めしにや。浮世を詩的に解釈せるものとして面白し。たゞし浮世絵の場合の浮世は単なる Ordinary life 又は Everyday life に過ぎず。又、錦絵を "brocade prints" とせるは逐字訳にて面白からず。

（一）坪内雄蔵『作と評論』、東京、早稲田大学出版部、明治四二年。
（二）本間久雄『恋愛の殉教者』、東京、小西書店、大正一二年。

七月十六日（木曜）

昨日まではつゆらしき天気のみつゞきしが、今日はカラリと晴れ、暑さきびしくなる。一日書斎に籠り机に向ひたれどこれといふ収穫なし。昨日読みしオルプェンの美術史を読みかへし、且つペンネルのホィッスラア伝（一）などあちこちと読み漁る。来る廿一日の実践における夏期講座の『浮世絵の英国芸術への影響』につきての準備なり。

（一）Pennell, E. R. and J., *The Life of James McNeill Whistler* (London: W. Heinemann; Philadelphia: J. B. Lippincott Company, 1908). Elizabeth Robins Pennell (1855-1936), Joseph Pennell (1857-1926).

七月十七日（金曜）

午前、書斎に入り、『漱石全集』第十四巻を拾ひよみす。『私の個人主義』の一章面白し。こは大正三年十一月二十五日学習院補仁会における講演なり。教師の権利と責任との関係を述べたるところ（三七一頁）など、当り前のことながら流石にうなづくに足る。又、国家と個人との関係を説けるところもよし。（三七七―三七九頁）「國家國家と騒ぎ廻る」ことの愚を喝破して遺憾なし。又、『點頭録』中の「軍国主義」の一節は一読の価値あり。云ふまでもなく軍国主義を「自由と平和」を愛する国民に取って唾棄すべきものとせるなり。（三九三頁）（漱石全集は昭和四年版による）（一）

午後岩田洵君中元を兼ねて来る。文学談数刻。『坪内逍遙』を贈る。今日届きし「国文学」に村松定孝君の『坪内逍遙』の評あり。「芸術生活」のための「浮世絵伝播考」のつゞきを書かんとして机に向へれど、気分とゝのはざるためか、え書かず。

（一）『日記』三四年七月一四日（二〇一頁）参照。

七月十八日（土曜）

朝より雨ふりつゞく。憂鬱なる日なり。その上うすら寒く羽織を引きかく。七月も半ばを過ぎたるに、かゝる気候は珍らし。妻、耀子外遊の買物手伝ひのため午前より三越にゆく。余一人、書斎に籠りて、「芸術生活」の稿を起す。傍らオルペンの『美術史』（一）を読む。執筆原稿参考のためなり。特にホガースの一章を注意してよむ。セラルド・オスボーン『日本断片録』にわが浮世絵画家をホガースと比較せる文句あり。こはたしかに卓見なり。それにつけてもホガースのことを少し調べ置きたく思へればなり。"Marriage A La Mode" の説明など面白く読む。

今日は電話なく、来信なく、訪問客なし。閑散の一日なり。それだけに心落ちゐ、執筆の相間には少し書斎の整理などす。原稿六枚まで書く。あと一、二枚にて『浮世絵伝播考』第二回を終る筈なり。

去る十二日の項に書き漏らせるものに中村時蔵の死あり。一昨年のいつの頃にや、忘れたれど、演劇出版社主催にて、余、演劇壇の三四と共に時蔵をかこめる座談会（二）に出席せることあり。時蔵夙くより役の領域をひろめんために毒婦物を手がけんとする野心ありとか。従って座談会は毒婦物中心の解説と論議に始終せり。時蔵又、ひそかに新しき源之助（先代）を以て自任せりし如し。彼れ『女團七』『女定九郎』などを演じて好評なりし由、たゞし余見ざりしば知らず。女形としての彼れは故歌右衛門の品位なく、故梅幸の濃艶なく、故松蔦の可憐さなし。然れども彼れは彼等の何れよりも世話女房の味ひにゆたかなりし。ともかくも惜しき女形を失ひ、劇壇いさゝか寂寥の感あり。

（一）*The Outline of Art* edited by Sir William Orpen (London: c1924)〔?〕。Sir William Newenham Montague Orpen (1878-1931). アイルランド出身、画家。『日記』三四年七月一五日（二〇一―二〇二頁）他参照。

（二）三大座談会「協同研究・歌舞伎の毒婦」（『演劇界』昭和三二年三月号）八八―九三頁。

七月十九日（日曜）

雨降りつゞく。憂鬱なる一日なり。朝より書斎にこもり廿一日の夏期講習（実践）の準備に忙し。午後六時かねて電話にて打合せありし田崎廣助氏及び息暘之助君夫妻連れ立ち来る。田崎氏より八号大阿蘇風景贈らる。余、昨年十一月暘之助君の結婚の媒妁をせるため、その礼として釉彩画一幅を贈らんと兼て云はれ居りしが漸く出来しとて持ち来られたるなり。田崎氏と云へばすぐ阿蘇を思ひ、阿蘇といへばすぐ田崎氏を思ふほど田崎氏と阿蘇とは切っても切れぬ結びつきなり。今度の阿蘇は朝明けの阿蘇にて明澄なる空に曙の色の漂ひたるさま取りわけて目出たし。中景ともいふべき麓より広漠たる野面にかけての自然の起伏、点々たる家並など、複雑なる自然の様相を単純化して描写せるあたり心にくき出来なり。この絵恐らく田崎氏阿蘇中の傑作の一ならんか。余深く氏の好意を謝す。氏は安井曾太郎の高足。写実より出発して、而もよく写実を超越して独自の風格を発揮す。齢漸く五十有余。氏の将来期して待つべし。今日「浮世絵伝播考」第二回目を書き終る。原稿紙九枚なり。

七月二十日（月曜）

午前実践にゆく。廿一日より開催の夏期公開講座聴講者意外に少なく僅かに六十人なりといふ。去年の三分の一なり。何故にかく少なきか。題目興味なきためか、余等講師、魅力なきためか、将た宣伝に不足のものありしためにや、いづれにしても面白からぬことなり。理事長に逢ふ。帰途「週刊新潮」及「週刊文春」の二冊を買う。共に国語審議会の制定せる新送りがな法（ひいて新かなづかひ、漢字制限を含めて）に反対せる記事あり。前者には大岡昇平氏の「送りがなのまちがえ方」（噛みつき帳、四）後者には福田恒存氏の「気違いに刃物を渡すな」（あまのじゃく第五）あり。何れも痛烈なる非難の文字に充つ。実際、国語審議会の如きは無用の長物どころか有害有毒の存在なり。福田氏のその解散を高唱せる、宜なりといふべし。余の如き、始めより反対、早大在職中、担当せる文学概論の講義に於ては、毎年、漢字制限の理不尽を説きて倦むことなかりしが、聴者、恐らく余の言には耳をかさゞりしなるべし。それどころか彼等、恐らく余を頑迷なる老学究として内心嘲弄し居れるなるべし。

　言葉みだれ文字みだれ良俗失せぬ十とせへて国の破れをまざと知りぬる。

こはその頃の余の憤懣の心境を拙なき腰折に托せるなり。今漸く国語審議会の愚議愚案、新興文化人の非難の対象となる。盃を挙げて以て祝すべし。午後村松定孝君来る。夏季休［暇］を利用して帰省するといふ。

七月二十一日（火曜）

午前七時起床。実践夏期講座のため、急いで出かく。余九時より十時半迄の講義なり。余の題目は「浮世絵の英国芸術に及ぼせる影響」なり。聴衆熱心にきく。たゞし、時間足らず、肝じんのホイスラア、ビアヅリイの件は大いそぎに端折らざるを得ず。遺憾この上なし。聴者果して如何の感ありしや。きかまほしき心地す。余の次に登場せる三谷氏（二）の「神話の世界」をきく。尤も中途よりきけるなれば、定かには云ひがたけれど面白からぬ講演なり。たゞ古事記日本書紀の文字の解釈のみ。そもそもより大切なることに相違なけれど、日本神話の世界の特徴につきては何等云ふところなし。日本神話の世界を生々と浮彫のやうに描き出してこそ、始めて、この題目に適はしき講演といふべし。たゞし、かくの如きは比較神話学の深き蘊蓄ありて始めて可能なることとなるべし。

午後二時和田辰五郎氏来る。電話にてその前触れありし時より、妻と共に、その不吉なる事柄を予想せり。余往年、媒妁となりて石丸久君と和田氏長女文子とを結び合はせしことあり。尤も余の媒妁は所謂「頼まれ媒妁《なかうど》」にて、事実は両人の恋愛結婚なれど、余、常に石丸君の学才を愛し、和田氏の友誼を思ふあまり、この結婚の末よかれと思ふの念は、両者の間に奔走これ力めて結びなせるまことの媒妁と異なるところなし。しかるに和田氏の云ふところによれば石丸君、結婚を破棄し、協議離婚を提唱せるまゝ母親と共に他に転居せりといふ。たとひ「頼まれ媒妁」にもせよ、余に一言の相談もなくかゝる挙に出でしは言語道断、没常識の極みなり。和田氏、石丸君の真意を確かめくれよといふ。余、無論承諾、氏と再会を約す。

（二）三谷栄一（一九一一— ）国文学者。

七月二十二日（水曜）

午前九時半実践にゆく。夏期講座第二日なり。中途より山岸氏の「落窪物語の世界」をきく。氏の講演には巧まざる愛嬌とユウモアあり。聴者常に微笑、時として哄笑す。たゞし『落窪物語』の世界の闡明にあらず。たゞその構成を解説せるのみ。余より云へば不満足なる講演なり。而も往々にして聴者の意を迎へんとして場当りらしきところなきにあらず。しかし『落窪』の主題たる継子いぢめを世界のメルヘンと比較して、文学研究において広汎な視野の必要を説けるあたりは流石なり。

次に登壇せる坂崎氏の「日本画の本質」は見事な、立派な講演なり。風采といひ、調子といひ説き工合といひ、老大家の名に恥ぢず。支那の六法より説きおこし、次に六法中の気韻生動の意義についての歴史的変遷を論叙し、我国の狩野派と土佐派に、それがいかに受け入れられたるか、そしてそれが、いかに日本的なものとなれるかを説明して余すところなし。かくして所謂画品の大切なることより現代絵画の反省すべき点を明かにす。余の知れる限りにおいて、近来の充実せる講演なり。

午後一時東横文化会館ゴールデン・ホールにゆく。国雄夫妻、星川夫妻、余等夫妻会食す。国雄新夫婦を星川夫妻への紹介を兼ねてなり。高津夫妻をも招ぎしが時間の都合あしく、そは他日に廻せり。久美子一人にて来る。あいさつして間もなく用事にて他にゆく。

三時、文化会館を出で、星川夫妻と車にて帰宅。(星川は学校に立よる) 今日は何となく疲れたり。夕食後、書斎の整理などにて読書の暇なく淋しき日なり。

七月二十三日(金曜)

午前九時四十分頃実践にゆく。守随氏の「歌舞伎の世界」を中途よりきく。何等の当て気もなく、好感の持てる話しぶりなり。内容そのものがすでに、役者の芸談であり、逸話であるといふ関係もあり、全体として面白くきかる。たゞし、女形の説明——何故に歌舞伎における女性の役が、真の女性が不適当にして女形ならざるべからざるかの説明は不徹底なり。美学上の仮象論を持ち来りてこそ、そは始めて説明し得べき筈なるに、守随氏の説明、そこに至らざりしは遺憾なり。次に成瀬氏の「近代文学の世界」は例のチボーデ(二)の小説論より説きおこして二葉亭の『浮雲』の世界——作者の諷刺より自己批判へと移行せる世界を解説せるもの、何等の当て気もなく、淡々として説く中に、おのづから情熱のこもれるもよく、又、文学研究において余の所謂トリ［ヴィ］アリズムを《を》斥けて文学の作品そのものを中心とすべしと主張せるところも特によし。たゞし、度々引合ひに出せる外国文学につきては——チボーデの説ならめど、余の腑に落ちぬところ二三ありたり。

今日にて三日間の公開講座ともかく終る。聴講者次第に殖ゑ八十名に達せりといふ。たゞし、実践女子大英文科の学生一人もなしとのことにて、余いたく面目を失せり。余の面目はともかく、英文科学生の学問に対する情熱のなきこと驚くばかりなり。実践の永い間の因襲の結果なるにや。今秋は学生によく説き諭し、彼等の日本文化についての知識の涵養をわすれぬやうせざるべからず。帰途、坂崎君と連れ立ち三越にゆき下村観山三十年回顧展を見る。七階に共に食事［中］、偶々妻の来れるに逢ふ。三越にて坂崎君と別れ、妻と車にてかへる。

観山の作を一堂に纏めて見るは余に取り始めてのことなり。先づ第一に驚けるは彼れが廿代において一代に喧伝せられし『継信最後』の如き大作をものせることとなり。こは彼れの廿五歳の作也。其他『闍維』（二十六歳）『修羅道絵巻』（廿八歳）『大原の露』（二十八歳）等皆彼れの二十代の作なり。詩人、画家其他の芸術家に取り、廿代は最も貴重なる年齢なること以て知るべし。観山は意匠の奇峭さと筆触の大胆さに於て大観に劣り、写実の清麗さに於て春草に劣る。彼れの『木の間の秋』（三十五歳）『小倉山』（卅七歳）秀麗なりと雖もつひに春草の『落葉』に如かざるなり。しかれども、その画域の広さと技法の正統的なるに於て、大観春草の上に出づるが如し。彼れは大観、春草の如く没骨没線に偏せず、狩野派、古土佐、淋派より更に宋元院体派にまで遡りて、それらを打って一丸とせんと試みたるものゝ如し。その意味において、明治絵画史上、彼れの位相、必ずしも大観、春草の下にありとは云ふべからず。たゞし作品そのものゝ魅惑の問題は自ら別なり。余の好みより云へば、余は、彼れの一代の傑作といはるゝ『継信最後』『弱法師』等の大作よりもむしろ『俊徳丸』『竹の子』などの小品を採る。

（一）Albert Thibaudet (1874-1936). フランスの批評家、文学史家。

七月二十四日（金曜）

鬱陶しき天気なり。去る三日の夏期講座、毎日出席せるためか、今日はいたく疲れたり。予定せる外出を取りやめ、書斎に籠りて小汀利得氏より贈られたる『天に代りて』（中央公論発行）を読む。近頃、これほど余の溜飲を下ろせるものなし。岸一派の悪党政治家に天誅を加へて痛快を極む。ゾラ曰く「憤りは神聖なり」と。この書の如き、わが若き世代に、この神聖なる憤りを喚起するに役立つところ大なるべし。ひろく読まれんことを心私かに願ふ。

七月二十五日（土曜）

朝より非常なる暑さなり。午後二時頃、寒暖計卅四度五分なりと云へば本年最高の暑さなりしなるべし。午前中古書展にゆき目録にて注文し置ける堺利彦の雑誌「社會主義研究」（明治卅九年）二、三、四号代価壱千二百円、及、木下尚江『野人語』一、二、三、代価千八百円、及び沙翁コリオレーナスの訳『豪傑一世鏡』（二）代価壱千六百円を夫々求め代価を払ふ。帰途湯島聖堂に立よる。電話にて通知ありし菅原白龍を見んとてなり。たゞし贋物。帰途更に新宿の原田表装具店に立より、古代シケを買ふ。（代価六百円）炎熱の下をよく歩けるものかな。これも好きな途なればにや。

午後一時間昼寝。午後四時、向山泰子氏来る。ロセッティの *Hand & Soul* の翻訳中、ダンテ『神曲』よりの引用文につき疑問を質しに来れるなり。ロングフェローの対訳『神曲』を一読することをすゝむ。雑話数刻かへる。

夕食後は疲れたるまゝ、何事をもなし得ず、入浴後十時就寝。

（一）塞士比亜（シェークスピーア）著、板倉興太郎訳、『自由の答　恩愛の紲　豪傑一世鏡』、東京、精文堂、明治二二年、文庫所蔵。

七月二十六日（日曜）

今日は昨日に比してやゝ凌ぎよき日なり。午前柏製本所主人来る。嵯峨のやおむろの『ひとよぎり』（一）、『無味気』（二）其他の秩を依頼す。午後二時、喜多山表具師来る。電話にて呼びよせたるなり。過日あづかれる井手君の幅物並びに逍遙先生戯画『荒磯岩』（三）及び幸田露伴翁原稿断片の表装を依頼す。四時石丸久君来る。同君の離婚問題につき、その真相をきく。非常に複雑［な］る問題なり。単に姑と嫁との問題にあらず。石丸一家と和田一家全体の問題なり。両家の空気、思想、教養、家風等すべて合はぬなり。一は純粋の学者気質にしてすべてを精神的立場より考へんとせるに対し、他は一切を物質的に解釈せんとす。相互に相互の持てるもの（おのれの持たざるもの）に対するコンプレックスの如きもの、あるやうなり。少なくも後者よりは、その持てるものを誇示することによりて前者を圧迫せんとせるところあるが如し。加ふるに前者には性的関係を嫌悪する如き態度なきにあらず。余は、この問題の解決の容易ならざるを知る。石丸君と夕食を共にし、且つ『坪内逍遙』を贈る。九時少し過ぎかへる。入浴後就寝。今日は書斎に落ちつくいとまなく淋しき日なり。

（一）さがのや御室（矢崎鎮四郎）『ひとよぎり』、東京、金港堂、明治二〇年、文庫所蔵。
（二）さがのや御室（矢崎鎮四郎）著、春のやおぼろ校正、『無気味』、大阪、駸々堂本店、明治二一年、文庫所蔵。
（三）「初稽古浪につけばや荒磯岩」　昭和五年坪内逍遥より贈られたもの。

七月二十七日（月曜）

妻、胃痛、下痢、医師を迎ふ。午後、佐藤たか子来る。昭治君原稿のことについてなり。

七月二十八日（火曜）

妻、昨朝より胃痛。正午高津夫妻（顕子とも）来る。次いで、国雄夫妻来る。両家を引合せんとて兼て約束し置けるため、橋本よりウナギを取よせ、昼食を共にす。妻胃痛をこらへて斡旋これ力む。四時和田辰五郎氏来る。石丸君の心境を語り、且つ、石丸夫妻のため、ともとも考ふるところを述べて、その好転を策す。夕食後書斎にこもり、雑誌、「天鼓」「新紀元」などを拾ひ読む。「新紀元」所載、木下尚江の諸文章――主として日露戦争後の社会の状態について述べたるもの、益するところ多し。これに比するとき、「天鼓」所載田岡嶺雲のものは余りに理想的にして余りに単純なり。

七月二十九日（水曜）

妻、胃痛昨日よりはやゝ好し。たゞし、オモユ。十一時岩津君来る。君の学位請求論文として提出すべかりし歌合史のことにつきてのいきさつをきく。国文科内部のこと予想以上に奇怪なり。岩津君の言、真ならば、同君の精神状態、チと変なりと云はざるを得ず。ともかくもおなじ五十嵐門下の、親しかるべき筈の二人の間、かく疎隔せるは面白からぬことなり。寒山詩の所謂「大海水無邊、魚龍萬々千云々」(一)の一節、眼のあたり見る心地す。

岩津君と対談中、清香より電話あり。八月末船にて、米国に向け出発の筈なりし耀子、急に米側の都合によりて三十一日、飛行機にて行くことになりしと。あっせんの労を取りつゝありし文部省も大童とのこと、あらかた出立の準備出来居れたとは云ふものゝ清香の多忙察するに余りあり。かねてより土産にと頼まれ居たる扇子に秉燭遊の三字を書し、且つ、その出典、李白の詩句(二)、その意味、並びに李白のことなど、解説やうの文章一枚を添へて夕方清香方に持参す。解説を添へたるはこの扇子を耀子、誰れかに贈る場合の説明に資せんとてなり。耀子も座にあり、種々説明してきかす。耀子は飛行機にて突如行くこと却って好都合なり、そは九月早々の新学期より学校に行き得るためなりといふ。学問に熱心なるさま嘉すべし。

午後七時国雄、土産の扇子を四個持ち来る。好意謝すべし。白龍山人の小品を贈る。

(一) 寒山詩の一節「大海水無邊　魚龍萬萬千　遞互相食噉　冗冗癡肉團」。
(二)『日記』三四年六月三日（一七一—一七二頁）参照。
春夜宴㆓桃李園㆒序、
「古人秉㆑燭夜遊、良有㆑以也」。

七月三十日（木曜）

妻、午前七時、国雄よりあづかりの扇子を清香宅に届け、かへりて朝食。九時、古書展にゆく。格別、買ふものなし。たゞ南翠の『春の夢』(一)と題するもの(廿六年刊)、見たることなければとて買ひ求む。(後、家にかへり、調べ見て、こは廿年刊の『痴人の夢』の再版なることを知る。)それより京橋の兼素洞の清流会展にゆく。平八郎、神泉等技巧過剰却って面白からず。期待せるほどのものなし。たゞ靭彦の『王昭君』のみ、その線描と賦彩と構図とに於て見るべきものあり。次いで地下鉄にて上野松坂屋にゆく。放庵、青楓、浩一路、一政等の展覧会を見る。全然期待を裏切らる。放庵の寒山拾得の如き、「寒山拾得」と題しあるにより、しか思ふのみ。この画題なくんばたゞ唐子の遊び居れるを見るのみ。

次いで同じ松坂屋にて開催しある日本画壇新人卅余子のものを見る。同じ大きさのものずらりと、かく一堂に並べられては、どれ[が]誰れのやら、誰れのがどれやら一見したゞけでは一向わからず。それほど筆触にも賦彩にも構図にも共通せるものあり。蓋し、この共通せるものこそ恐らく日本画壇の流行か。而して彼等新人はこの流行に後れざらんとして日も尚足らざるべし。絵を求むるもの、ヴォーグ・モンガーたるはまだよし。画家自らヴォーグ・モンガーたるに至っては、その愚つひに及ぶべからず。

夕食後、書斎に入り、「新紀元」所載、木下尚江の諸文章をよみかへす。戦後の社会の傾向を知る上において益を得ること大なり。又、尚江の思想は徳富蘆花の『勝利の悲哀』(二)と一味相通ずるものあるを知る。

(一)南翠外史(須藤南翠)『春の夢』、東京、日吉堂支店、明治二六年、文庫所蔵。 須藤南翠(一八五七―一九二〇)小説家、新聞記者。

(二)本間久雄『続明治文学史 下巻』、一三一―一三八頁参照。

七月三十一日(金曜)

午前星川宅にゆく。けふは耀子のアメリカへ出立する日なり。しばしの別れを告げんとてなり。荷物のこと其他にて家中あはたゞし。耀子と握手して怱々にかへる。午後三時半家を出で、妻と連れ立ち羽田航空《(ママ)》にゆく。五時少し過ぎ着く。すでに耀子、両親並びに熙とともに来居れり。耀子の学校――お茶の水高校――お茶の水大学教授にして高校の校長坂本越郎氏及び教頭天井陸三氏を始め耀子の同窓十余の令嬢見送りに来る。星川の関係せる会社エス・ビーの社長夫人並びに令息等三名亦来る。耀子に取り面晴れの日なり。

耀子楚々たる風姿、いつもより大人びて見ゆるもをかし。午後六時五十分、ノースヱストの航空機にていよいよ出発。機の夕暗の雲の中に消ゆるまで見送りてそのつゝがなからんことをいのる。校長坂本氏は詩人にして心理学専攻の人なりといふ。大学にては明治詩を講じ居り、余の明治文学史なども読み居るとか。又、天井氏は大潮会に属し居る洋画家なりといふ。耀子出立の間際まで、待合室にて種々話に耽る。

帰路はエス・ビーより星川のため差向けられたる車に便乗してかへる。八時なり。それより軽く夕食をとり、いたく疲れたれば入浴後、九時半就寝。床に入りても、耀子の嬉々として友人と共に私語しつゝ、タ、ラを踏みて機に上れる後姿、いつ迄も、眼なかひにありて離れず。

八月一日（土曜）

午前、耀子、今頃は飛行機にて何処ぞいけるにやなど想像す。机辺の雑著など漫読。午後四時井手君来る。「浮世絵伝播考」第二回目を手渡す。五千円を受取る。雑話数刻。五時半椿山荘より電話あり。今日は早大英文科昭和十四年会―（十四年卒業生）二十年記念祝賀会に招がれ居たる日なり。五時開会を忘れたるにあらねど井手君と話し込みてつひおくれたるなり。大急ぎに仕度をし、井手君の車におくられてゆく。集まるもの二十数名、余早大に学生たりし頃恩師抱月の教場にて云へることあり。諸君卒業後五年にして各自の社会的位置定まらん。其間怠るなかれと。たゞし、当時（明治末期）は然りしならんも今日は事情いたく異なれり。卒業後十年は愚か、十五年にして尚、社会的位置定まりがたからん。それほどに時代は生存競争上深刻を加へ来れり。とは云へ、そは今日のこと。昭和十四年卒業の諸君、二十年を経たる今日あらかたその社会的位置も確定せるものゝ如し。新しくつくられたる「名簿」を一覧するに多くは一国一城の主とも云ひつべきか。大沢実、内山正平、黒河内豊、岡崎建生、太田博君の外には途中にて逢ひたるまゝにては見わけがたし。二十年の歳月はそれほど彼等の面貌を変へたり。当時彼等のために教鞭を採れるものとして余の外に谷崎、尾島の二君亦招がる。種々の追懐談に耽り、愉快なる一夜を過す。記念として美術出版社版の『日本の彫刻』の豪華版を贈らる。九時帰宅、入浴後就寝。昼間酷暑堪へがたく、夜に入りても亦堪へがたし。

八月二日（日曜）

今日も暑さきびし。其上少しの風もなく、蒸し暑きこと限りなし。昨夜、椿山荘にての食物のためにや昼頃より切りに腹痛、下痢、懐炉を抱きて辛じて痛みを堪ふ。午後一時、高橋雄四郎君来る。栗原元吉氏に推薦の手紙を書く。中村隆氏来る。暑中見舞のためなり。同氏は早大国文科出身にて外国文学にも造詣あり。往年、余、氏の結婚のために媒妁の労を採れることあり。それにしても、毎年、新年、夏、冬等、あいさつを兼ねて欠かさず来れるは以て、同君の情誼の厚きを知るべし。私かに同君の学究としての大成をいのる。

八月三日（月曜）

暑さきびし。其上むしむしすること昨日に異ならず。朝より書斎に入り、「天鼓」其他を拾ひ読みす。木下尚江の『火の柱』を読む。日露戦争と文学との関係につき種々思ひをめぐらす。明治文学史の準備なり。夕刻小宮山来る。雑書整理、少し買却す。七千円を置いてかへる。夕食後書斎に入り、昼間の思索をつゞく。

八月四日（火曜）

今日は暑さきびしき中にもやゝ涼し。午前中、暑中見舞ひのかへし其他用件の手紙など書く。書斎にこもり昨日来の読書にふける。午後七時かねて電話にて約束し置ける実践女子大の小泉氏　田中康裕氏同伴にて来る。小泉氏は九州帝大仏文学部出身にて学芸大学教授の傍、実践女子大、お茶の水大、及び早大法学部等にて仏語及仏文学を教へ居る新進篤学の士なり。実践女子大にて学問的雰囲気を学生の間に喚起せんとて一時種々画策実践せりしが、却って学校側の忌むところとなれりとか、気の毒也。たゞし、氏の理想家的情熱は高く評価されて可なり。田中康裕氏は昭和九年の早大英文科卒にて、小泉氏中学時代の師なりといふ。現に学芸大学講師なり。九時頃連れ立ちかへる。十時入浴、十一時就寝。

八月五日（水曜）

朝より暑さきびし。九時半、早稲田車庫前の松本理髪店にゆく。帰途雑誌店に立ちより「週刊新潮」を求む。広告により一読したき記事あればなり。十一時帰宅、直ちに書斎に入り、明治三十八年の「帝国文学」を一瞥す。明治文学史考案の準備なり。午後三時電話にて約束せりし山元桜月氏来る。「富士」の絵をフルシチョフ首相に世界平和に関する同氏の意見をつゞれる長文の文書を添へて贈れるに対し、フルシチョフ首相より返事ありしとのことにて、その返事の訳文を見せらる。返事は鄭重なる文字にてつゞられたる簡単なるものなり。たゞし、この儀礼的返書にて、首相が、山元氏が思惟せる如く、氏の意見を取り入れ、そを基礎としてやがて開かるべきアイゼンハワーとの会談に臨むか否かは疑問なり。といふよりは、かゝること有り得べきことならず。フルシチョフの如く老獪なる政治家が日本在野の一画家の進言を素直に受け入るゝ如き、想像し得ざることなればなり。たゞし、氏はそのことを固く信じ、意気軒昂、喜色満面、平和来を信じて酔ゑるが如し。余、むしろ氏の単純さを憐む。やがて、幻滅の悲哀愈々大なるを思へばなり。軍備撤［廃］といひ、同胞愛といひ、神への謙譲といひ、世界国家といひ、氏の平和観、一点の非議すべきなし。むしろ深く敬意を表するに価す。たゞし、現代において、かゝる夢想的平和論を説くは恐らく痴人、夢を説くにひとし。而して、余は、省みて、何等説くべき夢を持たざるを悲しむ。山元氏より「雪の信濃路」なる雪景小品の一幅を贈らる。氏の好意謝すべし。

新聞の夕刊に広島原水爆禁止世界大会に、右派の日本生産党なるもの、党員五十を語らひ、大会の理事長安井郁氏の宿舎、並びにロシヤ、ハンガリー代表の宿舎に押かけ、面会を強要し、警官と揉み合へりといふ記事あり。これ禁止大会議題の中に日本安保条約改定阻止の一項目あるを不満とし、その撤回を迫らんとせるために出でたる挙なるべし。原水爆禁止は、人間なる限り、国境を超越して、誰人も希望せずに居れぬことに相違なし。その立場より考へる時、安保条約改定阻止は当然のことなり。しかるに、夙により安保条約改訂を策せる岸内閣は、この人道問題を無視してかへり見ず、その意を受けたる広島県知事某、又、この禁止大会への全員の寄附と参加（昨年まで恒例なりし如し）とを拒絶して憚らず。更にその意を受けたる——少なくもそれに力を得たる右派の暴力団、亦、如上の挙に出づ。憐れむべきかな「文化国家」日本よ。日本には世界平和を説くの資格毫もあるなし。今の如き低劣無比なる政府を持てる吾等、禍なるかな。

八月六日（木曜）

暑さきびし。今朝の新聞に広島の第五回原水爆禁止大会の平和行進に広島市内の各地で、右翼団体があばれ、両国代表の行列になぐり込みをかけたり、全学連の会場あらしをするといふ記事あり。困ったことなり。野蛮もこゝに至って極る。而も当局の一向取締らぬらしきは——少なくも取締に熱のなきやう思はるゝは愈々困ったことなり。今の政府、どうにかならぬ限りは日本もどうにもならぬなり。禍なるかな。

午後六時、新宿第一劇場に行く。高津訳「女の平和」(一)が翻案上演さるゝにつき高津より招待を受けたるなり。高津一家、国雄夫婦、其他高津の友人、大学における高津の助手など併せて十名ばかり。出し物は第一『将軍の休日』（二幕六場）第二『父帰る』一幕、第三、「女の平和」の翻案『南海艶笑譚』四景なり。俳優は大矢市次郎、伊井友三郎、藤村秀夫(二)等の新派連と、中村又五郎、中村芝雀、澤村訥弁(三)等の旧派連との合同なり。新宿第一劇場は戦前の新宿歌舞伎にて先代澤村宗十郎、先代片岡仁左衛門（当時我童）等にて開場興行を行へることあり。その折の我童の梅忠、宗十郎の八右衛門など近松の原作のまゝにて演ぜる舞台、今尚、わが印象に残り居れり(四)。其後二、三度、この座にて観たることあれど、戦後は余嘗て来場せることなし。今日見れば、全体に何となく荒びたれど、先づは観ごろの劇場なり。東横の劇場よりは、劇場の構造など本格的にて気持よし。

さて『将軍の休日』は、小国英雄氏(五)のシナリオにより矢田弥八氏(六)の脚色、演出せるものといふ。（二氏は余に取り新顔也）何か西洋種にヒントを得たるものにや。三代将軍家光の青年時代に取材せるもの。その材料に、どこまで文献的根據ありやは知らねど、つまらぬ作なり。当時はさもあるべきなれど、今日において、あれほど階級意識を高調（ママ）するには及ぶまじと思はるゝがいかゞにや。最後の場面の如き、観て居て、むしろ腹が立つほどなり。アナクロニズムの駄作なり。第二の菊池寛氏の『父帰る』は菊池氏一代の佳作として評判の高きものなれど、余は、不思議にも今日まで見る機会を得ずに過ぎぬ。作の筋は菊池氏一流の明快直截、理詰めのものなれど、演ずる役者は、それに心理の陰影を加へてこそ、始めてそこに舞台効果の十全を期し得べきなり。其点より云へば、此度の演出は全然失敗なり。特に又五郎の賢一郎には父を罵り、追ひ出して後の父を慕ふ本能的な心理の盛り上り全然なし。大矢市次郎の父宗太郎、又、父親の落［魄］の情況を写実的に演出することに余りに意を用ゐすぎて却って舞台を忘れたる観あり。このことは他の俳優、例へば母親役の英太郎（七）などにも云ひ得る。全体が素劇式にて白《せりふ》の如き平土間のやゝ後ろにては聞きとれず、観衆の中より切りに「聞えぬ」の苦情おこれり。俳優の反省すべきところなり。

『南海艶笑譚』は、「むかしむかしの、南の国の或る島」での出来事とせるは面白し。たゞし、人物も扮装も、舞台面全体が余りに茶番めきて、アリストファーネスの原作に見る如き笑ひの中に辛刺を見る能はざりしは遺憾なり。これに比するとき、往年俳優座にて演ぜる原作（八）の方、はるかに見ごたへありし。たゞし、「爽涼公演」と銘打てる低調なる芝居に、かゝること求むるは求むる方無理ならんか。

（一）高津春繁（東京大学教授、ギリシア文学専攻）によるアリストファーネスの喜劇『女の平和』の翻訳。
（二）大矢市次郎（一八九四—一九七二）新派俳優、伊井友次郎（一八九八—一九七二）新派俳優、藤村秀夫（一八八九—一九六八）明治から昭和期の俳優。
（三）中村又五郎（一九一四— ）歌舞伎役者、二代目中村又五郎、昭和五九年勲四等旭小綬賞受章、現歌舞伎界の指導者のひとり。中村芝雀（一八二七—一九六二）歌舞伎役者、昭和三五年四代目時蔵襲名。澤村訥弁（一九三三— ）歌舞伎役者、現九代目澤村宗十郎。
（四）近松門左衛門作『冥途の飛脚』、通称、梅川忠兵衛。先代澤村宗十郎（一八七五—一九四九）歌舞伎役者、七代目澤村宗十郎。先代片岡仁左衛門（当時我童）一二代目片岡仁左衛門（一八八二―一九四六）。
（五）小国英雄（一九〇四―一九九六）脚本家。
（六）矢田弥八（一九一三―一九七一）劇作家、演出家。
（七）英太郎（一八八五―一九七二）初代英太郎、新派俳優。
（八）昭和二九年四月東京都港区に劇壇俳優座劇場ができた際、柿落しの公演がアリストファーネスの『女の平和』であった。

八月七日（金曜）

暑し。朝より書斎に入り『良人の自白』（一）を読む。人物の性格余りに類型的、事件の発展亦、余りに作為的にして宛然新派の舞台を見るが如し。『火の柱』（二）よりは作として劣れるものか。

午後高野大輔氏よりの紹介にて九州の人村田修氏（福岡県豊前市横武町字薬師間）来る。氏は師範学校出身にて長く、小学校長をつとめたる人にて、（今は退職）余の「文学概論」などをも読みたることありといふ。嘗つて渡辺崋山の伝を読み、その人物に傾倒し、ひいて、その作品の蒐集を思ひ立ち、多年を費して七幅を入手せりといふ。作品の写真を見るにいづれも佳品なるが如し。中には目ざせる一幅を入手するためにその持主を口説き落すために七年を費せるものもありと云ふ。氏の熱心さ以て知るべし。富豪が金力にて美術品を手に入るゝは容易なり。金力には恐らく無縁なるべき教育家が、而も九州の一地方にありて、その地方とは無関係なる崋山をかくまで手に入ること容易ならざることなりしならむと、余、そゞろにその労苦を偲ぶ。華山もし霊あらば、恐らくその知己を得たるに感泣するなるべし。

（一）木下尚江『良人の自白』については本間久雄『続明治文学史　下巻』、五四八頁参照。

(二)『火の柱』については同書、九—一四頁参照。木下尚江『火の柱』、文庫所蔵。

八月八日(土曜)

台風六号近づけりとのことにて、朝より荒模様なり。午後三時、雨の晴間を利用して文行堂にゆく。京都思文堂より取りよせたる紅葉四枚のうち二枚少ゝ怪し。文行堂にも見せてその意見をきかまほしく思ひてなり。文行堂曰く、紅葉初期のものにて間違ひなきものならむ。たゞし、紅葉の鑑定は先生の方、むしろ確かなる筈なりと。余もひそかに、然か思へど、疑はしきものはやはり疑はし。この上は星野麦人翁(一)に見て貰ふべしなど思案しつゝかへる。夕食後書斎に入り日露の役と文学との関係につき種々考案す。

(一) 星野麦人(一八七七—一九六五)俳人。

八月九日(日曜)

台風六号のせいにて朝より風雨はげし。正午頃やゝ晴る。夕刻米田嗣君来る。フルブライト試験のための推薦者依頼のためなり。日露役と文学との関係につき種々考案、そのための雑著を読む。

八月十日(月曜)

台風一過快晴。急に思ひ立つことあり。漱石『三四郎』を読まんとして早大図書館にゆく。図書館には漱石全集二部あれど、『三四郎』所蔵の分は借り出しのためにて何れも欠本なり。失望してかへる。

正午のラジオのニュースにて松川事件の最高裁判所の判決あり。二審判決を破棄して仙台高裁への差戻しなり。余、その判決の当否につきては何等云ふべきなし。たゞし、これによりてすでに死刑の宣告を受けたるものは、そを受くるに値せざりしこと、並びに其他有罪としての夫々の宣告を受けたるものは、そを受くるに値せざりしこと明かとなれり。これ無論喜ぶべきことなり。もし最高裁のこの判決なくば、被告等は不当の裁判の［結果］、当然［処］刑せらるべき筈なればなり。同時にこの判決は左のことを余等に痛感せしむ。汽車転覆並びにそれによりての機関士三名の死は厳然たる事実なり。従ってそこには汽車転覆の下手人のありしことも亦厳然たる事実なり。事件後十年、わが検察当局が、尚、この真の下手人を探索し得ずといふことは、いかにわが検察当局の無能愚鈍なるかを証して余りあることにあらずや。余は、彼等当局が、真の下手人を検挙して、その無能と愚鈍とを払拭し去ることの一日も早からむことを希望す。

所謂松川行進といふ如き鉢巻襷掛けの大デモンストレーションは不快中の不快なる事件なり。彼等、果してこの事件を白黒両面より丹念に研究せることありや。現に最高裁判の判事等にありても意見は七対五に分かれたりといふにあらずや。それだけに事件の真相は微妙にして複雑なり。予審調書の一葉だも親しく見る機会なき一般人の窺ひ得べきことにあらざるや□せり。彼等は最高裁の「差戻し」の判決を聞きて万歳を三唱せりといふ。彼等、恐らくそのデモンストレーションの効を奏せることを自負せるなるべし。彼等は、彼等の行為が神聖なるべき判決そのものに、一種の暗き陰影を与へることに思ひ至らざりしならん。余は信ぜざれど、世間には、如上「差戻し」の判決の、如上デモンストレーションの圧力に依れるものの如く解するものありと伝へらる。もし然らば、彼等は、少なくもその結果より見るとき、暴力によりて裁判の神聖を汚せること〻なるべし。左にあらずや。

一日家居して、「新紀元」「帝国文学」其他の雑著を読む。尾島庄太郎氏の紹介にて、早大大学院学生高儀進君来る。フルブライト推薦依頼のためなり。

八月十一日（火曜）

雨漸く晴る。たゞし曇天。午前十時早大図書館にゆき、週〔刊〕「平民新聞」の複製（史料近代日本史下）及び「中央公論」（卅七年二月―六月）「文芸倶楽部」（卅七年一月―七月）を借り来る。

昼食後書斎に入り、これらを拾ひ読みす。中央公論三月号所載桑木厳翼博士の『戦争と學藝』（二）の一篇は日露戦争時に於いて学芸が如何に遇さるべきか、学芸の士が、いかなる態度にてあるべきかを論じてすこぶる肯綮に中る。

「今の學藝の士が、徒らに俗と同じく戦勝に酔ふて居るべき時機ではない。然し漫りに高く持して、我不関焉と言ふべき場合でもない。自己の業務がいかに実用に遠くとも、其実、人生に於て大に必要な者であることを自覺し、充分なる自信を以て其業に従ふべき者ではないか。我々は実業を奨励すると同じ意味に於て、或は更に高い深い意味に於て、抽象的な學問や高妙な藝術の一日も研鑽を忽にせられず。國家も亦國力の許す限り依然として之が発達に都合よいやうにすることを望むのである。」

以上、この論文の指語なり。博士は「學藝の學藝たる所は學藝其自身の中に存す」といふ。Thing itself なり。これぞ文芸復興期に於ける thing for its own sake の思想なり。学者はいかに騒擾と混乱を極めたる世相の中にありても、この覚悟、信念を把持するを要す。こゝに学問の独立あり、思想の自由あり。貴きかな、「物それ自ら」の哲学よ。

午後三時、増山新一君来る。同君、夫人病気のため心労一方ならざること、面貌のいたくやつれたるにても窺はる。気の毒なり。その上、出版事業、意のまゝならず、不況其次ぐ。愈々気の毒なり。夫人見舞ひとして幸ひ手元にあるメロン一個をおくる。

（一）本間久雄『続明治文学史　下巻』、三二―三四頁参照。桑木厳翼（一八七四―一九四六）啓蒙的リベラリズムの哲学者。

八月十二日（水曜）

朝よりむし暑し。雨を孕む。服部洌君母堂（故実氏夫人）葬儀に列するため妻同伴十一時家を出で、市川なる服部君宅にゆく。一時に葬儀少し前に着く。途中ぽつりぽつりと雨ふる。大したことなしと思ひ居りしが二時頃より盆を覆せるが如き大雨となり、庭前にしつらひたる葬儀場も雨漏りて天と用をなさず、仏前の灯明の電灯消え、無残の様なり。三時頃、おなじく葬儀に参列せる中村氏の車に便乗して本郷大学前通迄送られ、其後はタクシーを雇ひて家に着く。中村氏の車、小岩のあたり街道を没せる大水に車輪の半ばまで浸して辛じて辿り走るさまものものしかりし。

家に着きて間もなく雨あがりて、青空見ゆ。夕食後書斎に入れど、疲れたるにや、落ちつきて書見もえせず、入浴後、十時就寝。

八月十三日（木曜）

昨日にまさりてむし暑し。朝より書斎に入り一昨日図書館より借り来れる「平民新聞」複製版を拾ひ読みす。時々にはか雨。午後一時、志賀槙太郎氏夫人来る。令息謙君結婚媒妁の依頼なり。午後四時半画家山元桜月氏来る。例の平和主義運動促進の相談なり。氏は一種のファナティックなり。その思想、信念　態度共に敬すべし。たゞし、余にはこれにつきての思想はあれどその実行の信念なし。氏はよく「神の意志」をいふ。氏の平和の信念はそこに萠す。そは余の如き無神論者の窺ひ得ざる心境ならむか。

夕食後幸徳秋水の『平民主義』——特に非戦論についての項目を読む（一）。週刊「平民新聞」所載の文章大部分を占むる如し。戦争の［原］因を説いて精細、その絶滅を論じて熱沸々、真に憂国の文字なり。加之、措辞大むね［剴］切、素朴にして遒勁、近代の名文なり。

（一）幸徳秋水の非戦論については、本間久雄『続明治文学史　下巻』、五―七頁参照。

八月十四日（金曜）

台風七号十三日夜半より十四日午前にかけ吹きまくる。東京は比較的被害少なかりしも、その被害の全国的に大なること各新聞によりて知らる。午後七時国雄来る。頒布会を催すにつきての相談なり。趣［意］書は添田達嶺氏の筆なりと云へど、面白からず。殆んど全部書きかへて渡す。趣意書の文字も新井寛君に依頼せばやなど相談す。十時半かへる。間もなく入浴、就寝。今日も一日、書斎にあり、明治文学史のために「平民新聞」其他読み渉る。

八月十五日（土曜）

今日は晴天。たゞし、残暑きびし。十四年前の今日は、折柄寄寓中の岡崎建夫君宅にて終戦を迎ふ。同君宅応接間ラジオにて、終戦の詔勅を聞けり。その後、間なく余等夫婦、同君宅を出で、老松町久松氏の借家に寓し、物資の欠乏其他にて、つぶさに辛惨を嘗む。其頃の余は余の生涯中最も暗欝なる時期なりき。更に又憤慨の禁じがたき時期なりき。そはその当時の世相、余りに腐敗せりければなり。昔しよりの下世話に火事に逢へるものを一夜乞食といふ。実際、その当時、焼けたるものと焼けぬものとは一夜にして乞食と王様とのけぢめとなれり。而も焼けぬものは焼けたるものに何等の同情なきのみか、焼けぬもの、特権をこれ見よがしに振舞ひて憚からず。加之、昨日までの戦争の惨禍を、さながら忘れたるものゝ如く、市民のあるもの、余の仮寓の前なる雲照寺の庭の如き夜毎に隊を組んで歌ひ、踊り、喧噪を極めたる娯楽場となれり。これ敗戦を迎ふるまさに喪に居る如き心地ならざるべからずと思惟せる余の堪ふべきところにあらず。一日、大塚警察署を訪ひて、市民の如上不心得をさとし呉れよと依頼せるに、署長曰く、今日は笑ひの必要あり、市民の放歌乱舞はその笑ひの現れのみ、意とすべきことに非るのみか、むしろ奨励すべきなりと。余、又、何かを云はんやと、返す語なくしてかへれり。世には笑ふべき時と笑ふべからざる時あり。笑ふべき時に笑はざる、笑ふべからざる時に笑ふ。共に愚なり。たゞし前者の愚は恕すべきも、後者の愚は恕すべからず。戦後の世相は、この恕すべからざる愚の連続なり。宜なり、戦後十四年、良俗乱れ、道徳地に堕ち、上下挙げて欺瞞、背信、兇暴、殆んど収拾すべからざるものあるを。大哲エラスムス曰く「戦争の害は人間の生命と財産に関してよりも、人間の道徳に関してはるかに大なり」と。余は、その言のまさに、今日の世相に適中せるを悲しむ。

八月十六日（日曜）

午前中にはか雨、午後晴る。志賀謙、やがて結婚の筈なる大野嬢同伴にて来る。余、かねてより結婚の媒妁人たることを依頼され居り、その挨拶を兼ねて来れるなり。次いで中村隆君来る。世田ケ谷の都立千鳥中学の校長より国語の教員を求められたるを幸ひ、同君としては早大卒業生を推薦したく、その相談のためなり。不取敢岡一男君に電話にてその趣きを伝へ適当なる人を見立て呉るゝことを依頼す。

中村君切りに学界の腐敗を嘆き、特に近代日本文学会（一）某の人格を痛罵す。

今日の夕刊、梅若実翁（二）の死を報ず。翁享年八十一歳。翁は若きより邦楽界の伝統に反逆せるため、数奇の運命を辿れるものゝ如し。

夕食後、「時代思潮」所載、姉崎嘲風の一、二の論文を読む。同誌二号所載『ロシヤの国情とトルストイ』（三）の一文は最もトルストイを理解せる一文なり。これに比するとき斎藤野の人の『〔・・・〕』（四）の如きは幼稚浅薄、徒らに最大級の言葉をつらねてトルストイを礼讃せるの如し。而もその礼讃主旨徹底せず、嘲風のに比するとき大人に対する小児の如し。

Baxendale の Dictionary of Anecdotes（五）を拾ひ読みせる中に、ラスキンの左の語あり。戦争と婦人との関係を考察する上の好資料たり。

If every woman would, at the commencement of any war, robe herself in mourning for human bloodshed, no war would last a week.

耀子羽田航空《ママ》出発の際、熙の撮影せる写真数葉出来しとて見せらる。耀子いづれもよくとれたり。余と妻との間に立ちたるもの最もよし。余等のためによき記念なり。

（一）近代日本文学会。昭和二六年一月に創立された近代文学研究者の全国組織。会長は本間久雄、ほかに勝本清

一郎、成瀬正勝、稲垣達朗、川副国基、吉田精一が委員。昭和三二年に日本近代文学会と改称。
（二）梅若実（一八七八―一九五九）能役者、観世流。
（三）日露戦争とトルストイについては本間久雄『続明治文学史　下巻』、一四―二五頁参照。
（四）「日露問題に対する吾人の見解」（敢て國民に警告す）〔?〕。『日記』三四年一月二〇日（八六―八七頁）参照。
（五）Baxendale, W., *Dictionary of Anecdote, Incident, Illustrative Fact, Selected and Arranged for the Pulpit and the Platform* (New York: Thomas Whittaker, 1888).

八月十七日（月曜）

残暑きびし。雑誌「世界」所載大内兵衛氏の「安保改定と憲法」（一）の巻頭論文を読む。論理明晰、極るわが意を得たり。政府の欺瞞を衝いて遺憾なし。安保改定は憲法改正後に行はるべきこと、而して憲法改正は国民投票に訴ふべきものなることを結論しあり。たゞしかゝる正論、現代の愚蒙無比の世において、果して行わるべきや、疑わし。政府は此の秋を期して安保改定を行はんとしつゝあり。例の多数を頼みて無理押しせんこと疑ひなし。かゝる時こそ世を挙げて阻止運動を起すべきなり。

去る七月十日護国寺の縁日にて買ひ求めたるキリギリス二疋の中一疋死す。キリギリスを求めたるは余の少年期追慕のためなり。日毎夜毎二疋のキリギリスの鳴きふける、うるさけれど、又、一種の郷愁の甘美なるおもむきなきにあらず。一疋は二三日前より鳴き声にも元気なく弱れるさまなりしが、今朝むくろとなりて竹籠の中に横はれる、さすがに哀れなり。一夏の束の間の生命と思へば殊更哀れなり。

ひとなつをいのちのかぎり鳴きくれし

めまきぐるひのきりきりすあはれ
きりぎりすめまきぐるひかひとなつの
短きいのち鳴きくらしつゝ

いづれも腰折にもあらず。

（一）大内兵衛「安保改定と憲法」（『世界』第一六五号、昭和三四年九月）一八—二六頁。大内兵衛（一八八八—一九八〇）経済学者、思想家、随筆家、戦後、平和、護憲運動の代表者のひとり。

八月十八日（火曜）

残暑きびし。午前新井寛君に来て貰ひ国雄頒布会の趣意書清書を依頼す。午後帝大分院の多窪氏の紹介にて耳鼻咽喉科の診察を乞ふ。数ヶ月前より咽喉に故障あるらしく、咽頭部に痰溜るやうに覚え、且つ声帯にも故障あるらしく、講義少しつゞくれば声かする。咽頭癌にあらずやなど疑ひしことあり。診察の結果は、さる心配なきやうなり。声のかするゝは胃下垂にも因ることありとのこと、或ひはそのためかも知れず。とにかく薬を貰ひてかへる。

夕食後は書斎に入り、日露戦争と文学との関係につき種々考案、「平民新聞」「新小説」「時代思潮」などを拾ひ読みす。

「新小説」丗七年より翌八年にわたり数号に連載せる「戦後の文壇」は興味ある読み物なり。夏目漱石、角田浩々歌客、上田万年、山路愛山、上田敏、三宅雪嶺、樋口龍峡等の文章又は口述筆記あり。上田敏のもの、最も傑出す。他は大同小異、上田万年のローマ字論は愚論なり。

八月十九日（水曜）

今日も残暑きびし。午前、新井君国雄の頒布会趣意書の清書持参。国雄を呼び（夕食後）渡す。国雄「表象」会員たることを承諾。今日の朝日新聞に「労使激突の恐れ」といふ大見出しにて田原製作所の争議を紹介せる記事あり。労使衝突は恐らく労資の誤りなるべし。労使は意味をなさず。さるにても朝日新聞ともあるものが、大見出しに「労使」といふ文字を用ゐて平気なるとは何事ぞや。記者の文字に対する鈍感無知驚くに堪へたり。たゞし、これ亦、政府の愚昧なる言語政策、文字政策の致すところか。嘆かはし。

夕食後、平民社訳トルストイの『日露戦争観』を読む。

午後演博の白川宣力君来る。暑中見舞を兼ねてなり。

八月二十日（木曜）

暑さきびし。一日書斎にこもる。明治末期雑話類を漫読。

八月二十一日（金曜）

午前下高井戸の豊川堂書店にゆく。二十五日開催のグロリア古書展目録中同店出品の「新思潮」「芸苑」等求めたきためなり。懇々依頼、帰途、久美子宅に立ちよる。高津は外出留守。高津外遊の途中使用のために扇子――例の秉燭遊を書したるものを贈る。十一時、久美子宅を出で、新宿西口の植木屋にて水蓮一鉢を求めかへる。

今日も暑さきびし。木下尚江の『荒野』(一)を読む。明治文化側面史なり。作者自身の体験を主とせるもの、他の企て及ばざる独自の著述なり。教へらるゝところ多し。特にキリスト教伝播発展史の解釈において然り。キリスト教本来の立場を離れて、愈々日本化せるに至れるさま紙上に躍動す。余、この書を読むことのおそかりしを悔ゆ。

(一) 木下尚江『荒野』、東京、昭文堂、明治四二年、文庫所蔵。

八月二十二日(土曜)

暑さきびし。午後三時には卅五度。東京にては本年最高の温度なりといふ。

午前十時渥美清太郎氏(一)の告別式(渋谷区千駄ヶ谷町自宅)に出かく。千駄ヶ谷町にてたまたま坪内士行君に逢ひ、連れ立ち行く。渥美君とは、同君「演芸画報」の記者たりし頃、余、よく同誌のために寄稿し、同君亦、余の編輯し居れる「早稲田文学」のために寄稿せることしばしばなり。戦前までは劇場などにてよく逢ひたることとあれど、近年は殆んど相見ることなかりき。同君は独学、立志伝中の人なり。歌舞伎に関しては博覧強記、恐らくその百科全書的知識において現代の第一人者か。病名は肝臓癌、享年六十六。

帰途、早大図書館に立ち寄り、木下尚江の『乞食』を借りてかへる。

午後より夜にかけ(十時)、『乞食』一巻を読み終る。尚江一流の悩みと祈りとの文学なり。而してその悩みには日露戦争後の時代との不可避の関係あり。この作の如き日露戦役と文学との関係を考察する上の好資料の一也。

今日の日本経済新聞朝刊、ジェーコブ・エプスタイン氏(二)の死を報ず。エプスタインはニューヨルク生れのユダヤ人にて、享年七十八。一九〇六年イギリスに帰化せる人、ロダン没後の西欧彫刻界の第一人と称せらる。巴里のラセーズの墓地なるオスカア・ワイルドの墓はエプスタインの作るところ。余、往年、イギリス滞在中、チェルシイなる同氏邸に氏を訪ね、ワイルドの墓制作の動機、苦心などにつき問ひ質せることあり。その談話のあらかたもいづれは整理せんものとノートに書き留め置き、且つエプスタインにつきての知識をも得まほしく、倫敦にて **Bernard Van Dienen** の **Epstein** と題する著書なども持ちかへりしが、右整理の機なく年月を過すうち、戦災にて右のノートを焼失。今日にてはその時の談話の内容など、殆んど忘却せり。たゞその折、余の乞ひのまゝに、ワイルドの墓の写真に、署名して呉れし折の、いかにも健康そのものゝ如き氏の風貌――少し禿げ上がりたるひろき額、微笑を湛へたる口のあたり、すゞしき眼ざし、大きなる腕《かひな》、ペンを握れる太き指など、三十年を経たる今日尚、余の眼底に鮮かなり。

(一) 渥美清太郎(一八九二―一九五九)演劇評論家。
(二) **Sir Jacob Epstein (1880-1959)**. ジェーコブ・エプスタイン、アメリカ生、彫刻家。

八月二十三日(日曜)

曇り日なり。うすら寒し。昨日の暑さはどこかへ置き忘れたる如き天候なり。妻と共に高島屋及び三越にゆく。おのれ、用なけれど妻の買物に同道せるなり。大丸地下室の辻留にて昼食。京都料理なり。この頃にてのよき味なり。三越より例の如く車にてかへる。午後四時。夕食後木下尚江の『墓場』(一)を呼び《〔ママ〕》始む。十時就寝。

(一) 木下尚江『小説　墓場』、東京、昭文堂、明治四一年、文庫所蔵。

八月二十四日（月曜）

今日も曇り日、昨日とおなじく、どこかうすら寒し。秋、急速に来れる如し。午前より書斎にこもりて『墓場』を読む。夜九時読了。作者の少年時代、青年時代をものせるなり。明治十年代より二十年代初年にかけての時代の雰囲気をうかがうに足る。たゞし、到るところに作者のセンチメンタリズム横溢す。これに比するとき『荒野』はさすがに日露戦役後の深刻なる時代的雰囲気を描き得て、作品そのものとして、はるかに優れたるものなるを知る。なほ『墓場』には自動詞他動詞の混同、敬語の乱用、方言の乱用など、いちじるしく眼につく。描写も逐条列記式にて面白からず。其上資料の取捨選擇甚だ拙し。『墓場』は余のこれ迄読みたる尚江の著作中、最も価値少なきものゝ如し。

午後二時頃帆足図南次君来る。君は現在の早大英文科教授中、最も美術趣味の豊かなる人。余と同好の士なり。快談数刻かへる。『坪内逍遙』一部を贈る。

耀子より便りあり。ナイヤガラの瀑布見物に行けるよし。ともかくも幸福らしきは目出度し。夜、電話にてそのことを清香にも伝ふ。

新聞夕刊記事に母親大会、平和のため日米安保条約改定反対に立ち上がるといふ記事あり。喜すべし。余の如き、エレン・ケイの影響を受けたるためか、女性の平和本能を発揮するにあらずんば世界平和は到底望むべからずと信じ、そのことを、往年『女性と平和問題』の一文において論述せり（大正中期）。又戦後公けにせる『婦人問題』（其思想的根拠）と題せる一書においてもこのことを詳論せり。今、漸く、女性のそこに眼ざめたるを見る。悦びに堪へず。

八月二十五日（火曜）

古書店にゆく。グロリア会主催なり。目録中電話にて注文［し］置けるもの、幸ひに余の手に入る。文学堂の好意によるところ大なりと覚ゆ。「新思潮」創刊号並びに「芸苑」バラにて八冊、全部にて五千八百円を払ふ。かへりに一誠堂に立寄る。漱石の半切軸物「菊」（津田青楓箱）及び恒友の尺五絹本『静夜』（共箱）などを見る。『静夜』は葦茂る川岸の船中に二翁相対して茶を喫し相語る図。月中天にかゝる。静寂のおもむき全幅に満つ。銘品なり。

更に松本理髪店に立ちより午後一時帰宅。昼飯後小時間昼寝。萩原敬一君来る。暑中見舞なり。義理がたき人なり。

夕食後書斎に入れど、これといふ収穫なし。日経夕刊川柳欄に前田雀郎氏の「母親大会無事終了」として次の句あり。

「母親に赤恥かいた自民党」

穿ち得て妙なり。これは自民党が母親大会の議事問題中、安保条約改定反対の一項あるを以て母親大会を故意にアカなりと歪曲誤認し、滑稽にも而も無益に種々の弾圧を加へんとせることを諷刺せるなり。

八月二十六日（水曜）

午前十時妻同伴家を出で羽田航空《ママ》にゆく。高津春繁君学界出席のため、ロンドンにゆくを送りてなり。久美子、顕子を始め、高津奈良男氏夫人及び高津鉄郎（二）夫妻などすでに到着しあり。坂内代議士、都議員など、おなじ航空機（スウェーデン機）にて出発するといふことにて、見送人雑踏を極む。機は十二時半出発。心中ひたすら高津の無事をいのる。

奈良男氏の車に便乗し且つ渋谷東横迄送られてかへる。東横にて久美子、顕子と食事、四時帰宅。清香来る。耀子の身を寄せたる家―クレーグ氏より手紙並びに耀子の絵葉書二葉を持ち来る。耀子はクレーグ氏一家より可愛がられてゐるらしく、まづまづ安心なり。

東横画廊にて図らずも一見せる菅原白龍の絵―聯落の名作にて、両岸兀として聳えたる中を漕ぎゆく船、はるかあなたの山のたゞずまひなど、家にかへりても眼底にあり。余、また所蔵の白龍幅二三を取り出して鑑賞、心ひそかに先刻見たるものと比較す。東横の幅は値、一万円なりといふ。白龍の市価も、当然過ぎることゝはいへ、次第に高まりつゝあるらしきは喜ぶべし。

折柄、朝日新聞東京本社企画部より来信あり。十月二日より十四日迄開催の『三代名画展』への余所持の白龍筆『渓山急雨図』の出品依頼状なり。快諾の返事をおくる。

夕食後書斎に入れど疲れたれば、たゞ雑書を読み漁るのみ。何事もえせず。あわたゞしき一日なり。

（一）高津奈良男（一九〇三年生）高津春繁兄、会社役員。昭和三四年当時ビオフェルミン製薬（株）副社長。高津鉄雄（一九二九―　）高津奈良男長男。

八月二十七日（木曜）

残暑きびし。午後二時廿四度なりといふ。一日在宅。あれこれと雑書を渉る。午後四時、山元桜月氏来る。例の平和運動の話し一切り。余も全然同意見なり。たゞし、話題、一たび神の問題に入るや、余理解する能はず。畢竟は余に神の信仰なければなり。大色紙に桃二個を写生的に描けるものを贈らる。こは極めて見事なる出来なり。日本画本来の線描を活かしつゝ、而も洋画の手法をかほど迄にそこに融合せるは珍し。桜月氏の作品中、余のこれ迄見たるものゝ第一也。明二十八日、妻同伴、熙を連れて熱海に二泊の予定にてゆく筈、何かと準備のため、忙がし。

八月二十八日（金曜）

午前十時二十六分発湘南電車にて東京駅出発、十二時廿八分熱海着。途中小田原駅にて弁当を買ふ。「おたのしみ弁当」とあれど、一向楽しめぬ弁当なり。熱海も暑きこと東京と変らず、たゞ流石に海岸なれば風あり、いくらか凌ぎよし。前以て約束し置けることゝて双柿舎（二）離れに落着く。一風呂浴びて座敷にくつろぐ。早く夕飯をすまし、熙を連れて妻と共にアタミ・ロープにゆく。錦が浦の山の上にロープにて昇るなり。ロープに一間四方ほどの箱を下げ、余等箱に乗り、ロープにて引上げるやり方にて、何となく原始的なるおもむきあり。菅原白龍の画讃『日本勝景』（明治廿六年刊）に『深渓籠渡』（飛騨籠渡）と題するものあり。渓流を挟める高き崖と崖との間を一条の綱によりて籠渡りするの情景を描けり。尤も、籠の中には一人物の座せるのみにて、アタミ・ロープの箱の中に十余人を入れて余りあるとは異なれど、一条の綱に生命を託せるその様式の相似たる点はおなじ。白龍の右図の讃に曰く、

投籃來往一條綱、澗水無橋還不妨、自怪両肩生羽翼、直趨空驟到前岡、

たゞし、余には両肩生羽翼などの感は絶対になし。山の頂上に近づくに従ひ、この綱切れちらんにはなどの

心配にて安き心地もなかりき。しかし頂上より、闇を透して漣立つ海原を眼下にながめ、又、はるかに眼を電燈の光りまばゆき熱海の全景にそ［ゝぎ］たる時には、そのえもいえぬ眺めに、おのづから快哉を叫ぶを禁じ得ざりし。九時頃かへり、寝に就く。

（一）双柿舎、熱海市水口町に坪内逍遙が大正九年に建てた別荘。昭和一〇年に永眠するまで居住した。

八月二十九日（土曜）

午前、熙を連れて、妻共々、天神山に妻の伯《〔ママ〕》父高橋龍造翁並に妻の伯《〔ママ〕》母七海兵吉未亡人を訪ふ。翁は九十二歳、伯母は八十二歳、何れも矍鑠たり。別に話しとてなければそこそこに両家を辞してバスにて銀座通りにゆき、果物、土産物など少し買ひとゝのへ午後一時、双柿舎にかへり、ウナギを注文、午後より夜にかけては暑さのため外出の勇気なく、携へ来れる木下尚江の『霊か肉か』（一）を読み耽る。上下に亙れる長篇にて力作には相違なけれど、芸術的価値は、余のこれ迄読める尚江作中、最も劣れるものゝ如し。人物も事件もすべて拵へ物の感あり。女主人公の不義に陥る径路の如き、不自然にて、特にこの感あり。早大の久保田明光君、家族連れ総勢十人にて来る。余、同君のため「離れ」を明けわたして、母屋にうつる。母屋の方、座敷ひろく、庭の眺めはるかによし。

（一）本間久雄『続明治文学史　下巻』、五四八頁参照。

八月三十日（日曜）

六時起床、入浴朝食の後、衣服を改め海蔵寺なる逍遙先生の墓に詣づ。墓前及び逍遙先生景墓碑の前にて、熙、余のために撮影す。よき記念なり。十時三十六分熱海発の準急にて帰京す。

この行、熙を連れての余等夫妻の慰安旅行なり。精神上何等の義務も責任もなし。かゝる気儘なる旅行は、余の嘗つて経験せざるところ、それだけに余に取り、この行は、近来の快事なりき。

留守中、注文し置ける川崎壷中庵書店より「新体詩林」第四巻(一)及び川路柳虹短冊小包到着しあり。前者を一瞥、ウヲータルスコット氏『「エッリック」野の十一月詩』と題する訳詩(二)はわが国におけるスコット移入史上のよき資料なり。原詩と対照せば面白からん。

(一)「新体詩林」大阪、新体詩林社、第四号(明治一九年)文庫所蔵。
(二)中川清次郎(号、落花居士)訳。

八月三十一日(月曜)

けふも暑さきびし。午前中書斎に入れどえ読まずえ書かず、ぼんやりと過す。午後二時、村松定孝君来る。石丸君の結婚の円満ならざることなど語り、同君のために惜しむことしきり。近著『樋口一葉』を贈らる。久美子来る。次いで喜多山表具店来る。依頼し置ける逍遙先生の荒磯岩、ならびに幸田露伴翁原稿断片(一)表具出来しとて持ち来る。露伴翁のもの特によき出来なり。共に両先生より往年余に贈られたるもの露伴翁のは嘗つて余の著『明治文学史』下巻(昭和十二年刊)及び近著『続明治文学史』中巻に写真版として収め置けり。今、新たに表具して壁間に掛く。又、快事[?]たるをさまたげず。

夕食に小酒。後、書斎に入り、「浮世絵伝播考」の第三回分を書き出す。

(一)幸田露伴原稿断簡　官の感は「質」を縁して起る。文庫所蔵。

九月一日（火曜）

残暑きびし。たゞし風やゝあり、やゝ凌ぎよし。今日は大正十二年の関東大震災の記念日なり。余、当時、支那漫遊（一）帰朝、船中にあり。六連島にて東京、横浜全滅の噂を始めてきゝ驚駭措くところを知らず、茫然自失、生きたる心地もなかりき。下関に上陸、汽車も大阪以東は不通、大阪に一泊、翌日名古屋まで開通せりといふことにて、名古屋に来り、中央線より北陸線に乗りかへ辛じて日暮里まで来り、それより徒歩にて小石川雑司ケ谷の寓にたどりつけり。この四日を費やせり。汽車はいづれもすゞなりにて而も北陸より上京する汽車の如き遅きこと牛の如く、関東震災地に近づくに従ひ僅かに一進又一進、帰心矢の如くなるだけに焦心云ふばかりなし。日暮里にて下りしたるは、汽車は同駅までしか通ぜざりければなり。それより東京市内に入るに従ひ、至るところ焼野原、上野駅の如きは　余燼尚つきず。あちらこちら焔々たる炎の燃えつゝあるを見たり。小石川（二）に入るに及び、焼けざるところ多く、この分にては雑司ケ谷のあたりは無事ならんと漸く安堵の思ひをなせり。家に着きてより三日ばかりは余、発熱して病床の人となれるにても、その疲労困憊のほど推して知るべきなり。

そもすでに三十六、七年の昔となりぬ。今日にてはそのかみのことを語る人もなく、世を挙げて殆んど忘れたるものゝ如し。戦前こそ九月一日は各新聞とも記念の記事など掲げるを常とせるも戦後は絶えてそのことなし。そも無理ならず。戦災の大なるに比すれば関東大震災の如き物のかずならず、より大なる悲劇に遭遇せるものに取りてはより小なる悲劇は悲劇として感ぜられざるに至る、自然の数なればなり。

午前十一時、妹尾さくら子嬢来る。実践女子大英文学科卒業生の間に英文学会開催の意図ありとのことにて、余にその意見を徴せんためなり。余、無論、賛意を表す。

昼食後、昼寝、四時頃渋谷上松絵具［店］に行きて恒友の小品を入るゝ額縁を依頼し、東横画廊にて小茂田青樹㈢の遺作展を見る。青樹は今村紫紅、速見御舟等と共に松本楓湖の門［を］出づ。楓湖はこれといふ特色なき古典派の歴史画家なりしが、その門より紫紅、御舟等の次の時代を指導せる先端画家の出でたるは奇とするに足る。あたかも十九世紀の中葉、古典派のグレエルの門よりモネー、ファンタン・ラツール其他の印象派画家、並びにホイッスラア等の奇才を出せる如きか。たゞし、青樹は期待せるほどにあらず。たゞ草土派の影響と思はるゝ『出雲江角港』と題せる小品一点のみ深く余の印象に残る。

夕食後「浮世絵伝播考」のつゞきをものす。疲れたれば脱稿に至らず、入浴、寝に就く。午後十時。

㈠ 大正一二年八月、基督教青年会主催夏期講座の文学思潮講座のために本間は上海訪問。
㈡ 大正一一年より本間の住所は小石川区雑司ヶ谷町一四四番地。
㈢ 小茂田青樹（一八九一―一九三三）日本画家。小茂田青樹展（異色作家展シリーズ一四回）（主催毎日新聞社）一―六日まで渋谷、東横百貨店画廊。

九月二日（水曜）

残暑きびし。午前「浮世絵伝播考」（第三）「ウィリアム・ロセッティの北斎論」と副題をつく。脱稿、十枚なり。

午後早大哲学科出身の田村勇君来り、同君義兄、黒岩英雄君の娘の高校への転校についての相談を受く。夜、同君、黒岩君同伴にて来る。黒岩君は早大商学科昭和十三年の卒業にて現に三井金属鉱業株式会社中央研究所の事務長なり。鹿児島市の同社支社に勤務中なりしが、最近東京在勤となり上京、鹿児島市純心女学園（高校）一年一学期修了のまゝ東京のどこかに転入したしとのことなり。気の毒に思ひ、電話にて実践女子学園の高校に問ひ合せたるところ定員一杯にて余地なしといふ。明日昭和女子大人見氏に紹介することを約す。

九月三日（木曜）

今日はやゝ暑さうすらぐ。午前中書斎にこもり小栗風葉の『予備兵』（文芸倶楽部卅七年三月号）を読む。際物的戦争文学の白眉なり。この作はすでに卅七年二月の真砂座において伊井、村田、福島等の新派（一）にて上演されたるもの。こはその台本なるべし。（二）「中央公論」二月号に水口薇陽の『軍國の藝術と『予備兵』』の一文を読む。論者の芸術につきての態度は「中央公論」三月号所載桑木嚴翼の『戦争と学藝』のそれに共通せるところあり。戦争と芸術との問題につきての当時の世論の一面を正しく代弁せるものゝの如し。共に再読を要す。

午後二時、黒岩、田村の両君のために人見氏への紹介状を書く。三時、坪内士行君を訪ぬ。同氏より七日夜の歌舞伎座切符二葉を贈らる。帰路神田に廻り、小宮山、一誠堂等を訪ぬ。小宮山にて余の旧著『文学雑記』（昭和十二年刊）を求む。

（一）井伊蓉峰（一八七一―一九三二）、村田正雄（初代、一八七一―一九二五）、福島清（一八六五―一九二七）、新派俳優。

（二）本間久雄『続明治文学史　下巻』、三四―三八頁参照。

九月四日（金曜）

急に気温下る。午前中書斎にこもり日露戦争と文学との関係につき何かと思考す。午後二時国雄来る。雑話数刻、午後五時近くNHK教養部員来る。かねて約束の正岡子規の不折筆肖像(一)、子規原稿(二)などを貸与す。こは今夜テレビにて放送さるべき「子規の文学」(講演者山本健吉氏(三))に資料として使用したしとてなり。

夕食後書斎にこもりて午前の問題のつゞきを種々検考す。考案未だ成らず。これ成るときは続明治文学史下巻に取りかゝり得る時なり。焦燥既に久しけれど考案未だ成らず。まだ三四、是非読むべきものあり。機を見て図書館通ひせざるべからず。研鑽亦難きかな。

(一) 正岡子規肖像スケッチ、中村不折画、文庫所蔵。本間久雄『眞蹟図録』図録八五頁、解説六一頁。
(二) 子規原稿三種、文庫所蔵。前掲書、図録七八―八五頁、解説五五―六一頁。
(三) 山本健吉(一九〇七―一九八八)評論家、『日記』三四年五月二二日(一六二―三頁)参照。

九月五日(土曜)

午前十時、立正大学落成式参列のために同大学に行く。明後日の訪中を控へて寸暇なき石橋学長(一)をとらへて、国雄のために画会賛助員の署名を乞ふ。余、場所柄を弁へざりしにあらねど、弟の依頼黙しがたくこことに及べるなり。石橋氏の迷惑察するに余りあり。たゞし氏快諾、一筆を揮ふ。氏の好意感謝すべし。式場にて久しぶりにて大浜信泉氏に逢ふ。氏は私学聯盟会長として式辞を述ぶるために来れるなり。式終りてのち地下室の食堂にて立食の饗を受く。栗原元吉氏を始め坪内士行、市川又彦氏等と盃を挙ぐ。余、中座。直ちに東横に馳せ国雄に逢ひ、石橋氏署名の趣意書を手渡し、お好み食堂にて共に昼食。午後二時かへる。清香、熙来る。

耀子の誕生日（七月二十八《ママ》日）クレーグ氏一家が彼女のために祝宴をひらき呉れたりとて、同氏一家クレーグ氏夫妻、令息と耀子と四人食卓をかこめる写真を同氏より送り来れりとて、清香持参せるなり。クレーグ氏はピッツボウ《ママ》市（二）にて最も有名なる法律家にて兼て又資産家なりと伝へらる。写真に見ても夫妻とも温容、且つ一見して知識階級の代表者たるを推知し得べし。耀子のよきところに寄寓せることを悦ぶ。

昨日筆するを忘れたり。昨夜の日経夕刊に板垣直子氏（三）の「国立劇場」の一文あり。侃諤の議論なり。現代の日本に三十億円を投じて国立劇場建設の必要なきことを説く。余亦夙くより同じ主張なり。たゞし国立劇場設立運動の首脳者の中には余の親しき友、二三あるをもて、余は彼等との友誼上、公然とその反対意見を吐露し得ざるのみ。板垣女史の、敢然とそを主張せる、その態度、賞すべく敬すべし。

（一）石橋湛山（一八八四―一九七三）評論家、政治家、立正大学学長、早稲田大学名誉博士。
（二）ピッツバーグ Pittsburgh 市。
（三）板垣直子（一八九六―一九七七）評論家、国士舘大学教授。

九月六日（日曜）

気候不順なり。正午近く新井寛君来る。同君事業につきての相談なり。午後一時、大野〔・・〕氏夫妻、令嬢を伴ひ来る。来十月四日志賀謙君との結婚につき媒妁人としての余への挨拶のためなり。次いで都築佑吉君来る。「英文学」（早大）寄稿の原稿持参、余の批評を乞はんとてなり。二三の注意を与へ、再び閲読することを約す。

夕食後書斎にこもる。偶々米沢より豊嶋令雄　酒井敏子同伴にて来る。訴訟中の平井借地を買ひ取りたき由にてその依頼に上京せるなり。妻ともとも四人、卓を囲みて種々談合するところあり。結局、現在の令雄借地分をも併せ、四年の年賦にて売ることを約す。余、いささか安堵。余、余命幾何もなからむ。死後に、父祖伝来の土地につきての悶着おこらむよりは、余の生前、解決することは余の従来、ひそかに念じゐたるところなればなり。令雄、十一時かへる。十二時の汽車にてかへらんといふ。ともかくも、彼れの父三膓氏死去以来、二十年、当時幼かりし彼れも、今や一人前となりて借地を買ひ取らむといふまでに生長せるは悦ぶべし。余、三膓氏死去以来、豊嶋家の地代を免除せるは勿論、隣地の地代（安部、平井）をも併せて豊嶋家に寄与して以来二十年、今日に至る。これ、余の甥令雄一家（令雄の母みち子は余の実妹なり）に対する余のいさゝかの情誼なり。今日はあはたゞしき一日なり。何等え読ます、え書かず。

九月七日（月曜）

午前中新井寛君来る。「表象」講演会の打合せなり。午後五時開演の歌舞伎座にゆく。五世歌右衛門二十年祭なりといふ。出し物の第一は逍遙『沓手鳥孤城落月』中大阪城内奥殿の場、二の丸内乱戦の場及び城内糒庫の場といふ二幕三場なり。且元の部分をカットして淀君の場だけを出せり。現歌右衛門の淀君は女性らしき点に於いて先代に優り、驕慢さにおいて先代に劣る。誤って家康の背反を恨みかこつあたり、観客の同情を牽くところ多けれど、例の「四百余洲は妾の化粧箱も同然ぢや云々」のところなど、先代ほどのおもむきなきは是非もなし。第一の出来は中車の氏家内膳、次は宗十郎の常磐木。どちらも、手強く、手一ぱいにせるはよし。特に中車の内膳は忠義心面に溢れ、近来の内膳なり。福助の秀頼は、先々代の羽左衛門の名技が観客の印象に残り居るだけ、優に取りては損な出し物なり。優のはたゞ弱々しき凡庸の秀頼にて、羽左衛門のゝ如き悲壮の味ひに乏し。尤も羽左衛門に比して、とやかく云ふだけがもともと無理なり。次の吉野山は歌右衛門の静はとにかく、猿之助の忠信、感心せず。壇ノ浦の踊りなど、極り極りはっきりせず、この点では昨年見し松緑の方、まされるやう思はる。中車の早見藤太は絶品。軽妙無類。静も忠信も藤太にすっかり喰はれたり。いつもと異れる舞台装置も感心せず。舞台奥より静の坂道を下り来る如きおもむきもどこか危げにて見た眼よろしからず。一面に桜をあしらへる背景も散漫にて面白からず。下手寄にしつらへる大瀑布も全体の調和を破ることおびたゞし。

次は村上元三氏『ひとり狼』三幕五場。再演とのことなれど、余には始めてなり。家柄と恋愛、博徒気質と堅気の人間などの対照を主とせる狙ひどころ面白けれど作者のこれらについての問題の把握未だしきところあり。あのやうに堅気に真面目なりし伊三蔵が博徒に身を持ち崩すに至る心理的径路には、作者の解釈せるだけにては必然性不足なり。又、母の諫めにも兄の諫めにも、家も名も捨てゝ、一筋に伊三蔵を思ひつめ居りし恋人の由乃が、伊三蔵が博徒に身を落すといふ一刹那に、急に家出を思ひとゞまるのも余りに突飛なり。伊三蔵の悲劇は従って、伊三蔵を虐待して追ひ出したる上田吉馬（中車役）の一家にあらずして、むしろ恋人由乃の冷たき心境なり。従って又一篇の悲劇の契機《モーチフ》としての由乃には反省の苦悩なかるべからず。殆んどこの苦悩なきため舞台の由乃はたゞ冷酷無情なる一女性に過ぎず。従って又、これに扮せる扇雀の由乃は別に悪しとにはあらねど、何等観客の同情を牽くことなく、気の毒なり。親分の寺津の間之介（猿之助役）も不得要領の性格にて（舞台に見たるだけにては）演者に気の毒の心地す。たゞし主人公幸四郎の伊三蔵は佳作。

九月八日（火曜）

早昼飯にて東大の明治新聞文庫に出かく。明治三十七年二月の「讀賣新聞」を調べたきことあればなり。剣南、孤島の日露戦役と文壇との関係についての論稿(二)の要点など抜粋す。四時、同文庫を辞し、帰る。

(一) 剣南（角田浩々歌客、一八六九―一九一六）評論家、新聞記者。中島孤島（一八七八―一九四六）小説家、評論家、翻訳家。「戦争と文學」、明治三七年二月一四日『讀賣新聞』所載。本間久雄『続明治文学史　下巻』、三二一―三二二頁参照。

九月九日（水曜）

明十日、荻窪会館にて開催さるべき古書展に阿佐ヶ谷うつぎ書店出品の紅葉、藤村、龍山等の短冊あり。［も］しよければ申込んとて、午前十時見にゆく。全部贋物なり。買はでも済むこと〻なり、却って安心す。帰途、下高井戸豊川堂書店に立寄り、やはり明十日出品の「社會主義研究」全揃（四千五百円）吾が手に入るやう依頼す。右は中野住吉町の平沢書店出品のものなれど、余、同店を知らず、明日の古書展に名をつらねゐたる豊川堂を依頼せるなり。いづれ例によりクジ引のことならむ。果して吾が手に入るや否や。留守中田園調布なる中川寿泉堂の紹介にて同姓中川某の書画商、逍遙先生の軸物持参、余の箱書を依頼せりといふ。一見、真跡なり。大正丙戌（大正五年）(二)の筆にて「克勤于邦克儉于家」(三)とあり。出典を調べかねたるは遺憾ながらともかく箱書す。大正五年は先生の五十八歳にあたる。晩年の枯淡の味ひこそなけれ、筆触遒勁にて又雅致なきにあらず。横物にて相当の大幅なり。

夕食後先に脱稿せる「浮世絵伝播考」を読み直して、加筆す。

（一）大正五年は丙辰。
（二）『日記』三四年三月一日（一一八頁）参照。

九月十日（木曜）

曇り日なり。午前九時荻窪会館中央線古書展にゆく。昨日来、奔走せる甲斐ありて「社會主義研究」（創刊より五号迄）（二）手に入る。続明治文学史執筆上是非必要の書なれば悦びかぎりなし。帰宅と同時に創刊号の「共産党宣言」（マルクス、エンゲルス）、第二号所載ゾラ原著『ヂェルミナール』の抄訳「木芽立」第一回を読む。午後一時新井寛君来る。九月四日誕生の次女の命名についての依頼なり。妻を加へ三人鼎座にて相読《（ママ）》、玲子と命名す。同君の長女は名は真澄、故土屋竹雨氏（二）の命名するところなり。

都立大学図書館司書練馬準氏より『柳北成島先醒板本書目稿』と題する小冊子を送り来る。漢文の序あり。「余不好讀書而愛書冊平生割俸貲楽購書」云々、著者の面目を伝へて遺憾なし。五十部の限定版なり。礼状を出す。桜井成広氏（三）に『歌舞伎』を贈る。氏は『坪内逍遙』を買ひ求めたる縁故にて森政一氏を介し去る七日夜、歌舞伎座にて余の面会を求む。茶を共にして歌舞伎のことを共に語る。氏は青山大出身にて、其後帝大にて哲学を修め、現に青山大教授として哲学を講義しつゝありといふ。氏、往年同大学の学生たりし時、余には記憶なけれど、余及び宮島新三郎君（四）を招ぎて文芸講演会をひらきたることもありといふ。好感の持てる人柄なり。余、ひそかに同好の士を得たるを悦び、その記念として『歌舞伎』を贈れるなり。

米沢の令雄より二十万円を為換《（ママ）》にて送り来る。平井の土地売買契約確認のつもりならむ。それほどまでにするに及ばず、又、いそぐにも及ばぬことなれど、令雄に取りてはかくて安堵の思ひをせるなるべし。ともかくも預り置くことゝす。

（一）「社會主義研究」東京、社會主義研究発行所、第一―五号（明治三九年三―八）、文庫所蔵。本間久雄『続明治文学史　下巻』、一二三頁参照。
（二）土屋竹雨（一八八七―一九五八）漢詩人。
（三）桜井成広（一九〇二―一九九五）青山学院大学教授。
（四）宮島新三郎（一八九二―一九三四）英文学者、評論家、早大文学部助教授。

九月十一日（金曜）

午前十時実践女子大学に行く。理事長室にて理事長及び窪田教務部長に逢ふ。研究室にて小倉君に逢ふ。午後一時立正にゆく。エッセイ研究、文芸思潮史の二課目を講義、五時かへる。夏の休暇明け最初の日なり。二課目の講義にていさゝか疲労を覚ゆ。夕食間もなく下痢、宿便らしく思はる。それにしても最近、腸の調整甚だわるし。歌舞伎座黒川氏より電話あり。明土曜、昼の切符を用意すべしとのこと、その好意を謝す。

午前、余、学校に出かけたる留守に井手君より電話あり。

今日は暫くぶりの講義の上に、下痢にていたく疲労す。入浴後懐炉など抱き寝に就く。十時。え読ま［ず］、え書かず、収穫なき一日なり。

九月十二日（土曜）

午前九時、井手君に電話をかく。すでに外出の後なり。夜分井手君より電話をかけくれるやうに頼み、十時外出、歌舞伎座にゆく。十一時の開幕に漸く間に合ふ。

序幕、猿之助の鳴神上人なり。呪法破れて後の鳴神上人は顔のつくりもよく、柱をかゝへての大見得もよくこの頃の上人なり。たゞ大勢を相手の立廻りなどには、年のせいか、どこか無精にて昨年見し（東横にて）簑助のに劣る。扇雀の雲の絶間姫は音声のせいか、妖艶の味ひに乏し。其上、上人との濡れ場はいさゝかあくど過ぎて猥雑の感あり。この役は、故左團次の鳴神に対しての故松蔦のが絶品なりし。鳴神上人も、左團次が祖を為せるだけあって、その風采、音声、共に、余がこれまで見たる誰れのよりもよかりし。次は宇野信夫氏脚色の『落窪物語』三幕六場。面白き喜劇なり。たゞし、少し笑劇に堕しすぎたるところあり。幸四郎役の左近の少将が、姫とのあひゞきを北の方（芝鶴役）に勘づかれるを恐れて、周章狼狽、引きこむあたり、特にこの感あり。役々の出来は、ワキ役ながら、又五郎の帯刀、我童のその妻阿漕傑出す。團蔵の源中納言も老耄して、常に北の方に尻に敷かれながらも、どこかに性根を失はぬ人らしき性格を演じ得て妙なり。

次の『舞妓の花宴《しらびょうしはなのえん》』は「四世歌右衛門所作事三幅対和歌姿画の内」と銘打てる珍らしき出し物なり。一昨年の六月、現歌右衛門が「先祖の偉業を発掘せんとの志を立てゝ復活せるもの」とか。今度は二度目の演出なりといふ。たゞし余には始めてなり。舞台正面の幔幕に火焔太鼓、桜花爛漫たるおもむき、先づ人の眼を奪ふ。所作の巧拙は余にはわからねど、その手振り身振り、観客を恍惚境に誘ふところ、歌右衛門は、さすがに踊の名手なるべし。《かゝる、》この所作を見る場合には、その原作の一語一句を先づ以て充分に味ふことを要す。今回は、余、その準備を欠く。遺憾なり。

次は俊寛。いつ見ても面白し。流石に近松の作なり。「鬼界が島に鬼はなく、鬼は都にありけるか」其他妙文句至るところにあり。幸四郎の俊寛は吉右衛門を学び得てよし。幕切に岩に上り、船を見送りて放心せるさま特によし。第一の出来は中車の瀬尾。敵役の性根を充分に腹に据ゑて、要所々々を思ひ切って手強くせる、近来の瀬尾なり。勘弥の丹左衛門は風采も貧弱、気勢あがらず。往年見し故我童の丹左衛門の風采の立派なりしこと、音声の朗々たりしことなど、今も尚、余の記憶に鮮かなり。芝雀の千鳥は可憐なれど何となく哀れげ少なし。

九月十三日（日曜）

今日も残暑、むしあつし。「週刊新潮」（九月十四日増大号）を偶然に読む。「猿之助の新リベラル・カブキ」と題するものあり。猿之助の鳴神のエロ味についてものせる一文なり。鳴神上人が姫を介抱してゐるうちに、その乳に触れたる瞬間は同時に彼れの破戒の瞬間なり。「どれもう一度さすって進ぜよう」と胸から次第に下の方へのびてゆき「ホゾ（臍）の下は極楽浄土」と姫の腰にしがみつき「もう、がまんがならぬ、頼む頼む」と切ない声を出すといふところは、たしかに、この筆者の云ふ通りエロ味たっぷりの舞台にして、同時に又猥雑の舞台なり。余のこれ迄見たる鳴神上人には、かゝるところなく、すべてあっさりと上品なりしやう覚ゆ。今度のが特に猥雑なるを、余は不思議に感じたりしが、この一文によりて、この猥雑なる白や科は猿之助の注文なりしことを知れり。それにしても、この筆者の紹介せる如く、猿之助にしてもし、「どうも近頃の芝居は健康なエロが足りん」と嘆き居れること真ならば、而して、もしその結果、「鳴神上人」の演出に、かゝるエロ味を附加することにより、そこに「健全なるエロ」とやらを実現し得たりと信ずるならば、そは大なる不心得なり。少なくも今度の鳴神上人の上記の場面の如き健全どころか、その反対に不健全なるエロ・グロの醜怪味なり。

同じ誌に「天皇家に悩む先生と悪魔事件」と題する記事あり。岸和田市（大阪府）の「農協だより」（農協連合会機関誌）に掲載されたる「大仏殿」と題する小学六年の女生徒集の作文の中の「天皇は、ほんとうのあくまだ」といへる一節を捉へて、小学生徒の天皇、皇太子及び天皇一家への不信、疑惑等を紹介せるもの。近頃の国民思潮の一端を知る上にすこぶる有益なる資料なり。それにしても戦後思潮の変化、驚くに堪へたり。かゝる小学生が成長して時代の担ひ手となれる時、今日の日本はいかに成りゆくにや。そを思ふとき嘆くべきか、将た悦ぶべきか、余、これを知らず。

午後、井手藤九郎君来る。「浮世絵伝播考」第三回目を渡す。

九月十四日（月曜）

残暑やゝ凌ぎよし。実践女子大学にゆく。午前、午後二回にわたりて講義。帰途、車を求めて得ず。雨の中を徒歩にてかへる。（渋谷駅まで）

夕刊に明十五日（火曜）より国立博物館並に近代美術館にて開催さるべき大観遺作展の作品目録の紹介あり。その中に『屈原』あり。こは数年前大観回顧展にて一見せるものなれど、今度の機会に細かに見て置きたしとの心しきりに起る。急に田岡嶺雲の『屈原』並びに『楚辞』などを書架より探し出して読み始む。十一時就寝。

九月十五日（火曜）

気温やゝ下る。昭和女子大にゆく。例の如く、午前、午後二回の講義。人見氏に逢ひ、来学年度の講師辞任のことを正式に申入る。かへりに久美子宅に立ちより小憩、五時帰宅。村松定孝氏来る。

九月十六日（水曜）

むし暑し。九時半早大図書館にゆき「漢文大系」所載『楚辞』並びに「国譯漢文大成」所載『楚辞』並びに「新小説」卅七年二月号を借り出す。『楚辞』を借り出せるは余の所蔵本だけにては理解する上に不十分の点あればなり。早昼飯にて妻同伴、都美術館の院展並びに帝国博物館内の大観展を見にゆく。院展は低調、僅かに土牛の『鳴門』あるのみ。会場にて新井勝利氏に逢ふ。氏の半双の大作『宇都《ママ》の山路』はよし。余の記憶せるものに霊華の半切『宇都の山路』あり。こは例の白描の作品にて高雅無類のものなりし。勝利氏の作を霊華のに比較するは無理なり。とはいへ勝利氏のは賦彩、構図其他、さすがに現代的の情調を偲ばせて、又、一種の雅致なきにあらず。外に眼にとまれるもの酒井三良氏の雪景。小松均氏（一）のはいつもの水墨と異り、賦彩濃厚に鯉を描けるものいつものほど面白からず。氏は余と同郷の画人。私かに氏の精進をいのる。

大観展よりは得るところ極めて多し。『屈原』の前に立って凝視、去る能はず。余が最近『楚辞』を熱心に読み耽りたるも、つまりはその『屈原』とやがて比較せんと思ふ霊華の『離騒』とを豊富に鑑賞し、正確に理解せんと思へばなり。大観の『屈原』は画因、比較的単純なり。『漁父辞』の情調をそのまゝ表現せる感あり。霊華の『離騒』は、これに比して甚だ複雑、余、未だその画因を明かになし得ざるに悩む。大観展は他日、近代美術館のと共に、再び鑑賞せんことを期す。

（一）小林均（一九〇二―一九八九）日本画家、山形県生。昭和六一年度文化功労者。

九月十七日（木曜）

午前中雨。むしあつし。実践女子大にゆく。午前午後二回講義。後、教授会、午後五時帰宅。夕食後書斎に入れど疲労のためにや、何もえ読まず。淋しき一日なり。

九月十八日（金曜）

午前十一時、妻同伴、久美子、清香をいざなひ、三越のイタリイ民芸品展覧会にゆく。昼食にイタリイ料理をとること一つの目的なり。たゞし、イタリイ料理は宣伝ほどにあらず、一向甘からず、失望す。会場にて新井靖君に逢ふ。余等を撮影し呉れたり。よき記念なり。

民芸品にも、マヂョルカ焼の皿、壷など欲しきものなきにあらず。されど大方は売約済なり。三越内のあちこちとさまよひ歩けるのち、果物など少し求め、例の如く車にてかへる。今日も残暑きびし。

夕食後書斎に入り、西沢揚太郎氏所蔵の堺枯川、秋聲、霞亭（一）その他の川崎紫山（二）宛の書翰十数を読む。これらの書翰は、余の明治文学研究の資にもと、西沢氏の好意より余に一瞥せしめられたるものなり。西沢氏の夫人は紫山の令嬢にして紫山の妹は枯川の妻なり。かゝる間とて枯川の紫山宛手紙には明治二十年代末葉の枯川新婚の様などを窺ふに興味の深きものあり。且つ紫山は三十年代初頭より中央新聞、次いで二六新聞の記者たりし関係上、霞亭、秋聲の手紙には、おのづからそれ自らにて文壇の裏面史を語るに足るものあり。余に取り有益なる読み物なりし。私かに西沢氏に感謝す。

八時半頃、米沢の令雄姉俊子と共に来る。土地譲渡のことについてなり。十一時半頃かへる。

（一）渡辺霞亭（一八六四―一九二六）小説家。大阪朝日新聞を中心に長短編を書き、その他別号を用いて他数紙に連載、婦人、少年、大衆読物に長編を連載。

（二）川崎紫山（一八六三―一九四〇）新聞人。読売新聞、大阪朝日新聞、二六新報で活躍。二人の妹のうち、一人は堺枯川に、もう一人は大杉栄に嫁す。

九月十九日（土曜）

けふも残暑きびし。書斎にこもり『楚辞』などを乱読す。神田崇文堂より英書目録来る。中にチョーサアのものにつき一見したきものあり、夕方出かく。希望せるものと異れり。求めずにかへる。夕食後再び書斎に入り、『離騒』を読む。始めて霊華作『離騒』の画因を発見、欣喜雀躍す。

朝吾將濟於白水兮。　登閬風而緤馬。
忽反顧以流涕兮。　哀高丘之無女
吾令豐隆乘雲兮。　求虙妃之所在。
解佩纕以結言兮。　吾令蹇修〔ママ〕以爲理。　云々（一）

（一）「解二佩纕一以結言兮。吾令二蹇脩以爲レ理。」（傍点編者）『楚辞』巻の第一「離騒」。『国譯漢文大成　文学部第一巻　楚辞』、釈清潭訳並註、国民文庫刊行会編集、大正一一年、五四―五七頁、『漢文大系　第二二巻、楚辞・近思録』、井上哲治郎、岡田正之校訂、東京、冨山房、大正五年、二九―三〇頁参照。『日記』三四年九月一六日（二五三頁）参照。

九月二十日（日曜）

午前十時、早大図書館にゆき、『列仙全伝』を借り出す。伏犠、虙妃等のことにつき何等かの手かゞりを求めんためなり。かへり来りて全部を一覧。たゞし何等の手かゞりなきに失望す。

午後二時頃妻と共に清香宅にゆく。今日は熙の誕生日なりといふ。心祝ひに未明全集五冊（一）を贈る。在米耀子よりハガキ来る。

午後七時、新井、村松二君来る。来る二十六日の表象の会坪内逍遙座談会の打合せのためなり。十時頃かへる。入浴、就寝。

（一）『小川未明選集』、東京、講談社、昭和二九―三〇年。解説、青野末吉、本間久雄、山室静ほか。

九月二十一日（月曜）

午前、午後二回にわたり講義のため、実践にゆく。坂崎君余の室に訪ね来る。次回の新聞への寄稿を依頼さる。坂崎君の心労察するに余りあり。

帰途、久美子宅に立寄り、すでに夙く同宅に到り居れる妻と合流す。高津外遊中の留守の見舞ひを兼ねてなり。聖心女子大在学中の顕子かへり来る。英文学上の種々の質疑を受く。六時半帰宅。

夕刊は内山完造氏（二）の死を伝ふ。氏は上海に書店をひらき、かの地に留ること三十有余年、日本の書物をかの地に伝播することによりて自然に日中文化関係の橋渡しをなせり。余、大正十二年、夏、吉野作造博士のすゝめによりかの地のキリスト関係の団体の招聘を受け、講演のため、かの地に赴けることあり。（三）上海、南京、済南、青島を経てかへる。滞在二十日余。済南の泰山に昇り四方を眺めてはるかあなたの雲漠々たる間、連峯の起伏するすがたを味ひたること、今以て、余の印象にあざやかなり。この時、上海にて内山氏夫妻の親切なる斡旋を受けたることあり。次に昭和三年春、余、早稲田大学のすゝめにより英文学研究のため箱根丸にて渡英せることあり。船の上海に寄航せる折、内山氏はかの地の文人墨客二十余を上海の某楼に集め、余を主賓として一夕の宴を張れることあり。中に魯迅、郁達夫(三)を始め、余の『文学概論』の訳者氏(四)などあり。魯迅、郁達夫の二氏、余の携へたる粗末なる短冊に夫々唐詩選中の詩を録す。郁達夫のは戦災にて失ひたれど魯迅のは幸ひに祝融の難をのがれ、今、余の珍蔵にかゝる。この折のこと、余の著『滞欧印象記』所載「上海雑記」の一文(五)に委し。そはともあれ、この時、余は内山氏の好意に負ふところ極めて大なり。戦後、いつなりしかは鮮かならねど、氏が日中関係についての何かの講演のため早稲田の学園に来れることあり。余、その折、氏に逢ひて久濶を叙し、再会を約せりしが、その機なくして今日に至れり。新聞の伝へるところによれば氏には結核、腎臓其他の病ひあり。日本にては思ふまゝの養生もならざりしか、北京の友人等相諮りて氏を呼び寄せたりといふ。氏は故郷にかへる思ひなりとて喜んで北京に赴きその着ける翌日急死せりといふ。日中文化橋渡しの恩人たる氏を遇すること、恐らく今日の日本は極めて冷かなりしならん。そは今日の日本が中共敵視政策を固執する岸政府を戴くことによりても容易に想像し得べし。そを思ふとき、骨を北京に埋むること、或ひはむしろ氏の喜ぶところならむか。ともあれ内山氏は、余の生涯忘れ得ざる人の一人なり。尚、氏は明治十八年の生れといへば余より一年の長なり。

(一) 内山完造(一八八五―一九五九)、文筆家、書店主。
(二)『日記』三四年九月一日(二四〇頁、二四一頁註一)参照。
(三) 郁達夫(一八九六―一九四五)小説家。
(四) 章錫(一八八九年生)。

（五）本間久雄『滞欧印象記』、三五三―三五七頁参照。

九月二十二日（火曜）

昭和女子大にゆく。午前午後の二回の講義。例によりて疲労甚だし。昼の休みの時間中、教室上机上にありし「国語と国文学」を一瞥す。中に吉田精一氏の余の「小説神髄源流考」についての批評あり。悪意にみつ。無視して可なり。

九月二十三日（水曜）

朝刊に早大名誉教授勝俣銓吉郎氏（一）の訃報あり。享年八十六。雨天。一水会展（二）にゆく筈なりしが雨天のため果さず。書斎にこもりて、戦争と文学について考案することしばし。午後二時久美子来るを待ち昼食。夕食後は明治文学史につきての往年の稿にて未刊の分など読みかへす。未刊の分、百余枚あり。そのまゝは用ゐがたけれど幾分かは用ゐ得べし。十時入浴、就寝。

（一）勝俣銓吉郎（一八七二―一九五九）英文学者、早大名誉教授。
（二）九月二二日―一〇月一〇日、東京都美術館にて開催。

九月二十四日（木曜）

休日なり。朝より書斎にこもる。午前十一時、田崎暘之助君夫妻来る。田崎君父君廣助氏より一水会招待券など贈らる。暘之助君は余等夫妻の媒妁せるところ、いつも夫婦仲よきやうなるはよろこばし。四方の話にふけり一時近くかへる。朝来の曇り、やゝ晴れたれば一水会にゆかんかとも考へたれど留守居の都合にて果さず。暫くぶりにて昼寝す。昨夜、(今暁) 一時頃、息苦しくて眼ざめ、それ以後、容易に寝つかれず、睡眠薬など用ゐたるにや、今朝来、何となく気分すぐれざればなり。

九月二十五日 (金曜)

正午四谷の聖イグナチオ教会 (カトリック) にゆく。正午よりの勝俣銓吉郎氏の告別式参列のためなり。栗原古城、市河三喜、尾島庄太郎氏等に逢ふ。帰途地下〈鉄〉にて三越にゆく。そこに開催せられ居る山形物産展示会より赤湯産葡萄を求め増山新一君夫人の病気見舞におくるためなり。この展示会には特別陳列として高山樗牛、斎藤茂吉等の幅物〈あ〉り。茂吉のは珍らしからねど樗牛のは珍らし。樗牛には尚、父や叔父に与へたる長文の手紙もあり。樗牛の情誼にあつき為人など偲ばれておもしろし。

夕食後より「追憶あれこれ」と題し、勝俣氏の思ひ出を書き始む。栗原氏に依頼され、立正大学英文科の機関紙に寄するためなり。たゞし、気分すぐれず、三枚にて筆を留む。

九月二十六日 (土曜)

朝より雨烈し。台風十五号襲来の予報は一昨日より新聞に、ラジオに切りに伝へられ、昨日午後よりその気配ありしが、今朝よりは愈々濃厚となれり。今夕より明朝にかけては近来稀なる暴風雨になるべしといふ。今日は午後二時より表象主催にて坪内逍遙座談会あり、かてゝ加へて、余及び河竹君の坪内逍遙刊行祝賀会の開催さるゝ日なり。朝早く河竹氏より右祝賀会辞退してはとの相談の電話あり。余も無論賛成、直ちにその意を新井君に伝へ、善後策を講ず。祝賀会来会者には電話にてその旨を伝へるなど新井君大童なり。

午後二時、定刻より座談会をひらく。（於演博）、雨にもめげず集まれるもの二十名。語るものは予告通り河竹君、矢野君、坪内君及び余。たゞし坪内君少しおくれて来る。見れば左顔紫にはれ上り熱も三十八度なりといふ。逍遙を語る座談会なれば欠席するもわろしと病をおして来れりといふ。而して語らんとすることを語りて直ちにかへらんといふ。氏曰く、語りたき二ケ条あり。一は大久保余丁町の逍遙家宅跡に新劇発祥地の碑を建てたきことなりとてその理由を縷々と説く。無論当然の理由なり。余等悉くその意に賛す。士行君すこぶる疲れたるが如し。

第二はといひさして、こはこの次の機会にせんといふ。余何となく心にかゝり士行君の隣りに座し居れるを幸ひ、そは何事にやと問ふ。「離籍」のことなりといふ。そは複雑なる問題なり。殊に病中簡単に語るべきことにあらずと思ひたれば、余はそのまゝその問ひを打切りたり。氏は早々に引き上げたり。その後ろ姿何となく傷まし。逍遙座談会は種々の方面より逍遙を語り合ひ、奥深きものなりき。何れは「表象」に載する予定とのこと。其折よく読み直すべし。司会者村松新井二君の労亦多とすべし。

会終りて後、矢野氏外十余氏と会食。八時帰宅。直ちに坪内君に電話にて容体をきく。只今医師来り、丹毒とのことなりといふ。大に驚く。心よりその回復をいのる。

いよいよ台風襲来。夜半にかけての風雨ものすごし。殆んど一睡もなし得ず。不安と焦燥の内に過す。四時頃より風次第におさまる。

九月二十七日（日曜）

五時頃まどろみ、七時頃眼さむ。窓の間より朝日かゞやき青空見ゆ。台風一過の好天気なり。たゞし余、睡眠不足のため頭重く、気分すぐれず怏々たり。十一時に実践同窓会主催の英文学会出席の約あり、困じ居りしが、幸ひに延期の通知あり。ほっと一安心。たゞし何をする気も起らず、いたづらに時を過す。午後三時頃飛田茂雄君夫妻来る。同君の結婚も余の媒妁せるところ、結婚後の一年を経たる挨拶のためなりといふ。飛田君は情誼に厚き人なり。この点は同君の親友金田真澄君に於ても同様なり。同君とも新進英文学者としてその将来を期待すべき人。心ひそかにその精進をいのる。

四時半家を出で、上野精養軒にて開催さる塩田良平氏還暦祝賀会に赴く。異常なる盛会なり。来会者二百人を越えたるべし。学者文士其他雑然たり。

あらかじめ世話人より依頼され居りたることゝとて余、祝辞を述ぶ。多少準備せる祝辞なり。たゞし雑音多くして徹底せず。加之、余の祝辞の如き、これ余の性格の然らしむるところにて致し方なけれど、真面目一方にていさゝかのハッタリなし。大向に受けざる亦当然なり。それだけにかゝる雑音多き席にての挨拶は余に取り最も苦手とするところなり。帰途、岡保生君と同道、広小路まで来り、同君と別れ、電車にて九時、かへる。

九月二十八日（月曜）

午後一時実践にゆく。今日は前期試験の前日とて休校のつもりなりしが坂崎氏より新聞編輯に関し相談ありとのことにて故意故意ゆけるなり。たゞし、相談会延期とのことにて無駄足を踏めること、いさゝか遺憾なり。理事長の部屋にて坂崎氏と落合ひ、理事長より種々の追憶談、学校経営の苦心談などをきく。理事長には、吾れ自ら談愈々佳境に入りしと覚え、時の経つを忘れたるが如し。聴者これ然り。午後四時、坂崎氏と連れ立ちかへる。夕食後勝俣銓吉郎氏追憶の稿をつゞく。土、日とも、多忙のため稿をつゞくる暇なかりしなり。十時頃愈々完結。始めは四枚漸くものし得ば幸ひと思へるものゝ思はず十枚を踰ゆ。この稿、もと、何等の準備なく、筆を執ると同時に一気呵成に物し了へたり。正に無より有を生ぜるものか。

九月二十九日（火曜）

昭和女子大にゆく。例により午前午後の二回講義。例によりて疲労す。夕方、志賀謙君来る。結婚式の打合せなり。夕食後、原稿を読み直し、且つ訂正す。

新聞にて台風の被害意外に多きを知る。一夜にして死者二千を越ゆるといふ如きは恐らく稀有の事に属す。それにつけても被害地の復興容易のことにあらず。皇居の造営、オリンピック開催のための高架道路建設の如きは中止すべし。現代の日本には急を要すること多々あり。為政者、識者共に須らく反省して可なり。

九月三十日（水曜）

妻同伴、上野広小路風月堂にて昼食をすまし松坂屋にゆく。朝日新聞社主催明治大正昭和三代美術展覧会見物のためなり。同展覧会は今一日よりの開催なれど、余菅原白龍作、『渓山急雨』一幅出品せりしを以て、この日特別に関係者に観覧せしめたるなり。古きところにては芳崖の『仁王捉鬼図』最もおもしろし。吉川霊華の『離騒』（大正十五年）双方の中の右の一面も亦その高雅なる白描、場を圧す。それにしても霊華を云々するもの現代に少なきは何故ぞや。惟ふに霊華の世界を鑑賞するの知識次第に乏しくなれるためなるべし。鑑賞界を挙げて釉彩画まがひの花鳥画に赴かしむる定なりといふべくや。帰途三越に立ちより果物など求め、疲れたるまゝ車にてかへる。夕食後『離騒』を取出して又読み直す。

十月一日（木曜）

実践女子大にゆく。午後一時、坂崎君室にて新聞編輯の相談あり。会するもの、坂崎君をはじめ守随、窪田両教授、平尾 両《〔ママ〕》女史及び余。帰途地下鉄にて富田に立寄り、表装裂地など数種買ひ求め、四千円余を払ふ。
夕食後、『離騒』反読。霊華作品鑑賞漸く緒につく。

十月二日（金曜）

曇、時々時雨る。午後立正大学に出講。二回の講義を了へ、五時かへる。帰途雨に濡る。
夕食後、疲れたるまゝ何事もなさず、十時寝につく。

十月三日（土曜）

曇り日なり。朝日の朝刊に、関西における十五号の被害次第に増大せることを伝ふ。未だ水減せず、離れ小島に取り残されたる如き人々多しといふ。而も盗難を恐れて当局の集団待避のすゝめをも肯んざる者多しといふ。何たる悲惨事ぞや。罹災者より物を盗む如きは人非人の極なり。余往年戦災に逢ひ、家財道具焼失。辛うじて防空壕に運べる三四の手道具も、余の壕を離れたる一寸の間に悉く誰れかに持ち去られたることあり。その時の腹立たしさ思ひ出づるにつけても今回の罹災者の心事察するに余りあり。余は人間の性善なるや性悪なるやを知らず。たゞし、性善説は少なくも信じ得ざるが如し。

明四日は志賀謙君結婚式挙行の日なり。午前より書斎に閉ぢこもり媒酌人としての挨拶につき種々勘考するところあり。午後一時金田真澄君来る。移転の通知を兼ね久濶を叙せんとて来れるなり。種々の雑談に耽り二時間ばかりにてかへる。台所修繕のため大工二人入りて騒々し。夕刻、松本理髪店にゆく。夕食後ともかくも明日の挨拶を纏む。

今日喜多山、かねて依頼し置ける余宛岸田劉生書翰出来しとて持ち来る。今回は出来よろしからず。たゞし上下の寸法、配合等一切余の指図なれば、苦情の持ちゆき場なし。玉堂『春富士』の改装並びに紅葉『金色夜叉』原稿一葉の表装を依頼す。

十月四日（日曜）

午前中曇り時々時雨る。午前十時半実践女子大にゆく。同窓会主催の英文学会出席のためなり。昭和七年の同校（専門学校時代）の英文科卒業より本年四月英文科の卒業生に至るまで五十人位集る。去る九月二十七日（日曜）に開催の筈なりしが台風のため中止。たゞし中止の連絡を受けざりしもの（連絡し得ざりしもの）当日五十人ほど集りしとのこと、それらを合せるとき二回にわたり百人余のつどひなり。専門学校時代の旧師をも招げる由にて栗原元吉、山宮允諸氏の顔も見えたり。ブライス氏(一)の「秋の詩」の講義あり。秋につきての東西の詩観の相違を説きて奥深し。余、又、英文科々長としての感想を述べ、且つ滞英中の所見などを基としてイギリス国民性につきいさゝか語るところあり。——略——

（一）ブライス、学習院大学教授、俳句、川柳の研究家。Reginald Blyth (1898-1964).

十月六日〔ママ〕（月曜）

午前十時半実践女子大学にゆく。十二時、東横文化会館にて、妻、久美子、顕子と落ち合ひスシの昼食を取り、再び実践にゆく。理事長に用事あり。逢はまほしかりしが外出中とてえ逢はず、そのまゝかへる。この日久美子の斡旋にて垣内氏より洋服地一着分の切地を求む。

東京堂増山君に電話にて実践大学新聞のために広告を依頼す。

夕食後池上氏来る。美妙、白龍、本間家秘録などの巻物を依頼す。（五種）

十月七日〔ママ〕（火曜）

秋雨憂鬱なり。昭和女子大出講の日なれど試験の休みとてゆかず。洋服屋井筒、仮り縫ひに来る。午後より書斎に入り、「浮世絵伝播考」の原稿を書き始む。

夜、山田美妙の『平重盛』(一)を読む。「史外史傳」と銘打てるもの、作者は歴史上の人物を表玄関よりは台所よりのぞき見んとす。その意図たる甚だおもしろし。たゞし『平重盛』は拙き作なり。作者の前々よりのマンネリズムたる言葉の遊戯は、悲劇的情調を裏切りて、却ってむしろそを笑劇的情調にかへること屡々なり。人物性格の描写も独りよがりにて必然性を欠くところ多し。『平重盛』は明治四十三年、美妙最晩年の作なり。これだけについて云へば美妙の小説は初期のそれより殆んどこれといふ進展なきが如し。小説家としての彼れが中、晩年迎へられざりしは或ひは理の当然ならむか。

（一）山田美妙『史外史傳　平重盛』、東京、今古堂書店、明治四三年、文庫所蔵。

十月七日（水曜）

午前より書斎にこもり「浮世絵伝播考」のつゞきを書く。昼頃迄大体完結。十枚前後なり。午後、米沢佐藤氏の速達の手紙あり。亡平井に貸し置ける土地の借地権につきて面倒なる事件おこれるなり。そは平井留吉なるもの右土地に建てある家屋を不法に占拠せるのみならず、そこに居据はらんとして近幹之助弁護士を代理として訴訟をおこせることなり。余よりすでに、木村弁護士を通じ平井の借地権解除につきて提出せることにつきての異議の申立てなり。夜おそくまで問題を勘考す。余、勝算あれど、更に専門家の意見を徴するに如かずと思ひながら寝につく。

十月九日《ママ》（木曜）

秋晴れの好天気。早朝電話にて星川に相談す。早大高嶋〔・・〕教授㈠、右問題につきては最も適当なる相談相手なるべしといふ。十時頃早大法学部に電話にて高嶋教授の在否を問ひ合す。未だ来らずといふ。午後一時少し前、早大図書館に館長大野実雄氏㈡を訪ぬ。同氏の下に保管しある古き時代の萬朝報——明治二十七年九月の分を一見せんとてなり。山田美妙を誹謗せる一文——例の石井とめの事件なり㈢——を急に一見する必要に迫られたればなり。然るに遺憾なるかな。新聞は廿七年四月迄にて、たづぬる九月分は欠本なり。落胆言ふばかりなし。大野氏と暫く雑話。偶々昨夜来脳裏にこびりつける訴訟問題につきて氏の意見を叩く。氏は余のために親切に而も明快に問題を解説し呉れられたり。余、ために余の勝算の疑ひなきことを信じ得たり。

大野氏は商法学の博士なり。余の訴訟事件は氏の専門外なる民法に関せるもの。而も氏は「六法全書」の民法篇における一々の条文を指摘して問題の解説、精妙を極む。余、氏の博識に驚く。家にかへりて、直ちに佐藤氏に手紙を送る。美妙『平清盛』(四)を読み始む。

(一) 高嶋平蔵（一九二二―　）法律学者、民法専攻。
(二) 大野実雄（一九〇五―一九九四）法律学者、商法専攻、昭和三四年当時図書館長。
(三) 山田美妙が、芸妓石井とめ女に茶屋待合を経営させていたことが報道され、それに対して、美妙が、「留女に近づく事は小説をつくる方便なり」と弁明したことが坪内逍遙らの攻撃をあびた事件。
(四) 山田美妙『史外史伝　平清盛』、東京、千代田書房・大阪、杉本梁江堂、明治四三年、文庫所蔵。

十月九日（金曜）

秋晴れの好天気なり。午前十時実践にゆく。理事長室にて理事長に逢ひ今月末、理事長一行の双柿舎訪問のことにつき種々相談、且つ英文科教授陣のことにつき懇談するところあり。十二時、辞して立正にゆく。一時よりの授業のためなり。例により二回、講義。午後五時帰宅。夕食後は疲れたればなにもえ読まず。九時入浴、十時半就寝。

十月十日（土曜）

快晴。午前十時久美子来る。妻共に車にて都美術館にゆく。一水会の最終日なれば是非見て置きたしと思ひてなり。場中第一の観ものは田崎廣助氏の『阿蘇』及び『暁の浅間』の二点及び別室に陳列されたる石井柏亭氏の遺作なり。水彩画殊によし。氏の作品は　気どりたるところ少しもなく、眼に映ずるまゝの日本の自然をさながらに描きたるおもむきあり。この点川合玉堂と共通せるところあり。余は又、そこに併せ陳列しある氏の美術に関せる著書の多きに驚きたり。氏の啓蒙的功労の多き、亦高く評価されて可なり。次に車にて上野松坂屋にゆき、久美子と別れ、日本画の明治大正昭和三代名画展を見る。前のと掛けかへたるものかなり多し。中につき芳崖の『不動明王』の如き、重要美術として評判高きもの、曽ても見たることあれど幾度見ても頭の下がる作品なり。次に地下鉄にて銀座松坂屋にゆき明治大正昭和三代名画展の洋画部を見る。明治以後の洋画史を一瞥の下に眺め得たる感なり。得るところ多し。余のみ二時半いそぎかへる。井手君来訪の約束あればなり。「浮世絵伝播考」の原稿を渡す。志賀謙新夫婦、結婚旅行よりかへれりとて挨拶に来る。井手君先づかへり、次いで妻かへり来り、志賀君等としばらく話し合ふ。夕食後書斎にこもり美妙著作などを少しあさる。

十月十二日（日曜）

秋晴れの好天気なり。余の誕生日なり。思ひもかけず柳瀬□子氏より祝電来る。好意謝すべし。正午、清香、熙相次いで来る。いさゝか祝宴を張る。余、古稀を過ぐるみ、而も、徒らに怱忙の中に日を送りて、今日まで吾れ自ら誕生日など祝ひしことなし。快く談笑数刻。それにしても老来、余の心にいさゝかの余裕の出で来りしものと覚ゆ。若山牧水の歌「よる年の年毎におもふわがねがひ心おちゐて静かなれかし」を図らず思ひおこす。

午前塩田良平氏に電話にて美妙五十年忌講演会のことを相談す。午後より夜にかけ、美妙文反故など少し渉猟、『小桜錣之助』を読む。日清戦争後の三国干渉を背景として創造せる空想的歴史小説なり。美妙の社会意識の強烈なるを窺ふに足る。余の旧著『文学と美術』(二)を取り出しその中に収めたる美妙につきてものせるかずかずの文稿を読む。吾れながらよく調べ、よくものせるに驚く。今日おなじものをものせんとしても、えものすべからず。それにつけても、その折、その節、最善を尽すに如かざるを痛感す。貴きは不断の精進なり。

（一）本間久雄『文学と美術』、東京、東京堂、昭和一七年。「晩年の山田美妙」三一三七頁、「山田美妙の歌論及び和歌」三八—六六頁、「美妙少年時代の和歌」六七—八二頁、「美妙雑稿　板東武者」八三—一一三頁。

十月十二日（月曜）

実践女子大に出講、例により午前午後二回講義。昼の休みに理事長室にて理事長、吉田氏、守随氏、窪田氏等と逢ひ美妙講演会のことを相談す。十一月七日（土）と定む。講演者は、余及び塩田二氏、美妙の遺墨展覧を兼ぬることゝす。

四時半帰宅。今日も亦いろいろ疲労せり。夜、土地の問題につき米沢の佐藤氏及豊嶋に電話す。美妙『平清盛』（一）を読む。『平重衡』よりは纏りよし。貧窮時代の清盛の生活を描けるも面白し。性格も首尾一貫せり。美妙晩年の佳作の一なり。

（一）『日記』三四年一〇月八日（二六六頁）参照。ただし、一〇月八日の項は、誤って一〇月九日の日付になっている。

十月十三日（火曜）

例の如く昭和女子大に出講。夕食後、美妙の文反故などを調ぶ。記すべきことなし。

十月十四日（水曜）

正午、増山新一氏夫人の告別式に臨し、帰途銀座松屋に児島善三郎氏（一）自選展並びに鏑木清方氏下絵写生展を見る。二つとも近頃の観ものなり。

児島氏の作品を一堂に親しく見たるは此度が初めなり。風景殊によし。初期の作『下板橋雪景』（一九二一年作）の如き純粋なる写実より出発して、次第に描写に単純化を施して今日に至れるもの〻如し。『新緑の庭』（一九三五）『代々木の原』（一九三五）より氏独自の画風を築けるもの〻如し。氏の自然観照は南画的なり。換言すれば南画的自然観照を実現するに油絵の手法を以てせるもの〻如し。一九四四年の作『寒山拾得』の如き南画の古名画を見る如きおもむきあり。筆触大胆、賦彩又濃厚、往々にして鐵斎を連想せしむ。余、今日まで氏の芸術に関心を寄せざりしを悔ゆ。清方氏の下絵亦見事なり。繊細にして清麗なる描写は氏独自のもの、現画壇の珍たるをさまたげず。ともかくも児島氏のものといひ、清方氏のものといへ、眼福を恣ま〻にするに余りあるもの、ともかくも今日の一日はよき一日なり。

夕食後、日経新聞に寄すべき美妙につきての原稿のことを検考す。

（一）児島善三郎（一八九三―一九六二）洋画家、昭和初期二科会会員。

十月十五日（木曜）
実践女子大に出講。午後四時半より塩田氏を交へ、学長、守随、窪田氏等と美妙講演会のことにつき種々相談す。理事長亦後れて加はる。帰宅せるは六時。夕食後八時、日経へ寄稿の原稿に取りか〻る。

十月十六日（金曜）
十一時、故服部実氏三回忌法要、並び新築祝いを兼ねたるコロンブス社にゆく。コロンブス新社は地下鉄田原町にて下車、表の街道に出づればすぐ向側にコロンブス新社あり。服部洌、和夫の二君に逢ふ。実氏霊前に焼香、車にて送られ、一旦帰宅、早昼飯にて立正にゆく。午後一時よりの二回講義。疲れたり。夕食後、日経新聞への寄稿を脱稿す。「種蒔き人山田美妙」と題す。六枚半なり。明日送る約束なれば、疲れたれども、ともかくも書き上げたるなり。そのためにや、読みかへし見て、出来よからず。

十月十七日（土曜）

午前「種蒔き人山田美妙」に少々手を入れ、速達にて新聞に送る。

午後、村松君と連れ立ち、新橋工芸倶楽部における比較文学会の講演に赴く。余の題は『明治文学の先覚山田美妙』なり。来学者は概ねこの会の常連とのこと、二十名ばかりなり。持参せる種々の美妙資料をくりひろげつゝ語る。正味二時間。話し終りて、さすがに疲れたり。村松君、熊坂敦子氏などゝ連れ立ちかへる。家に着けるは七時少し前なり。

十月十八日（日曜）

朝より秋冷甚だし。冬型の天候なり。火鉢をかゝへ込みて書斎にこもる。歌舞伎座宣伝部より依頼されたる眞山青果のことをものせんため、『元禄忠臣蔵』に読みふける。わづか原稿紙二枚ばかりのものなれど纏めること仲々むづかし。

十月十九日（月曜）

秋晴れなり。昨日より風邪気味にて、実践を休む。『元禄忠臣蔵』を読みふける。午後三時半山口平八氏、丹尾磯之助氏連れ立ち来る。山口氏『古印の美』なる一書公刊につき、余に序文を求めかたがた丹尾氏を伴ひ来れるなり。丹尾氏は永く早大総務部長たりし人。美術其他につき快談数刻。丹尾氏先づかへり、山口氏残りて夕飯を共にし、九時かへる。

十月二十日（火曜）

秋晴れなり。昭和出講の日なれど、風邪気味のため休む。書斎にこもりて青果につきての原稿をものす。京都堂本印象氏より松葉一籠送り来る。竹の子、松葉など、その時節々々に氏より送り来ること、こゝに年あり。氏の如く友誼にあつきは恐らく現代稀なるべし。

十月二十一日（水曜）

「元禄忠臣蔵の作者」と題し（二枚）歌舞伎座堀口森夫氏におくる。草稿は四枚ほど書きたれど更に二枚に圧縮せるなり。来十一月青果の『御浜御殿』上演につき、筋書きに載せる原稿なり。筋書き所載の原稿としては余の文章いさゝか高級過ぎて不適当なりと思はるれど、さはいたしかたなし。豊綱は寿海、富森は中車なりといふ。この二人、舞台にて火花を散らし合ふさま、定めし見ものなるべし。余、特に中車に期待す。

東京新聞主催にて西武百貨店において近代女性史展開催とのことにて、東京スタデオの河野□一氏来る。余の所載の図書借用のためなり。

十月二十二日（木曜）

実践女子大に出講、午前午後二回講義。午後二時、立正大学英文科講師安藤君、立正の車にて来る。余を車にて余の宅に送り、兼ねて、余の所蔵品なる逍遙幅を、立正大学大学祭陳列のため借り出さんためなり。その車に便乗、三時帰宅、逍遙三幅、（寒山拾得(一)、天道好還(二)、意長日月促のこゝろを歌へる(三)）を貸与す。大学祭は廿四日より二十六日迄なりといふ。この日、風邪全癒に至らず、帰りての後も気分やゝ悪し。午後四時頃、米沢の佐藤繁雄氏来る。訴訟中の土地のことなどにつき種々懇談す。夕食を共にし、九時頃かへる。

（一）『日記』三四年四月四日（一三九―一四〇頁）参照。
（二）「天道帰ることを好む」昭和三年逍遙揮毫による一幅。
（三）意長日月促といふこゝろを「はてもなくおもひは長しかぎりある　羊のあゆみしばしとゞめよ」。「意長日月促」は蘇東坡の句で逍遙が好んで揮毫に用いた。

十月二十三日（金曜）

午後、妻と共に東横画廊にゆき萬鉄五郎氏(一)の展覧会を一見、後、妻は三木春雄氏令嬢結婚の祝ひに三木氏宅にゆき、余は実践にゆく。講義のなき日なれど、坪内士行君に会ひたき用事のためなり。

萬鉄五郎氏展は例の異色作家シリーズの一なり。氏はたしかに大正時代の異色作家の第一なるべし。晩年、洋画に南画式自然観照を取り入れたる点、特に面白し。この点はこの程見たる児島善三郎氏などの先駆をなせるとも見るべきか。たゞし氏の作風はフォービズムなど云はるゝだけ、タッチにも観方にも大胆なれど、どこかに粗笨のところあり、児島氏の芸術至上主義的なるものとは風趣を異にす。余、往年、早稲田文学を主宰せりける折、氏は森口多里氏を介して挿画数葉を送り来る。余、氏の好意を謝し、それらを以て早文紙上を飾れることあり。それらの原画は余、今尚珍蔵す。氏は明治十八年の生れなれば余より一年、年長なり。昭和二年没と云へば享年四十一、二歳なり。才分豊かなるもの、早く世を去る、――いたましきかな。

夕食後、実践女子大新聞のための原稿「埋もれたる宝」を書く。

（一）萬鉄五郎（一八八五―一九二七）洋画家。

十月二十四日（土曜）

「埋もれたる宝」を訂正す。四枚なり。この日、日経紙上に美妙追悼の余の文出づ。題は「悲劇の種まき人」と題しあり。題は編輯部のつけたるなり。読みかへし見て、一応纏りある文章なるを認識す。午後一時半染井の墓地にて行はるゝ美妙五十年祭に参列す。参列者は余の外に塩田良平氏、三宅武郎氏（文部事務官）昭和女子大の谷村女史、他はすべて美妙家の人々なり。美妙の三男勝彦氏の力にて墓を新しく築き直せりとか。思ひの外立派なる墓なり。祭り果てゝのち、勝彦氏自家用車にて余を家まで送り来る。さるにても、美妙五十年祭に列せんとは、余の嘗つて思ひもかけざりしところ、不思議なる因縁とも云ふべくや。この日、近頃珍らしき小春日和なり。

十月二十五日（日曜）

曇り日なり。昨日染井の墓地に一時間ばかり立ち居れるためにや、今日は少し風邪の心地す。近時、からだの弱れることおびたゞし。午前、松雄歯科医にゆく。正午少し過ぎ佐藤繁雄氏来る。白龍の話、霊華の話などに時をうつす。明朝国へかへるとのことなり。氏家親治氏来る。氏は余と小学校時代の友人なり。小学校時代の在京者三四と小集、回顧談などしたしとのことにて余に賛成を求む。氏は余より一年の年長なれど、風貌いたく老いたり。余、亦、彼れの如く外目に老いたりや否や。熱海の金田氏より柿一箱、米沢永井雪子より林檎一箱、福島佐藤秀吉氏より「しめじ」一箱送らる。

十月二十六日（月曜）

曇り日なり。午前より午後にかけ実践女子大学に出講。坂崎氏に逢ひ「埋れたる宝」を渡す。二時半立正にゆく。大学祭見物のためなり。英文学科主催の資料展見物が主なれど、すでに取りかたつけありて見るを得ず。残念なり。四時迄陳列しある筈なるに、かく早く取り片つけたるは何故にやいぶかし。余り観覧者なきためにや。日蓮資料展はよき展観なり。この大学ならでは企て得ざりしもの、流石に見ごたへあり。重美の日蓮像など殊によし。かへりに松雄歯科に立ちよりかへる。午後五時、村松君来る。独逸協会高校辞任につき相談のためなり。

越後なる後藤和三郎氏（一）より名物の柿一箱送り来る。見事なる柿なり。後藤氏は早大法学部出身なり。入学の折、余、いさゝか骨折りたりしを徳として、卒業後十余年、時折、柿、栗など送り来る。情誼に厚き、感ずるに余りあり。余、早大に教鞭を執れりしこと多年、其間、入学者の父兄、知人などの懇願もだしがたく彼等のために骨折れること数ふるにいとまあらず。しかれども一度、入学し終れば、苦しき時の神頼みは忘れたるものゝ如きが多かり。余も元より、さること心にかくるにあらず。その時を過ぐれば彼等の名前はもとより、面貌すらも忘じ去りて跡方なし。蓋し、彼我の間、かくの如きは人生の常態のみ。後藤氏の如き、むしろ異とすべきなり。

（一）昭和二三年卒業、糸魚川高校勤務。

十一〔ママ〕月二十七日（火曜）

昭和女子大に出講す。人見氏に逢ひ村松君のことにつき相談す。人見氏より種々の内情をきく。この学校は外見賑々しけれど内実は、経済的には苦労多きらしく、例の近代文学研究叢書の如き莫大の損失なりといふ。人見氏は村松君には夙より望みを嘱し居れど、目下のところ経済的関係より依嘱しがたしといふ。殊に夜間部、来年より閉鎖のため夜間部の教授講師を昼の部に廻す必要ありて、いよいよ〔空〕きなしとのことなり。村松君には吉報をもたらさんとおもひたりしに遺憾なり。夜、雑著を渉猟す。

十一〔ママ〕月二十八日（水曜）

用事にて三越にゆかんと思ひ居りしに、雨、うす寒く、且つ風邪気味なれば、ソボリンなど飲みて、午後より床に就く。かゝること余には珍らし。老来、からだの衰へ、眼に見えていちゞるし。何事もなすなきの一日也。

十一〔ママ〕月二十九日（木曜）

実践女子大に出講。午後の英文学史の講義に同大学家政学部の学生三名聴講に来る。折柄浪漫主義、中世趣味の講義にてスコットと馬琴との相違、並びに馬琴最初の翻訳なる例の『春風情話』のことなどを、書物を展示しつゝ語る。蓋し、かゝる講義は、恐らく余の独壇場なり。余ひそかに満足を覚ゆれど、学生には果していかに映ずるにや。風邪気味のところを無理せるにや、疲れを覚ゆ。

夕食後、入浴をも差しひかへ、九時半臥しどに入る。

十一〔ママ〕月三十日（金曜）

立正大学出講の日なれど休み、午前十時二十分発の電車にて妻と共に熱海双柿舎にゆく。小春日和なり。汽車中よりの眺め佳絶。小田原にて「たのしみ弁当」といふものを求めたれど、食味一向たのしからず。午後、天神山に妻ともども妻の叔父高橋翁及び伯母〔ママ〕七海媼を訪ふ。翁は九十、媼は八十二なりといふ。共に矍鑠たり。余、ひとり先にかへり、携へ来れる水野葉舟の小説集『壁畫』（一）を読む。巻頭の「壁畫」の一篇を読めるに過ぎざれど、そこには所謂浪漫的憂鬱の横溢せるものあり。葉舟の作品は文学史の立場より、充分に再検討さるべきものたるを疑はず。夕食後、「週刊公論」の創刊号（二）を読む。秋田雨雀氏令孫自殺の精細なる記事あり。雨雀氏は何たる不幸の人ぞや。さきに夫人を失ひ、次に令嬢を失ひ、更に令嬢の夫たる上田進氏（ロシヤ文学者）（三）を失ひ、今又、たゞ一人の令孫を失ふ。而も身は老人結核に侵されて病床にありといふ。令孫の〔・・〕さんも亦不幸の人なり。二才にして母を失ひ、十二才（?）にして父を失ひ、自身亦、結核をわづらい而も病老の祖父をかゝへて、つぶさに生活の辛惨を嘗む。嬢の自殺の原因は週刊公論の伝ふるところ、揣摩憶測、捕捉しがたけれど失恋は恐らくその近因ならむ。しかし、その遠因たるや、おもふには嬢の遺伝と境遇との悲惨事にあるならむか。嬢、享年二十四。雨雀氏は七十六歳。気の毒さ、言語に絶す。

入浴、ソボリンを飲みて就寝。湯に暖まれるためにて、ぐっすりと寝込む。

（一）水野葉舟（盈太郎）『壁畫』、東京、春陽堂、明治四四年、文庫所蔵。水野葉洲（一八八三―一九四七）歌人、詩人、随筆家、小説家。
（二）「週刊公論」。昭和三四年一一月創刊、中央公論社刊、間もなく休刊。
（三）上田進（一九〇七―一九四七）翻訳家、早大露文卒、主な業績はショーロホフの翻訳。

十一月三十一日《〔ママ〕》（土曜）

午前八時起床。昨夜雨ふりしかば今日の天気を気づかひたりしが幸ひに雨あがる。たゞし、曇り日なり。午前十二時、約束通り、実践女子大理事長一行（理事長、吉田、伊藤両理事、森川会計部長等）来る。実践にて、箱根仙石にて所有せる学生のための厚生寮を、来年より双柿舎にならひ、教職員の慰安宿泊にせまほしく、双柿舎見学のために来れるなり。重箱に誘はれて昼食。うなぎの外、鯉のアラヒ其他、さすがに重箱とていづれも見事なる料理なり。舌つゞみを打ちて満喫。午後三時、双柿舎にかへり、舎の監理者稲川氏を呼びて、実践側と種々談合す。理事長はじめ諸氏、双柿舎に一泊することゝし、余等夫婦、四時三十分の木の宮《〔ママ〕》発準急にて帰途につく。小田原より大磯、平塚のあたり、折柄暮色靄然たる中に、秋たけなはの紅葉の山々を仰ぐ、又となき眺めなり。家につけるは七時、留守中の手紙類などを検閲、どことなく疲れたればと、いつもより早く床につく。

十一月一日（日曜）

午前中、池上氏来る。依頼し置ける「本間家々誌」（一巻）「白龍山人書簡」二巻、美妙「竪琴草紙」原稿断片（一巻）美妙「日本韻文論」草稿断片（一巻）都合、四巻出来しとて持ち来る。折柄、画商寿泉堂（田園調布）逍遙先生俳句箱書依頼のために来る。先生の句は「初時雨世になき友を偲びけり」にて柿雙号にてその下に朱書の小羊を添へたり。この句は『逍遙先生歌俳集』(一)によれば昭和四年、先生の名古屋滞在中ものせられたるものなれば、同地にて少年時代の亡旧友を偲ばれたるものなるべし。出来もよく、早速箱を書く。池上氏、又、余のために、余所蔵の子規の少年時代にものせる漢文の手柬、『贈氷塊書』(二)に朱書きにて訂正せる人――誰れなるやを知りたく余嘗つて同氏に質せることあり――の、河東碧悟桐の父河東〔・・〕(三)なることを確かめて其旨を書き記し呉れらる。氏は柴田宵曲氏(四)につきてこのことを調べたりとのこと。俳諧につきての氏の博学と、その学的情熱とは、余の日頃敬するところ。今日亦、その感を新たにせり。

(一) 坪内逍遙『歌・俳集』、東京、坪内博士記念演劇博物館、昭和三〇年、一一七頁。
(二)『贈氷塊書』。本間久雄『眞蹟図録』、図録八五頁、解説六一頁。文庫所蔵。
(三) 河東静渓（一八三〇―一八九四）松山藩につかえた儒者、のち家塾を開き、子規もその生徒のひとり。
(四) 柴田宵曲（一八九七―一九六六）俳人。アルス版『子規全集』、『分類俳句全集』、改造社版『子規全集』、『子規選集』編纂。

十一月二日（月曜）

実践に出講。午後四時半帰宅。七日の美妙忌講演会のビラ出来。十枚を持ちかへる。早大、日本女子大　東京堂其他に掲載方依頼のためなり。

夕食後、美妙忌講演会の準備に費す。

十一月三日（火曜）

「文化の日」なり。「文化の日」とは誰れの命名にや。ドライなる名前なり。特に「文化の日」など云ふは其他の日は文化の日ならざるに似たり。余等に取りては日毎々々すなはち文化の日なり。日毎々々孜々としてその職につとむ。日毎々々われ自らの教養を積むことにつとむ。アーノルドの所謂 "a growing & a becoming"（一）なり。この心境、態度を度外視して何処に「文化」ありや。特に「文化の日」などゝいふものを設くる必要何処にありや。「文化の日」には例年、文化勲章の受賞者顕彰せらる。勲章そのものは一種の "Guinea Stamp" のみ。されどそれに付随して文化の功労者の老後安かれと念じて贈る年金制度は好ましきことなり。たゞし、そは一代の民衆の仰いで以て宗とする如き人ならざるべからず。たゞし、かの如き人はむしろ稀有のことに属す。而もこの制度たる、毎年、文化の日にこれを選定する必要上、さほどでもなき人を強ひて選定することゝなる。巷間説あり、文化勲章の詮《ママ》考委員の顔触れを見て、その受賞者を直ちに推測し得ると。余はこの説の当れりや否やを知らず。又、余はその詮考委員なるものゝ如何なる手続き〈に〉て選ばるゝかを知らず。しかしながらともかくもその詮考には次第に朋党比周の匂ひの濃きもののあるが如し。尤も、かゝること、余に取りてはどうでもよきことなり。空々に看過して可なり。

豊玉五丁目の古書店一信堂にゆき、帰途西武に立ちより『近代女性史展』を見る。雑然として焦点なし。

（一）Matthew Arnold, *Culture and Anarchy* (1869) 'Sweetness and Light' のなかの有名な一節中の句。
It is in making endless additions to itself, in the endless expansion of its powers, in endless growth in wisdom and beauty, that the spirit of the human race finds its ideal. To reach this ideal, culture is an indispensable aid, and that is the true value of culture. Not a having and a resting, but a growing and a becoming, is the character of perfection as culture conceives it.　（下線編者）

十一月四日（水曜）

一日、書斎にこもりて「芸術生活」寄稿のための原稿「文章の鬼・尾崎紅葉」を書く。夜までかゝり、七枚を纏め上ぐ。次号完結の予定なり。

十一月五日（木曜）

午前九時古書［展］にゆく。一信堂並びに文学堂の好意にて「七人」四冊入手にきまる。又、くじ引にて運よくリットンの「夜と朝」十二冊全揃ひ（一）を入手す。都合三千五百円を払ふ。

十時半までに実践にかけつく。午前午後二回講義なり。二時半より一時間、実践文学編輯会議、午後四時半、銀座鳩居堂にて妻と落ち合ひ読売ホールにゆく。前進座見物のためなり。出し物は第一久板栄二郎氏（二）作『わが家に旋風起る』四幕、第二、『熊谷陣屋』、第三、長谷川幸延氏（三）作『写楽の大首』二幕なり。第一は愚劇の一語に尽く。評無し。『熊谷陣屋』は熊谷の小次郎身代りの一件を改め、単に戦死となし、それによって熊谷の無常観の喚起、並びに出家といふ順序に改めたるもの。改作者の意図はわが子の身代りなどは今日の見物に同感出来ずといふところにあるものゝ如し。さればとて、職業軍人としての熊谷がわが子の戦死によりて無常を感じ出家するなどゝは、余の如きは猶更、同感し得ぬところとす。かゝることに同感して出家するが人間性ならば、今回の大平洋戦争などにては何百万の出家出でゝも足りぬ筈なり。

熊谷出家の真相は実は彼れが領地争ひの訴訟に敗《ま》けたるがためなり。しかしながら、かくの如きは出家の原因として余りにもプローゼイックなり。かつて山本有三氏、こゝに作のモーチブを求めて『熊谷直実』（？）

の一篇をものし、中村吉右衛門、これを本郷座に演じたることあり(四)。大正末期のことなりしと覚ゆ。モーチブがモーチブなり。従って舞台の出来栄えも、吉右衛門の熱演にかゝはらず、極めて面白からぬものなりしやう記憶す。

さすがに『一谷嫩軍記』の作者並木宗輔は熊谷出家のモーチブを、わが子の身代りといふ、その当時の武士道の神髄のひとつなる忠義心に置き、忠義心のために親子の愛情を犠牲にするといふ悲劇を描きたればこそ『一谷嫩軍記』は歌舞伎の名作の一つとして称へられて今日に至れるなれ。このことを理解することなしに『熊谷陣屋』を演ずるは全く無意義なることに属す。今回の改訂者は「熊谷陣屋は決して歌舞伎劇として改訂演出したのではありません」(前進座所載、平田斎三氏「熊谷陣屋の改訂に当つて」)といふ。それならば、山本有三氏の如く、何故、全く別様のものをつくり出さゞりしや。人物、場面、音楽まで歌舞伎の「熊谷」を借りながら、歌舞伎にあらずとは何の謂ぞや。余を以て見れば今回の『熊谷陣屋』は所詮歌舞伎劇の改悪に外ならず。余は前進座びいきの一人なり。かくの如き改悪は前進座のために惜しむ。

長十郎の熊谷は決して悪しきにあらず。されど作そのもの、すでに悲劇味に乏し。努力の割に栄えざるは是非もなし。例の物語なども、いつもの熊谷の豪壮絢爛の趣きに乏しくて損なり。たゞし前段、組打の場の最後の悉陀太子(五)云々の浄瑠璃をこゝに応用せるは作者の手柄ならむか。又、死んだと見せたる敦盛が生きてゐてこそ弥陀六も活きるなれ、敦盛すでに亡し。この場の弥陀六は、蛇足なり。敦盛、小次郎の精霊を出せるも蛇足。況んや彼等と夫々の母親と言葉を交させるに至っては言語道断。近代的手法より云はゞ敦盛と小次郎とは舞台に出現することなく、たゞ夫々の母親の幻に見ゆるにとゞまるものならざるべからず。

『写楽の大首』は面白し。苦情を述ぶるために写楽を訪れたる高麗蔵が、急に写楽と和解する最後の場面に描き足らぬところあれど、写楽、高麗蔵などの芸術家気質も相応に描き出されて居り、近頃面白き作なりし。亀右衛門の写楽、長十郎の高麗蔵、其他、夫々よし。

(一) リットン著、益田克徳訳、若林玵藏記、『夜と朝 第一―一二冊』、東京、速記法研究会、明治二一―二三年、文庫所蔵。
(二) 久板栄二郎（一八九八―一九七六）劇作家。
(三) 長谷川幸延（一九〇四―一九七七）劇作家。
(四) 大正一四年一〇月、吉右衛門、三津五郎、時蔵一座公演、山本有三作『能谷蓮生坊』。
(五) 右に轡の哀れげに、檀特山の憂き別れ、悉陀太子を送りたる、車匿童子が悲しみも…（『一谷嫩軍記』須磨の浦組討の場）

十一月六日（金曜）

午前中、明七日、実践図書館にて美妙展観出品の整理に忙殺さる。午後立正に出講。六時帰宅。夕食後、美妙講演の準備に費す。

十一月七日（土曜）

午前十時実践にゆく。美妙遺墨書籍陳列のため（図書館楼上）種々差図《ママ》するところあり。午後一時より講演。余の題目は『美妙の史的位相』塩田良平氏の題目は『美妙の人物』、終［り］は三時四十分、聴衆約二百、先づ成功といふべし。実践女子大生の外に早大、立正大学などの学生も見えたり。昭和女子大よりも谷村女史福島女史なども見えたり。山田勝彦氏、文部省の三宅［・・］氏なども見ゆ。

夜、喜多山表装店、依頼し置ける玉堂『春富士』の直し。紅葉筆金色夜叉原稿の表装出来しとて持ち来る。

三千〔・・〕円を支払ふ。何れもよき出来なり。更に、紅葉の手紙、選句草稿などを依頼す。

十一月八日（日曜）

午後一時半実践の菱沼理事長、吉田理事、同じ車にて来る。実践へ出品の美妙のかずかずをかへしかたがた同じ車にて余等夫婦を牛込払方町教会へ連れ行かんとてなり。同教会にて三時執行さるゝ三木春雄君令嬢真由美さんの結婚式に一同列するためなり。基督教の結婚式は昨年、余の媒妁せる飛田茂雄君のと今度と、余に取り二度目なり。神式結婚に比するとき、基督教のは一層合理的にて厳粛《シュク》の趣きあり。たゞし教会にての披露宴は、この教会、焼けたる後のバラック建築のせいもありしならむか、やゝお粗末なりし。余も一席の祝辞を述ぶ。たゞし時間のためせき立てられて、思ふことの半ばをもえ云はず。同伴の妻曰くあのやうに拙きスピーチをきゝしことなしと。帰途又、菱沼理事長の車に送られかへる。（式場にて山岸学長、坪内、坂崎、小倉三氏に逢ふ）六時少し前なり。夕食後「芸術生活」のための「文章の鬼　尾崎紅葉」を読み直し、訂正するところあり。

十一月九日（月曜）

午前十時半、実践女子大出講。午後の授業、英文科四学年は坂崎氏指導にて博物館に正倉院宝物見学のために行けるため、休講とす。午後三時帰宅。久美子、茗渓会館にて友人某家の結婚式に列せるかへりなりとて立寄る。夜、明日昭和女子大出講のための準備などす。

十一月十日（火曜）

昭和女子大に出講。午前午後にわたり二回講義。昼の休み四十分間、其間、英文四年の三学生のためにペータア『文芸復興』を講義す。休むいとまなく迷惑なれど、学生の熱心さに動かされて、余も熱心に講義す。昭和女子大の講義は、今年だけのことなれば、省みて悔いなきものにしたしと、殊更身を入れて講義す。されど、前後を通じ四時間の講義なる上、午前午後とも聴衆百人をはるかに越えたることゝて、講義終りて、家にかへりて後は、さすがに疲労を覚ゆること多し。今日も亦然り。

夕食後丸善の粟野君来る。先日届け呉れたるグールモンの『デケーデンス』の代価一千三百円を支払う。グールモンのこの書は戦前一読せることあれど戦災にて失ひてよりは嘗つて目に触れたることなし。今夏、丸善を通して外国に注文せるもの幸ひに手に入れるなり。この書亦、余に取り大旱に白雨を望む如きの書なり。

十一月十一日（水曜）

午前十時、井手藤九郎君来る。「文章の鬼・尾崎紅葉」を渡す。美術談其他に時を過す。十二時少し過ぎ同君かへる。昼食の後、車を駆りて図書館にゆき内村鑑三全集三冊を借り出す。（『列仙全伝』を返へす）文学堂にゆき『情態・奇話人七癖』（一－九冊）（明治十七年刊、一、二〇〇円）眞山青果小説『憂』（四十三年刊、七〇〇円）(二)江見水蔭『ばんざい』（三十七年、二八〇円）を求む。帰り来れるところに一誠堂書店の目録来る。『進化學上より観察したる日露の運命』（卅七年、三五〇円）(三)幸徳秋水『長廣舌』（卅五年刊、一〇〇〇円）(三)を電話にて、注文す。幸ひに未だ売れずにありたり。

夕食後、福島大学の平井博君(四)、松柏社森氏と同道にて来る。平井君、ワイルド伝を同書店より刊行につき、その橋渡しをせる余に、挨拶に来れるなり。平井君に『歌舞伎』を贈る。酒井敏子夫妻来る。令雄より送り来れる拾万円を持参せるなり。在米耀子に手紙など認め十一時半就寝。

（一）眞山青果『憂』、東京、古今堂書店、明治四三年、文庫所蔵。
（二）加藤弘之『進化學より觀察したる日露の運命』、東京、博文館、明治三七年、文庫所蔵。
（三）幸徳秋水『長廣舌』、東京、人文社、明治三五年、文庫所蔵。
（四）平井博（一九一〇―一九七八）英文学者、文学博士。福島大学教授、のち同大学学長代行、他要職歴任。著書、『オスカー・ワイルドの生涯』、東京、松柏社、昭和三五年。

十一月十二日（木曜）

午前、妻を同伴、ペルシャ遺宝展を白木屋に見る。第二次東大イラク・イラン遺跡調査団収集品なりといふ。近頃の見ごたへある展覧会なり。美術といふよりも好古学的興味に富むこと大なり。ペルシャがギリシャに影響し、更にギリシャの影響を受くる経路出土の遺品によりて歴く証據立てらるところ興趣一しほ大なり。余一人、妻と別れて桜井兼素洞展を百一会館に見にゆく。稗田一穂、信太金昌の野火会なり。二氏共に山本丘人氏傘下なりといふ。山本丘人張りの絵なり。稗田氏は大阪の人、信太氏は秋田の人なりといふ。共通せる画風の中、どこかに夫々の郷土色ほの見ゆるも面白し。これらの人々、やがて絵画壇の寵児たらむ。それにしても絵画界急激に変りつゝあるを痛感す。とは云へ、余は、これらの人々の新傾向に必ずしも同感を寄するものにあらず。これらの作品に接する毎に、余はむしろ、大観、玉堂、百穂の墨潤、霊華の白描、古径の賦彩等に、愈々親しみを感ずるを禁ずる能わず。蓋し、そは、余の年齢と教養との然らしむるところ、おのづからのことなるべし。

午後一時、実践に駆けつく。二時半より教授会。五時帰宅。

十一月十三日（金曜）

午前、西武百貨店に催されたる近代女性史展に出品せる品々をかへし来る。午後、例により立正に出講、午後五時半帰宅。夕食後、加藤弘之の『進化學より觀察したる日露の運命』（一）と題する一書を読む。進化学における適者生存、不適者滅亡の原理を日露の両国に当てはめ、日本を適者、露国を不適者として日露の将来を予測したるもの、三十七年の日露海戦直後の講演筆記なり。進化論のイデオロギーによれる論理的遊戯なり。御目出度き際物的著述なり。それにしても著者の予測は、今日において、日露正反対になれるこそ皮肉なれ。

十二時就寝。

（一）本間久雄『続明治文学史　下巻』、一九―二〇頁参照。

十一月十四日（土曜日）

午前九時新井寛君来る。「表象」［誌］上に掲載すべく、国語問題につきて諸家におくれるアンケートに、その代表として余の名をかゝげたるは、余に取り迷惑なり。そはもともと余の関知せざりしところ、取消し方望みたしと余より申入れたることにつき相談に来れるなり。十時少し過ぎ家を出で、車にて歌舞伎に駆けゆく。十一時の開幕に間に合せんとてなり。いつもはそれほどでなけれど、今日はいかにしけむ。途中、交通整理とゝのはず、殊に飯田橋にては、ものゝ二十分も車、立往生の有様にて歌舞伎座につけるは十一時を三十分も過ぎて開幕劇『羽衣』閉幕となれり。

第二の『元禄忠臣蔵』は近頃の観ものなり。寿海の豊綱品もあり白も明瞭、中車の助右衛門も豊綱との白のやりとりに、緩急自在を恣にせるところ、称するに余りあり。流石に前進座の翫右衛門の同じ役とは、芸格において雲泥の相違なり。たゞし巌谷三一氏の改訂（この作のかり込み方）は感心せず。そのために幸四郎役の新井白石の如き、すこぶる軽き役となれり。原作に描かれたる学者としての白石の風貌舞台に求めて得べからず。又、助右衛門の吉良上野介と思ひちがへて豊綱に槍をつくる一段の如きも原作にては、豊綱とわかりながら、尚、執拗に豊綱に打ってかゝる気狂じみたところあれど、今回の改訂にては豊綱とわかりて、直ちに平頭低《〔ママ〕》身して詫ぶることになり居り、その方が一般の観客にはわかり易かるべけれど、それだけに原作に描かれたる助右衛門の一面野性的なる性格が、曖昧となれり。これに比すれば前進座のは殆んど原作通りなりき。歌舞伎座にて黒川一氏に逢ふ。談、偶々この改訂のことに及ぶ。氏曰く、嘗つて時間の都合上、青果氏の作を刈り込まざるを得ざりし折のこと、偶々その座にありし岡本綺堂云へることあり。「刈り込むほどならば上演せぬがよし」と。さすがに綺堂の言なりと余ひそかに感心す。第三の『関の扉』は舞踊劇の大物なれど、所詮今日の出し物にあらず。退屈極りなく、余の如きも幾たび欠伸を堪へしか知れず。余、往年、先代幸四郎の関兵衛、菊五郎の墨染桜、先代宗十郎の宗貞にて観たることあり。今回のとは、さすがに一際大きく、三人とも舞踊の名手とて、三者のからみ合ふ手振りなど、おのづから調子とゝのひて、水も漏らさぬおもむきありし。今回の勘三郎の宗貞、特に悪し。姿も声も手振りも。そはこの役に打ってつけの先代宗十郎の宗貞、今なほ、眼底に残り居ればにや。第四の『人情噺文七元結』は低級なる世話狂言。勘三郎の左官長兵衛、芝鶴の女房お兼、共にふざけ過［ぎ］てよからず。尤も狂言が狂言なれば演技も低調にて可なるべきか。歌右衛門の角海老女房お駒は、この芝居には勿体なき程の上品なる女房なり。

十一月十五日（日曜）

午前、実践女子大国文科四年の高村〔・〕子、青森より贈られたる林檎なりとて一箱持ち来る。午後熙を連れて日展にゆく。日曜のことゝて千客万来の賑ひなり。部屋々を一巡、西洋画の部に、中沢、有島、鈴木（信太郎）辻氏等二三を除きて日展は年毎に堕落しゆくにや。次に寛永寺にて開催の入札古書展にゆく。熙を連れたることゝて大急ぎにてこれも一巡。かへりに池の端連玉に立ち寄り、熙に天ぷらそばを馳走し、清香にそばの土産を求めかへる。

十一月十六日（月曜）

実践に出講。寒き日なり。午後の出講を了へ坂崎君の室にて小憩。坂崎君の実践大学新聞のことにつきての苦労談など聞く。余亦同感を禁じ得ず。ジャーナリズムに携はれることなき学校当局の人々には、つひにその苦心、労苦、理解せられずに終らむか。もし、さならむには同君に気の毒の至りなり。五時帰宅。夕食後雑著など乱読。収穫なき、淋しき一日なり。

十一月十七日（火曜）

昭和女子大に出講。昼の休みの時間に教員室に、英文科四年四名、例のペイタア『文芸復興』の講義を聞きに来る。その熱心嘉すべし。余亦熱心に講義す。そのためにや一時よりの『文学概論』の講義、いさゝか疲労を覚ゆ。戸谷、水原両女史より試験採点の提出を促らる。余未だ採点に手をつけず。こは、期したることとはいへ、余に取り厄介千万の仕事なり。三時半帰宅。五時半夕食、直ちに採点に取りかゝる。九時に至り、漸く「文芸史」採点（国文、英文三年）を済ます。今日も学的に何等収穫なき一日なり。加ふるに朝来の出校、講義にて疲労甚だし。

十一月十八日（水曜）

午前十一時頃、妻と共に三越にゆく。靴其他の買物の用件を兼ね、洛趣会主催の京都料理を味はんとてなり。京都料理は一向おひしからず。同じ卓子にて、偶然に「美術街」の大山廣光君（一）に逢ふ。大山君亦、この料理を味はんとて来れるらし。同君より同伴の〔・・〕夫人を紹介さる。夫人は、折柄三越画廊にて開催中の夫君の展覧会（二）のために来れるなりといふ。画廊にて〔・・〕氏に逢ふ。茶器、壺、皿などかずかずあり。何れも高雅なり。この種の展覧会中、近来の観ものなり。帰途地下鉄にて上野松坂屋にゆき、羽黒洞主催の日本画展を見る。印象に残れるほどのものなし。風月堂にて茶を喫しかへる。

夕食後書斎に入り昭和女子大の採点に従ふ。十時漸く終る。ドライこの上もなき仕事なり。妻に採点表記入を依頼す。

今日もこれといふ得るところなく、淋しき一日なり。

（一）大山廣光（一八九八―一九七〇）劇作家、演劇評論家、詩人、雑誌編集者。

（二）洛趣展と同時期に三越にて開催されていたのは、白甲社日本画展および楠部弥弌作陶展。楠部弥弌（一八九七―一九八四）陶芸家。

十一月十九日（木曜）

午前、奥村土牛氏に使をやり、兼ねて依頼し置ける梶田半古の箱書四幅を持ち来らしむ。実践において十時半より二時半迄、午前午後にわたり例の如く二回講義。地下鉄にて広小路までゆき、車を拾ひて博物館に駆けつく。正倉院宝物特に『樹下美人図』を一見せんとてなり。驚くべし、門前、二三町にわたり長蛇の列をなせり。一見せるところ服装より推し中、高あたりの学生大部分を占め居るものゝ如し。時に三時二十分。この列果てたる後に切符を買はんとすれば閉館の四時を恐らく過ぐるなるべし。たとひその前に入り得たりとするも、混雑にまぎれてロクロク鑑賞することかなはざるべし。むしろ見ざるに如かずと、そのまゝ、車をかへして、再び広小路に出で、電車に乗りかへてかへる。

中、高生等が、国宝を見んとて、かくまで群れ集ひたる、その熱心、賞するに余りあり。たゞし、彼等の中、幾人［が］、真によく国宝の価値を認識し得べきかは疑問中の疑問なり。正倉院宝物の十全の認識のためには比較考古学的にも、或ひは芸術史的にも前以て、相当の準備必要なり。何等の知識的準備なしに、会場に赴くことは、徒らに会場を混乱せしめ、真摯なる鑑賞家の妨害をする以外に何の益もなきことなり。この展覧会の企画者開催者は、これにつきて一考を煩はしたることありや。おもふに彼等はたゞ入場者の数の多きをのみ問題として、入場者の質につきては毫末も問題とせざるものゝ如し。彼等企画者も亦、今日流行の軽佻浮薄なるマス・コミの渦中に陥りて、而もそを得意として自ら喜べるものゝ如し。

夕食後、図書館より借り来れる『内村鑑三全集』三巻（十二、十三、十四）を拾ひ読みす。基督教の立場より日露戦争に反対せるかずかずの文章は真に侃諤の議論なり。日露の役と文学との関係を考察する上のよき資料なり。

「微なる非戦論」、「寡婦の声」（十二巻224p）などは、晶子、楠緒子等の例の新体詩と対照して愈々興趣を感ず。

「社會主義と基督教」（同256p）亦注目を要す。

「社會主義は肉の事なり、基督教は霊の事なり、社會主義は地の事なり、基督教は天の事なり、我空腹に苦む、願くは食を與へよと、是れ社會主義なり、鹿の渓水を慕ひ喘ぐが如く我が霊魂はエホバの神を慕ひ喘ぐなり（詩篇四十二篇一節）是れ基督教なり、二者の間に天壌雲泥の差あり、吾人は二者を混同すべからざるなり。」（三十八年八月）（一）

（一）本間久雄『続明治文学史　下巻』、五―八頁参照。

十一月二十日（金曜）

採点表を昭和女子大に速達にて送る。午後立正大学に出講、午後五時帰宅。夕食後『内村鑑三全集』など拾ひ読む。日露役と文学との関係につき種々考案するところあり。十一時就寝。

十一月二十一日（土曜）

曇り日なり。午後一時半、車にて早大大学院会議室にゆく。「表象」主催の国語問題座談会出席のためなり。講師は余の外に小宮豊隆、服部嘉香、福田恒存、山本健吉、大野晋諸氏、聴衆八十人、近来の盛会なり。朝日新聞、共同通信、N・H・Kなどの記者も来り居るとのこと、国語問題が、いかに世間の注目を浴び居るかを察するに足れり。講師順々にその意見を吐く。余も亦、常に懐抱する一端を述ぶ。大野氏の意見は、流石に氏は国語学の専門家だけに学問的に傾聴すべし。山本氏、福田氏のそれも亦、国語審議会の人々と親しく対談して得たるものだけに、国語審議会の連中の国語改悪の目標の奈辺にあるかを愈々明かにするを得て、興深かりし。五時半、中座して車を駆りて雨の中を赤坂プリンス・ホテルに駆けつく。市河三喜博士の文化功労賞授賞祝賀会に列せんとてなり。会場にて斎藤勇（一）、福原麟太郎、矢野峰人、土居光知、山宮允、大和資雄氏等に逢ふ。斎藤氏より始めて松浦嘉一氏（二）に紹介さる。日本英文学会、日本言語学会の主催になるだけ、参会［者］は殆んど斯道の専門家のみなり。集まれるもの約六十名、世話役は中島文雄氏（三）。高津春繁氏。中島氏の挨拶につゞきて、福原氏の祝辞、余の乾盃の音頭取り、つゞきて食事に入り、テーブル・スピーチには相良守夫（四）、矢野峰人、大和資雄、山宮允、斎藤勇諸氏。各方面より市河氏の人物を語りて遺憾なし。最後に市河氏の挨拶あり。その挨拶の中に、氏は晴子夫人の氏を評せる言葉を紹介す。曰く、「市河はカツブシの如し。黒くして堅し。しかし噛みしめて味はひあり」と。蓋し、最もよく氏の人格を評し得たるものならむか。九時散会。家につけるは十時頃なり。今日はあわたゞしき一日なり。

（一）斉藤勇（一八八七―一九八二）英文学者、東京大学教授、昭和五〇年度文化功労者。
（二）松浦嘉一（一八九一―一九六七）英文学者、鶴見女子大学教授。
（三）中島文雄（一九〇四―一九九九）英語学者、東京大学教授。
（四）相良守夫（一八九五―一九八九）独文学者、東京大学教授。

十一月二十二日（日曜）

午前山田勝彦氏来る。令息、来年、早大高等学院受験したしとのことにてその相談に来れるなり。氏は美妙の三男、種々美妙のことなどを語り合ひ正午頃かへる。午後五時、歌舞伎座に至る。学芸会主催の観劇のためなり。大浜総長を始め、大勢の旧知に逢ふ。一幕目の『桜姫と権助』は南北の『桜姫東文章』を改訂せしもの。改訂者は三島由紀夫氏なり。大に期待せりしが、それほどのことなかりし。四幕六場の大物。五時開演にて、八時まで三時間を費す。場面の変化もあり、白の面白味もなきにあらねど、三時間はさすがに退屈なり。歌右衛門の桜姫はとにかく妖艶にて歌舞伎らしき味ひもあれど幸四郎の清玄はその人にあらず、二役権助も、南北の描く小悪党の陰影に乏し。先代左團次などならば相当に面白く見られしものならむか。吹替の清玄幽霊はたゞ滑稽の一語に尽く。歌舞伎の大舞台も亦、南北のかゝる陰惨なる芝居を演ずるに不適当なり。却って、どこか場末の劇場、例へば新宿第一劇場などやゝ適当ならむか。

次の『其小唄夢廓《ゆめもよしはら》』所謂権上の場なり。これは別に期待もせざりしが、意外に面白かりし。寿海の権八は、さすがに白のメリハリなど見事なり。寿海、今年、七十三才、余と同年なり。容貌風姿の衰へたるは是非なけれど、その朗々たる音声に至りては往年といさゝかも変れるところなし。先代の左團次一座にて錬磨せる芸の力、流石にと感嘆せり。これに比するとき幸四郎の如き、まだまだなり。歌右衛門の小紫は濃艶。第三の『牡丹雪』は北條秀司氏作並に演出。二幕四場なり。筋書にては面白さうなれど舞台にては一向面白からず。それに主人役の勘三郎など、六代目菊五郎の芸風を学び、白のメリハリなど、自然に自然にと力めたるためにや、歌舞伎座の大舞台にては白もロクロク透らず、損なやり方なり。寿海の鳶頭松次は、一寸出るだけなれど、舞台を締めて見事なり。白も亦明晰なり。第二場、料亭の離座敷にての中車の志摩屋主人情五郎の松次との談合は二人の意気合ひて息をもつけぬ妙味あり。たゞし第三場温泉宿にての老耄せる情五郎は、やゝやり過ぎにて感心せず。老耄のさまなどすべて誇張に失す。観客は、人生の滋味をこの場より感受する代りに、徒らに哄笑を誘はるゝのみ。この場の勘三郎の夜番粂造亦然り。余は最後まで見るに堪へず、早々にして引き上ぐ。車を拾ひ、家にかへれるは十一時。

十一月二十三日（月曜）

勤労感謝の日とて休日。一日書斎にこもる。滑稽なるは「勤労感謝の日」といふ名目なり。誰れが誰れに感謝するとの意か。不勤労者が勤労者に感謝するとの意か。或ひはその反対の意か。いづれにしても不得要領なる、恐ろしく散文的なる名称なり。新嘗祭といふ詩的なる名称を排除して、何故にかゝる無意味なる散文的なる名称を用ゐることとなりたるにや。愚の至りなり。

閑寂の一日なり。内村鑑三、幸徳秋水等の文章（秋水の『長廣舌』）などを拾ひ読みして、日露の役と文学につきての構想に耽る。

十一月二十四日（火曜）

午前より午後にかけ、昭和にて講義。かへりに実践に立ちより、理事長に逢ひ、二十八日夕の英文科懇談会へ招待したき由を伝ふ。理事長快諾。家にかへれるは午後五時。

十一月二十五日（水曜）

朝より秋雨、憂鬱なり。正午、妻同伴、三越にゆく。買物を兼ね、七階にて昼食。今日は特別にまづし。雨をついて大手町の関東財務局にゆく。管財部物納財産課のハナ川俊明氏小林正治氏等と逢ふ。雑司ヶ谷町一四四の余の居宅一部、前地主竹内りやうの物納土地になり居れるにつき、その払下げのための相談なり。かへりに駿河台の古書展にゆく。ジョンソンの『ラセラス伝』の明治十九年に邦訳されたるもの（一）を発見す。その存在は知り居れど、実際に見るは始めてなり。余にとりて珍らしき掘出しものなり。代価一万五千円。その他「小天地」二巻七号（四百円）内村鑑三の『獨立情興』（三十五年刊、四百円）（二）などを求めかへる。夕食後は書斎に入り、明木曜の実践大講義の下調べなどす。十一時就寝。

（一）ジョンソン著、丈山居士（草野宜隆）訳、『王子羅西拉斯傳記 前・後篇』、東京、奎文堂、明治一九年、二冊、文庫所蔵。

（二）内村鑑三『獨立清興』、東京、警醒社書店、明治三五年、文庫所蔵。

十一月二十六日（木曜）

晴天。午前午後にわたり実践大講義、二時半、同校内に新らしく設けられたる「新聞編輯室」にて、坂崎君中心にて会議あり。守隨、窪田両氏、平尾、木幡両女史参集。芝の美術倶楽部売立に、川村清雄（一）の銘品ある由にて、学校のかへりに是非一見せばやと思ひ居りしが、右会議にて、そのことえ果さず。遺憾限りなし。夕食後は書斎にこもり、日露役と文学の関係につき何かと思ひをめぐらす。

（一）川村清雄（一八五二―一九三四）洋画家。高橋由一や川上冬崖に洋画を学ぶ。

十一月二十七日（金曜）

午前、関東財務局小林正治氏外一名来る。余の宅地中の公有地二十三坪の件につき種々談合す。午後立正大学に出校。午後五時帰宅。寒き日なり。不愉快なる一日なり。夕食後書斎に入り、昨夜の如く、日露役と文学との関係につき考案するところあり。

十一月二十八日（土曜）

昨夜同様、うす寒き日なり。午前中より書斎に閉ぢ込もれど、読書にも思索にも纏りたることなし。午後四時半家を出で渋谷駅畔の料亭二葉亭にゆく。実践女子大英文科教授講師懇親会に列するためなり。菱沼理事長を招ぐ。集まるもの二十名。余、一場のテーブル・スピーチをす。料理はフランス料理に名ある店だけに近頃の舌福なり。会費千円。九時かへる。会はなごやかにて近頃の愉快なる一夜なり。入浴後十一時就寝。

十一月二十九日（日曜）

晴天。午前中用件の手紙二三を書く。十一時半大隈会館完之荘にゆく。余の小学校時代（郷里）の友人氏家親治氏の肝入りにて、その頃の友人五名（余を入れて六人）と会し、昼食を共にし、懐旧談に耽らんためなり。集まるもの前記氏家氏を始め、小鷹利三郎、穴沢精一、丸山英一、高橋里美の五名なり。何れも余と同年或ひは一年の年長なり。往年の紅顔の美少年、白頭翁となりて今相会す。感深きものなきにあらず。四時帰宅。夕食後は、明日の実践女子大にての講義の準備に費す。入浴、十一時就寝。

十一月三十日（月曜）

晴天。午前午後、実践女子大にて講義。四時帰宅。

夕食後、明、昭和女子大にての講義準備。昨日一読する機会を失せる朝日新聞日曜版を一瞥す。笠信太郎氏の「後ろ向きの日本」と題し、お城と勲章の復活のことにつきて論ぜる文章あり。侃諤の議論なり。余は私学に学び、骨の髄まで、私学精神に養われたるもの、勲章の如き、何等の興味なきのみか、むしろ児戯に類するものとして侮蔑に値するもの丶如き思ひを日頃抱き居たり。笠氏の説、たまたま同志を得たる如き思ひす。

岸首相、国会周辺の今回のデモにつき、議会において暴力の排除すべきを説く。その説やよし。たゞし、その暴力の依って来る所の何処にありやに思ひをいたしたることありや。余もとより、今回のデモの暴力沙汰を嫌忌し排除す。しかしながら、議会において、多数をたのみて、常に問答無益の行為を繰りかへしつ丶ある首相及びその一党の敢てなしつ丶あるところ亦一種の暴力なることを彼等嘗つて反省せることありや。余は、首相又その一党のこの暴力を今回のデモ隊のそれ以上に嫌忌し排除す。入浴後、十二時就寝。

十二月一日（火曜）

晴天。例の如く昭和女子大に出講。四時半帰宅。夕食後、復刻「平民新聞」を拾ひ読みす。巻頭の西田長寿氏の長篇の解説は有益なる読みものなり。

十二月二日（水曜）

晴。午前、喜多〈山〉表具師、依頼し置ける紅葉書簡（小波宛）及び紅葉選句表装持参。二千三百円を払ふ。午後三時、大隈会館にて菱沼理事長、吉田、伊藤両理事の来るを待ち合せ、演博に案内す。坂崎、三木氏来り会す。菱沼氏に誘はれて一同（三木氏のみ所用にて行を外す）石切橋の橋本にて会食。後、理事長の車に送られてかへる。八時。何となく疲れたれば、書斎にえ入らず。炬燵にて妻と雑談。十時半就寝。

十二月三日（木曜）

曇り。例の如く実践女子大に出講。午後四時帰宅。午後七時、丸善の粟野君アーサア王物語についてのオクスフォードよりの新着書を持参す。題は、Stories of King Arthur & his Knights 著者は Barbara Leonie Picard といふ女性なり。粟野氏かへれるのち序文及び三章まで読む。全篇二十七章なり。序文によればマロリーの著書を土台として他の資料をも加へて平易に書き下せるものゝ如し。三章 (1) The sword in the Stone (2) How Arthur gained excalibur (3) The Marriage of Arthur なり。読みたる限りにては、又、二十七章の題目を一瞥したる限りにては、講談社より依頼を受けゐたる例の少年少女向きの台本としては先づ好適なるものの如し。十二時就寝。

十二月四日（金曜）

午前十時、妻の大和にいく車に便乗。壷中居にて関尚美堂の日本画展覧会を見る。土牛、龍子を始め現代日本画壇の人気者を集めたる展覧会。土牛の桃、最もよし。たゞし、全体としては例によりて例の如しといふべきのみ。次いて兼素洞の第百生命館の「橋畔会第一回展覧会」の油絵を見る。作品は春陽会々員中谷泰、南大路一、自由芸術会々員森芳雄三氏なり。余に取り何れも新顔なり。南大路氏のは抽象絵画にて、余の理解しがたきものなれば別として、中谷、森両氏の作　殊に中谷氏の「明石の瓦焼」「陶土」森氏の「高原」にはいたく動かされたり。その素朴なる筆触、大担なる構図、素直なる、而も清新なる自然観照等、余の共鳴を禁じ得ざるものあり。近頃での印象深き展覧会なり。或ひはその直前に見たる壷中居のが余りに型に堕ちて無興味、無印象のために然りしにや。それにしても兼素洞が先頃の野火会（十一月十二日）といひ、今度の橋畔会といひ、新人に眼をつけ、彼等を守り立てんとする意気嘉すべし。それより戸隠そばにて昼食、直ちに立正大の一時よりの講義に駆けつく。帰宅五時。夕食後は疲れたれば何事をもえせず入浴後、十時寝に就く。

十二月五日（土曜）

寒き日なり。少し風邪の気味にて引きこもる。午後一時頃配達の郵便物の中に五日、六日開催古書展の目録あり。五日は今日なり。郵便の遅配はいつものことながら、迷惑至極なり。取る手おそしと目録を一覧、欲しきもの少しあり。電話にて注文せしもすでに売れ切れて間に合はず。たゞし饗庭篁村『むら竹』（一―十八）(一)原抱一庵訳の『聖人か盗賊か』(二)のみ手に入れり。

（一）饗庭篁村『小説 むら竹』、東京、春陽堂、明治二二―二三年、文庫所蔵。

（二）リットン著、抱一庵主人（原余三郎）訳、『聖人か盗賊か 上・下篇』、東京、今古書店、明治三六年、文庫所蔵。

十二月六日（日曜）

午前。高橋雄四郎君来る。職業のこと其他雑談。昼食後、神田古書会館にゆき、昨日電話にて注文せる『むら竹』（二千円）『聖人か盗賊か』（三百五十円）を求め、かへりに明治堂に立ちより杉村楚人冠の『七花八裂』(一)（三百円）を併せ求めかへる。

夕食後書斎に入り、「芸術生活」への寄稿文「文章の鬼・紅葉」のつゞきを書く。

（一）杉村縦横（廣太郎）『七花八裂』、東京、丙午出版社、明治四一年、文庫所蔵。

十二月七日（月曜）十二日（土曜）

この六日間日記をつくるのを休めり。特に書くことのなきにもよれるなれど、一つは書くことの大儀なりしによれり。それほど身の衰へしるきともいひつべきか。

十二月十三日（日曜）

朝より書斎に入り机に向ひ新しく原稿紙を前にし、日露役と文学の稿を書き始めんとす。冒頭の如何によりて全体の調子定まるなれば書き出し慎重ならざるべからず。考案中、（午前十時）岡保生君来る。風葉其他の文学談に耽る。昼飯を共にす。午後一時立正大の中島助教授来る。同大学英文科人事問題につき種々相談を受く。人事問題の中心は余の友人市川又彦君のことに関す。同大学には余は単なる一講師にて人事問題などにつき口を入るべきにあらず。されど事、市川君のことに関することなれば、袖手傍観も情誼に欠くるところあり。中島君の勧めに従ひ、事の成否はともかく一臂の力を添へざるべからず。同君午後四時かへる。休むいとまもなく昭和女子大の谷村女史来る。今春同大学にて美妙展覧会開催の折、いさゝか力を添へたることあり。その礼にとて菓子折など持参せらる。学校より受くる礼ならばともかく、女史一個人としての礼は受けかぬるとて辞退せりしが、たってとのことにて受け収めぬ。さりとは谷村女史情誼にあつき人なり。夕食後書斎に籠れど昼間の疲れにや、新稿に筆を下す勇気なく机辺のもの何かと拾ひて読み渉るにとゞむ。

十二月十四日（月曜）

午前、実践に出講。昼の時間に理事室に理事長を訪ね、坪内士行君身分のことにて懇談す。理事長は坪内君の一書『坪内逍遙』を一読して以来、坪内君に多大の同情を表し居れり。士行君廃嫡の原因の恋愛問題と連関して逍遙先生の処置の酷に失することをむしろ憤り居るものゝ如し。殊に理事長、最近（先々月末）双柿舎をたづねて、その庭園其他の見事なるを見、而も、逍遙没後、これら見事なる遺跡の士行君に何等の関係なきものとなりしことにつきて、士行君にいたく同情を表し居るものの如し。その点は余も同感なり。少なくもその遺族に対しては先生は薄きに過ぎたる感なきにあらず。とは云へ、先生の立場、余、亦理解し得ざるにあらず。血縁関係より生ずる愛憎其他はとかく第三者の窺ひ知るを得ざるものあり。逍遙先生対士行君の関係亦その一なり。

午後三時、渋谷文化会館地下室にて坪内、市川二君と落ち合ひ、昨日、立正大学の中島君のもたらせる人事問題につき種々談合す。帰宅は六時。夕食後は疲れたるまゝ何事をもえせず。十時入浴、就寝。

十二月十五日（火曜）

朝より雨。寒し。十五日なれば古書展の例日なり。いつもは二三日前に目録来れど此度にかぎり其事なし。或ひは休会なるやも知れずと会館に電話にてたづねしところ、例会あり。目録も夙に送れりとのこと。午前より午後にかけ、例の如く昭和に出講。雨やまず、寒さいやまさる。昭和よりの帰途、古書会館に立ちよる筈なりし予定をかへて四時家にかへる。未だ目録来らず。いつものことながら文京区の郵便の遅配、困ったものなり。午後六時、永山画商来る。逍遙先生の書幅（マクリ）の鑑定並びに秋草道人の書幅箱書き依頼のためなり。

逍遙先生の書幅は真跡。たゞし、印章にやゝ疑問あり。秋草道人の書幅（画讃）見事なり。秋草道人の箱書をする因縁なけれど道人亦余に取り稲門同学の先輩なり。依頼のまゝ、箱書す。

十二月十六日（水曜）

午前、早大にゆく。今年後半期の年金受取りのためなり。午後書斎に入り、明治文学史の考案に耽る。夕刻、東京堂赤坂君来る。明治文学史上巻増刊につき、写真版紛失のため新たに写真製版の必要ありとてその原物を借りに来れるなり。全部にて五十余。探し出すこと中々の困難なり。二時間余を費して漸く四十五六種を取揃へ渡す。同君帰れるのち、更に調べ探せりしかど、どうしても二個は手元になし。いづれは早大図書館にて借り出さゞるべからず。厄介なることなれど増版のためなればと、独り自ら慰む。

十二月十七日（木曜）

寒き日なり。例の如く実践に出講。午後二時半よりの教授会に出席。午後五時帰宅。昭和女子大英文科四年の阿部、加勢、中島の三嬢来る。山形屋の海苔持参。書斎など見せ、暫く談話。三嬢とも熱心なる学生なり。

十二月十八日（金曜）

午前早大図書館にゆく。明治文学史上巻写真版のことにつき借り出したきものありてなり。明治三年版の『西国立志篇』（一）の扉必要なれど汚れ居りて用ゐがたく、止むを得ず木内書店に電話にて注文、幸ひに在庫品あり。買ひ求む。定価千五百円也。「驥尾團子」（二）早大特別図書なれば他日東京堂より写真師を向くることを依頼しかへる。午後赤坂君来る。写真原図四、五を渡す。

（一）斯邁爾斯著、中村正直訳、『西国立志編』（初題『自助広説』）、全編一一冊、静岡、木平謙次郎、明治三―四年。スマイルズの『セルフ・ヘルプ』の邦訳。当時の青年にひろく読まれ多大な影響を与えた。

（二）「日本一誌　驥尾團子」、「團團珍聞」附録が独立したもの、明治一一年創刊。

十二月十九日（土曜）

午前、実践にゆく。俸給を受けとり、帰途、渋谷の古書店に立ち寄り、雑本数種を求む。午後一時、サン・バード（一）にゆく。星川夫妻の招待を受けたればなり。余等夫妻、星川夫妻、熙都合五人なり。耀子なきは淋しけれど、彼女はアメリカにて、より幸福なる身分なれば淋しなど云ふべからず。料理もおいしく、気の置けぬ愉快なる忘年会なり。西銀座センターなど散歩、一同車にてかへる。（星川は途中より早大にゆく。）午後五時井手君、大本嬢他一人を伴ひ来る。御木氏の歳暮を託されたりとてなり。雑話数刻かへる。夕食直後、小島かね子氏来る。朱泥の水さしを贈らる。夕食を馳走す。

昼間、外出の留守中、都築佑吉君来る。歳暮として入船煎餅及パイロット万年筆を贈らる。

小島氏かへれる後、書斎に入れど何事をもえせず。今日古書店にて求めたる雑書数種を改めて一瞥せるのみ。

十時入浴、そのまゝ就寝。

（一）サンバード、エスビー食品経営のレストラン、有楽町高速道路下、西銀座デパート向かい。

十二月二十日（日曜）

朝より雨降り、寒さきびし。一日中書斎にこもり戦争と文学との関係について考案、漸く筆を下す。たゞし三枚のみ。

十二月二十一日（月曜）

冷え込みたるためにや腰筋痛の気味なり。午後肥後和男氏来る。床の間に掛けある百穂の『冬山』（湖山煙處）を一見、感嘆久うす。氏の乞ひのまゝ霊華の作品、紅葉の原稿手紙などを取り出し、共に語り、共に談ず。氏は京都帝大国史科出身にて、現に教育大、立正大学の教授なり。夕食後、書斎にこもり机に向ひて、又々三枚ばかりをものす。夕方志賀謙君妻まさ子さん来る。御歳暮のためなり。

十二月二十二日（火曜）

冷え込み甚だし。今朝は零下二度なりといふ。午後二時、新井寛君来る。鯛の浜焼を贈らる。暫く雑談。実践女子大の忘年会にゆく。今年は家政科の主催にて芝の三井会館にて開催。会館は三井財閥華やかなりし頃の迎賓館なりしとのこと、豪華にして装飾の工合などどこか英国風なり。ターナア（一）の作品二個あり。余、往年滞英中テート画廊に屡ゝターナアを見たることあり。そのかみのことなど思ひ出でゝ興殊に深し。六時半閉会、余ひとり、いそいでかへる。少し風邪の気味なれば遅くなるを恐れてなり。七時半帰宅。留守中、清水喜平氏より鮭、向山泰子氏より山菜漬夫々送り来る。又、国雄妻芳子、特級酒白鷹一升並びに銚子、盃五個持参す。過日机を贈れる礼にとてなり。

（一）Joseph Mallord William Turner (1775-1851). イギリスの画家。

十二月二十三日（水曜）

快晴。胃の工合よろしからず。午後二時、妻ともとも三越にゆく。七階食堂にて都築佑吉君と逢ひ、サンドヰッチを共にす。同食堂にて大浜信泉氏夫妻に逢ふ。都築君と別れ、酒、果物其他を買ひ求め車にて四時帰宅。間もなくかねて約束し置ける志賀謙、行吉邦輔（一）二君相携へて来る。行吉君は早大大学院修了の報告を兼ねて来れるなり。雑談。大阪の高尾彦四郎書店の目録「書林」来る。中に求めたきもの数種あり。電話にて注文せるにすべて売切れなり。高尾書店曰く、目録は十二月一日、一様に全国に発送せるなりといふ。今日、余の手に入れるを見れば其間二十余日、恐らく郵便の遅配未曾有のことなるべし。

特に文京区において停滞最も甚だしといふ。迷惑此上なし。暫くぶりにて晩酌。国雄より贈れる銚子、盃にて銘酒を味ふ。酒の肴は浜焼、カマボコと焼豆腐、オツユ、山菜漬、アサヅキ、真に山海の珍味とはこれ。夕食後書斎に入れどえ書かず、え読まず。無為に過ごす。入浴後十時半就寝。

（一）行吉邦輔（一九三一ー　）、のち中央大学教授。

十二月二十四日（木）

晴天。正午少し前、昭子《ママ》、三上正寿氏相次いで来る。三上氏より令嬢高［校］入学につきての相談を受く。昼食を共にす。村松定孝君来る。喜多恭子嬢来る。早稲田大学常務理事村井氏並びに庶務副課長佐久間氏相携へ来る。大浜総長よりの使ひとして歳暮の品々持参せらる。かゝること始めてのことなり。名誉教授には今年より贈ることゝせりとのこと、大浜氏の情誼に厚き、謝すべく、又、学校のため嘉すべし。夕食に晩酌少し、食後書斎に入り、「戦争と文学」(二)の稿をつゞく。

（二）本間久雄『続明治文学史　下巻』、第二章「日露戦争と文学」二六―九三頁参照。

十二月二十五日（金曜）

神田一誠堂の歳末古書展にて雑誌「評論」（二冊）「城南評論」（七―十二）を買ふ。共に六百円也。近頃の掘出し物なり。駿河台に新興古書展にも行きたれど、この方は買ふものなし。夕食後書斎に入り「戦争と文学」考想《ママ》に苦しむ。

十二月二十六日（土曜）

晴。妻の大和に行くに便乗。丸善にゆく。栗野君に逢ふ。新着物の書棚に Harvey, Oxford Companion to French Literature (一) を見出し、買約す。

帰途、又々一誠堂に立ちより昨日一見せる川村清雄の薫園宛書［翰］(二)、上司小剣の笹川臨風宛書［翰］(三)（前者千円、後者三百円）外に「演劇《ママ》画報」明治末期、大正初期のものなどバラにて十二三冊を求む。（七百円）

午後四時野溝七生子女史(四)来る。女史は東洋大学出身にて同大学教授なり。故意々々京都より取り寄せたりとのことにて銘菓雲龍を贈らる。氏は比較文学を専門とせる人、現代女流学者として優れたる人の一人なり。四時半頃より高賀貞雄、三木春雄、市川又彦、坪内士行君相次いで来る。これ、余の宅にてクラス会を開くことになり居ればなり。橋本のうなぎ、妻の料理のかずかずにて、各、酒盃を傾く。何れも古稀を過ぐる三四、白頭に恥ずんば禿頭、話題多く、墓のこと、死後のことなり。面白からず。余亦強ひて快を装ふのみ。八時半皆々かへる。入浴、雑書乱読、十二時就寝。

（一）*The Oxford Companion to French Literature*, compiled & edited by Sir Paul Harvey and J.E. Haseltine (Oxford: Clarendon Press, 1959).

（二）川村清雄、『日記』三四年一一月二六日（二九六頁）参照。金子薫園（一八七六―一九五一）歌人。

（三）上司小剣（一八七四―一九四七）小説家。笹川臨風（一八七〇―一九四九）歴史家、俳人。

（四）野溝七生子（一八九七―一九八七）小説家、近代文学研究家。

十二月廿七日（日曜）

晴。朝より書斎に入り「戦争と文学」の稿の考案につき新たに「太陽」「時代思潮」など三十六年より七年にかけての分を拾ひ読みす。

午後五時、実践大学の小倉多加志君来る。晩餐を共にし、同大学英文科のことにつき種々懇談す。九時過ぎかへる。

十二月二十八日（月曜）

晴。正午より、妻と共に日本橋方面に出かく。辻留にて昼食を取らんとせしかど、献立おもしろからねば、東京駅名店街にゆき《に》て昼食、まづきこと無類なり。次いで丸善にゆき栗野君に駿河屋ようかんを贈り、高島屋にて正月の買物などし、富田にゆき表具の切地少し買ひ求む。（銀襴、支那パ、本ドンスなど）、代価二千余円を支払ふ。車にてかへる。夕食後浜中博君来る。雑話。同君かへりてのちトルストイの『日露戦争論』（平民社訳）（一）を再読す。戦争の惨禍を描写し戦争煽動者の罪悪を出して精緻を極む。真に侃諤の論なり。さすがにトルストイなり。たゞし誰れをして我邦に生れしめたらんにはかゝる侃諤の言説を敢て為し得たりしや、疑はし。否、かゝる侃諤の諸説を公けにする以前において、彼れは恐らく我国の好戦的狂信者か似而非愛国者の何れかによりて、その生命を絶たれんこと疑ひなし。あれだけの大胆なる非戦論を、而も交戦中において発表してその発表者の身辺つゝがなかりしを思ふとき、当時のロシヤは、たとひ戦争には敗れたりとはいへ、日本よりは、より文明の国たりしならむ。十二時就寝。

（一）本間久雄『続明治文学史　下巻』、一四―二一頁参照。

十二月二十九日（火曜）

曇り日、植木屋来る。庭の手入れに種々指図す。午後三時頃より帆足図南次、岡保生、中村隆、和田辰五郎氏等相次いで来る。何れも歳暮を兼ねてなり。今日は一日在宿、書斎にありて筆採らんとせりしが、え果さず。何となく疲れたれば夕食後、入浴、十時半床に入る。夕食はレタス、胡瓜のサラダ、カラスミ、鯛のカスヅケ。酒少々。舌福を味ふ。

昭和三五年日記

一月一日（金曜）

曇り日なり。三十日三十一日両日は年末とて雑事に追はれ記すべきものなし。たゞ隙を見て戦争と文学との稿をつゞけ、三十一日夜十一時迄二十七枚をものせり。折から雨降り窓をうつ。十二時、除夜の鐘をきく。一時頃寝に就く。

九時起床。朝食をすまし茶の間にて新聞など拾ひよみす。熙来る。盃を揚ぐ。十一時内山正平君年賀に来る。書斎にて屠蘇を供す。午後一時早大の名刺交換会のため大隈会館にゆく。大浜総長、阿部理事長其他大勢に逢ふ。二時半帰宅。留守中、岩田洵君来り居れり。間もなく森常治君来る。岩田君かへれるのち、森君一身上のことにつき相談を受く。同君は学者として立たんか作家として身を立てんかと迷ひ居るものゝ如し。夕食後は書斎に入り、戦争と文学の稿をつゞく。少し疲れたり。茶の間炬燵にて海老蔵、梅幸等の舞台劇『源氏店』の放送をきく。面白からず。殊に梅幸のお富の白はすっかり男の声なり。舞台で見ては扮装と舞台装置其他にて、それほど耳障りにならねど耳だけにたよる放送にては男の声はさすがに男の声なり。放送舞台劇の女形は考へ物なり。或ひは全部女優にする方よからんか。十二時就寝。

一月二日（土曜）

晴れ。午前、斉田母子来る。年賀のためなり。清香、山崎氏（一）への年賀のかへりとのことにて盛装し来る。午後二時、志賀謙夫妻来る。酒。雑談数刻。夕刻、峯田英作君来る。峯田君は往年昇曙夢氏（二）の紹介にて引見せる人。新進の英文学者なり。ブライアントの詩数篇を訳し来り、余に閲読を乞ふ。序ともいふべきブライアント論を一読。未熟なれどその熱心賞すべし。激励してかへす。夕食後志賀景昭君来る。酒。雑談数刻、九時半かへる。訪客の相間相間に机に向ふ。想纏らず、筆すゝまず。

入浴、十一時就寝。

（一）山崎峰次郎、S&B食品株式会社社長。文京区関口台町在住。
（二）昇曙夢（一八七八―一九五八）ロシア文学翻訳家。

一月三日（日曜）

晴。閑寂の一日なり。一日中書斎に籠り、「戦争と文学」(一)の稿をつゞく。ともかく卅五枚、一章分を書き上ぐ。つゞいて「芸術生活」に寄する筈の原稿「歌舞伎雑話」に取りかゝる。熊谷陣屋改作の問題についてなり。夕食後は「演芸画報」明治末期より大正初期にわたれるもの十冊ばかりを、あちこちと拾ひ読みす。余の、歌舞伎を見始めたる頃の思ひ《の》出のかずかずなつかしく蘇りて興つくるなし。平出嬢、本間武夫人、都筑省吾君来る。

（一）本間久雄『続明治文学史　下巻』、第二章「日露戦争と文学」二六―九三頁参照。

一月四日（月曜）

午前、大学分院の歯科医にゆく。正午頃杉江氏夫妻（三木真由美氏）来る。午後二時、高橋雄四郎君来る。潮田武彦君夫妻子供をつれ来る。（玄関にてかへる）平武二君来る。夕食を共にす。今日は一日来客のため、書斎に入るを得ず。淋しき日なり。年末目録にて注文せる麻侯礼原著『印度奇観』（廿年再刊）『京わらんべ』

初版及再版『新楽劇論』等届く。入浴、十時就寝。

一月五日（火曜）

珍らしく暖かなり。新聞夕刊によると二十一度、五月初旬の気候なりといふ。却って気分あし。余、朝食後より急に咽喉の痛みあり。原因不明。或ひは風邪のためか。書斎に入り、改作熊谷陣屋（前進座所演）など一見す。午前十一時小出博君来る。雑話、十二時かへる。三上正寿君来る。午後二時前後して金田真澄、飛田茂雄二君来る。ウィスキー。高田芳夫君来る。次いで藤島秀麿君来る。二時間ばかり雑話。高田君先づかへり、次いで金田、飛田君相連れてかへる。演博の白川宣力君赤子を負へる夫人同伴にて来たる。玄関にてかへる。藤島君かへり、引ちがへて新井寛君来る。桜井幾之助君、五井勇之助氏同伴にて年賀に来る。（玄関にて）〔?〕を贈らる。次いで増山新一君来る。雑話。皆々かへれるのち六時頃夕食。今日はあはたゞしき一日なり。夕食後は疲れたれば書斎にはえ入らず、茶の間にて表装の切れ地など何かと取り出して心の中にて種々工夫す。

今日、京都の川合文庫（魯庵、巡礼記代）甲文堂、高尾書店等に振替にて夫々送金、全部にて千五百也。

一月六日（水曜）

晴。朝食後書斎に入り「芸術生活」のための稿をつゞく。十一時、大沢実君来る。母校のことにつき種々事情を聞く。同君の苦衷亦察すべし。午後三時頃東京堂赤坂君来る。明治文学史上巻写真持参。余の閲覧を求むるためなり。出版界の話し、東京堂出版部の事情など問はず語りに語る。余、亦明治文学史執筆の都合など種々語る。五時頃かへる。引ちがへに喜多山表装店来る。かねて依頼し置ける芥川龍之介書簡幅出来、持参せるなり。

代価千三百円を払ふ。雲坪(一)幅表装換、半古達磨小品を依頼す。夕食後書斎に入り、「芸術生活」の稿をつゞく。十一時就寝。

(一)『日記』三四年三月一日(一一八頁)参照。

一月七日(木曜)

晴。十時半、実践女子大英文科林節子、西〔・・〕(一)両嬢来る。卒業アルバム所載のため余等夫妻の写真撮影のためなり。両嬢とも風采もよく、応対の態度もよく、言葉づかひもよく、いかさま良家の出たる観あり。庭、座敷など二三ヶ所撮影してかへる。十二時、分院歯科にゆく。金〔・〕の直し。千円を支払ふ。一時、岩津資雄君来る。来る十日飯能東雲亭にて開催の〔・・〕(二)の打合せのためなり。雑話しばし。二時、実践女子大短期大学部教授堀江氏来る。去る十二月、学内にて同氏に対する気の毒なる誣謗事件おこれり。余、その真相を知る必要あり。わざわざ来宅を乞へるなり。真相漸く明らかとなる。余亦、策するところなかるべからず。四時半頃かへる。夕食後書斎に入り、漸く『熊谷陣屋』改作問題につきての第一回分八枚を書き上ぐ。入浴、十二時、就寝。

(一)西輝子〔?〕。
(二)『日記』三五年一月一〇日(三一七頁)参照。

一月八日(金曜)

晴、午後一時頃村松君来る。「明治大正文学」のことにつき用談す。本郷弥生町に栗原元吉氏を訪ね、五時頃迄立正大学英文科刷新発展のことにつきて語り合ふ。夕食後歌舞伎談義の稿を纏む。十一時就寝。

一月九日（土曜）

曇り。たゞし暖かなり。午後理髪にゆける留守に山本英吉君年賀に来る。え逢はず遺憾なり。二十年の前のこと。余、同君の研究書『伊藤左千夫』を東京堂より刊行のことにつき、いさゝか骨折りたることあり。それを恩に着たるためにや以来、毎年、年賀に来る。昨日の恩誼など今日はどこ吹く風と吹き流して大道を活歩する軽薄才子の多き現代、山本君の如きは珍らし。同君は現に中央公論社の幹部。同君の上にも、同社の上にも、今年、願はくは幸あれかし。

夕刻、増山君来る。「明治大正文学」のことにつき懇談したきことあり、来て貰ひたるなり。夕食を共にして種々懇談するところあり。談、偶々某氏の人物の面白からぬことに及ぶや、増山君同君を弁護して、激昂度なし。余、増山君とは多年のつき合ひなり。今夜の如きを見しことなし。余、同君のため、東京堂のため、《ため》よかれと思へばこそ忠告もするなれ。以後は何も云ふ必要なし。思ひのまゝにしたがよからん。不愉快なる一夜なり。

一月十日（日曜）

晴。午前十時半池袋発にて飯能にゆく。東雲亭にて〔・・〕会開催。五十嵐先生の祥月命日は明十一日なれど、今日は日曜なればと一日繰り上げたるなり。五十嵐先生未亡人を招ぎ、集るもの伊藤、岡、岩津、堤、井上知真氏外一名。高麗、昭和完訳源氏物語を携へ来る。代価千三百円を払ひ、一本を携へかへる。本はよく出来たり。高麗氏の労謝すべし。但し、何となく田舎くさし。研究書ならばあれにてよからむ。読みものとしては装幀、組み方などもう少し工夫あらまほしかりし。

五十嵐未亡人は壮健の様子にて喜ばし。余、今年は五十嵐先生の亡くなられしとおなじ年なり。流石に年は争はれぬものか。心身ともに衰へたるを覚ゆ。六時帰宅。夕食後疲れたれば書斎にはえ入らず。留守中久美子、顕子来る。

一月十一日（月曜）

晴。実践女子大に出講。小倉君と共に理事長に逢ひ、英文科の人事問題につき相談するところあり。夕食後『戦争と文学』の稿をつゞく。

一月十二日（火曜）

晴。一昨日の飯能行の祟りにや。疲れたる気持ちにて頭重し。風邪の気もあるらし。昭和女子大出講の日なれど電話にて断りて休む。書斎に入りて例の稿をつゞく。午後二時、車にて大隈小講堂の小栗捨蔵氏告別式にゆく。氏は工博、応用科学の権威にて永く早大理工科にて教鞭を採り、去る昭和三十二年、余と共に早大を去り、余と共に早大より名誉教授の称号を贈られたる人。余、親しきとにはあらねど、嘗て一面の識あり。式場、香を捧げて私かに別れを告ぐ。

帰途、図書館に立ち寄り、新小説、文芸界などを借り出し、更に演博に立ちより、歌舞伎を閲読。（風葉『予備兵』につきて）車にてかへる。

五時、かねて約束通り、井手藤九郎君来る。したゝめ置ける原稿「歌舞伎談義、『熊谷陣屋』改作問題」第一回分を渡す。井手君より鐵斎手柬の巻物、空穂氏小品表装替の件の依頼を受く。夕食後書斎に籠り、今日図書館より借り出せる新小説、文芸界などを拾ひ読みす。文芸界所載、山田美妙の小説『露の命』（二）面白し。戦争小説と銘あり。日露役に関せるものなれど、所謂戦争小説の如く皇軍万歳又は敵愾心挑発のものとは全く趣きを異にす。露人亦人也といふ立場より日露両国民の間に差別を設けず、恋愛、義理、人情などすべて彼我の区別なき人間として取扱へるところ、さすがに美妙なり。たゞし、文章は例のマンネリズムに陥りて面白からず。

（二）山田美妙「軍事小説　露の命」（『文藝界』第三巻第五号、明治三七年四月）一―四八頁。

一月十三日（水曜）

晴。その上に風いさゝかもなく、近頃になきよき日なり。三越に寿司の展覧会ありとのこと、魅力なきにあらねど、一日引こもりて例の稿をつゞく。漸く十枚に達す。夕刻、実践女子大英文科助手中野嬢来る。故郷の北海道土産として紅鮭粕漬贈らる。好物なり。夜、茶の間炬燵に入りて明日実践出講の準備す。

一月十四日（木曜）

晴。実践へ出講。午後二時半より会議室にて新年宴会あり。その後、理事長室にて理事長に逢ふ。人事問題紛糾す。理事長側近者の運動によれること疑ひなし。理事長はさすがに女人なり。愛憎のために理智の眼くらめる如し。堀江君には気の毒なり。踏んだり蹴たりとは正に君のこと。余、この校のために一臂の力を添へんと思ひ居りしも、かゝる側近政治にてはその努力、或ひは水泡に帰せんか。夕食後、書斎に入れど、え読まず、え書かず。入浴後、十一時就寝。

一月十五日（金曜）

晴。成人の日とて、立正休講。成人の日——いかに散文的なる名称にや。蓋し、これ戦後の時代思潮のおのづからの現れのみ。驚くに足らず。十時、古書展にゆく。逍遙の『新しき女』外雑書少し買ひ求む。全部にて千円弱。午後、清香来る。茶菓、しばし快談。夕刻より書斎にこもり風葉『予備兵』(一)を再読。

（一）『予備兵』については『日記』三四年九月三日（二四二頁）参照。

一月十六日（土曜）

雨、寒し。午前中帝大新聞文庫に調べものありゆく筈（『予備兵』劇評につきて）なりしが、少し風邪気味のため中止。書斎に籠りて『予備兵』の梗概を書く。

正午のニュースにて岸首相例の安保条約改定のための羽田出発を阻止せんための全学連事件につきての諸家——宮沢俊義、池田潔、平林たい子、辛島氏等(一)の意見発表をきく。わが意を得たるは辛島氏のみ。平林氏やゝわが意に近し。宮沢、池田両氏はわが意に違ふこと遠し。両氏は全学連の暴挙許すべからずといふのみにて、その暴挙の因って来ることにつきては一言の触るゝなし。暴挙に種々あり。全学連の此度の挙無論暴挙にちがひなし。しかし多数をたのみて常に問答無益を繰りかへして毫も恥づる色なき現政府の如き議会主義を蹂躙せる暴挙にあらざるか。又、国民の輿論を無視し、遠廻り、裏道づたひに逃ぐるが如く出発せる岸の風□、単にカリカチュアとして笑ふべきにあらず。彼れの今度の挙の如き一国の首相として敢てせる卑怯なる暴挙といふべきにあらざるか。七百人全学連の暴挙許すべからず。然れども余敢て云はん。一人の首相の暴挙更に許すべからずと。夕食後、書斎に籠り『予備兵』の稿をつゞく。十一時就寝。

（一）宮沢俊義（一八九九―一九七六）憲法学者、池田潔（一九〇三―一九九〇）英文学者、平林たい子（一九〇五―一九七二）作家、辛島氏＝唐島基智三（?）、（一九〇六―一九七六）政治評論家、ジャーナリスト。

一月十七日（日曜）

晴。風寒し。午前より午後にかけ、『予備兵』梗概の稿をつゞく。午後三時頃佐藤俊彦君来る。アメリカ、ワシントン大学の研究生を希望すとのことにてその推薦状に署名す。五時、かねての約束に従ひ国雄夫妻来る。酒肴をとゝのへ、夕食を共にして閑談数刻、九時頃かへる。明日の実践の講義の準備にかかる。特にペイタアの『文芸復興』を読みかへす。十一時半就寝。

一月十八日（月曜）

午前より実践に出講。十時少し前堀江君余を余の室にたづね、例の問題につきての苦衷を訴ふ。偶々来合せたる小倉君と共に慰撫これ力む。午後二時半坂崎君に誘はれ帰路、渋谷駅側珈琲苑に立寄る。坂崎君、実践の定年制実施計画につき始めて耳にせりとのことにて余の意見を徴す。進退は明朗なるべく、余は何時辞職するも悔いをのこすこと無からむやう日頃心掛けたることなど述ぶ。四時半帰宅。夕食後、明日の昭和女子大出講の準備に費やす。

一月十九日（火曜）

晴。昭和女子大に出講。例の如く午後四時半帰宅。学校にて人見理事長に逢ふ。来学年も出講してほし、辞任を反意してほしきとのことなり。昭和女子大の学生の熱心さ嘉するに値す。そのことを思ふとき余、必ずしも辞任したしとは思はず。されど午前午後の二回講義、而も百四五十人の学生を相手としての講義は、余、熱心なるだけ疲れを覚ゆることしるけし。余の辞任、止むを得ざるに出づ。七時頃粟野君、かねて買約し置けるOxford Companion to French Literature（一）を持参す。二千円を支払ふ。夕食後書斎に入れど、え読まず、え書かず。空しく過す。入浴、十一時就寝。

（一）『日記』三四年一二月二六日（三〇七—三〇八頁）参照。本間久雄『続明治文学史　下巻』、一七二頁参照。

一月二十日（水曜）

曇り日なり。寒し。午前十一時、早大演劇博物館にゆく。依頼し置ける新橋演舞場の廿七日昼の部の切符二葉を受取る。代金壱千七百円を払ふ。柳永二郎の『新派の六十年』（一）を借出して一見せるも、余の調べんとする題目（『予備兵』所演）なし。その足にて東大新聞文庫にゆき西田長寿氏の助力を得て朝日、読売、時事、国民、日々、二六、中央等の卅七年二月の部分を丹念に調べたれど『予備兵』を非難せる文章を発見し得ず。朝日にいさゝかそれらしきものあれど、それとて明らさまに非難せるにはあらず。せっかく『予備兵』の問題を取り上げながら、かくては仏つくって魂を入らざるに似たり。憂鬱なる気持にて東大の構内を出ず。門のところにて高津春繁君、辻直四郎氏（二）と連立ち来るに逢ふ。夕食後、「美妙の史的位相」に手を入る。こは昨秋、実践女子大にて講演せるものを録音に取りたるなり。録音なれば間ちがひはなけれど、話すと書くとには、おのづから呼吸のちがひあり。話せることそのまゝを紙にうつしては、読みにくきところあり。これを読みよくするためには相当に手を入れざるべからず。こは必ずしも易きことにあらず。十一時までかゝり、ともかくもあらかたを仕上ぐ。

（一）柳永二郎『新派の六十年』、東京、河出書房、昭和二三年。柳永二郎（一八九五―一九八四）俳優。
（二）辻直四郎（一八九九―一九七九）インド史・インド哲学者。

一月二十一日（木曜）

晴。寒し。実践出講。小倉君と英文科講義内容、人事問題などにつき種々打合せるところあり。四時半帰宅。東大新聞文庫西田氏より電話あり。昨日余のかへれるのち、日本新聞に陸実（一）の『予備兵』につきての非難せるを発見し、小川女史をして筆写して送らしめんとのこと、余の悦びかぎりなし。衷心深く西田氏の好意を謝す。夕方、豊嶋春雄君来る。正月帰郷し、土産にとて鯉のうま煮を贈らる。余の好物なり。同君かへれるのち夕食の膳に上せんとて開き見るに、こは如何に、全部カビ居れり。そのまゝ捨つ。同君の上京せるは十日前とのことなれば、この甘煮も上京後十日を経たるものなるべくカビの生へたるも当然のことか。それにしても人に物を贈る、よくよく心すべきことなり。夕食後、和敬塾の藤田節也、植田力二氏来る。講演の依頼なり。承諾す。題目は「西洋近代劇における恋愛と結婚問題其他」と定む。

（一）陸実（号、羯南、一八五七―一九〇七）政論家。新聞「日本」創刊、主筆兼社主。本間久雄『続明治文学史　下巻』、三九―四一頁参照。

一月二十二日（金曜）

晴。立正に出講。午後五時かへる。高津春繁夫妻、顕子と夕食を共にし歓談す。九時かへる。書斎にえ入らず。

一月二十三日（土曜）

午前中、「近代劇」につき少し調ぶ。午後、早大図書館にゆき「新小説」五巻十号を借り出す。同誌所載風葉作『下士官』を見んとてなり。早々にしてかへり同作に読みふける。『予備兵』と似たる節あり。下士官の親が酒乱となりて、その子下士官の許嫁を姦するところ『予備兵』の真吾が俊郎の愛人を姦すると同巧異曲なり。下士官が兵隊生活を［詛］呪せるところその当時―軍国主義絶対のその当時としては珍しき作なり。下士官が営倉に入れられて神経の病的になるところの描写も凄惨なり。「未完稿」とありて、不完全のものなれどその頃の風葉作として佳作の一なるべし。夕食後七時、和敬塾の植田氏迎へに来る。聴講者四五十名なり。余の講演、相当に興味をひけるものゝ如し。講演後、恋愛と結婚問題につき、種々の方面より質問あり。やはりこの問題は彼等青年に取りて、身近き真剣なる問題なること、しるけし。九時半又、植田氏に送られてかへる。氏を茶の間に招じ、しばらく閑談。十時半入浴、就寝。氏は早大国文科昭和十三四年頃の出なり。嘗つて独逸協会高校に教鞭を採れる人。青森の産にて陸実の親戚なりといふ。

一月二十四日（日曜）

近年になき寒さなり。其上風加はる。十一時吉岡誓氏、芋銭幅二個を携へ来る。一つは寒来りを樹上の梟一羽見守り居る図。他の一つはあけぼのの光りさし初めし空のあなたに梟一羽の高く天駆ける図なり。共に絹本。画の出来はどちらも面白からず。芋銭には出来不出来甚だ多し。この二幅は後者に属す。無論求めず。吉岡氏と昼食を共にす。白木屋に明［清］期の古染附、赤絵等［を］見にゆかんと思ひ居りしも寒さのため果さず、一日中炬燵に引きこもる。夕食後は明月曜の実践出講の準備に費やす。十一時就寝。

一月二十五日（月曜）

晴。寒きこと昨日と変りなけれど風なく、寒さも凌ぎよし。午前より午後にかけ例の如く講義。午後三時車にて渋谷駅に至り、お茶の水より帝大新聞文庫に駆けつく。木下尚江の「軍国主義下の言論」と題する一文（毎日新聞廿七年三月下旬）を急に見たきためなり。西田氏に逢ひ、右一文を小川女史に筆写の件を依頼し、次に駿河台なる古書会館にゆく。一二の雑本を買ふ。五時帰宅。留守中本間武君来り居れり。炬燵にて雑談。夕食後、書斎にえ入らず。何をするでもなく、空しく時を過す。疲れたる一日なり。

留守中、かねて西田氏より送られたる新聞の筆写（小川女史筆写）、陸実『予備兵』評漸く届く。去る金曜日に投函せることとなれば、三日を費して漸く届けるなり。文京区の郵便事務の怠慢、言語同断なり。

一月二十六日（火曜）

晴。寒さいくらか和らぐ。午前より午後にかけ昭和女子大講義。帰途地下鉄にて黒門町広田、文行堂等に立寄る。文行堂より逍遙先生の金絹地大色紙「無事日月長」（二）を求む。」代価参千五百円也を支払ふ。右は大正十三年の筆なり。先生の弘法大師の筆致を学び居られし頃のものとて書体すこぶる面白し。印章のなきところより察するに、どこか知人の家にても、興に乗りて筆を走りせられしものか。

広田にて演芸画報大正期のもの四冊を買ふ。四百円を払ふ。

夕食後書斎に入らず。茶の間炬燵にて右の演芸画報など拾ひ読みす。

（一）白楽天、偶作二首「無事日月長、不羈天地濶」。

一月二十七日（水曜）

晴。九時半東大新聞文庫にゆく。筆写を依頼せる筈の小川女史休みとのことにて余自ら筆写せんためなり。卅七年三月二十五日の「毎日新聞」所載木下尚江の「軍国時代の言論」及び「二六新報」十六日所載「内閣弾［劾］問題」(二)等の要点を筆写す。次に大いそぎにて実践女子大正午の評議員会に列席。理事長の車にて送られ、午後二時新橋演舞場にゆく。正午開演に切符を求め置きたればなり。妻すでに行き居れり。見物の一つの目的たる『太十』のお終ひより見る。松緑の光秀の「仲々よかりし」とのこと。見得ずして残念なり。次いで『おんにょろ盛衰記』四景、これこそ今日の見物の第一の眼目なり。評判もよきやうなれど、余にはそれほど面白からず。すべてがクスグリなり。民話の面白味は、巧まざる中に滑稽と哀愁、笑ひと涙との入り交れるところにあり。『おんにょろ盛衰記』にはその味ひなし。次の『源氏店』は、先翁羽左衛門の与三郎、先代松助の蝙蝠安、先代梅幸のお富尾上幸蔵の番頭などを見し余には、すべてがお粗末なり。たゞし、現代では新蔵の番頭を除けばまづまづのところか。現羽左衛門の多左衛門なども、いつの間にか尾ひれがつきてよく、鯉三郎の安も左團次の病気のため代役なれど、左團次よりもむしろ本役なるべし。

五時半、劇場を出で、とらやにておしるこ。妻と別れて、日比谷糖業会館にて開催の米沢有為会の新年会にゆく。集まるもの百余。会長の相田氏を初め、加勢、高野、金沢、加藤八郎、浅間龍蔵、山形より上京せる篠田氏其他の旧知に逢ふ。国雄来り会す。七時半、車を拾ひ、篠田氏と同乗、氏と牛込矢来の同氏邸前において別れ、そのまゝ車にて家にかへる。
慌たゞしき一日なり、疲れたる一日なり。
（一）本間久雄『続明治文学史　下巻』、三九―四一頁参照。

一月二十八日（木曜）

晴。午前より午後にかけ、実践女子大に出講。二時半より教授会。理事長愈々定年制施行のことを発表す。余亦、去就につき考へざるべからず。夕食後書斎に入り『明治文学史』の稿をつゞく。入浴、十一時就寝。

一月二十九日（金曜）

晴。午前十時、銀座毛皮店にてオットセイのシャツを求む。代価二万円。これ妻の余への贈り物なり。銀座松坂屋お好み食堂にて昼食、（おでん）妻と別れ、新橋より省線にて立正に駆けつく。一時よりの授業なればなり。学監の久保田正文氏に逢ふ。大学院設置希望の件などを語る。例の如く二課目の講義を了へて家にかへれるは五時。夕食後小憩、書斎に入りて例の稿をつゞく。年の暮より、漸く四百字原稿五十六七枚なり。十一時就寝。

一月三十日（土曜）

晴。午前十時、帝大新聞文庫にゆく。急に「萬朝報」卅七年二月九日所載社説「冷静なる愛国者を要す」を見たきためなり。要点を筆写しかへる。午後二時、吉祥寺に冨山房主坂本守正氏の告別式にゆく。それからすぐに早大大学院会議室にて開催の蒲原有明記念講演会にゆく。矢野、野田、服部、尾島、野溝諸氏に逢ふ。詩人吉田一穂氏の象徴詩につきての講演をきく。流石に詩人としての経歴を語るところ面白し。六時帰宅。夕食後、疲れたるからだを書斎に運び、今朝新聞文庫にて筆写せるものにつき種々勘考す。十一時就寝。留守中村松君来る。石丸君結婚の報を伝ふ。意外の感に打たる。

一月三十一日（日曜）

晴。午前十時半、新井寛君兄弟来る。弟君は早大出身の建築家にて一等建築師なり。三井建設につとむ。余、二階増築の意あり。間取り其他相談するところあり。昼食を共にす。二時頃、松本理髪店にゆく。夕食後、例の稿をつゞく。全部にて六十四五枚に至る。明日実践出講の準備をなす。入浴、十一時就寝。

二月一日（月曜）

晴。寒さやゝやはらぐ。午前、午後にかけ実践出講。昼の時間、理事長室にて理事長と英文科のことにて種々懇談す。帰途久美子の方へ廻らむとも思ひしかど、疲れたれば真直ぐにかへる。（四時半）。炬燵にて小憩、入浴、喜多山表具師、かねて依頼の雲坪、半古二幅を持参す。半古のもの、（達磨）小品ながらよき出来なり。表装の配合は、余等夫婦の考案によれるものとて流石に見事なり。箱つき、二幅にて三千六百円を支払ふ。夕食後明日出講（昭和）の準備に費す。午後十時、ラジオにて岸首相の施政方針をきく。美辞麗句を並べたる抽象論なり。すべてが空念仏なり。

二月二日（火曜）

晴。午前より午後にかけ、昭和女子大に出講。

二月三日（水曜）

寒さきびし。午前、米沢の佐藤繁雄氏来る。十一時妻同伴京橋富田へ行き半古、印象等の表装の裂地を求む。高島屋にて清香と落ち合ひ、東西うまひもの会の駒形どぜうを試食す。妻と清香と連れ立ち映画。余、神田一誠堂、小宮山、大屋等に立ちよる。大屋にてセンツベリーの Corrected Impressions（一八九五年版）（一）を求む。代価千五百円。夕食後、書斎に入り『熊谷陣屋』改作問題のつゞき（「芸術生活」のための）の筆を取る。夜、丸善の粟野君来る。今秋丸善楼上にて開催の翻訳物展示会のことにつきての打合わせなり。

（一）Saintsbury, G., *Corrected Impressions: Essays on Victorian Writers* (London: William Heinemann, 1895). George Edward Bateman Saintsbury (1845-1933). イギリスの文芸批評家、歴史学者。

二月四日（木曜）

晴。午前より実践にゆき、学生の卒業論文を閲読す。午後二時半、会議室にて科長会議。窪田教務部長と種々打合すところあり。坂崎君、余の室に来る。学校のことなど、しばし談合。

二月五日（金曜）

晴。九時半、古書会館にゆく。田島象二訳評『新約全書評駁』三冊（二）（価千二百円）及び美妙『滑稽妙な依頼』

(二)(六百円)を求む。帰途一誠堂に立ちより雑誌「アカネ」不揃七冊(三千五百円)を求む。午後一時出講のため立正にいそぐ。五時帰宅。夕食後書斎に入り『熊谷陣屋』問題を脱稿。全部にて原稿紙九枚なり。十一時半就寝。

(一)『新約全書評駁　馬太氏遺傳書第一巻上・中・下編』、田島象二襲訳評、東京、若林喜兵衛　任天書院蔵版、明治八年、文庫所蔵。

(二)山田美妙『諷刺文學　妙な依頼』、東京、朝野書店、明治四三年、文庫所蔵。

二月六日(土曜)

晴。午前、喜多山来る。半古筆唯摩及び堂本印象大短冊紅葉二幅を依頼す。井手君来合せ、持参の幅表装替を依頼す。一日、閉ぢこもり書見其他文学史の考案を練るところあり。

二月七日(日曜)

晴。午前、妻同伴、高島屋にて「東西うまひもの」店にて駒形どぢうを賞味。次いで三越にて刑部仁氏油絵展を見る。構図筆触共に古典味ゆたかなり。「林檎の花」「づみの花」「秋」「高原」「りんごの花」「からまつの途」など、田園趣味横溢にて殊によし。抽象絵画ばやりの今日、氏の絵の如き、一種の清涼剤なり。七階に『讃岐金比羅宮名宝展』あり。冷泉為恭の「小襖絵」(源語に取材せるもの)田中納言の「蹴鞠図」狩野探幽の「牡丹文の絵馬「蘭陵王」等印象特に深し。鎌倉時代の木彫不動明王立像亦感銘深し。重要文化財なる「なよたけ物語絵巻」は珍らしき見ものなり。午後四時、車にてかへる。疲れたれど眼福を恣にせる良き一日なり。夕食後書斎に入り、『文学史』の稿（尚江火の柱につきて）をつゞけたれどよく纏らず、中途にして筆を措き、明日の実践の講義の下調べなどして十二時就寝。

二月八日（月曜）

晴。午前、午後、実践出講。帰途、神田神保町東邦書店に立ち寄り「平民新聞」九葉〔・・・〕を求めかへる。代価、参千五百円を支払ふ。夕食後書斎に入れど筆をえ取らず。

二月九日（火曜）

晴。午前より午後にかけ昭和出校。帰路、妻と東横七階画廊に落合ひ、古壷、古皿、掛物などの即売会を見る。掛物にては霊山、御風（二）等の所謂ヒネリたるもの、古壷、古皿などもその類なり。値段も比較的やすし。古壷二個、古皿二個を買ふ。壷は、金田、飛田二君に送るためなり。古皿は二個とも愛蔵に堪ゆ。

（二）井土霊山（一八五五―一九三五）漢詩人。相馬御風（一八八三―一九五〇）評論家、詩人、歌人。

二月十日（水曜）

晴。午前、雄山閣編輯局〔・・・〕来る。人物評伝叢書をつくるといふことにて、余に協力を求む。作家並びにその適当なる伝記家につき、問はるゝまゝに種々教ふるところあり。余、亦、抱月、紅葉等につき執筆を約す。午後、実践にゆく。試験の答案など持ちかへる。夕食後何もえせず。

二月十一日（木曜）

北風強く、寒さきびし。午前、引こもりて『明治文学史』の稿をつゞく。午後、二時半教授会に出席するため、実践にゆく。五時道玄坂上石橋南州堂にゆき白龍、霊華等の幅を見る。白龍は秋崖懸瀑図なり。尺五竪物長大幅なり。銘品の一なり。霊華は扇面四枚を張りまぜにしたるものにて、粗画なれど出来よし。六時道玄坂の支那料理南甫園にゆく。集まるもの余の外に小倉、三木、山田、坪内（章）氏等。実践英文学科の教授連なり。学校のこと其他雑話に時を過し、九時店を出づ。外は寒風膚をさす寒さ、悉く閉口す。目白より車にてかへれるは十時半なり。

（十日追加）実践よりの帰途、銀座松屋の三多圭《ミタケ》会展にゆく。井上恒也、田中針水、田崎芙山、中村玲方、山下巖、阿部六陽、境野冬柏氏等いづれも故玉堂画伯の門なり。玉堂翁の永住の地たりし御嶽に因み三多圭会といへるなりといふ。玉堂翁と親しかりし余に取り、又親しき会なり。此後の発展をいのる。筆触構図其他において尤も多く故翁の衣鉢を伝へたるは六陽氏か。但し故翁以外に一前を踏み出すことなからんには、徒らなる亜流のみ。六陽氏の精励をいのる、一しほ切なり。中村玲方氏の「なまづ」は傑作なり。

（十一日つゞき）二月十一日は戦前の紀元節なり。門に日の丸の旗を立て、学校にて高らかに「今日のよき日」の唱歌をうたひて、にぎやかに祝ひたりし少年時をなつかしく思ひ出でつ。戦後はいつの間にか忘れ去りて、今日の如き、夕刊にて始めて今日の紀元節たりしことを知れるのみ。そも無理ならず。戦後は、「祝ひ日」を祝ふほどの 余裕、心になきなり。日夜忙、月日の早く過ぐる、駟馬亦〔ママ〕及ぶべからず。そは宜《うべ》なり。味気なきかな。

二月十二日（金曜）

晴。昨夜寒風に吹きさらされたるためにや頭重し。風邪をひきたるにやあらむ。不愉快なる一日なり。何事をもえせず。この日、小宮山書店を呼び雑書少し［売］却。

二月十三日（土）十四日（日曜）

十三日夜より風邪をひきたること疑ひなし。頭重くして寝苦しかりしが、果せるかな、十四日朝、発熱の気味にて検温器にて計れるところ七度二分あり。余の平熱は卅五度八九分なれば七度二分は余に取り本当の熱なり。早速床をとらせ臥す。たゞし臥しながらに実践の答案を調べ、採点などす。

二月十五日（月曜）

晴。実践出講の日なれど、風邪なれば電話にて断り休講す。「文学概論」最後の日なれば休むまじきこと山々なれど病気とていたし方な［し］。試験問題を学校にとゞけやる。床の中にて立正の答案を閲読、採点をすます。午後久美子来る。

二月十六日（火曜）

晴。寒さきびし。電話にて昭和に休講を断る。やゝ平熱に近づく。たゞし気分悪し。一日え読まず、え書かず、淋しき日なり。

二月十七日（水曜）

朝より雨降る。寒さきびし。風邪全癒に至らねど、かくてはならじと朝より書斎にこもりて、文学史の稿をつゞく。小山内薫の『非戦闘員』(一)についてなり。夕方まで六枚をものす。午後五時松柏社森氏来る。余の斡旋《あっせん》にかゝる平井博君の『ワイルド伝』校正出来しとて持ち来れるなり。併せて余の序文のことなど相談す。『坪内逍遙』売行きあしきとのこと、是非なきことなり。マスコミ万能全盛の時代に『坪内逍遙』の如き学究書、売れるべきいはれなし。余等、真摯なる学究の徒、今の時にあたり、筆を折りて黙するあるのみ。悪貨の良貨を駆逐する、単に経済上の原則のみにあらざる如し。

（一）本間久雄『続明治文学史　下巻』、五一―五三頁参照。

二月十八日（木曜）

晴。寒さきびし。用事ありて実践に赴く筈なりしも、電話にて断り家居す。昼頃、石橋南州堂の町氏、霊華の『太平楽』白龍の秋景山水『秋崖懸瀑図』など持ち来る。『太平楽』はかねて買物し置けることとゝて、金一万円を支払ふ。白龍、霊華小品は暫くあづかることゝす。時代やより目録来る。電話にて「芸苑」第一号（八百円）、『通俗花柳春話』(二)（四百円）、花袋『第二軍従征日記』(二)（七百円）、『ベニスの商人擔保の肉』(三)（千円）、余の著『生活の芸術化』(四)（三徳社版）（百八十円）を注文す。最後のものは戦災以来、永らく求めて得ざりしもの、今日図らず手に入り、喜びかぎりなし。

夕食後文学史執筆準備のため、「天鼓」所載の未醒作長篇詩『戦の罪』(五)を改めて読み直す。今日午後、妻、三越にゆく。そこにて久美子と逢ひ、連れ立ちかへる。久美子夕方かへる。

（一）ロード・リトン（牢度李敦）著、織田純一郎訳、『通俗 花柳春話 初―四編』、東京、坂上半七、明治一七年、文庫所蔵。
（二）田山花袋『第二従征日記』、東京、博文館、明治三八年。
（三）富樫蟠神（寛次郎）『ベニスの商人 擔保の肉』、東京、有明堂、明治四〇年、文庫所蔵。
（四）本間久雄『生活の芸術化―ウィリアム・モリスの生涯』、東京、三徳社、大正九年。
（五）本間久雄『続明治文学史 下巻』、五三―五九頁参照。

二月十九日（金曜）

晴。午前実践にゆく。一週間ぶりの外出なり。正十二時少し過ぎ歌舞伎座に駆けつく。『佐倉義民伝』の宗吾子別れの場より見る。幸四郎の宗吾、又五郎の妻共によし。後者殊によし。直訴の場の将軍を始め、大名連、すべてお粗末。先代歌右衛門の将軍、先代中車の伊豆守など、舞台に出でたるだけにて、其人らしかりしと故老だちの話にきゝぬ。さもありなん。勘弥の将軍の安っぽさは是非なしとして、現中車の伊豆守などもっと、よくて然るべきにと思はるれど、先代に比して是非もなきことか。貫禄は争はれるものと知るべし。第二の『切支丹道成寺』は評判のものなれど、それほどでもなし。たゞし、異国情調の舞台一ぱいに溢れたるは面白し。延二郎の二役にては僧パアデレの方よし。第三の『寺子屋』の松王（勘三郎役）は全体において思ったよりよし。万事菊五郎写しなり。首実験は、先づ「相違ござらぬ」と玄蕃に云ひ、次に首に向って「出来した」次に源蔵に向って「よく打った」といふ順序なり。こは理詰めのやうにて理詰めならず。首を見た瞬間首に向って「出来した」といふが心理上の自然なり。こは我れにもあらず親子の情合より自然に出で来る白なり。従って、こゝは、首に云ひきかせるつもりで内輪に、小声で、しかし情をこめて云ふべきところなり。余のこれ迄見たる［と］

ころにては先代中車のが逸品なり。勘三郎はこゝを大見得をきるやうに、大仰に演ずるは性格解釈上の誤りなり。猿之助の源蔵もよし。松王の「生き顔と死に顔云々」にドキリとせる様子もよし。玄蕃の立ち去れるのち、役者によりては腰の抜けたる如き大仰の様子をするもの（先代雁次郎）あれど、猿之助は、流石にさる騒々しき故意とらしきことをせざりしはよし。歌右衛門の千代、宗十郎の戸浪もよし。

夜の部『合邦』も亦近頃の見ものなり。歌右衛門の玉手は艶艶、継子の俊徳丸に不義の恋をしかけさうな女と見えたり。それだけに手負の後の本心を語るところも一層引き立ちたり。猿之助の合邦も、よくかんどころを心得て舞台を引きしめたるは流石なり。猿之助近来の当り芸か。團之助の女房はガタ落ち。延二郎の俊徳丸は借り物の如く、玉手の物語にも一向、愁嘆の色見えず。其他の役々云ふほどのことなし。次の眞山青果作『慶喜命乞ひ』は維新秘史のエピソードを劇化せるもの。青果の作だけに、どっしりとした重厚味あり。役では幸四郎の西郷場を圧す。その巧みなる扮装、豪快なる白廻し、鷹揚なる態度など、西郷その人を見るがごとし。猿之助の山岡鉄太郎は白廻しなど、含み声の上、例の早口にて写実的なるため、よく聞きとれず。損なり。この点は中車の益満休之助も同断なり。彼等須く先づ、観衆二千五百を容るゝ歌舞伎座といふ劇場を常に念頭に置くを要す。新作『不知火検校』四幕十四場は割愛してかへる。

二月二十日（土曜）

晴。比較文学会主催、海老池氏の「美妙言文一致と英文学」㈠及び国語協議会主催の国語問題講演会等聴きたきものあれど風邪の気味とて果たさず。終日家にひきこもる。午後二時藤島秀麿君来る。国際短期大学をよしたく、他にどこか世話して欲しとのことなり。氏は往年早大に学びたる人。そのかみのことなど種々物語る。

余も懐旧の情しばし。夕食後書斎に入る。入浴後、十一時就寝。

（一）海老池俊治（一九一一―一九六八）英文学、比較文学者。

二月二十一日（日曜）

晴。寒さきびし。九時頃新井君に電話をかけ、昨日の国語協議会講演会の様子をきく。聴衆八百人を越えて盛大なりしといふ。余の喜び限りなし。文部省の国語政策に反対せるかゝる講演会、かくも盛大に開かるべしとは余の嘗て思ひ設けざりしところ、それだけに喜びかぎりなし。書斎に入り、「天鼓」所載、未醒の『戦《ひ》の罪』を読み直す。考案しばし。夕食後、漸く書き始む。

歌舞伎座の黒川一氏（藤沢市鵠沼）海老池氏等に手紙をかく。

二月二十二日（月曜）

晴。午前実践にゆく。正午早大に立ち寄り、大浜総長、斎藤金作氏、大野実雄氏等を訪ねたれど皆不在。原田実君の古稀記念の催しのための五口（二千円）を庶務佐久間氏に託す。大隈会館に立ちより昼食。暫くぶりなり。たゞし、食事は例によりてまづし。阿部賢一、佐藤輝夫二君に逢ふ。こも又、暫くぶりなり。

四時半、松柏社の森氏平井博君と連れ立ち来る。茶の間にて夕食を共にす。平井君公刊のワイルド序文のこと其他打合せをなす。

九時半二人かへる。今日はあはたゞしき一日なり。実践よりは学生の卒論一部持参せりしも一頁も読むいとまなかりし。

二月二十三日（火曜）

晴。午前午後二回にわたる講義のため昭和にゆく。今日は、本学年最後の日にして、且つ、余に取り、この校における最後の講演のことゝて殊更、念入りに講義す。講義終りて人見氏に逢ふ。氏、切りに余の留任を懇望す。学校出講の日は車にて送り迎へすべし。答案の採点（約二百五十）は、学内の誰れかに委嘱することゝし、余たゞ講義だけにて可なりといふ。かゝる条件をつけての懇望を、すげなく断らむは友誼上好ましからず。さりとて、このまゝ続くるも、亦労苦を新たにするに似たり。ともかくもよく考へることゝして氏と別る。夕食後もこの問題をとやかくと［思］ひ煩ふ。

二月二十四日（水曜）

晴、暖かし。午前雄山閣の校城氏来る。人物叢書のことにつき相談を受く。午後村松君来る。石丸君再婚のこと、東京堂出版のこと其他雑話。久美子来る。田村勇氏、知人の娘の昭和女子大に入るにつきての依頼なり。同大学坂本幹事に紹介状を書く。

夕食後入浴、今日は為すなき一日なり。心淋しき一日なり。

二月二十五日（木曜）

晴。駿河台古書［展］にゆく。文学堂に目録にて注文し置ける高橋五郎『女權眞説』(一)（千五百円）フェヌロン『警世奇話』──ファブル昆虫記の訳(二)也──（三百円）二種入手、会場にて、『天道遡源解』(三)和書三冊、明治七年刊―千円を求む。何れも余の始めて見たるもの。『女權眞説』殊に稀本なり。一旦帰宅。それより実践に出かく。渋谷文化会館にて昼食。二時半よりの教授会に出席。かへりに窪田教務部長(四)を誘ひ連れ立ちて帰宅。(午後五時)、すでに余の家に在りて待ち合せゐたる高津春繁君と夕食を共にす。窪田氏は嘗つて金沢大学教授なりし折、同大学に集中講義に出かけたる高津と親しくせる人。余、両君のために一夕の宴を張れるなり。二人ともよく飲み、よく談ず。食膳には嘉肴珍味並ぶ。妻の労謝すべし。九時半両人かへる。

(一) 高橋五郎述『女權眞説　付道徳宗教職業及び罪悪の関係』、東京、東京聖教書類会社、明治二一年、文庫所蔵。高橋五郎（吾良、一八五六―一九三五）評論家、語学者、翻訳者。
(二) フェヌロン著、加藤幹雄訳、『警世奇話　巻之上・下』、東京、イーグル書房、明治二一年。文庫所蔵。
(三) G・H・F・フルベッキ著、高橋吾良訳、『啓蒙　天道溯原　巻之上・中・下』、横浜、美以美書類、明治一八年、文庫所蔵。
(四) 窪田敏夫（一八九九―一九六七）国文学者、実践女子大学教授。

二月二十六日（金曜）

晴。午前服部洌君来る。亡父実氏の「おもひで」編纂の用事につきてなり。東京堂増山君来る。友人息の早大入学につきての依頼なり。午後、早大にゆく。法学部々長室に斎藤金作氏、図〈書〉館々長室に大野実雄氏を夫々訪問。星川長七君学位論文通過につきその礼など述ぶ。帰路、早大出版部に立ちよる。編輯員城下、鈴木二氏等に逢ふ。出版界の状況などにつき語り合ふ。夕食後、丸善粟野氏来る。早大図書館吉井氏に紹介の名刺を渡す。粟野氏かへれるのち書斎に入り『戦《ひ》の罪』につきての原稿のつゞきを書く。

二月二十七日（土曜）

曇り、薄寒し。午前十時頃高野大輔氏、新見未亡人を連れ来る。新見氏息の早大入学につきての依頼なり。高野氏は日頃親しくせる余の郷里の友なり。郷里のこと、並びに、折柄床にかけ置ける平洲幅を中心に平洲のことなど語り合ふ。十二時少し過ぎかへる。午後須貝清一氏来る。息子の入学依頼のためなり。一日家に引こもる。夕食後、原稿のつゞきを書く。

二月二十八日（日曜）

晴。朝より書斎に引こもり未醒作前々より取りかゝりゐたる『戦《ひ》の罪』につきての原稿を書く。夕方漸く脱稿。全部にて十五枚なり。いたく疲労す。夕食に少し酒。夕食後、実践卒業生の卒論など読む。今年は昨年とちがひ優れたるもの少なし。といふよりは服部敬子、中田婦美子のもの以外は、殆んど取上げかぬるものゝみなり。このこと余の手に渡れるものゝみに終らば幸ひなり。

二月二十九日（月曜）

晴。午前立正にゆく。英文科入学志望者、いつもよりやゝよしとのこと。久保田学監に逢ふ。大学院設置の件、望みある如し。喜ぶべし。文化会館更科にて昼食。実践にゆく。英文科入学志望者百五十名を越ゆといふ。喜ぶべし。理事長室にて理事長に逢ふ。吉田理事も座にあり。昭和女子大辞任のことにつき、余、心に多少の動揺あることを語る。理事長余切に辞任に踏み切ることをすゝむ。吉田理事亦、すゝむ。余、ひそかに決するところあり。帰途、銀座松屋に立ちより大観の『或る日の太平洋』試作展を見る。『或る日の太平洋』は昭和二十七年の院展出品の大作なり。そを書き上ぐるために十六葉の同じ大きさのものを試む。構想の次第次第に実現しゆき、やがて本画の完成するまでの径路一目瞭然たり。さるにても、芸術品の出来上る、いかに容易ならざるか、以て察するに余りあり。夕食後、実践の卒業論文など読む。

三月一日（**火曜**）

曇り、時々晴。十時少し過ぎ実践にゆく。臨時教授会に列す。会終りて時代やにゆき城南評論五冊を求む（八百円）。昭和に立寄り、改めて辞任を申入る。人見氏には気の毒なれど余の健康と仕事には替へがたければ是非なし。「文学概論」担任は人見氏と相談、村松定孝君を推すことゝす。帰途、東横七階画廊にて異色作家展五姓田義松展を見る。義松は五姓田芳柳の次男。幼時横浜にてワーグマンに師事。明治十三年渡仏、同二十一年帰朝、翌二十二年、芳柳と共に、訪米せるも、間もなく死去せりといふ。（一八五五―一九一五）享年六十。その当時としては最も優れたる画家なりしが如し。水彩画も小品によきものあり。会場にて辻永氏に逢ふ。

二時かへり、家にて昼食、電話にて村松君に来て貰ひ昭和のことを話す。同君大に喜び、よきにたのむといふ。明日にも亦昭和にゆき人見氏に相談せんことを期す。この件幸ひにとゝのはゞ村松君にもいさゝか責を果せるものとも云ひ得べきか。

昭和女子大に教鞭を取りてより、こゝにまる三年。今日、漸く肩の荷の下りたる如き心地す。夕食前入浴、夕食少々酒。書斎に入り、「芸術生活」のための原稿を考案す。疲れたれば十時就寝。

三月二日（水曜）

晴。午前十時実践にゆく。卒論の口頭［試］問なり。西輝子、中田婦美子、服部敬子など皆よし。真面目なるが第一によきなり。十二時半、守随氏室にて実践文学の編輯並びに四月末の講演会のこと相談。其後、寸暇を盗み昭和にゆき人見君に逢ひ昨日村松君と話し合へることを語り、重ねて同君を推せんす。急ぎて実践にかへり小倉君と種々打合せ、五時、渋谷駅前にて珈琲を共にし、六時かへる。夕食後入浴、十時就寝。

三月三日（木曜）

晴。暖かき日也。朝より書斎にこもり「芸術生活」のための原稿「歌舞伎談義」（寺子屋の松王）を書き始む。夕刻まで五枚を書き上ぐ。入浴、夕食。喜多山表装店主来る。半古唯摩、印象紅葉短冊の表装出来しとてなり。何れもよき出来なり。四千二百円を払ふ。更に逍遙短冊、晩翠詩稿の表装を依頼す。

三月四日（金曜）

曇り。昨日とちがひ、うすら寒く、小雪ちらつく。今日は実践入試の日なり。余、入試に直接の関係なけれど同僚皆試験委員として立働くわけなれば情誼上一寸顔を出したく、出校の予定なりしが、少し風邪の心地なり。明日は是非出校の用事もあれば今日は用心して休むに如かずと、引こもり書斎に入り、「寺子屋」の稿をつゞけ夕刻完結。八枚なり。出来、よき方なり。村松君来る。余の紹介を持ち、今朝人見氏に逢ひ、いよいよ纏りしとのこと。村松君は云はずもがな、余の喜び亦限りなし。人見君の好誼亦謝すべし。夕食後は白龍の粉本などあれこれと調ぶるところあり。入浴、十時就寝。

三月五日（土）

午前九時少し過ぎ実践にゆく。会議室にて窪田教務部長と雑談。十一時、理事長室にて理事長に逢ふ。短大英文科助手のことにて話し合ふ。午後、二時、余と小倉君と共に理事長室にて理事長に逢ひ、右助手のことを話し合ふ。三時、専任教授連の採点に急がしき様を、気の毒に思ひながら学校を出で帰途につく。夕食後、書斎に入れど、え読まず、机に向へるのみ。入浴、就寝。夕方、歌舞伎座黒川氏より電話あり。

三月六日（日曜）

晴。昼食を渋谷の文化会館の例の更科にて済まし、二時よりの教授会列席のため実践にゆく。会了りてのち、三木、小倉、堀江三氏を誘なひ、渋谷映画館下のコーヒー店にて雑話、六時帰宅。夕食後、入浴、就寝。

三月七日（月曜）

晴、風寒し。午前十時頃井手君来る。「寺子屋」の原稿を渡す。掛物、置物など三四、周旋方依頼を受く。今暁、いさゝか不眠、そのためにや何となく頭重し。明治文学史のために、「時代思潮」卅八年度など何くれとなく漁る。午後二時半久美子来る。雑話数刻。夕刻、共に立出で、車を求めて同乗、余、江戸川にて下車、山下眼科にゆく。頭重く、頭脳亦、はっきりせざるところあるやに思はるゝは一つは眼のはっきりせざるに因るにやと思へるなり。風烈しく、寒さきびし。夕食後、書斎に入り、藤村の短篇集『食後』を繙く。

三月八日（火曜）

晴、午前田村天真堂より昭和女子大入学の世話を依頼されたる山路女史来る。正午、小倉君と落合ふために出掛く。一時、共に連れ立ち理事長を訪れ、実践中高教師として英文科卒業生一名推せんすることゝし、小倉君と種々手配をなす。三時、歌舞伎座に黒川氏を訪ぬ。氏より十一日昼の切符二葉を贈らる。五時帰宅。六時、村松夫妻、昭和に推せんせる礼に来る。気の毒なる思ひす。さるにても義理がたきに感心す。入浴、雑書など漁り、十一時就寝。あはたゞしき一日なり。

三月九日（水曜）

曇り。八時、実践の伊藤理事長来る。氏の息、早大理工科建築科受験、不合格なりし由にてその報告のためなり。入船堂菓子など贈らる。気の毒なる思ひす。茶の間炬燵にて平井博君のワイルド伝、校正刷を読み始む。序文をものせんためなり。見事なる出来なり。午後二時、下高井戸豊川堂にゆく。明日の荻窪古書〔展〕のものにて入手の周旋を頼みたきものゝ相談のためなり。それより実践に行き、小倉君と共に青野〔…〕(一)に逢ひ、種々すゝめて、連れ立ち、理事長をたづね、愈々中高の教師のこと本極りとなる。かへりに新宿京王線駅前の植木屋にて石楠花二本（代価千円）を求め、バスにてかへる。

夕食後書斎に入り、花袋集、藤村『食後』などを拾ひ読みす。

（一）青野多恵子。実践女子大学英文科昭和三五年度卒業生。

三月十日（木曜）

晴。風邪の気味にて鼻汁切りに出づ。気分重く不愉快なり。ナーベルといふ鼻薬など用ふ。午後二時、新井君岡崎写真師と連れ立ち来る。田崎廣助氏より贈られたる同氏筆『夏の阿蘇』原色版として「表象」に掲げたしとのことにて、その撮影のためなり。夕食後書斎に入り、戦争と文学の稿をつゞく。七枚ばかりものす。

三月十一日（金曜）

曇り。午前十時、久保喬君来る。早大理工科主事森文作氏に紹介状を書く。十一時半開演の歌舞伎座に赴く。『実盛物語』、『朝妻船』、『番町皿屋敷』、『素襖落』なり。いづれも、余の興味をひけるものなり。『実盛物語』は先々代羽左、先代雁次郎の実盛、先代中車、先代幸四郎の妹尾、松助の九郎助などを見たる余には、今度の『実盛物語』すべてガタ落なるは是非なきことなり。松緑の実盛はまだしも、鯉三郎の九郎助思ったよりわるし。太郎吉になれる松也といふ子役は誰れの子なるにや、一向見栄えせず。母の死を悲しむ気持などもウハの空なり。今日の又五郎の子供時代にこの役を見しことあり。三十四五年も前のことにや。その時の太郎吉の緊張せる面影など、今も尚、眼の前にあり。その後、余、多くの太郎吉を見たれど、つひに又五郎の子供時代のそれに及ぶものなし。羽左衛門の妹尾まだまだ若輩なり。娘小万、孫の太郎吉への愛着も、一向ひゞかず、たゞ大きなる声にてどなるのみ。福助の小万は例の「たった一言《ひとこと》」を本文通り云へるは感心なり。総じてこの一幕、面白からず。『番町皿屋敷』の青山播磨は先代左團次とは又、異りたる持味にて相応に面白く見られたり。梅幸のお菊は、することはたしかなれど、柄のせいで、憐れさうすきは是非なし。『素襖落』の松緑の舞ひは当代無類。

かへりに兼素洞の雨晴会第五回展覧会を見る。出品は、小倉遊亀の『椿』、『花』、奥村土牛の『瓶花』、『阿波人形』、『清姫の頭』、中川一政の風景二点、山本丘人の『南海の峰』、『紅梅』等なり。就中、余の最も感心せるは土牛の『阿波人形』の素描なり。夕食後書斎に入り、昨夜の原稿を訂正す。

三月十二日（土曜）

風強し。石橋尚徳氏夫人来る。中島正信氏（一）に紹介状を書く。平井君のワイルド伝など読む。小杉放庵、黒川一氏等に手紙を書く。

（一）中島正信（一九〇二―一九七三年）早稲田大学第一商学部長。

三月十三日（日曜）

晴。風あり。午前十時、河竹繁俊氏来る。演劇大［事］典印税の件其他談合。午後二時、元早稲田高校校長の広本義章氏の告別式にゆく（早稲田高校にて催さる）風烈し。三時帰宅。高橋雄四郎君来る。立正大学英文科助手となれるにつき挨拶を兼ねてなり。実践女子大試験採点。午後六時、電話にて約束しある昭和女子大英文科四年阿部昌子、中島俊江、加勢京子、竹田綾子四嬢来る。ボヘミアン・グラス、花束など持参す。彼等三年の折、余の文芸思潮の講義をきゝペイタアの『文芸復興』に興味を持ち、昼休みの時間に教員室に屡々余を訪ねて、同書につき質問せることあり。余亦彼等の熱心に動かされ、疲れたるをも厭はず、快く応接せり。その礼にとて来れるなり。たゞし彼等、学校に取りては異端者なりし如く、卒業にも何等かの条件を附せるものゝ如し。彼等の話しをきゝて、余、今更の如く学校当局の狭量と偏見とを歎ぜざるを得ざるを覚ゆ。四嬢とも学に熱心なるのみならず、その生活態度―およそ積極的にして、すべてにイニシアティブを取らんとせるものの如し。彼等それだけ個性ゆたかなり。この点、学校当局の忌諱に触れたるものか。しかし、この生活態度こそ、今日の女性の最も必要とするところ。学校の態度は余りにも全体主義的なり。女性各自の個性の伸長といふ点にもう一段の考慮あらまほしき心地す。丸善の粟野君来る。八時、夕食を共にす。酒少々とる。粟野君かへるのち、気分あしく脈［搏］不順なり。十時床に入る。十二時頃目醒む。脈［搏］不順甚だし。妻を呼びおこし、鎮静剤グラタンなどを飲む。不眠、暁方にすこし眠る。

三月十四日（月曜）

曇り。八時眼ざむ。脈［搏］依然不順なり。隣家都筑省吾氏を介し同氏知人の医師山下清氏を迎ふ。診察の結果大したこともなきやうなり。注射を受く。氏は歌をよくし、且つ、絵画趣味ゆたかなる人、よく語り、よく談じかへる。午後より脈［搏］も次第によくなり、夜は全く平常に復す。床にありて、昨夜四嬢の持ち来れる同窓誌「しづく」をよむ。学生の雰囲気見えて面白し。

三月十五日（火曜）

晴、寒き日なり。午後、妻同伴、読売新聞社主催ギリシャ芸術展（西武）にゆく。陳列されたるギリシャ古瓶のかずかずを見るにつけても、往年大英博物館陳列のギリシャ古瓶を見たる時の興味を呼びおこせり。それだけにて、今度のギリシャ展よりは学問上別に得るところなかりき。但し、ギリシャ古瓶が、かくも多く、日本に在りしとは思ひもかけざりしことなり。西武より白木蓮一株を求めかへる。

三月十六日（水曜）

晴。午前九時、山下医師来る。余の脈［搏］平常に復す。親切なる医師なり。一日書斎にこもり、平井君のワイルド伝を拾ひ読みす。七時、夕食の時、上顎の義歯壊砕。明朝は九時の実践教授会に出席せざるべからず。車にて松雄歯科に駆けつけ、至急義歯のつくろひを乞ふ。三時間ばかり待てる間につくろひ呉れたり。代価弐百金を払ふ。その親切を謝し、車にてかへる。十時を過ぎたり。寒さきびしく冷えこみたり。炬燵にて暖を取り、十一時半催眠薬アトラキシンなどを服用、就寝。

三月十七日（木曜）

晴、寒し。大急ぎにて九時迄に実践に駆けつく。教授会ののち、在校生の卒業生を送るために大講堂にて催せる大会に出席す。在校生の仕舞、放送劇などを見る。無理からぬことながら幼稚低調見るに堪へず。お義理にて見るはつらきことなり。午後、小倉君と共に、今年の卒業青野嬢を連れて、実践中高の吉田校長に逢ひ、教師としての採用を依頼す。夕刻、小倉君同道、同君をわが屋〈に〉誘ひ、夕食を共にす。流石に、妻の手料理とて近来の美味なり。学校のこと、学界のこと其他、閑談数刻十時頃同君かへる。学校にて坪内士行君、三木春雄君などゝも逢ふ。今日は朝より外出、休むいとまとてなく流石に疲れたり。小倉君帰れるのち直ちに就寝。

三月十八日（金曜）

晴、たゞし寒し。午前より書斎にひきこもり、平井君ワイルドの伝の序文を考案、午後四時頃漸く書き上ぐ。四枚なり。やゝ快心の出来なり。平井君の著書は全部組み上り、余の序文一つ残り居れりとのこと。後れたるは気の毒なれど、余亦、このこと疎略にせるにあらず。序文を引き受けて以来、常にこのこと、頭脳の中に蟠りありて、他の原稿を書くことなど思ひもよらず。明治文学史の原稿、今月は或る程度ものせん心組みなりしも、右様のわけにて、少しもはかどらず。そのこと遺憾なれど、平井君の序文出来はせめてもの悦びなり。

小杉放庵より返書来る。

三月十九日（土曜）

晴。高野大輔氏より早大文学部入学のことにつき急に頼まれたることあり、午前十時、文学部事務所に杉山博氏を訪ね依頼するところあり。早大出版部に立寄り、渡辺氏に逢ひ昭和女子大学辞任の結果『欧州文芸思潮史』増版の必要なくなりしことにつき諒解を求む。次いで図書館に立寄りスペンサアの Principles of Sociology（一）を始め Crime of War, War & Criminal [Anthropology] の三書を借り出す。何れも戦争と文学につきての参考書なり。昼食後書斎にこもり右三書を拾ひ読みす。

峯田英作君来る。早大大学院英文科受験につきての相談なり。石橋簡徳氏夫妻来る。令息の慶應大学入学につきての余の意見を求めんとてなり。森政一氏来る。平井氏著書の序文を手渡す。氏玄関にてかへる。

夕食後、表装の裂地など何かと調べ見る。実践理事長より電話あり。中高の方に一人英語の教師欲しきとのこと。二三の候補者などをあれこれと考ふ。

疲れたる一日なり。入浴、十一時就寝。

（一）Herbert Spencer (1820-1903). イギリスの哲学者。Alberdi, J.B., *The Crime of War*, ed. and trans. MacConnell, C. J. (London: J. M. Dent, 1913). Juan Bautista Alberdi (1810-1884). アルゼンチンの法律学者。MacDonald, A., *War and Criminal Anthropology* (Washington: G. P. O., 1917). Arthur MacDonald (1856-1936). 本間久雄『続明治文学史　下巻』、二八一二九頁参照。

三月二十日（日曜）

晴。実践女子大卒業式参列のため早朝家を出で九時同校に至る。小倉君すでに来居り、昨夜理事長より依頼ありし中高教員の人選などにつき種々談合す。十時より卒業式開催。十一時半終了。理事長室にて理事長、吉田校長等と共に教師のことを相談す。研究室にて卒業生に、卒業証書などを手渡し、暫く歓談、十二時半門を出で、二時頃帰宅。昼食をとる。今朝三時半頃眼ざめたるまゝ眠れざりしことゝて何となく気分重く、疲れたる心地す。夕食後書斎に入り、昨日図書館より借り出せるCriminal [Anthropology] の一節など抜粋、其他、何くれとなく雑書乱読。十時半就寝。

三月二十一日（月曜）

曇り、暖かし、五月の気候なり。午後、品川のプリンスホテルにゆく。実践女子大国文科（短大共）の謝恩会列席のためなり。五時半折柄の雨をついてかへる。謝恩会は学生の芸自慢、ピアノ、長唄三味線、箏曲などを始め、列席の教師一人々々にそのかくし芸を求む。余の如き無芸無能のものには迷わく限りなし。余たゞ武島羽衣の「一生にたゞ一度なる今日の日と思へばけふのいとも貴き」といふ和歌を述べその意を説明して責をつなげり。守随氏の有名なる長唄勧進帳の一節をきく。三味をひけるもの学生にて、唄と調子あはず、守随氏の困却傍の見る眼も気の毒なりし。総じてこの会低調蕪雑にて、印象よろしからず。たゞし、そは余の如き真面目一方の者にとりてなるべし。教師の中にも笑ひさゞめきて興がるものありしを思へば世はさまざまなり。
夕食後は疲れたれば何事をもえなさず十時就寝。夜に入り風強し。雨さへ加はる。

三月二十二日（火曜）

昨夜来の風雨おさまり、天気快晴なり。十一時少し前帝国ホテルにゆく。実践英文科（短大共）謝恩会列席のためなり。余、最初に挨拶す。実践の意義、英文学を学べることの幸福などを説き、誇りを持つべきことを高調《ママ》し、逍遙の新曲浦島の最後の文句を以て結ぶ。かゝる席には固苦しき挨拶なり。聴者果たして如何の感をか受けし。有原氏の詩吟もよく、坪内士行君のハムレット朗読など流石に見事なりし。山本氏の伝説尊重の辞、近頃の傑作なり。四時、終り、帰路、坂崎氏に誘はれ、三木、小倉、窪田三氏と連れ立ち、近所の珈琲店に立ちより暫く談合、後、坂崎氏にともなはれ、銀座交洵社に立寄り、一時間ばかり学校のこと、其他懇談。家にかへれるは六時半なり。夕食後何事をもえなさず。

三月二十三日（水曜）

晴。風なく暖かし。朝食後書斎にこもる。「歌舞伎の渡米につきて」の一文をものせんとす。チェンバレンの Things Japanese ㈠などにつき、ハラキリの項目を調ぶ。チェンバア大辞書、N・E・D・㈡などの同じ項目を併せ調ぶ。得るところあり。午後、右の題目につき筆とらんなど思ひ居りし矢先、埼玉県蕨市の内田恵子、母と共に来る。余を通じ早大に入学せんとして、一種の詐欺にかゝれる事情をきゝ、気の毒の思ひに堪へず。種々慰めてかへす。電話にてかねて約束し置ける立正大学の中島助教授来る。種々学校の内情など訴へらる。中島君、将来、英語演劇史を専攻したしとのこと、余、亦それを喜び激励するところあり。清香来る。夕食後池上浩山人、依頼し置けるワイルドの『ドリアン・グレエ』及び、「監獄論」パンフレットの製本出来として持ち来る。井手君よりあづかり置ける手紙四種の巻物（四巻）及び余の二巻分眞山青果手紙二種、及び思軒、得知、緑雨（何れも篁村宛）の巻仕立を依頼す。

あはたゞしき一日なり。入浴、十時半就寝。

（一）Chamberlain, B. H., *Things Japanese: Being Notes on Various Subjects Connected with Japan for the Use of Travellers and Others* (London: K. Paul, Trench, Trubner; Tokyo: Hakubunsha, 1890). Basil Hall Chamberlain (1850-1935).

（二）*Chamber's Encyclopaedia: A Dictionary of Universal Knowledge* 10 vols. (London and Edinburgh: W. R. Chambers Limited). 初版（一八五九―六八）の再版〔?〕。*N. E. D.: The Concise Oxford Dictionary of Current English.*

三月二十四日（木曜）

晴、たゞし、風強し。午前十一時、神田学士会館にゆく。立正大学学監久保田正文氏の学位授与祝賀会列席のためなり。参集者数百名。異常なる盛会なり。山田三良博士（一）の祝辞は音声その他八十を越えたる人とも思へぬ立派さに感心す。石橋湛山氏其他三四名、何れもよし。久保田氏の挨拶もよく、すべてが簡潔にて無駄なきがよし。この頃のかゝる会には、祝辞を述べる人など無暗に多く、恐らく述べさせらるゝものも、聴く方は猶更のこと、迷惑のこと多し。今回のはさることなく、始終、会場、緊張せるは、司会者の手柄なり。一時半会場を出づ。風強く、吹き飛ばさるゝ如く、大地を踏み占むること容易ならず。東京堂出版部に立寄り、増山君に逢ひ雑談。帰路、小宮山、一誠堂などに立寄り、一誠堂にはかねて買求めたる書物代の残金二千五百円を支払ふ。夕刻かへる。留守中、京都、藤岡蕙氏（光□堂）夫人、令息来る。早大卒業の挨拶のためなり。夕食後書斎に入り窓外に風のはためく音をきゝながら、原稿、花袋『死屍』についてをものす。

（一）山田三良（一八六九―一九六五）国際私法学者。

三月二十五日（金曜）

風収りたれど、寒さきびし。九時より実践にて編入試験あり。立会ふつもりなりしが、後れて十時頃ゆく。小倉君、本年の実践卒業生（英文科）の学校への寄附金、国文科に比して非常に少しとて、理事長の不機嫌おびたゞしといふ。余も理事長に逢ひ、事情をきく。結局、国文科の寄附金多かりしは、学生の幹事の誤りなりしこと分明す。国文科、英文科とも学生一人当り一〇〇円の積りなりしを、国文科の委員、誤りて一〇〇〇円と伝へたるため国文科のみ異常に多額となれるなり。国文科英文科のどちらに取りてもトラジ・コメディなり。それにしても、かゝることに頭脳を労すること堪へがたし。英文科の世話役、機を見てよすに如かじ。夕刻かへる。夕食後疲れたれば九時入浴、直ちに寝につく。

三月二十六日（土曜）

朝より雨、風もあり、寒し。少し風邪の心地にて気重し。午後二時より立正卒業式なり。参列のつもりにて学校には返事を出し置きたれど電話して休む。一日引きこもり休養す。夕食後机に向ひたれど何事をもえなさず。

――略――

結城一京人形座より、夜六時半開演の招待（砂防会館ホール）あり。往年ロンドンにてイタリイのスカラ座の操人形を見たることあり。結城のそれも、それと比していかにやなど興味なきにあらねど風邪のため果さず、残念なり。

三月二十七日（日曜）

風やみ雨おさまり、昨日とは打って変れる晴天。午前福島安達郡の佐藤秀吉氏妻子同伴来訪。令息、早大を卒業。今日の卒業式に列せんため上京せるなりといふ。

午後一時少し前早大記念会館にゆく。例年の如く、卒業式参列のためなり。例の如き式服を身にまとひ、来賓として雛壇に上るのもこの後幾回にやなど、いさゝかの感懐なきにしもあらず。会は盛大無類なり。卒業生六千余一堂に会せる外、父兄其他、場に溢る。大浜総長の祝辞は少し長きに失せるも諄々として説くところ学者らしくてよし。来賓としての堤康次郎氏（一）の祝辞は蕪雑低調聴くに堪へず。自民党の自慢やら、衆議院議長たりし時の自慢やら、米国にてマッカーサー元帥に会へる時の自慢やらを得々として述べ去り述べ来りて倦くことを知らず。早くよせかしとての聴衆の屡々の拍手を好評のそれと思ひちがひたるにや、愈々図に乗りて語る。余、卒業式に列せること多年。場所柄をわきまへぬかゝる祝辞をきゝしこと嘗つてなし。厳粛なるべき今日の式場、台なしになりたるは遺憾なり。かへりに大隈会館にて茶菓の饗応を受く。五時帰宅。留守中、丸善の粟野氏来居り、余の蔵するところの翻訳書の目録作製中なり。夕食後、書斎にえ入らず。炬燵にて過す。

（一）堤康次郎（一八八九―一九六四）大正・昭和の衆議院議員、同議長。西武鉄道社長。

三月二十八日（月曜）

晴。午前より書斎に引きこもり、年末より書きつゞけたる文学史の原稿を読みかへし、種々訂正加筆す。夕食後は雑書の拾ひよみに費す。午前、黒須氏来る。新井洞巌翁(一)裏打の幅を貸与す。洞巌画集出版のためなり。

（一）新井洞巌（一八六六―一九四八）南画家。

三月二十九日（火曜）

晴。九時半朝食。午後三時、大隈会館にゆく。窪寺力君結婚式披露宴列席のためなり。祝辞を述ぶ。例の「一生にたゞ一度なる今日の日と思へばけふのいとも尊き」をペイタアに聯関して纏め上げたるものなり。すべて質素にて、近頃心地よき宴なりし。窪寺君の幸福を心よりいのる。六時頃帰宅。夕食後は、茶の間にて費す。

三月三十日（水曜）

晴。あたゝかし。五月初めの気候なりといふ。妻の大和にゆくに同乗、呉服橋にて分れ、富田にゆき裂地少し買ひ求め、二千八百円を払ふ。高島屋にて妻と落ち合ひ、あちこち店内を逍遥す。本石町砂場にゆき昼食、三越に立寄り、果物など買ひ求め、車にてかへる。何といふこともなく疲れたり。今日は読まず、書かず。

島田謹二氏に絵ハガキを送る。

画家名取春仙夫妻の自殺、夕刊に出づ。春仙氏は明治十九年生といへば余と同年なり。往年挿画画家として嘖々の名声を馳せたりしも、大正四、五年の頃なりしか、平福百穂の贋物などを描きて刑法上の罪に問はれたることあり。以来は画壇の裏街道の人となりて、今日に至れるものゝ如し。

三月三十一日（木曜）

晴。あたゝかし。たゞし風強し。午前十時頃早大英文科副手井内雄四郎君来る。副手の職をつゞくべきか否かの相談なり。熟考を求めてかへす。十二時開催の演博理事会にゆく。演劇大事典刊行について監修料其他の相談についてなり。三時半式服着用の上大隈講堂にゆく。西独アデナウア首相に早大名誉博士贈呈の式典に参列のためなり。余等の席壇上に設けられたるため、首相とは咫尺の間に相対せり。首相八十四歳といふに、風姿、壮者を凌ぐの概あり。音吐朗々として若々しく、相当に長き挨拶のため、演壇に立ちて、身のこなしにいさゝかの崩れをも見せぬあたり驚くばかりなり。名誉博士の石橋湛山氏も来り会す。式終りて大隈会館にて休憩、かへりに河竹、佐藤両氏(一)と演博に立寄り小憩。六時帰宅。疲れたる一日なり。夕食後何事をもえせず。

（一）河竹繁俊（一八八九―一九六七）、佐藤輝夫（一八九九―一九九四）。

四月二日（土曜）

晴。うすら寒し。午前理事長より電話あり。同僚三木君のことに関せることなり。午後二時、学校にゆく。理事長室に理事長を訪ぬ。吉田、伊藤両理事あり。三木君、中高に知人の子の入学を世話せることにつき、何か間違ひありしものゝ如く、理事長を始め、吉田、伊藤両氏とも三木君に対し、いたく不信用なり。といふよりも憤りを感じ居るが如し。余、委細をきゝ、三木君のためにも学校のためにもよきに謀らはんと心に定め、帰宅後、調停策を種々考案す。三木君余と同年なれどいたく老衰し、講義の如きも学生に徹底せざるところ往々ありといふ。学校当局の三木君に対する不信、そこに原因す。折柄、三木君に、右入学世話のことにつき極めて不利なる事件発生す。余、同君への情誼上黙視する能はず。同君のため事件の好転を訴願するや切なり。夕食後は何事をもえせず。夜、喜多山、逍遙短冊の表装及、晩翠書稿表装考案す。二つながらよし。逍遙の方特によし。二千八百円を払ふ。

四月三日（日曜）

晴。昨日とおなじくうす寒し。正午過ぎ丸善の粟野君来る。前の日曜につゞき、余所蔵の翻訳物目録作成のためなり。島田謹二君来る。氏、来年東大定年につき、実践に教鞭を執りたき由なり。余もひそかに希望し居れることゝて喜んで賛成、期を見て学校当局にすゐせんせんことを約す。懇談数刻かへる。弟国雄より依頼ありし吉池〔・・〕君来る。吉池君は成城大学英文科の学生にて卒業論文に小泉八雲をものするにつき余の意見をきゝに来れるなり。参考書其他を教へてかへす。粟野君と夕食を共にす。疲れたる一日なり。

四月四日（月曜）

朝より雨。寒し。書斎に引きこもり『歌舞伎の渡米につきて』の一文に取りかゝる。午後三時頃三木春雄君来る。電話にて来て貰ひたるなり。一切の事情をきゝ、且つこの事件につき奔走せる大村〔・・〕といふ日大の助教授の精細な手紙（三木君持参）により真相漸く明かとなれり。三木君の冤罪気の毒の至りなり。従来の友誼上、余亦友の冤罪をそゝぐべく一肌も二肌もぬがざるべからず。新井寛君来る。嘗て用立てたる十万円返済のためなり。三木君のために夕食を用意したれど氏は辞してかへれるにつき改めて清香、ひろしを招ぎ食事す。夕食後「歌舞伎の渡米につきて」を脱稿。日本経済新聞に送る。六枚なり。十一時就寝。雨の屋根打つ音しきりなり。

四月五日（火曜）

昨夜の雨晴れたれど気温低く、寒し。朝食もそこそこに古書展にかけつく。目録にて注文し置ける中村屋出品の『屋上庭園』二の巻入手す。代価八千円を払ふ。何となくつかれたり。書斎に入れど何事をもえせず。夕食に酒少し。雑書を漁る。

四月六日（水曜）

晴。朝電話にて理事長と打合せ、午前十一時実践理事長室にゆく。三木君のことにつきてなり。種々懇談の末、ともかくも事件無事にをさまる。一時帰宅。三木君に電話す。ともかくも、余、三木君のために友誼の一場をつくり得たるを喜ぶ。「芸術生活」のための原稿にとりかゝる。「日本とシェークスピヤ」（藤村文学の母体）と小見出をつく。

文学座所演『サロメ』を東横の舞台に見る。（六時半）日夏氏訳(一)、三島由紀夫氏演出なり。ビアヅリイの挿画と意匠とに基ける演出なるが如し。

岸田今日子のサロメ、仲谷昇のヨハネ、中村伸郎のヘロデ、文野朋子のヘロデヤ(二)なり。サロメもヨハネも共に迫力不足なり。サロメは野性的ならざるべからず、同時にもっと変［態］性欲の権化たらざるべからず。ヨハネはサロメに恋を迫られて、而も毅然としてそを退くる勇気なかるべからず。仲谷のヨハネは、何を勘ちがひせるにや（演出者も同断）［タ］ヂ［タ］ヂとなり、逃げ腰となる。あれではサロメの復讐的心境は台なしなり。原作における人物の性格解釈に未だしきところありといはざるべからず。中村伸郎も品わるく、文野のヘロデヤ更に品わるし。

能、狂言などの手法を演出に応用せるは面白し。又、「近東地方の夏の夕ぐれの、やりきれない倦怠と憂鬱が舞台を支配するやうに」とせるも面白し。たゞし「宮廷のテラスに漂ふ末期的不安には、世界不安の雛形がはめこまれている」といふ如き現代的意識を以て、この芝居を取扱ふべき〈か〉否かビアヅリイに囚はれ過ぎたるも妙ならず。ビアヅリイが全く原作を離れて自由に意匠せる如く、三島氏も全くビアヅリイを離れて演出せる方よかりしならむか。

（一）オスカー・ワイルド著、日夏耿之介訳、『サロメ』、東京、角川書店、昭和二七年。
（二）岸田今日子（一九三〇―　）、仲谷昇（一九二九―　）、中村伸郎（一九〇八―一九九一）、文野朋子（一九二三―一九八七）。

四月七日（木曜）

晴。あたゝかし。一日書斎に引きこもり「芸術生活」への原稿を書く。午後五時、新宿東京会館にゆく。早大文学部教員懇話会に招待を受けたればなり。河竹、原田、清水、青野（一）諸氏の定年退職と岡一男、浅井〔・・〕（二）両君の海遊の二つの送別を兼ねたるありといふ。旧同僚の人々に逢ふ。八時頃かへる。書斎にえ入らず十一時頃就寝。

（一）河竹繁俊（一八八九―一九六七）、原田実（一八九〇―一九七五）、清水泰次（一八九〇―一九六〇）、青野季吉（一八九〇―一九六一）。
（二）浅井真男（一九〇五―一九八七）ドイツ文学者。

四月八日（金曜）

晴、あたゝかし。午前十時、桜井兼素洞の成和会第七回展覧会にゆく。出品は印象、平八郎、桂華、竹喬、英雄等すべて京都派の画家たちなり。印象の『群花』平八郎の『鮎』見るべし。英雄の『海老』京都派としては珍らし。

正午、高島屋にて妻と落合ひ昼食。これより先き、妻関東財務局に出向き、かねてより問題となり居れる前地主の物納土地二十三坪余、代価二十三万余を支払ひ、愈々わが有に帰す。申込めるは一昨年春のこと、手続其他、お役［所］仕事とてラチ明かず、漸く片つけるなり。これにて、前に求めたる土地を併せ、宅地八〇坪、ともかくも纏まりてわがものとなれる、一安心といふべし。

高島屋にて「中国名陶百選展」を見る。近頃の見ものなり。"Beauty is a joy forever"（一）、会場を見廻りつゝ余は屡し心中にキーツのこの語を反覆措く能［は］ざりし。日本経済新聞に送りし余の原稿「歌舞伎の米国上演」（蓋し、こは記者の改題なり）と題し、文化面に出づ。読みかへす。首尾よく纏れり。

（一）'A thing of beauty is a joy forever.' キーツ作 Endymion の冒頭の句。John Keats (1795-1821). イギリスの詩人。

四月九日（土曜）

晴。うす寒し。午後一時、実践教授会出席。小倉君と来学年人事問題などを語り合ふ。午後、理事長の車に便乗（同乗者、理事長、ヱルス、守随、伊東諸氏）日比谷陶々亭にゆく。九時かへる。

四月十日（日曜）

晴、風つよし。午前理髪。留守中、英文科助手に就任せる河野嬢来る。午後、粟野君来り、翻訳書目〈録〉作成。同君と夕食を共にす。「日本とシェークスピヤ」清書。夕食後雑著乱読。十二時就寝。

四月十一日（月曜）

曇り。午前九時実践にゆく。始業式列席のためなり。式は校庭において行はる。風強く砂塵を巻く。雑用多し。午後二時帰宅。萩原恭平氏夫人来居り、敬一君の早大高等学院休職のことを始めて知る。気の毒至極なり。

四月十二日（火曜）

曇り。うす寒し。九時半村松君同道昭和女子大にゆく。同大学に余のすゐせんにて新任せる同君を教員室内の人々に紹介せんとてなり。たゞし時間早きにや、教員室における余の知人だち未だ来居らず。紹介そこそこにしてかへる。十一時、実践にゆく。結城一京氏に逢ふ。今月三十日の沙翁講演会に同氏出演の操人形のことにて種々相談す。種々の雑用のため午後二時過ぎ迄在校。四時帰宅。井手藤九郎君来る。「シェークスピヤと日本」の原稿を渡す。巻物仕立ての依頼を受けたるもの三巻（池上より取よせ）を併せ渡す。

夕食後、書斎に入れど、え読まず、え書かず。入浴、十時就寝。

四月十三日（水曜）

曇り、うす寒し。九時半実践にゆく。入学式参列のためなり。式後、学長室にて、沙翁祭のことを何かと相談す。

集れるもの、学長、守随、窪田、小倉、三谷諸氏。短大英文科外人教師を雇ふことにつき問題起り、小倉君と理事長をたづねて懇談。電話にて東京堂に「沙翁祭」ポスタアを依頼す。今日も雑用多し。午後、帝大新聞文庫に調べにゆかん心組なりしも果さず。つまらぬ一日なり。夕食後書斎に入り、「新古文林」所載、獨歩の小説『号外』などを読む。

四月十四日（木曜）

晴。実践出講の日なれど休講なれば、早昼飯にて、帝大新聞文庫にゆく。西田氏に逢ひ、明治四十一年、一、二月の新聞、よみうり、朝日、国民等を渉猟す。花袋『一兵卒』(一)の評をさがせるなり。一、二、抜きがきす。大学通りの古書店など一、二瞥見す。使ひをやりて駿河台明治堂よりかねて買約し置ける English Illustration (The Sixties)(二)を四千円を支払ひ持ち来らしむ。豪華本なり。余、二、三年前、神田神保町の井上といふ美術書店にて、この書を見かけ求めんとして果さゞる中、この店、店をたゝみて何れへか移転。其後、この書、時々思ひ出し、求めざりしを悔ゆること屡々なりしが、同じ書を明治堂のショーウィンドウに見出せる時の余の喜び、言語に絶せり。価をきけば四千円なりといふ。井上にありし時は三千円なりしに、いつの間にか千円の高値となれり。折あしく古書展にて八千円の買物（屋上庭園）をなし嚢中余すところ少なきため、たゞ口にて買約し置けるなり。今日、愈々手にして喜び限りなし。

（一）『一兵卒』については本間久雄『続明治文学史　下巻』、六七―七四頁参照。

（二）White, G., *English Illustration: "the Sixties" 1855-70* (Westminster: A. Constable and Co., 1897). Gleeson White (1851-1898).

四月十五日（金曜）

曇り。うす寒し。午前十時グロリヤ古書展にゆく。目録にて進省堂に買約し（電話）置ける英国雑誌ポンチ（〔・・・・〕）を求む。代価三千円也。其他、「東京日日新聞」（明治八年二月七日）一枚、（森有礼婚姻問題あり）武島羽衣詩集『霓裳微吟』（一）内村達三郎訳、『ソオクレス悲劇王』（明治四十年）（二）長田秋涛訳『西洋花ごよみ』（ボッカチオ）（三）等を求む。（日々新聞他併せて一千三百円也）。

会場にて石井宗吉氏と逢ひ、連れ立ちて場を出でお茶の水側の喫茶店にて茶、菓子を共にし、直ちに立正大学にゆく。午後一時よりの授業のためなり。但し学年始めにて授業なし。午後四時帰宅。疲れたる一日なり。夕食後は何もえ読まず。入浴、十時就寝。

（一）武島羽衣（又次郎）『霓裳微吟』、東京、博文館、明治三六年、文庫所蔵。武島羽衣（一八七二―一九六七）歌人、詩人、国文学者。

（二）ソホクレス著、内村達三郎訳、『悲劇王オイヂポス』、東京、日清堂書店、明治四〇年、文庫所蔵。

（三）ボッカシオ著、長田秋涛訳、『西洋花こよみ』、東京、文禄堂書廛、明治三五年、文庫所蔵。

四月十六日（土）

曇り、寒き日なり。十時、実践にゆく。英文科新入生のため科長として一場の訓辞をなす。一時かへる。書斎に入り、花袋の『一兵卒』『隣室』『インキ壷』等を読みかへす。ブウルゼェ（一）の心理小説のことを調べんとて書庫に入り参考書など二三を探す。例のバトラア（二）のもの、稍々見るに足るのみ。

（一）ブウルゼェ。Paul Bourget (1852-1935). フランス文学における近代心理主義の復活を代表する作家。本間久雄『続明治文学史　下巻』、六九頁参照。
（二）バトラア書については『日記』三四年一月一日（七一頁）参照。

四月十七日（日）

午後二時半大隈会館にゆく。原田実君古稀祝賀会出席のためなり。大浜総長を始め早大時代の同僚の多くに逢ふ。清水泰次氏故郷越後にかへり、間もなく心臓にて逝くとの報をきく。同氏とは去る七日の懇談会にて逢へり。其時は元気さうにて、このことあるべしなど思ひもよらず。果敢なきは人の身の上なり。午後一時頃久美子来る。原田氏宴会より帰りて尚久美子座にあり。暫く談ず。

四月十八日（月曜）

晴。実践にゆく。学年始めとて、講義に取りかゝらず。雑用に費す。午後四時頃かへる。夕食後は書斎に入り、花袋『一兵卒』其他を読みかへす。

四月十九日（火曜）

朝より雨、寒し。書斎に火を入れ、朝よりとぢこもり『一兵卒』につきての原稿を書き始む。火曜はこれまで昭和女子大出講の日なり。一日中疲れて、何事をもえせざる日なりしが、今年より昭和をよしたることとて一日中わがものとなれり。さすがに悦ばし。

夕食後松柏社森氏来る。平井氏ワイルド伝写真の件にてなり。

四月二十日（水曜）

朝より雨、寒きこと昨日とおなじ。一日書斎に引きこもりて『一兵卒』の原稿をつゞく。夕食後九時、漸く完結、全部にて十四枚也。入浴後、十一時やゝ心安らかに寝につく。

四月二十一日（木曜）

晴。寒し。十時半実践にゆく。午前午後の講義。四月分俸給を受取る。帰途小倉君と渋谷駅前の喫茶店にて珈琲を飲みながら、学校のことを種々語り合ふ。家かへれるは六時。疲れたれば、夕食後は書斎に入らず、茶の間にて過す。ラジオの特別歌舞伎番組、忠臣蔵七段目をきく。安藤鶴夫（二）、尾上松緑二氏の対談は面白し。つまらぬ役を一心に身を入れてすること、そのことが直ちに大役をする心がまへに通ずといふ意味のことを云へる松緑の言葉を面白くきく。

（二）安藤鶴夫（一九〇八―一九六九）演劇評論家、小説家。

四月二十二日（金曜）

晴。東京堂に依頼せる沙翁記念祭ポスタア人名に誤りあり。午前学校にゆきて対策を講ず。結局東京堂に訂正を乞ふことゝす。十二時半の立正の講義にかけつく。立正における三時半よりの新入生歓迎会に列席、一場の祝辞を述ぶ。六時帰宅。意外につかれたり。夕食後は何をするでもなく費す。浜村米蔵氏（二）と綱太夫（二）

との対談をきく。

（一）浜村米蔵（一八九〇—一九七八）演劇評論家。

（二）八世竹本綱太夫（一九〇四—一九六九）義太夫語り手。重要無形文化財保持者。

四月二十三日（土曜）

晴。午前十一時開演の歌舞伎座にゆく。序幕『操三番』面白し。猿之助の翁は思ったほどでなし。團子の三番さすがに若きだけのことはあり。行々はよき役者になるならん。『盛綱陣屋』は全体に整ってよし。幸四郎の首実検も、岳父吉右衛門を踏襲して、仕どころすべて心得て、はっきりした出来なり。たゞし、衛門のコセツク癖まで踏襲せるは感心せず。この癖はとかく吉右衛門の芸風を下品にせるもの。一城の主なる盛綱の如き人物は、どこかにもっと大様にして上品ならざるべからず。幸四郎、将に以て再考すべし。米吉といふ小役はよし。猿之助の和田兵衛は威風あたりを振ひ、堂々たる風姿。たゞし、声をいため居るにや、白、よく通らず。勘三郎、歌右衛門の『幻椀久』は故岡村柿紅（一）の作。余に取り始めての見ものなり。さすがに岡村氏の作だけありて筋立ても無理ならず。情調もしっとりとして近頃の見ものなり。志津太夫の美音も耳の法楽なり。『嫗山姥』は大近松の作。先代時蔵もその襲名にこの『兼冬館』の八重桐をつとめたる筈にて余もおぼろげにその舞台を記憶す。たゞしその時は、面白からぬ、つまらぬ舞台のやうに覚えたるが、今度見るとまんざらでもなし。さすがに古歌舞伎の味ひ十分なり。新時蔵の手柄ともいふべきか。それとも余の歌舞伎観の進歩せるためにや。とにかく予想以上に面白く見たり。黒川一氏に逢ふ。閉幕後、お好み食堂にてお茶の馳走を受く。かへりに三越に立寄り佐藤玄々（二）の天女像並びにその記念展を見る。会場にて鈴木進氏に逢ふ。夕食後、疲れたれば、何をするでもなく費す。十時、入浴、就寝。

（一）岡村柿紅（一八八一―一九二五）劇作家、劇評家。
（二）佐藤玄々（一八八八―一九六三）日本画家、彫刻家。

四月二十四日（日曜）

曇り。うす寒し。進省堂より求めたる The Punch とゞく。あちらこちら拾ひ読みす。書庫の整理。堂本印象氏に手紙を書く。竹の子を贈られたる礼状なり。夕方、歌舞伎座黒川氏より電話あり。六月の團十郎祭に、團十郎につき二枚半何か書けとのこと、承諾す。夕食後国雄夫妻来る。九時頃かへる。その後、書斎に入り、明、月曜の学校の下調べなどす。十一時就寝。

四月二十五日（月曜）

曇り。雨模様、洋傘をたづさへ、学校にゆく。午前、午後の講義。東京堂より一昨日届きたるポスタアを持参。窪田氏を始め、小倉、三谷氏等とその配布方を相談す。疲れたる一日なり。加ふるに、昨夜半喘息の徴あり。いさゝか不眠、ソボリン二個を飲みたるためにて、今日は心地よからず。夕食後書斎に入り、鷗外『歌日記』をよみかへす。半ばまで読む。十一時就寝。

四月二十六日（火曜）

曇り。昨夜半亦喘息の徴あり。午前十時、帝大病院に〔・・〕氏を訪ふ。咽喉科主任医の紹介を乞はんためなり。〔・・〕氏不在。高島屋に放庵六十年画業展を見る。面白し。会場にて放庵氏及び永田喜健氏に逢ふ。作品は洋画日本画合せて五十点。すべて氏独自の画境なり。氏に取り洋画と日本画はその制作の材料を異にするのみにてその画因はすべて同一なるもの丶如し。洋画にはシャバンヌを学びたる跡いちじるし。『山幸彦』（一九一三年）は青木繁の玉依姫と同じ題材なり。構図は青木の整然たるおもむきなけれど又、別種の味ひなきにあらず。『老子出関』（一九一四）は背景の重々たる山の描写其他、南画的風趣一面に横溢してよき出来なり。氏の洋画中余の最も好むところたり。日本画においては小品ながら『三笑』は構図、賦色共心にくき出来なり。柘榴、あけび、栗の実の笑みわれたるところを描きたるもの、「虎蹊《ママ》三笑」などより思ひつきたるものか。『扇面二段張額面』として宗達、連月、一茶、一休、長明、丈山等を各扇面に描きたるは作者の興味の奈辺にあるかを察するに足る。『芭蕉詩境』蕪村の『春風馬堤曲』等はこの作者の文学につきての教養の如何に深きかを知るべく、又、『寒山拾得』につきての二図（国清寺）共に、この作者の心境を窺ふに足れり。近頃の気持よき展覧会なりし。この作者又和歌をよくす。

この春を山の一つ家ひとり居て何にかやなる鳥にかやなる
十月の山のみなみの日たまりはやまの子供も小鳥らもよる
山寺の春の日永となりにけり寒山拾得来たれ遊ばむ
この石に不思議こそあれ月夜には寒山拾得来て遊びゆく（太湖山画讃）
塹壕に春の雨ふる髑髏々々千人どくろ春の雨ふる
た丶かひのあとに草萌ゆいくはくの血脂の上に春の雨ふる（『江南画冊』のうち）

など誦するに足れり。

四月廿七日（水曜）

晴。実践女子大評議員会に出席。（正午）

四月廿八日（木曜）

曇り。例の如く、午前午後共、実践出講。

四月廿九日（金曜）

晴。午前十一時、再び高島屋に放庵展を見る。（妻同伴）午後二時赤坂プリンス・ホテルにゆく。河竹繁俊氏古稀並びに『日本演劇全史』学士院 員〔ママ〕 受賞の祝賀会出席のためなり。集まるもの四百余、近来の盛会なり。氏は劇壇に関係深き人とて、斯道の人々、猿之助、海老蔵、長十郎其他の顔の見えたるも亦、余等仲間の会には珍らし。祝辞を述べたるものも上記の俳優の外に、大谷竹次郎（一）、高橋盛一郎（二）、松村謙三（三）、守隨憲治其他あり。余も何等予期せざるに突如祝辞を述ぶべく強ひられたり。辞むべきにあらざればマイクの前に立ちは立ちたれどすでにビールの満をひきゐたる上に、何等の準備なし。余に取り近来の不出来なりしは是非もなし。五時帰宅。明三十日のシェークスピヤ講演の準備に取りかゝる。

（一）大谷竹次郎（一八七七―一九六九）実業家、演劇興行、松竹社長。

（二）高橋誠一郎（？）、（一八八四—一九八二）経済学者、浮世絵研究家。慶應義塾大学教授、日本芸術院長をつとめる。
（三）松村謙三（一八八三—一九七一）政治家、衆議院議員。

四月三十日（土曜）

朝より小雨。正午頃より本降りとなる。うすら寒し。十一時、実践にゆく。一時沙翁生誕記念『シェークスピヤと日本』の講演会に出席す。余の題目は「近代日本の曙とシェークスピヤ」と題し、藤村とシェークスピヤとの関係を説く。約一時間。二千人を入るゝ大講堂、聴衆約千。大部分は実践女子大の学生なり。余の講演、相当の出来なりしこと聴衆の様子にて大方知らる。次は坪内士行君の「沙翁演出の思ひ出」、例の如く諧謔自在、加ふるに身振り手振りを以てす。聴衆悦に入る。次は結城一京一座の操りにてヴェニスの商人法廷の場を演ず。意外に面白かりし。一京の操るシャイロック真に迫る。出色の出来なり。司会は守随憲治氏。会果てゝ英文学研究室にて小倉君其他と暫く雑談。六時帰宅す。夕食後は疲れたれば書斎に入らず。十時就寝。

五月一日（日曜）

晴、午後一時、小杉放庵氏を杉並区和田本町小杉二郎氏宅に訪ふ。氏の『戦《ひ》の罪』（一）につき質すところあり。得るところ多大なり。氏の個人展覧会のこと其他語り合ひ二時近く辞す。

（一）『戦の罪』については、『日記』三五年二月一八日（三三四頁、三三五頁註五）、二一日（三三七頁）他参照。

五月二日（月曜）
晴。例の如く午前午後にわたり実践出講。理事長室にて理事長に逢ふ。坪内士行君のために保険証其他のことを議す。

五月三日（火曜）
憲法記念日とて休日。朝より書斎に引きこもり芸術生活のための原稿を書き出す。「シェークスピヤと日本」のつゞきなり。原稿と講演とにては、書くと話すとにては同じ題にてもカンドコロなどいさゝか異なるところあり。なまなか、一度講演をせるだけ、それに囚はれて書くことに却って苦労す。

五月四日（水曜）
曇り。午前十時、早大図書館にゆき、伊原青々園の『市川團十郎』と同『近世演劇史』を、演博に立寄り『逍遙選集』第十二巻及び松葉の『團洲百話』を夫々借り出す。夕食後、「シェークスピヤと日本」を脱稿す。全部にて十枚なり。この日、夕刻、増山新一君来る。雑話。実践のポスタア代金四千二百円を立てかへ支払ふ。増山君かへれるのち赤坂君来る。東京堂最近の出版物『古今集評釈』中巻、外二冊を贈らる。出版につきての雑話などす。

五月五日（木曜）
晴。子どもの日とて休日。朝食後書斎に入り『市川團十郎』をひろひよみす。一時、東京会館に星川長七君、清香、熙を招ぎ昼食す。妻同伴なり。星川君、法学博士の学位を得たるをもて、いさゝか祝意を表せるなり。帰途、妻と銀座を漫歩、新橋よりバスにてかへる。夕食後、池上氏依頼し置ける青果外一巻を持参す。千二百円を支払ひ、更に葉舟（一）原稿一巻、白鳥、未明其他一巻、芋銭、与里（二）挿画一巻、合せて、三巻の仕立を依頼す。喜多山、依頼し置ける恒友小品二幅を持参す。三千円を支払ひ、更に逍遙、春園（三）の短冊の表装（二幅）を依頼す。留守中古川北華氏来る。九時入浴、十時就寝。

（一）水野葉舟（一八八三―一九四七）歌人、詩人、随筆家、小説家。

（二）正宗白鳥（一八七九―一九六二）、小川未明（一八八二―一九六一）、小川芋銭（一八六八―一九三八）、斉藤与里（一八八五―一九五九）。

（三）春園。伊藤左千夫の号。伊藤左千夫（一八六四―一九一三）、歌人、小説家。

五月六日（金曜）

曇り。午前東横画廊にて東洋古美術小品展を見る。戦国時代より、わが平安鎌倉などの名跡あり。とりとりに唐宋にかけての銅器、鏡、壷、酒瓶、水滴、盒、皿、盆及び仏像興深し。中につき『朝寝髪の香爐』といふもの、最も興深く見たり。古色蒼然たる青磁の色もさることながらその来歴いよいよ面白し。こは明智光秀、坂本城を自ら火にして自尽せる折、愛蔵せる銘器類を城と共に焼くに忍びず、それらを一纏めにして敵方の将堀秀政に贈りたるもの、一にして、後、秀吉の有に帰し、秀吉亦そを家康に贈り、家康亦そを紀州家に贈り、爾来紀州家の宝物として伝はれるものなりとか。光秀の芸術愛の心、おくゆかしくもめでたし。

立正に出講、講義終りて四時、早大図書館に立寄り、「続文章軌範」を探し、その中に李華の弔古戦場文を発見。

喜びかぎりなし。早速借り出す。帰途水道町の小川耳鼻科に立寄り咽喉の診察を受く。慢性の咽喉炎にて急には直しがたしとのこと。

五月七日（土曜）

朝より雨。朝食後書斎にこもり、松葉編『團州百話』を読む。團州の人物を知る資料多し。午後二時、雨の中を窪田章一郎君(一)夫人の告別式にゆく。かへりて又書斎にこもり、「芸術生活」寄稿の原稿を訂正補筆す。夕食後は『團州百話』に又読みふける。十時入浴、就寝。

（一）窪田章一郎（一九〇八―二〇〇一）、早大文学部教授、和歌文学研究者。

五月八日（日曜）

晴。小杉放庵氏に手紙を書く。十一時、妻同伴、新聞広告にて見たる大泉学園住宅分譲地を見にゆく。西武線大泉学園にて下車。駅前の案内所より車にて同分譲地にゆく。意外に遠く、値段も新聞広告より高く、何となくペテンらしき気もす。たゞし分譲地七百余の区画殆んど買約済なりといふ。景気のよきこと驚くべし。見聞もそこそこにして、又、同じ車にて大泉駅迄送られかへる。西武にて食品など求め、二時帰宅。間もなく小島かね子女史来る。女史より借り出し置ける中沢臨川氏の小島文八氏(一)宛書簡一通のうつし（余のうつせるもの）を送る。井手藤九郎氏来る。「芸術生活」寄稿の原稿を手渡す。例の如く芸術その他のことを愉快に語り合ふこと数刻。

（一）小島文八、号、洒風。『山比古』同人。『哀調』翻訳者。

五月十四日（土曜）

雨。数日前より起稿せる市川團十郎正午漸く脱稿。二枚半なり。これ程苦労せる原稿最近絶えてなかりし。團十郎に関する文献は数種これを渉猟。いよいよ筆執りてさて思ふにまかせず。内容は十枚程度にものすべきものを二枚半につゞめることむづかしく幾度書きかへても思ふやうにゆかず。反故紙二十枚に及ぶ。小さき題材を解きほごしゆくはたやすく、大なる題材を小さく纏めることのむづかしきを今更ながら知る。午後一時半有楽町駅前レバンテにゆく。米沢有為会の用事のためなり。レバンテはスペイン語にて「朝日は昇る」の意なりとか。相田、加藤、高野、北村諸氏に逢ふ。午後五時、歌舞伎座に黒川一氏及び堀口森夫氏をたづぬ。堀口氏に原稿を手渡す。黒川氏の謀らひにて十八日昼の部の切符を贈らる。雨の中を帰宅せるは六時なり。

團十郎の原稿は近頃の難物なりし。心これに支配されて、其間、日記を書く余裕もなかりし。なほ、この一週間のうちにて記憶に残れることは、九日（月曜）理事長の招待にて評議員全部（十五六名）赤坂三河屋にて夕食の馳走を受けたること、十一日（水曜）夕食後国雄、新作の「富士」三点持参、清香を呼び、その一を選ばしめ、星川の学位を得たることにつきての悦びの贈り物とせること、十二日夕食後早大教授田上信氏令嬢同伴にて来れることとなり。余は忘れたれど田上氏は昨冬、令嬢同伴にて来り、早大入学のことにつき種々意見を徴されたることとあり。令嬢今春早大教育学部国文科に入学せる由にて、その挨拶のためなりといふ。学校のこと其他のことにて、ながく話しこまれたるはいさゝか迷わくなれど、さるにても義理堅き人かなと、そゞろにその人柄慕はしく覚えざるにあらず。又、十日（火）上野松坂屋にトルコ展を見たることも又記憶するに足る。たゞしトロイ出土品中に紀前四、五世紀のギリシャ小壷のありたるは心得ず。何となればトロイの滅亡は紀前〔ママ〕一九〇〇〔ママ〕年なればなり。すでに廃滅に帰せるトロイに、ギリシャ全盛期の美術品いかにして渡れるにや、又、いかにしてそれら土中物となれるにや、理解するに苦しむもの、蓋し、余のみならざらむ。

夕食後、安保問題につきての公聴会をラジオにてきく。安保改定の日本に取りて危険千万なることすでに定評たり。自民党推薦の一《つ》橋大学、中央大学の某々二教授の改定弁護論の如き噴飯聞くに堪へず。元英国大使たりし西春彦氏（一）の説は傾聴に値す。たゞし弁説拙なく侃諤の所説、幾割かの損なるは気の毒なり。

（一）西春彦（一八九三―一九八六）駐英大使、元外務事務次官。

五月十五日（日曜）

曇り。九時半古書会館にゆく。明治物の陳列多し。堺枯川編の『社會主義の詩』は未見なれば、売価も一万五千円といふ馬鹿値なれど、用意して出かく。新井寛君にも探し方の応援をたのむ。たゞし東京新聞の小島君に先を越されて入手不能となれり。「明星」のバック・ナンバア七冊外雑本を併せて求め九千五十円を支払ふ。新井君兄弟と連れ立ちかへり、昼食を共にす。

今朝の「朝日」に、昨日の安保問題公聴会に岸首相、藤山外相（一）等欠席のこと出づ。殊に岸は例のゴルフ遊びにて欠席せる由を伝ふ。一国の安危に関する大問題を控へて、この体たらくは何事ぞや。真に吐棄すべし。又、同新聞の伝ふるところによると、幹事長川島某（二）、昨日の国会請願に押寄せたる群衆を見て、一日五百円の日当と見ても、よくかくも毎日続くものかなとほざきたる由、こはおのれを以て他を律するもの、問ふに落ちず語るに落つとは蓋しこのことか。

三時頃豊嶋春雄君来る。帰省せりとのことにて、なめこ詰缶四ケを贈らる。郷里のこと、一身上のことなど語り六時頃かへる。夕食後、書斎に入りて明日実践出講の準備などす。

（一）藤山愛一郎（一八九七―一九八五）実業家、政治家、衆議院議員。
（二）川島正次郎（一八九〇―一九七〇）政治家、衆議院議員、自民党副総裁。

五月十六日（月曜）

曇り、次第に晴。むし暑し。午前より午後にかけ実践女子大出講。帰途、もう一度、古書展に行かんとせしが疲れたればそのまゝ家にかへる。夕食後、安保問題につきての岸、浅沼、西尾（一）三頭首会談をラヂオにてきく。岸言句につまること屡々。蓋し当然なり。

『続文章軌範』の李華の文章その他を読む。入浴、十時半就寝。
（一）西尾末広（一八九一―一九八一）政治家、衆議院議員、民主社会党初代委員長。

五月十七日（火曜）

晴。暑し。午前十時、山下医院にゆき注射を受く。血圧は百三なりといふ。余りに少なし。電車にて早大図書館にゆき、改造社の現代日本文学全集中の『戦争文学』篇並びに岩波版鷗外全集第一巻を借り出す。吉井氏、洞氏（一）などに逢ふ。上野図書館への紹介を依頼す。小杉未醒の『陣中詩篇』を同図書館にて探さんためなり。且つ洞氏の調べにて、同図書館に右書のあることを確かめ、一先づ安心す。たゞし、果して在りや否やは、愈々手に取りて見るに非ずんば明らかにあらず。午後、早速にも行かむと思ひ立ちたれど、一旦家にかへり昼食などすませたれば疲れ急に出でゝ果さず。四時頃清香来る。誘はるゝまゝ清香宅にテレビの相撲見物に出かく。暫くぶりの見物なり。見てゐるうちは面白けれど、さて後にて思ふに、今日の余は相撲見物などに、暫くたりとも浮身をやつすべきにあらず。すべきこと眼前に山積。緊張を要すること切なり。

夕食後書斎に入り、やがて執筆すべき文学史の原稿のことなど思ひつゞく。
（一）吉井篤男、事務主任。洞富雄（一九〇六―二〇〇〇）早大文学部教授、近代日本史研究者、図書館副館長。

五月十八日（水曜）

晴。妻同伴午前十一時半開演の歌舞伎座にゆく。『伽羅先代萩』序幕高尾船の場は珍しき出し物なれど、つまらなき出し物なり。次の奥殿、床下は梅幸の政岡は貫禄もあり、演ることも先づ無事。当代での政岡なり。銀之助の千松は、やゝ薹が立ちていぢらしさに欠けたれど、演ることは達者なり。銀之助は誰れの子なるにや、将来よき役者となるべし。海老蔵の八汐は加役として、先づ先づなるべし。床下の仁木はさすがに本役なり。手裏剣を打ちてにたりとするあたり殊によし。松緑の男之助は思ったほどならず。問註所の仁木は場を圧す。勝元を嘲笑ふあたりのふてぶてしさも当代無類なり。それだけに「恐れ入り奉る」と平伏するあたりは、さういふ筋であるから、平伏するだけにて、心から恐れ入れるにあらざる如し。左團次の勝元は気迫足らず。つひに仁木を威圧するに至らず。鯉三郎の外記も品位と気迫に乏しく市蔵の山名に至っては低調下品、言語道断なり。刃傷の場の仁木は一つは相手の外記にも依ることなれど全体に感心せず。殊に、花道をのそのそと出て来るなどは、この場の仁木の心理を無視せる演出なり。こゝの仁木の心境は《は》外記を見失って焦躁血眼で、あたりを探しながら急ぎ足にて花道七三まで出て来るあの瞬間に凝縮され居るなり。仁木のすごさは舞台正面の刃傷にあらず、花道のこの瞬間なることを忘るべからず。とは云へ海老蔵の仁木はその風姿といひ、音声といひ当代無類なり。たゞし、團蔵を始め先代中車、六代目菊五郎などのを幾度も見来りし余に取りては海老蔵の仁木、まだまだなり。吉右衛門の仁木も二三回見たれど余は感心せず。刃傷の場の如き、菊五郎に比していたく劣れる如き印象を受けたり。吉右衛門の仁木はすゞからんとして却ってすゞからず、菊五郎のはすゞからんとすることなくして却ってすゞし。思ふに人柄の相違か。

『六歌仙』は退屈の一語に尽く。夜、雨しきりなり。

五月十九日（木曜）

曇り。九時、上野図書館にゆき、小杉未醒『陣中詩篇』を借り出し、閲読。必要のところを抜き書きす。これにて漸く安心して文学史の稿をつゞくるを得たり。帰路広小路の文行堂、広田に立寄り、広田にて堺枯川の大色紙を買ふ。値、三百円なり。地下〈鉄〉にて渋谷に出で、文化会館永坂にて昼食。実践に駆けつく。午後一時よりの講義。四時帰宅。

この日ラジオにて幼児誘拐、殺害のことをきく。他人ごとながら余の心ためにくらし。恐らくこれをラジオにてきけるもの、夕刊にて見たるもの、すべて心くらかるべし。

五月二十日（金曜）

雨、午前十一時家を出で、正午十二時半の立正の講義に間に合はす。三時半講義を了へ、実践に駆けつく。中野清子氏を実践同窓会館に訪ね、過日、三宅花圃書簡を贈られたることにつき礼を述べ、研究室にて小倉君と雑談、小倉君と共に中野、河野両助手を連れて渋谷に至り、喫茶店にて茶を飲みつゝ、テレビ相［撲］を見る。家にかへれるは六時。昨夜の安保質疑打切りと同時の承認につきての議会混乱問題につきてのラジオ座談会をきく。自民党出席の川島、小沢等の云ふことすべて理不尽。かゝる三百代言式徒輩自民党の執行部なり。彼等は特に川島の如き紳士ヅラをせるゴロツキに異ならず。夕刊に石橋湛山、松村謙三両氏の所説あり。両氏の言、正論なり。自民党まさに自壊作用をおこしつゝありといふべし。余は同党の壊滅の一日も早からむことを期待す。

今日は一日雨中を歩き廻りたるためにや、やゝ疲労を覚ゆ。夕食後は書斎に入らず。十時就寝。

五月二十一日（土曜）

晴。朝刊に政界大混乱の記事あり。当然のこと。岸首相、不相変暴力追放を叫ぶ。暴力の根源の何処にありやを考へて見しことありや。空々しさの限りなり。世の中は measure for measure なり。午後、理髪、眼科医にゆく。ラジオにて相［撲］をきく。夕食後、書斎に入り、『戦《ひ》の罪』の原稿の改訂に取りかゝる。改訂は新しく原稿を書き下すより却ってむづかし。種々続稿の案を練る。幼児誘拐、殺しの犯人未だつかまらず。犯人の名前、人相までわかりゐながら、この体たらく、当局の無能、愚鈍言語に絶す。

五月二十二日（日曜）

晴。午後、実践女子大同窓会にゆく。（実践女子大講堂）山岸学長の「源氏物語の教育」と題する講演をきく。源語の世界［を］今日に結びつけて説く。諧謔を交へたる話しぶりもよし。真面目なる中におのづから溢れ出づるユーモアも嘉すべし。

五月二十三日、（月曜）

晴。実践女子大に出講。

五月二十四日（火曜）

去る十九日の自民党の会期延長可決同時に安保改定可決以来、天下騒然。毎日、新聞を見ては政界［の］成り行きに心労することおびたゞし。今日ほど不愉快なる時代嘗つてなし。岸、川島等口を開けば社会党の議員座り込みを以て暴力と罵り、安保改定反対の国会請願を以て暴力と罵り、この暴力に屈することは民主々義に恥ずと云ふ。而も彼等、数の多数をたのみて勝手気侭に振舞ふ自民党の数の暴力の最も悪むべき暴力なることに思ひ至らず。その愚連に及［ぶ］べからず。或ひは知りても知らざる如く装ふに至りてはその奸譎亦言語に絶す。

ともかく、一日も早く岸退陣、一日も早く自民党天下の壊滅せんことを冀求する、蓋し余のみにあらざるべし。都立書房主、目録（古書通信）にて注文せる『社會主義綱要』（堺枯川、森近運平著）（一）を持参す。二千五百円を払ふ。

（一）堺枯川、森近運平著、『社會主義綱要』、東京、鶏声堂、明治四〇年、文庫所蔵。

五月二十五日（水曜）

晴。銀座松屋に奥村土牛自選展を見る。二十六日（木）は実践出講、二十七日（金）は立正出講。別に云ふべきことなし。たゞ政界の混乱と従って起る社会不安とに不愉快なる毎日を送る。

五月二十八日（土曜）

晴。近代日本文学会公開講演早大共通講堂にて催さる。暫くぶりにて出席聴講す。講演者は中村元（一）、木村毅、村松剛の三氏、題目は政治小説論、司会は稲垣達郎氏なり。村松剛氏の話し最近リアリズムの不徹底を説けるもの。暗示的にて面白し。会場にて勝本、笹淵、村松、小出諸君と逢ふ。

（一）中村元（一九一二—一九九九）東京大学教授、インド哲学、仏教、比較思想専門。

五月二十九日（日曜）

晴。一日書斎に引きこもり「芸術生活」のための原稿「鷗外の『うた日記』を読みて」をものす。午後十時脱稿、九枚なり。

五月三十日（月曜）

晴。暑し。例の如く実践に出講。五時帰宅。夕食後、豊嶋春雄君来る。文京区文華学園辞任を強要されたりとのことにてその苦衷を訴へに来れるなり。余等夫婦同情を禁じ得ず。種々慰めてかへす。

五月三十一日（火曜）

曇り。昨日と異り、うす寒し。——略—— 午後二時井手藤九郎君来る。「鷗外うた日記につきて」の原稿をわたす。例の如く芸術のこと其他につき閑談数刻。夕刻、製本屋、柏屋来る。四、五の帙を依頼す。

六月一日（水曜）

曇り。午前書斎に入りPellissierのLiterary Movement in France During the Nineteenth Century（一）を読み出す。午後二時肥後和男氏来る。高島屋地下にて求めたる白龍持参さる。前書きなれど真跡なること確かなり。値をきけば二［千］五百円也といふ。掘出し物といふべし。余所持の白龍あまた取出して氏の鑑賞に委す。文芸のこと社会のことなど種々語り合ふ。氏かへれるのち昭和女子大の松本女史来る。女史の乞ひにより同大学昭和祭のため出品の二葉亭、左千夫、美妙、節等の筆跡類を手渡す。

（一）本間久雄『続明治文学史　下巻』、一六九頁、一七二頁参照。*Pellissier, G., The Literary Movement in France during the Nineteenth Century,* trans. Brinton A. G. (New York, 1897)〔?〕。Georges Pellissier (1852-1918).

六月二日（木曜）

晴。実践出講。午後二時半学長室にて夏期講習会相談。出席者、学長、守随、窪田、三谷諸氏。午後六時、阿家にゆく。平井博氏新著刊行につきての平井氏の招待なり。妻同伴、森氏の世話なり。

六月三日（金曜）

晴。立正出講。特に記すべきことなし。

六月四日（土曜）

曇り、時々雨。国鉄労務員を中心とせる未曾有のスト起る。安保改定反対闘争、岸退陣、国会解散の三大要求をかゝぐ。当然のことなり。国民一時足を奪はれたるにかゝはらず、不平も云はず、却ってストに協力せる如き趣ありしも、従来のかゝるストに無き現象なり。余の如きもその気持にて故意と外出を控へたり。以て世論の動向を察すべし。夕七時十五分、浅沼稲次郎氏の「私はかく思ふ」のラヂオをきく。余は浅沼氏に日頃好意を寄せゐる一人なれど、お世辞にも甘いとは云ひ兼ねたり。日頃の主張を早口に云ひたるのみにて――尤も時間の関係もありしならめど――こゝぞといふきゝどころなし。滋味に乏し。あれでは、気の毒なれど「汽罐車《ママ》」なり。汽罐車《ママ》を運転する主脳者たるためには、もっと勉強して人間を磨くこと必要なり。社会党の前執行委員長鈴木茂三郎氏(一)、その地位を浅沼氏にゆづるに際し、氏に忠告して一週間の中一日は読書に費すべしと云ひしと云ふ。（新聞記事による）宜なりといふべし。浅沼氏の話しの直後、ラヂオに政治評論家某々三氏の議会政治についての座談会あり。無類につまらなし。議会といふものを、たゞ形式的に考へ居るだけにて、国民の政治思想の動向などにつきては何等の洞察なきが如し。彼等の立場より云はば、今日の未曾有のストの如き、何等の意義なきものゝ如し。一国の重大事を単に議会にて解決すべしと云はんばかりなるはお目出たき限りなり。

午後、ペリッシェの『仏文学史』(二)を読む。益するところ多し。

大阪中央堂書店より求めたる早稲田文学（明治四十一年―四十三年）十一冊分の代金（郵税とも）千五百九十六円を同店に振替にて送る。

(一) 鈴木茂三郎（一八九三―一九七〇）政治家、衆議院議員、日本社会党委員長。

(二)『日記』三五年六月一日（三八二頁）参照。

六月五日（日曜）

曇り。午前、昭和女子大昭和祭の近代文学展示会を見にゆく。二葉亭、美妙以後、左千夫、節、啄木等に至る。よく集め、よく整理しあり。人見氏の熱情亦敬すべし。余の出品亦精彩を放つ。かへりに新井寛君宅に立ち寄り、その新居を見る。令弟建築家のことゝてすこぶる見事なり。書斎の数寄屋造りなど、いさゝか羨まし。

午後二時丸善の粟野君来る。余の所持にかゝる翻訳文献の目録作成のためなり。古書展にゆき、進省堂出品の英国雑誌少し求む。

六月九日（木曜）

晴。午前、帝大分院にゆく。七日同病院にてレントゲン、心〔電〕図などをとりたる結果、改めて診察を受けたるなり。両方とも大したことなき由、レントゲンの胸部写真は、余の如き素人の見たるところにても何等異状なきものゝ如し。午後、図書館会議室にて教授会。午後五時、理事長に招がれて坂崎坦君、三木春雄君ともとも新宿裏の松の家にゆく。吉田校長も理事長と共に来る。酒特によし。雑談数刻。かへりに新宿西口の植木屋にてホークシャ一鉢を求む。価、二百円也。余、少年時代に田舎にて愛せる草花なり。頗る野趣に富む。

六月十日（金曜）

晴。アイク新聞係秘書ハデカー氏（一）来日。羽田空港にての大デモ、暴行事あり。

（一）ハガチー〔?〕。James Hagerty (1909-1981). アメリカの政治家。一九五〇年代大統領新聞係秘書。

六月十五日（水曜）

晴。古書店にゆく。文雅堂より吉川霊華筆『王右軍』（半截）七千円、文行堂より愚庵の子規宛書簡一通七千円を求む。前者は見事なる出来にて線の妙味を十二分に発揮せる銘作なり。それにしてもかほどの銘品が七千円とは何たる安値ぞや。たゞ色彩を画面一面に塗りて得々たるペンキ画式新画に数万円乃至十数万円を投ずるを誇りとせるは今日の鑑賞界なれば、それもその筈なれど、さりとは具眼者の少なき、淋しき限りなり。愚庵の書簡は資料的に価値ありと覚ゆ。今日はよきものを得たり。たゞし懐工合には大いなる傷手なり。夕刻柏屋来る。ワイルド新聞抜書資料の改装など依頼す。

物情騒然。夕食後、自民党川島、社会党江田（二）、民社党水谷（三）の三者座談会をラジオにてきく。江田の意見、理路整然として、最もわが意を得たり。川島のは愚の一語に尽く。水谷は西尾と共に現代の筒井順慶、その態度、吐棄すべし。

全学連の国会デモ。死者一人。警官と揉み合ひ負傷者、両方にて三百余といふ。同胞相せめぎて地獄絵を展開す。凄惨其極に達す。而も岸、恬としていさゝかも慙づるなし。九時よりのニュース解説。解説者の誰れあるを知らねど国会におけるかゝる地獄絵の解説たるや、その責の大半を社会党と総評に帰せしめ、政府には何等の責任なき如き口吻なるは、政府の代弁者たる如き感ありて見ぐるし。N・H・K・或ひは政府の言論統制の手先なるやも知るべからず。憂鬱なる時代なり。去る十日のハデカー事件以来、世を挙げて騒然、余亦、落ちつきて書斎の人たり得ず。朝より夕まで新聞とラヂオ・ニュースに没頭して、世の成行につき感慨に耽けること多し。自民党元より無理なり。アイク亦無理なり。無理に、無理を重ぬ。民心愈々自民党を離れ、親米主義者、亦却って反米主義者となる。自らの結果なり。

（一）江田三郎（一九〇七―一九七七）政治家、衆議院議員、社会党書記長。
（二）水谷長三郎（一八九七―一九六〇）政治家、衆議院議員、社会党中央執行委員、のち民社党参加。

七月五日（火曜）

晴。あつし。九時半、古書会館にゆく。文学堂より明星卅九年一月号（千五百円）時代屋より鷗外の『黄禍論梗概』（一）（二百五十円）『通俗西洋英傑傳』（二）（明治二十一年刊にてこの中にホメロス、ダンテ伝あり、百五十円）森皚峰『社会の敵』（三）（二百円）などを求む。『社会の敵』は明治卅四年刊にてイブセン作を日本に焼き直せるもの、イブセン物にて、少なくも書籍の形として日本に紹介されたるものゝ最初の書なるべし。午後一時、昼寝。夕刻より書斎にこもりて、明治文学史の稿をつゞく。戦後思想界の雰囲気を分析しつゝあり。容易ならず。十時就寝。

（一）森林太郎『黄禍論梗概　明治三六年一一月二八日　早稲田大学課外講義』、東京、春陽堂、明治三七年、文庫所蔵。
（二）『通俗　西洋英傑傳　第一編』、近藤堅三訳編、大阪、明昇堂、明治二一年、文庫所蔵。
（三）イプセン著、森皚峰（晉太郎）訳、『社会之敵』、東京、明治三四年、文庫所蔵。本間久雄『続明治文学史　下巻』、一一二頁参照。

七月六日（水曜）

晴。昨日よりやゝ涼しくいさゝか凌ぎよし。午前十時半大野実之助氏来る。『李太白研究』にて学位を得たるにつき、報告を兼ねて来れるなり。氏の如き学究、早大畑には珍らし。尊重すべし。久美子、顕子来る。正午、車を駆りて出雲そばにゆく。余ひとり別れて再び古書展にゆき、雑書二三を求めかへる。内山正平氏来る。

中元のあいさつなり。氏の研究になるハーンのこと其他かたる。大学院米田君来る。フルブライト受験につき推せん状依頼なり。内山君かへり間もなく杉山玉朗氏来る。氏イギリス近代評論につき語るところ多し。其出版の一日も早かれとすゝむ。夕食後書斎に入り、文学史の稿をつゞく。あはたゞしき一日なり。十時就寝。在米中の耀子、外遊中の三木徳近氏よりハガキ来る。

七月七日（木曜）

曇り。涼しく凌ぎよし。午前、午後にわたり実践における二回講義。今学期の最終講義とて講義にもおのづから緊張味の加はれるを覚ゆ。授業後、研究室にて学生の卒論の指導などす。四時帰宅。疲れたり。留守中岡保生君来る。中元あいさつの為なりといふ。三十分ばかり昼寝。夕食後書斎に入りノルダウの『堕落論』（中島孤島訳）(二) などを読む。善き訳也。

（二）本間久雄『続明治文学史　下巻』、一五三―一五五頁参照。Max Simon Nordau (1849-1923). ハンガリーのユダヤ人小説家、評論家、医師。中島孤島（一八七八―一九四六）小説家、評論家、翻訳家。

七月八日（金曜）

朝より雨。うすら寒し。ひとへにひとへ羽織を重ね着す。気候とかく不順なり。午前中より書斎にこもり『明治文学史』の稿をつゞく。蘆花の『勝利の悲哀』(二) につきてなり。嘗つて「明治大正文学研究」に載せたる文章を改删せるものにて夜に入りてともかくも約十枚をものす。十時入浴、就寝。この日の新聞に四国中国地方豪雨の記事あり。

（一）本間久雄『続明治文学史　下巻』、一三一―一三六頁。同、「明治文学随想　冬扇録―蘆花個人雑誌「黒潮」のこと」（『明治大正文学研究』第二三号、「徳富蘆花の研究」特集、昭和三二年一一月）八三―九一頁参照。

七月九日（土曜）

晴。昨日と異り暑さきびし。午前十時、妻の大和行に便乗。京橋兼素洞展にゆく。龍子の花十題なり。龍子の絵次第に枯淡の味を加ふ。牡丹の如き日本画の線を活かして、色彩を僅かに加ふ。心にくき出来なり。三越にて妻と落合ひ、七階にて昼食。車にてかへる。直ちに早大図書館に駆けつく。堺枯川全集六冊外一冊を借り出す。夕食を早めにすまし、山下眼科にゆく。この日の新聞、自民党の首班争ひ未だに片づかざる由を報ず。政治の空白をかへり見ず派閥争ひに日も尚足らず。何たるぶざまの政党ぞや。夕食後書斎に入れど今日は疲れたれば開店休業す。矢野峰人氏に手紙を書く。

七月十日（日曜）

晴。暑さきびし、午前書斎に入り昨日借り出せる枯川全集（一）を拾ひ読みす。得るところあり。午前、米田君来る。午後二時、飛田夫妻、金田君連れ立ち来る。閑談数刻。本間武君来る。玄関にてかへる。夕食後枯川全集の拾ひ読みをつゞく。

（一）堺枯川については、本間久雄『続明治文学史　下巻』、一一八―一二三頁参照。

七月十一日（月曜）

晴。暑さきびしけれど風少々あり。昨日よりは凌ぎよし。午後三時早大図書館にゆき、明治三十九年の読売新聞、明治四十年の日刊平民新聞借り出しの手続きす。帰途水道町の小川耳鼻科に立寄り、診察を受く。喉に少し異状あればな［り］。大したこともなき由なり。夕刻、演博の白川宣力君来る。『フランス文学全集』第二巻目を贈らる。同君訳にかゝるモリエールの『人間嫌ひ』他二篇同巻に収録あればなり。種々演博の内情などを聞く。河竹君退任後の人事よろしからず、余、ひそかに憂ひ居りしこと事実なるが如し。『演劇大事典』第二巻目の代価を同君に託す。夕食後枯川全集の拾ひよみをつゞけ、且つ文学史続稿の案を練ること切り。

今日午後一時、国雄来る。談しばし。後国雄妻と連れ立ち鯉江君（一）の見舞に病院にゆく。余は妻のかへるを待ち前記の如く早大図書館にゆけるなり。

（一）鯉江ちかし。本間国雄弟子、日本画家、染色家、当時文京区東大分院にて入院中。

七月十二日（火曜）

晴。暑し。午前より書斎に引きこもり枯川全集其他を読み、文学史続稿の案を練る。妻、久美子、清香を伴ひ、昼食のため三越にゆく。余、留守をまもり、読書に耽る。午後三時東京堂増山君来る。中元のためなり。出版のこと其他雑談。夕食後書斎にこもり、文学史の原稿など読み直し、加筆す。十一時就寝。

七月十三日（水曜）

曇り、やゝ涼し。午前十時、帝大外科病室に鯉江君を見舞ふ。早昼飯にて早大図書館にゆき、明治三十九年一月、二月の読売新聞を見る。河上肇の『人生の帰趣』を一読せんためなり。右長論文は一月四日初載、二月二十八日に終る。断続三十回余。論旨は無我愛の解説、主張なり。当時の一思潮の標本といふべし。四時帰宅。留守中金田真澄君来り、余の帰宅を待ち居れり。実践女子大に推せんの件につきてなり。松柏社森政一氏、早大英文科助手井内雄四郎君来る。共に中元のためなり。京都臨川書店より電話にて注文せる枯川訳『百年後の社會』(一)届く。保存よき書なれど惜しきことに再版なり。(代価二千五百円也)

夕食後書斎により河上の『社會主義評論』(二)初版を読む。当時の社会主義思潮を論じて恐らく肯綮に中る。たゞし、結末、論理の飛躍あり。而してこの飛躍は直ちに『人生の帰趣』に連関す。或ひはその前提とも見るべし。文章瑰麗、生彩に富む。論者、当時、齢わづかに二十六といふ。論を遣る堂々として大家の風あり。

(一)E・ベラミー著、堺枯川(利彦)訳、『百年後の新社會』、東京、平民社、明治三七年、文庫所蔵。
(二)千山萬水樓主人(河上肇)『社會主義評論　付附録(無我愛の真理)』、東京、讀賣新聞社、明治三九年、文庫所蔵。

七月十四日(木曜)

晴。あつさきびし。午前より書斎に入る。文学史続稿案まとまらず苦労す。午後井手君来る。御木氏の使ひとして玉露を贈らる。池上手依頼し置ける巻物二つ(牧水、清方)を持参す。千六百円を支払ふ。自民党総裁に池田勇人氏極れる由。余、同氏に何等の恩怨なく、白紙の気持ちにて対し得れど、たゞ背後に佐藤栄作のあるのが厭なり。佐藤は新聞に現はれたる言動より推測するとき兄の岸よりも更に悪党なり。岸と云へば暴漢に襲はれて足を傷けられたりとのこと。気味よきことなり。たゞしわづかに十日間の傷とは、悪運の強きものは、どこ迄も悪運強きものらし。夕食後書斎に入り、文学史の稿を練ることしばし。尾島君来る。中元のためなり。

学校のこと其他を語り合ふ。九時半かへる。

七月十五日（金曜）

晴。暑さきびし。午後三十三度、今年最高の気温なり。午後一時、新井寛君来る。中元のため也。雑誌「表象」の件につき種々相談を受く。四時、かねて電話にて打合せありし東横の稲田氏来る。霊華展のために『解牛』『近松』『人麿』其他十二点（久美子所蔵の蘭陵王、清香所蔵の長袖善舞を含む）を貸し与ふ。

夕食後書斎に入り、文学史の稿をつゞく。暑さのために筆遅々として進まず。

岸を刺せる暴漢は、新聞の伝ふるところ戦前派の右翼なりしといふ。岸、右翼に刺されたることの何ぞ皮肉なるや。さるにても右翼は怖し。国会デ［モ］に乱入して全学連に挑戦したるも彼等なり。芸能連に、ナグリ込みたるも彼等なり。

巷間説をなすものあり。大野（一）、自民党総裁候補をオリたる謝礼として一億円を贈られたりと。贈れるもの誰ぞ。余、その真偽を知らず。たゞし、火のなきところ烟立たざるを如何にせんや。

巷間又説をなすものあり。吉田茂の外遊にあたり、藤山一郎、餞として五十万を贈る。佐藤（二）それをきゝて三百万を贈る。池田（三）又それをきゝて、おなじく三百万を贈ると。余、その真偽を知らず。たゞし、恐らくは真なるべし。池田の三百万はとも角、佐藤にはそれをするだけの義理あるべし。何となれば、彼れは吉田の指揮権発動によりて、辛じて縲絏の辱しめを脱れ得たればなり。さるにても脱れて恥なき徒の、のさばり居ることの不快さよ。

（一）大野伴睦。『日記』三四年二月二六日（一一六—一一七頁）参照。

（二）佐藤栄作（一九〇一―一九七五）政治家、衆議院議員、内閣総理大臣。
（三）池田勇人（一八九九―一九六五）政治家、内閣総理大臣。

七月十六日（土曜）

晴、暑さきびし。早昼飯にて兼素洞清流会展にゆく。平八郎の『桃』神泉の『紫陽花』土牛の『はつ夏』青邨の『貝』清方の『李の花影』蓬春の『月明』龍三郎の『柿』の七点なり。現代画壇の代表展なるべし。中につき面白く見たるは龍三郎の小品油画『柿』なり。色彩といひ、筆触といひ、見事なり。其他はこれといひて興味を牽けるはなし。土牛の『初夏』は水呑に葡萄一房と枇杷二個を配せるもの、画面全体、清楚の感ゆたかなれど期待せるほどのものならず。

帰途、駿河台古書展に立ち寄る。買ふべきものなし。珍らしく手ぶらにてかへる。夕食後書斎に入り枯川の訳『百年後の社会』を読む。

七月十七日（日曜）

曇り。暑さやゝ凌ぎよし。午前より午後にかけ、書斎にて、枯川訳の『労働問題』ゾラ原著『労働』（一）を訳〔ママ〕む。ベラミーの『百年後の社会』とおなじく抄訳なり。この二書を抄訳公刊せるところに、社会主義者としての枯川の見識と態度とを見るべし。当時の社会主義思潮を検討する上にも、又啓蒙家としての枯川を考へる上にも、よき資料を得たる心地す。

夕食後東横七階画廊にゆく。十九日開催の霊華展の陳列の準備に参するためな〈り。〉美術研究家の中村渓男氏(二)、毎日新聞社企画部長谷川氏等に逢ふ。一時間余にしてかへる。入浴、就寝。

(一)ゾラ著、堺枯川訳、『労働問題』、東京、春陽堂、明治三七年、文庫所蔵。
(二)中村渓男(一九二一―二〇〇一)日本美術研究家。父は中村岳陵。

七月十八日(月曜)

晴。暑さきびし。午前より書斎に入り、『労働問題』〔の〕つゞきを読み了る。午後一時昼寝。志賀謙君来る。萩原早大教授夫人来る。夕刻、丸善栗野氏来る。「聲」八号を贈らる。夕食後書斎に入り、山田珠樹氏著『ゾラの生涯』(一)を拾ひ読みす。

(一)山田珠樹『ゾラの生涯と作品』、東京、六興出版社、昭和二四年〔?〕。

七月十九日(火曜)

晴。暑さきびし。十一時妻同伴東横画廊にゆく。久美子夫妻、国雄、清香と落合ふ。霊華展を見るためなり。陳列品約〔・・〕点。『離騒』『羽衣翩翻』『〔・・〕の處子』其他名品多し。余の出品八点。会場にて岡田華卿氏(二)に会ふ。華卿氏は霊華画風を継承せる唯一の人なり。世、霊華の世界を理解するもの少なし。蓋し、現在の如く、古典の教養を無視せる時代においては或ひは当然のことなるべし。乍然、後世必ず霊華の価値の顕揚せらるゝ期あること疑ひなし。其点につきて、余等亦衆愚を誘掖するの義務ありとていふべくや。四時帰宅。直ちに書斎に入り、屈原の『離騒』を読み直す。霊華の『離騒』を正しく理解せんとてなり。たゞし、夜、十時に至るも、遺憾ながら其解を得ず。却って徒らに、嘗つて其解を得たりと思へることの誤りなるを知れり。

（一）岡田華郷（一八九四—一九八一）日本画家、吉川霊華に師事。

七月二十日（水曜）

晴。あつさきびし。十一時実践にゆき、俸給を受け取る。学校にて坂崎氏と逢ひ、連れ立ちて画廊にゆく。岡田華郷氏今日も亦来り居れり。師を憶ふの情誼亦、以て敬するに足れり。会場にて柏林社古屋氏に逢ふ。氏は霊華に親炙せる人、『離騒』の出典を問ひ正す。いさゝか手がかりを得たり。三時半帰宅。暑さきびしく何事をもえせず。夜に入り、やゝ涼し。ノルダウの『頽廃時代』の翻訳（中島孤島訳）などを拾ひよみす。

七月二十一日（木曜）

晴、暑さきびし。堪へがたし。今夏に入り、今日ほど苦しき日なし。午前中書斎の取りかたつけなどす。午後三十分ばかり昼寝。村松君来る。文学上の話しに時を移す。豊嶋春雄君来る。九里学校理事長に推せん状を手渡す。夕食後文学史の稿をつゞく。

今日朝柏林社より〔・・・・〕といふ書物を届け来る。一読、霊華『離騒』の解釈には何等役に立つところなく、失望す。同時に『離騒』につきての余の考案いよいよ纏らず。或ひはこのことにつきての文章、放棄の止むなきに至るやもはかり難し。

今日、島田謹二氏よりミルトンといふ飲み物贈らる。余に取り始めてのものなり、余深くその厚意を謝す。

七月二十二日（金曜）

晴、暑さ昨日よりきびし。午前十時、井手藤九郎君、夫人、女婿夫婦（佐藤君）長男を連れ来る。庭にて女婿佐藤氏、余を加へて撮影、書斎など見せ、一時間余り雑談してかへる。帰途、東横にて霊華展を一同にて見るとのこと。昼食後三十分ばかり昼寝。三時頃、岩田洵君来る。中元のためなり。車にて連れ立ち、早大図書館にゆく。岩田君は早大の夜学夏期講座出講のため図書館入口にて別る。

図書館にて『列仙伝』其他『離騒』解釈に必要あるものと思はるゝものを探したれどもすべて徒労に終る。

夕食後池上氏紹介にて一久堂書店来る。紅葉、露伴の書簡数種あり。中、紅葉のもの二通（何れも吉岡哲太郎宛のもの）を求む。代価五千円を払ふ。資料的に見て必ずしも価値なきものならず。やゝ後悔す。

七月二十三日（土曜）

晴。暑さきびし。実践にゆく。正午少し過ぎ画廊にゆく。今日も岡田華卿［氏］来り居れり。午後一時、久美子夫妻に誘はれお好み食堂にゆく。三時帰宅。『離騒』につきての参考書など何くれとなく見る。六時、一久堂書店来る。露伴の吉岡哲太郎宛書簡(一)と紅葉の一書簡(二)とを取りかへて貰ひ、更に同書肆より魯庵の『イワンの馬鹿』（明治三十八年刊）(三)を求む。（代価一千六百円）

妻歯痛、夜十時、帝大病院に同道す。

(一) 幸田露伴書簡、吉岡哲太郎宛（明治二二年八月）、文庫所蔵。本間久雄『眞蹟図録』、図録五八頁、解説三六頁。
(二) 尾崎紅葉書簡、吉岡書店宛（明治二二年八月八日）、文庫所蔵。本間久雄『眞蹟図録』、図録五五頁、解説三三頁。
(三) トルストイ著、内田魯庵（貢）訳、『イワンの馬鹿』、東京、火鞭会、（火鞭叢書）、明治三九年、文庫所蔵。

七月二十四日（日曜）

晴、暑さ昨日と異ならず。午前十一時半、画廊にて島田謹二氏と落合ひ、文化会館にて昼食、妻同伴。午後三時帰宅。今日も画廊に岡田氏来り居れり。実践夏期講習会の準備などす。留守中、熊坂敦子氏来る。

七月二十五日（月曜）

晴。暑きこと昨日に異ならず、午前十時半実践にゆく。今日より夏期講習会始る。今日の第一は久松潜一氏の話也。題は六朝詩学と古代歌論。有益なる講義なり。但し聴講者にはいさゝかむづかし過ぎたるらし。

正午帰宅。昼寝、二時久美子来る。四時頃迄雑談。東京堂赤坂君印税の一部持参。早大庶務課佐久間氏、学校の中元持参。豊嶋春雄君米沢の九里女学校に奉職につき暇乞ひに来る。

夕食後書斎に入り夏期講習の準備などす。

七月二十九日（金曜）

やゝ曇り、むしあつし。午前九時半実践にゆく。夏期講習会最後の日なり。九時半より十一時迄島田謹二氏「芥川龍之介とロシヤ小説」芥川の一作品を捉へ、そこにトルストイの『戦争と平和』の影響乃至暗示のあることを説く。例により、雄弁なり。十一時より十二時半迄、余昨日の「女性解放の悲劇」と題せるものゝつゞきとしてグラント・アレンの『敢てせる女』を解説す。会終りて、山岸、守随、窪田、島田氏等と会長《（ママ）》（理事長室隣室）。午後二時帰宅。肩の荷、いさゝか下りたる如き感あり。理事長より謝礼として壱万円を贈らる。辞退したれど他の人との関係ありとて強ひて渡さる。帰宅後、流石に疲れたることゝて昼寝。間もなく実践の河野、幾野両嬢来る。書庫など見せ、暫く閑談。

夕食後は山口平八、荻野三七彦、向山泰子三氏に手紙（絵ハガキ）を書く。山口、荻野二氏には霊華展観覧の礼状、泰子嬢にはアメリカ再留学の祝辞なり。

七月三十日（土曜）

晴。あつし。午前十時古書展にゆく。続帝国文庫の大和田建樹篇の『歌謡集』上下二冊（八百円）「早稲田文学」九十二号（大正二年七月）（三百円）を求む。三越にゆき芥川龍之介遺墨展を見る。河童の絵、俳句半切、短冊などを見る。蓋しこれだけでは才人といふ以外、恐らく作家としての彼れに附け加ふるところなきに近し。遺品として並べたれたる硯、墨、印章のかずかずを見ても彼れの凝り性なりしこと蓋し思ひ半ばに過ぐるものあり。（桃　葡萄）果物など少し求めかへる。佐藤文一、長谷川泉両氏に贈られたる本の礼状を書く。特に記すべきことなし。

七月三十一日（日曜）

晴、暑さきびし。妻とともに午前十時家を出で羽田空航《ママ》にゆく。耀子のアメリカよりかへるを迎へんとてなり。十二時半無事かへる。一年の間に背丈も延び、其上顔の色も黒々として健康そうにて昨年の今月今日出立せるときとは別人の感あり。最も喜ぶべしとなす。お茶の水高女よりは天城氏其他の出迎へあり。山崎エス・ビーの自動車二台に分乗（星川一家、余等夫妻、天城氏外）直ちに銀座のエス・ビー本店にゆき、昼食、天城氏等と分れ、エス・ビーの車にて耀子を擁して雑司ケ谷の星川の家につく。五時帰宅。留守中幸ひに訪問者なし。

入浴夕食、疲れたれば、庭に打水をさせ、涼を入れて休憩す。

八月一日（月曜）

暑さきびし。三十五度、今年の最高なりといふ。午前十時半早大図書館行きを思ひ立ち途中まで出でたれど車なきため果たさず。午後、三十分ばかり昼寝。いさゝか、文学史の準備のため、諸雑書など漁れるのみ。為すことなく過す。夕刻、一久堂書店来る。電話にて注文せる宮崎湖處子『妻君の自白』（一）持参す。代六百五十円を払ふ。この日、朝日の朝刊家庭欄にアメリカン・フレンド《ママ》・サーヴィス（二）にてアメリカに遊学せる高校生七十名かへるの記事写真入りにて報道しあり。その内、東京都内の学生として十余名挙げたる中に耀子の名あり。

（一）宮崎湖處子『妻君の自白』、東京、今古堂書店、明治四二年、文庫所蔵。本間久雄『続明治文学史　下巻』、二四六、五四八頁参照。

（二）アメリカン・フィールド・サーヴィス（American Field Service）。

八月二日（火曜）

暑さきびし。昨日と異らず。正午、耀子、ヒロシを迎へ、橋本よりうなぎを取りよせ馳走す。耀子より在米中のことなどそこはかと聞く。一日中家居読書す。たゞし、眼の疲れいちじるしく、細字の読書、次第に困難を覚ゆ。心細きこと限りなし。眼をいたはりつゝ十時就寝。夕食後、金田真澄君来る。しばし雑談。

八月三日（水曜）

暑さきびしきこと昨日にかはらず。十時、車にて早大図書館にゆき渋柿園の『虚無党』（正続二冊卅七年—卅八年）、金子筑水『時代思想の研究』、姉崎潮風『美の宗教』、雑誌「トルストイ研究」などを借り出す。昼食後『虚無党』を読む。つまらなし。全部空想の仮作物なり。日露戦役を當てこめる際物なり。夕食後、『時代思想の研究』を拾ひ読みす。有益なる読み物なり。得るところあり。

八月四日（木曜）

暑さ、きのふの如し。たゞし、いさゝか風ありて昨日よりは凌ぎよし。午前、上条真一君来る。ワイルドと老荘思想につき〈て〉の原稿を見せらる。面白き観察なり。たゞし説明は未だし。夕刻より久美子の紹介にて本郷三丁目の吉田眼鏡店にゆく。検眼の上、眼鏡を新調す。二組にて代価三千九百円を払ふ。読書に漸く便宜を覚ゆ。心地やゝすがすがし。夕食後書斎に入り、昨夜のつゞきとして筑水の『時代思想の研究』を拾ひ読みす。有益なる読み物なれど、文章生彩を欠く。筑水は抱月と並び称せられたる人なれど、文章の点においては抱月はるかに筑水を凌ぐ。

八月五日（金曜）

暑さきびし。午前、喜多山表具師依頼し置ける紅葉短冊二幅（瓢と財布（一））（月に掉して（二））を持参す。例により余等の見立てたるもの、よき出来なり。二千四百円を払ふ。更に紅葉短冊二幅、霊華半切浩崖先生の仕立替を依頼す。

午後より夜にかけ「芸術生活」のために「九代目團十郎」のつゞきを執筆す。十一時臥床。

（一）〔「春夏廿三句」より〕「瓢と財布春の別を対し泣く」（明治三三年四月二六日『読売新聞』）。

（二）「月に掉して生簀の鱸見て帰る」（『紅葉句帳』星野麦人編）。

八月六日（土曜）

六時起床。直ちに書斎に入り「九代目團十郎」の残りの稿に取りかゝる。途端、急に眼の前暗くなる如く覚え、筆を置き、静かに後ろに横はり、手を鳴らして妻を呼ぶ。明らかに脳貧血の症状なり。すなはち、八畳の間に床をとらせ、静かに臥す。午後近所の鈴木医師を招ぎて手当す。無論、大したことなきは余自ら知る。しかれども脳貧血にかゝれること余に取り初めてのことなり。余、いたく身体の衰へたるを自覚す。医師は云ふ。疲労の結果なりと。さもありなむ。又、食欲少しもなし。胃を寒《ママ》せりといふ。薬など貰ひ、この日一日、何もせず床中の人となる。夕方、岡島君より来たしとの電話ありしも右の事情とて断る。

八月七日（日曜）

暑さ例によりてきびし。今年ほど暑さの身に染みて覚えたることなし。思ふに、そは余の身体の衰へたるためのみにもあらざる如し。昨日の脳貧血、まだ十分に回復せるにはあらざるやうなれどともかく、午前、机によりて残りの原稿二枚を書き終る。十一時半かねて電話にて約束し置ける篠崎正君夫妻来る。篠崎君は昭和七年の早大英文科卒業にて、現にヴィクタア会社の文芸部長なり。同君の卒業論文オスカア・ワイルドなりしため、同君在学中より余の宅に来ること屡々。余亦同君の学才を愛し、親しくせる間柄なりしが、戦後はとかく、相方において身辺多事、相見る機会少なかりしが、今日、久方ぶりにて来れるなり。同君夫人とは初対面なり。其後のことなど語り合ひ、昼食を共にす。午後、暑さ殊更にきびし。夕食後書斎に入り、「九代目團十郎」の原稿を整理す。

八月八日（月曜）

暑さ例によりてきびし。たゞし昨日立秋のためか、夜に入りいく分か涼し。無為の日なり。夕方山下眼科医にゆく。この日、山口平八君に手紙を書く。数日前贈られたる同氏著『古印の美』の礼状也。

八月九日（火曜）

昨日とおなじく暑さきびし。午後三時井手藤九郎氏女婿佐藤氏と共に来る。芸術生活の原稿「九代目團十郎」を手渡す。先月、佐藤氏撮影の写真——余の庭、書斎等の写真数葉を贈らる。この日朝より書斎に入れど、無為に過す。

八月十日（水曜）

昨日同様に暑さきびし。午前より書斎に入り、中島孤島の小説『新気運』㈠を読み出す。文学史の資料としてなり。午後二時東横宣伝部の稲田氏甘利氏と連れ立ち来る。霊華展の写真帖三部持参せらる。二部は高津星川へ分ちやくれんとて依頼せるためなり。高価なるものを、気の毒のことせりなど、いさゝか後悔す。甘利氏は大津氏の後を襲ひて新しく主任となれる由にて、早大政経学部の出身なりといふ。実践女子大の二嬢

（〔・・・・・〕）来る。卒業論文につき余の意見を徴せんためなり。二嬢の質問、余を失望せしむること多きを遺憾とす。佐藤俊彦君来る。愈々ワシントン大学東洋部研究生として渡米のため挨拶に来れるなり。同大学マッキンノン教授に贈るべきわが著『坪内逍遙』を委託す。午後七時、昭和女子大今年卒業の阿部、竹田、中島三嬢来る。九時頃まで雑話閑談す。

（一）中島孤島（茂一）『新気運』、東京、平民書房、明治三九年、文庫所蔵。

八月十一日（木曜）

昨夜来、雨強く、荒れ模様也。朝日朝刊にて今回の政変裏面史を読む。川島某の変節、恩怨なき人間なれど、憎々し。固疾肺気腫のため、昨夜安眠を得ざりしためか、今朝来、気分すぐれず、食欲なく其上頭重し。力めて机に向ひ、『新気運』を読む。夕に至り、漸く読了。印象の消えざる中にと、強ひて筆とりて、文学史の稿にいさゝか書き加うるところあり。

八月十二日（金曜）

むし暑し。午前より書斎に入り、文学史の考案に耽る。脱稿の分を読み直し、訂正などす。夕食後も同前。夕食後風雨強し。東京に強風注意報あり。

八月十三日（土曜）

むし暑けれど時々夕立あり。昨日よりはやゝ凌ぎよし。午前より一日中書斎の人となり、文学史の考案に耽る。

たゞし一枚もえ書かず。

八月十四日（日曜）

十四号台風の影響を受けたるにや、雨はげしく降る。一日書斎にこもり、文学史の原稿を書く。戦後の宗教的雰囲気につきてなり。（夜、雨はげし）

八月十五日（月曜）

昨夜とは打って変れる天気なり。青き空を仰ぐ。空の色何となく秋めきてさはやかなる心地す。昨日と今日とにて十三枚ばかり書く。一段落なり。夕食後書斎に入り続稿の考案に耽る。十一時就寝。

八月十六日（火曜）

天気よし。昨夜半肺気腫のためか、呼吸やゝ苦しくよく眠れざりしためか、今朝気分あし。早大図書館にゆく筈なりしも中止し、書斎にて続稿参考のためグールモンの『デカダンス』(一)などを拾ひよみす。一時、妻と共に上野精養軒にて昼食。新館のグリルにて一望の下に不忍池を見下しながらの食事、近来の快事なり。車にて三越にゆく。水墨展ありとのことにてそれを見るが目的なりしも、徒らに失望、故意々々見に来れることを悔ゆ。七階に前田青邨氏等の中共視察団の土産スケッチ展あり。青邨氏のもの流石によし。吉岡堅二氏のにもよきものあり。メルシャン、菓子、果物などを求め、例の如く車にてかへる。夕食後書斎に入り、ジャックソンの例の『一八九〇年代』(二)などを拾ひよみす。続稿考案参考のためなり。十時半就寝。

（一）Gourmont, R. de, *Decadence and Other Essays on the Culture of Ideas*, trans. Bradley, W. [New ed.] (London: G. Allen & Unwin, 1930). Remy de Gourmont (1858-1915).『日記』三四年一一月一〇日（二八五頁）参照。

（二）Jackson, H., *The Eighteen Nineties: A Review of Art and Ideas at the Close of Nineteenth Century*, Penguin Books (Harmondsworth, 1939). Holbrook Jackson (1874-1948).『続明治文学史　下巻』、一五四－一五五頁参照。

八月十七日（水曜）

好天気なり。午前演博、図書館にゆく。演博には加藤、山本、佐藤氏あり。雑談、前々より借用しある書籍二部をかへす。（逍遙選集一冊、團洲百話）図書館より中央公論、太陽（三十九年分）など借り出す。理髪店に立寄り、正午かへる。午前、耀子、ヒロシ来る。茶菓、西村朝日太郎氏来る。同氏は東西アジア研究旅行を了へて六月末帰国。旅行中の土産話をきく。夕食後書斎に入り、今日借り出せる中央公論を拾ひよみす。

八月十八日（木曜）

曇り日なり。正午頃、守随氏より電話あり。実践中高にて組合をつくれりとか、大学部に波及することなからんことを理事長心配すといふ。午後三時新井君来る。玄関に掲げある田崎廣助氏より贈られたる阿蘇山を「表象」の口絵にしたしとのことにて氏に借与す。「表象」の編輯其他のことを語り合ふ。夕食後、文学史続稿につき考案。この日、午前、帝大分院に中川医師をたづね肺気腫につきての診断を受く。大したこともなきやうなり。

八月十九日（金曜）
台風（十四号）近づけりといふ。そのために付雨切りに降る。一日中引こもる。軽井沢に避暑中なる理事長に長文の手紙を書く。昨日守随氏よりの電話のことにつきてなり。夕食後ブリュンチェールの『仏文学史提要』（関根氏訳）（一）を読む。文学史考案中参考のためなり。十時半就寝。

（一）『フランス文学史提要』（*Manuel de l'histoire de la littérature française*）。ブリュンチエール著、関根秀雄訳『仏蘭西文学史序説』東京、岩波書店、大正一五年〔?〕。

八月二十日（土曜）
台風愈々近づき、朝より荒模様なり。十一時実践にゆく。小倉、三木、山田、坪内（章）氏等に逢ふ。雑用少しあり。午後、小倉君と共に余の室にて河合、田部井両嬢に逢ふ。両嬢とも昨年余と小倉君との推輓にて実践中高に教鞭を取るに至れるもの、偶々中高教員中にて計画せる組合に入れるを以て、学校当局より、小倉君の方に苦情出でたりとのことにて両嬢を呼び寄せたるなり。両嬢の云ふところ一理無きにあらねど、小倉君ともとも、利害を説きて諭すところあり。三時帰宅。昼食の機会を失せるためか、胃の工合悪し。夕食後書庫に入りて少し片つけなどす。図書館より借り出せる抱月全集の第一巻などをひろひ読みす。疲れたれば十時床に入る。

八月二十一日（日曜）
暑さぶりかへす。午前音羽の書画商今川、恒友一幅、白龍二幅持参す。恒友は尺五紙本村人掬魚と題するもの、中年書なり。五万円といふ。悪しき出来にはあらねど、余の持てるものはるかによし。求めず。白龍二幅の中一幅は贋物、一幅は面白き出来なれど前書、(明治五、六年のもの) 強ひて求むるほどのこともなく、そのまゝかへす。午後二時、丸善粟野君来る。翻訳物目録追加のためなり。間もなくかへる。夕刻、池袋三越迄妻と共にゆく予定なりしが暑さのため中止す。夜、書斎にこもり、文学史の考案につひやす。

八月二十二日 (月曜)

昨日ほど暑からず。やゝ凌ぎよし。電話にて交渉の結果、古書通信社に使ひを出す。使ひ要領を得ずかへる。

——略——

午後四時頃村松君来る。大東文化学院より履歴書送附せよとの不思議なる手紙を持参し、種々相談を受く。且つ村松君同学院新井君のために、友情を披瀝するところあり。夕食後、電話にて新井君に来て貰ひ村松君の提案を中心に種々相談す。いづこにも派閥あり。面倒なることなり。同君十一時かへる。直ちに寝に就く。この一日は不快と雑事に追はれたる一日なり。

この日、朝日朝刊学芸欄に河竹繁俊君の「金井平三氏芝居絵を観て」の一文あり。流石に河竹君の筆なり。この一文によりて展覧されたる絵そのものを見る如き心地す。あゝは書けぬもの、この一文は余に取り、この日一日の清涼剤なりし。

八月二十三日 (火曜)

曇り。十二時、妻と共に三越に芋銭展を一瞥す。作品、六十。すべて大作なり。而も大方は芋銭の中年より晩年にかけてのものにて、画家としての独自の風格の確立されたる後の作品なり。或ひは飄逸、或ひは蒼古、或ひは奇抜、或ひは閑雅、とにかく最近の最も見ごたへある展覧会なり。いづれ改めて再び見ることゝし二時七階にて昼食、英国産の洋服地などを求め（代価一万六千円）、夕立を気にしながら急ぎかへる。

夕食時、丸善の粟野君来る。木村毅氏に紹介状を書く。同君かへれる後、急に腹痛、下痢、原因不明、懐炉を抱き九時床に入る。

八月二十四日（水曜）

曇り。急に秋めきたり。昨夜の下痢以来気分すぐれず、たゞし一日書斎に引こもり、文学史の中個人主義の条(一)をかき始む。筆遅々としてすゝまず。夜九時に至り、漸く七枚をものす。この日来客なし。たゞし、小倉、新井、村松三君より電話。軽井沢なる菱沼理事長より手紙来る。蓋し去る十八日余の送れるものにつきての返書なり。

（一）本間久雄『続明治文学史　下巻』、一三九―一四九頁参照。

八月二十五日（木曜）

曇り。九時半駿河台古書会館にゆく。加藤弘之の『人權新論〔ママ〕』(一)（八百八十円）櫻癡『張嬪』(二)（二百円）秋聲『足迹』(三)（三百五十円）小川未明『廃園』（五百五十円）「早稲田文学」四十年七月号（二百円）を求む。

午後、晴、気温高し。東京堂増山君印税一万余円持参。出版界の話し。都築祐吉君夫妻連れ立ち来る。琴瑟和せる如き様、見る眼にも心地よし。同君結婚式場の写真などかずかず贈らる。夕食後書斎に入り、文学史の稿をつゞく。十時半就寝。

（一）加藤弘之『人權新説　付附録（引證書目）』、東京、谷山樓、明治一五年、文庫所蔵〔?〕。

（二）井上角五郎（琢園）立案、福地源一郎（櫻癡）手稿、手塚猛昌編、『帳嬪　朝鮮宮中物語』、東京、庚寅新誌社、明治二七年、文庫所蔵。

（三）徳田秋聲『足迹』、東京、新潮社、明治四五年、文庫所蔵。

八月二十六日（金曜）

暑し。午前中書斎に入り、文学史考案。午後洋服仕立、井岡を呼び、新調を依頼す。去る二十三日、三越にて求めたる服地の仕立なり。それより神田神保町タットル会社にゆき、同社目録にて注文せる書籍のうち

Le Gallienne; Sleeping Beauty & Other Prose Fancies

———; The Quest of the Golden Girl

Shelley, Mary; Frankenstein（一）

の三書を求む。代金二千百三十円を払ふ。三越にゆき、再び芋銭展を見る低徊去る能はず。

六時帰宅。夕食後書斎に入り、マクドオウォールの Realism（二）ガリレンヌ《〔ママ〕》の Religion of Literary Man などを拾ひよみす。後者は、執筆中の文学史参考のためなれど、文字細かにして読みづらく苦労す。今更の如く視力の衰へを痛感す。

今日村松君より電話にて藤井義昭君（三）の死去の知らせを受く。同君は浅草の旧刹皆応寺の産れ。早大の国

文科出身。余の指導下にて卒業論文に藤村論を書ける人。「明治大正文学」などにも寄稿せること屡々なりし。結核にて永く病床にありしときく。志を得遂げずして、若き人の逝くはいたまし。

（一）Le Gallienne, R., *Sleeping Beauty & Other Prose Fancies* (London; New York: John Lane the Bodley Head, 1900), Le Gallienne, R., *The Quest of the Golden Girl: A Romance* [3rd ed.] (London: J. Lane, the Bodley Head, 1897). Richard Le Gallienne (1866-1947). イギリスの詩人、随筆家。Shelley, M. W., *Frankenstein*, Everyman's Library (London; Toronto: Dent; New York: Dutton, 1921). Mary Wollstonecraft Shelley (1797-1851). 作家、詩人シェリーの妻。

（二）本間久雄『続明治文学史　下巻』、一七一―一七二頁他、『日記』、三四年六月五日（一七三頁）他参照。

（三）藤井義明〔?〕、早大文学部国文科昭和一七年卒。

八月二十七日（土曜）

暑さきびし。午前、久美子顕子連れ立ち来り、暫く閑談、後、妻を誘ひて高島屋にゆく。余、書斎に閉ぢこもり、夜に至る迄文学史の稿、個人主義思潮を大体了り更に「世紀末」を考案、起稿す。

八月二十八日（日曜）

暑さきびし。午後三時三越にゆく。三度芋銭展を見るためなり。特にその『桃花源』の大幅を見むためなり。会場にて芋銭息洗二氏に逢ふ。夕食後『桃花源』の画因を知るために『画題辞典』『故事成語辞典』などを調ぶ。後者所載陶淵明の『桃花源記』によりて漸くその画因を知るを得たり。

八月二十九日（月曜）

台風十六号の影響にや、むし暑く、時々雨降る。一日書斎にこもり、夜十一時迄、文学史の稿「世紀末」（一）一項を書きつゞく。（十五枚なり）これにて第一篇、二百余枚下書き成る。前途遼遠なれど、一段落つきしやうにて一先づ安心す。

（一）本間久雄『続明治文学史　下巻』、一五〇―一六二頁参照。

八月三十日（火曜）

暑さきびし。心配されたる台風十六号も関東は外れ、加之、十八号もまづ関東は無事なる由にて安心す。古書展あれどゆかず。午前中書斎にこもり昨日脱稿せる草稿など読み直し訂正するところあり。午後、田崎暘之助君来る。八月十五日男子生れ、母子共にすこやかなる由目出度し。次いで帆足図南次君来る。雑話数刻、夕刻かへる。山下眼科医にゆく。午後七時高橋雄四郎君来る。雑話。立正の試験問題などを委託す。同君かへれるのち、書斎に入り昨夜脱稿の原稿の訂正をつゞく。

八月三十一日（水曜）

暑さぶりかへせるやうにて、きびしくはげし。午前中早大図書館にゆかんとせるもえ果さず。午後二時頃実践理事長より電話にて午後五時緊急評議員会開催とのことにてゆく。中高における組合組織の件なり。やがて評議員、新宿松のやに招待さる。ビールの満をひき各自談笑、新宿西口より九時半の最終バスにてかへる。家につけるは十時、入浴、臥床。

九月一日（木曜）

暑さきびし。三十七年前の関東大震災の記念日也。そゞろに其時のことを思ひ出し感無量也。午後一時実践にゆく。中高教員全員を集め、菱沼理事長、吉田学校〈長〉等の訓示に陪席のためなり。陪席者は山岸学長、外守随氏、石川氏其他也。吉田氏の訓示は校長として声涙共に下れるもの。教員諸氏果して如何の感ありしや。家にかへれるは六時、入浴、夕食、七時少し過ぎより轟雷を伴へる大雨猛然と車軸を流せる如く至る。八時半漸く止む。雨上りて、秋気にはかに肌を襲ふ思ひあり。九時少し前書斎に入り机に向へれど何事をもえせず。昨朝読みさしのマクドウウォールの『リアリズム』の一節 Fallacy of Naturalism をわづかに読み漁れるのみ。

九月二日（金曜）

暑し。妻と共に早昼食にて三越にゆく。青龍展を見る。龍子の『はためく』例の如く徒に画幅大なるのみにて内容乏し。少なくも余等の心の琴線に触るゝものなし。描線賦彩とも感心せず。筆致亦、粗笨。龍子亦衰へたるかな。横山操の『建設』捉へどころ面白けれど、さて画の面に佇立して、落ちつきて鑑賞するほどのものにあらず。青龍社は常に会場芸術を主張して御大の龍子を始め、いづれも画幅の大を誇らんとするもの ゝ如し。然れども画幅の大、必ずしも画の内容上の大を約束するものにあらず。画そのものゝもたらす質的大は、画家その人の観想の如何による。禅に曰く、促之方寸延之一切処と。方寸の中に一切処を包含する亦芸術の妙所ならずや。

徒らに画面の大を誇るは鬼面人をおどすの類なり。青龍社正に反省すべし。明三日、菱沼理事長の真鶴の別墅への招ぎを受けたればと、土産物などいさゝか調ふ。夕食後は何事をもえせず。

九月三日（土曜）

暑さきびし。午前十時、理事長宅にて守随氏と落合ひ、理事長ともとも車にて真鶴に出発す。車は先づ箱根仙石原の実践の別墅（厚生寮）に至り、小憩。葦の湖畔を走りて箱根ホテルに至り昼食。それより十国峠に出で、熱海に下り、熱海より真鶴に至る。午後四時なり。車にて山路を揺られたればにや、何となく疲労をおぼゆ。入浴。別墅は、もと山一証券の某重役のものなりしを買ひとりたるものなりとか。もともと信州の田舎家をもち来りて建てたるものとかにて、流石に田舎めきて雅致あり。早稲田大隈会館内の例の完之荘をやゝ新らしくせるものゝ如き感あり。夕食は刺身、吸物其他サカナづくめなり。酒は銘酒、傍には酒豪守随氏あり。余亦多く飲み、多く喰ふ。殊にサカナは流石に場所どころとて何れも新鮮、余、吾れを忘れて貪り喰ふ。其罰、覿面、余、真夜中より腹痛を覚えて下痢、輾転反側午前八時迄に厠に立つこと四度に及ぶ。無論一睡もえせず。脈［搏］百を超ゆ。かゝることは余に取り近年嘗てなきことなり。理事長を始め、守随氏其他手伝の人など皆起き出でゝ余を介抱す。

九月四日（日曜）

暑さきびし。下痢は収まりたれど、そのための疲労甚だしく午前中うとうとしながら床上にあり。理事長、余のために医師を迎ふ。心配するほどのことなきやうなり。理事長の迷惑、察するに余りあり。午後三時守随氏と共に車にて真鶴を立ち、七時家にかへる。直ちに鈴木医師を迎へて診察を乞ふ。

此の度の真鶴行、余近来の失策、大酒恥づべし、大食更に恥づべし。此日、余の留守中、新井寛氏来る。

九月五日（月曜）
曇り。時々雨ふる。古書展の日なれど行かず。一日臥床。食事はオモユ、オカユなど僅かに取れるのみ。理事長及び吉田校長より見舞ひの電話あり。夜に入り又々下痢。

九月六日（火曜）
曇り。又少々の下痢。午前中を床上に過す。高津夫妻、顕子同伴、見舞ひに来る。午後三時、井岡洋服店仮縫ひを持参す。夕食はオカユと卵一個。気分やゝよし。書斎に入り「芸術生活」のための原稿に着手す。先頃一久書房より求めたる露伴、紅葉の吉岡書店宛書簡につきてなり。八時頃、島田謹二氏、研究室の神田氏（一）を伴ひ来る。用件は島田氏還暦記念論文集につきてなり。暫く雑談、二氏かへれるのち入浴、就寝。

（一）神田孝夫（一九二三―　）比較文学研究者、後に東洋大学教授。

九月七日（水曜）
曇り。十一時頃より雨降り気温下る。急に秋めく。一日中書斎に籠り、「芸術生活」のための原稿をものす。夜十時に至り脱稿。十一枚なり。「露伴の一書簡につきて――明治文壇裏面史の一頁」（二）と題す。次号完結の予定なり。今回のはいちじるしく考証的なものにて「芸術生活」の読者に取り、いかゞと思はるゝふしなきにあらねど、かゝる学究的なものを読み置くこと、亦読者に取り、必ずしも無意義のことにあらざるを信ず。

（一）『日記』三五年七月二三日（三九五頁）参照。

九月八日（木曜）

晴。午後、妻同伴東横にゆく。関根正二、村山槐多（異色作家）展を見るためなり。東横美術部の稲田氏をたづねたれど不在。関根正二は明治三十二年生大正八年没、享年廿一。槐多は二十九年生大正八年没二十四才。前者は福島県にブリキ屋の子として生れ、後、深川に移住して生活の苦労をつぶさに嘗めたる人なりといふ。『神の祈り』、『信仰の悲しみ』、『姉妹』其他六点の出品いづれも生活苦の感滲み出でゝ観る者をしておのづから襟を正さしむ。これこそ異色作家中の異色作家なり。後者は、特に感心せるものなし。たゞ『湖と女』の一点見るに足る。

九月九日（金曜）

朝より雨しきりに降る。立正に行かむとおもひ居りしが中止す。夕刻、高橋雄四郎君来る。立正の試験答案其他を持参す。雑話、夕食を共にす。同君かへれるのち書斎に入り、ブリュンチェールの『仏文学史提要』英訳本（二）を拾ひ読みす。

（一）Brunetiere, F., *Manual of the History of French Literature* trans. Derechef, R. (New York: Thomas Y. Crowell, c. 1898).『日記』三四年一月二九日（九三頁）参照。

九月十日（土曜）

雨あがり、秋晴れなり。午［前］十時井手君女婿佐藤氏と連れ立ち来る。「芸術生活」の原稿を手渡す。芋銭展の『桃花源』のことなど語る。午後一時昼寝。夕刻松本理髪店にゆく。暫くぶりなり。いくらか気持よし。夕刻後書斎に入りセンツベリーの『仏蘭西小説史』自然主義の部分を拾ひよみす。この日、理髪店の帰途、関口町の進省堂に立ちより Butcher's Harvard Lectures on the Originalities of Greece（一九二〇年版）(一) を求む。代価四百円也。

（一）Butcher, S. H., *Harvard Lectures on the Originality of Greece* (London: Macmillan, 1920). Samuel Henry Butcher (1850-1910). アイルランド出身、古典学者、文筆家。

九月十一日（日曜）

秋晴れ。午前中書斎にこもり昨日求めたるブッチャーのもの The Greek Love of Knowledge の一節を拾ひよみす。ホオマアの批評意識を論ぜるところ教へらるゝところ多し。文章の平明なるもめでたし。正午少し過ぎ岡保生君来る。同君かへれるのち、妻同伴、白木屋に北斎展を見る。小島かね女史、山口定珠君などに逢ふ。三上君をたづねたれども、不在にて逢はず。夕食後、明日の実践の下調べなどす。此日、時代や目録にて注文せる三書、河上肇『人生の帰趣』堺利彦『子孫繁昌の話』幸堂得知『さゝきげん』（聚芳十種）来る。（全部にて六百四十円也）

九月二十日（火曜）

嬴氏乱㆓天紀㆒。賢者避㆓其世㆒。黄綺之㆓商山㆒、伊人亦云逝。往迹浸復湮。來逕遂蕪廢。相命肆㆓農耕㆒。

日入従レ所レ憩。桑竹垂二餘蔭一。菽稷随レ時藝《ウ、》。春蚕取二長絲一。秋熟靡二王税一。荒路曖《クラクシテ》交通。鶏犬互鳴吠。

俎豆猶古法。衣裳無二新制一。童孺縦行歌。班白歓游詣。草栄識二節和一。木衰知二風厲一。雖レ無二紀暦誌一。

四時自成レ歳。怡然二有餘楽一。干レ何労二智慧一。(漢字ふりがな共原文ママ)

陶淵明桃花源の一節を記す。芋銭画桃花源鑑賞(一)のために。

午前、実践にゆく。理事長に逢ひ、中高英語教師推せんの件を相談す。小倉氏と英文科の人事につき相談。

三時かへる。森常治君、石丸久君相次いで来る。石丸君、和田氏との一件など語る。

夕食後書斎に入り、自然主義論の稿の考案に耽る。

(一)『日記』三五年八月二八日(四〇九頁)他参照。

九月二十一日(水曜)

秋晴れなり。午前十時早大図書館にゆき、フランス自然主義につきての書籍を漁り、左の三冊を借り出す。

Wells; Modern French Literature (1910 刊)

Anne Konta; The History of French Literature (1910 刊)

Faguet; A Literary History of France (1907 刊)(一)

正午かへり、一時半一寸昼寝。直ちに書斎に入りヱルスのを読み出す。相当に面白し。(The Naturalistic School) ゴンクール兄弟の Germinie Lacerteux (二) につき作者自ら曰く "the model of all that has since been constructed under the name of Realism or Naturalism" と。これによると作者自身、リアリズムとナチュラリ

ズムとを区別せざりしもの〻如し。(P.449)

エルスは、ゾラ及び其一派を Perverted Naturalism といひ、それも以て仮装せる浪漫主義に過ぎず "this Perverted Naturalism is but Romanticism in disguise" と云へるは面白し。

夕食後書斎に入り、明日実践にての講義英文学史の準備などす。

(一) Wells, Konta, Faguet の説については、本間久雄『続明治文学史 下巻』、一七〇―一七一頁参照。

(二) 同書、一六八―一六九頁参照。

九月二十二日(木曜)

秋晴れなり。実践にて午前午後の二回講義、後、評議員会、昼の休み中、新刊大英百科全書フランス文学史の項にてフローベール ゾラ其他を一瞥す。"Naturalists" proper なる語を以てゾラを語り、ゴンクール兄弟をリアリストとして語る際に、(時として印象主義者と呼ばる〻ことあり)と註す。おもふにこは大英百科全書第九版所載のモーリス・ベアリングの自然派分類をそのま〻に踏襲せるものならんか。とにもかくにもベアリング所説をおなじ大英百科が今日も尚うけつぎ居るは興味あることといふべし。(一)

五時帰宅。夕食後書斎に入れど、疲れたれば何事をもえせず。

(一) 本間久雄『続明治文学史 下巻』、一六七―一七〇頁参照。Maurice Baring (1874-1945). イギリスの著述家、ジャーナリスト。

九月二十三日（金曜）

やゝ曇り。午前中新井寛君建築家の令弟と連れ立ち来る。増築のことなどにつき種々談合す。午後妻同伴一水会展にゆく。会場にて田崎廣助氏夫人及び早大時代の友岩本堅一氏（一）に会ふ。田崎氏の妙高、浅間、阿蘇他一点何れも意欲的なる大作。場を圧す。浅間を描けるもの特によし。夕照の中の妙高も面白し。仲田好江（二）さんのもの、静物数点、いかにも女性らしき纎細なる筆致、淡艶なる賦彩共に嘉すべく、同室に掲げられたる上記田崎氏の豪放大胆なるそれとはよき対照たり。好江さんはわが友美術研究家勝之助氏（三）の未亡人、氏あらばさぞかし喜べることならんなど、絵の前に佇立、しばし感慨にふける。四時、車にてかへる。少し風邪の心地にて気分あしく直ちに床をとらせて休む。留守中、小島かね子氏来る。かねて云ひおけることゝて、あづかり置ける物（手紙、書籍など）を留守居をしてかへさしむ。

夕食後、書斎に入れど何事をもえせず。

（一）岩本堅一（素白、一八八四―一九六一）随筆家、日本文学研究者。

（二）仲田好江（一九〇二―一九九五）洋画家。

（三）仲田勝之助（一八八六―一九四五）美術評論家、浮世絵研究家。

九月二十四日（土曜）

暑さきびし。午前九時半早大図書館にゆき、大英百科全書第九版 new volumes（一九〇二年版）（一）を調ぶ。フランス文学史一八七〇年以後の執筆はモーリス・ベアリングの稿なり。自然主義を分類せるもの "Naturalist" proper 及び Impressionism ―として夙くすでに、抱月もその「文藝上の自然主義」（二）に引用せり。その一節を抜き書きす。帰途演博に立ちより、偶然に河竹氏に逢ふ。家にかへれるは午後一時。図書館における二時間半のぶっ通しの書見と筆写。いたくつかれたり。昼食後一時ひる寝。東京女子大の笹淵友一氏より来書。来十月中三回連続の講義をせよとのこと。承諾のつもりなり。坪内士行君より来書、来月一日夕クラス会とのこと。夕食後書斎に入り、本田喜代治氏の『仏蘭西自然主義』(昭和十一年三省堂刊)と題する一書を読み始む。大部分翻訳らしく読み悪きことおびたゞし。余り参考にならぬやうなり。

(一) *The New Volumes of the Encyclopaedia Britannica: Constituting, in Combination with the Existing Volumes of the Ninth Edition, the Tenth Edition of that Work, and also supplying a New, Distinctive, and Independent Library of Reference Dealing with Recent Events and Developments...Forming Vol. XXV-XXXV of the Complete Work* (Edinburgh: A. & C. Black, 1902-1903).

(二) 島村抱月「文藝上の自然主義」(『早稲田文学』第二六号、明治四一年一月)八四―一一七頁。

九月二十五日(日曜)

曇り日、気分あし。古書展の日なれどいかず。午後三時頃、庭に出で手鋏にて植木の枝などを切る。急に気分あしく、大急ぎにて家に迄入り、床を取らせて寝る。妻留守。夕方快方に向ふ。脳貧血なりしか。

九月二十六日(月曜)

午前、近所の鈴木医師にゆき診察を乞ふ。血圧百十六。大したことでなき様子也。午後妻同伴、芝の美術倶楽部にゆく。熊坂適山の花[卉]の大幅出陳とのことなれば見んとてなり。適山は白龍の師なれば、白龍鑑賞に何等かの暗示を得んためなり。但し、適山の右大幅は、余の見るとことによればむしろ椿山一派のおもむきありて白龍との関係なきものゝ如し。其他の陳列品見るべきものなし。銀座を散策してかへる。

九月二十七日（火曜）

午前、妻同伴根津美術館にゆく。天龍道人(一)没後百五十年記念展を見んためなり。立正の波多野通敏氏に逢ふ。波多野氏は信州諏訪の素封家にて天龍道人の研究家なり。立正の教員室にて屡々天龍道人の話をきゝたることあり。且つ此度の展覧会も氏の計画するところなりといふ。場中氏の出品多し。氏より種々の説明をきく。得るところ多し。正午、渋谷文化会館にて昼食、妻と別れ、実践にゆく。金田真澄君、つゞいて島田謹二氏来る。小倉君を交へ、来学年のことなど種々相談す。帰途ユーハイムにて島田、小倉両君と茶を喫す。六時帰宅。疲れたれば書斎に入らず、何事をもなすなく十時床に入る。

（一）天龍道人（一七一八―一八一〇）江戸中期の日本画家。一四歳ころ仏門に入り、絵を学ぶ。七八年ころ下諏訪に家屋敷を持ち、以降主として下諏訪で暮らす。

九月二十八日（水曜）

曇り。午前、早大図書館にゆき Coar の著 Studies in German Literature in the 19th Century を借り出す。演博に立ちより露伴の幅其他の写真を依頼す。国分氏に歌舞伎座の切符二葉を依頼す。

午後コーアのものを読む。自然主義論参考のためなり。往年読めることあれど、今再び読みて感愈々深し。自然主義の目的をかほど明快に説きたるもの嘗つてなし。流石に名著なり。

いよいよ自然主義の稿を起す。たゞし遅々として進まず。夜に入りわづかに四枚なり。

九月二十九日（木曜）

急に秋めきたる天気なり。温度ひくし。午前実践にゆく。十二時半科長会議。その後、英文科の人事につき理事長と相談。理事長の意見時々に変り、やりにくきことおびたゞし。三木君をよして貰ひたしといふ。そは余の友誼上なし得ざるところ、不愉快此上なし。定年制を敷きたるこの学園に、余、いかに留任を希望されしとて、いつ迄もとゞまるべきにあらず。三木君のことを機として余又、退きたる方よかるべしなど、とかくに思ひ悩む。

九月三十日（金曜）

秋晴れの天気なり。正午立正にゆく。二回の講義を了へ四時半帰宅。三月分（七、八、九）の俸給を受け取る。夕刻新井君来る。同君の事業のため、妻、五十万円を用立つ。夕食後、書斎に入れど、何事をもえせず、疲れたる一日なり。留守中、東京堂赤坂君新刊書歌謡集成二冊を持ち来る。

十月一日（土曜）

秋晴れなり。午前、講談社児童課池田女史来る。かねて約束のアーサア王物語の件につきてなり。午後五時、大隈会館にゆく。暫くぶりなり。坪内士行君幹事役にてクラス会なり。集まるもの、同君の外に三木、市川、高賀三君と余となり。九時かへる。少し風邪気味にて咽頭痛し。入浴就寝。

十月二日（日曜）

秋晴れ、午前中、中根駒十郎氏（一）来る。十一月三日三越にて明治文人遺墨展開催の由にて余に賛助及び世話人たることを求めらる。承諾す。たゞし、午後に至り余の世話人たることを不適当なりと認め、其旨、中根氏に断り諒解を求む。

午後三越にゆくつもり（磯辺草丘氏個展を見る）なりしが風邪の気味とて引きこもることゝす。夜も気分あしく早く床につく。入浴を避く。

（一）中根駒十郎（一八八二―一九六四）出版人、新潮社顧問。

十月三日（月曜）

うすら寒き日なり。昨夜電話にて実践菱沼理事長より中高組合のことにつき用事ありとのことにて九時半同校にゆく。理事長室にて用談、後余の室にて小倉君とも用談。十二時早大小野記念講堂にゆく。津田左右吉博士米寿の祝ひに列席のためなり。控へ室にて同博士に逢ひ久濶を叙す。同室にて大浜総長其他に逢ふ。大浜総長の紹介にて来会の天野氏荒木文相等に初対面のあいさつす。十二時半祝ひの会、約一時間、其後の大隈会館の宴席にはいかず、直ちに実践に引きかへす。三時、小倉君と余の室にて河合、田部井の両嬢に逢ひ、組合脱会の得策なることにつき説諭す。其後理事長室にて種々談合、六時かへる。風邪気味のところを一日奔走せるため、気分すぐれず、少し発熱の気味、加ふるに咳出づ。八時床につく。かゝることは近年珍らしきことなり。

十月四日（火曜）

やゝ曇り。昨夜、八時より床につけるためか、疲れやゝ去りたる心地す。九時、鈴木医師にゆきヴィタミンの注射。書斎に入り「芸術生活」のための原稿に着手、夜八時脱稿、七枚なり。二時、神楽坂の出版協会にゆくべく中根氏に約束せりしが、風邪気味とて断る。夕刻、妹尾洋子氏来る。実践に教師としてすゐせんせる件につきてなり。

十月五日（水曜）

秋晴れなれどうすら寒し。午前十時半実践にゆき、理事長室にて暫く会談。例の河合、田部井等の組合加入の件につきてなり。ついでに答案を持ちかへる。（十二時）風邪気味にて気分あしければ一寸昼寝。その後は夜分にかけ、アーサア王伝説テキストなどかずかず読み漁る。十時就寝。

十月六日（木曜）

曇り。うすら寒し。午前、鈴木医院にて注射、自然主議論の考案にふける。午後三時井手氏女婿佐藤氏を伴ひ来る。談数刻。「芸術生活」の原稿を手渡す。夕刻、金田真澄君来る。アーサア王の抄訳を依頼す。次いで丸善の粟野君来る。オクスフォード・ユニバーシテー出版のアーサア王物語を注文す。わが著『続明治文学史』上巻を乞はるゝまゝに貸与す。気分あしく九時半就寝。

十月七日（金曜）

朝より雨模様にて寒し。風邪の気味なれば電話にて立正の出講を断り、前期試験採点表を速達にて送る。昼頃より雨烈しく降り、夜に至るも止まず。夕刻、雨に濡れつゝ萩原君来る。何となく気の毒なり。妻ともども慰めつゝ語る。朱肉など贈らる。吾れより梨子《ママ》少々贈る。夕食後書斎に入り文学史中の自然主義の原稿を執筆。例の如く、遅々として進まず。夜ラジオにて文化勲章文化功労者受賞者の発表あり。知人にては佐藤春夫氏文化勲章の選に入るといふ。喜すべし。山城少掾、板東三津五郎など文化功労者なりといふ。こも亦当然なるべし。といふよりも寧ろ勲章の部を至当とすべし。気分あしく十時就寝。

十月八日（土曜）

真夏の如き暑さなり。たゞし湿気を含める暑さとて気持のわるきこと無類なり。十一時実践にゆく。下田歌子を記念せる秀雪館にて歌子の生誕日記念の会あり、それに列せんとてなり。十月の服装にていけることゝて全身汗だくなり。未だ全癒せざる風邪これがために一層重きを加へはせずなど心中いたく怖る。二時帰宅。四時市川の和田辰五郎氏来る。氏の三女恭子氏結婚につき余等夫妻にも列席、何か祝辞を述べよとの依頼なり。承諾す。雑話数刻七時頃同氏かへる。折柄来合せたる新井君の弟君と会食、同君設計の物置の件にて種々語り合ふ。後書斎に入り、実践英文科四年の前期試験の採点などす。十時就寝。

十月九日（日曜）

秋晴れ。午前中、中根駒十郎、尾張真之介氏(一)と連れ立ち来る。例の明治文人筆跡展覧会のことにつきてなり。午後、電話にて村松定孝君に来て貰へり。昨日和田氏来訪に関し、石丸君のことにつき、村松君の協力を得たきためなり。

夕食後書斎に入り、自然主義につきての考案を練る。

（一）尾張真之介（一八九二―一九七三）歌人、講談社専務。

十月十日（月曜）

朝より雨、風邪の気味にて心地すぐれず、電話して実践を休講とす。机に向ひ、自然主義につきての原稿をつゞけたれど、例により遅々としてすゝまず。四時半より歌舞伎に妻とともにシラノを見にゆく筈にて切符など前以て求め置けるも、行く気にもならず。余の切符を清香にやることに相談をきめ、書斎に入り原稿をかく。十時、妻かへる。シラノ劇は面白かりし由なり。

十月十一日（火曜）

昨日とかはり秋晴れの好天気也。朝より書斎にこもり、原稿をつゞく。先日よりの分一応纏まる。原稿二十枚也。西洋の自然主義理論一先づこれにて終り、直ちに日本のそれとの比較に入らんとす。愈々厄介なる部分に差しかゝれり。種々資料を検討す。

十月十二日（水曜）

曇り日なり。午前、早大図書館にゆき荷風全集の内三巻、其他小杉天外集（改造社、筑摩書房本）など借り出す。午後三時、松本理髪店にゆく。店内のラジオの特別ニュースにて浅沼委員長（一）ＮＨＫ主催の三党首立会演説会にて暴漢のために刺殺されたることを聞く。余、浅沼氏とは往年東北線の汽車中にて座席を共にせることあり。且つ、氏の日頃の行動につきては、その率直、真摯の態度其他余の常に好感を寄せ居るところ。氏の突然の不慮の死をきゝ、哀悼痛惜措く能はざるものあり。

夕食後書斎に入り、実践四年生の答案など採点す。

（一）浅沼稲次郎（一八九八―一九六〇）社会党委員長。日比谷公会堂で右翼少年に刺殺される。

十月十三日（木曜）

秋晴。例の如く実践に出講。夕食後荷風全集中の『ナヽ』の梗概其他を拾ひよみす。

十月十四日（金曜）

秋晴。十二時半よりの講義。立正にゆく。四時、帰途、早大図書館に立寄り、「中央公論」明治三十三年十月号を借り出す。その中に「自然主義の作品」と題する論文あることを知り、急に一読の必要に迫られたればなり。夕食後一読、筆者は林田春潮（一）也。期待せるほどのものならず。留守中に「一誠堂目録」来居り、中に明治三十六年刊荷風の『ナヽ』あり。代価六千五百円也。求むるほどのこともなしと、そのままにす。

（一）林田春潮（一八七四―一九二二）美術評論家。

十月十五日（土曜）

秋晴れなり。朝荷風の『ナヽ』やはり求めまほしく一誠堂に電話す。すでに売切なり。十時、帝大の新聞文庫にゆく。三十三年十月の読売に、抱月の天外『初すがた』の評ありたることにて一読せんとてなり。但し発見し得ず。探し方を西田氏に依頼す。十二時三越にゆく。妻と落合ひ、昼食の後、『美の美』展を一見す。陶器によきものあり。

次で白木屋に『奥の細道』展を見る。会場にて久松潜一氏に逢ふ。五階の画廊、老若男女の観客にて一パイなり。人いきれするほどなり。特に若き男女の多きは目出度し。

四時帰宅。留守中歌舞伎座の黒川一氏より電話ありしとのこと。余亦、同氏に電話して久濶を述ぶ。

十月十六日（日曜）

曇り日にてうすら寒し。午前中書斎にこもり文学史原稿の手入などす。津田塾大学よりの六十年記念祝賀会、小笠原忠氏(一)の『裏路』出版記念会、岡田甫氏(二)の川柳出版記念会などの夫々の案内を受けたれど、何れも欠席の断り状を出す。午後四時芦川保氏来る。氏は早大英文科の出身、ブリチシ・カウンシルにて英国留学生の試験を受けたしとのことにて余に推薦状を求めんためなり。氏は市内の某中学に教鞭を取り居る人。余、往年、英国留学生審査員の一人たりしことあり。その経験より云えば芦川君の希望の入れらるゝこと至極難かしき心地す。たゞし氏の好学の熱意亦愛すべく、推挙者たることを心よく承諾す。次いで新井寛君兄弟来る。物置設計のこと其他雑談。夕食後書斎に入れど、今日は又少し風邪の気味にて気分すぐれず。

今日午前西宮藤朝君より電話あり。君は往年（大正七八年の頃）早稲田文学同人として親しくせる人。今、豊南学園の長として教育の事業に従事す。電話は用事にあらず、たゞお互ひに数年来逢ふことなく過ぎたれば、ふと懐かしくなりて電話せるなりといふ。電話にてその頃の同人、原田、森口君のことなど語り合ふ。余もなつかしき思ひ切りなり。

（一）小笠原忠（一九〇五―一九八五）小説家。代表作に『裏路』、東京、文学小社、昭和三五年、がある。
（二）岡田甫（一九〇五―一九七九）川柳・江戸風俗研究家。

十月十七日（月曜）

曇り日、例の如く実践に出講。帰途雨に逢ふ。四時半、尾張真之介氏、講談社の写真師を連れ来る。一葉、紅葉、露伴、荷風の四幅を撮影す。来月初め三越にて開催の明治大正文人筆跡展のためなり。

夕食後、書斎に入り明日東京女子大学比較文化研究会主催の講演の準備などす。抱月訳の『その女』などを拾ひよみす。

十二月三日（土）

午後一時実践にゆく。例の常磐祭にて、学生の英米文学研究班主催にて矢野峰人氏の「エリオット読書論」ありとのことにて、暫くぶりにて同氏にも面晤したく思ひてなり。集まるものわづかに二十名、予定したる図書館楼上の会場を急に変更して余の研究室をそれに当てることゝせり。矢野氏の講演は例の如く諄々として説き去り説き来りてすこぶる示唆に富む。それにつけても、かく聴衆の少なきは氏に対して済まぬ心地す。学士の文学に対する不熱心無関心言語道断なり。止むぬるかな止むぬるかな。余長大息これを久しうするのみ。五時帰宅。明日の余の講演、「西洋近代問題劇のはなし」、今日の聴衆の様子にて、気持すゝまぬながら、打ちすてゝもおけず準備などす。

十二月四日（日曜）
うすら寒し。今年始めて毛皮のチョッキをつけ十時実践にゆく。講演は福田清人氏の「名作とモデル」に引きつゞき余の「西洋近代問題劇について」なり。イブセン『人形の家』『海の夫人』の話をす。聴衆七、八十。余の講演、相当に興味をひけるものゝ如し。先は成功の部なり。高橋雄四郎君も聴きに来る。講演果てゝのち英文科研究室にて紅茶など馳走す。研究室にて三木君に逢ふ。帰途女流デッサン展を見る。仲田よし江氏のもの最もよし。三岸節子氏のものは余りに抽象化して面白からず。このデッサン展は坂崎君の企画せるところ、同君と展覧会場に会す。同君の熱心と責任感の強き、感心の外なし。同君にコーヒーの馳走を受く。帰途、東急文化会館に立ちより高橋君と共に永坂にて昼食（午後二時）、三時帰宅。夕食後書斎にこもり、文学史の一環としてものせるゾラにつきての稿を修正す。午後十一時就寝。この日山岸学長室にて芹沢光治良氏（一）に逢ふ。午後一時よりの講演のために来校せるなりといふ。

（一）芹沢光治良（一八九七―一九七五）小説家。

十二月十八日（日曜）
日中晴れたれどうすら寒き日なり。午前十時、約束に従ひ、岡保生君来る。新井寛君兄弟平原社の幹部連五、六を連れ来り、かねて築造中の物置の仕事に取りかゝる。午後二時村松君夫妻、内田千里君夫妻来る。内田君夫妻は玄関だけ。何れも歳末のあいさつに来れるなり。四時頃、金田君アーサー王の原稿持参。全部にて二百八、九十枚なり。この日は前約とて貞（二）をその伯母の家にやれることゝて、妻一人にて、かゝる大勢を相手にして茶菓昼食其他のことに忙殺され、見る眼亦気の毒に堪へず。貞、五時半かへる。かねてよりの清香よりの招待にてSun Birdにゆく。清香一家と暫くぶりにて団らんす。八時かへり、明日、実践の講義の準備などす。十一時就寝。

（一）貞。後に内海貞。本間家住み込みの家事手伝い。

十二月十九日（月曜）

晴、肺気腫のため気分すぐれず。実践にて午前、午後とも講義。正午の休み高橋雄四郎君来る。守随氏より依頼されたる某家令嬢の家庭教師の件につき氷室女史（一）に交渉し呉るやうたのむ。帰途、講談社に立ちより池田女史（曽我氏不在）に逢ひ、アーサア王の印税其他のことにつきて語る。疲れたる一日なり。夕食後は書斎にえ入らず、茶の間にて時を過す。

（一）氷室美佐子、早大文学部助手、後に教授。

十二月二十日（火曜）

晴れ、うすら寒し。実践にゆく。小倉君と種々来学年のことなど語り合ふ。実践忘年会にて光輪閣にゆくべき筈なれど、風邪気味のためゆかず。夜、アーサア王の原稿など読む。演劇〔事〕典のためマンフレッドの原稿をものす。わづかに半枚なれど、苦心す。十一時寝に就く。昼の留守中井手君来訪、御木氏より歳暮として銘菓贈らる。新井君に三万五千円（物置建築代ノ一部）支払ふ。

十二月二十一日（水曜）

晴、十二時妻同伴家を出で、上野精養軒グリルにて昼食。都美術館に大潮会を見る。知人天井氏の海の景を描けるもの二点あり。稚拙なる味ひ却って称すべきものあり。他は眼にとまれるものなし。場内森閑としてうすら寒し。精養軒の料理は味わひ稀薄にて甘からず。たゞし不忍池の水の眺め美しく白さぎのあまた飛べるさま面白し。眺め千両なり。帰途文行堂に立ちより五時頃帰宅。留守中、東京堂の増山君、井内君、志賀謙君妻君来る。何れも歳暮のためなり。川島一郎君より伊勢丹のつくだ煮贈らる。

十二月二十六日（月曜）

晴。植木屋二人来る。庭の手入なり。三千百円を支払う。午前、鯉江ちかし、午後、国雄夫妻、白川宣力君夫妻、今井みどり氏来る。今井みどり氏より、例年の如く新年の花かずかず贈らる。

二十二日朝より風邪気味にて気分あしかりしが、一日書斎にこもり荷風論をつゞけ午後十時頃迄に十枚ほどしたゝめたり。いさゝか安心、寝に就かんとして漸く気分あしく夜半より息苦しく例の肺気腫のことなりと格別気にもとめざりしが翌二十三日更に悪化の状態なれば近所の鈴木医師の来診を求め静養に力めたれど、更に効果なく、その夜より翌二十四日にかけ、苦しきこと限りなし。夜分は特にひどく輾転反側一睡もなりがたし。二十四日帝大分院の医師中川氏の来診を求む。単なる肺気腫にあらず喘息の発作なりといふ。注射二本、次第に苦痛柔らぐ。二十五日正午頃に至り漸く常に復す。たゞし咳甚だし。二十五日は新興古書展ありてかねて文行堂出品の蘆花書簡一通、買約し置けることとゝて使ひを出す。代価二千円。二十五日久美子見舞かたがた依頼し置けるアーサー王原稿持参。耀子、ヒロシ又、見舞ひに来る。前二十四日午後金田君来る。アーサー王下訳代の一部として四万円を渡す。二十五日には午後、都築佑吉夫妻、夜、尾島君来る。余、床上ながら尾島君と学校のこと其他につき談話す。

十二月二十七日（月曜）

晴、午前十時、故藤井義昭君母堂来る。藤井君臨終の模様などをきゝ、哀愁を新にす。十一時、南洲堂町氏来る。懇望にまかせ、劉生小品、鵠沼海岸を割譲（一万円）す。他に白龍の壮年時代の作品花［卉］図、霊華晩年作観音図半折持参、霊華は出来よけれど、同じ図二幅あれば求めず。白龍のみあづかる。午後清香来る。高津春繁君顕子連れ立ち来る。種々雑話。酒井昭君、餅を持ち来る。清香は余の好物なればとて百合を煮て持参。松本君、及び松柏社歳暮に来る。何れも玄関にてかへる。夕食後茶の間にて金田君の訳せるアーサー王をよみ、種々手を加へる。十一時就寝。喘息収まりたれど咳なほ出づ。

十二月二十八日（火曜）

午前中晴、午後曇り、寒さきびし。午後、守随氏より紹介の玉木直正（中央タクシー株式会社取締役）氏夫妻来る。令嬢の家庭英語教師を世話せるにつきての礼のためなり。却って気の毒のおもひす。玄関にてかへる。引きつゞき午後二時頃大沢実君来る。茶の間に通し、学校内の裏話など種々きく。（谷崎氏の独裁、取巻連の横暴其他）此間に処しての大沢君の不愉快さ察するに余りあり。帆足図南次君偶々又来り会す。三人にて雑談。大和に行きて留守なりし妻かへる。又、妻を交へて雑談、二人のかへれるは六時也。余、いたくつかれたり。夕食後キング・アーサーを読む。十一時就寝。

昭和三六年日記

一月一日（日曜）

近来珍しき好晴。たゞし、余、昨日より気分あしく夜に至り咳切りに出づ。一時快方に向ひたるもブリかへしたることゝおぼゆ、或ひは三十日夜の入浴などあしかりしか。例年除夜の鐘をラジオにてきゝ感慨に耽るを常とせるも、昨夜はその勇気もなし、十時には床に入れり。午前二時頃眼ざむ。咳切りなり。例のケイタインなど吸入せりしも、大してキヽメあらず。うつらうつらと苦しきまゝ時を過す。暁方に至り呼吸苦しく近来の難事なり。妻しきりに余の背をさする。辛うじて収まる。又、うつらうつらと寝ね、八時起床。例年の如く炬燵にて屠蘇に雑煮、妻と新春を祝す。たゞし咳出で、咽喉にわるければとて屠蘇は真似事のみ。年賀郵便凡そ三百余来る。旧臘余の病気其他にてあらかじめ書くことを得ず。切角、四百枚を印刷せりしまゝにて今日に至れり。貰ひたる年賀状の中義理のところを選び分け、夕刻まで四十余枚を書く。（妻と共に）午前十一時、内山正平君午後岩田洵君来る。酒肴を出す。たゞし余は顔を出せるのみにて、一切の接待を妻に委す。耀子、ヒロシ連れ立ち来る。耀子の新調の装ひ、華麗を極む。炬燵にて正月の酒肴。余、耀子に乞はるゝまゝに往年の滞欧中の印象などを語る。斉田夫人、令嬢を連れ来る。鈴木四郎氏来る（何れも玄関にて）夕食後は何もえせず。十一時就寝。

一月二日（月曜）

晴天。寒さきびし。暁方より例により呼吸くるし。この二三日無理をせるためなるべし。けふは人に逢はぬことにきめ、書斎に床を敷きて寝る。来客、新井寛、靖君、志賀謙君夫妻、志賀景昭君、村松定孝君、島田謹二氏、潮田夫人、子を連れ来る。玉木氏夫妻、清香。平出嬢、都築佑吉君夫妻、都筑省吾君。村松、島田君には書斎にて一寸面会、都筑省吾君には玄関にて。他の人々には逢はず。村松、島田両君は折よく来合せることゝて茶の間にて酒肴、談笑しばし。たゞし、妻相手す）都筑省吾君よりは見事なる洋蘭の鉢植を贈らる。清香は余の枕元にて何かと余を介抱す。

夕食後気分あしく、脈搏百を超ゆ。鈴木医師に電話、留守、中川医師に電話、妻同医師より注意すべき事柄などを種々聞くところあり。八時頃就寝。十一時眼ざめ、同医師のすゝめにて鎮静剤アトラキシンを飲む。

一月三日（火曜）

晴天。アトラキシンのお蔭にや、例の暁方の呼吸困難もなく、ぐっすりと寝込む。朝眼ざめて心すがすがし。アトラキシンは霊薬なるかな。咳も少なし。九時半朝食。食後茶の間にてアーサー王に朱を加ふ。午後一時昼食。中央公論の平武二君、亡妻の甥と姪とを連れ来る。座敷にて酒肴、暫く談話す。平君、妻を失ってよりこゝ数年、未だ娶らず。亡妻の甥と姪とを世話して今日に至る。その情誼の篤き、今日稀に見るところとす。氏かへりて、いさゝか疲れを覚え、書斎に床をとらせ寝る。

夕食後、茶の間にてアーサー王に入朱加筆。

十時就寝、アトラキシン服用。

一月四日（水曜）

晴、寒さいちじるし。十時朝食。野口雨情氏息来る。午後一時、東京堂増山君来る。次いで平出嬢来る（玄関にてかへる）増山君と茶の間にて出版界のことなど相当に長時間話し合ふ。清香来る。夕食後は茶の間にてアーサー王入朱加筆。十時半就寝。アトラキシン服用。

一月五日（木曜）

晴、寒さきびし。風邪漸く癒えかゝりしとおぼゆ。心地、又、漸く常にかへる。午前中書斎に入る。年賀状など書く。午後大潮会の浦崎氏来る。年賀のあいさつを兼てなり。氏の著明治美術史執筆の苦心など種々きく。氏かへりて直後、藤島秀麿君来る。しばし話し込み夕刻かへる。

一月六日（金曜）

晴、午前中久美子顕子、英国製石油ストーブ持参、試みに用ゐて見よとてなり。午後、床をとらせ休む。金田君来る。アーサー王翻訳のつゞきを依頼す。ランスロットとガウェインの一節なり。高橋雄四郎君来る。何れも床上にて引見、余は妻に一任す。

兼素洞桜井君年賀に来る。『優々集』を贈らる。玄関にてかへる。夕刻鈴木医師の来診を乞ふ。夕食後は茶の間にてアーサー王に入朱加筆。

一月七日（土曜）

晴、午前、岩津君来る。伊藤康安君の病状など語り合ひて心配す。前田晁氏先月中頃より脳軟化症にて意識不明なる由を聞く。午後内田圭子氏、幾野久子嬢来る。田崎暘之助君来る。茶の間にて閑談。夕食後はアーサー王に入朱加筆。十時頃偶然にラジオにスヰッチを入れたるに大佛次郎氏のラジオ・ドラマ『おぼろ月』あり。演者は海老蔵、松緑、山田五十鈴等なり。大佛氏一流の作にて相当に面白かりし。十一時就寝。

一月八日（日曜）

雨降る。正午頃久美子来る。昼食を共にす。石油ストーブをかへす。気分すぐれず。アーサー王入朱加筆。

一月九日（月曜）

晴、朝より書斎に入る。アーサー王入朱加筆。午後より夜にかけ、「芸術生活」寄稿の女流画家につきての案を練るところあり。種々の画集など参照す。

一月十日（火曜）

曇り、うすら寒し。午後一時車にて妻同伴高島屋に行く。女流展一瞥のためなり。会場にて坂崎氏に逢ふ。三時、車にてかへる。国雄夫妻約束通り来る。種々閑談。正月の乾盃。六時半頃かへる。後、書斎に入り「女流展一瞥」を草す。約八枚。十時入浴。就寝。

一月十一日（水曜）

曇り、時々晴。午後二時講談社の池内女史来る。アーサー王の原稿などを見せ、種々相談するところあり。夕食後七時、鳥取大学の平野金之助氏、志賀謙君の案内にて来る。同氏は大正十四年早大教育学部英語科出身。

早大出身者のため種々謀るところあり。愛知県出身にて郷土誌に精し。閑談、九時かへる。

一月十二日（木曜）

午前三時半眼ざむ。呼吸やゝ困難なり。ケイタインを吸入す。かゝること珍し。最近は安眠多かりしに、又々風邪でもひけるにや。不愉快なり。うつらうつらして、九時起床。十一時、井手君来る。「女流画展一瞥」を手渡す。閑談、十二時かへる。気分あし。昼食後二時、床を書斎にとらせ寝る。今日は実践の新年会且つ人事問題協議会の日也。是非出席するつもりなりしもえせず。身体の衰へ、眼に見えていちじるし。「老いらくの来る日はちかしせんすべもなし」の逍遙先生の和歌思ひ出さる。演博の演劇［事］典中の引きうける一項目、「冥途の飛脚」約束の制限せまる。床にありて改めて近松集など読み出す。夕刻、鈴木医師の来診を乞ふ。

一月十三日（金曜）

昨夜アトラキシンを飲めるためにや、よくねむる。気分よし。午前中演博白川宣力君に来て貰ひ、演博及び図書館より種々の参考書を借り出して貰ふ。夕食後書斎に入り、「冥途の飛脚」の原稿を書く。わづかに四枚なれど、四枚と限られたるだけに厄介なり。とにかく脱稿す。

一月十四日（土曜）

晴、やゝあたゝかし。午前中白川君に来て貰ひ『冥途の飛脚』及び『マンフレッド』（二）の原稿を渡す。演博［事］典の原稿を片づけて漸く肩の荷をおろす。金田君に電報にてアーサー王の原稿を催促す。（夕食後金田君原稿持参。種々雑話、十時頃かへる。）午後はアーサー王に入朱加筆。夜に入り咳少し出づ。午前中都庁建築課の片野氏より電話。前の私道につきての意見を徴せるにつきての答へなり。午後、実践の河野嬢来る。書斎にて閑談。

（一）「冥途の飛脚」、早稲田大学演劇博物館編、『演劇百科大事典　第五巻』、東京、平凡社、昭和三六年、三七〇―三七一頁。「マンフレッド」、同書、二八一頁。

一月十五日（日曜）

晴、寒し。妻、国雄宅にゆく。午後二時飛田君来る。閑談。夕刻かへる。夕食後、アーサー王入朱加筆。

一月十六日（月曜）

晴。寒さきびし。実践にゆくべき日なれど休む。アーサー王の一節を執筆す。

一月十七日（火曜）

晴。寒さやゝ和らぐ。妻と清香と共に車にて三越にゆく。散髪す。七階にて三人にて食事。三時頃車にてかへる。夕食後アーサー王一節執筆。

一月十八日（水曜）

晴、寒さきびし。午前中より茶の間にてアーサー王執筆。夕方まで二十枚脱稿。一段落つきて一安心なり。

午後、妻、文京区区役所にゆき、家の前の共同私道のことにつき区役所出張の弁護士の意見を徴したるも要領を得ず。夕食後、鈴木、佐藤、牛尾氏等を招ぎ、右私道のことにつき種々相談するところあり。意見連々たり。十時半就寝。

一月十九日（木曜）

晴。始めて実践に出かく。午前、午後二回にわたりての講義。二時半より教授会。会果てゝのち小倉君と理事長室にゆき人事問題につき相談するところあり。かへりは車を雇ひ、坂崎君をいざなひ同乗、途中坂崎君下車。老松町にて余も下車。車代、三百八十円を払ふ。

さすがに、疲れを覚ゆ。夕食後は書斎にえ入らず茶の間にて時を過す。

今日の理事長との会談にて三木君再び現在のまゝ、教授といふことにてとゞまり得ることゝなる。小倉君のあっせん特に大なり。余も、辛じて三木君への情誼を果すことを得たり。喜びに堪えず。夕食後電話にて其旨を三木君に伝ふ。

一月二十日（金曜）

晴。寒さきびし。立正にゆくべき日なれど風邪未だ癒え［ず］、電話にて断り休む。午前より書斎にこもりアーサー王執筆。夕食後、土地のことにて高木、例の通り友人一人連れ来る。鈴木、牛尾、佐藤等集り、私道のことにて種々談合、九時半かへる。

アトラキシンなど飲してすぐ床に入る。（廿一日）三時頃眼ざめ、其後眠るを得ず、床の中にて輾転反側。

土地の問題につき種々勘考す。厄介なる問題なり。明け方六時頃よりうつらうつらと眠りに入る。九時半起床。頭重く、気分あし。

一月二十一日（土曜）

晴。寒さやゝ薄らぐ。午前中茶の間にて費す。午後、茶の間にてアーサー王執筆。漸く脱稿す。三時頃高橋雄四郎君来る。米沢の佐藤繁雄氏来る。鯉のうま煮贈らる。心をこめたる贈物なり。石橋南州堂よりあづかり置ける白龍筆花[卉]図、同氏乞ふまゝに、同氏の求むるに委す。南州堂には其旨電話す。夕食後茶の間にてアーサー王を読みかへす。九時床に入る。

一月二十二日（日曜）

晴。八時起床。よく眠りたり。心やゝすがすがし。午前より書斎に入り、アーサー王を読みかへし、種々入手す。明月曜、実践講義のための準備などす。来客なし。のどかなる一日なり。

一月二十三日（月曜）

晴、寒さきびし。午前午後、二回の実践講義。ゆくもかへるも交通地獄なり。疲れて学校にゆき、講義によりて更に疲る。疲れたる身体を家に運ぶ。家にかへりて不愉快ならざらんとするも得べからず。余、余命いくばくもなからん。而も生涯をかゝる労苦の中に消耗す。顧みて自ら憐むこと大なり。

二月の歌舞伎座の台本と伝へらるゝ『一口剣』を読む。一口剣は一ふりの剣の意なり。一口は一個なり。晋書に献二劔〔ママ〕一口一の語あり。(一) 歌舞伎新聞広告に一口剣《ひとくちけん》と振りがなあり。又、一口剣《ひとくちつるぎ》とよむ人あり。何れも作者の意に違へり。それにしても漢語、漢文につきての一般の知識の少なくなりたること驚くに堪へたり。

(一) 晋書、劉曜載記「…管涔王使下二小臣一奉二謁趙皇帝一獻中劔一口上…」。

一月二十四日(火曜)

曇り、たゞしその割に寒からず。午前十時半家を出で、妻と共に歌舞伎にゆく。

十一時開演。吉右衛門劇団猿之助一座に寿海、歌右衛門参加なり。出し物の第一は巌谷槙一氏の『若春祝猩々』と題する舞踊、栄三作曲の長唄囃子連中の出がたりなり。曲も振りも高雅なり。

次は『金閣寺』、時代物の大物なれど今日は退屈なり。雪姫は三姫の一としてむづかしきものゝ一つと数へられたり。歌の雪姫は当代の第一たること無論、幸四郎の大膳も寿海の久吉も皆よけれど退屈なるは脚本そのものの退屈なるによれり。第三の「もろともに名を挙げる夜やほとゝぎす」と角書せる『和事色世話《やまとごといろよがたり》』(普通に扇売高尾)』は、振りも仕草もすべてが古風にて面白し。歌右衛門の扇売おしづ実は高尾の亡霊、団扇売り四季庄兵衛門実は轟左衛門尉国連、寿海の浮田左金吾頼兼、何れもよし。たゞし、寿海は他の二人に比すれば、舞ひの手振、ぎごちなきは是非なし。かゝる役は先代宗十郎など恐らく無類なりしならむか。それはとにかく、この一幕は江戸の古歌舞伎を見たるやうにて心地よし。次は例の弁天小僧なり。浜松屋の場の勘三郎の弁天小僧は柄になく、グロテスクの一語につく。勘弥の南郷も貧弱、見るに堪へず。先々代羽左の弁天小僧、中車、先代左團次、吉右衛門等の南郷の面影そゞろに眼前に髣髴す。稲瀬川の勢揃も貧弱。大詰、極楽寺屋根立腹の場、同山門の場に至りて始めて見直す。屋根立腹の場は往年先々代羽左衛門にて見しことあれど、山門の場は余に取り始めてなり。例の楼門の五右衛門を駄右衛門に書き直したるだけにて、脚本としては荒唐［無］稽なること勿論なれど、見た眼は面白し。

この日、割に寒からず、新橋まで歩き、バスにてかへる。

夕食後は茶の間にて費す。

寿海は明治十九年生れにて余と同年。老のかげのどこかにたゞよふは是非なけれど、舞台におけるあれだけの活躍は目ざまし。

一月二十五日（水曜）

晴、寒さきびし。午後『アーサー王物語』全部二百八十枚を、講談社池田女史にわたす。

一月二十六日（木曜）

晴、寒さきびし。午前、午後、実践にて講義。講義後、余の室にて小倉君と来学年人事、時間割などの打合せをなす。其後、理事長をその室に訪ふ。糖尿の由にて気分すぐれざるやに見受く。それより新橋演舞場に駆けつく。一昨夜歌舞伎座にて堀口森夫氏に逢ひたる折、演舞場の『夢花火』見たき由をふと口にせるところ、同氏の好意にて場所を都合してくれたるなり。全部売切にて補助椅子なり。『夢花火』はゾラの『居酒屋』の翻案なりといふ。所を江戸、時代を徳川末期に採りたるもの。毫も翻案臭なく見事なる出来なり。梅幸の女主人役を始め、海老蔵、左團次などいづれもよき出来なり。近来の見ものなり。筋書も売切にて手に入らず。委しく評するにすべなきを遺憾とす。次の『曽我対面』もよし。海老蔵の工藤、音吐朗〈々〉、威風堂々、舞台を圧す。松緑の五郎もよし。故幸四郎の面影あるはさすがなり。其他は見ず車にていそぎかへる。

一月二十七日（金曜）

曇り。寒し。今年になりて始めて立正にゆく。講義了りて後、学生の乞ひのまゝに記念写真などをとる。夕食後は茶の間にて過す。留守中新井君来り、妻より手形引かへに十六万円を借り出しゆく。

一月二十八日（土曜）

晴、風強く、寒さきびし。兼素洞展の福王寺氏（一）の個展にゆくつもりなりしもえゆかず。一日中家にこもりて、明治文学史中の荷風、天外其他の稿を読みかへし、種々改訂するところあり。

（一）福王寺法林（一九二〇—　）日本画家。

一月二十九日（日曜）

曇り。やゝ暖かし。午前十一時、岡一男君来る。同氏の欧州旅行談をきく。ロシヤ皮財布を土産に贈らる。茶の間にて昼食を共にす。午後二時、大隈会館にゆく。伊藤康安氏古稀祝賀会出席のためなり。余、新春以来病臥屡々、会への出席を一切断り居り、伊藤氏にも其旨を伝へ置きしも、今日は幸ひに気分もよく、日もやゝ暖かなればと、急に思ひ立ちてゆけるなり。早大関係の多くの知人に逢ふ。何十年ぶりにて女流作家網野菊子女史（二）に逢ふ。女史、偶々余の席に隣す。女史より島村民蔵君（三）の噂などをきく。四時半帰宅。今日は何等為すところなし。

（一）網野菊（一九〇〇―一九七八）小説家。
（二）島村民蔵（一八八八―一九七〇）劇作家、演劇研究家、本間久雄同窓生。

一月三十日（月曜）

晴、寒さきびし。風あり。実践行。午前講義、午後学生総会にて休講。二時、約束通り島田謹二氏来る。来学年は余の現在の地位を同君にゆづる筈にて種々相談す。理事長室に同君を伴ひゆき、正式に就任を打合すところあり。後、余の室にてしばらく閑談。矢野氏の近況特に矢野氏都立大学学長辞任後につき同氏より種々聞くところあり。同氏と共に矢野氏のために案ずるところあり。五時帰宅。夕食後は実践学生の卒業論文など見る。

一月三十一日（火曜）

午前二時頃眼ざめ、そのまゝ眠る能はず、暫く床の中にて輾転反側す。加ふるに肺気腫の固疾おこり、呼吸やゝ困難を覚ゆ。

九時起床。よく眠れざりしため気分あし。午前中炬燵にて学生の卒論などよむ。福島正子の A Study of "Great Expectations" by Dickens 上々の出来なり。ディケンズのこの作をヴィクトリア期の時代相と連関して論ぜるところ面白し。資料の整理も先づよく作中人物の性格評も無難なり。研究の態度もよし。

午後、長谷川天渓の『自然主義』を読む。往年読みたる時とは異り、今日見るとき、大体、粗枝大葉の独断論なり。

夕食後、茶の間炬燵にて松下〔・・〕子の『ドリアン・グレエの画像』につきての卒論を読み始む。これも先づ先づらしきやうなり。よき部類ならむか。

午後東横大津氏より電話、七日夕刻より東横文化会館にて「女性文化百年につきて」と題する題にて余と坂西志保氏(一)とにて対談してほしきとのこと。かねての約束なれば承諾す。十一時就寝。今宵は眠り安かれといのりつゝ。

(一) 坂西志保(一八九五―一九七六)評論家。

二月一日(水曜)

晴、風烈しく寒さきびし。大屋書房に電話にて目録による洋書センツベリーの Early Renaissance 及びラブレエの作品英訳其他二三冊を注文す。妻、家の前の道路のことにて区役所の法律相談所にゆく。松下〔・・〕子のドリアン・グレエを読了。見事なる出来なり。飯塚禎子のワイルド童話はそれほどならず。長谷川天渓の『自然主義』つゞきを読む。読後感前日の如し。関東ラジオより明日談話をとりに来たしとの電話あり。午後三時半を約束す。夜のラジオ、ニュースにて中央公論社長嶋中氏邸右翼の暴漢に襲はれ、夫人重傷、女中刺殺のことをきく。浅沼氏刺殺といひ、右翼の、のさばり方、言語に絶す。

二月二日(木曜)

晴、寒さやゝうすらぐ。十二時実践にゆく。午後、四年の最終講義をなす。金田真澄君来る。理事長に紹介す。午後二時半より余の室にて、講義内容にて各科打合せありとのことなれど、余は関東ラジオと時間を約束し置けることゝて、講義直後、車をやとひかへる。会議における議事は一切、小倉君に依頼す。三時半関東ラジオの小林〔・・〕氏、〔・・〕氏来る。題は音楽につきてなれど、文芸全体につきての雑話をなす。

夕刊にて嶋中邸殺傷事件の犯人の捕へられたるを知る。意外にも浅沼氏を殺したる山口某と同年、十七才の少年なり。名は小森一孝父は九州某所の副検事なりといふ。山口の父は自衛隊員、小林一孝の父は副検事。一は、国民保護を一目的とせる自衛隊員、一は、社会悪の摘発を仕事とせる検事なり。而も彼等の子供等に法秩序を大胆に破壊して憚ることなきものゝ出でしは皮肉なり。

この二人の不良児は共に大日本愛国党員なりといふ。大日本愛国党がその行為において大日本破壊党なるも亦皮肉といふべし。それにしても、新聞の伝ふるところによれば右愛国党の党員三十名、彼等を養ふに月々三十万円を要すといふ。一体、その三十万円は何処より出づるや。政府よりか、財界よりか。政府はいつも右翼の撲滅を説く。而も、その背後の資金網に至っては、常に口を噤して語らず。脛に傷持つものゝ弱さにや。

入浴、十一時就寝。

二月三日（金曜）

晴、十一時半開演の歌舞伎座にかけつく。一番目、露伴『一口剣』、宇野信夫氏脚色並演出。露伴の原作とは著しく異れり。原作においては普通平凡なるものも一旦志を立て奮起すれば必ず志を達するといふ意志の強さを描けるものなれど、今度の脚色にては、その趣き毫末もなく、たゞ痴情に狂へる男の狂態だけとなれり。露伴作と銘打つからにはもう少し原作に忠実なるを要すべし。『一口剣』を「ひとふりけん」と振りがなしたるも面白からず。

次の『勧進帳』は見ものなり。幸四郎の弁慶は愈々円熟堂に入れり。海老蔵の富樫は未だし。例の問答の件などのせき込み加減、喧嘩ごしにて面白からず。あそこは、たゞ弁慶のまことの山伏なりや否やをためし見るだけのことなれば、富樫の方はもう少し余裕なかるべからず。この点は先代左團次の富樫も、評判良かりしも、同断にて感心せざりし。やはり富樫は十五世羽左衛門、先代中車などを以て名品とす。

次の『浪華の春雨』は、往年見たるほどの感興を覚えず。時代の相違か、演者の如何によれるか。佳作は左團次の大工の親方なり。尤もこの役は、まうけ役にや。初演の折の先代段四郎、再演時の先代中車など、余の見たるもの、いづれもよかりし。殊に中車のは、赤格子九郎右衛門を「お前何しに来た」とキメつけるところなど、今も眼前に髣髴す。

帰途、三越に立ちより、黒田清輝名作展を見る。車求むれども得ず、止むを得ず電車にてかへる。

夕食後、実践の卒業論文などを見る。十時就寝。

二月四日（土曜）

晴。実践にゆく。卒業論文三冊をかへし、二冊を持ち来る。理事長に逢ふ。夕食後卒業論文などよむ。田島〔・・〕のもの、オーステンのPride & Prejudiceの研究なり。たどたどしき上に、文字乱雑にて読みにくきことおびたゞし。世界美術全集中の黒田清輝の写眞などを探し見る。十一時就寝。

二月五日（日曜）

晴。午前中、書斎にて〔・・・・〕の卒論ハアデーの『帰郷』を読む。理解もよく行き届き、文章も素直にてよし。

午後、増田綱氏（二）古稀祝賀（大隈会館）に出席。暫くぶりにて田中菊雄氏（二）に逢ふ。氏は永年山形大学に教鞭を執れる英学者なり。現に神奈川大学に教鞭を執りつゝありとのこと。

夕食後、鈴木四郎氏来る。土地（前の道路）につきての下相談也。十時半就寝。

（一）増田綱（一八九〇―一九七〇）早大教育学部教授、『研究社和英大辞典』編集者。

（二）田中菊雄（一八九三―一九七五）英文学者。

二月六日（月曜）

晴、午前、実践講義。午後人事問題につき理事会と会談。夕食後、鈴木、佐藤、牛尾来る。例の高木、例の伴を連れ来る。家の前の道路につきての交渉なり。百万円にて余等四人に買へとなり。後日を約してかへす。四人、後にのこりて相談す。いづれ弁護士に相談することに一決す。

二月七日（火曜）

小雨、寒し。「芸術生活」のための原稿、清輝展一瞥を書き始む。午後四時、東横宣伝部の大津氏来る。五時開催の「女性文化百年の歩み」の打合せのためなり。大津［氏］と車に同乗、白木屋にゆく。サロンにて坂西志保氏と右題目につき一時間余、種々語り合ふところあり。余、坂西氏と初対面なり。対談は東横系雑誌「東光」に載る筈なり。又々、車にて大津氏に送られかへる。車代として五千円を贈らる。

二月八日（水曜）

晴、気温高し。三月末の気候なり。午後三越にゆく。再び清輝展を見るためなり。帰途大屋に立ちより

Saintsbury の Renaissance 二冊を買ふ。(一) 代価三千余円を払ふ。夕食後、清輝展につきての原稿をつゞけ、漸く脱稿す。十二枚なり。

(一) Saintsbury, G., *The Earlier Renaissance*, Periods of European Literature 5 (Edinburgh: W. Blackwood, 1901).『日記』三五年二月三日(三二九頁)、三六年二月一日(四四七頁)他参照。

二月九日(木曜)

晴、気温やゝ高し。実践にゆく。午前講義。十二時半より学長室にて人事問題の相談あり。二時半、堀江君と余の室にて会談。夕食後清輝展の原稿を訂正加筆す。

二月十日(金曜)

晴、風寒し。午前中井手君来る。原稿をわたす。十二時半立正にゆき、かへりに京橋兼素洞展に立ちより、次で富田に立寄りて表装の布地を求む。代価三千余円を支払ふ。四時かへる。夕食後、実践四年の試験採点などす。つかれたる一日なり。

二月十一日(土曜)

寒さきびし。今暁、肺気腫のためか少し苦しむ。昨日寒さの中を歩き廻りしことあしかりしと覚ゆ。午後一時半高橋雄四郎君立正の答案持参。暫く雑話。二時半少し前、車にて同君を打連れ大隈会館にゆく。谷崎精二氏の古稀祝賀会出席のためなり。集まるもの恐らく三百余、多くは学校関係者並びに英文科卒業者、並びに大学院の学生等なり。廣津和郎、木村毅、細田民樹氏等の顔も見ゆ。メーンテーブルにつけるは谷崎君夫妻をはさみて大浜総長、余、森於菟氏、廣津氏、細田氏の五人なり。司会、渡鶴一君(一)、祝辞は大浜氏、廣津氏、その後谷崎君のあいさつあり。かゝる席の、祝辞を述べるものゝ多きが常なれど、かく簡単なるが却ってよし。其後は皆立食の歓をつくす。近頃、よき会なり。但し、余、風邪未だ癒えざるものあり。車をやとひ早々にかへる。(四時少しすぎ)家にかへればすでに埼玉県の高麗氏あり。余のかへる少し前に来居れるなりといふ。休まむとして早くかへれる甲斐もなしと心中面白からねど、無下にも断りかね暫く相手す。余の病気見舞とて氏より「生椎茸」一箱贈らる。

夕食後は実践の卒論などをひもとく。十時半アトラキシン服用、寝につく。

(一) 渡鶴一(一九〇三―二〇〇三) 早大文学部教授、のち常任理事。

二月十二日(日曜)

昨日とは打ってかはれる暖かさなり。九時起床。気分よし。十時半、佐藤氏の車に便乗。鈴木氏、佐藤万造氏と共に弁護士四宮久吉氏宅にゆく。例の土地問題のことにつきてなり。氏心よく請合ひくれたれば一先づ安心す。かへりに皆々余の宅に立より、茶の間にて雑談。十二時を過ぐ。大潮会の浦崎氏来る。茶の間にて美術会のことなど種々語り合ふ。琉球の黒砂糖を贈らる。余の好物なり。中村鶴心堂、早大入学のことにつき人を連れ来る。玄関にて逢ふ。

夕食後書斎に入り立正の答案四年生の分だけ採点、明日速達にて送る筈なり。明月曜、実践三年のための文学概論最終講義の準備などす。十一時就寝。

二月十三日（月曜）

晴、風少しあり、寒さきびし。十時半よりの実践講義。十二時よりの評議員会出席。三時かへる。何となく疲れたる一日なり。夕食後服部嘉香氏の歌集『夜鹿集《よしかしう》』を読み出す。角川書店「短歌」誌上短評を書く筈なり。読みたるだけにては、たゞごと歌なり。余り面白からず。play upon words のところなど五十嵐力先生の影響ありと覚ゆ。尚、細読すべし。

二月十四日（火曜）

晴、風強く、寒さきびし。風邪でもひきたるにや、寒さ身に染みて心地あし。午前、喜多山依頼し置ける表装出来しとて持ち来る。愚庵の手紙（子規宛）（一）恒友の扇面、半古の短冊、孔雀の三幅、表装何れも、よき出来なり。五千三百円を支拂ふ。午後より書斎に入り、片上天弦の論文集『生の要求と文学』（二）田山花袋の『インキツボ』（三）田中王堂の長論文『我国の自然主義を論ず』（四）などを拾ひよみす。王堂のものは二葉亭、長江、抱月、天弦等の自然主義論の反駁を目的とせるものなれど、大むね的外れにてたゞ王堂一流の観念論を真向に振りかざしたるに過ぎず、愚論なり。余、如上の諸稿を何れも、其の出版当時読みしことあり。今度、明治文学史立案のために改めて読みかへせるなり。天弦のもの最も読みごたへあり。更に細かく読むを要す。十一時就寝。

今日喜多山に更に恒友の川四題の中の二幅、半古登り鯉の短冊一幅を依頼す。

（一）天田愚庵書簡、正岡子規宛（明治三〇年五月一八日）、文庫所蔵。

（二）片上伸『生の要求と文学 上下編』、東京、南北社、大正二年、文庫所蔵。本間久雄『続明治文学史 下巻』、二三七頁参照。
（三）田山花袋『インキ壺』、東京、左久良書房、明治四二年、文庫所蔵。
（四）田中喜一「わが國に於ける自然主義を論ず」（『明星』申歳第八号、明治四一年八月夏季付録）一―一一三頁。田中喜一（王堂、一八六七―一九三二）哲学者、評論家、文明史家。本間久雄『続明治文学史 下巻』、二五〇―二五一頁参照。

二月十五日（水曜）

晴。午後東横より雑誌「東光」所載談話筆記のゲラ刷持参す。種々加筆して渡す。夕食後、『花袋文話』（一）『インキツボ』などを拾ひよみす。『花袋文話』など往昔は感心して読めるものゝ一なりしが、今日読み直すとき、花袋の独断の所感多く感心せず。夕刻理事長より電話あり。英文科人事問題につきてなり。

（一）田山花袋『花袋文話』、東京、博文館、明治四四年、文庫所蔵。

二月十六日（木曜）

午前学校にゆく。理事長をその室に訪ぬ。理事長及び余の信頼あつき山脇女史を嫉視せる一味のもの、女史をおとし入れんとして策動せるなり。余、その元兇とおぼしき佐藤吉助を理事長の面前にて詰問することしばし。午後二時、山脇女史、余の室に来る。小倉君と共にその真意をたゞすところあり。後、教授会、其後余、女史を伴ひ、理事長の室にゆく。理事長亦釈然とす。不愉快なる一日なり。夕食後「インキツボ」を読む。

二月十七日（金曜）

晴。寒し。午前十時、松本理髪店にゆき、次いで早大図書館におもむき雑誌「趣味」明治四十一年の分を借り出す。特に生田長江の『自然主義論』（一）を一読する必要に迫られてなり。一時頃かへる。留守中来れる玉置氏夫妻、再び来る。令嬢の早稲田入学のことにつきてなり。招じ入れて懇談す。

午後七時半、高木外一人来る。次いで鈴木、佐藤父子、牛尾氏来り会す。例の土地の問題につきてなり。一件を弁護士四宮氏に依頼せる旨を語る。高木等早々に引き上ぐ。後、鈴木氏等と後事を議す。

（一）生田長江「自然主義論」（『趣味』第三巻第三号、明治四一年三月）三一―七一頁。

二月十八日（土曜）

晴、寒し。妻と共に白木屋にゆく。冬衣裳の蔵払ひを一見せんためなり。高島屋八階にて昼食。一時半、青山祭場の村松梢風氏の告別式に駆けつく。村松喬氏に逢ひ、くやみを述ぶ。三時かへる。

牛尾氏佐藤氏と共に四宮弁護士をたづねたれど風邪臥床中といふことにて面会するを得ず。両氏を誘ひ、茶の間にて懇談。余、単独に高木ともう一度会談することを約す。

高木は部下二三を具し、今朝、佐藤、牛尾二氏をその勤め先にたづねオドシ言句を並べたりとのこと、彼れ、愈々馬脚を現はし来る。その陋劣まさに吐棄すべし。

夕刻、昭和の谷村女史来る。近代文学叢書につき文部省に補助金請求の要あり。余に、その請求者の一人としての承諾を求むるためなり。余快諾す。

二月十九日（日曜）

晴、寒し。午前十時、文華学園河口氏宅にゆく。豊嶋春雄君のことにつきてなり。余、門を出でんとして、高木力、二人の若者を連れて佐藤氏宅に行くに出逢ふ。例の私道に柵を構へんとてなり。余、河口氏宅にて用談を果し、いそぎかへる。高木と談合せんためなり。

高木を余の宅に招じ、種々談判をなす。余、私道三十一坪を十万円にて譲り受けんと云ひ出づ。高木、絶対に応じがたしと云ひ置きかへる。余、高木と談判中、余の知らざる間に、大塚警察署の捜査部長小野寺氏外刑事三人来る。佐藤氏より四宮弁護士に電話し、同弁護士より大塚警察署に余等の身辺警護――特に余――刑事の一人曰く「本間さんは大切な人なれば云々」と云へりといふ。――のために来れるなりといふ。高木のかへれるのち、座敷に招じ入れ、種々懇談す。余、心中、警察署を深謝す。高木は余に対して必ずしも脅喝の挙には出でざれと、佐藤、牛尾両氏に対しては脅喝なること歴然たり。佐藤も来り会し、そのことを小野寺氏に訴ふ。一方、鯉江氏夫妻、清香来り、別室にて語り合ふところあり。両方の座敷にかく大勢の来客をひかへ、妻、よくその間を処理す。その処理の仕方見事なり。夕食後、服部嘉香氏の歌集『夜鹿集』読後感に取りかゝれるも、疲労のため中止す。高木一件のため、不快にて神経高ぶり、十一時床に入れど二時迄眠るを得ず。アトラキシンなど飲みて漸く眠る。

二月二十日（月曜）

晴、寒さやゝ薄らぐ。午前、学校にゆく。人事問題につき理事長を訪ねたれど外出中にて、会へず、小倉君と面談、午後二時頃かへる。それより夜にかけ、『夜鹿集』の批評をかく。思ひの外筆運び、四枚との注文なりしも五枚にて脱稿す。出来も先づ思ひの外なり。何となく、服部氏への友情の一端を果せるやうの心地して愉快なり。入浴十二時就寝。

二月二十一日（火曜）

曇り。寒さきびし。午前中、原稿を角川の「短歌」（一）に速達にて送る。鈴木医師にゆく。脈搏九十。たゞし心配なしとのこと、血圧は百十八。よき方なり。午後書斎にこもり、図書館より借り出せる雑誌「趣味」誌上の生田長江の長篇「自然主義論」（二）を読む。鷗外訳のフォールケルトの美論における自然主義観を借りて、いさゝか、わが国の自然主義運動に触れたるもの、一向につまらなし。同じ誌上の正宗白鳥の「彼の一日」徳田秋聲の「裏の家」などを、ついでに読む。

夕刻、村松君より電話、同君、昭和女子大の短期大学にても「文学概論」の講座を受け持つ由にて、そのために余の著六百部を教科書として使用すとのことなり。又、この事につきては人見氏の好意によるところ多しとのこと。余、亦心中深く人見氏に謝するところあり。

けふは何となく疲れたる一日なり。夕食後は炬燵にてＮＨＫ第二の教養特集「能楽と現代」（能楽の音楽につきて）の話しをきく。有益なる聴物なり。

（一）本間久雄「書評『夜鹿集』」（『綜合雑誌　短歌』、昭和三六年四月号）一九八―一九九頁。
（二）生田長江「自然主義論」（『趣味』第三巻第三号、明治四一年三月）三二―七一頁。

二月二十二日（水曜）

曇り、寒し。午前岩波玉井氏より電話、井原青々園（一）の追憶記を書けとのこと、承諾す。午後、「趣味」を読み耽る。高木より電話、会談の日につき催促あり。四宮氏病気につき延期を云ひやる。午後七時、佐藤、牛尾、鈴木氏等来る。例の問題につきてなり。八時半かへる。疲れたる一日なり。ラジオにて「能楽と現代」のつゞきをきく。昨夜ほどの興湧かず。「趣味」拾ひ読みす。十一時半就寝。午後、高橋雄四郎君来る。野中涼君結婚祝ひとして大色紙二葉を認め、高橋君に［託］す。

（一）伊原青々園（一八七〇―一九四一）演劇評論家、劇作家、小説家。

二月二十三日（木曜）

晴、風少しあり。寒し。暁方より、肺気腫にて苦し。喘鳴切りなり。ウトウトす。八時起床、頭重く、気分あし。実践にゆくべき日なれど電話にて小倉君と用件を話し、休むことゝす。

午後炬燵にて「趣味」の小説其他を読む。

藤村子の「並木」　馬場孤蝶
青い顔　三島霜川
零落　生田葵山
（以上趣味二巻九号）
老人　正宗白鳥
嫉妬　水野葉舟

（以上趣味二巻十号）

以上の中「嫉妬」最もよし。醜女を弄べる男の心理の微細なる境を描き得て妙なり。「青い顔」は説明に堕して妙ならず。

上田敏の「欧州に於ける自然主義」（二巻十号）は談話なれど極めてよく纏まりたる論稿なり。欧州における自然主義の核心をつかむ。流石なり。生田長江の徒らに自然主義論の大風呂敷を展げて要領を得ざるものとは雲泥の相違なり。坪内逍遙の「日本で演ずるハムレット」（二巻九号）は傾聴すべく長谷川二葉亭の「平凡物語」（三巻二号）亦一読の価値あり。

二月二十四日（金曜）

晴、午前実践にゆく。理事長と逢ひ仏語設定（三、四年）の件につき承諾を得。午後一時帰宅、久美子すし持参。川副国基君同窓千葉県佐倉高等学校長市原初雄君同道にて来る。市原君令嬢実践入学につきての依頼也。車にて早大図書館にゆき、趣味五冊借り出す。

夕食後、「趣味」を拾ひ読みす。水野葉舟の「おみよ」（一）前篇を読む。

（一）水野葉舟「おみよ」（『趣味』第三巻第一一号、明治四一年一一月）一三一—五七頁。

二月二十五日（土曜）

朝、雪少し降る。九時半、鈴木、牛尾、妻同道、四宮弁護士を訪ね、十万円にて例の土地、解決したき由を語る。古書会館にゆき、かねて電話にて注文し置けるもの「いらつめ」（九千円）「明星」四冊いらつめと共に全部にて一万六千余円を払ふ。午後一時半村松君と共に車にて昭和女子大に行く。人見円吉氏夫人の告別式に列せんとてなり。帰りも車にて、村松君わが屋に立ちより、種々語る。高木より電話あり。三月三日朝九時半四宮氏宅に同道を約す。

夕食後「おみよ」後篇を「趣味」（・・・・）にて読む。放逸なるおみよの心理の変化をいみじくも描けり。或ひは葉舟氏佳作の一ならんか。

十一時就寝。京都臨川書院目録にて幸徳秋水書翰（八千円）を電話にて注文す。

二月二十六日（日曜）

小雨、寒し。午前九時半吹田順助氏よりの紹介にて田中委雄氏（司法書士）令嬢千代子氏を連れ来る。実践入学の件につきてなり。午後妻と共に車にて白木屋に福王寺法林氏の個展を見にゆく。昨年院展出陳の大作『北の海』を始め、いづれも見ごたへある作品なり。三上君に逢ふ。同君の紹介にて福王寺氏、今野忠一氏（一）等に逢ふ。連れ立ちて七階食堂にて茶を喫す。会場にて新井勝利氏、江川和彦君（二）などに逢ふ。

夕食後愛媛県今治市国分の加藤喜良氏子息二人（中央大卒、一橋大在学）を案内者として訪ね来る。令嬢、実践入学の件なり。疲れたる一日なり。十時半就寝。

（一）今野忠一（一九一五―　）日本画家。
（二）江川和彦（一八九六年生）美術評論家。

二月二十七日（月曜）

晴、午前十時、妻、日本演劇協会主催東宝劇場にて催されたる演劇人祭にゆく。余、劇界長老者の一人と目せられ、妻と共に招待を受けたれど、余行くを好まず、妻のみは義理に行けるなり。演劇人祭プログラムの目録を見ると長老者名簿なるものあり。七十歳以上の劇壇、放送関係者など七十氏を選べるなり。七十歳には浜村米蔵、森律子の二人、最年長は喜多村緑郎（一）の九十歳、大谷竹次郎、市川團之助の八十四、正宗白鳥、鏑木清方の八十三、以下。余、七十四歳にて同年のものに市川寿海、谷崎潤一郎其他あり。感慨なき能はず。余は午前中、実践にゆく。守随、小倉氏に逢ふ。英文学入学志望者二百人。空前のことなり。三年前余、始めて科長の職を委せられたる頃には、定員の学生数六十名を集めるに苦労せりしが、今日、かゝる盛況を見る。最も悦ぶべし。

夕食後、岩波の玉井君より依頼せられたる井原青々園追憶の稿を案ず。青々園の『風雲集』早稲田文学の沙翁記念号の青々園稿『日本の沙翁劇』などを改めて読みかへす。

（一）喜多村緑郎（一八七一―一九六一）新派俳優。

二月二十八日（火曜）

晴、正午、実践にゆく。小倉君と共に理事長をたづね、共に依頼を受けたる入学志望者の名簿を理事長にわたす。小閑談。其後守随氏に逢ひ、三時帰宅。炬燵にて小憩、妻と閑談、書斎に入り、青々園追憶の原稿をかき始む。夜十時、下書き脱稿。夕刻、柏屋製本所に「いらつめ」の帙、其他二冊を依頼す。

最近、余を最も驚かせたる二つの暴論あり。一は松平大使（二）の国外出兵論、並びに、日本語新聞不読の談話なり。日本語の新聞を読まずして果して日本の国情を知り得るや。日本の国情を知り得ざるもの、外国駐在大使として其職を果し得るや。かゝる愚か者を大使として米国に送らざるを得ざることの、いかに禍なることよ！

もう一つは、飯守裁判官(二)の右翼是認の暴言なり。これにつきては世論のごうごうたるあり。敢て贅せず。かゝる愚か者を裁判官として仰ぐことの、いかに禍なることよ！

今朝の朝日新聞の「きのふけふ」欄に中川善之助氏(三)の「言葉のみだれ」と題する小文あり。一知半解の国語論なり。文法は、文を草するものに取っての規範なり。規範は無論絶対にあらず。然れども絶対にあらずといふ場合の是認は、規範を熟知し、然るのちに規範を超越せるものならざるべからず。今日の「言語のみだれ」は規範の超越にあらずして規範の無視より生ず。中川氏の新論はあたかも法律は絶対にあらずといふ前提に立ちて法律を無視することを是認するに異ならず。法律学者たる中川氏にこの言あるをあやしむ。

(一) 松平康東（一九〇三―一九九四）外交官、国連大使。
(二) 飯守重任（一九〇六―一九八〇）裁判官。
(三) 中川善之助（一八九七―一九七五）民法学者、エッセイスト。

三月七日（火曜）

晴、あたゝかし。又、暫く日記を休む。この間雑用切りにおこる。今日、尚、記憶に有せるは二日夜、守随氏に誘はれて赤坂の料亭阿比留にゆけること、女将の知識階級にて芸術の理解の相当にあること、小六といふ芸者あがりの小唄の師匠に会へること、この師匠、もと芸者時代に藤村作博士(一)に恋慕し、博士亦いさゝかその意なきにあらざりしことなど、守随氏及び小六より交々聞く。謹厳其ものゝ如き博士に、このことありしをほゝゑましく覚えしこと、三日「青々園追憶断片」(二)を玉木氏に送れること、三日、四日入学試験にて実践につめきりたること、(但し余、採点其他には干与せず)臨川書店より注文の幸徳秋水(三)手柬届きたること。五日、入試判定会の教授会に列せること、六日、吹田順助氏紹介の田中氏令嬢及び川副氏紹介の市原君令嬢の共に、短大国文科に補欠ながら入学かなひ、一安心せることなどなり。六日夜、服部嘉香氏、吉村〔・・〕氏と連れ立ち来る。国語問題につき愉快に語り合ふ。七日午前、例の高木氏、約束通り来る。茶の間にて妻を交へ隔意なく懇談す。彼れ、余の理論に一応服せるものゝ如し。然れども金銭問題に至っては余の提案に応せず、更に後日を約してかへる。昨夜より、余、彼れを説得せんとて種々論理の順序など考案せることゝて、彼れ、かへすべき言葉を知らず。余亦、これ以上、彼れを追究するの意図なし。余と彼れと談笑の間に、ともかくも別れたるは従来の彼れとの対談に比していさゝか心地よし。

昨夜十二時就寝。不眠に悩まされて輾転反側、今日は気分あし。午後二時より書斎に入り、「芸術生活」のための原稿「レディー・ファースト」を書き始む。四時半七枚脱稿。筆を採るや一気に書き了へたること今日の如きは蓋し、近来稀なることゝす。喜ぶべし。

かねてタットル社に目録にて注文せる Jules Lemaître の Literary Impressions(四)届く。目録を見る。興趣をそゝるもの多し。

(一) 藤村作(一八七五—一九五三)国文学者。
(二) 本間久雄「青ゝ園追憶断片」、井原俊郎著、河竹繁俊、吉田暎二編集・校訂『歌舞伎年表　第六巻』付録、東京、岩波書店、昭和三六年、三—四頁。
(三) 幸徳秋水書簡、姉宛(年月未詳二二日)、文庫所蔵。

（四）Lemaître, J., *Literary Impressions*, trans. Evans, A. W. (London: Daniel O'conner, 1921). Jules Lemaître (1853-1914). フランスの評論家、劇作家。

三月八日（水曜）

晴、さむし。午後二時井手君来る。「レディー・ファースト」の原稿をわたす。夕刻、理事長より電話、短大堀江君のことに関してなり。九日午前出校を約す。夕食後、「早稲田文学」明治三十九年、四十年あたりの目次を一瞥す。十一時就寝。

三月九日（木曜）

晴、寒さ旧にかへる。日中漸く九度なりといふ。風もやゝ烈し。実践にゆく。理事長室にて理事長と懇談。堀江君のこと、山脇女史のこと、短大英文科のこと其他。明日を約してかへる。午後、小倉君に電報を発す。ヒロシ来る。炬燵にて閑談。

三月十日（金曜）

晴、寒し。午前十時、小倉君と共に理事長室にゆき、大学部英文科、短大英文科今回のことに尽き種々懇談。島田君、両方の科長、余、両方の顧問、小倉君両方の主任といふことに纏る。短大の佐藤は、小倉君の助手となり、堀江君主任解任といふことゝなり。折柄、堀江君来る。同君憤懣やる方なきが如し。余と小倉君と交へ慰む。

午後一時、車を馳せて市ケ谷の私学会館にゆく。吉村氏より依頼を受けたる講演のためなり。集るもの全部高校教員、男女二十名、余、歌舞伎の見方にして雑話す。服部嘉香氏もおなじく歌舞伎雑話。午後五時かへる。午前より午後にかけての外出。疲れたる一日なり。夕食後、何事をもえせず。九時就寝。

三月十一日（土曜）

午前十一時出校、小倉君と共に理事長を訪ね、来学年のことなど懇談。新たに講師として高橋雄四郎君を迎へることゝなる。小倉君の尽力最も大きを占む。午後一時、三越七階にて妻と落合ひ、共に長谷川利行名作展（一）を見る。面白し。不思議なる画家なり。色刷、構図、タッチ等すべて人の意表に出づ。天の成せる画家なり。而も放浪度なく、最後は板橋養老院にて、五十才の生涯を終る（昭和十五年）。その数奇の生涯亦近世奇人伝中の一か。大小、百四、五十点のうち、余の印象に残れるもの、小品、『伊豆、大島』『森』『船中花火』『麦酒室』『地下鉄道』『浅草観音』其他風景画多数あり。『麦酒室』『地下鉄道』最もよし。人物は奇抜といふ以外、大して感心せず。（但し小品『童女』はよし）

（一）長谷川利行（一八九一―一九四〇）洋画家。

三月十二日（日曜）

晴、早春の気分うらゝかなり。午前十時高木来る。余に前の道路を二十万円にて買へといふ。余、到底応じがたきことゝは思へど、ともかくも一考を煩すことゝしてかへす。

午後、千葉県佐倉高校の市原初雄氏令嬢靖子を連れて、挨拶に来る。理事長及び守随氏に紹介状を書く。何もえ読まず。収穫なき一日なり。

ヒロシ早大高校に入学決定の報を受く。安心す。耀子も慶大に入学決定とのこと、姉弟揃って入学せるは賞すべく又喜ぶべし。顕子亦聖心女子大英文科を卒業す。余等夫妻に取り、この慶事重なる。不日いさゝか祝宴をひらきて一同慶びを共にせんことを期す。

今日まで三日にわたり朝日紙に連載せられたる大岡昇平氏の「漢字とカナ」の一文、近来、最もわが意を得たるものゝ一なり。国字国語の問題につき世論、漸く正しきに向ひつゝあること、喜ばしきことなり。

三月十三日（月曜）

晴、午前実践にゆく。小倉君と会談。新学年のことを種々打合はす。島田謹二君に電話、来る十七日の会合のことを打合す。

三月十四日（火曜）

曇、寒し。午前、浦和の石井敬三氏来る。知人息の早大入試に関してなり。閑談数刻。午後、早大にゆき校庭にて岩津君と逢ひ、同君の案内にて政経科教務主任の山川氏に逢ひ、知人息入学のことにつき依頼するところあり。午後三時高木来る。懇談、土地価格につき意見合はず、更に後日を約す。夕食後、暫くぶりにて書斎に入り、自然主義の原稿を読みかへし、種々考案するところあり。十一時就寝。

三月十五日（水曜）

晴、あたゝかし。午前、実践にゆく。理事長に面会。守随氏に［会］ふ。同氏より依頼を受けたる玉木氏令嬢、つひに早大入学不可となりたる件につきてなり。午後二時かへる。留守中、米沢の佐藤氏来居り、炬燵にて閑談数刻。米沢の機業界の危機に瀕せる由をきく。

夕食後書斎に入り、Coar の『近代ドイツ文学史』(一)を読む。自然主義の目的につきてハウプトマン、ズウダアマン等の作品を解説しつゝ論ずるところ極めて示唆に富む。宣伝の如く、さすがに名著なり。

(一) Coar, J.F., *Studies in German Literature in the Nineteenth Century* (London: Macmillan & Co., Ltd., 1903). John Firman Coar (1863-1939).『日記』三五年九月二八日(四二〇頁)他、本間久雄『続明治文学史　下巻』、二七二頁参照。

三月十六日(木曜)

曇り、寒し。十時の教授会に駆けつく。高橋雄四郎君の非常勤講師の件を、余、説明、賛成を得。昼食後、白木屋画廊源氏物語絵巻展にゆく。画廊薄暗く、絵巻物鑑賞に不便なり。地下鉄にて文行堂にゆく。折柄、風雨はげしく行歩困難を感ず。文行堂目録にて一見せんと思へるもの悉く売切れ、得るところなし。広田に立寄り古き軸箱一個求めかへる。

夕食後書斎に入り、コーアのドイツ文学史など拾ひよみす。ハウプトマンの『日の出前』の解釈面白し。

三月十七日(金曜)

晴、昨日の風雨とは打って変れる好天気なり。十時半開催の実践《科》卒業生送別会に一寸出席、研究室に戻る。島田謹二、金田真澄、高橋雄四郎諸君来る。島田、金田二君を伴ひ、理事長室にて英文科(短大とも)教授、講師会合す。後、研究室にて雑話。余、理事長の意を受け、電話にて堀江君に組主任就任につき談ずるところあり。堀江君、理事長並びに佐藤君に含むところあり、感情的となりて、余の乞ひに応ぜず。余、電話にてその不利なることを説くこと切りなり。それにしても堀江君の頑冥愚鈍言語に絶す。理事長始め、学校当事者の日頃同君を嫌悪せる宜なりといふべし。同君、もと稲門の出。余、ひそかに今日まで同君のため庇護の労を取れり。以後、余は何等その労を採らざるべし。

夕食後、炬燵にてルメートルの『文学印象記』など拾ひ読みす。今日は疲れたる一日なり。

三月十八日（土曜）

晴、あたゝかし。妻と共に午前十一時家を出で、新橋戸隠そばにて昼食、車にて富田にゆき逍遙、荷風の扇面に似合ふ裂地を買ふ。代価三千円を払ふ。次に三越にゆき、妻にさそはれ衣裳などかずかず見る。次いで妻と共に日本橋本町四ノ一、東紅物産株式会社にゆき、社長近田久氏に逢ふ。この会社、毛皮の製造元にて、格安に入手可能とのことなればなり。たゞし、余等毛皮を必要とせるにあらず、妻の発案にて妻の伯父《（ママ）》高橋龍造氏に贈らんとせるなり。羽織下地の狸の毛皮一着を求む。百貨店にて求むれば七千余円なりといふもの、幸ひに三千八百円にて手に入れ得たり。社長近田氏は知識階級にも知己多きとのこと、すこぶる好感を寄せ得る人柄なり。

三越にて図らず『春の青龍展』を見る。龍子のカッパ二幅、――カッパの魚籃観音、不動明王一向つまらなし。才人つひに才にあやまられたるものか。横山操氏の『ドック』は新聞にては好評のやうなれど余は何等の美をも感ずる能はざりき。其他評なし。

三月十九日（日曜）

朝より雨、午後、雨つよし。明日の実践卒業式並びに椿山荘にて催さるゝ謝恩会等気がかりなり。午前中、詩人クラブ編集の「詩界」の原稿「創始者の情熱」（一）を書く。四百字詰二枚以内と指定されたるだけ書きにくし。外山ゝ山、矢田部尚今の to be or not to be の例のハムレットの翻訳を引合に出して、余の感想を述べたるものなり。

（一）本間久雄「創始者の情熱」（『詩界』第六四号、昭和三六年五月）六頁。

三月二十日（月曜）

朝より小雨のこる。寒さきびし。午前十時実践女子大の卒業式に参列。午後、椿山荘にて国文科、英文科（短大共）主催の謝恩会あり。折あしく吹きさらしの会場にて寒きことおびたゞし。余、一場の挨拶を乞はる。"Work, believe, live & be free"（一）といふカーライルの言葉を引合ひに出し、そを解説す。四時かへる。疲れたる一日なり。夕食後茶の間にて過す。

（一）一八六六年四月二日に行われたカーライルのエジンバラ大学名誉総長就任演説の中の一句。Thomas Carlyle (1795-1881). イギリスの著述家、歴史家。

三月二十一日（火曜）

昨日とかはり天気よし。立正大、塚本紀美子、母を伴ひ来る。復学につきての相談なり。

書斎にこもり、暫くぶりにて自然主義論続稿のための案を錬る。最近、俗用多く、我が身にして我が身ならず。今日、漸く我が身なるを得たるを喜ぶ。昨二十日の朝日新聞に石井勲氏の「漢字とカナ」の一文あり。氏は四谷第七小学校教諭にて独自の立場より児童に漢字を教へつゝある人。その労、多とすべく、識見亦見るべし。たゞし、漢字音訓の複雑さを以て、言葉の複雑さに帰し、整理すべきは漢字にあらずして言葉なりといへるは本末転倒の論なり。言葉ありて、そを表記すべき文字あり。言葉複雑にして一々そを表記するに文字足らず。さればこそ一つの漢字を別々に読むことによりて辛じてその欠を補たさんとするのみ。

三月二十二日（水曜）

今日も天気よく晴る。今日、椿山荘の会なりしならばなど思へど詮なし。午前中書斎。午後二時、妻と共に近田毛皮店にゆく。妻、栗鼠のショール一着求む。価、一万九千円。久美子に送らんとてなり。五時、歌舞伎座にゆく。羽左衛門の石切梶原、損な出し物なり。先々代羽左衛門、吉右衛門、先代雁次郎などの名演技今尚目前に髣髴すればなり。左團次の大庭もどこかにシンが足らず、「大庭はデイ名」（二）などのセリフも一向ひゞかず、八十助の俣野はコツプ。小粒といへばすべてがコツプなり。たゞし梅幸の娘梢だけは小粒の中の大粒にて光りたり。

『男女《めおと》道成寺』は珍らしき出し物、梅幸の花子、松緑の桜子実は狂言師左近共によし。左近の軽妙なる踊を見つゝ、余は帝劇時代の幸四郎のこの役を演ぜる折の手振り、足調子などの面白さをも追想せり。先代幸四郎、真に後ありといふべし。

『人間万事、金世中』はリットンの脚本 Money の翻案なることは人の知るところ。今度の改修は、時間の都合のためか、余りに笑劇式になりたり。黙阿弥の翻案はさすがに、人生の笑ひと共に人生の涙を忘れざりしなり。今度の改修にては辺見夫婦、及びその娘の拝金魔だけにて、主人公鶴之助の林之助、女主人公福助のおくらの間にかもし出さるゝ人情味は殆んど影をひそむ。福助のこの役など、何のしどころもなく、気の毒なることおびたゞし。

（一）「大庭は大名」のいいまわしがこの役のしどころとなっている。

三月二十三日（金曜）

晴、あたゝかし。午後一時半、私学会館にゆく。坪内逍遙の『小説神髄』について講演す。野田宇太郎氏と同席す。氏は熱海における逍遙につきて語る。

夕食後高木来る。鈴木、牛尾二氏来る。例の土地問題につきてなり。疲れたる一日なり。

三月二十四日（金曜）

晴、寒し。午後一時、実践にゆく。余の室にて、島田、小倉、堀江、佐藤、山脇、武内諸氏集合、短大運営に関する件を語り合ふ。予期せる程の波瀾なく、まづ無事に済む。菓子を振舞ふ。会議果てゝ後、雑用、五時帰宅。夕食後、池上氏来る。逍遙原稿の巻物持参、（八百円）挿画、美妙等更に四巻の横装を依頼す。

朝日夕刊の記事に荒木文相の国語審議会改組の談話あり。漸く同会の暴挙、世論の批判に上り来る。慶すべく祝すべし。

三月二十五日（土曜）

晴、寒し。午後一時より立正大学卒業式あれどゆかず。新橋美術倶楽部にゆく。倪雲林（一）其他支那画の陳列を見んとてなり。倪雲林は白龍の私淑せるところ、見て置きたく思ひたればなり。会場にて永山画商に逢ふ。かへりに午後五時の中村屋にて開催の立正英文科謝恩会にゆく。午後八時かへる。栗原、坪内、市川諸氏に逢ふ。

（一）倪瓚（号、雲林、一三〇一―一三七四）元代末期の画家。明代の南宋画家に影響を与えた。

三月二十六日（日曜）

朝より雨、寒し。午後一時、大隈記念会館にゆく。早大卒業式参列のためなり。例によりて盛大豪壮を極む。交友総代としての石田労相の挨拶、簡にして要を得たり。これに反し、卒業生総代の謝辞は徒らに冗漫、退屈を極む。式終りて大隈会館にゆく。三時頃より霙となり、間もなく雪となる。庭のおもむき、えもいはずよし。往年、五十嵐先生、ひとり盃を傾けて雪見せる姿などを思ひ出す。

—欠—

五月二十二日（月曜）

晴、坪内逍遙先生生誕の日とて、例年の如く演博主催にて逍遙祭催さる。大隈小講堂にて午後一時より坪内士行君及び余の講演、更に結城孫三郎一座の操りにてベニスの商人法廷の場あり。士行君のは逍遙の「克己生活」余のは「浦島伝説につきての逍遙及鷗外の解釈」と題するもの。約四十分講演す。『新曲浦島』と『王篋両浦島』

との比較也。聴衆に相当の感銘を与へたるもの〻如し。会場に正宗白鳥氏来る。氏亦一場の講演（逍遙につきての思ひ出）をなす。講演終りてのち大隈会館にて白鳥氏士行氏河竹氏等と茶を喫しながら閑談をなす。六時かへる。午前中実践講義。つかれたる一日なり。

夕食後は雑書乱読。十時半就寝。

五月二十三日（火曜）

晴、午前中より書斎に入る。新小説（明治四十一年所載）後藤宙外の「静苦動苦」と題する小説を読む。比較的長篇也。作者自慢の作なりといふ。当時の自然主義的作品にあきたらずものせるものといふ。その意味において一顧に値す。たゞし作品としては愚作なり。夕刻、喜多山、依頼し置ける逍遙の扇面、荷風の扇面の表装、出来せりとて持参す。二幅にて四千百円を支払ふ。余等の切地見立あやまらず、見事なる出来也。夕食後は明水曜の講義の準備などす。

五月二十四日（水曜）

曇り日、時々小雨。午前中実践短大、午後立正、一日に二ケ所の講義はさすがに苦痛なり。とは云へ、今更、いかにとやせん方なし。午後五時半かへる。

疲労大なり。夕食後書斎に入れど何事をもえせず。

五月二十五日（木曜）

曇り。午前午後実践出講。教授会。

五月二十六日（金曜）

晴。午後六時半妻同伴神田学士会館にゆく。片山俊彦氏息治彦君、増山新一君長女暁子さんの結婚披露に招がれたればなり。大野孫平氏大橋勇夫氏等東京堂関係の知人、並びに新関良三氏(一)等に逢ふ。余、一場の祝辞を述ぶ。かへりは九時、大野氏の車に便乗してかへる。

（一）新関良三（一八八九―一九七九）ドイツ文学者、演劇研究家。

五月二十七日（土曜）

晴、暑さきびし。午後二時二十九度、真夏の暑さなりといふ。正午、実践評議員会に出席。洋食の馳走を受く。同大の塩川女史の料理とのこと。さすがに専門家だけありて巷間のレストランなどにては味ひがたき舌福を味ひ得たり。教員室にて吹田順助氏に逢ふ。同氏、幸ひに病ひ癒えて今学期より再び教鞭を執れるなり。氏は明治十六年の生れなれば余より三歳の年上。而も、その溌剌たること、余の遠く及ぶところにあらず。余、又、自ら省みるところなかるべからず。帰途、地下鉄にて富田に立ちより表装の切地など少し求め、次いで広田にゆく。偶然に中村俊定(一)、帆足図南次両君の連れ立ち来るに逢ふ。ともに打ちつれて文行堂に立ちより、更に松坂屋にて喫茶を共にす。かへれるは五時半、疲れたる一日なり。

（一）中村俊定（一九〇〇―一九八四）早大文学部教授、芭蕉研究者。

五月二十八日（日曜）

時々曇り。昨日よりは凌ぎよし。一日書斎にこもる。自然主義論につきての参考書など渉猟す。喜多山来る。牧水、紅葉二幅の表装を依頼す。夕食後は明日の実践講義の準備のためアベラールのことなど少し調ぶ。十時半就寝。

五月二十九日（月曜）

晴、暑さきびし。例の如く、実践講義。ダウデンの Studies in Literature の中の「文学における科学的運動」（一）を読む。進化論的人生観と宗教的信念との間に矛盾なしといふ意を説ける一節は傾聴に値す。

Move upward, working out the beast,
And let the ape and tiger die.

といふテニソンの詩句を引用せるは面白し。

この日風吹き荒れ、気分甚だ悪し。疲れたれば十時頃床に就く。

（一）Dowden, E., *Studies in Literature*, 1789-1877 (London: K. Paul, Trench, Trubner, 1899). 'The Scientific Movement and Literature' (pp. 85-121). Edward Dowden (1843-1913). アイルランド出身の評論家、文学者。

五月三十日（火曜）

晴、暑さ昨日ほどならず、やゝ凌ぎよし。九時半古書会館にゆく。友愛書房出品の「簡易生活」と題する雑誌五冊揃ひのものを求む。（代、八千五百円也）外、雑著二冊。十時半高島屋にゆく。日経新聞主催の宗達展見物のためなり。宗達の「たらしこみ」の画風、中々に面白し。小林古径こゝに学ぶところあり。さすがに卓見といふべし。妻及び耀子同伴。四時、村松定孝君に招かれ妻同伴ゆく。偶々定孝君の父君、座にあり。八十八歳なりといふ。而も壮者を凌ぐおもむきあり。翁は漢詩人にして又郷土史家なり。酒肴の馳走を受け、七時かへる。清香より電話あり。耀子、旺文社のあっせんにて世界漫遊のこと内定せりとのこと。嘉すべし。さるにても耀子は不思議なる児なり。

村松君宅よりかへり、書斎に入りシモンスの Studies in Prose & Verse（一）の中の A Note on Zola's Method の一文を読む。文は一八九三年の稿なり。

結語に曰く、

He never looked at life impartially, he has never seen it as it is. His realism is a distorted idealism, & the man who considers himself the first to paint humanity as it really is will be remembered in the future as the most idealistic writer of his time.

味ふべし。

（一）Symons, A., *Studies in Prose and Verse* (London: J. M. Dent & Co.; New York: E. P. Dutton & Co., 1904). 本間久雄『続明治文学史　下巻』、一九四―一九五頁参照。

五月三十一日（水曜）

曇り。凌ぎよし。午前中実践、午後立正。例の如く疲労甚だし。夕食後、昨日買ひ求めたる「簡易生活」など乱読。この雑誌大したことなし。明木曜、実践にての講義の準備などす。十時半就寝。

六月一日（木曜）

曇り。むしあつし。午前、午後、実践講義。三時、金田君と連れ立ち、バスに乗る。驟雨沛然として至る。東横につけるころ、殊に甚だしく、笠なき群衆駅頭にひしめき合ふ。余も亦その一人なり。地下にていちご、バナヽなど求めかへる。国電目白駅につけるころ、驟雨拭ふが如し。車をやとひかへる。夕食後、高木敏雄氏の『浦島伝説の研究』（帝文六ノ六）を読む。知識的享楽のためなり。たゞし得るところ大ならず。

六月二日（金曜）

晴。一日書斎にこもる。自然主義論につき種々考案するところあり。Coar の『近代ドイツ文学史』など拾ひ読みす。**Socialism** と **Individualism** との交渉のところ殊に面白し。文章又平明、さすがに名著の名に値す。

六月三日（土曜）

晴、午前十時、帝大病院にゆく。田久保氏の紹介にて内科長谷川医師の診察を得く。大したこともなきやうなれど、改めてレントゲン　心電図などをとる。午後、自然主義論の稿に手を加ふるところあり。午後五時、神田学士会〈館〉にゆく。三谷氏の博士号受領祝賀会列席のためなり。八時迄かゝる。

——略——

会に出席する前、一誠堂、並に大屋に立寄る。大屋より、かねて目録にて注文し置ける左の二書を求めかへる。

Max Beerbohm in Perspective by Bohun Lynch (1921 年)（一）
Erasmus in Praise of Folly (with Etchings by Holbein (1876 年版)（二）
前者は代価二千四百円、後者は千八百円也

（一）Lynch, B., *Max Beerbohm in Perspective* (London: Heinemann, 1921). Bohun Lynch (1884-1928).
（二）*Erasmus in Praise of Folly / Illustrated with Many Curious Cuts, Designed, Drawn and Etched by Hans Holbein* (London: Reeves & Turner, 1876).

六月九日（金曜）

朝曇り。二三日前約束し置けることゝて奥村土牛氏を大隈会館に招待す。数年前同氏、演博を一見したしとのことにて、一度、招待するつもりなりしが相互に差障ることありて今日に及べるなり。折柄、会館のあやめも真盛りのことゝて、それを馳走に招げるなり。新井寛君朝九時車にて迎へにゆく。余は九時半会館に在りて待てり。新聞の天気予報にては曇り日中晴れとあり、安心せるも、次第に雨降りしきり、氏を会館の玄関に迎へたりし頃には、どしゃ降りとなれり。やがて演博に案内、十二時近く見終りて完之荘に入る。

折柄、妻来る。はし本のうなぎにて昼食、四方山の話の末、一時頃、新井君車にて同氏のかへるを送る。同氏はせっかく写生帖など携へ来れるに雨のためあやめの写生不可能となれる、惜しみても余りあり。

余等夫妻又、車を求め雨をついてかへる。約を果せること、余のいさゝか快しとせるところなれど、土牛氏にはさぞかし迷わくなりしことならんなど、思ふだに心苦し。

昨八日木曜は実践授業後、東横文化会館にて山岸、守随二氏の学長歓送会あり。集まるもの七十余名。宴果てゝのち、理事長に誘はれ赤坂の寿司や（みづほ）にゆく。理事長を始め、吉田、伊藤二氏の学校幹部、及び守随、塩田、窪田、多田四氏及び余、都合八人なり。八時頃散会。余、多田氏の車に便乗、伊勢丹傍にて下車、直ちにタクシーにて帰宅す。何となく疲れたる一日也。

六月十日（土曜）

晴、今日の天気、昨日なりしならばなど思へどせんなし。午前中書斎に入り、文学史の原稿に入手す。午後、三越に光彩会展覧会を見る。岳陵、平八郎、土牛、神泉、蓬春五氏の作品あり。土牛氏の『鶏』最もよし。新井勝利、江崎孝平（一）二氏に逢ふ。江崎氏は初対面なり。早大図書館に立寄り、ゾラの『ルーゴン家の財産』の原作、社会主義雑誌「光」の復刊、及び『列仙全伝』第二巻を借り出す。夕食後、これらの書の必要なる部分など抜き読みす。

（一）江崎孝坪（一九〇四―一九六三）長野県生、日本画家。

六月十一日（日曜）

晴、一日書斎にこもる。明治文学史原稿を読み直し、種々手入れなどす。夕食後は明実践講義の準備。

六月十二日（月曜）

晴。実践講義の後、午後三時、余の室にて島田、小倉両氏及び、短大、堀江、佐藤氏等来る。短大専断にて取極めたる学生の旅行の件につき議するところあり。結局、堀江君遺憾の意を表せることにより事落着、旅行中止と極る。学校より直ちに読売ホールに往く。前進座公演の招待を受けたればなり。『新平家物語』は愚劇。十七場をグルグルと映画式に展開す。戯曲にはおのづから戯曲の法あり。映画式に堕しては、つひに映画に及ばず。当事者まさに一考すべし。

二幕目『新水滸伝』は見る勇気を失ひ早々にかへる。

六月十七日（土曜）

曇り。十一時半演博理事会に出席。一時半立正にゆく。二時より余の講演「日本浪漫主義と英文学」あり。集るもの五十名。昭和女子大卒の阿部昌子氏及び昭和女子大より数名来聴者あり。其他二三他校の学生及び相当の年輩の男女来る。約一時間語る。時間の都合にて意徹底せず遺憾の点多し。終りて英文学研究室にて栗原古城氏ブリンクリー氏を始め立正大学の教授を中心に来聴者の中の十余名集りて座談会、帰途佐勢氏《（ママ）》（一）、阿部嬢等と同伴、五反田駅前の白木屋にて茶を喫す。家に着けるは五時。この日、妻ともとも歌舞伎昼の部招待ありしが不参。余の代りに顕子ゆく。十五日夜の招待もありしが、少し風邪気味にて不参、代りに耀子ゆく。今月の歌舞伎には余全く無縁。さるにても孫どもに見せしは気持よし。阿部昌子嬢は余嘗つて昭和にて文学を講ぜる折、熱心なる聴手の一人なりしが、余の今日の講演のことを新聞の消息欄にて見しとて遠きを厭はず来れるなり。その熱心嘉すべし。

十五日の古書展にて左の二書を求む。

Muther: History of Modern Painting, 4 vols. （二）

Mill: History of Chivalry & the Crusades （三）

ムーテルの著は大正初期以来、余の愛読書の一也。但し、余に取り、専門以外の書なれば買はんとして而も買ひ得ずに今日に至れるなり。今日よりは、早大図書館を煩はすことなく、心ゆくまゝ読み耽るを得べし。ムーテルは、代価二千五百円、ミルは千三百円也。

（一）佐瀬順夫〔?〕、（一九〇八—一九八九）。
（二）『日記』三四年六月一四日（一七九頁）参照。
（三）*Mills's History of Chivalry & the Crusades* (Philadelphia: Lea and Blanchard, 1844).〔?〕

六月十八日（日曜）

晴、暑し。一日、在宅。何となく仕事手につかず。一日を空費す。午後四時、志賀謙君来る。職業のことにつきてなり。夜、復刻本『蕭尺木離騒図』の序文及び跋本〔ママ〕を抜き書きす。この書は昨年吉川霊華作『離騒』の解説に資せんとて柏林社古屋氏より借用せるもの。霊華『離騒』の解説は未だ為し得ざれど、いつ迄も借り置くは心苦しく、近く返却せんと思ふにつけても、せめてはとて［左］の如く抜き書きせるなり。

——抜き書き部分欠——

六月十九日、（月）二十日（火）

記すべきことなし。たゞ二十日、山形県物産展見物のため三越にゆき、桜んぼう二箱を求めかへり、使ひをして一を奥村土牛氏、一を実践理事長に贈れるを記せんのみ。二十一日（水）は午前、実践、午後立正に出かく。疲るゝこと例の如し。たゞし、立正はこれにて今学期の講義打ち止めなりとのこと。切りに休養を求むる余に取り、いさゝか喜ばしき心地す。

六月二十二日（木曜）

曇り。午後実践にゆく。四年生、実習のため講義なし。守随氏と連れ立ち、歌舞伎座前東急会館にゆく。三時半開催の松竹主催歌舞伎審議会出席のためなり。大谷竹次郎氏の歌舞伎愛護のあいさつをきく。言々、情熱こもりて心地よく聞く。共感するところ多し。正宗白鳥、山本健吉、浜村米蔵、坪内士行、久松潜一、塩田良平、市川猿之助、和田芳恵、江崎孝平氏等と挨拶を交す。帰途、文行堂に立ちよりかへる。大谷氏の話の中に、NHKのアナウンサーに、『心中天網島』をツナシマと云ひ、傍の人に注意され、急ぎアミシマと訂正し、其足にて近松に詫びるため電話室に駆け込まんとせるものありとの笑ひ話あり。近松を現代の作家と思へるなり。現代の青年に、いかに歌舞伎の知識なきか、以て知るべく、以て嘆くべし。

夕食後、『抱月全集』二巻（一）、『近代文芸の研究』（二）等を拾ひ読みす。

（一）島村抱月『抱月全集　第二巻』、東京、天佑社、昭和二年〔?〕。抱月没後に編纂されたもので、本間久雄も編輯員。第二巻は抱月の文芸評論を収集したもの。

（二）『近代文芸の研究　矢野禾積博士還暦記念論文集』矢野禾積博士還暦記念刊行会編纂、東京、北星堂書店、昭和三一年〔?〕。

六月二十三日（金曜）

一日雨、むしあつく、気分あし。書斎にこもり、抱月の文章に読み耽る。抱月の自然主義論は余の所謂自然主義にあらず。抱月美論の極致なり。そこには浪漫的調子の濃厚に裏づけしたるあり。而も理路整然、文章又絢爛、情と理と共に兼ね備はる。おなじく自然主義論客の天渓の［麁］枝大葉なるとは、さすがに雲泥の相違あり。惜しむらくは自家美論の系統を建つるに急にして西欧近代の文芸史上の事実を捉へるに稍々疎なる感あるを。

六月二十四日（土曜）

曇り、時々晴。午後、晴間を利用し、早大図書館にゆき、Zola "The Masterpiece", Sienkiewicz "Without Dogma", Kropotkin, Ideals & Realities in Russian Literature'（一）及び「太陽」大正二年九月号を借り出す。クロポトキンのものは余の往年（大正初期）の愛読書の一なり。文学史執筆上、参考にしたき一節を思ひ出せるためなり。「太陽」は平出修の「逆徒」（二）の一篇を一読せまほしく思ひたればなり。夕食後「逆徒」を読む。平出修は例の大逆事件の弁護士の一人。「逆徒」一篇は所謂大逆事件のデッチ上げなるかを、余等をして推測せしむるの充分なる資料たり。

（一）Zola, E., *His Masterpiece* (L'oeuvre), ed. with a preface by Vizetelly, E. A. (London: Chatto & Windus, 1902). Sienkiewicz, H., *Without Dogma: A Novel of Modern Poland*, trans. Young, I. (London: J. M. Dent; Boston: Little Brown, 1898). Henryk Sienkiewiez (1846-1916). ポーランドの小説家。Kropotkin, P. A., *Ideals and Realities in Russian Literature* (New York: A. A. Knopf, 1905)〔?〕。ピョートル・アレクセーヴィチ・クロポトキン（一八四二—一九二一）ロシアの無政府主義者。

(二) 平井修「逆徒」(『太陽』第一九巻第一二号、大正二年九月) 二〇七—二三九頁。

六月二十五日 (日曜)

朝より雨、午後よりやゝ晴る。古書会館にグロリア展あり。使ひをやりて目録にて注文し置ける「早稲田文学」バック・ナンバー十数冊 (代価参千八百円也) を求む。
午後二時青野季吉氏の告別式 (青山斎場) にゆく。同氏胃癌にて慶應病院に入院のことをかねて知り居たり。一度見舞はんと思ひ居りしが、かく急に他界せるは意外なり。さるにても一ヶ月ばかり前に朝日紙に感想を載せ、病気回復後のことなど何くれと書き記せり。同氏自らは胃癌なることを知らざるものゝ如し。余、それを読める折には、一種云ひがたき悲惨なる皮肉を感ぜざるを得ざりし。たゞし、不治の病ひなることを知らざりしこそ、今にして思へば、同氏に取り、いさゝか慰むるに足れるにやあらんか。かへりに芝美術倶楽部にゆく。鐵斎、大観、玉堂等の佳品、印象にのこる。この日、新井君 (弟) 来る。二階増築のことにつき種々相談す。
夕食後、図書館より借り出せるゾラの『傑作』を拾ひ読みす。紅葉の『むき玉子』と比べ見んためなり。

六月二十六日 (月曜)

曇り、雨模様、むし暑し。午後実践講義。記すべきなし。夕食後、ゾラ『傑作』を読む。

六月二十七日 (火曜)

午前中曇り、午後より大雨至る。夕刊にて関西豪雨禍のことを知る。
午前宇多川来る。漱石詩稿の表装を依頼す。午後、鶴心堂中村豊氏来る。逍遙先生指定画牧の方の表装を依頼す。夕刻より豪雨東京を襲ふ。夕食後書斎に入り、「芸術生活」への寄稿「二つの浦島」を書き始む。気分何となくすぐれず、わづか三枚にて打ちきり、入浴、寝に就く。時に十時半。

六月二十八日（水曜）

朝より雨しきりなり。実践短大講義あれど電話して休む。「二つの浦島」八枚脱稿、更につゞき一回あれど他日にゆづる。昼頃より豪雨となる。昨日以来の豪雨禍各地におこる。信州飯田最も甚だしきが如し。天龍川溢れ且つ、山津浪のためなり。夕食後、クロポトキンの『ロシヤ文学における理想と現実』(一)を拾ひ読みす。流石に名著なり。ゴンチャロフの『オブロモフ』につきての一節、特に奥深し。

He (Oblomoff) lingers in a life devoid of the true impulses of real life, from fear that these might disturb the quietness of his vegetable existence. (p. 160)

など面白き文句なり。"vegetable existence" の一語特に面白し。

(一)『日記』三六年六月二四日（四八三頁）参照。

六月二十九日（木曜）

昨夜来の豪雨、いさゝか弱りたれど、未だ雨やまず、加ふるに昨夜真夜中に眼ざめ、例の肺気腫にて呼吸苦しく今日は気分甚だ悪し。実践にゆく日なれど電話にて休む。午後一時志賀謙君来る。立正短期大学への推挙状を認む。一日書斎にこもれど何等贏り得るところなし。

先頃の古書［展］にて図らず入手せる「美術文庫」なる雑誌に（創刊号、廿六年六月）馬場孤蝶の筆になるゾラの『制作』の訳あるを見、例のヴィセットリーの訳（一）と対照し見たり。

孤蝶のは『薄命』と題せるものにて原作のほんの最初の部分、画家クロードがクリスチーヌの裸形の寝姿を見て、画筆を採るまでなり。

「女は今、日光を浴びて、その純潔なる裸体の微揺《こゆるぎ》もさせず云々」

「これは、盛春の美を悉く具備《そな》へた肉体である——小さい引締まった乳房は甘い汁を湛えて居るかのやうに膨れて、端《さき》には乳首が、美しい桃色を為して居る」

などの文句は原文になし。それとも、こはゾラの原文にあるにや。それとも孤蝶はヴィゼットリー以外の何かの英訳によれるにや。

（一）『日記』昭和三六年六月二四日註（一）（四八三頁）参照。

十月四日

朝より秋雨、陰鬱なる一日なり。数日来、センキウィッチの『ウィヅアウト・ドクマ』をよむ。すこぶる興味あり。

「善く書かれたると、悪しく書かれたるとを問はず、記録を残す人は、その記録にして真摯なるものなる限り、彼れは将来の心理学者や作家のために、役立つことになるのである。といふのは、たゞに彼等に、忠実なる人間図を与へるばかりでなく、同時に信頼するに足る「人間記録」を提供するからである。」

こは、作者が、作の主人公レオンをして「日記」の価値につきて、云はしめたる言葉なり。至言といふべし。たゞし、余の日記をものするは、さる深遠なる理想ありてにあらず、単なる備忘録のみ。従って、身体の調子にて、つけたりつけなかったり、其日其日の風次第なり。さるにてもこの数ヶ月、日記を怠りしは懶惰といふの外なし。

この七、八、九、の三ヶ月間にて記録《〔ママ〕》に残れるもの二三を左に録す。

一、七月中の勤勉のこと。烈暑をいとはず〔早〕大図書館、帝大の新聞文庫等によく足を運べりしこと、近来珍らしきことゝす。明治文学史執筆のためなり。かくして余の自然主義論漸く佳境に入るを得たり。

一、八月中はさすがにその勤勉つゞかず、身体漸く疲労を覚ゆ。加之、二階増築の計画あり。何かと俗事に追はるゝことも多し。

一、九月は一九、二十日、二十一日と三日間、郷里米沢にて連続講演をなす。十九日は余の出身校たる米沢興譲高校の創立七十五周年記念式典あり。その記念講演の依頼を受けたる也。余、七十五歳、出身校七十五周年記念講演は偶然のことながら、一種のゆかりあるやうにて興あり。学生七百余、演題は「藤村とシェークスピヤ」、後にてきけば、学校当事者は、やゝ専門的演題にて学生の静粛に聴くや否やを疑ひたる由なれどそは幸ひ杞憂に属せりしこと、講演終了と同時に万雷の拍手の起れるにても知らる。

二十日は、女子短大、高女主催にて「一葉の《〔ママ〕》晶子」の演題にて語る。聴衆千を超ゆ。こは前日に増して成功せる講演なりし。学長〔・・〕氏も、かゝる興味ある講演をきゝしこと、近来稀れなりしと云へり。余への単なる挨拶にもあらざりしものゝ如し。

二十一日は米沢高等女学校（九里学校改名）にて「一葉について」を語る。前日に比し、余もいさゝか調子を下ろせり、又マイクの関係などもありて前日ほどには成功ならざりし。その日午後一時五十分の汽車にてかへる。

この行、妻同伴、宿は小野川扇屋、とにかく愉快なる行なりし。

三省堂編輯部員来る。紅葉に関する写眞三枚ばかり撮影す。岡保生君の依頼によれるなり。

十月五日（木）

秋雨、うすら寒し。風邪気味にて実践を休む。島田謹二氏より電話あり。実践短大講義のことにつきてなり。気分あしき日なり。机に向ひたれどなにもえせず。夜分、田中王堂の自然主義論を読む。得るところなし。

この日、古書会館に書窓展あり。大山堂出品のサイモンヅ伊太利文芸復興一冊あり。一八七七年版なりといふ。目録にて注文し置けるが行けず。改めて送り呉るやう依頼す。

十月六日（金）

曇りなれど秋晴れの気ざしありてやゝ気持よし。朝より大工左官等入りて混雑を極む。午前十一時、井手君来る。藤村の小山内宛書簡につきての原稿を渡す。「芸術生活」の原稿なり。

午後、山下眼科医にゆく。稍々充血し居る由なり。最近夜分、雑誌、新聞等の細字を見るためなり。夕刻早大大学院峯田君来る。大学院の話しなど種々してかへる。

夕食後書斎に入れど、何等するところなし。

十月七日（土）

朝より雨、昼より愈々つよし。今日は河合昭子の結婚式に招待され居り、一場のあいさつをする筈なり。是非に出席せまほしく思へど、身体をいとうの余り、電話にて欠席を通知す。岩本素白氏の葬儀あり。都筑君に香奠を託し、不参す。同氏は余より二才の先輩なり。芸術の感受性もゆたかに鑑賞力も亦すぐれたる人、日頃、特に親しくせりしとにはあらねど氏を失へるは余に取り心細き限りなり。

夜は、自然主義文学のことにつき何かと思ひめぐらす。

十月八日（日）

珍らしく秋晴れなり。都美術館に一水会を観る。招待を受けたればなり。田崎廣助氏のもの、例により阿蘇の絵なり。暮色せまれる阿蘇見るべし。たゞしいつもほどには感心せず。其他印象に残れるものなし。かへりに文行堂にて細井平州二行五絶のものを見る。傑作なり。

早稲田学報九月号を見る。早大教授千種達夫氏㈠の「国語審議会と国語問題」をよむ。氏は現審議会の一員也。余とは見解全く異なれり。氏は国語をたやすくして、それにより、学童を国語に要する努力を他の学力の習得に向けしめんとせる便宜論者なり。（他の多くの審議会員の如く）その中に氏の担当せる政経学部の試験の答案に誤字の多きことを語り、「秀才の集る政経学部の答案に、妻といふ字の誤字が十種類もあった」と云へり。そして曰く、「字を習ふことの困難を感じる」と。それでは、いかにすればよきにや。又、姓名につきての同氏の引用せる東京高裁の判決は、そのまゝに読むとき、秦の始皇〈帝〉が儒者を坑にせる如き暴挙なり。再読を要す。この号取り置くべし。

夜、安倍能成氏の「自己の問題としての自然主義」、「自然主義における主観の位置」（何れも「ホト丶ギス」所載）（二）等を読む。得るところ多し。現実につきての理解に三通りあり。現実を主観より離れたる客観として解釈せるはその一なり。能成氏の説の如し。従って客観的現実に始終するところに自然主義あり、又あるべし。然れども自分は客観的現実に満足し得ず。而してその満足し得ざるところを描くは最早自然主義文学にあらず。これ能成氏の説なり。

客観的現実とそれに対する自己の懐疑苦悶、そこまでが自然主義の領域なり。それ以上の境地は宗教的境地なり。これ抱月の説なり。

それ以上の境地までも含めて描くところ、亦自然主義の範囲なり。これ片上天弦の説也。

（一）千種達夫（一九〇一―一九八一）法律学者。

（二）安倍能成「自己の問題としての自然主義」（『ホトトギス』第一三巻第四号付録、明治四三年一月）一―一六頁。同、「自然主義に於ける主観の位置」（『ホトトギス』定期増刊第一冊第一三巻第八号、明治四三年八月）一七九―一九三頁。本間久雄『続明治文学史　下巻』、二五二―二五七頁参照。

十月九日（月）

朝より雨、午後に二十四台風の影響あるべしといふ。出校の筈なりし実践も電話にて断り休む。不愉快なる一日なり。書斎に入れど何事をも得せず。夜分亦同前。十時就寝。

十月十日（火）

午前二時頃眼ざむ。風雨烈しく騒然たり。約二時間眠るを得ず。暁方不安なる眠りに入る。七時起床。風邪の気味にて気分あし。台風幸ひに東京を避けたる如し。ラヂオのニュースにてその由を知り安堵す。十時頃、蒼空見ゆ。たゞし間もなく曇り、夕方小雨降る。午後、目録にて注文せるサ［イ］モンヅ "Renaissance in Italy, The Fine Art"（大山堂）来る。目次など一瞥、読書欲をそゝることおびたゞし。午前中より書斎にこもり学燈社の「国文学」に寄稿を約せる「シェークスピヤと日本」に取りかゝる。午後八時十枚をものす。

十月十一日（水）

晴、午前実践、午後立正出講。健康の衰へいちじるし。午後一時佐世保自衛隊大学の菅原君、立正に余を訪ふ。君の子息、東京大学教養学部修士課程在学中の由にてそのアルバイトのことなど依頼せらる。柳羊かんを贈らる。四時帰宅。大工左官入り居りて家中混乱を極む。疲れたれば、夕食後、執筆を中止し、「趣味」の小説、生田葵山の「覚醒」、徳田秋聲の「焚火」など読む。共に明治四十年一月の「趣味」所載「覚醒」は、少年時代おなじく外人に就きて絵を修業せる二人、一は窮乏を物ともせずひたむきにその道にすゝみ、世に認められざるを意とせず、つひにフランスに学び、数年を経てかへる。画名一時に高し。他方、国に残れるは世才に長じ画名次第に高くなるにつれて虚栄に憧れ、世に聞えたる某実業家の妹と恋に陥ちて、やがて結婚に迄こぎつく。偶々フランスよりかへれる友人の画名一時に高きを嫉み、且つその画業を見んとて、一日郊外の茅屋に友を誘ひ、その画を見て、到底友に及ばざるを知り、おのが画室に並べたる絵を悉く破り捨て、更に恋を捨てゝ新しく画業にいそしまんとするに終る。

秋聲の『焚火』は、さすがに筆のさえ、はるかに前者を凌ぐ。北国晴欝なる冬の山里、そこに焚火する片意地の少年乞食、情景共に見る如し。

十月十四日（土）

秋晴、一昨日より「シェークスピヤと日本」と題する原稿起稿、昨夜まで二十枚を書く。尚、四五枚書かざれば完了せず。こは「国文学」（学燈社）の依頼によれるなり。二月ばかり前に頼まれたるなり。ウカと引受けたるが禍なりし。これなくば文学史の方、幾分か捗りたることゝ思へど今更せんなし。今日午後伊達豊君の葬儀にゆく。同君数日前交通禍のために突如としてゆけるなり。近来、交通禍頻々、毎日の新聞紙上この悲劇なきことなし。この分にては一生涯、交通事故なしに過し得るものは幸福の部に属すといふに至らむ。憐れむべき日本の文明よ。

十月十五日（日）

曇。朝小雨あり。午前十時実践女子大にゆく。桜同窓会新たに社団法人となれるにより、その祝賀会なりといふ。講堂（式場）にて島田君に逢ふ。午後一時帰宅。大阪萬字堂より送り来れる『虎嘯新誌』と題するものを読む。目録にて注文せるもの、代価二千五百円也。日露戦争当時、戦地にある軍人の手すさびによれる謄写版雑誌なり。謄写版の上にすでに半世紀を経たることゝて、紙面汚損文字明確ならず、困難を忍びて辛うじて読む。一向につまらなし。無益の費えなり。

十月十六日（月）

曇。午前早大図書館にゆく。午後、帝大新聞文庫にゆく。西田氏に逢ふ。国民新聞明治四十三年上半期分を借覧す。得るところ極めて多し。帰途柏林社に立寄る。長谷川雪旦描くところの馬琴像（馬琴賛）を見る。夕食後「シェークスピヤと日本文学」の脱稿。三十枚なり。

十月十七日（火）

晴。妻同伴、大丸辻留にて昼食。暫くぶりにて舌福なり。高島屋に前田青邨氏喜寿記念展覧会を見る。青邨氏生涯の労作を集む。『ロオマへの使者』『洞窟の頼朝』『大同石佛』『蘭陵王』等最も見るべし。人物画にもよきものあり。安井曾太郎を描けるもの最もよし。鳥羽僧正の『鳥獣戯画』の筆致に習へるものなるべし。鳥、獣のダンスを描ける戯画亦面白し。たゞし全体として小林古径などに比するとき画品の低調掩ふべからず。いさゝか期待外れなり。次いで三越に青木繁の五十年忌展覧会を見る。小品、スケッチの類五十余点なり。中に画論の断簡あり。硝子越に一読す。再読を要す。暮迫る。妻と共に車にてかへる。

十月十八日（水）

晴、午前実践、午後立正、五時かへる。疲れたる一日なり。

十月二十二日（日）

晴、午前十時、三越にゆき、青木繁展出陳の手紙一通をケース越しに手写す。無論主催者の承諾を得てのことなり。貴賓室にてユネスコ茶話会あり。誘はれて出席、青木繁についての一場のあいさつを述ぶ。席上、繁のわすれがたみ福田蘭堂氏（二）に逢ふ。写せる書簡次の如し。

其一弦の力に何かうづむいて頻りに奏でゝ居る。四方清澹たる中に弱い柔かい光明が何處ともなく射して居るといふ図である。これが人生に於ける人類の希望の運命であるといふワッツ自身の人生観から来たもので誰しも希望の前には人は盲瞑で荒洪な宇宙の不可解に居し乍ら、ライルの五弦の竪琴は弾揺整然として一調一諧抑揚を誤らずに楽しい［譜］を奏し度いのであるが、決して世の中は然うは参らない。其五弦の中四弦は絶え果てゝ、僅かに残る一弦にせめて頼少なき半生を慰めて居るといふのである。これはロンドンのテートガレリーに在るが、絶ゆる間なき利慾の念に狂奔して居る市民が偶々此画の前に起って此蘊蓄多き深意に打たれては政治家も事業家も労働者も均しくシミジミと反省と慰安とを与へられ、流石にホロリとする相である。人の越し方行く末の瞑想がよくこの寂寞たるスペーズの明暗配色と投合するからだ。

バーンジョンスの方は竪長い画帖で、これも可なりの大作だが鐵窓に鎖された牢獄の内部に一人のニンフが立って居る。其細い腰には鎖が着いて垂れて居る。今其右手を挙げて其頭上にたゞやふて居る烟霧の中に何物かを探らふとして一種哀酸な顔容をして居る。其左手には何か草の花を持って居る所の構図で、人生の希望は斯様なものでないかと言ふのである。即ち人間といふのは絶対的な自由といふものは無くて身邊の状境は鐵鎖も、啻ならぬ強い力でからめられて居る。其四圍は全く与へられた本質の運命で牢獄の如く堅く閉されて居る。然し其間にも絶えず其隻手を挙げては雲の如き中に何かしら掻き捜って何物かを得やうと索めて居る。又其隻手には匂やさしい草花を抱いて居る様に現世の慰籍に親しんで居る。若し諸手《もろて》に花を掻抱いたならこれは現在の世境に満足して、発展なく活動なく向上なく、全く停止を意味して居る。心霊上の堕落を意味して居る。又若し其花を捨てゝ諸手共雲霧の中に探求するに於ては直ちに不安を意味し慰藉なく顧慮なく際限なき野心の狂奔を意味するので、前者は堕落後者は破滅を意味する事となる。どうも人類の生活の意義は隻手は且つ索め、而しては隻手は得て且つ慰むるといふに在る、と斯ういふのがバーンジョンスの理想である。

ワッツは九十余の高齢を保って先年亡くなる迄努力して古希臘の学派に明るい大才であり、バーンジョンスは劍橋大学の神学科出で、これも余程高邁な思想を抱いた画家で、共に男爵及ナイトの爵冠を頂いて死んだのであるが、同じ「希望」に対して斯く別々の解釈をなして居る。此両者とも種々な製作を遺して居るが茲には略して其一般を擧げて此シンボリズムの意趣を説明するに止めやう。

此間にP、R、B、即ちプレ、ラファエライト、ブラザーフッド派の詩が読まれた、ロゼッチの詩では、これはダンテ、ガブリエル、ロゼッチの画家兼詩人でP、R、B、といふ画派を起したが、後には文芸一般、此感化を享けて了った。此人も中々、英国では大切な人で神様の様に言はれて居る。バーンジョンスの師で早く没した。又此頃勢力のあったのはジョーン、ラスキンで人も知る「近世画家」の著者、文豪で画も描いた。

是等の思想の輸入中端なくも日本は戦争といふ惨禍に際して眼の当り痛深な酸劇を視、切実な生活の意識に打たれて頓みに空想的な夢幻的な思想は消滅して一層実際的な、肉体的な思想が歓迎された。露西亜文学ではトルストイよりはツルゲーネフ、ツルゲーネフよりはゴルキーといふ様になつて狭偏な道徳的教訓が律し剩した大自然の實相の眞意義を、是等自然派の斧鉞少なき作品に索めやうとしたのである。ツルゲーネフの「ルーヂン」などは余程讀まれたもので、青春の男女の戀を描寫したのであるが、少し年古けた男が結婚に伴ふ責任を無視して年若き女と深き戀に陥り、漸く醒めた頃は煩悶と後悔に身を亡ぼすといふ譯で、此描写は実に世間に誰もが嘗めて居るといふ様に描いて居る。風葉の「青春」[抔] も全く此ツルゲーネフの感化と思はれる。此後に人の読んだのはヘンド《(マ)》リック、イブセンである。僕も暇の時に全部読んで見たが、中々面白いのがある、中にも「ロスメルスホルム」「ゴースト」「人形の家」「海の婦人」等は傑作であらふ、これは皆芝居の戯曲である。このイブセンと同時から同様の事をやって居る人でビオ《(マ)》ルンソンといふのがあるが自分はその中の三つを見たのみだから前《(マ)》体は分からぬ、イブセンの「ゴースト」を出した時にはビオルンソンは自分の事を作劇したと思って非常に怒って絶交を申し込んだ相だ、事実は決して左様ではないが、實際痛切に感ずるので誰しも深く印象する、嘗て自分が読んだ時も全く不愉快で、而し否定もなり兼ぬるので読んだ友人に話すと、友人もイヤどうも自分の事を写された様で、今だに忘れ切れぬと云って居た、筋は斯うである。(二)

(筋半ばよむあり)

(一) 福田蘭堂(一九〇五—一九七六) 尺八奏者、作曲家、随筆家。
(二) ふりがな、漢字とも原文ママ。当書簡には、本間久雄「青木繁の一書簡について」『芸術生活』昭和三七年七月号、および本間久雄『明治文学、考証と随想』、東京、新樹社、昭和四〇年、八九—一一四頁に、本間自身による翻刻、引用があるので、それを参照した。

十二月五日(火)

『破戒をめぐる藤村の手紙』を読む。島崎楠雄、神津得一郎二氏の編にて昭和二十三年刊也。藤村保護者神津猛に与へたるもの也。

回顧すれば「破戒」を出せし後の文壇は驚くべき勢を以て変遷したり。かつて田山君等とツルゲネエフ其他の作家の作に思ひ潜め㈡、互に研究せしところを交換せし時、期するに十年の歳月を以てしたり。十年の歳月は未だ長しと言ふべからずと思へり。斯る所期を以て今日の変遷に際会す。文壇の動揺実に豫想の外に有之候。されど、この変遷は小生等にとりて一種の「誘惑」に過ぎず。宜しく小生等は架空の論議を避け、深き根底を作物の上に築き、所謂「若き日本」の為に多少の貢献を為すべきに候。今日の動揺に處して小成に安んずるは、反って心を悩ますわざに候。いつまでも書生らしき量見を持ち、斯る動揺の外に立ち、更に々々遠き水平線のかなたを望みて「今日」の岸辺を出発するこそ、なか々々に、心安くも勇ましく思ふ次第に有之候。

（略）

頁九十八

別封「並木」に対する馬場、戸川二君の意見を掲載せし雑誌御送附致候。御一覧被下度候。思ふに馬場君の皮肉なる文章は、人をして悶死せしむる底のものに候。馬場君の如き友人ある間は、幸に小成に安〈ん〉ぜざることを得べきか。「春」を書きつゝある小生は、この文によりて非常なる刺戟と勇気とを得申候。猶二君の文は意外の餘波を起しつゝあるやに傳ふ。今や文壇は革新潮流の中に立てり。此際猛進の外なく候。

一〇二頁

モデル問題など暴き風雨は生が最近の生涯を通過したり。生は沈黙して幾多罵詈と嘲笑の前に頭を垂れたり。――生が志は別に存するものありたればなり。

一〇六頁

（一）『破戒をめぐる藤村の手紙』島崎楠雄、神津得一郎共編、東京、羽田書店、昭和二三年、によれば「思を潜め」。

昭和三七年日記

一月七日（日曜）

晴天。元日以来珍らしき晴天つゞきなり。午前二階の書斎に入り、藤村の『藤村集』(一)「黄昏」より「伯爵夫人」迄を一瞥す。中につき「壁」「並木」印象に残る。

午後、国生夫妻来る。年始のことゝて酒（葡萄酒）を出す。夕刻迄話し込みかへる。

夕食後、『藤村集』のつゞきを読む。

年末より年始にかけ、ギュイヨーの『社会学上より見たる芸術』を読み出し一昨日、あらかた終る。大西克礼氏の訳なり。大正初期に読みたることあれど、戦後読むは始めてなり。益するところ甚だ多し。訳文も見事なり。

元日以来、訪問客次の如し。島田謹二氏、村松定孝氏、内山正平氏、岩田洵氏（一日）、小出博氏（三日）、高田芳雄氏、藤島秀麿氏（四日）、大沢実氏、本間武氏（五日）、増山新一氏、岩津資雄氏（六日）などなり。六日は、余妻と共に日本橋方面に出かけて留守、増山、岩津二氏を徒らにかへせり。この日、近田毛皮店主を室町のその店にたづね、昨年以来、直しを依頼し置ける毛皮のチョッキを受取り、又、京橋の富田装幀店にて掛物のキレ地など少し求めかへる。夕刻、兼ねて約束し置ける黒岩英雄氏夫妻来る。昭和女子大高等科に在学中の令嬢のことにつきてなり。夕食後書斎に入れど何事をもえせず、十時、湿疹の手当につき、例の如く妻を煩はし、十一時、就寝。

（一）島崎藤村『藤村集』、東京、博文館、明治四二年、文庫所蔵。

一月八日（月曜）

晴、午前十時、上野博物館にゆく。フランス美術展再観のためなり。前回（十二月二十日頃）は妻同伴、たゞ一瞥せるのみ。今回は余ひとりにて、自己に興味のあるものだけを見んとてなり。クールベェ、ドラクロア、ミレーなどの十九世紀中葉の作家を始め、印象派のマネエ、モネエ、以下、モロオ、シャバンヌ、セザンヌ、ゴッホなどを特に注意して眺めたり。シャバンヌの『貧しき漁夫』の如き、ムーテルの絵画史を繙ける折、挿画の中にこれを見出で、興を覚え居りしが、今図らずその原画を見る。低徊去る能はざるものあり。例により小中学生の群れ、各室に充満し、静かに鑑賞するを得ず、余、見るものだけを見て、早々に引上ぐ。

午後、帆足図南次君来る。例により美術につきて語り合ふ。高橋雄四郎君亦来り会す。二君夕方かへる。

夕食後、読みかけの『藤村集』を読む。「芽生」に至り、凄惨、屢々巻を掩うて読了する能はず。文学者たる、亦、不幸なるかな。再嘆、三嘆す。十時、例により妻を煩して湿疹の手当をす。十一時半就床。

一月九日（火曜）

晴、午前、東京堂の赤坂君来る。同堂内の組合闘争のことを語る。

午後、松本理髪店にゆき、帰途、早稲田進省堂に立寄り、シモンスの『七芸術の研究』㈡並にモンクロフトの『ギリシャ神話』を求む。併せて千八百円也。シモンスの『七芸術の研究』は早大図書館より幾度か、借り出して読めるもの。今、図らず入手す。嘉すべし。

留守中、豊嶋俊子、娘を連れ、年賀に来る。夕食後、二階の書斎にて『七芸術の研究』の『ワッツ』論などを乱読す。

（一）*Symons, A., Studies in Seven Arts* (London: Archibald Constable and Co. Ltd., 1906).

一月十日（水曜）

朝より雨、午後ひどく降る。妻、正午頃より国雄宅へゆく。年始のためなり。余は、二階の書斎に引こもり『藤村集』及び『微風』（二）の中の「出発」「足袋」を読む。

「どうかして、一度、白足袋を穿いて見たい」

白足袋が、そんなにもその頃「非常に贅沢な」ものと考へられてゐたるにや。余は早大時代以来常に白足袋を穿けり。贅沢なるにあらず、清潔なればなり。余は藤村の「足袋」の中の上の一句を読みて、なんとはなしに微笑の禁じ得ざるものあるを覚ゆ。「岩石の間」は小諸時代の藤村の生活を絵巻物にしてさながらに見せしむる如きもの。

七時半迄、妻のかへるを待ちて夕飯を無益に控へたり。妻はすでに国雄宅にて夕食を済ましたればなり。夕食後は書斎に入りて『微風』のつゞきなど読む。更に明十一日の実践の講義の準備などす。

（二）島崎藤村『微風』（緑蔭叢書第四篇）、東京、新樹社、大正二年、文庫所蔵。

一月十一日（木曜）

昨日とは打って変りての好天気なり。実践に出講。理事長をその室にたづぬ。心臓わるしとのことにて顔色にもムクミあり。心配なり。午後二時半、新年会、其後教授会、六時頃帰宅。何となく疲れたる一日なり。夕食後は何事をも得せず。

一月十二日（金曜）

晴、今暁、呼吸やゝ苦し。肺気腫のためなり。八時起床、気分あし。十一時、久美子顕子来る。昼食を共にす。三時、二人、連れ立ちかへる。幾野嬢、新年のあいさつに来る。

一月十三日（土曜）

晴。午後一時、青山祭場にて行はれる反町茂雄《ママ》氏（一）告別式にゆく。次いで二時、昭和女子大学にて催されたる金子健二氏の告別式にゆく。

反町氏は大東京火災保険会社の常務として経済界に羽振をきかせ居れる傍、又、嘗て早大理事たることあり。其折、余、屡々話を交ふ。氏は美術の趣味深く、特に西洋画には鑑識高く武二、龍三郎、宗《ママ》太郎（二）、劉生等の銘品を所蔵せり。余、一日、理工部の武富博士（三）とともに、氏を牛込馬場下の其邸に訪ね、これらの銘品を鑑賞、清談に時を移せることあり。享年七十三。余より二つ年少なり。早大、商学部出身。さすがに経済界の一勢力たりしだけ、式場には弔問者延々長蛇の列をなせり。金子健二氏は、余、往年、昭和にて講義せる折、屡々教員室にて談話を交せることあり。氏は文部官僚の出身のためか、どこか傲慢にて、胸襟をひらきて語るなどの趣きなく、好感を持ち得ざる人なり。式場は昭和女子大の学生にて埋まり居れど、外部よりの弔問者は極めて少なく、反町氏の賑やかなる告別式より転じて、こゝに至る。淋しきこと限りなし。式場にて矢野峰人、内藤濯、村松定孝、大《ママ》田三郎（四）諸氏に逢ふ。矢野氏と連れ立ちかへる。夕食後は藤村『食後』（五）の諸作を乱読す。

（一）反町茂作（一八八八—一九六二）大東京火災海上保険（株）会長。古書肆弘文荘取締役反町茂雄（一九〇一—一九九一）は茂作の弟。

（二）安井曾太郎〔?〕、（一八八八―一九五五）洋画家。
（三）武富昇（一八九六―一九九二）早稲田大学名誉教授、応用化学専攻。
（四）太田三郎〔?〕、（一九〇九―一九七六）比較文学者、昭和女子大学講師。
（五）島崎藤村『食後』、東京、博文館、明治四五年、文庫所蔵。

一月十四日（日曜）

曇り。妻、久美子宅にゆく。午後、麦書店、注文し置ける早文のバック・ナンバー十数冊を持ち来る。代価六千四百円を支払ふ。この日も一日、二階の書斎にこもり、『食後』を全部読了す。

一月十五日（月曜）

曇り、寒さきびし。午前十時、妻と共に星川に行く。耀子のテレビに出るを見んとてなり。N・H・K教育テレビにて、今日の成人の日に因みて、アメリカに遊学せる若人――成人に達せる男女四人にアメリカにおける教育の状態を語らせんとてなり。耀子の語りぶり、立板に水の如く、いさゝかのよどみもなく見事なり。単にA・F・Sとして一年アメリカにとゞまれるのみならず、昨夏の百万円当選の欧州旅行など、自信をつくること大なりしなるべし。わが孫ながら天晴なり。不思議なる娘なり。願はくはすくすくと生ひ立てよ。

星川宅よりすぐさま神田古書会館に駆けつく。何等の収穫なし。夕食頃、小宮山書店主来る。重複せる明星、新紀元其他雑書を売却す。

夕食後は二階の書斎にて雑誌、新小説、趣味など、目下の研究に資すと思はるゝものを乱読。

一月十六日（火曜）

晴、寒さきびし。朝より二階にて「新小説」数冊を拾ひ読みす。鷗外の小説集『涓滴』(一)『烟塵』(二)等を拾ひ読みす。「あそび」、「木精」、「大発見」、「パルナス・アンビュラン」（以上『涓滴』）、「ファスチェス」、「沈黙の塔」（以上『烟塵』）、「ファスチェス」は当時の発売禁止制度並びに当時の文壇を諷刺して面白く「沈黙の塔」の中にある自然主義側面観又考ふべき価値あり。

(一)森林太郎『涓滴』東京、新潮社、明治四三年、文庫所蔵。

(二)森林太郎『烟塵』東京、春陽堂、明治四四年、文庫所蔵。

一月十七日（水）十八日（木）十九日（金）

晴、ともに記すべきことなし。たゞ『漱石全集』第二十巻を拾ひ読みせること丶、十九日午後、井手君の訪問を受けたるとを記すにとゞむ。十七、十八の両日は実践、立正に出かけて例の如く疲れたれば、夕食後、故意と書見を控へたり。

一月二十日（土）

晴、寒さきびし。午前東横の『南紀の蘆雪名作展』を見る。蘆雪の絵を、かく一堂に纏め見るは始めてなり。その豪放の筆致とした丶るばかりの墨潤とは、遙かにその師應挙を凌げるものならんか。この頃での眼福なり。

一月二十一日（日）

晴、あた丶かく、天気殊によし。村松、石丸、新井、小出、岡の五君を上野精養軒に招ぎ冬枯れの不忍池を見下しながら昼食を共にす。妻同伴。五君より立雲磐を贈らる。帰途、村松、新井、岡三君と新井君の車に同乗、送られてかへる。暫く、二階にて円座談笑。四時頃かへる。入れちがへに南画家中野風真氏来る。氏は南画院々友なりといふ。二階にて清談。夕食後は明、実践の講義の準備。この日午後、喜多山来る。依頼し置ける井手氏表装出来、持参せるなり。逍遙晶子の表装二幅を依頼す。

夜、第一N・H・Kにて偶然に、「新聞について」と題するものをきく。語り手は大阪大学教授にて科学者某氏なり。必要もなきところに沙翁生誕地に旅行せる折のことなどをいふ。外遊を誇らんとする心もち見えて浅まし。新聞に向って現代かなづかひの徹底を提唱するのみか、新聞の横書きを提唱す。世の中には、かやうな愚か者もあると見えたり。

一月二十二日（月）

晴、実践に出講。研究室にて島田氏に〔・・〕女史（一）紹介せらる。氏は青山の英文科を出て目下帝大比較文化科にありて『日本におけるワイルド』の研究を専攻し、余の著書なども大部読み居るもの丶の如し。夫君、早大にて美学を収め、現に早大高校にてドイツ語を教へゐる新進の学者なりといふ。島田氏ともとも連れ立ちて渋谷駅にて別れかへる。夕刻、河野和子さん卒業論文十篇を持参す。例年のことながら、読むに一苦労なり。この日柏屋に依頼し置ける早文〔帙〕製本出来、持ち来る。明治卅九年、四十年、四十一年全揃ひ出来す。夜、青果の『南小泉村』読了。

（一）井村君江〔?-〕、（一九三二―　）比較文学、英文学専攻、後、明星大学教授。

一月二十三日（火）

晴、寒き日なり。電話にて人見氏と打合せ午前十一時昭和にゆく。黒岩氏令嬢の短大入学のことにつきてなり。

午後一時頃、肥後和男氏来る。絵画のこと、其他清談、時をうつす。同氏かへりてのち、眞山青果の『南北』（風葉との合作）の青果の作全部を読了。「爐傍」最もよく「幼稚園」これに次く。

（一）小栗風葉・眞山青果著『南北』、東京、春陽堂、明治四二年、文庫所蔵。

一月二十六日（金）

晴、水、木、金、ともに記すべきことなし。たゞし昨二十五日、古書会館にて煙山専太郎著『近世無政府主義』（一）（明治三十五年刊）を求む。千八百円也を支払ふ。著者煙山氏は西洋近世外交史の権威なり。往年、余、早大の学生たりし頃の恩師なり。目次を見て、先づその博捜に驚く。明治思想史研究上のよき参考資料なり。朝より二階書斎に引こもりて『青果集』（二）をよむ。午後、寿泉堂来る。昨年以来、あづかり置きし霊華『東方朔』を改めて求む。代価一万八千円、おなじく霊華の『住の江』をその代りに［売］却、結局三千円を支払ふ。『住の江』は大正初期のもの、その出来必ずしも佳ならず、これに比して『東方朔』は晩年の作にて、比較的佳なり。取りかへたるだけのことありと覚ゆ。前橋在住の市川為雄君（三）来る。その近著『現代文学の指標』を贈らる。

夕食後は書斎にて『青果集』を読了。小説にては「敗北者」（四）「茗荷畠」（五）最も読みごたへあり。「小春日」も一寸面白し。「敗北者」は惨の惨なるもの、読み了って鬼気のおのづから迫り来るものあり。戯曲「第一人者」はイプセンの『ブランド』の匂ひあり。All or Nothing の思想も面白し。たゞし主人公の最後の心機の一転は余りにも唐突なり。せっかくの深刻味を台なしにしたり。所謂九じんの功を一簣に欠けるものか。

（一）煙山専太郎『近世無政府主義』、東京、東京専門学校出版部、明治三五年、文庫所蔵。
（二）眞山青果『青果集』、東京、新潮社、明治四〇年、文庫所蔵。本間久雄『続明治文学史　下巻』、三六七頁参照。
（三）市川為雄『現代文学の指標』、東京、日本出版学会、昭和三六年。市川為雄（一九一一―　）文芸評論家。
（四）本間久雄『続明治文学史　下巻』、三六八―三七二頁参照。
（五）本間久雄『続明治文学史　下巻』、三四五―三四九頁参照。

一月二十七日（土）

午後実践にゆく。小倉君と共に理事長室にて理事長に面会す。

一月二十八日（日）

毎日晴のみつゞき、且つ気温、暖かなり。二十八日午後、毎日新聞社企画課〔・・〕氏外二人来る。明後三十日（火）よりの三越にての鷗外生誕百年祭のための鷗外遺墨展のために余の所蔵にかゝる鷗外遺墨借り出しのためなり。余快く承諾。百穂筆鷗外像（一）、鷗外の書簡三通（二）（三村竹清宛、島田青峰宛、竹の屋主人宛）及び、『護持院原の仇討』（帙）（三）及び原稿断片（表装物）（四）を出品することゝす。この日、午前及び夕食後ヒューファーの『トルバドア』中の「ギョム」の伝を読む。明、実践にての講義のためなり。

（一）平福百穂『森鷗外父子肖像スケッチ』、文庫所蔵。
（二）森鷗外書簡については『日記』三四年二月二五日（一一五頁）、三月三日及び註八（一一九―一二〇頁）参照。
（三）森林太郎（鷗外）稿『護持院原の敵討』原稿、文庫所蔵。

（四）森鷗外（林太郎）稿『藝文巻第一評語集』（断簡）文庫所蔵。

一月二十九日（月）

今日も晴、割にあたゝかし。午前午後にかけ実践にて二回講義。午後四時かへる。高橋雄四郎君来る。小倉君にすゝめられて、実践の専任講師たるべきか、たゞし〔ママ〕は立正にとゞまるべきかにつきての相談のためなり。

夕食後、白鳥の『紅塵』（一）を読了。

序文亦一読に値す。篇中最も佳なるは「塵埃」、「好人物」、の二篇、「独立心」、「安心」亦意味深く、考へさするものあり。長篇「旧友」は描写もぞんざい、作意もあらはすぎて面白からず。

（一）正宗白鳥『紅塵』、東京、易風社、明治四一年、文庫所蔵。本間久雄『続明治文学史　下巻』、一六五頁参照。

一月三十日（火）

晴、鷗外百年忌展三越にて催さる。毎日新聞社主催なり。余も数点出品せることゝて午前中妻同伴にて往く。鷗外の業［績］を医学、文学、美術の三方面に分ちて、それぞれその関係文献を陳列す。参考になるもの多々あり。遺言状など特に珍らし。別室にて森於菟氏、小堀杏奴氏及び野田宇太郎、木村毅氏などに逢ふ。間もなく座談会を催すといふ。余にも止まりて座談会に列席するやうとのすゝめを受けたれど、せっかく顔振れも定まり居れるのに、飛入りも却って迷わくならんと辞退す。会場にて森常治君に逢ふ。別室にて松林桂月氏（二）の近作展あり。作品は感心せざれと、八十を越して而も半双の屏風其他大作をものせる氏の元気は驚くべきものあり。七階にて妻と昼食、林檎其他の果物を買ひ求め、例の如く車にてかへる。

（一）松林桂月（一八七六―一九六三）日本画家。

一月三十一日（水）

晴、午前午後、実践立正に出講、この学年における最終講義なり。

二月一日（木）同二日（金）

共に晴、寒さきびし。実践にて島田、小倉二氏と逢ふ。かへりて夜にかけ、白鳥『落日』（一）に読み耽る。二日正午頃迄に読了。所謂世紀末的情趣を描けるものとして白鳥氏作中注目すべきものゝ一なり。

（一）『日記』三八年一月三日（五四八頁）参照。

二月一日（木）二日（金）三日（土）四日（日）

何れも晴、毎日毎夜、火事方々にあり。土曜は再び鷗外展を一瞥するために三越にゆく。この日、早大図書館にゆく、鷗外全集数冊、外雑書二三、借り出す。夜は借り出せる鷗外全集をひろひ読みす。日曜は一日、書斎にこもり、実践の卒業論文二冊を読む。いづれもたどたどし。午後新井靖造君来る。二階にて写真撮影。

二月五日（月）

晴、わりにあたゝかし。実践出講、帰途神田古書会館にゆき、目録にて注文し置けるゴスの『イブセン伝』（一）及びジョルジ・ムアの『手紙集』を求む。（合せて八百円也）

（一）Gosse, E. W., *Henrik Ibsen* (New York: Scribner's, c.1907). Sir Edmund William Gosse (1849-1928). イギリスの批

評家、文学史家。本間久雄『続明治文学史　下巻』、一四四頁参照。

二月六日（火）七日（水）

共に晴このところ引つゞき雨なく、異常乾燥注意報毎日なり。而も毎日、火事頻々。七日、実践より早稲田図書館にゆき、鷗外全集第十八巻及び白鳥『何處へ』（一）を借出す。家にかへりて上記二書を読む。鷗外の『歴史そのまゝと歴史離れ』は、歴史小説作家としての鷗外を知るに便なり。『何處へ』の中にては「何處へ」種々の意味にて注目すべき作なり。世紀末的、悪魔的作品なり。

この日の新聞に、前日月曜日、大隈講堂におけるケネデー長官演説妨害の大々的記事を読む。早大、一部の学生のために、その名誉を汚土に委せられたるが如き感あり。教養とは、自己の主張に真摯なると共に、他の主張への寛大を意味す。自己の主張に真摯なるものは同時に、他の主張へ耳を貸すの寛大なかるべからず。この寛大を失ふとき、その人はすでに紳士の域を去りて野猪的蛮族の群に入れるなり。

（一）本間久雄『続明治文学史　下巻』、三四一―三四五頁他参照。

二月八日（木曜）

晴、昨夜来、卒論三篇を読む。文字の誤謬の甚だしきに先づ驚く。　午後、実践にゆく。島田、小倉二君に逢ふ。英文科内の雑事につき雑談を交す。四時かへる。

誤　正　誤　正

に致って　に至って　共ない　伴ひ
金欲的　禁欲的　他方面　多方面
文野　分野
夢想境《ユートピヤ》　夢想郷
対照（オブセクト）　対象
対象（コントラスト）　対照
不分立　不文律

右の外無数、枚挙にいとまなし

二月十八日（日曜）

晴、例により異常乾燥注意報なり。午前十時立正にゆく。卒業論文口頭試問立合のためなり。午後、喜多山表装店主来る。依頼し置ける逍遥大色紙及び晶子和歌表装出来。二つともよき出来なり。代価四千五百円を払ふ。更に逍遥短冊、白龍小品、為山（二）半折（柿）を依頼す。

鷗外『青年』を読みつゞく。

昨十七日夜、妻同伴歌舞伎座見物。一向つまらなし。根元草摺引はどこかの踊のおさらひの如し。男寅改め新男女蔵の五郎たどたどしくて、見るも気の毒。中幕の『野崎村』も見ごたへなし。左團次の久作も、先々代の仁左衛門や先代中車などを見た眼には、一向映えず。梅幸のお光は六代目菊五郎の解釈に従へるものか。幕切など結構なり。福助のお染は可憐、雁次郎の久松はグロテスクなり。隣席の女客二人、お化けのやうだとさゝやき合ふ。多賀丞の油家後家も、どこかの遺手婆が、後家と名乗りて出で来れるものゝ如し。二番目の『芸道一代男』は一幕目だけ見てあとは割愛す。江戸役者の大阪言葉、耳障りにて聞き苦しきこと夥し。

一昨々日、十六日、実践より早大図書館にゆき「しがらみ草紙（廿八号）」を借り出し、その前日十五日、帝大新聞文庫にて写し取りたる明治二十二年一月三日の読売新聞所載の鷗外小説論と比べ見る。得るところ多し。早速、嘗つて明治文学史の一節として起稿し置ける「ゾラ移入考」(一)訂正にとりかゝり、夜より十七日午前にかけ、脱稿す。原稿紙十枚。秘かに喜びを感ず。

十七日（土）午後二時より、芝公園内「音羽」にてペーター協会設立相談会ありしも、風邪気味の上、午後五時よりの歌舞伎座行の予定ありしにより欠席す。

（一）下村為山（一八六五―一九四九）画家、俳人。洋画を学んだが、後に俳画に転じ、「ホトヽギス」に貢献。

（二）本間久雄『続明治文学史　下巻』、一七九―二一一頁参照。

二月十九日（月）

晴、風少しあり。一日二階の書斎にこもり、二三日前より読み出せる鷗外の『青年』を読む。時代思潮の上より見て面白し。自然主義につきての標語も面白し。たゞし余りに erudite なるは面白からず。夜は白鳥の『微光』(一)を読む。

（一）正宗白鳥『微光付呪・徒労』、東京、籾山書店、明治四四年、文庫所蔵。

二月二十日（火）

晴、午前中実践にゆく。午後二階の書斎にこもり白鳥の長篇『二家族』を読む。『微光』中の「徒労」の中の壮吉といふ人物と『二家族』の中の喜助といふ人物とは、どこかに共通せるところあり。誇大妄想的なるところなど、又狂人に近きところなど。余の連想は更に往年に読みたるゴーリキイの『二狂人』（二葉亭訳）に余を連れ去れり。白鳥のこの二作おもふに、当時の自然主義における題材上の特色の一つを描けるものとして更に一考を要するものといふべきか。

三月六日（火）

曇り。漸く春めき来る。午前、東大分院行。長谷川医師の診察を受く。肺気腫も別に異常なきが如し。妻同伴、車にて古書展にゆき、抱一庵訳の『白衣婦人』武田仰天子の『酒造奴』を買ひ、又、車にて高島屋にて昼食、直ちに新発見、未公開名品展（三越）にゆき、一瞥す。眼福を恣にす。三越にて妻と分れ、文行堂にゆき、二三日前電話にて買約し置ける大橋乙羽宛紅葉書簡を求む。代三千円を支払ふ。大急ぎにて三時、かへる。かねて時刻を約し置ける立正英文科卒の木下純子氏来る。早大大学院聴講生の件につき相談を受く。次いで、実践の小畑、東山二嬢来る。卒業論文指導のことにつきてなり。夕食後、丸善の粟野氏、かねて修繕を依頼し置ける万年筆、出来せしとて持ち来る。暫く閑談、八時半かへる。

三月十二日（月）

晴、春めく。記するに足るほどのことなし。嘗て見たる鷗外展に連関して、「鷗外未発表の書簡につきて」の稿二回分（芸術生活）を漸く脱稿す。図書館より借り出せる鷗外全集など、あちこち調べ、意外の勉強せり。

昨夜よりマクドウウォールの『写実主義』中「フロオベエル」の一章（一）を読み直す。益するところ多し。

フロオベエルの観照説（一〇一頁、一〇二頁）など抱月のそれと似たるところあり。

かく解釈して始めて、フロオベエルの芸術最現《ママ》説（Representation）は意味を生じ来るべし。その一語説の如き、この書の著者のごとくして、愈々その意味を鮮明になし来れるものといふべし。フロオベエルがStyleを以てan absolute way of seeing thingsといへる、宜なり。

フロオベエルに取りて大切なりしはfactにあらず、sense of factなりといへるも面白し。この一章まだまだ読み耽る必要あり。

（一）McDowall, A., *Realism—A Study in Art and Thought.* 'Flaubert's impersonalism'(pp. 99-119). 本間久雄『続明治文学史　下巻』、一六九―一七二頁参照。

三月十八日（日曜）

彼岸の入りとて次第に春めきて心地よし。午前中、中村鶴心堂主来る。逍遙の横物、霊華の手紙（余宛）を依頼す。

昨十七日、正午、海老蔵の十一代團十郎改名披露宴（帝国ホテル）に招がれゆく。数百人の来賓にて賑かなり。久しぶりにて河竹繁俊氏に逢ふ。俳優にては、猿之助、幸四郎、左團次、簑助諸氏に逢ふ。とりわけ、猿之助には前夜十六日夜、ラジオにて眞山青果作『清盛と西行』を幸四郎の清盛、猿之助の西行にて聞き、両優の意気合ひて面白かりしことなどを語る。猿之助、知己を得たるものゝ如く喜ぶ。余、亦猿之助と相語りしことを喜ぶ。そは、彼れの歌舞伎修学につきて語りし言葉の中に、余の見解と相通ずるもの多かりしを以てなり。

帰りは河竹氏と連立ち、朝日新聞前の永坂にて休息、演博其他の話しに時を過す。余に取り愉快なる一日なりし。

前々十六日は妻同伴、歌舞伎座昼の部を見る。小山内薫の『息子』里見弴氏の『たのむ』は共に面白かりし。たゞし、かういふ味ひのものは歌舞伎座の如き大舞台にては演すべきものにあらず。勘三郎の息子、大矢の親父、共に肝じんのところの白きこえず演るものにも観るものにも共に気の毒なる出し物となりたり。『たのむ』は動きの多きだけ『息子』よりはまだよかりし。『近松物語』は近松と西鶴のおさん、茂兵衛を取り合せて、新しくものせる作。一応見られたれど、作意も浅く、筋の運びも、どことなく粗雑なり。

二三日前より読み出せる藤村の『破戒』(一)今朝漸く読了。学生時代に読みたるまゝ何十年となく読まず過ぎしが、再読して流石によき作なるを感ず。早文に出でし当時の「合評」(二)、「藝苑」所載の羚羊子（草平）の「破戒」評(三)、帝文の鸚鵡公（小山内薫）の破戒評(四)などを読む。「合評」中にてはさすがに抱月のが圧巻なり。羚羊子が『破戒』を『罪と罰』に比較せるも面白く「合評中」の中島孤島が、この作を『ハムレット』に比較せるなどとりどりに面白し。

（一）本間久雄『続明治文学史　下巻』、二七九—三〇一頁参照。
（二）「『破戒』を評す」（『早稲田文学』明治三九年五月）一〇八—一三一頁。
（三）羚羊子「『破戒』を読む」（『藝苑』第五号、明治三九年五月）二三—三一頁。
（四）鸚鵡公「批評『破戒』」（『帝國文学』第一二巻第四号、明治三九年四月）五六四—五六七頁。

三月二十三日（金）

朝より曇り、寒さきびし。冬にかへれる如し。十一時三十分、帝国ホテルにゆく。実践英文学〔ママ〕謝恩会出席のためなり。一場の挨拶をなす。鏡花の一葉につきての感想を中心とせるもの。午後三時半かへる。電話にて約束し置ける福田邦三氏令息を伴ひ来る。雑話数刻。夕食後二階書斎に入れど、何となれ〔ママ〕疲れたれば何事をもえせず。マクドウォルの『写実主義』フロオベエル論の一節をのぞきたるのみ。

一昨二十一日には同大学国文科の謝恩会、赤坂プリンス・ホテルにて開かれたり。余、出席、一場のあいさつをなす。カーライルの例の"Work believe —（一）につきてなり。その前日、二十日には、同大学卒業式に列せるなど、この数日、あはたゞしくのみ過ぐ。昨二十二日、喜多山、依頼の品々（為山半折、柿、白龍小品牡丹、逍遙俳句短冊（残月や））（二）を持参す。合せて五千五百円を支払ふ。いづれも見事なる出来なり。

（一）『日記』三六年三月二〇日（四六九頁）参照。
（二）「残月やねられぬまゝに蟇を友」（昭和八年）

三月二十四日（土）

朝より曇り、やがて小雨、昨日に増して寒し。東横美術部に白龍ありとのことにて妻同伴行きて見る。贋物なり。それより三越にゆき新井靖造君結婚の贈物などを種々検討し、スタンドの見事なるを見つけ、そを贈ることに定む。（四千円強なり）三越にて図らずも服部洌君夫妻、本間誠君等に逢ふ。本間君とは七階にて茶を喫ししばし閑談、帰途、広田、文行堂等に立より車にてかへる。文行堂にて霊山（一）小品を買ふ。六百円也。

帰宅間もなく福島の佐藤秀吉氏妻及び令息を伴ひ来る。令息は早大法学部を今年、卒業、明二十五日の卒業式に列せんとてなりと云ふ。夕食後、二階の書斎に入れど、一日外出のことゝて疲れたれば何事をもえせず。

（一）井土霊山『日記』三五年二月九日（三三一頁）参照。

三月二十五日（日）

晴、早大卒業式に列す。例の如く盛大無比。帰途、大隈会館にて学校当局と共に喫茶。余、早大退職後、来賓として招かれてこの卒業式に列すること五回。さていつまで、余の健康つゞき得るにや。

四月二十二日（日曜）

晴、初夏の気分にて、すがすがし。

この程より長塚節の『土』(一)及び眞山青果の『南小泉村』(二)を併せよむ。前者の序文夏目漱石筆は最もよく『土』の作者と作品とを鑑賞し理解せるもの、流石なり。恐らく誰人と雖も、これ以上の解説は不可能ならんか。『土』には作者の貧農に対する温情のあふるゝものあり。『南小泉村』には、作者の貧農に対する嫌悪の情のあふるゝものあり。而して、作者夫々のこの温情と嫌悪とは恐らくこの二作の文芸的価値につきての高下の上の基礎的条件なるべきか。

(一) 長塚節『土』、東京、春陽堂、明治四五年、文庫所蔵。本間久雄『続明治文学史　下巻』、三七四―四〇〇頁参照。

(二) 眞山青果『南小泉村』、東京、古今堂書店、明治四二年、文庫所蔵。

四月二十三日（月曜）

晴、気候すがすがし。午前より午後にかけ実践出講。理事長に逢ふ。停年制やかましき由、余も愈々決意すべき時到る。さるにても三木、坪内二君に如何やうに話すべきか、差当っての難儀はこれなり。夕食後、明治文学史のための濫読、記すべきなし。

四月二十四日（火）

晴、午前九時半、奥村土牛氏を訪ぬ。依頼し置ける半古短冊表装の二幅の箱書についてなり。帰途、実践に立寄る。島田、小倉二氏不在にて、そのまゝかへる。午後、河野和子さんに送る色紙二葉を認む。

四月二十七日（金）

晴、初夏の気分なり。午前、実践にてブライス氏に逢ひ、夏期講習会のための出講を依頼、氏快く承諾 Nature in English & Japanese Literature を題目にしたしといふ。

午後、渋谷の石橋南州堂、町氏と連れ立ち来る。霊華二幅を持参。観音像一幅をとにかくあづかる。他の一幅は霊華の最も初期の作にて、賀茂祭のスケッチにて、粗画也。たゞし相当に興味ある作品なりし。種々の雑談に時を移し夕刻かへる。

郷里米沢高校、並短大の講師理学博士〔・・〕氏来る。高校にて同窓会文庫設定、ひろく子弟の教育に資したしとのことにて余の著書の寄附を求めらる。余も亦米沢高校出身の一人として快く承諾す。

東京堂の増山君来る。『文学概論』印税の一部二万円持参。夕食後は疲れたれば何事をもえせず。十時就寝。

一昨日二十五日は実践出講後、芝、美術倶楽部に行く。例の売立を見んとてなり。霊華の紺地金泥の観音、芋銭の名月等印象に残る。ついでに五都美術展なるものを同倶楽部に見る。たゞし、何れも似たり寄ったりにて印象に残れるものなし。土牛氏の大作富嶽は拵へものゝやうにて感心せず。やはり同氏の特色は花〔卉〕にあるものの如し。なほ、売立の部にて見たる古径の半切『宇津《ママ》の山路』は、霊華の同題材の半切と比べて、著しく見劣りせるを感ず。尤も古径のは初期の作なれば、霊華の晩年の同題目のものと比較せんは無理ならんか。

帰途兼素洞主催の未更会第十二回展を京橋第百生命館に見る。東山魁夷の『麦秋の丘』構図の奇抜色彩の鮮明共に印象に残る。

四月二十九日（日曜）

晴、朝より書斎にこもる。偶々羽黒洞主木村氏より電話あり。目下上野松坂屋に開催中の北辰会展覧会批評を山形新聞に載せたきにつき二三枚執筆せよとのことなり。郷里のことなれば承諾、四時、妻と連れ立ち車にて見にゆく。一瞥後、又、車にて椿山荘に向ふ。

松柏社主森政一氏の催にて平井博君の欧米行送別の会あり。余又、招がれ［たれば］五時半行く。池に面せる奥まりたる茶室にて三人鼎座、閑談数刻、愉快なる小宴なり。宴果てゝ八時帰宅、何となく疲れたれば書斎に入らず、十時就寝。

四月三十日（月）

晴、実践出講、午前午後二回講義。四時帰宅。妻、玉川国雄宅にゆきて不在。氏家、堂本、波多野（通敏）諸氏へ（画ハガキ）手紙を出す。

五月一日（火）

晴、一日書斎にこもり、羽黒洞より依頼されたる北辰会展覧会評を草す。原稿紙三枚。速達にて羽黒洞に送る。北辰会は郷里山形県出身の新進日本画家の集団にて羽黒洞の主催に《か》かゝるもの。依頼を受けたるは三十日午後なり。郷里のことなればと、とにかく引受け、同日寸暇を求めて北辰会を上野松坂屋に見る。その観画感なり。

五月二日（水）

晴、午前、東大分院の歯科にゆく。（実践は休講）久美子、顕子来る。昼食を共にし、大急ぎにて立正に駆けつく。四時帰宅、又、大急ぎにて妻同伴読売講堂にゆく。前進座の招待を受けたればなり。出し物は宇野信夫氏の『捨姿妻』一幕、郭末若作屈原五幕なり。捨姿妻はお伽噺のやうな、たわいなきものなれど、見てゐては面白し。翫右衛門の馬鹿殿を始め、皆よし。

『屈原』は大作なり。近時、余にとりこれほど感激を大にせるものなし。改めて『九歌』『漁夫の辞』等を読まんとするの念しきりなり。長十郎の屈原、扮装態度、深刻なれど白の抑揚に乏しきは欠点なり。今、一工夫を要す。翫右衛門の懐王、豪《〔ママ〕》慢にて暴君のさまよし。いまむらいづみの嬋娟その純情と情熱とを買ふべく、戸田千代子の南后は品位に欠け、且つ妖婦美にともし。釣をする人嵐芳三郎を始め、其他皆よく、前進座の大収穫なると共に、又、劇壇の収穫なり。賀すべし。

五月十一日（金）

晴、午後三時、昭和女子大に行く。同大学教授内藤濯氏並に村松君の依頼により、同大学にて催されたる国語問題特別講演にゆく。このための数日を費せり。二十枚程の準備的原稿を書く。二時間打つ通しての講演也。聴衆（学生）約百二三十人。堂に溢る。心地よく語るを得たり。村松君と車に同乗してかへる。かへれるは六時なり。同大学応接室にて小［憩］、内藤、村松両氏と人見氏を交へ、閑談す。

去る七日、実践の桜同窓会主催の歌舞伎座観劇会にゆく。余夫妻と久美子清香の両家族併せて九人なり。平土間中央前より五列目の席を占めての見物なり。梅幸の鏡獅子、前シテはよけれど、獅子となりて後は六代目に比して見劣りすることおびただし。六代目は流石に名人なりし。新團十郎の助六、これも十五代羽左衛門の俤、目の前にちらつきて、損な出し物なり。簑助の意久、これも先代中車のが眼の前にありて、いさゝか安手に見ゆるは損なり。たゞし気分的には、いかにも歌舞伎を見たるやうにて印象の深き、楽しき一夜なりし。その前日六日には、正午、桜同窓会に招かれて出席。一場の挨拶を為す。

五月十三日（日）

晴、午前永山画商来る。逍遙先生書幅（半切、歌物）鑑定を求めらる。贋物なり。画壇の内部のことなど種々雑話す。早稲田大学学生、写真師を伴ひ来る。八十周年記念アルバムを拵へるといふことにて、余の写真を求めてなり。快く撮影。午後四時頃よりは、テレビにて相撲など見物す。ひいき相撲の負けたるには、気をくさらすこと多し。愚かなることなれども、ファンの心理としていたしかたなし。

夕食後は二階の書斎にて青果の『南小泉村』などを読みか〈え〉し、且つ明日の実践出講の準備などす。

五月十五日（火）

朝より雨、午後五時半茗渓会館にゆく。笹淵友一氏恩賜賞祝賀会出席のためなり。来会者二百名、盛会なり。席上、久松潜一、土居光知、斎藤勇、豊田実、矢野峰人、麻生磯次諸氏に逢ふ。余の知らぬ人多し。早大関係者にも、稲垣、佐々木、川副、村松、岡保生諸氏の顔も見ゆ。太田三郎氏司会なり。余も、久松、土居氏等と共に一場の祝辞を述ぶ。笹淵氏は温藉なる人柄にて、其学風は細心精緻なり。余、其点をいさゝか力説す。八時半散会、車にて岡君と連立ち同君を余の家にいざなひ、雑話数刻、十時少し過ぎに同君かへる。疲れたれば、間もなく就寝。

――欠――

八月十七日（金）（一）

藤村『破戒』の梗概を漸く脱稿す。余、思ふ。梗概に三種あり。そを読みて原作面白からずと思はしむるは下の梗概なり。梗概にて要を得たり。原作読むに及ばずと思はしむるは中の梗概なり。更に進んで原作を読まむと思はしむは上の梗概なり。余の『破戒』の梗概、果して如何ならむか。余の師抱月嘗つて云へることあり。その人の見識を見んとせば、作品の梗概を書かせ見るに若かずと。宜なり。梗概を書くほど難かしきはなし。作の狙ひどころを、しかと把握し得るだけの批評力なしには、そは到底よくし得ざればなり。余の『明治文学史』執筆中、余の最も苦労せるは作の梗概なり。其余のことは、むしろ易々たるに属す。

『破戒』の中に丑松の父親が、その子の出世のために、自ら浮世を棄てゝ西入野の牧場に居るの件を叙せる中に「寧《いっ》そ山奥へ高踏《ひっこ》め云々」の文句あり。ひっこめに高踏の文字を當てたる、流石、藤村なりと感心す。
八月十四日の「朝日新聞」学芸欄に左の記事あり。
（新聞記事切り抜き添付）

素描

若月保治氏が、さる七月末、東京都葛飾区砂原町の自宅で亡くなった。八十三歳である。
若月氏は、メーテルリンクの「青い鳥」を始めて日本に紹介した人だが、また、古浄瑠璃（じょうるり）の研究家として貴重な人だった。「人形浄瑠璃三百年」など、いくつかの著書もあるが、研究が地味なものだけに、一般にはあまり知られていない。しかし「大和守日記」という新資料の発見をはじめ、すぐれた仕事が多かった。

若月氏の研究には、奥さんの乙女さんの内助の功も大きかったようだ。夫妻で日本各地の図書館などを弁当持参で歩きまわり、虫の食った、だれも顧みないような古い文書をコツコツ二人で写し取ったという。「あの人は、頭を下げることの下手な、負けん気の努力家でした」と、乙女さんは述懐する。遺言で、近所の人も知らないほどの、ひそやかなお葬式だった。

若月氏は、余、嘗て一面の識あり。戦後杳としてその消息を聞かず。恐らく物故せるならむと思ひ居りしに図らざりき、最近まで健在なりしとは、而も死の直前まで夫婦ともどもに研究に没頭しありしとは。世の栄辱を外に、静かに、而も人の知らぬ間に、世を辞せる、学者らしき風□見えて何となく慕はし。

（一）昭和三七年八月十四日より九月二日までの日記は一部本間久雄「日記抄」（『実践文学』第二三号、昭和三七年一二月）二八―三二頁に翻刻されているので、これを参照した。

八月十八日（土）

暑さきびし。一日書斎に閉ぢ籠り、『破戒』の批評を書く。漸く八枚を脱稿す。予定の半分なり。夕食後、眼疾のため例により一切、書見並に執筆を廃す。苦しきこと限りなし。

十二号台風至るの報あり。

八月十九日（日）

台風の影響にて天候異変あり。むし暑く不快なり。而も時を定めたるが如く、猛雨しきりに至り、其度毎に雨戸を閉めざるべからず。机に向ひたれど落ちつかず読書、執筆共に不能なり。「古書通信」来る。取いそぎ一瞥す。買ふべき書なし。

八月二十日（火）

台風の影響を受け昨十九日は一日荒模様なりしが今日は打って変って快晴、而も暑さきびし。この日の夕刊によれば今夏二度目の暑さとかにて廿七度を越えたり。午前十時、妻及びヒロシ同道車にて三越にゆく。久美子も來る。余は今日より開催さる竹田展（二）を見んとてなり。

余、竹田を好むこと久し。その繊麗なる線描、その高雅なる渇筆及び墨潤、共に愛すべく、その超脱温藉の人柄に至りては余、敬慕、其辞の極るを知らず。陳列されたる作品大小約八十点。中に就きて、大幅松巒古寺図、松泉山水図、軽舟読画図、桃花流水図、曲渓複嶺図、稲川舟遊図、横幅秋渓訪友図など、余をして其前に立ちて彽徊去る能はざらしめたり。

竹田の作品には、知己のために描けるもの多しと聞く。現に松巒古寺図の如きは山陽（二）の嘱によりて筆を採り、苦心惨憺図漸く成りて山陽すでに亡し。竹田、更にこれを、おなじ風雅の友、青木木米に贈らん〈と〉して、木米又亡し。竹田、又、これを筐底に収めたるまゝ没しぬ。竹田の嗣子、これを木米の嗣子に贈りたりといふ。 かくの如き今日の画家などに見るを得ざる画家気質とす。今日の画家の多くは画商のために筆を採るなるべし。画商の手より誰人の手に移るかは彼等の知らざるところ、又、知らんとも欲せざるところなるべし。彼等の多くは、画商に使役せらるゝ画工のみ。artist に非ずして Artisan なり。竹田展を見て、特にこの感深し。

帰途、ヒロシを伴ひ、本郷の吉田眼鏡店に立寄りかへる。

夕食後、杉浦重剛立案の『樊噲《はんくわい》夢物語』（三）と題するものを一読す。明治十九年の刊なり。珍本の一なり。一名「新平民回天談」と題せるもの。『破戒』鑑賞上何等かの資を得んとてなり。

（一）田能村竹田（一七七七―一八三五）南画家。
（二）頼山陽（一七八〇―一八三二）江戸時代の儒学者。田能村竹田、青木木米ら多くの文人墨客と交流があった。
（三）天台道士（杉浦重剛）立案　青天布衣（福本誠）記、『樊噲夢物語――名新平民回天談』、澤屋、明治一九年、文庫所蔵。

八月二十二日（水）

午前中、東大分院にゆく。内科長谷川医師に診察を乞ひ、更に皮膚科に廻りて薬を貰ひかへる。午後机に向ひたれど暑さのため何もえせず。四時、ヒロシ来る。白扇を持参し、キイツの詩句の揮毫を乞ふ。すなはち**Beauty is a joy forever**（一）の文字を書き与ふ。
夕食後は眼疾をいとひ一切読書及執筆を廃す。河竹繁俊、三木春雄氏等にハガキを書く。

（一）『日記』三五年四月八日（三六〇頁）参照。

八月二十九日

二十四日、亡母十七回忌の法要を営むため妻同伴郷里米沢にかへり二十七日帰京す。十七年前（終戦の年）、母の病気を見舞ふため、次いでその葬儀を営むため郷里にかへれる折には汽車の旅行容易ならず、乗客、窓より飛込みて辛うじて乗り得るほど混雑を極めたり。無論車中立錐の〈余〉地なく、余の如きも七時間、ぶっ通しにて立ちつゞけるの外なかりき。今は往復とも特急「つばさ」の一等指定席におさまりて悠々、まさに隔世の感とや云はん。

二十五日、信光寺にて法要、東京よりは弟国雄も参加。在郷の親類を集め型の如く営む。且つやゝ朽廃せる墓を修理す。墓は銘によれば文化五年（一）三月の建立なり。

在郷中は小野川温泉吾妻荘に滞在。滞在中の収穫は立町粟野〔・・・〕（二）の白龍山人の逸品を一見せることなり。白龍山人につきては、余、今日まで屢々顕揚せり。これを過日、三越にて見たる竹田に比較するは或ひは当を失せん。白龍の画品のいたく下れるは誰人も否む能はざるべし。たゞし、竹田が徳川文化の爛熟期たる化政度〔ママ〕の画家として悠々自適、自ら娯めるに比して、白龍が明治開化期に人となりて常に外国の文化に負けまじとの念に燃えて切磋琢磨せる画家なりしことを知らざるべからず。所謂インフェリオリテー・コンプレックスなり。白龍の画の 余りに覇気横溢、つひに竹田の静謐穏雅 (三) を見るを得ざるは主としてこゝに源由す。粟野氏蔵するところの白龍二幅あり。何れも大幅にて一は大画箋全紙に『台湾凱旋』と題するもの、他は絖の大幅にて（中画箋全紙の大きさ）『西園雅集』の図なり。前者は「紀元二千五百三十五年三月寫于舊宮中御花園白龍山人管原元道」とあり。紀元二千五百三十五年は明治八年なり。台湾征討は明治七年四月に始り、同十月に終りたれば、翌八年三月、その祝宴ありしなるべし。たゞし、白龍はこの当時、郷里にありて、わざわざ東京に来れりとも思はれず、この画恐らく想像画なるべし。「舊御花園」については余知るところなし。

図は墨痕淋滴たる樹林をへだてゝ海あり。海上には日の丸の旗をたてたる軍鑑林立す。遙かに富士の霊峰を仰ぐといふ図也。落に「我道無古今」の文字の四角の大印、遊印に「亜細亜画」と題するあり。以て白龍の意気を知るべし。

『西園雅集』は、円通大師（大江定基、落飾して宋に入り、この号を受く）当代の文人墨客、蘇東波、王晋郷、蔡天郷等、十六人と西園に雅集を催したることを画きたるもの。米元章の『西園雅集図記』ありて、ひろく行はれ、和漢の画家好んでこれを描く。竹田の名作ありとのことなれど、余、未だこれを見ず。

余の蔵する白龍の画稿（中画箋全紙）に『西園雅集』あり。明治十一年十月の作なり。賛に曰く『人間清曠楽不過此磋 (四)〔・・・・・・・・・〕作は全く画稿にして東坡以下十六人の人物につきての書込みなどありて或は下絵といふも可なり。粟野氏蔵するところは翌十二年のもの。而も、余所蔵の画稿を大成せるものの如し。白龍は支那南画の型を追はず、従って支那の山水、人物等を描かず、その描くところの山水、人物悉く日本のものなりと伝へらる。たゞしこの『西園雅集』の如きものあるにても必ずしもその真ならざるを知るべし。余の蔵する白龍の粉本の一に安政丙辰夏日於上州新町纂泰嶽道人と記せるものあり。白龍は天保四年の生れなれば安政丙辰（三年）には二十四歳なり。当時、諸国を遍歴して画業を励みたりといへば、この粉本はその時のものなること明らけし。原作者の誰れなるかは知るに由なし。たゞし白龍がこの時見たる『西園雅集』に異常なる感興を覚えたること察するに余りあり。明治十一年は白龍四十六歳なり。二十余年、彼れの脳裏にありて醞醸されたるもの、蓋し、彼れの『西園雅集』なればなり。筆を下すは恐らく容易なり。容易ならざるは筆を下すに至るまでの脳裏の醞醸なり。貴ぶべきは筆を下すの容易なるにあらず、その醞醸の容易ならざるにあり。

余の留守中、坂東三津五郎、坂東簑助父子、改名披露の挨拶に来る。扇子及びふろしきなど贈らる。改名披露のあいさつは歌舞伎の世界にては珍しからぬことなれど、余の如き芝居に関係なき者にまで、三津五郎のこの挙に出でたるは痛み入るの外なし。三津五郎は永らく関西に居りしため、余、舞台上の彼れを知ること少なけれど、彼れの上京以来のものは大［抵］一見せり。青果の御浜御殿の富森助右衛門、同青果の慶喜命乞ひの山岡鉄太郎、天の網島の孫右衛門など何れも見事なる出来なりし。殊に孫右衛門は天下一品、あの一幕は彼れ一人の出し物といひても可なるほどの出来なりし。聞くところによれば彼れは歌舞伎俳優中第一の読書家なりといふ。おもふに、今日の歌舞伎に新風を入るゝもの、彼れを以て第一とするならんか。九月の彼れの改名興行、願はくは幸多からむことを。

（一）一八〇八年。
（二）前掲「日記抄」には、粟野陽吉氏とある。
（三）前掲「日記抄」には、静逸隠雅　とある。
（四）前掲「日記抄」には、乎洶湧於名利之城而不知退者豈易得此耶　とある。

九月一日（土）

暑さきびし。関東大震災の記念日なり。例により逍遙先生『大震災即感の歌』(一)の半切を床の間にかけ、そのかみを偲ぶ。午後、帆足図南次君夫妻来る。余の往年氏に贈れる大色紙を表装せりとの持ち来る。例の如く種々閑談。寿泉堂、霊華の絹本西王母を持参。値七万円也といふ。銘作の一なり。たゞし眼福を得るのみ断りてかへす。

夜分は例により眼疾をいとひ読書執筆を廃す。朝日夕刊に実践中高騒動の記事あり。島田君に電話をかく。

（一）本間久雄『眞蹟図録』、図録二九頁、解説一一頁。

九月二日（日）

やゝ涼し。朝、殊に秋めける思ひあり。午前中書斎にこもり獨歩の『運命』(一)を読む。午後、坪内君依頼の「當山廟」の文字を書く。幾枚書いても意に充たず。悉く破り棄つ。心中何となく憤ろしければ憤の一字を大書せるに、この一字、やゝ吾が意に叶へるはをかし。しかし坪内君の約せるは明日のことなればと、心をやゝ落ちつけて、ともかくも二枚ばかり認む。明朝速達にて送るべし。これにつけても、頼まれてなど夢に書くまじきものぞかし。

（一）國木田獨歩『運命』、東京、佐久良書房、明治三九年、文庫所蔵。本間久雄『続明治文学史　下巻』、三〇二―三〇七頁参照。

九月十四日

妻と弟夫妻を同伴歌舞伎座に三津五郎、簑助、八十助改名襲名劇夜の部を見る。八十助は前八十助（現簑助）の子にて当年六才なりといふ。初舞台也。父八十助を襲名せるなり。その襲名披露の狂言は「黎明鞍馬山」にて吉川英治氏の新平家物語の一節を小島二朔氏の脚色せるものなりといふ。新八十助は遮那王牛若丸に扮す。音声もよく、形もよく見事なる出来なり。何よりも感心せるは、その白《せりふ》を一々腹に入れて云ひ居ることなり。こは単に教へられて出来ることにあらず。よく白《せりふ》の意味を理解せではかなはぬことなり。母、常磐への言伝の「母上にもよろしくなど」真に迫りて、其技神に入るといふべし。文字通りの〔・・〕児（一）なり。指導よろしきを得れば将来の大立物たるべし。

『絵本太功記』は松緑の光秀、左團次の操、梅幸の十次郎、福助の初菊、團之助の皐月。新三津五郎の久吉、新簑助の正清也。松緑の光秀、期待して見たれど期待外れ也。この尼ケ崎の場は歌舞伎劇中最も悲壮悲劇ともいふべき大物にて、余の最も好めるものゝ一なり。余、兼て、これにつき一文を草し、雑誌「芸術生活」（二）に載せたることあり。余、先代中車、先代幸四郎、吉右衛門等の光秀にて屢々これを見る。中について、すべての点に於て、余は先代中車のを第一に推す。

尼ケ崎の光秀は、立役としての難役中の難役なり。貫禄と柄と、而して役の性根の正しき解釈と相俟って始めてこの悲壮悲劇の典型たる光秀を演じ得べし。松緑の光秀は現代にては、前の二つは先づ先づなれど役の性根の解釈に至りては物足らざるところ多し。例へば、光秀の一つの見せどころなる母皐月を竹槍にて誤って突きたる折の光秀の苦悩なり。中車の光秀、こゝで母に傷の手当をしながら、身をかゞめ、母を抱きかゝへるやうにして、母をいたはる心、母の苦痛を悲しむ心、己れの誤ちを悩む心、など複雑な心持をよく現はせり。今度の松緑はたゞ、傷の手当をしただけて、母の介抱はすべて操と初菊に委せただけにて、自分は二重の中央に無表情に腰をかけ居るのみなり。中車の光秀が、母を介抱しながら、ぢっと母親の述懐をきゝゐるうち、お前が主君を殺した天罰はこれこの通りと、グイグイと皐月が吾れを吾が手で竹槍で腹を抉るあたりになると、我れにもあらず、母をかばふやうに両手を出して、母の顔をぢっと見守るといふ母に対する情愛の深きものなりしを今以て余は思ひおこす。なほ、この時の皐月役は先代源之助にて、これ又、絶品たりし。

次に、妻、操の「戦の門出にくれぐれも云々」から「せめて母御の御最後に善心に立ちかへると一言きかしてたべ」との諫言立てについで、光秀は「ヤア……云々」から「女童の知ることならず、」「すさり居らう」と大きく妻を叱汰す。こゝは、作者が「一心変ぜぬ勇気の顔に取りつく島もなかりけり」と評せる如く、光秀の凛《りん》然たる風姿の見せどころなれど、光秀のこの場合の長白《せりふ》には二つの重要なる目標あり。白《せりふ》の前半は母に、此度の旗挙げの止むに止まれぬ理由をそれとなく説明せんとせることなり。「勿論、三代相恩の主君でなく云々」のあたりは妻に聞かせんよりは母にきかせんとせるなり。中車の光秀は、母にきかせる白を、母の方を向くやうにして、情を含みながら云ひ、後半をぐっと強く妻に向って云へり。松緑のには、始めよりたゞ妻に向っての強さ、一点張りにて、さる微妙なる解釈なし。こは一例なれど、松緑の光秀はまだまだなり。かゝる古劇は原作をよく読み味ひ、役の性根を十分把握し、然るのち諸名優の型を調べるを要す。かくしてこそ古劇は現代に新しき生命を□み来るべし。隅田川は、作もよし、歌右衛門の狂女、勘三郎の舟人共によく、近頃の眼福なり。

せっかくの改名披露に新三津五郎の出し物なきは同優に気の毒、見物人には不満足なり。勘三郎の御所の五郎蔵に対して星影土右衛門といふ役はあれど、特別に新三津五郎を要するほどの役にあらず、尤も昼の部には『慶喜命乞ひ』の西郷及び喜撰といふ大役あれど、夜の部のみ見る人には、三津五郎の出し物なきは何と云っても淋しきことなり。先代の三津五郎は天下周知の如く、舞踊における第一人者にて、その『三社祭』『大原女』『喜撰』など、思ひ出すだに魂の法楽なり。たゞし、柄、音声などの点にて、その芸域ひろからざりしうらみあり。新三津五郎はその点において、はるかに親優りなり。柄もよく、音声も朗々たる中に一種のさびあり。芸域はひろく、芸格も高し。次の機会にはその得意の出し物を見たきものなり。

（一）前掲「日記抄」には「麒麟児」とある。

（二）「歌舞伎偶話（二）――〝太十〟の新解釈」（『芸術生活』昭和三三年一二月）八―一一頁。

十月十四日（月）

朝より秋雨、わびしき日なり。雨の晴間を待ちゐたれどその甲斐なければ、かくてはならじと、上野松坂屋に車を駆る。天心展出陳の大観の『屈原』を見んとてなり。数日前一見せりしも、もう一度見て置きたく、今日が展覧会の最終日なれば是非にとおもひ出かけたるなり。三日ばかり前より風邪にて医師の厄介になり居り、今日の雨、からだに障りあらずやなど、いさゝか案ぜざるにあらねど、今日を外しては恐らく又と見る機会なければと思ひてなり。

大観作屈原のことは、余、当時中学の学生なりし頃、高山樗牛の批評にて知り、其後、一見せまほしく思ひたれど、絵は厳島神社の所有にかゝり、そこに出向かずは見るを得ず、殆ど諦めゐたるに、大観卒年画業回顧展（昭和二十四五年頃）に出品されたるを幸ひ、余始めて長年の渇を癒せり。其後、美術院の回顧展に又々出陳、今度は三回目なり。吉川霊華に『離騒』の大作あり。おなじく屈原を描く。霊華のは大観のとは、屈原の性格描写においていたく異なれるもの、余はこの二つの屈原を比較せんと思ひ立てること、こゝに年あり。

屡々『離騒』『九歌』『漁夫辞』などを読み漁りたれど、脳裏未だ稿をなさず。従って未だ筆を下すに至らざるなり。

十月二十日（土）

小雨曇り、午前十時、護国寺における大隈侯墓前祭に参列。午後六時、ホテル・オヽクラにて開催の早大八十周年祝賀会に出席。妻同伴。

十月二十一日（日）

晴、午前、妻と共に早大図書館にて開催されたる早大八十周年記念展示会を一瞥す。場中にて大野館長に逢ふ。午後一時記念会館における記念会に出席。大浜総長の挨拶の外に慶大総長高村象平氏（一）の祝辞、河野一郎氏（二）の祝辞、ミシガン大学総長の祝辞あり。〔・・〕氏の祝辞内容最もよし。大隈侯の伝記などよく調べたる跡歴然たり。

午後四時半、妻同伴にて歌舞伎座にゆく。今月の歌舞伎座は早大創立八十周年記念と銘を打ちて『人生百二十五年』（大隈重信）と題するものを上演す。早大はそのために四日間を買ひ切りて連中見物をなす。余、その招待を受けたるなり。たゞし『人生百二十五年』は一種の笑劇なり。大隈侯生涯の中には藩閥政治への反抗の一契機を捉へ、それを発展せしめたるだけにこも優に一篇の悲壮劇を作り得べき筈なるに作者は何故にかゝる笑劇をものせるにや、而もその中にて逍遥、抱月などを愚弄せる、言語同断なり。作者は石川達三氏、余の私かに好意を寄せゐたる同氏にこの作あるを悲しむ。

（一）高村象平（一九〇五―一九八九）慶應義塾塾長。
（二）河野一郎（一八九八―一九六五）政治家、衆議院議員。

十一月十二日（火）

秋晴、昨日より植木屋四人入り、庭の手入れをなす。

数日前、早大図書館より借り出せる Literature & Science （一）と題するものを一瞥す。International Federation for Modern Language & Literatures の紀要なり。Proceedings of the Sixth Triennial Congress. Oxford, 1954 とあれば、相当前より組識せられ居りし近代文学の会なるが如し。全体を (1) Science & Literature (2) Scientific Method & Literary Scholarship (3) Literary History & the History of Science の三大項目に分ち、この三大項目を更に次の如く分類す。即ち (2) を Foundations of Textual Criticism, Language & Style, Statistics in Literary History, (3) を Middle Ages & Renaissance, The Age of Galileo & Newton, The Industrial Revolution & After に分つ。全体にて七十の研究論文あり。英、独、仏三国の新進学徒の夫々の国語にての文章なり。余の目下の研究上、一読したきものに左の数篇あり。

Albert J. George, The Industrial Revolution & the Development of French Romanticism.

Garnet Rees, The Influence of Science on the Structure of the Novel in the 19th Century (Balzac, Flaubert, Zola).

Helen Trudgian, Claude Bernard & the 'Groupe de Medean'.

W.G. Moore, Scientific Method in the French Classical Writers.

（1）International Federation for Modern Languages and Literatures, *Literature and Science: Proceedings of the Sixth Triennial Congress* (Oxford: Basil Blackwell, 1955). 本間久雄『続明治文学史　下巻』、二六七頁参照。

十一月十六日（金）

雨、（朝より）

妻同伴歌舞伎座昼の部を見る。吉例顔見世大芝居と銘を打つ。序幕不動は歌舞伎十八番の一也といふ。余に取りても始めての見ものなり。一向面白からず。勘弥の不動、柄になき役とて是非なけれどおもちゃの不動がちょこちょこと動くが如し。歌舞伎十八番の中にては恐らく最もつまらなきものなるが如し。『盛綱陣屋』はいつ見ても緊張する出し物なり。新團十郎の盛綱は柄も音声もよく近頃での盛綱なり。たゞし、「思案の扇からりと捨て云々」のあたり、故意々々丁寧に扇を手に持ちて座に置くはわるし。こゝは先代羽左衛門の如く扇をカセに顔にあてゝ思案中、ふと思ひつきたる体にてカラリと落すやうにすべし。かくしてこそ、床の文句にもかなへりといふべし。首実検の思ひ入れはやゝ長きに過ぐ。こゝはいふまでもなく心理上三つの階段を経るなり。第一は弟高綱の首のニセ首なるを見てはっと驚くと共に、弟の死なざりしことを喜ぶ一段なり。第二段は小四郎の自害より、サテはと弟高綱の計略を看破すると共に、甥小四郎への情誼のために、ニセ首を承知で主君に「相違御座なく候」と言上すべきか否かを迷ふ一段なり。こゝは、盛綱の首実検中のクライマックスにて最も複雑なる心理の表現を必要とするところなり。とはいへ、團十郎のこのこころのしぐさ余りに長きに過ぎたり。もう少し簡潔なるを要す。第三段は主君を欺く罪を覚悟にて愈々言上せんと決心するところなり。この第三階段の演出はきっぱりと、勇々しく見事なり。殊に「相違御座なく候」の前に「相違ない」と小四郎に向っていふ白には情味も十分にこもりゐたるは賞すに足る。例の誉めてやれ云々から扇をあげて小四郎をほめるあたり形もよく白の抑揚もよく、十分に観客にこたへさせたるは感心なり。左團次の微妙も近頃の微妙なり。羽左衛門の和田兵衛は貫禄に欠け、小四郎役の升丸とは誰れの子にや、余には始めて見る子役なり。白も少したどたどしく、其上どことなく哀れげに乏しきは遺憾なりし。近松の女殺油地獄は、多大の期待をかけたるだけ期待外れなりし。第一に近松原作の最後の場面、与兵衛捕縛の場を欠きたるはわるし。あの場ありて、始めて与兵衛の面目の躍如たるを見るべければなり。第二に与兵衛をして、母に向って、操を守って呉れたならば、自分はこんな遊蕩児にならざりしなど云はしめたるは言語道断なり。かゝる文句の原作に皆無なることいふまでもなく、原作の与兵衛はかかることをいふほどの思索も自己反省も全く欠ける単純そのものゝ遊蕩児なり。況んや原作の母親おさわ（多賀之丞役）も継父徳兵衛（三津五郎役）も全然与兵衛の考へる如き関係ならざるに於てをやなり。勘三郎の与兵衛はどこか江戸の遊び人らしく、原作に見る如き、泥くさき、油ぎった与兵衛ならず。原作の与兵衛は恐らく故延若の如き俳優を俟つて始めて舞台に髣髴たらしめ得るならんか。

十二月十五日（土）

気温高く、例年に比して六度高しといふ。朝より二階の書斎にこもる。先頃早大図書館より借出せる Hertzler の History of Utopian Thoughts (一) と題せるものを拾ひ読みす。この中に Utopist の語屡々あり。研究社の英和辞書にもなき語なり。Bellamy の Looking Backward を Pseudo-Utopianism といへるは面白し。正午近く東京堂増山君来る。「東京堂の歳暮の品」を持参せるなり。昼食を共にす。午後四時、電話にて約束し置ける昭和女子大の大塚豊子氏来る。饗庭篁村のことにつきての話を求めらる。特に劇評家としての篁村のこと、歌舞伎のこと其他雑話。七時頃、工業新聞の酒井君来る。北海道より送り来れるといふシャケ及び筋子を贈らる。筋子は珍らしく、その値真珠にひとしといふ。心づくしの贈り物なり。さるにても酒井君は情誼の厚き人なるかな。往年同君早大入学の折、余、いさゝかの便宜を謀れるを徳として、年の暮には余の家を訪ぬること毎年のならひなり。感ずべし。

夕食後、正宗白鳥の『自然主義盛衰史』(二)を拾ひよみす。得るところ多し。

(一) Hertzler, J. O., *The History of Utopian Thought* (London: G. Allen & Unwin, 1923).

(二) 正宗白鳥『自然主義盛衰史』、東京、六興出版部、昭和二三年、文庫所蔵。本間久雄『続明治文学史　下巻』、二二二、二六四、二七七頁参照。

十二月十六日（日）

朝小雨、昼頃より晴、あたゝかし。十二時大隈会館にゆく。四十二年卒のクラス会なり。集るもの、市川、坪内、高賀、三木及び余の五人なり。何れも老醜、人の振り見ておのが振りを見かへる。わびしさ限りなし。三時半かへる。留守中、村松、岡保生二君来る。歳暮の品など贈らる。午前、藤岡君、伊藤忠の専務貝石氏夫人、令息を伴ひ来る。星川宅へ照会す。夕食後は明、実践のペイタア講義の下調べなどす。

十二月十七日（火）

スモックにて憂鬱也。午後妻同伴、三越へゆく。これといふ的なし。六階画廊にて川端龍子の個展を見る。一向につまらなし。筆致もいたく荒れたり。構図も平凡。夕食後、書斎に入れど何事をもえせず。侘しき一日なり。

十二月十九日（水）

スモック。例により憂鬱なり。午前、実践出講、午後の立正は休むこととし、妻と共に東横のお好み食堂にて昼食。共に芝の美術倶楽部にゆく。古書展（入札）一見のためなり。小宮山書店主、文行堂主其他の書店主に逢ふ。図らずも会場にて小汀利得、石丸久、帆足図南次氏、森銑三氏（一）、人見東明氏等に逢ふ。但し一つも入札したきものなし。帰れるは五時、夕食後は二階の書斎にこもり、明朝の実践出講の準備などす。

（一）森銑三（一八九五―一九八五）近世学芸史研究家。

十二月二十日（木）

曇、午前午後実践出講、二時半特別委員会議、五時、東横文化会館にて忘年会、理事長の古稀及び名誉学長の米寿の祝賀を兼ぬ。今年は英文科世話役にて小倉君始め教授連のあっせんの労多し。余、名誉会長宇野博士に隣りして座し、歓談数刻、愉快なる一夜なりし。かへれるは八時、疲れたる一日也。

十二月二十一日（金）

晴、午前、大学病院にゆく。長谷川医師の診察を受く。午後、羽黒洞（三沢氏）白龍幅三幅を持参す。二幅をあづかる。その中白民（一）の箱書せる墨堤春色図は晩年の作にて構図、特に面白し。印象派風の筆致なり。当時の画壇における新人白龍の面目躍如たり。価一万四千円なりといふ。考慮を約す。午後四時飛田茂雄君来る。

小樽高商に行かんとの希望にて余に推挙状を求む。青山大の助教授の地位を捨てゝ遠く小樽にゆくこと、同君のため果してよきや否や、余には疑問なれど同君の決心固ければ、とゞめんもせんなし。或ひは母校に居ることの安きを捨て、他校に入りて他流試合をするも亦、新進学徒の快とするところならむか。推挙状を認むることを約す。夕食後再び白龍の墨堤春色図を見る。讃に読めぬ二字あり。〔ママ〕字書など種々調べ見れどわからず。何となく胸につかへたるものある如き心地して面白からず。入浴後十時就寝。

（一）渡辺白民、菅原白龍の弟子。

十二月二十二日（土）

晴、午前井中雄四郎（一）君来る。昼食を共にす。午後、昭和女子大の大塚女史来る。饗庭篁村原稿借用のためなり。新井寛君来る。歳暮あいさつのためなり。暫く閑談。白龍筆墨堤春色図羽黒洞と電話にて買約す。価一万三千円也。夜、皮膚の手当をしながら、見るともなしに〔・・・・〕の〔・・・・〕といふものをテレビにて見る。今月の歌舞伎座にて大入の出し物（二）なりといふ。浪花節式低級のヤクザ物劇なり。

（一）井内雄四郎〔?〕。
（二）一二月歌舞伎座は村田英雄特別講演。出し物は、昼の部「月形半平太」、「男の夜明け」、「ヒット・パレード・唄う王将」、夜の部「次郎長外伝・鬼吉喧嘩状」、「飛車角と吉良」、「ヒット・パレード・唄う王将」。

十二月二十三日（日）

晴、午後一時、高野正巳氏白龍筆墨堤春色図を持参す。余、同画題の一幅を得たれば同氏の所蔵品と比べ見たく、電話にて特に持参を乞へるなり。たゞし高野氏所蔵品は明らかに贋物なり。余の所蔵品のかずかずを同氏に示す。氏、始めて納得せるものゝ如し。

午後三時、大久保典夫君来る。同君妻、急病のため、権威ある医師の紹介を余に求めんためなり。すなはち、大学の長谷川医師を紹介することゝす。夕食後は二階の書斎に入れど何もえ読まず、皮膚の手当などに妻を煩はし、床につけるは十二時也。

十二月二十四日（月）

晴、クリスマス・イーブなり。正午、妻同伴三越七階の食堂にゆく。かねてより顕子、耀子、ヒロシの三人をこゝに招ぎ置けるなり。一つの卓を囲み、クリスマスの特別料理を味ひながら閑談に時を移す。料理は平凡なれど孫三人を招ぎての会食は気分的に法楽ともいふべきか。二時半孫たちと別れ、車にていそぎかへる。四時、妻、大学病院にゆく。長谷川医師と、大久保君より差出しの車にて大久保君宅へゆく。妻かへれるは六時、大久保夫人の容態、さして変りなきが如し。夕食後二階の書斎に入れど何事をもえせず。

十二月二十五日（火）

晴、寒し。神田古書展にゆく。文行堂出品晶子短冊、くじ引にて不覚、残念なり。雑本数種を求めかへる。帰途池上に立より依頼し置ける黙阿弥其他柳浪などの巻物四種を携へかへる。代価三千八百円を支払ふ。更に一誠堂に立寄る。同店目録中片山潜の『我社會主義』(一) 平民社の『社會主義』(二) などを買約す。都合八千円也。年末の痛事也。

午後、飛田茂雄君来る。かねて頼まれゐたる小樽商業大学学長加茂儀一氏(三)宛同君推挙状を取りに来れるなり。同君かへれるのち、板東三津五郎への手紙を書く。尾島庄太郎氏来る。歳暮のため也。夕食後、二階書斎に入れど、何等収穫なし。

(一) 片山潜『我社會主義』、東京、社會主義圖書部、明治三六年、文庫所蔵。
(二) 平民社同人編『社會主義入門』、東京、平民社、明治三八年、文庫所蔵。
(三) 加茂儀一(一八九九―一九七七)東京工業大学教授、小樽商科大学学長、評論家、技術史、文化史、社会思想史研究家。

十二月二十七日(木)

晴、正午、東横文化会館ゴールデン・ホールにて小倉君と会食。実践のこと其他を語り合ふ。実践の内部は聞けばきく程複雑怪奇也。余も考へざるべからず。

帰れるは三時半、留守中、都築佑吉君、今井みどり氏、津田昇氏(一)来る。今井氏はもと日本女子大生にて、早大に於ける折の余の教へ子なり。純情にして眉目もよけれど一時胸の病ひをわづらひしことありて婚期を失して氣の毒なり。年の暮には正月のための花束を持参す。例年のことなり。情誼のゆたかさ感銘に余りあり。石丸久君、亦留守中に来り、余のかへるを待ちゐたり。種々語合ふ。同君学会のため九州に行きたりとて土産物など贈らる。石丸君と引ちがひに金田真澄君来る。学校のこと其他、閑談。あはたゞしき一日なり。夕食後、二階書斎に入れどえ読まず、え書かず。

(一) 津田昇(一九一〇―一九七七)東大法学部政治学科卒、専修大学教授、経済・貿易学専攻。

十二月二十八日（金）

晴、朝より二階書斎にこもり『文学史』の稿に取りかゝる。白鳥の『何處へ』などを取上ぐ。午前中歌舞伎座に堀口氏を訪ぬ。

午後、電話にて羽黒洞を呼び、白龍墨堤春色図の代価一万三千円を渡す。

十二月二十九日（土）

晴、午前散髪、眼科医行。一誠堂にゆき、かねて買約せる平民社の『社會主義入門』（三千五百円）片山潜『我社會主義』（四千五百円）を受取る。代価を払ふ。午後二階書斎に入り二書を一瞥、夕食後すでに稿成れる平民運動につきての不足を補ふ。この二書、当然見るべくして見得ざりしも、偶々一挙に二書を求め得て、漸く渇を癒するを得たり。喜ぶべし。夜、酒井昭君来り、正月の餅を贈らる。

昭和三八年日記

一月一日

晴、昨夜は除夜の鐘をきゝてより床に就く。青果の『茗荷畠』につき草するところありしも気に入らず、不愉快のまゝにて就寝せるなり。七時半起床、元旦のことゝて力めて心すがすがしきを装ふ。歯みがきの折下の入歯を洗面所のタイルに落せるため、真二つに割る。ハタと当惑す。元旦のことゝて歯科[医]皆閉店なればなり。午前中年賀ハガキ百余枚を書く。耀子、ヒロシ連立ち来る。

午後、内山正平、岩田洵、大沢実氏等相次いで来る。雑談数刻。夕食後、島田謹二氏来る。学校のことなど種々話し合ふ。同氏十一時頃かへる。例により皮膚の手当を妻に依頼。十二時就寝。

一月二日

晴、午前松尾歯科医にゆく。書斎にこもり、『茗荷畠』など再び読み直し、想をねる。午後志賀謙君夫妻、子供を連れ年賀に来る。斉田女史、早大東洋哲学科在学の令嬢を伴ひ来る。清香来る。都筑省吾君来る。（玄関にてかへる）夕食後、書斎に入り、『茗荷畠』の稿に手を入る。やゝよくなれど未だ全からず。早大新聞部の編纂に成る早大八十年記念アルバム送り来る。編集、思ひの外によき出来なり。編集員の労苦思ふべし。

「芸術生活」一月号来る。例により豪華版なり。たゞし豪華版とは装幀、紙質其他贅沢を極めたりとの意なり。内容は貧弱の上に徒らに混濁せるのみ。巻頭に「古都に舞ふ」といふ標題にて七頁にわたれる三色写真あり。京都の（或ひは奈良か）某寺の竹林の中を能衣装をつけ能面を冠れるのゝみや貴女のさまよひ歩くをうつせるなり。謡曲『野之宮』のシテ六条御息所を演ぜしめたるなり。能は文句も曲も舞ひの手振も舞台も背景も音楽もすべてが象徴的なり。象徴的に纏まれる一つの世界なるが故に貴きなり。背景を実景にする、何の必要かある。背景を実景にすることによりて、わざわざせっかく象徴的に纏れる統一の世界を破る、何たる愚挙ぞや。編輯者の没常識驚くの外なし。

一月三日（木）

晴、元日以来、三日の晴天つゞきは、近年珍らしきことなり。たゞし、余の心は毎日の曇りつゞきなり。その原因に多々あり。明治文学史の原稿の進捗せざるもその一なり、ジャーナリズム、テレビ、ラヂオ、見るもの聞くもの悉くマスコミ式低調になれるもその一なり。面白からぬ世なり。

午後、田崎暘之助君夫妻、子供を連れて来る。次いで上条真一君来る。何れも二階に招じて新年の《を》盃を揚ぐ。二君かへれるのち、白鳥の長篇『落日』(一)を拾ひ読みす。

（一）正宗白鳥『落日』、東京　佐久良書房、明治四二年、文庫所蔵。本間久雄『続明治文学史　下巻』、三四九―三五二、三六〇頁参照。

一月四日（金）

晴、午前より午後にかけ来客多し。藤島秀麿君、大久保典夫君、潮田武彦夫妻（子供づれ）本間武君、新井寛司、同靖造君、高橋雄四郎君、鯉江君夫妻。何れも年賀のためなり。盃を挙げて正月のもてなしをなす。

夕食後、二階の書斎に入り、白鳥の『落日』『地獄』及び『文壇的自叙伝』などを拾ひ読みす。

一月五日（土）

寒し。午後より寒波襲来すと朝刊は伝ふ。実践の本間嬢年賀に来る。玄関にてかへる。次いで西沢揚太郎君(一)来る。往来、資料として借覧せる枯川、霞亭、浪六其他の書簡類の中、改めて枯川二通(二)、霞亭一通(三)、浪六一通(四)を懇望して貰ひ受く。感謝に堪へず、余は返却す。劇壇のことなど種々語り合ふことあり。酒盃を揚ぐ。増山新一君来る。夕刻なればとそ雑煮などを饗す。雑談。夕食後は二階書斎にこもり『白鳥集』(五)を拾ひ読みす。

（一）西沢揚太郎（一九〇六―一九八八）昭和六年早大英文科卒、劇作家、編集者。
（二）堺枯川書簡、堀紫山宛（明治三八年一〇月一六日・明治三九年六月一〇日）二通、文庫所蔵。
（三）渡辺霞亭書簡、堀紫山宛（年未詳三月一五日）、文庫所蔵。
（四）村上浪六書簡、堀紫山宛（年月未詳六日）、文庫所蔵。
（五）正宗白鳥『白鳥集』、東京、佐久良書房、明治四二年、文庫所蔵。本間久雄『続明治文学史　下巻』、三五三頁参照。

一月六日（日曜）

曇、時々晴、寒さきびし。かねて約束の通り、午後三時半、村松、岡、石丸三君、熊坂嬢相次いで来る。新年会を開催す。後れて新井君来る。妻の手料理、ハシ本のうなぎにて夕食を共にし閑談数刻、諸氏のかへれるは七時。石丸君持参の芥川の原稿「侏儒の言葉」は珍品なり。去る十二月の美術倶楽部の入札にて入手せるもの、価四万余円なりといふ。作者自ら原稿に種々手を入れたるところあり。芥川研究には貴重なる一資料なり。さるにても石丸君の学問的情熱は推賞に価す。芥川研究の如き、多くは文庫本にて間に合はせゐる今日、氏の如く原稿にまで遡るは珍らし。学者はかくありてこそ真の学者といふべし。

芥川の原稿に連関して余の所蔵にかゝる芥川書簡（余宛のもの）(一)及び芥川が香取秀真に与へたる句入れの書簡(二)などを諸君に示す。句は三句あり。その中の「万葉の蛤ほ句の蜆かな」の一句、余も明解を得ざるまゝになり居りしもの、村松君解釈を加ふ。万葉を蛤に、発句を蜆として万葉ぶりの歌を以て名高き香取と、発句の自己とを対比せるならんといふ。恐らく正解なり。村松君の鑑賞力に感心す。

（一）芥川龍之介書簡、本間久雄宛（大正九年五月二三日）、文庫所蔵。本間久雄『眞蹟図録』、図録一六九、解説一四三頁。

（二）芥川龍之介書簡、香取秀真宛（大正九年一二月三〇日）、文庫所蔵。本間久雄『眞蹟図録』、図録一六八、解説一四三頁。

一月七日（月）

晴、午前、森常治君来る。鷗外『舞姫』原稿の複製を贈らる。原稿は現に上野精一氏(一)の蔵にかゝり、三百部を複製せるものなりといふ。長谷川泉氏(二)の詳細なる解説附きなり。感謝す。暫く雑話、同君かへれるのち、高田芳夫君来る。次いで帆足図南次君来る。何れも年賀のためなり。帆足君は四時頃まで雑談。実践の幾野嬢来る。夕食後、二階書斎に入り、青果の『第一人者』を読む。北極探検の第一人者を描けるなり。イブセンの『ブランド』などに暗示を得たるものにや。たゞしブランドが理想と信念とに始終せる意志の権化なるに比して『第一人者』の主人公楢崎博士は余りにも意志薄弱也。最後において科学を否定し、空想と慣習とを是認し、肯定せる如きは、唐突にて面白からず。それのみならず、その時、信念と理想の権化なりし博士をして九天直下、低調なる人物たらしめたり。

（一）上野精一（一八八二—一九七〇）朝日新聞社社主。
（二）長谷川泉（一九一八—　）近代文学研究者、森鷗外研究家。

一月八日（火）

晴、たゞし風強し。東横画廊に兎を主題とせる美術展覧会（一）あり。今日行かんと思ひ居りしも風をいとひて明日にくり延ぶ。岩津資雄氏来る。年賀のためなり。暫く雑談。耀子来る。昼食を共にす。ギリシャ悲劇に関する書籍など貸し与ふ。

（一）一月五日より一六日まで「干支にちなむ卯の美術展」。

一月十三日（日）

晴、暫く日記を休む。たゞ忙しくこゝ数日を過せるのみ。記すべきことなし。たゞし寸暇をぬすみて明治文学史の続稿を書く。白鳥の『落日』『地獄』等につき、ともかくも稿を纏む（一）。午後、国生来る。種々雑話、数刻を費す。夕食後、志賀謙君より依頼の同君推挙状を認む。（平田冨太郎氏（二）宛）推挙状を書くは毎度のことながら容易ならぬ労苦なり。被推挙者の人物学力、特徴等を責任を以て書かざるを得ざればなり。下書きを二三度書き、其上始めて清書す。今夕一夜を費やせり。明十四日実践の講義の準備などす。例の如く湿疹手当の後十二時就寝。

（一）本間久雄『続明治文学史　下巻』、三四九—三五六頁参照。
（二）平田冨太郎（一九〇八—一九九五）早稲田大学教授、昭和三〇年代後半より政経学部長。

一月十四日（月）

今日も晴、午前午後実践出講。四時帰宅、テレビにて相撲を見る。ひゐき力士の負けるはわが事の如く口惜しき心地す。つまらぬことながらファンの心理として致し方なし。夕食後書斎に入れど何事をもえせず、わびしき一日なり。

一月十六日（水）

晴、午前実践出講、午後立正出講。午前中寸暇をぬすみ東横にて春草生誕九十年展を見る。『落葉』『黒猫』を始め、その傑作、佳作一堂に集る。眼福也。たゞし、文字通りの寸暇一瞥なれば眼福を恣にするを得ざりしはうらみなり。『菊慈童』は往年、国立博物館にて一見せることあり。其折は構図面白しと思ひたれど、今日見るとき、構図、並に材料措摭の態度において疑問とするなしとせず。そは背景と人物との調和を欠きたればなり。背景は菊慈童の伝説に従ひて描かれたれど余りにも写実的なるため、仙童菊慈童の背景として相応しからずこの図、恐らく東洋的理想主義と西欧的写実主義との相剋とも見るべきか。『蘇李決別』（三十四年作、『菊慈童』は三十三年作）は所謂朦朧派の代表作の一に数へらる。今日見て必ずしも新らしとは云はざれと、線描第一の其当時としては確かに新らしく、それだけに毀誉褒貶まちまちなりしなるべし。蘇武と李陵との相対せる構図も面白く、忠節に身の栄華を忘れたる蘇武が白鬢白髪、形容の枯槁せるにかゝはらず、却って毅然として面を挙げ居るに反し、弓矢を持ち、立派なる装ひせる李陵が面を下げ、真正面より蘇武を見る得はざる様、この場合の二人の心中を描写し得て妙といふべし。李陵は、蘇武と同じく漢帝の寵を受けたるものなれども、夙くより匈奴に降りて身の栄華を謀れる軽薄才子なり。蘇武を同じく匈奴に降らしめんとして、蘇武を説得に来り、却って蘇武の忠節に恥づるところありしならん。二人の心理を描き得たるところ面白し。

『王昭君』（三十五年作）又大作なり。余はこの作を以て場中第一の傑作となす。王昭君を含んで二十余の女性の群像描写なり。先頭に立つ王昭君の悲みに充てる諦観的表情、袖に涙をかくして別れを惜しみつゝ王昭君に従ふ二人の女性、少し離れて群れる女性たちが、さゝやき合ひ、批評しながら、王昭君の匈奴に送らるゝを見送るところ、これら女性群の顔の表情の一々異なれ〈る〉は、実際凡手に企て及ぶところにあらず。流石に春草なりと感服す。小品ながら『歸樵』は面白し。明記なけれど、何年の作にや。恐らく明治三十年代初頭のものなるべし。この当時の田園趣味を髣髴たらしむも文化史的に珍とすべく、而も詩味横溢せるは特に愛すべしとなす。

一月十八日（金）

晴、朝より書斎にこもる。午後村松君来る。雑話。米沢の佐藤繁雄氏来る。この数日来、夜間暇をぬすみて『明治文学史』の稿をつゞく。白鳥論漸く佳境に入る。

—欠—

七月六日（土）

最近三四日の出来事として記し置くべきもの二あり。一は坪内逍遙の『案山子』画讃の一幅を求めたること、二は森田恒友の版画集会津風景五葉を求めたることなり。『案山子』画讃は昭和四年冬の作なり。紙本二尺一寸の横物なり。先月二十二日の上野清水堂会館の東京古典会に出品せられたるもの。入札にて一誠堂の手に落ちたるを同堂より求めるなり。代価参万二千円也。讃句は「ひとつのこりてカラコロリかゝしの音に思ひ出の紅葉もけふはちりぬらむ」とあり。『お夏狂乱』の一節をいさゝか替へたるなり。すなはち原句は「かゝしの音」にあらず「鳴子の音」なり。鳴子の音の方、無論正しかるべし。たゞし、かゝることわざわざ詮議に及ばず。逍遥の真跡にて事足るべし。柿叟の下に印章なきより察するに、或ひは座興の酔墨にてもあらんか。この幅最初の所蔵［者］は井上開水博士(一)にて同博士の箱書あり。博士は往年早大に教鞭を取りたる経済学の権威にて余亦、面識あり。開は大滝のほとりに住せるより開水と号せるなり。俳句をよくし、且つ書画の愛好家にて吉川霊華一代の佳作の一なる大作『役の行者』も最初の所蔵者は博士なりし。博士亦逍遥先生と親交あり。一日、先生を訪ひ、酒酣なる間、先生、博士のために一筆を揮ふ。恐らくこの幅なりしあらむ。博士没後、この幅、美術倶楽部の入札に附せらる。そは昭和十六年のことなり。落札の価格は四百也。当時の価としては大金といふべし。

この幅第二の所蔵者は半窓庵法学博士加藤正治氏(二)なり。氏には余、一面識なけれど、氏、古文書の蒐集家としてひろく知らる。この幅、いかにして氏の手を離れたるかは知らねど、今、図らず余の手に入る。喜び限りなし。さるにても参万二千円は余に取り大金なり。その埋合せに、余、年来珍蔵せる書籍二三を買却す。(小宮山書店を招ぎ)書籍惜しからぬにあらねど、再び求め得る機会もあらん。『案山子』一幅、一度、余のまなかひを去らば永久にわが手に入ることなからんことを思へばなり。

森田恒友の「版画」は珍らしきもの、一ヶ月ばかり前の荻窪古書展の目録にて見出し駆けつけたれど一足ちがひにて時代やの手に落ちたり。以来、余、買ふことを断念しゐたるところ、昨日電話にて余にゆづるといふ。

余、その好意を謝しゆづり受くることにし、代価をきけば二千五百円なりといふ。萩窪古書展にては千五百円なりしもの。千円の手数料を払ひて迄今更買ふのも、少し忌々しけれどもともかくも求めつ。さるにても好意を謝すること、少々多きに過ぎたり。呵々。

(一) 井上辰九郎 (号、開水、一八六八―一九四三) 法学者・経済学者、帝国大学政治科卒。

(二) 加藤正治 (一八七一―一九五二) 法学者、俳人、東京帝大名誉教授。

七月七日 (日曜)

七月十日 (水曜)

七日以後二三を書き留む。八日 (月) 異常なる暑さなり。正午三十五度に上る。妻同伴にて白木屋に三上氏の作品を見る。『林』と題す。幽趣画面に充つ。見事なる出来なり。他に横山氏の赤富士よし。三越に立寄り日高浩氏への霊前への供物として「香」(千五百円也) を同店より贈らせることゝす。(未亡人睦子氏宛) 浩氏夫妻の結婚には余夫妻頼まれて媒妁に立てり。昭和五六年の頃なり。これ余の媒妁の最初なり。以後、今日まで、余媒妁の労を採れること――多くは依頼によれど――幾十なるを知らず。浩氏はもと慶應出身にて、傍ら医学にも志ありたれど、文学にて身を立てんとて、嘗つて早稲田文学 (余の編輯中) にも作品を公けにせることあり。当時、新進作家として一部には期待されたれども、つひに志を得ず。戦災後はお互ひに生活の苦労多く、殆んど相見る機会もなく打過ぎたり。本年の正月年始状には、氏の二子何れも成長、共に東大法科に学びつゝありとの悦びの情を添へあり。余も亦悦びに堪へず。一文を同氏に送るつもりなりしも、何かの用事に障《さ》へられて、その機を逸せり。同氏の告別式は四月六日藤沢市の自宅にて行はれたれど、折あしく余は郷里に旅行中にて参列の機を失せり。そのこと常に心にかゝり居りしが、今日、霊前に贈り物をして、いさゝか心の軽きを覚ゆ。その日、帰宅後、左眼に故障あることを発見、翌九日東大にて診断を受く。網膜血栓の悪化なりといふ。眼底出血は一時小康を得居りしもの再発せるなり。最近、気をつめて読書せること、祟りしにや、或ひは昨八日の大暑中の外出が祟りしにや、原因は知れざれと鬱憂極りなし。文学史も今一息と思ふところにて、この災厄にかゝる。嗟嘆これを永くす。

最近、早大法学部一又正雄教授の辞職に関し、学校当局と校友（代議士連中）との確執あり。今日の新聞（朝日）によれば、教授団近く声明書を出すといふ。而も声明書は一又教授の私行にわたれるものゝ如し。一又教授の私行上いかに非難すべきあるやにつきては余何等知るところなし。しかし、いかに批難すべきところあるにせよ、そを世間に公けにして同教授を窮地に陥入るゝことは情に於いて忍ぶべからざることにあらずや。余、一又氏に何等の恩怨なし。又何等の肩を持たんとするにあらず。たゞ教授団の、友人として並びに同僚としての一又氏に対して余りにも冷酷無情なるを遺憾とするのみ。（正午記）午後三時、岩田洵、内山正平二君相次いで来る。二氏とも早大法学部に教鞭を執る者、談おのづから前記の問題に及ぶ。真相は余の想像せるよりははるかに複雑にして深刻なるものの如し。法学部は何れ白書を公けにすと云へば、それを見た上ならでは何事をも云ひがたし。立正大学の望月君来る。余の好物の「鮒佐」のつくだ煮を贈らる。好意謝すべし。

夕食後、「明治大正文学研究」の「鷗外の新研究」中の成瀬正勝氏の「青年新註」(一)を読む。流石に鷗外研究家だけありて、精到なる文章なり。

当日午前中ＰＬ教団イタジキ氏より電話あり。前教祖（人のみち）二十五年祭にて富田林の本庁にて来八月七日、八日花火の大会あり、余を招ぎたしとのことなり。諾否の返事を保留す。好意は謝すべきなれど、眼疾に悪影響ならんかを怖れたればなり。

（一）成瀬正勝「青年新註」（『明治大正文学研究』第二二号、「鷗外の新研究」特集号、昭和三二年七月）一―九頁。

七月十二日（金）

雨模様。九時開講の夏期講習会（実践）にゆく。十時半迄「明治文学の三先覚、逍遙、鷗外、四迷」について語る。時間少なきため、意をつくしがたく、不出来なり。聴衆百八十名なりといふ。

午後、大久保典夫君来る。九月、『岩野泡鳴』を出版するにつき、余に序文を求めるなり。二十日迄に脱稿を約す。眼疾の折柄いさゝか迷惑なれど、切角の依頼なれば断るも情誼なきに似たり。加之、泡鳴につきては、余特に知るところなし。引受けたれど、果して、気に入る文章、書き得るや否や、差当っての難儀也。昨十一日は東大分院眼科に近藤医師を訪ね、眼疾につきて、種々質すところあり。近藤医師は大したことに考へ居らぬやうなれども、余に取りては一大事なり。思ひ一度、眼疾に至る、憂愁度なし。

七月十三日（土）

暑し。九時半車にて早大図書館にゆき、中央公論其他借用し置けるをかへし、改めて鷗外全集其他二三を借出す。午後二時大村弘毅君来る。連れ立ち、車にて学校に戸川理事を訪ね、逍遙全集出版のことにつき筑摩書店に周旋方を依頼す。帰途大村君と大隈会館にて茶を飲みつゝ閑談。車にてかへる。三時半也。四時半、東京堂増山君中元の品持参。暫く閑談。五時半かへる。夕食後、今日図書館より借り出せる鷗外全集の「日記」の部（二）など拾ひ読みす。更に「鷗外研究」（筑摩書房版）中の唐木順三氏の『青年』につきての批評を読む。右は同氏著『鷗外の精神』(二)の一節也。見事なる論稿なり。

今朝、シモンスの『象徴主義運動』中のユイスマン論(三)を拾ひよみす。鷗外『青年』中にユイスマンのLa-Bas 中の霊的自然主義につきての紹介あり。シモンスの前記の書にも亦右の紹介ありしをふと思ひおこせるためなり。シモンスの書再読の要あり。

(一) 森林太郎『鷗外全集　著作篇』(第三〇—三二巻)、東京、岩波書店、昭和二七年。
(二) 唐木順三『鷗外の精神』、東京、筑摩書房、昭和一八年。
(三) Symons, A., *The Symbolist Movement in Literature* (London: Constable, 1908). 'Later Huysmans' (pp. 136-152).

七月十四日(日)

暑さきびし。午前より書斎にこもれど何事をもえせず。書籍に向へど、眼の前を大きなる蠅の飛ぶ如き思ひして不快極りなし。眼底出血のためなり。かゝる不快いつ迄つゞくにや、恐らく余の生涯つゞく不快なるべし。午後三時頃、耀子来る。中々優れたる児なり。飛行機に乗りたる土産とて、ロオマにて、数々に名画殊にラファエルの写真及びタイの仏画の拓本一葉を持ち来る。拓本はひとしほ面白し。　——略——

夕食後、ふと一読したきことありて鷗外の『涓滴』(一)を書架に探せど見当らず。誰人かに貸せるやうに思へど、さて誰人かえ思ひ出さず。はたと当惑す。書籍は借りて返へさずもよしと思ひ居るにや。余、早大に教鞭を採り居れる時のことなり。或る学生に頼まれナイトのロセッティ伝(二)を図書館より借り出して貸し与へたるに、その学生その後姿を見せず、余も顔を覚え居るだけにて名前さへ記憶せざれば催促の手段なく、図書館には余より返済せではかなはず、ひどく迷惑せることあり。これらは当人は恐らく意識せざるべけれど、明らかに、書籍泥棒といふべし。往年の事を思ひ出し、今更ながら、一種の怒り心頭に発するを覚ゆ。

（一）森林太郎『涓滴』、『日記』三七年一月一六日（五〇六頁）参照。

（二）Knight, J., *Life of Dante Gabriel Rossetti* (London: W. Scott, 1887). Joseph Knight (1829-1907).

七月十五日（月）

むし暑く、最近における最も不快なる一日也。午前、病院皮膚科行。机に向へど何事をもえせず。十一時頃、中元のため金田真澄君来る。種々雑話、昼食を共にす。山形新聞に肉筆名刺広告を送る。同紙二万八千号といふことにて右広告を同社よりすゝめ来る。広告代五千円也といふ。余は巷の一貧学究、別段すゝめに応ずるに及ばぬことなれど今春の白龍展における同紙の厚意を憶ひ、且つは、いさゝか同紙に祝意を表して、右応ずることゝせり。午後四時山下眼科にゆく。五時、新井寛君来る。中元の品物を贈らる。

夕食後、机に向へど、何事をもえなさず。一つは例の眼疾のためなり。今日亦憂鬱極りなし。

七月十七日（水）

昨日十六日は、やゝ涼しく暑さ凌ぎ易かりしが、今日は亦、暑さきびしく、其上、むしむしして不快極りなし。朝より書斎に入れど何事をもえなさず。午後一時半久美子、顕子連れ立ち来る。つゞいて春繁君来る。余の眼疾の見舞のためなりといふ。四時頃迄閑談。三人かへれるのち、関口町の渡辺未亡人の病気見舞にゆく。入浴夕食後、書斎に入り、鷗外『青年』の評論（一）に着手す。

昨十六日、朝日の学芸欄所載平野謙氏の文芸時評（二）を読む。中に雑誌「群像」所載の「余の崇拝する文学者」

と題するアンケート(三)の紹介あり。それによると、明治の文学者には、漱石、鷗外、藤村あれど逍遙もなく、二葉亭もなく、紅葉も、露伴も一葉も獨歩もなし。アンケートを寄せたるは如何なる人々なるや、余は知らざれど(群像を読まざれば)右の紹介によれば大正、昭和の作家、その大部分を占め居るものの如し。明治も遠くなりにけりの感いよいよ深し。今十七日島田謹二氏より中元の贈物(高島屋)あり。感謝す。

(一)本間久雄『続明治文学史 下巻』、四四〇―四六三頁参照。

(二)平野謙(一九〇七―一九七八)文芸評論家。「文学愛好者の傾向―「群像」のアンケートを見て」昭和三八年七月一六日『朝日新聞』朝刊。

(三)「文学読者の傾向―(アンケートの結果)」(『群像 八月特大号』昭和三八年八月)一九〇―一九四頁。アンケート質問文＝「あなたのもっとも尊敬する文学者をあげてください」。

七月十八日(木)

昨日に増して暑さきびし。車にて、正午開演の歌舞伎座にゆく。妻同伴。『二人三番叟』は故市川猿翁が文楽より歌舞伎に取入れたるものなりといふ。猿翁の猿之助時代、その子の段四郎と共に踊れることあり。此度は鶴之助と新猿之助の出し物なり。華やかにして賑やかなる出し物なり。踊りは鶴之助に一日の長ある如し。無理からぬ事なり。

次は通し狂言と銘打てる『有松染相撲浴衣《ゆかた》』(怪談有馬猫)四幕なり。黙阿弥の作なり。大劇場にては何十年ぶりの出し物なりといふ。宜なり。大劇場にて出し物とならざりしは。愚劇の骨頂也。ナンセンスもこゝに至りて極るといふべし。余は四幕、二時間半の中、半分以上を廊下にて費やせり。冷房装置の施しある観客席よりも、冷房装置なき廊下の方、尚、涼を入るゝに足ればなり。次の『生きてゐる小平次』は鈴木泉三郎の傑作の第一。往年、菊五郎と守田勘弥（十三世）、多賀之丞にて見しことあり（一）。実はこの一幕を目標として、歌舞伎座に来れるなれど、期待外れなり。第一、安積沼の場は勘弥の小平次と太九郎の勘三郎の意気合はず、往年の如き鬼気の舞台に横溢するおもむきに欠けたり。一つは［歌舞］伎の舞台の余りに大き過ぎたるにもよらむ。一つは、勘弥の白の、余りに早口にて見物に徹底せざりしにもよらむ。勘三郎の太九郎はよし。第二の太九郎の家、やゝ見直せり。この場の小平次には、妖気の漂ふものあり。たゞし相手の女房おちか（友右衛門役）はわろし。声を張り上げる毎に男の地声出づるも面白からず。第三の海辺も味ひに乏し。友右衛門のおちかは前の場と同断。勘三郎の太九郎にも、小平次の執念に悩まさるゝ不気味なる味ひ不足なり。とにかく期待外れのものなりし。

チビッ子名優たちの五人男は御愛嬌なり。満場喝采止まず。これこそ「納涼」と銘打てる七月興行の大切に適はしき出物なり。

五時打出し。ポツリポツリ、空模様あやしくなりぬ。車にて急ぎかへる。夕食後は何事をもえせず。

（一）大正一四年東京新橋演舞場初演の際の配役が、小平次＝一三世守田勘弥、太九郎＝六世尾上菊五郎、おちか＝市川鬼丸（後の三世尾上多賀之丞）であった。

七月十八日（金）

昨日と打ってかはり、涼し。気味わるきほど涼し。重ね着して而も暑さを知らず。或ひは冷害の兆にてもあらんか。

一日書斎にこもり、鷗外『青年』につきての稿を案ず。夜十時までに五枚ほど書く。

七月二十日（土）

むし暑し。午前、実践にゆき俸給を受け取る。守随氏窪田氏其他に逢ふ。帰途「アサヒ芸能」を買ふ。早大一又教授事件につきての記事あることを、国電車内の広告にて見たればなり。正午帰宅。右を一読す。一向に要を得ず。少なくも、これだけにては一又氏に学校を辞する理由なきが如し。とにかく不明朗なり。午後藤島君来話。画商中川寿泉堂来る。買ひ置ける鏡花短冊（箱久保田万太郎）代価八千円を支払ふ。夕食後、何となく気分すぐれず、書斎に入り黙座静養せるのみ。

七月二十一日（日）

むし暑し。午後やゝ涼気あり。昨日の朝日に吹田順助氏の訃報、今朝の同紙に廿四日午後一時、伝通院にての告別式あることの記事あり。余、実践にて屡々氏と面晤、親しき間柄なり。氏は余より二歳長老、氏の訃報に接し、うたゝ寂寞を感ず。

七月二十二日（月）

むし暑し。やゝ涼し。一日書斎に閉ぢ込もれど何事をもえせず。『青年』につきての稿をつゞく。遅々として進まず。脳裏の整理未だ充分ならざる如し。『青年』の要所々々を再読、三読す。

七月二十三日（火）

むし暑し。ＰＬ教団御木徳近氏宛に八月八日の招待状につきての欠席の手紙を書く。一日書斎にこもれど、例によって例の如く、筆一向すゝまず。『青年』の批評は、余に取り最近の難題なり。

七月二十四日（水）

気候昨日とかはりなし。午後一時半、車にて伝通院、吹田氏告別式にゆく。式場にて田中菊雄氏（一）に逢ふ。田中氏は永く山形高校より同大学まで教鞭を執れる人。吹田氏とは多分その頃の知人なりしにや。帰途、早稲田行の電車に乗る。谷崎精二氏に逢ふ。氏も亦吹田氏の告別式のかへりなり。谷崎氏と吹田氏とは新宿にての飲屋にての友人なりしとのこと、谷崎氏の話にて始めて知る。吹田氏は病床に就く十日ばかり前まで飲み居りしといふ。さるにても飲めるだけ飲みて死せる氏は或ひは幸福なる人なりしならんか。西諺に曰く Happy is he who has lived long enough to die well. と。少なくも吹田氏は「いみじく死せる」人なりしならんか。

午後、ほんの束の間ぽつりぽつり申わけ程の雨あり。そのためにや急に涼気来る。一時間ばかり昼寝。夕刻より机に向ふ。夕食後『青年』批評の稿をつゞく。

『青年』の思想につきては、こゝに書くいとまなし。文体は例により古典的文体なり。一字一句忽にせず。句読点なども極めて正鵠なり。仮名づかひなども正確を期す。真に模範とするに足る。文中「瀬戸が先へ立って、ペンキ塗の杙にゐで井病院と仮名違に書いて立てゝある、云々」の文句あり。他人のことながら、作者には、仮名違ひが、余程気になると見ゆ。又、「ルネッサンスといふ奴が、東洋には無いね。あれが家の内《うち》の青い鳥をも見させて呉れた。」の一句は、一語よく文芸復興のエッセンスを云ひ得たるもの、さすがに鷗外なりと感服す。

（一）田中菊雄、『日記』三六年二月五日（四四九―四五〇頁）参照。

七月二十五日（木）

炎暑也。午前、三上正寿氏来る。過日此花画廊にて同君個展をひらける折、余推薦文を書けるをもて、此日、礼を兼ねて来れるなり。同君の画の評判よきを祝してビールの杯を挙ぐ。夕食後、画商井上平次郎氏、白龍幅を持参す。絵は面白けれど印章に難あり。一時あづかることゝす。

七月二十六日（金）

あつさきびし。午前、立正の佐瀬氏より電話あり。立正大学院設立のため石橋学長訪問のことに関してなり。久保田氏と電話にて相談。同氏、午後四時、石橋湛山学長を訪ぬる約ありといふに便乗し、四時半石橋氏邸を訪ぬ。先客ありて充分に用件を果しかねたり。久保田氏の車に便乗して渋谷に出で、立正に立寄り俸給を受取りかへる。夕食後は疲れたれば書斎に入らず、昨夜、あづかれる白龍をとみかう見す。半信半疑なり。余、白龍を見、且つ研究すること多年、今に至って尚、真［偽］判じかたし。世の鑑定家と称するもの、その言、果して、信ずるに足るべきや否や。

七月二十七日（土）

炎暑酷烈を極む。午前、久保田氏より電話にて昨石橋氏邸において充分に意を尽し得ざりしことにつき改めて石橋氏に手束を出すべき方よからんとの忠告あり。諾す。午後一時半、早大大学院会議室にて近代文学会の例会あり。石丸久氏の研究発表に出席の予定なりしも炎暑のため欠席することゝし、其旨電話にて石丸君に伝ふ。志賀謙君夫妻、幼子を連れ中元のあいさつに来る。

午後、使ひを以てあづかり置ける白龍幅を〔・・〕氏(一)にかへす。

約束し置ける大久保君の新著への序文起草のため同君の書けるものなど二三乱読せりしも、腹案未だ成らず。あはたゞしき一日なり。

今朝の朝日新聞に林房雄氏(二)の「文芸時評」あり。一読す。新潮七百号所載の小説評なり。わが意を得たるところ多し。其中に開高健なる人の、最近の読売(二十二日)夕刊に書ける一節を引用して青年作家をいましむる一節あり。開高健なる人云へりと云ふ。今の老作家中にて尊敬すべきは廣津和郎氏一人にて其他は場所ふさぎのやっかい者だ」と。余は開高健なる人の作品は一篇も読めることなければ同氏が、いかなる天才なるやは知るに由なけれど、かゝる不遜の言を弄じて恥づる所なき如き、以て同氏の人物の卑俗なるを推測するに足れり。而もかくの如き卑俗なる青年輩、文壇を活歩す。呪ふべき文壇よ！

この日、荻野博士還暦記念論文集刊行会へ弐千円、土方敏郎氏の「古人今人」(三)の購読料として千円を夫々振替にて送る。

(一) 井上半次郎。
(二) 林房雄(一九〇三—一九七五) 小説家、評論家。
(三)『古人今人』生方敏郎執筆・編輯、東京、古人今人社。個人雑誌、昭和一〇年より昭和四三年頃。

七月二十八日(日)

炎熱也。午前妻と共に三越にゆく。一つは評判の海老原喜之助氏の個展(一)を一瞥するため、他の一つは中元返しのための品物々色のためなり。往復共車。会場にてお茶の水高女校長坂本氏(二)に逢ふ。氏の紹介にて海老原氏に逢ふ。午後二時より近代文学研究会を催す。研究発表者は岡保生方なり。集まるもの、同君を始め、村松、小出、大久保、新井、熊坂諸氏なり。石丸君のみ欠席。同君の研究主題は風葉『世間師』の成立過程といふべきもの、風葉の明治二十九年頃の一経験が、つひに明治四十一年作の『世間師』に至るまでの作者脳中の醞醸過程の研究なり。一々、風葉のそれまでの九種の作品を例証しての見事なる説明にて感心す。『世間師』は風葉芸術の最高峰ともいふべき晩年の傑作なり。そのことにつきては余も往年の『続明治文学史』上巻においてて一言せることあり(三)。傑作の成る容易ならず。傑作は貴し。傑作の成るまでの醞醸期、更に貴し。傑作は決して、一時の落想的興味によりて成るにあらず。同君の発表後、雑話数刻、国語国字問題など、銘々の意見、とりどりに面白し。

夕食後、石橋湛山氏に送るべき書翰の草稿を書く。書翰とは云へ、立正英文科に大学院設置の必要を述べたるものにて、厄介なる書翰なり。

(一) 海老原喜之助(一九〇四―一九七〇)洋画家。自選展(七月一五日―二八日)三越。
(二) 坂本越郎(一九〇六―一九六九)、『日記』三四年七月三一日(二一五頁)参照。
(三) 本間久雄『続明治文学史 上巻』、四六六、四七九頁参照。

七月二十九日(月)

炎熱昨日の如し。午前中書斎にこもれど何事をもえせず。石橋氏への書翰を認め送る。書翰中の一節を又久保田正文氏にも送る。午後四時、小松町の竹田源右衛門氏(一)、五男、及び孫女一人、三人にて来る。竹田氏は、もと米沢興譲館中学における余の同窓にて、最近三四年、白龍顕彰を中軸として、余と屡々手紙の往復あり。

所蔵の白龍作品などを示して談笑。六時かへる。

（一）竹田源右衛門、米沢市在住、興譲館中学明治三七年卒、農業を営む。

七月三十日（火）

炎熱昨日の如し。午前、理髪、眼科医行。午後三時、西村朝日太郎氏来る。中元の品贈らる。好意を謝す。一又氏問題について、種々語り合ふ。氏は一又氏の非行を或る程度、信じ居るものゝ如し。最近の「週刊読売」に出でたるものを一読しても要領を得ず。余は、その真相は知らざれど、とにかく学問の府としての早大に取り、不面目至極の事たるは掩ふべからず。右の「週刊読売」の記事中、恐るべき一事あり。そ法学部の一学生、同誌に電話にて、一又氏の醜聞を同誌に提供せば、いくらの報酬が貰へるか、それを月謝に充てたしとの申込をなせることとなり。かくの如きは正に師を売るもの。早大の学生気質かくまでに堕落せるにや。一又氏の調査委員会なるもの、かくの如き学生を摘発して、先づ放校すること先決なるべし。同時に、一又氏のスキャンダルの出所を明らかにし、それが、いかにして、ひろく伝播せるかを調査すること肝要なるべし。さらでは、片手落ちといふべし。余は、調査報告書を見るの機会を得ざれど、右、週刊読売誌の記事だけを見れば、少なくも一又氏の女性関係――スキャンダルの中心――につきては、これといふ証拠なきが如し。証拠もなき報告書を公けにして天下を騒がす。泰山鳴動鼠一疋なり。その罰少なからず。

七月三十一日（水）

曇り、むし暑し。午後一時小雨。午前、岩津資雄君来る。学校の問題など語り合ふ。昨日の西村君とは異れる意見なるが如し。真相愈々捕捉しがたし。中元の品おくらる。午後、肥後和男氏来る。例により、絵画、歌舞伎のことなど、清談数刻。氏かへれると引きちがひに都築佑吉君夫妻子供を連れ来る。中元のため也。子供むづかること甚だしく、早々にかへる。連れ来れるもの、迎へるもの、共に気の毒なり。

夕食後、書斎に入り、大久保典夫君の新著岩野泡鳴のために序文を書き始む。

八月一日（木）

むし暑し。正午、米沢有為会の評議員会に出席（神田学士会館）。来会者比較的少なし。三十余名也。席上、珍らしく高橋里美君に逢ふ。久しぶりの邂逅なり。お互ひに久濶を叙す。国雄も来り会す。黒金氏（一）の講演ありとのことにて来れるも、同氏の講演わづか十余分にて物足らず。他に国際金庫の今泉氏（二）の話あり。余りに専門的のことにて、余には充分に理解出来ぬところあり。話の終るを待ちかね早々にかへる。大屋に立寄り、A Study in Yellow (The Yellow Book, & its Contributors)（三）を求む。価、二千二百円也。山田書店に立寄り、兼ねて目録にて注文し置ける『三府五港寫幻燈』（四）と題するものを持ちかへらんとせるに、すでに発送済みなりといふ。更に幸堂得知の『当世俳優修業』（五）を求めかへる。両方にて九百五十円也。支払ふ。

帰宅せるは三時半。『当世俳優修業』を一読す。黄表紙の体裁に倣へる駄洒落物にて、つまらなきことおびたゞし。かゝる代物に価を支払へること、銭《ぜに》をドブに捨てたる感あり。夕食後、尾島君来る。かねて用立て置きたる美術雑誌「搭影」の鐵斎号をかへしに来れるなり。雑話数刻、十時半かへる。疲れたる一日なり。

（一）黒金泰美（一九一〇―一九八六）内閣官房長官、衆議院議員、米沢有為会会員。
（二）今泉一郎〔?〕、山形県出身、大蔵省為替局資金課長。

（三） Mix, K. L., *A Study in Yellow: the Yellow Book and its Contributors* (Lawrence: University of Kansas Press; London: Constable and Company, 1960). *The Yellow Book*, Henry Harland を文芸部主任、Aubrey Beardsley を絵画部主任として一八九四年に創刊された季刊雑誌。唯美主義者の代表的機関紙のひとつ。
（四） 楊洲周延画『新富座秋狂言 三府五港寫幻燈』、東京、大蔵孫兵衛、明治二〇年、文庫所蔵。楊洲周延、『日記』三四年二月二一日（一一二一一一三頁）参照。
（五） 幸堂得知『当世俳優修業 上・中・下篇』、東京、春陽堂、文庫所蔵。

八月二日（金）

暑さ昨日にかはらねど、やゝ凌ぎよし。午前中より書斎にこもり、書きかけの『岩野泡鳴』の序文の草稿を書き上ぐ。眼疾のため細字をものしがたく、毛筆にて書く。五枚に及ぶ。わづかに五枚なれど苦心の稿なり。稿を改むること三度、いさゝか快心の出来なるは嬉しけれど、そのために鷗外『青年』につきての稿を中断せざるを得ざりしは遺憾なり。

「山形新聞」（七月二十九日）来る。余の名刺広告所載号なり。予期とは反対に、山形県出身の文化人は僅かに二三を数へるにとゞまり、他は悉く実業方面の人々なり。余、場所違ひのところへ出でたる如き心地す。名刺広告の勧誘などに応ぜでものことなりしならむ。たゞし、今春の白龍展につきての同紙の情誼にいさゝか報ひたるを思ひて、私かに自ら慰む。

八月［三］日（日）

炎熱例日の如し。二時頃顕子来る。シュークリーム持参。夕方かへる。午後、少々腹痛、少々下痢、宿便らし。

夕食後は書斎に入れど、何となく気分すぐれず、霊華画集などを見てすごす。

八月〔四〕日（土）

炎熱。午後一時、大久保君来る。『岩野泡鳴』の序文を手渡す。泡鳴のこと其他雑話三時かへる。連日の暑さにて疲れたればにや。又は意外に厄介なりし「序文」を手渡して、肩の荷の下りたる気のゆるみにや、其後は何事をもえせず。机上には『青年』につきての書きかけの原稿置かれたるまゝなり。

八月五日（月）

炎熱昨日とおなじ。午後一時、高橋雄四郎君来る。小倉君のため早大図書館より書籍を借り出してのかへりなりといふ。閑談二時間。

八月六日（火）

昨日とは打って変りて、涼し。四五度低しと伝へらる。午前、妻、顕子を連れて熱海にゆく。七海の伯母《〔ママ〕》の死の通知を受けたればなり。余も行く筈なりしが、数日来の炎熱に加へて、執筆はかどらず、疲労いちじるしければ妻との同行を顕子に依頼せるなり。顕子快く承諾。余、心中、その純情を嘉すこと大なり。妻のかへれるは午後七時。其間、余は、書斎にこもりて『青年』の続稿を書く。妻の帰宅まで辛じて四枚脱稿。四枚少なしといへども、近時の余に取りては、ともかくも収穫なり。

夕食後は書斎に入れど何事をもえせず。午後、実践の英文科助手本間嬢来る。玄関にてかへる。見事なる桃を贈らる。好意謝すべし。

八月七日（水）

昨日同様、涼しく凌ぎよし。台風九号の起れるためにや。午前より書斎にこもれど執筆遅々としてはかどらず。夕食前、清香より見事なるアユ二尾贈らる。耀子今夕、又々飛行機に乗るとのこと、今更とゞめんも術なし。たゞその無事をいのるのみ。

八月八日（木）

やゝ涼し、台風九号の影響にや。午前東横美術部の画商太田氏、白龍持参、絹本尺五にて湖山探楓の図なり。出来もよく詩趣もゆたかなり。代価壱万二千円といふ。とにかくあづかることゝす。暑中見舞を受けたる人々に白雄（一）の句

草よ木よけさ秋立つと人のいふ

の一句を書し、「立秋の日に白雄の句を」と断り書きして送ることゝし、ハガキ数枚を認む。白雄は天明の江戸俳壇を代表せる人、孤高の人としてその句格亦甚だ高し。余の私かに愛敬するところなり。

（一）加舎白雄（一七三八―一七九一）俳人、江戸蕉風中興の祖と称される。

八月十四日（火）

炎熱の暑さつゞく。昨十三日の如き三十七度以上に昇る。記録的な暑さなりといふ。十一日宇田川、依頼し置ける表装出来せしと［て］持参す。霊華狩場明神及び逍遙先生の色紙浦島序曲の一節なり。いづれもよき出来なり。さらに放庵筆和歌小品二幅を依頼す。霊華、逍遙の代価七千六百円也を支払ふ。

連日炎暑と戦ひながら『青年』批評の稿をつゞくれど遅々としてすゝまず。今日漸く三十八枚に及ぶ。あと二三枚にて片つくべし、いさゝか安堵の思ひあり。炎熱下の執筆は毎年のことながら、今年ほどその苦を覚えたることとなし。余図らず、尾崎紅葉の炎熱中の執筆の苦しみを述べて「昼は風の簾の陰に疳癪を起し、夜は蚊帳の内に失望の涙を飲む云々」を思ひおこす。

八月十五日（水）

昨日よりはやゝ凌ぎよし。午前十一時、妻同伴、八重洲画廊に田崎廣助氏個展を見る。阿蘇山、浅間山、那須高原、桜島、箱根富士など十点あり。大胆なる筆触、［遒］勁なる描線、鮮かなる色彩共に嘉すべく、いつ見ても清新なる印象を与ふ。就中箱根富士（六号）最もよし。梅原氏の富士とは別様の趣きあり。次いで高島屋にて「広重と東海道展」［を］一瞥す。保永版、行書版、隷書版など並べ陳列しありて広重研究に利便多かりし。高島屋食堂にて偶然に同展覧会見物に来れる埼玉大学の古川氏に逢ふ。帰途三越に立寄り果物、菓子など買ひ、車にてかへる。

この日、広重展と同じ会場にて、見るともなしに天皇御一家写真展といふものを見る。けふは十八年前を追憶する日なり。戦没者に対して黙祷を捧げる日なり。夫を失へるもの、子を失へるもの、兄弟を失へるものはいふ迄もなく、家を焼かれたるもの、其他戦争の犠牲者のすべてが、悲しみを新たにする日なり。余も亦家を焼かれたる犠牲者の一人なり。図らざりきこの日、天皇御一家の嬉々として団欒せらるゝ有様を見んとは。何等の皮肉ぞ。

八月十六日（金）

暑さきびし。三十四度を超ゆといふ。而もいさゝかの風なし。堪へがたし。机に向へど筆すゝまず。午前十一時〔・・〕といふ人、訪ね来る。余の記憶にはなけれど十年以前、ある雑誌を編輯し居り、余を訪ねて談話を求めたることありといふ。用件は千円ばかり借りたしとのことなり。尾羽打ち枯らしたる様子といひ、病気と失業とに苦しめ〔ママ〕様、気の毒ならぬにあらねど、云はゞ余に取り路傍の人、其上、昨今物責《い》り重みて手元、苦しからぬにあらねば、断りたり。たゞし無下に断るも心苦し。さる人に送らんとて、昨日三越にて買ひ求めたる鶴屋八幡の菓子折一個、封も解かずにそのまゝ与へやりつ。

八月十八日（日）

昨十七日記すべきことなし。一日書斎にこもれり、ともかくも『青年』の稿をまとむ。四十二枚也。今日はむし暑く、夕方より滋雨来る。夕食後、雨一時やゝ強し。正午、久美子来る。久しぶりにて昼食を共にす。夜耀子より電話あり。無事かへれる由賀すべし。今朝の藤田航空機の惨事を新聞にて見るにつけても、耀子の身を案ぜざるを得ず。耀子の父母、いかに思ひ居るにや。

この頃より視力急激に衰へたるを感ず。心細きことかぎりなし。

残暑見舞のかへしに何がな故人［の］句をとおもひ、子規編の例の『分類俳句全集』を渉る。秋の部残暑の部に左の四句を得たり。

ひぐらしや木になく虫はまた暑し　也有
身もむさや暑さの残る汗雫　資仲
朝の間は片ついて居る残暑かな　千代
秋来ぬと思ひ慰む暑さかな　作者不知

八月二十日（火）

やゝ凌ぎよし。文学史の中に上田敏の『うづまき』(二)につきて論ずる必要あり。『うづまき』を読みかへせる中に（昨日）急にブラウニングの"The Statue & the Bust"の原文を読みたくなり、書架を探せどブラウニングの詩集なし。思ひ立ちて実践にゆき、俸給を受け取る傍、研究室にて探せど、詩集は折あしく誰れか借り出せるものらしくてなし。止むを得ず

V. Cameron Turnbull: Stories from R. Browning. (New York, Thomas Y. Crowell Company)
Harvey Carson Grunebine: Stories from Browning. (Boston, Houghton Mifflin Company)

の二書を借り出す。ブラウニングの長篇詩を解し易く梗概にせるものなり。かへり来りて読む。共にThe Statue and the Bustを含む。後者の方やゝ優れる如し。ブラウニングの如き難解なるものにつきては、すでに夙く、かゝる青少年用のもの必要なりしならんか。そは日本においても同断なるべし。なほ、実践研究室にあ

づけ置きたる余の所蔵にかゝるヘルン（二）の Appreciation of Poetry をも併せ持ちかへる。篇中のブラウニング研究──嘗つて読みたるもの──を再読せんため［な］り。流石にヘルンなり。平易なる言葉を以てして、而もブラウニングのエッセンスを捉へ来る。今更の如く感心す。夕方、松柏社の森氏来る。見事なメロンを贈らる。好意謝すべし。

（一）本間久雄『続明治文学史　下巻』、四六四、四七二頁参照。

（二）Lafcadio Hearn、小泉八雲（一八五〇─一九〇四）。

八月二十一日（水）

むし暑し。午前八時、昨夜電話にて約束し置ける喜多山、表装を依頼し置ける幅二つを持参す。一は白龍湖村春雨図、他は紅葉短冊（たのしいか）（一）なり。代価参千六百円也を支払ふ。思ったより安し。紅葉の短冊は余等の見立とて殊に見事なり。更に二幅（白龍、霜暁防寒、紅葉短冊（色鳥の）（二）を依頼す。午前、帝大分院に行き林田医師の診察を乞ふ。左足膝の関節の故障につきてなり。レントゲンを撮る。

午後、帆足図南次君夫妻来る。閑談数刻。夕食後、書斎に入り、『うづまき』を読みかへす。

（一）「楽しい平葡萄吸ひゐるおちょぼ口」（星野麦人編『紅葉句集』）。「楽しいか蒲桃吸ひゐるおちょぼ口」（星野麦人閲、久保柳葉編『紅葉句集』）。

（二）「色鳥の粲然として林を出づ」（十千万堂紅葉篇『俳諧新潮』、星野麦人編『紅葉句集』）、「色鳥の燦然として林を出つ」（明治三〇年一〇月一一日『読売新聞』）。

八月二十二日（木）

暑さきびし。三十二度を越ゆといふ。たゞし朝夕はやゝ涼し。八畳に机を据ゑ『うづまき』につきての稿を書き始む。

八月二十三日（金）

暑さきびし。午前帝大分院にゆき林田医師の診察を乞ふ。レントゲンの結果につきては大したことなきが如し。漸く安堵す。午後、書架を探し、抱月須磨子に関する記事所載の早稲田文学三冊を得たり(一)。一瞥の必要生じたればなり。余の旧稿永井荷風論（近代文学の研究所載）(二)などを一読す。文学史執筆に必要なればなり。

(一)『早稲田文学』第一五七号、「島村抱月追悼号」、大正七年一二月、「松井須磨子の死について」（『早稲田文学』第一五九号、大正八年二月）一八―三七頁、相馬御風「島村抱月先生の七周忌に」（『早稲田文学』第二二五号、大正一三年一一月）三〇―三四頁〔?〕。

(二) 本間久雄『近代文学之研究』、東京、北文館、大正六年、一三六―一六〇頁。初出は『早稲田文学』第一三四号。『日記』三八年八月三〇日註（一）（五七九頁）参照。

八月二十四日（土）

むし暑し。英語の所謂 suicidal weather なり。朝より書斎に入れど読書執筆共にすゝまず。上田敏『うづまき』についての稿をいそげどせんなし。午後五時、約束に従ひ、立正の佐瀬氏来る。夕食を共にして種々談合す。大学院も漸く軌道に乗れるものゝ如し。成否はともかく、先は嘉すべし。同氏帰れるは九時。

八月二十五日（日）

むし暑けれど、昨日に比しやゝ凌ぎよし。駿河台古書展に行く筈なりしも、目録にて注文せるもの、いづれもクヂ引にて外れたりとのことなれば行くを見合す。午後三時頃驟雨沛然として至る。蓋し滋雨といふべし。

八月二十六日（月）

残暑《さ》きびし。午後一時文芸朝日編輯部の小金沢克誠氏車にて迎へに来る。朝日社楼上のアラスカにて昼食を喫しつゝ抱月須磨子につきての思ひ出を余に求めんとせるなり。そは文芸朝日に尾崎宏次氏（二）、日本女優史を連載するにつきての資料のためなり。尾崎氏は亡友秋田雨雀と親戚関係にある人、余、喜んでその求めに応ずることゝし、今日のことに及べるなり。尾崎氏はもと早大文学部出身、小金沢氏亦、早大政経学部の出身なりといふ。社楼上にて、すでに待ち合せゐたる尾崎氏と三人鼎座、談二時余に及ぶ。帰りは同じく朝日の車にて送られ、途中文行堂に立寄り、目録にてともかくも一見したしと頼み置ける露伴の竹のや宛手紙、紅葉の短冊、金谷の雪景、冬崖の花卉などを見る。冬崖の幅は（絹本）大幅なり。大槻文庫の印あり。磐溪（二）の旧蔵品なりといふ。支那リンズの文人表装も気に入りたれば買ひ求め、代価三千円を払ふ。意外の安値なり。掘出し物の部に属すといふべし。紅葉の短冊は、風の落葉落葉の風と乱れ合ふの句にて出来もよく求めまほしく思ひしも、紅葉の短冊、余の所蔵すでに拾葉に及ぶをもて割愛す。代価は八千円なりし。露伴の手紙は資料的に必ずしも重要ならねばとこれも割愛、金谷は偽物、結局冬崖一幅を求め、おなじ車にて送られかへる。家につきてより急に疲れを覚ゆ。其後はえ読まずえ書かず、十時はやかくも寝に就く。

（一）尾崎宏次（一九一四―一九九九）演劇評論家。著書に『女優の系図』、朝日新聞社、昭和三九年、がある。
（二）大槻磐渓（一八〇一―一八七八）幕末・明治初年の儒学者。

八月二十七日（火）

昨日よりやゝ凌ぎよし。十時、車にて日本橋高島屋にゆく。同店八階にて開催の中古品展に妻と共に車にてゆく。久美子も来り会す。妻手頃の箪笥を求む。代価一万二千円を払ふ。余、求むべきものなし。偶然に佐藤繁雄氏に逢ふ。佐藤氏は昨日上京、今日余等を訪ぬ、余等の高島屋に来れるを聞き、跡を追ひて来れるなりといふ。八階にて四人にて昼食、久美子と別れ、余等佐藤氏を伴ひ、車にてかへる。雑話数刻。今日も亦疲れたる一日なり。

八月二十八日（水）

むし暑し。午前夏堀昇君来る。八戸産イカの酒徳利を贈らる。日本酒の熱きを入れ呑むと味ひ殊の外よしとのこと、たゞし、余当分健康上禁酒状態なれば試みん術なし。たゞ好意を謝するのみ。同君、藤田嗣治の絵に興を覚え、研究中〈と〉のこと、発表の期の一日も早からんことを私かにいのる。一日書斎にこもり、実践より借り出せるブラウニングのものなど読み漁る。たゞし、『うづまき』につきての稿未だ脱するに及ばず。午後十時頃より台風十一号の影響現はれ、雨強く降る。

八月二十九日（木）

昨夜々半より雨殊に強し。たゞし午前十時頃より次第に雨収まり青空出づ。台風十一号房総沖に去れる由にて安堵す。関良一氏（一）より近代文学注釈体系の一としての「近代詩」（二）贈らる。頁をめくりつゝ、あちこちと拾ひ読みす。綿密なる注釈、親切なる解説共に嘉すべし。午後、三時、散歩がてら文行堂にゆく。小杉放庵の長文絵入りの手紙を買ひ求む。値、二千五百円也。画家としての心境を記せる点も面白く、且つ、明治文学史に挿入するも面白しと思ひたればなり。けだし、いさゝか道楽に過ぎたる心地なきにもあらず。

（一）関良一（一九一七—一九七八）近代文学研究者。
（二）『近代詩』関良一校訂・注釈・解説、近代文学注釈大系、東京、有精堂出版、昭和三八年。

八月三十日（金）

むし暑し。台風十一号次第に迫り来るが如し。『うづまき』につきての稿をともかくも纏む。更に、荷風論に取りかゝらむとし往年（大正六年）の余の荷風論（一）など取出して一瞥す。若き時のものはやはり若き時のものなり。今日ものせんとしてもものし得ず。若き時には若き時だけのよさあればなり。そこには識の足らざるあり。想の到らぬものあり。文章の稚拙さあり。然れども亦、そこには若き時ならでは持ち得ぬ情熱あり。若き日の稿に最も貴ぶべきはこの情熱なり。

この日午前、車にて早大図書館にゆき、荷風全集（春陽堂版）中の『あめりか物語』を借出す。夕方、清香来る。昨日来、河口湖より富士に登れるとかにて、その土産にとておもちゃの菅笠など贈らる。

（一）本間久雄「永井荷風論」（『早稲田文学』第一三四号、大正六年一月）一〇二—一一三頁。

八月三十一日（土）

昨夜来、台風の影響にて、夜半、雨強く降る。正午頃に至り漸くやみ青空現はる。二時頃驟雨にはかに至り盆を覆す如し。風さへ加はる。かねて電話にて約束し置ける菅原清二君ビショ濡れになりて来る。職業周旋の依頼のためなり。夕刻より雨やむ。台風はすでに三陸沖に去れるなりといふ。

この日一日、え読ますえ書かず。わびしき一日なり。

九月一日（日）

朝より快晴、『震災記念日なり。朝より書斎にこもり、『青年』論の修正に取りかゝる。正午は例年の如くにぎり飯にて粗末なる昼食を取る。こは四十年前の震災の労苦を偲びてなり。

午後二時頃、村松君来る。信州より甲州を一周せりとのことにて、土産にとて葡萄を贈らる。雑話数刻。

昨三十一日の夕刊、日本経済新〈聞〉「あすへの話題」欄に赤堀四郎氏（二）の「国字問題」と題するものあり。一篇の要は漢語を和語に改め漢字を廃してローマ字にせよといふにあり。漢語を和語に改むる例として「増加する」とせずに「ふえる」とし、「明日は晴天」と書かずに「あすははれ」と書くべしといふ。さう書いて済む人には、それにてよろしからむ、さう書いて済まぬ人には済まぬなり。言葉も文字もすべてはその人の自由に委すべし。なほ、筆者の説によればローマ字一本となれば、外国人も日本語を学ぶに都合よく、又、大学の機関誌をこしらへるに英文と日本文の二種類を以てするの手数も省けるといふ。日本人の国語と国字は、吾等日本人の為めにあるなり。外国人のためにあるにあらず。大学の機関誌を外国人に読ませるために英文を以てするは御勝手なり。たゞし外国人に読ませるために国字を換へよといふに至っては、断じて、これ、日本に国籍を置く者の言ならず。「国字問題」の筆者赤堀氏は大阪大学総長にて化学者なりといふ。御門違ひの国字問題など云はぬがよからむ。それにしても二三年前のこと、N・H・Kのラヂオにて、大阪大学の科学者某教授（名は失念）は新聞の横書きを主張せることあり。大阪大学は珍教授の集りと見ゆ。

（一）赤堀四郎（一九〇〇—一九九二）化学者、生化学専攻。

九月二日（月）

昨一日とは打って変り、むし暑く氣分あし。一日書斎に閉ぢ込り、鷗外『青年』論を読みかへし、種々手入などす。ともかくも原稿紙四十紙の論文なり。余としては最近の労作也。いさゝか肩の荷の下りたる心地す。夜分関良一氏へ『近代詩』を贈られたる礼状、高崎市桜井明氏へ與謝野鐵幹宛文壇諸家手束の一巻について、借用依頼の手紙など書く。この日東横美術部の大津氏より電話あり。野沢如洋（一）遺墨展につきての用件なり。

（一）野沢如洋（一八六五—一九三七）日本画家。野沢如洋展、一三—一八日、東横百貨店画廊。

九月三日（火）

快晴。午前十一時、妻と車にて白木屋にゆく。中国永楽宮壁画展（読売新聞主催）を見るためなり。壁画は敦煌千仏洞の壁画を凌ぐ元代の一代傑作なりといふ。永楽宮は、新中国の黄河ダム工事中、山西省の辺境永楽鎮にて発見されしものといふ。発見以来十余年、中国の美術界の総力を挙げての努力により、その壁画の一部が完全に模写されたもの、三十七幅、百十一点に及ぶといふ。それらは高さ四米、全長二一五、二二米に及ぶ大作なり。余、滞欧中、寺院其他にて数多くの壁画を見たり。然れども、バチカン宮殿の例のミケランヂェロの天井壁画を除いては、これほど大規模〈な〉ものに接せることなし。たゞし大規模なることゝ芸術的価値とは自ら別なり。今度展覧されし永楽宮の壁画、芸術的には必ずしも優れたるものとは、余信ずる能はず。その群像描写の如き徒らに巨大なる群像を羅列せるのみにて、構図上の均整調和の如き殆ど無視され、観者にはたゞグロテスクの観を与ふるのみなればなり。たゞし、仙人呂調宝の生涯を描けるもの《の》は風俗画として珍重すべきものたるや疑ひなし。中に地獄の絵あり。壁画摩滅汚損して原図をとゞめざるところあるは遺憾なれど堕地獄の罪人等が鬼に責めさいなまれるところなど中々に面白し。往年見たるピサのカンポ・サントの壁画地獄画と比較して、余、特に興趣を感ずること深し。

帰途、三越に立寄り、果物其他を求め、車にてかへる。

夕食後、荷風の『あめりか物語』（春陽堂版荷風全集第二巻）など拾ひ読みす。

九月四日（水）

急に秋めける心地す。快晴。朝より書斎にこもり、『あめりか物語』を読む。

午後、都築佑吉君来る。フルブライト試験第一次合格、第二次試験のための推挙状に署名を求めんとてなり。喜んで署名す。暫く雑話。夕食後は眼疾のため読書を中止す。

九月五日（木）

あつく、且つむしむしして不快なる日なり。暫くぶりにて神田古書会館にゆく。時代やに目録にて注文し置ける川上一座㈠のハムレット其他ロメオとジュリエットの筋書（共に明治時代）外に大正四年刊の「卓上」といふ雑誌、幸徳秋水の『評論と随想』（昭和二十四年刊）を求む。代価全部にて三千六百円を支払ふ。「卓

［上］」は岸田劉生の文章を見るため、秋水の『評論と随想』は、鵜沢総明（二）の序文を一見せんためなり。帰宅後、右の序文を読みて「大逆事件」の真相につき得るところ大也。『明治文学史』中の一項目、「社会主義の分化」につきて早速訂正す。

（一）新派俳優の川上音二郎（一八六四―一九一一）の率いる一座。
（二）鵜沢総明（一八七二―一九五五）法律学者。

九月六日（金）

むし暑し。午前十時、立正にゆく。未だ講義なきことゝ思ひしに、学生続々とつめかく。かゝることは近年絶えてなかりしことなり。立正学生の意気漸くあがれるに察するに足る。嘉すべし。午後の講義は、止むを得ざる来客の約ありしにより、止むを得ず休講とし、急ぎかへる。留守中、熊坂敦子氏、写真師を連れ来る。抱月滞欧日記（一）、透谷父への哀願書（二）を撮影しゆく。来月開催の近代文学館主催文学史展覧会目録作製の為めなりといふ。午後二時半、約束の如く、羽倉夫人、樋口配天翁（三）を伴ひ来る。翁は八十五才、矍鑠、壮者を凌ぐ。驚くべし。翁は明治三十年代より世界国家統一論者にして熱心なる反戦詩人なり。英のラッセル、日本の湯川氏其他による最近の世界聯邦の運動の如き、いささか翁の夢の実現されつゝあるを証するに足るといふべきか。種々雑話、二時間ばかりにしてかへる。今日は疲れたる一日なり。夕食後は眼疾をいとひ、読書を廃す。

この日、高崎市の桜井氏より返書あり。来る十日、依頼の一巻を持参すといふ。氏の好意謝すべし。

この日、樋口翁のかへれると引きちがひに新風社編集部の記者越川玄氏来る。現代青少年の堕落、救済其他につき余の意見を徴せらる。常識的のことながら、縷々語るところあり。

この日、谷信一氏(四)より電話にて来十月十九日、(土曜)ブリヂストン美術館にて「文学と美術」につきての講演依頼あり。承諾す。同美術館、今月二十日より来月十九日にかけタアナア展を開催するにつき、それに因みての毎週土曜の講演なりといふ。講演者は余の外に矢代幸雄氏(五)、本多顕彰氏(六)他二氏なりといふ。

(一)島村抱月滞欧日記(明治三七年六月一日—三八年九月一二日)、文庫所蔵。
(二)北村透谷哀願書、父快蔵宛(断片)、文庫所蔵。
(三)樋口配天(一八七九—一九六九)新聞記者、鉱山業者。
(四)谷信一(一九〇五—一九九一)美術史家、石橋財団理事。
(五)矢代幸雄(一八九〇—一九七五)美術史家、美術評論家。
(六)本多顕彰(一八九八—一九七八)英文学者、文芸評論家、翻訳家。

九月十日(火)

七日以来記すべきなし。たゞ七日に、妻と共に、暫くぶりにて高津一家を訪問せることゝ、荷風『あめりか物語』『フランス物語』を読了、荷風論の案を樹てたること、並びに旧稿、小杉未醒『戦《ひ》の罪』鷗外『うた日記』等を読みかへし、訂正せることを記すれば足る。本日午後、高崎市の桜井明氏例の一巻を持参、貸与す。好意、謝すべき辞に苦しむ。同氏玄関にてかへる。

九月十一日(水)

やゝ秋晴れなり。午前妻同伴、高島屋にアフガニスタン展を見にゆく。東西文化の交流史の研究家には恐らく最も収穫の多き展覧会なるべし。改めて目録を見て再考すべし。

九月十二日（木）

曇り、むし暑し。休暇明け、始めての実践講義也。松川事件の判決あり、全員無罪といふ。たゞし、有罪としての証拠不十分なりといふのみ。黒なるに非ずといふのみ。白と断定せるにはあらず。たゞし、計画的に汽車転覆せられ、機関士外二名の死者を出せることは厳〔ママ〕乎たる事実也。従って、又、黒たる犯罪者の存在も亦、厳〔ママ〕乎たる事実なり。今回の容疑者すべて、黒としての証拠不十分なりといふはよし。然らば、黒としての証拠十分なるもの他にあるべき筈なり。さて、黒としての証拠十分なるもの何処に潜み居るにや。この真犯人出でざる限り、国民は検察当局への信頼をつなぎ得ざる亦当然のことゝ云ふべし。

九月十五日（日）

漸く秋晴れなり。午後二時、宅にて例の研究会開催、村松、岡、小出、大久保、新井、熊坂諸君来る。熊坂敦子氏の朝日文芸欄についての発表あり。事実の調べ、よく行き届けるは感心なり。たゞし、資料の整理に未だしきところあり。

夕食後は明、実践講義の準備に費す。熊坂氏より、本日借用せる『影と声』(一)中森田草平の『冷笑』評及び『落果』を一読す。得るところあり。

(一)阿部次郎、小宮豊隆、安倍能成、森田米松著、『影と声』、東京、春陽堂、明治四四年。森田草平担当部分題名は「縷」。「『冷笑』を読む」、二七―三二頁。「落果」、一―一六頁。

九月十九日（木）

秋晴れにて気持よし。午後、実践にて二回講義。午後五時開演の歌舞伎座に駆けつく。耀子少しおくれ来る。義経千本桜の通しなり。余には大して興味なけれど耀子などには一見し置くこと教養上必要なることなれば、妻の切符を耀子に廻せるなり。大物浦の松緑の知盛、先代中車(一)の絶品、未だ、まなかひにあるだけ損な出物なり。例の三悪道(二)のあたりの悲壮なるおもむき足りず。其上、薙刀を仗に岩に上る足どりなど、やゝ活溌に過ぎて面白からず。たゞし、その努力は賞すべし。松緑には、知盛より却って忠信の方見答へあり。吉野山にての踊りは流石に見事なり。川連館の忠信は親を慕ふ情愛こもりて、馬鹿々々しき筋を忘れさせたり。余のこれ迄見たるこの場の忠信中の逸品也。十時閉幕、耀子を車にて送り届け、同じ車にて余、またかへる。

珍らしく吉田精一氏に逢ふ。堀口氏を事務所に訪ねたれど不在。

(一) 七代目市川中車の知盛、初役は、大正八年一月、明治座公演。

(二) 知盛の三悪道の述懐

海に臨めど、潮《うしお》にて水に渇せしは、これ餓鬼道《がきどう》。……

陸《くが》に源平戦うは、とりもなおさず修羅の苦しみ。

または、源氏の陣所陣所に数多《あまた》の駒のいななくは、畜生道。

いま賤しき御身《おんみ》となり、人間の憂き艱難、目前に六道の苦しみを受け給う。

十月十四日（月）

曇りにて雨模様也。午前午後、実践講義。帰宅後、夜にかけて、かねて朝日新聞社より依頼を受けゐたる朝日賞受賞候補につきての推薦文を書く。候補者の資格は昨三十七年十一月より今三十八年十二月迄の完成予定の業績也。種々考へたる結果、山岸徳平氏の源氏物語の評釈を挙ぐることゝし、左の如き推挙文をものす。余もとより専門家ならねば推せんの資格なきは自らよく知る。従って右推せんは学問愛好の一学究としてに過ぎず。左は新聞社に提出せるものゝ全文なり。

右は岩波版古典文学大系の一にて、第一巻は昭和三十三年一月、第五巻は同三十八年一月の刊にかかり、桐壷より夢の浮橋に至る迄の『源語』全篇の評釈書也。著者多年にわたる学的労苦の産物にて『源語』の基本的研究を大成せるものともいふべく、特に左の二点において高く評価せらるべきものと信ず。

（一）定本として三條西実隆筆青表紙証本を用ゐ、湖月抄以下数書伝本を一々渉猟、それによりて精細に本文の異同を検討して、所謂本文研究上、前人の未だ為さゞるところを為し遂げたること。

（二）評註（頭註、補註）において古来の『源語』諸評釈を一々精細に比較検攻し、更に意義学、文法学等の新しき学問を参酌して、語釈の適切と文法の正確とを期し、かくして『源語』本文上の読解の基礎を築けること。

なほ、本文の鑑賞と理解とに不可欠なる有識故実に関する図版を、由緒ある古書より数多く選定して、各巻に豊富なる「附図」を添へたるは、併せて著者の労を多とするに足るべし。

夕食後、喜多山、依頼し置ける表装二幅持参。白龍霜暁防寒、紅葉短冊（色どりの）なり。代価三千六百円を払ふ。

十月十五日（火）

曇り。朝より書斎にこもり、来る十九日のタアナア展講演につき、参考書を漁り、何かと草案を錬る。たゞし、午前は松本理髪店山下眼科行にて全部を費す。

十月十六日（水）

秋日和なり。気温やゝ高し。数日前苦心せる講演草稿（十九日ブリチストン土曜講座）漸く出来す。いさゝか安心也。午後三時半、妻同伴、車にて三越にゆく、余の靴其他二三の買物のためなり。七階にて偶然、国際具象展なるものを見る。藤田嗣治氏の小品三点（人物を描けるもの）面白し。林武氏のものなど評判らしけれど余には未だその味を解するに至らず。

余、七階にて、妻と並びて買物中、妻突如として倒る。脳貧血のためなることしるけし。早速店員二人駆け来りて、扶けながら四階［医］務室に連れゆく。余も無論従ひゆく。医師、ビタミンの注射、並びにヘステといふ薬を与ふ。幸ひに床は板敷なりしため、倒れたる際に頭を打てるも、大したことなきが如し。心配はたゞこれ一つ。妻の倒るゝ時、余、傍にあり、妻より貧血らしとの注意を受け、見るに顔色蒼白、いかにせんかと思ふ間もなく倒れたり。何故にそをとゞめ得ざりしにや。後ろより扶けかゝへるなり、前より抱きとむなり、何等かのせんすべありしならんに、何の手段にもおよばざりしこと、吾れながら、その無能、不甲斐なさ、あきるゝ外なし。妻、医務室にて休養、五時半車にてかへる。夜、鈴木医師の来診を乞ふ。二三日の休養を要すとのことにて、心配することもなきやうにてやゝ安心す。その間にありて、明日の実践講義の準備に追はる。教壇に立つこと、亦、難きかな。

十月十七日（木）

午後、実践二回講義。島田君に逢ふ。同君東洋大学より教授として迎へんとのことにて、相談を受く。実践には大痛手なるべければ同君のためには賀すべし。守随学長にも逢ひ、右相談す。学長亦、余と同意見なり。講義修了後、三木君に招がれ、同君と坂崎氏と余と三人同車して神楽坂の雪印会館にゆく。坪内君先着なり。同会館は雪印社員の倶楽部とのこと、三木君令息の縁故にて、余等こゝに招がれたるなり。夕食（和食）はさして、よしとにはあらねど、暫くぶりにて気の合ひたるものゝみ四人こゝに会し、談論風発時の経つを覚えず。八時、車にてかへる。留守中、歌舞伎座黒川氏より電話あり。

十月十八日（金）

昨十七日は、二十六、七度にて暑さにも残暑の如き感ありしも、今日はいたく冷えたり。風邪流行といふ。宜なり。かゝる気温の変化はげしきにおいては。今日はいたく疲れたり。昨夜の談論風発のたゝりならんか。其上、何となく風邪の心地す。立正出講の日なれど電話にて断り休講とす。

書斎に閉ぢこ〈も〉り、明十九日のブリヂストンのタアナアにちなめる講演について何かと調ぶるところあり。

午後三時頃、国雄妻来る。夕刻、喜多山へ使ひにて、紅葉短冊（色鳥の）を届く。

目録にて注文せる大屋書房より左の二書届く。

The Aesthetic Adventure.　千九百四十六年

The Pre-Raphaelite Dream　千九百四十六年三版

共にWilliam Gauntの著なり。共に三版なり。両方とも、一年にしてすでに版を重ぬる三度。以て、その評判の高きを知るに足る。

後者を拾ひ読みす。面白き書なり。

十月十九日（土）

曇り、午後二時頃より雨降る。一時半妻同伴、車にてブリヂストンにゆく。タアナア展に因みて英国［の］美術と文学とに関する講演のため也。二時間余にわたれる講演なり。聴衆二百余、堂に溢る。後にてきけば興深かりし講演なりしといふ。余も、近来になく、力を入れたる講演といさゝか本懐の思ひあり。

ブリヂストンより車にて送られ帰宅せるは七時。講演中は覚えざりし疲労急に出づ。八時半就寝、直ちに深き眠りに入る。かゝることは余に取り、近来珍らしきことなり。

十月二十日（日曜）

秋晴れなり。うすら寒し。午前中、佐藤繁雄氏に林檎の礼状、伊藤正道君（一）に白龍写眞のことにつき、夫々手紙を書く。午後二時、村松、岡、石丸、熊坂、大久保、新井、［・・］諸君来る。例月の研究会なり。余、昨日の講演の題目につきいさゝか語る。諸君のかへれるは六時、夕食後は書斎に入りて明二十一日の実践講義の下準備などす。

（一）伊藤正道（一九二一―二〇〇一）久雄妻美枝子の甥、米沢女子短大その他にて教鞭をとる。

十月二十二日（火）

曇り。午前十時頃より小雨、午後本降りとなる。妻同伴、歌舞伎座昼の部を見る。出し物は『名和長年』三幕、『寺小屋』次は『保名』『舞妓《しらびょうし》の花宴《はなのえん》』『大原女、奴』なり。近来になき充実せる出し物とて、息をもつけず、全部緊張裡に見終りたり。『名和長年』は露伴の傑作（一）。さすがに白など、時代物にふさはしく荘重にて耳に快くひゞき、文句の一々、噛みしめて味ひあり。大正二年、帝劇のために書き下ろせるものか。余、当時、帝劇の舞台にこれを見て、感激措かず、思はず涙の下るを覚えたり。作そのものもさることながら、一つは松助の堯心、先代幸四郎の名演技の然らしめしところと覚ゆ。其後、一二度、見たる筈なりしも、すべてはこの初演舞台のおもかげに消されて記憶にとゞまらず、それほどに、大正二年のこの初演は、余に印象的なりし。

今度の堯心は三津五郎。先づ当代での適役なり。長年は仁左衛門。長年は名和庄の地頭、一族郎党を率ゐる旗頭なれば、重厚の中に威厳の備はれる豪快なる武人なるを要す。その点、先代幸四郎は文字通りの適役にて、舞台に姿を現はせるそもそもより場を圧し、余をして長年その人を眼のあたり見る如き思ひあらしめたり。仁左衛門は、元来が和事を得意とせる人とて、名年《〔ママ〕》には無理なり。白廻しも、例の含み声が累して徹底せず、たゞし無理なる役を、ともかくも演了せたるは賞するに足るべし。三津五郎の堯心は松助以来の堯心なり。□□通ならば、名年《〔ママ〕》に面会することもかなはざる無位無官の一雑式に過ぎず、而も形容枯稿の一老躯をひっさげて名年《〔ママ〕》に大義名分を説かんとす。そは一に勅諚に背かざらんとする忠誠心と熱意とによれるなり。三津五郎の堯心は、この忠誠心と熱意とに燃えて、他を省る暇なき人物を演出して遺憾なきにちかし。堯心の性根場は云ふまでもなく、第二幕長年館にての、大義名分を説いて、「勅諚なるぞ」と立上るクライマックスのところにあり。たゞし、三津五郎の堯心は、このところを、立上りながら、正面を向いて身体をやゝ左に退きたるは、そは、何となく逃げ腰のやうに見えて、眼面白からず。こゝは、松助初演の如く、立上ると同時に、名年《〔ママ〕》を始め、平伏する人々を眼下に見下す如き姿勢ならざるべからず。そこにこそ、「勅諚」の一語のもたら［す］威厳のおのづからの現はれありといふべし。

次の『寺子屋』の松王の第一の見せ場たる首実検は首桶の蓋を玄蕃が開け、玄蕃中腰のまゝ小太郎の首を松王に差向け、松王は又、右手に刀を抜き持ちて、それを源蔵につきつけながら、首を仰ぎ見るやうに見るといふ型によれり。こは九代目團十郎の草案せる悪型の一なること、すでに竹のや主人その他の劇評先覚の云へるところなり。実際こは見た眼あしきのみならず、この時の松王心理の曲解に基けるなり。そのことにつきては余、すでに、わが著『歌舞伎』(二)其他において述べたるところ。こゝに敢て贅せず。さるにても現團十郎、何故にかゝる悪型を踏襲せるにや。余の、現團十郎に希望するところは、九代目の型にあらず、その精神なり。九代目は寺子屋の上記の型といひ、熊谷陣屋の例の「十六年は一昔」の型といひ、其他、異を樹てんとして却って悪型に堕せるもの少なからず。しかしながら、旧套に堕するを避けて、新様式を創造せんとせるその勇気と意図とは正に賞賛に値すべし。而して、そこにこそ、九代目の九代目たる所以ありしにはあらざるか。この点に於いて、余、現團十郎の反省をうながすや、切なり。たゞし二度の出によりてからの松王は、大泣きに泣くところを始め、其他、すべて見事なりし。左團次の源蔵は［迫］力に欠く。その上、松王の「生き顔と死に顔云々」と図星を差されても何の動揺を示さゞるはうかつなり。図星を差されたる瞬間、ハッと驚きたる表情なかるべからず。かくてこそ「ヤア、いらざる馬鹿念云々」の松王への悪口、始めて効を奏するなれ。総じてかゝる古劇を演ずる場合には、演者先づ十二分に原作を味読しおのが扮する作中人物の心理に透徹することが肝要なり。歌舞伎に新生命を盛らんとする者、こゝより出発せざるべからず。次の舞踊三種の中、余は三津五郎の『大原女・奴』を第一に推す。大原女の軽妙、奴の壮快、共に珍重すべく、余は、これを見ながら、先代三津五郎のおなじ舞踊の眼なかひに浮び出づるの禁ずる得はさるを覚えぬ。竹のや曰く、面白き舞台は眼の薬、気の薬なりと。現三津五郎、亦、名手なるかな。

（一）幸田露伴『名和長年・戯曲』、東京、白揚社、大正五年、一―四頁参照。

（二）本間久雄『歌舞伎・研究と鑑賞』、東京、天紘社、昭和二二年、七九頁。本間久雄『歌舞伎』、東京、松柏社、昭和三三年、六二―六三頁。

十月二十五日（木）

秋晴、午前より午後にかけ、立正講義。終って美術倶楽部にゆく。恒友のもの三点、小品ながら面白し。鐵斎、古径、玉堂など眼にとまれるもの数点あり。家にかへれるは四時半。何となく疲れたる一日也。立正にて菅谷文学部長に逢ふ。大学院（英文科）設立は見送りになりしとのこと、事情をきけば無理ならぬことなり。そはいへ、遺憾也。一年毎に設立、むづかしくなりゆくならん。特に現在の教授陣営においてその感あり。大学院設置のため、余、迎へられて教授の職につく。今回の設置不能のこと、固より余の責任にあらずといへども、憂鬱極りなし。

夕食後は書斎に入れど、え読まず、え書かず、默座冥想、これを久しうす。

今日の立正講義中、エッセイ研究において不都合なる学生一人あり。余、思はず大声叱咤す。かゝること、余に取り、立正において最初のことなり。願はくは又、最後のことならんを。

—欠—

十二月七日（土）

午後六時半、サン・バードにて忘年会をひらく。高津一家、星川一家及び国雄夫妻、余等を合せて十一名。久しぶりにて皆々顔を合す。調理も上乗にて一夕、歓をつくす。文字通りの忘年会也。車にて帰れるは九時。

十二月十日（火）

曇天、雪もよひなり。正午東京堂赤坂君出版部員を伴ひ来る。明治文学史挿入の写真資料を手渡す。主として書籍也。午後より夕にかけ、十二日夕の浮世絵協会の講演、——演題、浮世絵の英国画界に及ぼせる影響——につき種々案を樹立〔ママ〕つるところあり。

十二月十一日（水）

寒き日なり。午前、実践清田さん（一）より電話あり。守随学長夫人死去とのこと。哀悼に堪へず。守随氏、重病の夫人を抱へて、毎日登校、学長として校務に鞅掌す。職務とは云ひながら気の毒の至りなり。取りあへず、車を馳せて、氏の邸を訪ひ、哀悼の意を表し、かへる。

午後は東大新聞文庫に行く筈なりしも、いさゝか風邪の気持にて中止す。

（一）清田信子。昭和三七年実践女子大学卒業、短大、大学助手をへて、のちに実践女子大学教授となる。

十二月十二日（木）

わりに暖かし。午後実践出講。三時半よりの忘年会（会議室）に出席。乾盃の役をつとむ。四時二十分退出、いそぎ銀座の不二越ビルにおもむく。その三階、山一ホールにての講演五時半のためなり。主催は日本浮世絵協会。余の演題は「浮世絵の英国絵画界に及ぼせる影響」につきてなり。聴衆百名を超ゆ。実践の学生及び卒業生も多数あり。妻も来り会す。八時車にてかへる。楢崎宗重氏（一）の司会見事なりし。尚美社主（二）に逢ひ余の持参の二代目広重、其他浮世絵につき問ひ質すところあり。

（一）楢崎宗重（一九〇四―二〇〇一）立正大学教授、浮世絵研究家。
（二）千代田区外神田尚美社主、中嶋晋一郎。

十二月十三日（金）

暖冬なり。午前十時、車にて白木屋に駆けつく。文車《ふぐるま》会主催の古書展一覧のためなり。反町弘文堂氏（一）に目録にて依頼し置ける西川光次郎著『カール・マークス』（明治卅五年刊）（二）を入手す。（定価四千円）次いで、八木書店出品の上田敏筆の小唄の画帖くづしを求む。（価八千五百円）共に余の明治文学史五巻挿入の図版たらしめんとてなり。ついでにおなじく画帖くづしにて斎藤与里筆の淡路島に敏の訳詩画讃のある一図を買約す。こは小品なれど鑑賞に堪へたり。（価七千五百円）木村毅氏、荻野三七彦氏、関良一氏其他に逢ふ。十二時、食堂にて食事。いそぎ立正に駆けつく。十二時半よりの授業出講のためなり。三時半かへる。疲れたる一日なり。

立正にて戸田教授（三）に会ふ。戸田教授より『金沢文庫と金沢八景』の一書を借る。金沢八景（金沢文庫編『金

沢文庫と金沢八景』（昭和廿四年刊）より

洲崎の晴嵐

もと山市の晴嵐といひ、峠附近の景色をさしてゐた。江戸中頃までは、洲崎にも松並木があり、いまでも照手姫のいぶし松を始め、市内に多少の名残をとゞめてゐる。

瀬戸の秋月

瀬戸橋附近の秋月を云つたものである。墨絵のやうな瀬戸明神の社から、満々たる平沙水をへだて、弁天島、遠く野島山あたりを眺めた夜景を思へばよひ。

小泉《こづみ》の夜雨

金沢文庫駅の南を流れる大川上流の南岸から、手子明神の附近をいふ。昔しは内海が、この辺まで来て居り、芦荻が茂ってゐた。手子明神の裏に竹生島があり、弁財天を祀る。小泉夜雨の松といふのがあった。

乙艫《おつとも》の帰帆

乙艫海岸の帰帆風景をいふ。金沢一帯が船の艫の形をした海岸線つゞきであるから、おともといふやうになった。今は金沢海水浴場として、年々盛大な浴客を迎へてゐる。

称名の晩鐘

称名寺のこんもりした森の中から聞えて来る晩鐘をいふ。この鐘は正安三年に北条顕時が改鋳したもので、重要文化財に指定されてゐる。

平潟《ひらかた》の落雁

平潟は、今の瀬戸橋から、内川、野島へかけての内海をいふ。明治初年まで、この周辺で塩を焼いてゐた。現在でも海［苔］そだが立ち、水鳥が飛んでゐたりして、落雁にふさはしい風景だ。

野島の夕照

野島は、もと独立してゐた島で、こゝに漁民の村落があった。海を距てゝ、房総を望む景勝の地であるが、この漁村の夕照を云ったものである。

内川《うちかは》の暮雪

はじめ、釜利谷の方面をさしてゐたが、今は関東学院のある内川橋、瀬が崎方面の景色で、遠く鷹取山から、神武寺へつゞく連山を取り入れた暮雪をいふ。

（以上、十二月二十日うつす）

（一）反町茂雄（一九〇一―一九九一）弘文荘（古書肆）代表取締役。
（二）西川光次郎『人道の戦士社会主義の父　カールマルクス』、東京、中庸書店、明治三五年、文庫所蔵。
（三）戸田浩暁（一九一〇―　）立正大学教授、中国文学研究者、大乗院（日蓮宗）住職。

十二月二十一日（土）

晴、午前、立正教授会出席、午後、英文科人事問題にて栗原、佐瀬二氏（一）と研究室にて会談。午後五時半歌舞伎座に妻同伴にて行く。出し物は吉川英治原作の新太閤記の通しなり。脚色、演技とも見るに堪へず。半世紀以前の第二流劇場のチャンバラ劇を見る如き心地す。四時間のうち最後の二時間は、余、たゞ廊下の長椅子に身を横たへたるまゝ時を過す。竹のや主人嘗て曰く、よき芝居を眼の薬、気の薬也と。その口吻を模して云はば、今日の「太閤記」の如き、正に眼の毒、気の毒なりといふべし。歌舞伎も衰へたるかな。

（一）栗原元吉（一八八二―一九六九）、佐瀬順夫（一九〇六―一九八九）。

十二月二十二日（日）

晴、風なく善き日也。一日、二階の書斎にこもる。午後井内雄四郎君歳暮のあいさつに来る。次いで泰一郎君（一）来る。泰君、病体、見るも気の毒なり。夕食後は明治文学史の原稿に入手す。坪内士行氏、村松定孝君より電話あり。坪内君の用件は立正教授辞任の件なり。

（一）秦一郎（一九〇一―一九六九）仏文学者。

昭和三九年日記

一月一日

珍らしく晴天、あたゝかし。午前十一時半、大沢実君、内山正平氏、岩田洵氏相次いで来る。上条真一君も次いで来る。上条君は同君令嬢の実践入学の件につき用談。二階にて用談を済せるのち、階下八畳にて共に元旦の酒盃を挙ぐ。上条君帰れるのち、三君居のこりて昼食、学校のこと其他雑話、二時頃連れ立ちかへる。耀子、ヒロシ連れ立ち来る。茶の間にて妻と昼食。間もなくかへる。

茶の間にて本朝の年賀状二百余通を一覧。夕食後は二階の書斎に入り、文学史の考案に取りかゝりたれど、獲るところなし。

一月二日

朝よりうすら寒く、雪でも降りさうなり。わびしき日也。珍らしく九時起床。二階の書斎に入れど何事をも得せず。午後三時頃新井君、子供二人を連れ、新年の挨拶に来る。暫く雑談。屠蘇など振舞ふ。

夕食後、武者小路氏の『お目出たき人』(二)を読む。著者はたしかにおめでたき人也。しかし、自ら云へる如く、一種の「勇者」なり。理想主義者なり。往年の文壇、著者を評するに、屡々、現代のドン・キオーテを以てせるは誤りなり。余と著者と、偶々年を同じうして生る。たゞ灰色の天地(三)に彷徉して憂悶の日々を送れるその頃の余は、『おめでたき人』の著者の幸福なるその生活を、今更の如く羨むの情に堪へず。

鈴木四郎氏、都筑省吾氏年賀に来る。いづれも玄関にてかへる。

(二) 武者小路実篤『お目出たき人』付附録(二人　無知万歳　生れなかったら?　亡友　空想)、東京、洛陽堂、

明治四四年。文庫所蔵。本間久雄『続明治文学史　下巻』、五四三―五四七頁。

（二）本間久雄『退廃的傾向と自然主義の徹底的意義』（『早稲田文学』第五三号、明治四三年四月）六一―七三頁。同、「所謂灰色の世界」（『早稲田文学』第一五〇号、大正七年五月）一五二―一五三頁。

一月三日

朝よりうすら寒く、みぞれ交りの雪降る。少し風邪の気味なり。二階の書斎にこもる。午前、藤島秀麿君、斉田嬢年賀に来る。

一月四日

晴天なれど風吹き寒さきびし。午前国雄宅より電話にて国雄急病の由なり。「今日明日といふにはあらねど」など気にかゝる電話なり。余も風邪の気味にて外出は好ましからねど国雄病気気にかゝるまゝ、妻同伴にて車にて出かく。東横にて昼食をしたゝめ、用賀まで又々車を走らす。国雄肺炎の気味なり。又々車にて三時半帰宅。すぐさま床に就く。留守中、服部洌君、志賀謙君（夫妻、子供づれ）にて年賀に来る。

夜分発熱す。今日の外出のたゝりなり。

一月五日

晴天、風なくおだやかなる天気なり。一日、書斎にて臥床す。風邪にて気分甚だ悪し。

一月六日

晴天、おだやかなる日也。午前中、岡保生君、小出博両君相次いで来る。岡君は前夜、伊勢より帰京せる由にて見事なる伊勢海老二尾贈らる。二階にて両君と共に正月の酒盃を挙ぐ。午後岩津資雄君来る。年賀を兼ね、同氏著歌会の研究(一)出版記念会のことについてなり。夕食後、二階の書斎に入り、明治文学史［の］稿を進めんとしたれど興乗らず、十時床に入る。

(一) 岩津資雄『歌合せの歌論史研究』、早稲田大学出版部、昭和三八年。早稲田大学授与学位論文。

一月七日

晴天。午前、実践の本間嬢年賀に来る。風邪未だ癒えず、気分悪し。午後四時、立正の佐瀬君、実践の高橋君相次いで来る。夕食を共にし歓談数刻。二君かへれるは九時なり。十一時就寝。この日桜井幾之助君来訪。『軈々集』を贈らる。眼福也。

一月八日

朝曇り。後晴る。この日歌舞伎座昼の招待を受け居れど、風邪癒えざるため、妻のみゆく。余の代りとして顕子見にゆく。一日、二階にこもり旧稿の手入れなどす。

一月九日

晴天。午前、浦田敬三氏来る。氏は法政大学出身にて現に岩手県立盛岡第二高等学校教諭なり。郷土盛岡と文芸との関係に着目しその結果、山田美妙の系譜につきて切りに調査をすゝめつゝありといふ。熱心なる若き学徒なり。嘉すべし。
正午頃、久美子、顕子連れ立ち来る。昼食。午後、帆足図南次子年賀に来る。酒盃を挙ぐ。雑談数刻。夕食後、文学史の最後の章を書き始む。

一月十日

午前、渡辺修二郎翁未亡人を訪ね、用談。風邪未だ癒えず、気分悪し。東京堂赤坂君に、平塚雷鳥の思ひ出の記につきて刊行書ありしを思ひ出し、その探索並びに入手方を依頼す。草平の『煤煙』(一)を読み、急に一読の必要を覚えたればなり。赤坂君、わざわざ雷鳥氏を成城町の邸に訪ね余の意を告げて一書を貰ひ来る。雷鳥氏の好情、赤坂君の努力、共に謝すべし。該書題して『わたくしの歩いた道』と〈い〉ふ。昭和三十年三月、新評論社の刊なり。夕食後、該書を通読す。『煤煙』の女主人公真鍋朋子を理解する上に、益するところ甚だ多きを覚ゆ。

(一)『煤煙』と『わたくしの歩いた道』については、本間久雄『続明治文学史　下巻』、五二八—五三五頁参照。

一月十一日(土)

午前、帝大病院にて長谷川国手の診察を受く。午後、大村弘毅君来る。逍遙全集に関する件也。新聞文庫の西田氏に紹介名刺を手渡す。坪内章君来る。電話にて依頼せる長江訳『死の勝利』(二)持参さる。厚意を謝し、且つ暫く閑談。この日、妻、久美子顕子に誘はれて『エレクトラ』見物に出かけ夕刻かへる。夕食後、平塚雷鳥氏へ礼状を書く。二階書斎に入れど、何となく疲れて、え読まず、え書かず。

（一）ガブリエル・ダンヌンツィオ作、生田長江訳、『死の勝利』〔縮刷全訳叢書〕、東京、新潮社、大正二年〔?〕。本間久雄『続明治文学史　下巻』、五三四頁参照。

一月十二日

午前三越に秀作美術展覧会を見る。今年の同展は昨一年の秀作のみならず、過去十五年間の秀作より選定せるものなりといふ。過去十五年中のものには、玉堂の『暮雪』大観の『風瀟々〈兮〉易水寒』清方の『先師の像』古径の『楊貴妃』青邨の『出を待つ』などあり。これらの作品と、同じく十五年中のものにても福田平八郎、徳岡神泉、山口蓬春、中村岳陵諸氏のそれとを比するとき、時代の相違の歴然たるを覚ゆ。更に福田氏以下上記の作家の作品を今日持ちはやさるゝ作家などに比するとき、又、そこに時代の相違の歴然たるを覚ゆ。時代はいつとはなしに変化しつゝあり。今日、新しきもの、明日古きなり。たゞし、新しきもの、必ずしも芸術的に価値高きにあらず、古きもの、亦、芸術的に価値低きにあらず。芸術の価値は、時の古今を超越す。時の古今を超越せる作品にして、始めて永久に新なるを得べし。上記の作品にては、余は、大観と玉堂との作品を以て、その例とすることに躊躇せざるを覚ゆ。夕食後は、明日の実践講義の準備に費す。

一月十三日（月）

雨模様。午前より実践に出講。菱沼理事長に逢ふ。神経痛にて身体不自由とのことにて、気の毒の思ひす。守随氏、小倉氏その他に逢ふ。午後二時半頃より雨、はげしく降る。雨をついてかへる。疲れたる一日なり。

夕食後、神田の山田書店主（一）、令息のことにて来る。暫く閑談。

（一）山田書店主、昭和三九年当時、山田朝一。

一月二十六日（日）

割にあたゝかし。酒田の本間祐介（一）より依頼を受けゐたる白龍六曲屏風（米沢中山寿男氏蔵）の解説、批評漸く脱稿す。原稿紙八枚。苦心の稿也。午後、都築佑吉君ペイタアに関する研究論文を持参、余の閲読を要求す。群馬大学の『紀要』に載するためのものなりといふ。三十枚ばかりの稿也。閲読の上、いさゝかの注意など与ふ。同君と引ちがひに大潮会の浦崎永錫氏来る。同氏稿美術史稿を東京堂より出版したしとの相談なり。

（一）本間祐介（一九〇七—一九八三）。昭和一八年より本間宗家の後見人となり、終戦後の農地解放、本間家再興に力をつくす。昭和二三年より本間美術館初代館長。

一月二十八日（火）

曇り、薄ら寒し。午前帝大病院行。午後妻と共に車にて三越にゆく。七階の特別売場にて大切にせる襟巻を紛失す。いつもながら余のぼんやりさ、吾れながら憤ろし《を》を覚ゆ。午後四時車にてかへる。余のみ大曲にて下車、江戸川アパートに坪内君を訪ね、立正の件を懇請す。夕食後二階の書斎に入り、文学史の考案にふける。

一月二十九日（水）

曇り。昼食後、早大図書館にかけつく。急に三田文学、新小説等に一覧したきもの生じたればなり。図書館の洞氏に逢ふ。渡辺修二郎氏遺品のことにつき懇談するところあり。夕食後二階書斎にこもり、今日借出せる三田文学所載、荷風の潤一郎論 (一) など読む。明日の実践講義の下準備などす。

（一） 永井荷風「谷崎潤一郎氏の作品」（『三田文学』明治四四年一一月号）一四八―一五九頁。

一月三十日（木）

午前曇り、午後より雨、夜にかけはげしく降る。午前、酒田本間美術館の本間祐介氏来訪。二階にて閑談。同氏より依頼の白龍六曲一双屏風の調書、幸ひに脱稿しあり、妻の浄書も出来居れるを以て同氏に手渡す。いさゝか肩の荷の下りたる心地す。同氏と連れ立ち家を出で、渋谷にて、余は実践、同氏は根津美術館へと袂を分つ。実践にての二回講義、其上、雨を冒してかへれることゝて、いたく疲れたり。夕食後は茶の間にて何をするでもなく、費す。十時就寝。この頃にては珍らしく早寝なり。

一月三十一日（金）

昨夜以来の雨、愈々烈し。頭少し重し。風邪の心地す。立正の講義、休みたきこと山々なれど、今日は最後の講義といひ、且つ、佐瀬氏と、坪内君のことにて逢ふ約束なれば休むもならず、無理に出かく。今更の如く、出勤のつらさ、身に染みておもほゆ。午後三時半かへる。車の便なく、風雨にさらされかへる。気分甚だ悪し。夕食後、二階の書斎に入れど、何事をもえせず。

――欠――

六月五日（金）

一昨日、年来の執筆にかゝる明治文学史五巻目の稿壱千五十余をまとめて東京堂赤坂君に手渡せり。漸く肩の荷を下ろせる如き心地す。執筆に余念なき折には日記をものする暇もなかりき。今日よりはいさゝか暇を得て日記をものせんとおもふ。たゞしいつまでつゞくるや。今日午前立正出講。帰宅後、書斎の整理などす。

夕食後、早大図書館より借り出し置ける太陽（四十三年、十六巻第十号）に、前田不二三氏の團蔵の眼の表情についての研究（一）あり。一読す。興味ある研究［な］り。團蔵の仁木が細川勝元に云ひ込められて（二）、眼を上下左右に動かして無念に堪へざる凄き表情など、今尚余の印象に残り居れり。余の仁木を見たるは、明治四十五年四月（三）、余の学生時代のことにて、半世紀以前のことに属す。而もその印象の今以て消えざる、團蔵はさすがに名優也とい《ゝ》いつべし。前田氏が團蔵の眼の表情の依って来るところを操り人形の眼の表情に結びつけたるも面白く、團蔵のしかせざるを得ざりし原因の團蔵の顔容の生理的素質に求めたるなど、たしかに新見解なり。

（一）前田不二三「團蔵の表情の研究」（『太陽』第一六巻第一〇号、明治四三年七月）一九一―二〇〇頁。
（二）『伽羅先代萩』問注所の場。
（三）七代目市川團蔵（一八三六―一九一一）明治四四年九月没。本間が團蔵の仁木弾正を見たのは明治四一年四月歌舞伎座でのことと思われる。

六月六日（土）

朝より雨なり。午前、図書館に車にてゆき、借出し置ける雑誌、図書類を一先づ返却す。すべて明治文学史執筆のために借出せるなり。早大診療所にゆき近藤医師に眼の診察を受く。よくもわるくもなきが如し。眼の休養をすゝめらる。再び図書館に取ってかへし、水蔭の『自己中心明治文壇史』(一)を借り出し、車にてかへる。図書館にては大野館長、洞氏、及び尾島、大沢二氏に逢ふ。

夕食後書斎に入り、かねて内田素彦氏より贈られたる眉山の水蔭に宛てたるハガキ類を一瞥す。中に左の一葉あり。

たんとまあ館へ行ってモガキたまへ、たんとマア電話をかけてしくぢりたまへ、たんとマア博文館へ行ッてもぢもぢしたまへ、たんとまあすごすごすごすご帰りたまへ、たんとマア翌日使者［を］遣って馬鹿を見たまへ、たんとマア吉岡に痩我慢を張りたまへ、たんとマア漣山や花痩に説破されたまへ、たんとマア弱い音を吹きたまへ、たんとマア自然主義を取りたまへ

取分けけん夏痩つらし骨法師

消印は東京本郷廿四年八月二十日とあり。館は紅葉館也。吉岡は吉岡書店なり。この頃自然主義の文字を用ゐたるが珍らし。

（一）江見水蔭『自己中心明治文壇史』、東京、博文館、昭和二年、文庫所蔵。

六月七日（日）

晴、暑く、而もムシムシして心地よからず、昼飯に駒形のどぜう屋に行かむなど妻と昨日来語りゐたれど心地すゝまず中止す。例の文学史片つけて以来、張りつめたる心もゆるみたるにや、今迄の疲労急に出でたるやう覚ゆ。時代屋へ注文せる山岸荷葉（一）翻案の『はむれっと』到着、早速読み出せるも一幕一場のみにて中止す。翻案と銘打てるも、たゞ人名と場所を歌舞伎の時代物に直せるのみ。かゝる小冊子、壱千円也とは驚くの外なし。

夕刻、妻同伴、暫くぶりにて清香宅にゆく。国語問題につきヒロシと議論す。ヒロシ仲々に頭脳明晰、云ふことすべて論理的なるは感心なり。

国語問題といへば今朝の例の小汀、細川両氏の対談（二）にて、小汀氏三重県の某市に旅せる折、同県の某観光地のP・Rの文章中、而も、知事及び市長の名を署せる文章中、桜花爛満の文字ありし由にて、小汀氏、その醜態を憤ること熾烈を極む。余亦同感。国語、国字に関する知識の低下驚くに堪へたり。夕食後は書斎に入れど、たゞ机に向へるのみ。いさゝか明日の実践出講の準備などす。

（一）山岸荷葉（一八七六―一九四五）小説家。東京専門学校で坪内逍遙に師事、硯友社同人。小説界を退き、劇作家、劇評家として活躍。

（二）TBSテレビ日曜午前八時三〇分―九時細川隆元、小汀利得「時事放談」。

六月八日（月）

むし暑し。午前午後、実践に出講。つかれたれば帰宅後、何事をもえせず。夕食後雑書を渉る。

六月九日（火）

うすら寒く、不快なる日なり。　――略――

午後、東大病院に長谷川医師を訪ふ。肺気腫其他異常なきが如し。

夕食後書斎に入り、少しばかり書架の整理などす。

木村毅氏より来書。氏は余の旧稿ヅホボア（一）を読みたる由、それにつきての感想を記しあり。

氏亦余の知己なり余、ひそかにその好意を謝す。

（一）本間久雄「トルストイとヅホヾル」（『トルストイ研究』第四号、大正五年一二月）一三―一六頁。

六月十日（水）
晴、むしあつし。正午、妻と共に上野精養軒にゆく。東京堂の増山、赤坂両君を招ぎ会［食］す。私かに大著を了へたる心祝ひのつもりなり。帰途文行堂に立より、新興古書展（十五日）目録に見えたる鷹山公、金谷霊山の幅を一見す。いづれも夫々見事なる出来なり。次いで車にて三越にゆく。七階にて茶など飲み、しばし休息せるのち、車にてかへる。つかれたる一日也。
夕食後、四五年前買ひ求めたるま［ゝ］見ずに置ける秋聲の『新しき芽』（二）と題せるものを読む。原稿紙廿七枚の短篇にて「新潮」に掲載せられたるものなり。私小説の標本なり。生活につかれたる主人公の作家、これも家計につかれて見るかげもなく世帯崩れせる妻、而も病児をかゝへ其上に、身重にて醜くさ、愈々加はりたる妻、家にこもるのものうさに、主人公は、ふと、歌舞伎の世界にあこがれて、家を出で、帝劇にゆき、帰途、浅草六区にさまよひ、淫をひさぐ女と戯れて七時頃家にかへるといふ一日の生活を、例の淡々たる筆触にて描きたるもの、読ませるはさすがなれど、さて読み了って何の得るところもなし。作者はこんなつまらぬ生活をしてゐるのかと、侮蔑したくなるだけなり。些末主義もこゝに至って極まれりとや云はん。次に、これも草稿のまゝ蔵ひおけるものにて、而も題目もなく、何かの原稿の断片と思はるゝ美妙の作物を読む。十枚ほどのものなり。筆跡より見て晩年の作の如し。どこかに発表せるものゝ断片か、それとも未発表のものか、未だ調べかねたれど、こは面白きものなり。例の武士の殉死問題を深刻に描けるもの、鷗外の『阿部一族』以前にかゝる作ありしとは思ひよらざりき。美妙はさすがに新人なり。彼れはたしかに新しく検攷に値する作家なり。

（一）徳田秋聲「新芽」（小説）（『新潮』大正一年一一月号別冊）一二二―一三七頁。

六月十一日（木）

くもり。午前、午後、実践二回講義。今日も疲れたる一日なり。三時半かへる。留守中米沢の佐藤繁雄氏来り居れり。令息就職のことにつき余のあっせんを得んとてなり。すなはち、早大、就職課長、時岡孝行氏（一）に紹介の労を採ることゝす。

柏屋を呼び、二三の草稿の製本を依頼す。夕食後書斎に入り、今日到着せる「中央公論」の中の「『團十郎問題』と歌舞伎の危機」（二）と題する特集を一読す。執筆者は舟橋聖一、戸坂康二、三宅周太郎、市川團十郎、外に福田恒存、三島由紀夫二氏の対談あり。團十郎の「私の立場と私の見解」の一文は、余をして、彼れの立場についての同情と理解とを得しむるに十分なりしもの。戸坂康二氏の「戦後歌舞伎の諸問題」亦一読に値す。中に、所謂竹之丞襲名事件なるものあり。現羽左衛門の非常識は正に言語道断と云ふべし。さるにても気の毒なるは竹の丞、悪むべきは現羽左衛門、余は以後、現羽左衛門の舞台には永久に面をそむけることを期す。

（一）時岡孝行（一九八三年没）のち早稲田大学理事。
（二）「『團十郎問題』と歌舞伎の危機」（『中央公論』昭和三九年七月号）二五九―二九〇頁。

六月十二日（金）

くもり、午前立正出講、午後二時帰宅。午後四時、約束の如く「美の広場」主佐瀬君、小野正実君と連れ立ち来る。佐瀬氏は小野氏の伯父にあたるといふ。持参の鷹山公半折は真贋定かならず、内藤湖南（一）の小幅は恐らく真跡ならんか。二幅共にあづかる。種々の蔵幅などを展示す。談数刻。夕食後は、木村毅氏より贈られたる文章世界第三巻四号所載幸徳秋水の「翻訳の苦心」（二）を一読す。

（一）内藤湖南（一八六六―一九三四）東洋史学者、評論家。
（二）幸徳秋水「翻訳の苦心」（『文章世界』第三巻第四号、明治四一年三月）三〇―三七頁。

六月十三日（土）

うすら寒き日なり。午前十時立正にゆく。文学部臨時教授会に出席のためなり。午後一時、石橋学長叙勲祝賀会に出席す。石橋学長夫妻に逢ひ、よろこびの言葉を述ぶ。祝賀パーテーに出席。四時帰宅。夕食後、大橋翁（一）の上杉鷹山公（博文館発行）をひろひ読みす。

（一）大橋乙羽（一八六九―一九〇一）米沢出身文筆家、編集者。史伝『上杉鷹山公』（少年文学第二三編）は明治二六年刊行。

六月十四日（日）
朝より雨模様。午後二時頃志賀槇太郎君来る。佐瀬君持参の鷹山公書幅の鑑定を乞はんとて、余の招ぎに応じて来れるなり。同君の鑑定によれば、公の若き折のものらしく、真物らしきとのことなり。たゞし、文字の風格、其他鑑賞には面白からずといふことに余と意見一致せり。ともかくも佐瀬氏にかへすことゝとす。次いで本間家々乗の一巻の読みにくきところなどを質し、大に益を得たり。さすがに永年史料編纂につとめたる人だけあって古文書の解読見事なり。白龍其他の話に時をうつし、五時頃かへる。余、改めて同君を訪問することを約す。午前、書斎の手入れなどをしたるためか、夕刻より急に疲れを覚ゆ。

六月十五日（月）
暑し。午前午後実践出講。帰宅後書斎の雑著など片つく。夕食後、美妙其他の原稿類など読みあさる。

六月十六日（火）
むし暑し。午前、国際出講。午後、物置の雑誌類など整理。偶々、テレビの特別ニュースにて新潟、山形両県の大地震の惨状を見聞。駭然たり。夕刻、立正佐瀬君より電話。例の大学院設置の問題についてなり。早大より商議員委嘱の通知と共にその諾否を求めらる。諾の返事を出す。

六月十七日（水）
晴、午前中書斎に引こもり、本間家々乗資料など検攷す。吉武好孝氏（二）より来書、日本英学史研究会趣意書と共に会員たることを求めらる。諸の返書を出す。夕刻小宮山書店主来る。雑誌雑書など少し買却す。本間祐介氏に震災見舞のハガキを出す。

（一）吉武好孝（一九〇〇—一九八二）英文学者。当時千葉大学教授、実践女子大学講師。

六月十九日（金）

あつし。午前、立正出講。午後四時、車にて妻同伴歌舞伎座にゆく。郷田悳氏作『八代目市川團十郎』五幕の通しなり。最も面白きは第一幕劇中劇の「児雷也豪傑物語」なり。理屈なしに面白し。他は平板にて何等の盛上りなし。第三幕の「幻想島の内「だんぢり囃子」の如きは低調なショウにて一向つまらなし。第四幕一心寺の境内にての七代目との父子の対談の場はやゝ見るに足る。俳優と人気其他芸道の鬼の心境などについての作者の解釈面白し。この場の三津五郎の七代目團十郎は圧巻なり。風格亦場を圧す。最後の泣き笑ひなど特によし。八代目が大阪の旅宿にての自刃には、当時の江戸、大阪の対立、役者気質其他文化史的又は風俗史的解釈を加へるの要あり。それありて始めて八代目の悲劇、亦浮彫りにせらるべきに、それなきは遺憾なり。按摩おしほと八代目團十郎との関係の如き、或ひは何等かの資料的根據あるか知らねど、無意味なる脚色なり。幾十年か前の新派劇を見るが如し。八代目が、この作者によりて、無意義に殺されたるを遺憾とす。

歌舞伎へ行く途中、図らず文藝春秋新社前にて車を下りたるため、図らず、同社画廊開催中の土屋義郎氏（二）個展を見る。往年の同氏の作品を知れる余には、余りの進境を示せるに先づ一驚を喫せり。作品十八点、花、牡丹、富士、裏山風景等最もよし。同氏はもと草土社出身、現に春陽会々員なり。甲州の山家に住居し、世俗に超然として静かに自然観照に耽る。現今の画人中、恐らく氏の如きは珍らし。場中図らず氏及び夫人と逢ひ、共に久潤を叙す。

（一）土屋義郎（一九〇〇―一九九一）洋画家。

六月二十日（土）

むし暑し。午後、立正大学文学部教授会に出席、帰宅五時、疲れたる一日なり。学校にて戸田教授(一)と逢ひ、内藤湖南の書の鑑定を乞ふ。夕食後は書斎に入れど何事をもえせず。

（一）戸田浩暁（一九一〇―　）『日記』三八年一二月一三日（五九六―七頁）参照。

六月二十一日（日）

むし暑し。午前、松本理髪店行き。午後二時、宅にて例会、村松、岡、新井三君集る。新井君の国語問題につきての話、余の明治文学史の構想につきて語るところあり。六時散会、夕食後書斎に入り、「美の広場」の佐瀬氏の送り来れる長塚節の手紙（父に与へたるもの）(一)を一読す。価、六万円なりといふ。余りにプライバシーにわたれることにて、面白からず、返へすことゝす。たゞし、節伝記の研究家には興深き資料なり。何かの参考のため左に写し置く。

拝啓　整四郎上京の由順次郎と折よく會合、彼等平生餘り音信を通ぜざる模様、今回は偶然にも幾年かの情を温めうることゝ存申候。整四郎へは十分勉強。叶はざる迄も陸軍大學へ入學の手順相盡し候様御申聞被下度願上候、整四郎は毎々申候如く、風采の一段のみは高級の人々の間に立ち交り、耻かしからぬもの有之候へ共、それも將來修養を怠るに於ては到底品格を伴ふ譯には參るまじく候。競争者多き大學の入學は相叶はずとも若し家に餘分の金銭あらば自費の洋行させたしなどふと思ひ起し候こと有之候、三年も佛国に留學致し候はゞ、少くとも陸軍部内に忘らるまじき人物に相成可申候幸に但馬（？）の山林結果宜しく候はゞ或は此の希望も相叶ひ可申候、切に成功を祈り申候。

清兵衛の遺産に就ては当然岩吉に相續權有之候ものと誰も思ひ居り候處、戸籍簿には其手續無之、隨而高島のものに相成候ものと申候、清兵衛の人を欺き居り候ものと推せられ候、六かしく相成候に付、此は父上様御歸宅の上申聞候方可然と存申候。

別

次に井上家に對する一條は、親しく湯沢老人に聞知する處によれば、井上公下妻へ參られての御話には、親族へ相談いたし候處、（井上子爵）遣して　宜しきかと申候に、何人も（本家の家令はじめ）可否をいふもの無之、然らば遣はすまじきかと申すに、此も一言も口を開くもの無之、遂に本人に質し候處、如此状態故此も一言も口外せず、全く責任を一身に負はされ候故殆んど困却致され、今回の一條は要するに時期を失したるものとして御斷り申すとのことに有之候ひし由に候。其時の餘談に、本人最初の希望は、先方に於ては何物も望まずとのことなれど、何卒支度ばかりは相当に拵へくれとのことにて此は秋元子爵も出金を諾し、本家も傍觀し難き事情より大分氣乘り致來候處、子爵議員選挙に際し、井上公は尚友會に席を有し、秋元子爵と相争ふの止なきに立ち到り候處、其結果として秋元子より井上家へ月々補助し來りたる金子も全く送附せられず、隨而嫁入支度の相談も水泡に歸し申候由に有之候。事情を聞けば氣の毒にも有之候へ共、自分の子女の身の振方に就き、自分が責任を負はされしとて、此を苦にすることも異なるものに有之候、理屈を申候ても、詮なき儀にては有之候へ共、他人の財産まで調べ候こと、未だ息あるものを解剖臺に上せて平然たるものと同様と存候、而して甚だ薄弱なる理由を以て拒絶するの一段、没道理の極と存ぜられ申候、縁なきものなれば此も是非なし（き？）と存申候、潔く思ひ捨て候て可然と存ぜられ申候、さるにても、右の事情を眞なりとすれば、目下先方も急に良縁も有之まじく徒らに年令を長ぜしめて如何するものに有之候や気の毒の次第に有之候、然しながら小生は最早井上家に対しては衷心より決して懇望致すまじく観念仕り候、小生はたゞ井上公に對して舊來何等の縁故なき士人に接する作法の如何すべきものなるか位のことは知らしめ置度所存に有之候

桑原神社の一條御歸宅被下候ことならば幸に有之候へば、一寸なり御立會の程御願ひ申上候早々

八月二日　　　　　　　　　　　　節

御父上様

茨城県結城郡恩田村長塚節　　　　八月二日

(印紙) 不明　(四十年か)

東京市浅草黒船町十五飯田様方

長塚源氏郎様

平輪光三氏著『長塚節』(へ2　4535)(二)を見よ

（一）この手紙については本間久雄『眞蹟図録』、図録一四八頁、解説一二五―一二六頁。
（二）平輪光三『長塚節・生活と作品』、昭和一八年、六芸社。

六月二十二日（月）

むし暑きこと、昨日にかはらず。午後、実践出講、四時帰宅。夕刻、喜多山来る。依頼し置ける表装出来。紅葉短冊、蘆花手柬、白龍秋山晩帰図三幅なり。五千三百円を支払ふ。数日来、何となく疲れたり。すなはち、いつもより早めに十時臥床。

六月二十四日（水）

晴、むし暑し。昨二十三日夜の新橋演舞場の夜の部を妻同伴見物す。出し物は吉川英治の続新平家物語三幕八場及び山本周五郎氏原作の『季節のない街』一幕なり。前者には清盛の解釈につき面白きふしあり。見た眼にも変化に富む。「南都炎上」及び「魔王外道」の二場の如き、手に汗を握る緊迫の情趣に富む。歌舞伎座の『八代目團十郎』とは、面白さにおいて同日の談にあらず。長十郎の清盛役は「魔王外道」の場圧巻なり。妹尾兼康役の中村公三郎、平重衡役の中村梅之助など印象に残れり。市川岩五郎の朱鼻《アケハナ》の伴トは、いかにも当時の政商らしく、これも亦印象に残れり。『季節のない街』は、どこかゴルキーイの『夜の宿』の匂ひあり。たゞし、翫右衛門の「たんばさん」（彫金師）をして、舞台と観客との連絡係をつとめさせたる仕組など面白し。舞台全体が余りにもごたごたし過ぎ、その結果、見物人の印象亦、ごたごたに終れるは難なり。

午前、新樹社の柚さん来る。小島かねさんより依頼されたる『哀調』(一)の複製(二)につきての用件なり。午後二時国雄来る。画集出版の用件についてなり。午後四時、宇多川、依頼し置ける表装（緑雨扇面、御風和歌画讃）持参す。箱共に七千円を支払ふ。

伊藤整氏『日本文壇史』第七巻（三）を講談社より、村松喬氏より『新しい鯱』（四）を夫々送り来る。後者は戦後における名古屋復興の「ノン・フィクション」なり。著者の「あとがき」を読む。理想と幸福との問題についての著者の見解、すこぶるわが意を得たるを喜ぶ。すなはち二氏に礼状のハガキを出す。

（一）F. de シャトウブリアン著、小島文八訳、『哀調　ルネエ (Rene) 物語』、東京、白鳩社、明治三五年、文庫所蔵。

（二）F. de シャトウブリアン著、小島文八訳、『哀調　ルネエ (Rene) 物語』、白鳩社刊複製―東京、新樹社、昭和四〇年、文庫所蔵。本間久雄「『哀調』の復元版に寄せて」（『日本古書通信』第三二巻第九号、通巻四五八号、昭和四二年九月）一〇頁参照。

（三）伊藤整『日本文壇史　七　硯友社の時代終る』、東京、講談社、昭和三九年。

（四）村松喬『新しい鯱　日本人の記録』、東京、毎日新聞社、昭和三九年。

六月二十七日（土）

朝より雨降る。午前十時赤坂君、明治文学史の校正四十八頁を持参す。意外に早く出来せり。午後一時、帝大にゆく。近代日本文学会における安倍能成氏の「私と明治文学」の話をきかんとてなり。余は、自然主義当時の氏の書《か》けるものはあらかた読み居り、余の文学史中にもあまた引用し置けるをもて、氏に久濶を叙する傍、氏の話しをきかんとせるなり。別にこれといふことなけれど、淡々たる話し振りの中に哲人としての氏の風格のおのづから滲み出でたるは拝するに足れり。成瀬、勝本、長谷川、川副、吉田其他の諸氏に逢ふ。帰宅は五時。渡辺修二郎未亡人危篤の報をきく。

午前中、新聞文庫の西田長寿氏より電話にて横井時雄〔一〕の生没年を教へらる。一昨日手紙にて氏にそれを依頼せることについての返事なり。氏の博識〔ママ〕強記に驚くと共に、その好意に対し、余は心中、深甚の感謝の禁じ得ざるを覚ゆ。取敢へず、同じことについて依頼状を出し置ける大阪の井手氏に速達を送りて、右につきての取調べの中止を依頼す。

（一）横井時雄（一八五七―一九二七）牧師、教育家、政治家。

六月二十八日（日）

晴、あつし。午前岡保生君来る。すなはち明治文学史校正を依頼す。午後、志賀謙君来る。妻同伴、同君の案内にて車にて三河島の志賀槙太郎君宅へゆく。二階建の新築にてゆたかなる生活振なり。本間家々乗の古文書の読み方につきて種々質すところあり。さすがに専門家だけ、益を受けたるところ多し。鷹山公、平州、蘭室〔一〕其他の見事なる筆跡を見る。眼福なり。下の茶の間にて志賀君家族一同と共にテレビにて相撲を見る。車にてかへる。六時半なり。「古書通信」に名古屋日光堂の目録中、「愛国公論」（明治二十三年）といふ雑誌四、五号に景山英子論あるを見て、電話にて注文す。幸ひに入手可能にて安心す。三木春雄君に電話にて明月曜〔午後〕二時、実践にて出逢ふことを約す。

（一）上杉鷹山（一七五一―一八二二）、細井平州（一七二八―一八〇一）、神保蘭室（一七四三―一八二六）。

六月二十九日（月）

曇り。むしあつし。午後は実践出講。三木春雄君学校たづね来る。お互ひに久濶を叙す。雑話。渋谷まで連れ立ち来り、別る。

夕食後書斎に入れど何事をもえせず。

この日、米沢有為会より依嘱せられたる奨学金貸与の候補者の推せんの調書を同会に送る。

偶々、王維の藍田〈山〉石門精舎の一詩を読む。中に「朝梵林未曙」の一句あり。白龍の別号梵林はこゝに出でたるものか。朝梵は朝の読経也。

七月五日（日）

晴、あつし。早朝より書斎にこもり、校正す。午後、「美の広場」の佐瀬氏来る。豫り置ける鷹山公書幅を返却す。長塚節の父への書簡をあづかる。価六万円なりといふ。求むべきか否か未定なり。

井村氏夫妻来る。雑話数刻。夕食後、本多顕彰宛書状を認む。峯田君就職の件につきてなり。

七月六日（月）

酷暑なり。実践にゆく。午後一時よりの講義のためなり。理事長に逢ひ久濶を叙す。三時半帰宅。暑さにうだり、疲労甚だし。山形県新庄市沓沢十二朗といふ人より、永井荷風の扇面画讃の鑑定並びに箱書を依頼し来る。迷惑至極なり。ともかくも一見す。贋物なり。夕食後、校正一台を終る。（一一三頁より一一八頁迄なり）

七月七日（火）

むし暑く、雨もよひなり。校正二台終る。午後五時半立正英文科大学院設置推進大会に出席す。右は英文科卒業校友有志の発起にかゝり、学校当局、英文科教授連出席のもとに催されたるもの、愉快なる一夕なり。余も一場の挨拶をなす。早々に切り上げてかへる。帰途、雨に濡れ、何となく気分あし。入浴後、床に入る。

七月八日（水）

昨夜より雨降りつゞく。その上むし暑く、気分あしき日なり。午〔前〕十時、赤坂君校正二台を持参す。雑話、午後、校正一台終了。研究社より依頼を受けたる「わたしの留学中の頃」の構想に悩む。五枚ばかりの短文なれど中々に纏らず、引受けたることを後悔す。

谷信一氏より電話あり。高津にブリヂストンの土曜講座につき頼みたく、その内意をきゝ呉れとのことなり。

七月十一日（土）

朝曇り後晴れ、むし暑し。午前十時、青山学院に出かく。英学史研究会第一回例会に出席す。講演者は吉武好孝氏。これといふ新説なく、且つ政治小説と英文学との関係につい〔て〕の所説には、余りに飛躍に過ぎて独断に陥りたるところあるを難とすべし。

豊田実氏（一）に逢ひ久濶を叙す。午後一時帰宅。午後四時、電話にて約束し置ける山口武雄氏来る。明治初期翻訳文学の書誌をつくることに専念しつゝありといふ。同氏のために『流別奇談』（二）其他の所蔵のもの三四を示す。雑話数刻。夕食後一昨夜以来苦心を重ねつゝありし「余の留学の頃」（三）六枚を漸く脱稿す。六枚脱稿のために二十枚のムダ書きをせり。ムダ書きは余に取り珍らしきことならねど二十枚のムダ書きは珍らし。こは書くことの難きにあらず限られたる紙面に書き入るゝことの難きに因れるなり。

（一）豊田実（一八八五―一九七二）英文学者、青山学院大学学長。
（二）ヲルレンドルフ著、小林謙吉訳、『西洋孝子 流別奇談 上・下の巻』、大阪、大野木宝堂、明治七年、文庫所蔵。
（三）本間久雄「私の留学の頃」（『英語青年』第一一〇巻第九号、昭和三九年九月）六二六―六二七頁。

七月十二日（日）

むし暑し。午前十時半岡君来る。校正の件也。昼食を共にす。午後一時、黒岩夫妻来る。令息の早大入学（来年）の件なり。午後二時、峯田英作君来る。就職の件也。同君は学問に情熱を持てる若き学徒也。午後五時、尾島君来る。雑話一時間。

今朝、研究社荒竹三郎氏に書留速達にて原稿を送る。

七月十三日（月）

暑さきびし。午後二時昭和女子大にゆく。逍遙座談会のためなり。集まるもの、柳田、川副、服部、木村の諸君なり。稲垣君欠席のため川副、村松二君司会をなす。小説神髄につきてなり。余、立正英文科会合のため中座す。

直ちに車にて青松寺内醍醐にゆく。途中南州堂に立より電話にて買約し置ける霊山を受取らんとしたれど、何かの間ちがひにて余の求めんとせるものとは異なり居りたれば求む《を》を止む。霊華の一行書「渓流長廣舌」の半切あり。見事なる出来なれど割愛す。

醍醐は余に取り始めてなり。普茶料理として有名なれど、舌福よりは眼福のみ。内容よりは技巧のみ。其上サービスよろしからず、二度とゆくところにあらず。集まるもの杉木氏を主客として、学校側より栗原、菅、佐瀬、中島四氏なり。雑話数刻、八時半、車にて送られかへる。入浴、校正、十一時就寝。

七月十四日（火）

あつきこと昨日と異らず、その上むしあつく心地あし。午後二時、栗原、佐瀬、中島三氏大学院設立のことにつき来る。大学院教授資格標準の一つに年齢を挙げ居る文部省のやり方につきての不満、不快、自ら余の口をついてあらはる。八十にして研鑽愈々著しき学究あり。五十すでに老朽、学問に何等の情熱を持たざる徒輩あり。学者に取りては、年齢のこと何等、拘束の意義を持つべきにあらず。定年制のこと亦然り。西諺に曰く、"To live too long is not to be lived" と。余の今の心境まさに然り。

五時少し前石丸久君来る。連れ立ちて大隈会館にゆく。村松定孝君の欧州行を送る会なり。集まるもの村松君を始め、岡、石丸、小出、大久保、新井君、余を加へて七人なり。たゞし主賓の村松君、時間を間ちがへたるにや予定より一時間半もおくれ来る。岡君、帰途、校正のことにて余の宅に立ちよる。同君かへれるは十時、気の毒なり。

七月十六日（木）

朝より曇り、時々雨、急に温度下る。真に不順なる気候也。正午、顕子来る。明治文学史校正中、仏語につき疑問を質し置けるものを持参せるなり。わが孫ながら、よくも勉強せりと感歎す。その労をねぎらひ昼食を共とす。顕子かへれるのち、再び机に向ひ校正にとりかゝる。夕方星川宅にゆく。清香、ヒロシに逢ひ、雑話しばし。留守中島田謹二氏より電話、余の明治文学史脱稿につきての喜びを伝へんとせるなり。友情謝すべし。

夕食後又々校正に取りかゝる。十一時就寝。

七月十七日（金）

不快なる天候昨日とおなじ、朝より書斎にこもり校正に従事す。夕刻、赤坂君田中理想社印刷所の庶務課長と連れ立ち来る。校正のことにつきてなり。

夕刻、佐瀬君より電話、大学院設置につきての教授陣のこと次第に好転しつゝある由をきく。

七月十九日（日）

曇り、温度やゝ低し。午前十時杉木喬君(一)来る。同氏愈々立正大学大学院教授就任承諾挨拶のためなり。これにて漸く安堵の思ひをなす。

午後国雄来る。画集水墨日本出版の件につきてなり。画集の写真版を一覧す。水墨の味見事なり。朝鮮画観の折に比して雲泥の相違あり。喜ぶべし。

金田真澄君、暑中見舞に来る。閑談数刻。

夕食後校正。

（一）杉木喬（一八九九―一九六八）アメリカ文学者、立教大学教授。『日記』三九年七月一三日（六二四―六二五頁）、および三四年七月二日（一九四頁）参照。

七月二十日（月）

曇り、一日書斎に閉ぢこもり校正。

七月二十一日（火）

曇り、午前校正、正午新橋第一ホテル新館地下白楽天にゆく。立正理事長小野氏、枡田氏（一）の外国行歓送会出席のためなり。菅谷氏佐瀬氏と英文科のことにつき種々打合せなどす。二時半散会、帰途、黄鶴堂に立寄り次いて、京橋ふじき画廊に立ちよりアラヽギ展即売を見る。大抵の品売約済也。節の母に与へたる手束に興味あるものあり。そは母が父の選挙運動に奔走せるを諌めたるものにて、節の人柄を見るに好資料たり。店員に質せるに、そはすでに文学堂の手に帰し居たり。

五時帰宅、留守中東京堂赤坂氏来り居り、余、暫く雑話、大いそぎにて神楽坂上日本出版クラブ楼上に開催せられたる矢野峰人氏の東洋大学学長、就任の祝賀会に出席す。五時半開催に間に合はず、二十分ばかりおくれ、いさゝか面目を失す。人見、木村、服部、森於菟、西條八十、福原氏、島田氏其他の人々に逢ふ。会するもの百余、盛会なり。余も突如司会者の指名によりて祝辞を述ぶ。松柏社主の好意にて車にて送られ帰宅す。あはたゞしき一日なり。入浴十時就寝。

（一）小野光洋（一九〇〇―一九六五）、枡田一二（一八九五―一九七四）。

七月二十二日（水）

昨日に異り酷暑也。午前、校正一台、正午十二時学士会館にゆく。米沢有為会の評議員会に出席。酷暑の折柄吾れながら御苦労のことなり。たゞし宇佐美洵氏（一）の欧州視察談、興味ありき。流石に経済人のことゝて氏の実際的観察には得るところ多かりき。二時半、散会、東京堂に立寄り、用事なけれど一寸、増山君に逢ふ。小宮山、一誠堂に立寄り、一誠堂にて左千夫の節宛書簡（二）一通代価三万八千円を買約す。車にてかへる。金策、頭痛の種なり。

（一）宇佐美洵（一九〇一―一九八三）米沢市出身、三九年当時三菱銀行頭取、その後日銀総裁。
（二）伊藤左千夫書簡、長塚節宛（明治四〇年七月二五日）、文庫所蔵。本間久雄『眞蹟図録』、図録一四三頁、解説一二二頁。

七月二十五日（土）

酷暑、午前十一時、大隈会館にゆく。国劇向上会理事会に出席、河竹、坪内、大村、国分、加藤、〔・・〕余を併せて七名なり。河竹君、病後の窶れいちじるし。逍遙全集の件、会名変更の件など種々相談す。二時半閉会、早大図書館にゆき獨歩「運命論者」掲載誌のことなど種々調べたれど要を得ず。午後四時、立正にゆく。佐瀬君に逢ひ朱牟田氏（一）会食のことにつき打合〈せ〉するところあり。六時半帰宅。疲れたる一日なり。夕食後書斎にこもり校正にとりかゝる。十時就寝。

大隈会館にて河竹君、余の明治文学史出版の出来るだけ早かることをすゝむ。而して曰く、そは、芸術院賞、朝日文化賞等の選考上必要なりと。河竹君の好意謝すべし。たゞし、余は、嘗つて受賞を念頭に置けることなし。受賞を念ずる如きは少年のことのみ。余はもはや、かゝる境地をはるかに超越せりと自ら信ず。生涯の情熱をこめたる仕事は仕事そのものゝ完成にて悦びすでに極る。余、何ぞ何々賞の如きを、求むるに汲々たらんや。

（一）朱牟田夏雄（一九〇六―一九八七）英文学者、東京大学教授。

七月二十六日（日）
暑さ、昨日に比して酷なり。午前中、岡君来る。校正の件につきてなり。午後、新井寛君暑中見舞いを兼ねて来る。雑話。
一日、書斎に在りて校正。

七月二十七日（月）
暑さきびし。午前、赤坂君校正のことにて来る。午後、使を丸善に出し、かねて海外より取寄せ方依頼し置けるトルストイの Recollections を求む。代価六百八十円也。
一日中、書斎にこもりて校正にいそしめども、暑さのため思ふに任かせず。

八月二日（日）
酷暑なり。午前中、大村弘毅君来る。小島女史より依頼を受けゐたる『哀調』複製の件につきなり。赤坂君来る。校正の件也。午後、本間祐介氏来る。九月二日より酒田市本間美術館にて開催せらるべき余のコレクションにつきての打合せのためなり。展観すべき資料を取出すなど、疲労するところ多し。

八月十九日（水）

やゝ凌ぎよし。日記を書くことしばし怠る。校正其他に追はれ、その暇なければなり。昨十八日、本間美術館の本間紀男氏（一）日通美術部連四人を連れ来る。すなはち同館陳列を約束せる書画、五十余点を手渡す。今十九日朝の朝日に左の記事あり。余往年、滞英中、アーサア・シモンス氏（二）を訪ね、談、偶々ジョン・アディングトン、サイモンズ（三）に及ぶ。シモンス、曰く、サイモンヅ亦、ワイルド同様同性愛にて有名なりと。思ひもかけざることゝて、余、一驚を喫せり。朝日の記事を見て、サテハと思ひぬ。この書、丸善に到着し居るやいかに。もし未だならば早速注文すべし。

（新聞記事切り抜き添付）

【海外文化】

シモンズの伝記　イギリスで完成

「イタリアにおける文芸復興」「ダンテ」などの著述によって明治以来日本の読書人にも親しまれてきたイギリス・ビクトリア朝の学者・批評家ジョン・アディントン・シモンズの伝記がこのほどイギリスで完成され、話題をよんでいる。

作者はフィリス・グロスカースという新進の女流学者で、未発表の資料をふんだんに利用して、この世紀末の唯美主義の奇怪な内面をくまなくうつしだしている。

なかでも注目をあびたのは、シモンズが同性愛癖の持主で、妻をもち、四人の娘までありながら、どうしても結婚生活になじめず、妻の暗黙の了解をえて、つぎつぎと同性愛の対象をもとめてヨーロッパ中を転々とした経過が、今度はじめて明るみにでたことである。

イギリス人にはこの種の性癖をもったものが多く、それだけに社会の指弾もはげしく、本人自身も罪悪感をもつのだが、そうした内外の抑圧に耐えながら、それを芸術的なものに昇華したところにシモンズの美的世界があったというのである。


午後三時、伊勢丹にゆく、禅家遺墨展覧会を一見せんためなり。白隠のものは余、その趣味を解せざるを憾む。仙崖のものは奇想天外のおもむきあって面白し。帰途、原田に立寄り、表装裂など少し求む。

矢野峰人氏に手紙を認む。同氏稿日本の英学を贈られたるにつきその読後の感と併せて謝意を述べたるなり。

（一）本間紀雄（一九三二―　）本間祐介氏甥。東京芸術大学助教授、後本間美術館理事。
（二）Arthur William Symons『日記』三四年一月四日（七四頁）、本間久雄『滞欧印象記』、四五―五四頁参照。
（三）John Addington Symonds (1840-1893). イギリスの文人。古代ギリシアとルネサンスを主な研究分野とする。

八月二十日（木）

未明より台風気味、珍らしき大雨なり。東京は四十二日目の雨なりといふ。慈雨と云ふべし。午前十一時、小倉君と実践にて落合ふ約束なりしも雨のため果さず、電話にて用件を済ます。用件とは、余、来年度、実践にとゞまるべきや否やにつきての相談なり。余辞意を語りて小倉君の同ぜんことを望めるなり。小倉君、余に辞意を翻さんことをすゝめて止まず。余、暫く同君の意に従ふことゝす。

午後、実践の堀江君来る。跡見女子短大、新たに四年生大学を創設する由にて、余に然るべき教授（英文科）

の推せんを依頼せんとてなり。この日、一日、読まず、書かず。無意義に過す。

八月二十一日（金）

むし暑き不快なる日也。午後一時半立正にゆく。菅谷部長並に佐瀬君に逢ふ。学校における余の待遇問題につき腹蔵なく語り合ふところあり。ブリンクリー氏（一）死去のことをきく。氏は余と同年、余とおなじ年に早大を停年退職、爾来、立正教授として今に至れる人。気の毒なり。夜分、いさゝか涼気あり。たゞし書斎に入れどえ読まず、え書かず、雑書を漁りて無為に過す。

（一）ブリンクリー、Jack Ronald Brinkley (1887-1964).

九月三日（金）

つばさにて妻同伴酒田市にゆく。本間美術館にて開催中の「私のコレクション・文学と美術展」観覧のためなり。四日、同館副館長佐藤三郎氏（一）の案内にて羽黒山に登る。粟野博助君同行す。山中の五重塔は唯一の観物なり。帰途、鶴岡致道館に立寄り、民芸館を一見す。次いで熱海温泉泉荘に一泊、夜中より暴風雨の気味、翌五日正午かへる。酒田市は一日雨ふりつゞき、美術館見物人も少なく、同館には気の毒の思ひあり。佐藤氏の父は本名良次、北渓と号し、同地の新聞記者なり、東京専門学校を中途退学、但し推せん校友たり。上田秋成の研究に従ひ、すでに明治二十六年、雨月物語を復刻す。恐らくは明治以後最初の刻ならんか。また、秋成春雨物語の原稿（所々欠けあり）その他を所蔵す。三郎氏は其血を受けたるにや、山形新聞論説委員の傍文芸を愛して種々の文献を所蔵す。且つ夢二の愛好者にして、その名品三四を蔵す。

六日、午前、観覧者に一葉のことにつき、いさゝか説明するところあり。午後佐藤氏の案内にて酒田市を一巡す。公園、日枝神社光丘神社などを一見、同氏の紹介にて池野文雄氏に逢ふ。氏の所蔵にかゝる抱月先生の遺墨を見んとてなり。先生の遺墨「ゆめの世の中」と書せる横額なり。酒田市に芸術座を引率して来れる折のものなりといふ。当時の先生の心境を物語る貴重なる資料たり。同氏は表具師なり、芸術家気質の人なり。右額を余に贈るといふ。余、感謝措かず。七日朝同市を出立、佐藤氏に停車場迄送らる。新庄にてつばさに乗りかへ、午後四時半上野につく。疲れ一時に発す。六日、酒田市見物中、ミイラを一見せること、特に印象に残る。このことにつきては他日検攻すべし。

（一）佐藤三郎（一九〇八―一九九七）山形新聞社論説委員、当時本間美術館副館長。

九月八日（火曜）

急に秋めきたり。宜なり、温度は二十度以下なりといふ。本間祐介氏、佐藤三郎氏に礼状を書けるのみにて何事をもえせず。

九月十日（木）

昨日と異なり残暑きびし。午前実践にゆく。東山氏に逢ひ学校より問ひ合せの件、――来四十年より文学部と家政学部と分離するにつき文部省に提出すべき文書につきて――など質すところあり。理事長を訪ね、久濶を叙す。一時帰宅。夕刻よりテレビにて角力など見物、別に記すべきなし。国雄来る。暫く閑談。夕、酒田市天雅堂池野文男氏に手紙を書く。田辺若男氏（二）来る。

（一）田辺若男（一八八九—一九六六）俳優、詩人、歌人。『日記』三四年六月一日（一七〇頁）参照。

九月十一日（金）

午前立正にゆく。梅山理事粕屋教務部長、出口君などに逢ふ。十二時帰宅、昼食後、午後二時よりの中沢弘光氏（一）の告別式に参ずるために青山祭場にゆく。帰途松本にて散髪。夕食後書斎に入れど何もえ読まず。留守中峯田君来る。

（一）中沢弘光、洋画家『日記』三四年一月一六、一七、一八日（八三—八五頁）他参照。

九月十二日（土）

残暑、午前十時、文京女子短大に島田副校長を訪ね、峯田君の履歴書を手渡し、依頼するところあり。柏林社に立寄り、次いで妻と共に近代美術館に現代国際陶芸展を見る。日本の陶芸最も見るべし。イギリスのリーチの作品などには、日本陶芸の影響の最も大なるを見る。或ひは日本陶芸の影響なしには彼れの今日見る如き陶芸は恐らく全く無かりしとも云ひつべきか。帰途高島屋にて昼食、車にてかへる。例によりテレビにて相撲見物、夕刻、大久保典夫君来る。種々現代文学のことを語りかへる。批評家としての君の活躍漸く世の認むるところとなれる如し。賀すべし。

九月十三日（月）

むし暑し。午前美の広場佐瀬君来る。中村不折（一）筆の病床の子規像なりとして持ち来る。信じがたし。すなはちかへす。未払ひになり居れる二万円（長塚節手柬代）を手渡す。午後一時の吉村幸夫氏告別式にゆく。人見東明氏と会す。氏の車に送られて新宿ステーション・ビルにゆく。国貞展を見んとてなり。国貞は幕末頽廃期の浮世絵師とて、あぶなゑ趣味横溢なり。春信や歌麿の品よきとは異なり、画品なく、低俗なり。人物のすべて類型的なるも感心せず。午後三時帰宅、電話にて岡君に来て貰ひ、続明治文学史第三校を検討す。夕食を共にす。喜多山、依頼の表装出来とて持ち来る。晶子短冊及び美妙新体詩応用の手柬（梅のやかほる宛〔二〕）なり。表装代三千八百円を支払ふ。宇多川に比し、格安なり。

（一）中村不折（一八六六―一九四三）洋画家。
（二）梅の舎薫。硯友社中の詩人、小説家、丸岡九華（一八六五―一九二七）の別号。

九月十四日（月）
むし暑し。午前八時半赤坂君来る。文学史第三校全部を手渡す。文学史の本文校正漸くわが手を放る。余すところ序文及目次のみなり。午前十時半実践出講、午後三時帰宅。中川寿泉堂白龍の大幅（全紙）江上風雨図持参、見事なる出来なり。一万八千円也といふ。割愛す。それにしても白龍の急に高値を呼べるに驚く。午後八時頃、新井寛君来る。小島かね女史より依頼を受けて、復刻哀調の装幀のことにつきてなり。

九月十七日（木）
急に秋めきたり。午前十時半実践出講、午後三時かへる。本間美術館より山形新聞庄内版四葉送り来る。九月八日より十一日迄の分なり。九月初旬、余、本間美術館に滞在中、本間祐介氏の依頼にて「私のコレクション」といふ題にて山形新聞へ、短文を寄す。一葉の文稿、玉堂の寒山拾得、劉生の『菊慈童』古径の孔雀の四項目につきてなり。短文とは云へ、旅中のことゝて、纏りたる時間もなく、相当に困難を感ぜりしも、ともかくも起稿。今日送り来れるは、右の掲載紙なり。読みかへして、吾れながら見事なる出来なるを感ず。昨十六日、赤坂君『明治文学史』の序文の初校を持参。読みかへして、意に満たざるところあり。昨夜おそくまでかゝりて訂正。今朝、使をして東京堂におくりかへさしむ。

九月十八日（金）

むし暑し。立正出講の日なれど前期試験のため休講。午前中早大図書館にゆき明治文学史のため借出し置ける書籍を返却、更に『アポロニウスの生涯と時代』『文学と科学』（一）の英書を借出す。帰途演博に立寄り、借出し置ける『自由劇場』を返却す。それより山下眼［科］に立寄り、正午帰宅。休養のつもりにて書斎に入らず、茶の間にて相撲見物、明歩谷アッケなく負く。心楽しまず、書斎に逃げ入り、閉ぢこもりたるまゝ再び茶の間に出でず。夕食後、『切支丹宗門来朝実記』と題する写本を読む。別に何の研究上の目的なし。写本は渡辺修二郎翁の旧蔵なり。筆者は不明なれど文化四年丁卯八月平井市郎太衛門様より借用写之とあり。この書版本あるにや。余、これを審かにするなし。面白き書なり。

（一）『日記』三四年七月三日（一九四頁）、三七年一一月一二日（五三六—五三七頁）参照。

九月十九日（土）

近頃稀れに見る暑き日也。酷暑と云ふべし。正午、帝国ホテルにゆく。山形新聞主催の山形美術博物館運営につきての相談のために招がれたればなり。今泉篤男氏(一)田中一松氏(二)其他に逢ふ。同新聞社長服部敬雄氏(三)のあいさつにつゞいて、今泉、田中氏皆それぞれ意見を吐く。余も亦県美術館としての在るべき相についての意見を述ぶ。三時散会、直ちに早大診療所に駆けつく。近藤医師に眼の診察を乞はんとてなり。この二三日、眼にいさゝかの異状を覚えたればなり。たゞし診察の結果はこれといふ心配なきが如し。茶の間にて相撲見物、明歩谷、栃光に見事に勝つ。大に気をよくし茶の間に居据りたるまゝ最後まで見る。

夕食後書斎に入れど、疲れたるやうにて何もえ読まず。

(一) 今泉篤男、山形県出身美術評論家、『日記』三四年二月一三日(一〇六頁)他参照。
(二) 田中一松、山形県出身美術史研究家、『日記』三四年六月一〇日(一七七頁)参照。
(三) 服部敬雄(一八九九―一九九一)山形県出身、山形新聞社長。

九月二十三日(水)

うすら寒し。小雨。午前、一誠会の古書展入札下見に行く。外山正一のシーザー訳の原稿は、英文学移入史研究上興味あるものと思惟し、一誠堂に相談す。一万五千円より二万円までのものならんといふ。落札を依頼す。余の興味を牽けるものに『女学校発起の趣意書』と題するものあり。余には未見の書なり。奥村喜三郎(一)といふ人の著にて天保八年の刊なり。たゞし希望者多く、昭和女子大などもその一人なりといふ。片々たる小冊子なり。中を拾ひ読みせるところによれば恐らく『女大学』の趣旨を説けるものなるが如し。落札には一万四五千を要すべしといふ。馬鹿々々しければ、そのまゝにす。吉田精一、笹淵友一氏等に逢ふ。帰途三越に立ちより、昨日毀ちたる眼鏡の修理を依頼し、国際具象展を一見す。林武氏の『富士』朝井閑右衛門氏(二)

の『ドン・キホーテ』に取材せる数点印象に残る。

午後、本間美術館より送り来れる荷物届く。早速荷を解く。中に池野文男氏の好意の贈り物たる抱月先生の『ゆめの世の中』の書額並にすま子の一軸（舞あふぎ）あり。すなはち直ちに抱月先生のものを余の書斎の長押上にかゝぐ。先生に見ゆるおもひあり。

夕食後は、書斎に入れど、え読まず、無為に過す。
（一）奥村喜三郎増貤、字は伯保、号は城山、和算家（生没年不詳、天保期に活躍）。
（二）朝井閑右衛門（一九〇一—一九八三）洋画家。

九月二十四日（木）

夜半より雨、寒さきびし。二十四日の夕刊によれば今日の気候は十一月の半なりといふ。室内の寒暖計は午前十六度なり。加之、二十号台風愈々迫り来れる如し。昨日の小雨中の外出は、余の健康を害せるにや、風邪の気味にて心地よからず、午前中の実践出講、午後の築地本願寺におけるブリンクリー氏(一)告別式参列は共に見合すことゝす。ブリンクリー氏は立正における余の僚友なれば、是非とも参列したき心組なりしも風邪の悪化を怖れて不参とせるなり。

昼食後、床をとらせて休む。二時間余を、白昼床の中に送れるは余に取り、近来になき珍事なり。

夕食後は立正大学院設置のために提出すべき書類などを認む。
（一）ブリンクリー、『日記』三九年八月二二日（六三二頁）参照。

九月二十六日（土）

二十五日は台風、特に風強く一日中戸外の風はためきわたり不快極りなき日なりしが今日は台風一過の秋日和なり。午前芝の美術倶楽部にゆく。印象に残れるものなし。次いで立正にゆく。教授会出席のためなり。帰途駿河台の古書展に立寄り井上哲二郎、有賀長雄の『哲学字彙』を求む。（五百円也）一誠堂に立寄り落札の外山正一の『シーザー』訳（一）の草稿を受取り、手数料とも二万八百円也を支払ふ。近頃の痛事なり。帖台張りにて原稿紙三枚也。竹柏園の旧蔵するところ、表紙に竹柏園主（二）の筆にて『外山正一先生原稿、外山家所贈、竹柏園珍蔵』の文字あり。原稿はわづか三枚にて、シーザア中のアントニーの有名なる演説の一節なり。『新体詩抄』中のハムレットと同様七五調にて訳せるもの。何かの雑誌にでも掲載せられたるものにや。訳の巧拙はともかく、もしこの稿未発表ならんには相当の史的価値ありといふべし。竹柏園主の珍蔵せるもの、図らず我が手に入る、奇縁といふべし。

（一）外山正一訳詩未定稿断簡、シーザル（W. シェイクスピア）、文庫所蔵。この稿については、本間久雄「明治文学渉猟余録四　外山正一の「シイザア」訳断片」（『日本古書通信』第三七巻第四号、昭和四七年四月）八一一〇頁。

（二）竹柏園主、佐佐木信綱（一八七二―一九六三）、『日記』三四年四月一日（一三七頁）、五月二八日（一六七頁）参照。

九月二十七日（日曜）

小雨、午前鯉江君の死を悼むために妻と共に同君宅にゆく。余と国雄との合作の額を長押上にかゝげたる、余の色紙（芸といふもの云々）を雲盤に入れて座敷に飾り置きたる、同君の心事をおもひやりて悼むの情一しほ深し。妻と共に伊勢丹星が岡に昼食をすまし妻と別れ、余のみ高津にゆく。立正招聘につきての履歴書其他打合するところあり。夕方車にて送られかへる。夕食後村松定孝君来る。外遊後のあいさつなり。土産として伊太利革製の書籍挿みを贈らる。同君の撮影にかゝる幻燈写眞など種々見せらる。曽遊の思ひ出一しほ深し。

九月二十八日（月）

秋雨、寒し。十一月半ばの気候なりといふ。実践出講の日なれど、幸ひに前期試験のための休講日なれば出講に及ばず、一日書斎にこもり、明治文学史批評文集のことにつき種々勘考す。夕食後早稲田進省堂、目録にて注文し置ける David Hannay の The Later Renaissance（一）の一書を持参す。代価一千八百円を支払ふ。小松の竹田源右衛門氏より松茸送り来る。礼状を出す。大阪の井手藤九郎氏へ本間美術館の展覧目録など送る。

（一）Hannay D, *The Later Renaissance*, Periods of European Literature 6 (Edinburgh: W. Blackwood, 1898). David Hannay (1853-1934).

十月一日（金）

寒き日なり。一日書斎にこもる。夜、尾島君来る。立正大学院講師の件につきてなり。「東京堂月報」を閲読す。同誌に寄稿せる余の文章中後日何かの用にと左に記載し置くことゝす。

新著渉猟記　　第廿三巻　　昭和十一年十一月号

宮森麻太郎氏の『古今名歌集』

『逍遙書誌』　第二十四巻　昭和十二年四月号

演劇書のかずかず　廿四巻十月号
　青々園氏の『團菊以後』
　『續團菊以後』、小宮豊隆氏
　『演劇論叢』

随筆物三種　廿四巻十一月号
　岡本綺堂『思ひ出草』
　相馬御風『糸魚川より』

日本的なもの　廿四巻十二月号
　久松潜一氏の『西欧における日本文學』
　中河與一氏の『万葉集の精神』
　酔茗氏の『酔茗詩話』

なほ、この頃の「東京堂月報」を一覧するとき、余の『唯美主義の研究』につきての平田禿木氏、戸川秋骨氏の批評(一)を始め、『明治文学史』に対する諸家の批評(二)の抜粋等多く載せあり、余として当時を偲ぶの情に堪へざるもの多し。折を得て再読すべし。

(一)長谷川誠也「『英国近世唯美主義の研究』を読む」(『東京堂月報』昭和九年六月)八―九頁、西脇順三郎「『英国近世唯美主義の研究』」(『東京堂月報』昭和九年一〇月)五六―五七頁、矢野峰人「『唯美主義の研究』を読む」(『東京堂月報』昭和一一年七月)八―九頁。『東京堂月報』昭和九年七月号、五四―五五頁、同、九月号五六―五七頁、同、一一月号五九頁、同、一二月号五〇頁その他の本間久雄著『英国近世唯美主義の研究』の広告中、東京日日新聞、報知新聞よりの抜粋による、徳富蘇峰、平田禿木、戸川秋骨の評がある。

(二)『明治文学史 上巻』については、三品藺渓「明治文学余話―本間氏『明治文学史』上巻を読みて」(『東京堂月報』昭和一一年三月号)一〇―一一頁。広告「外国文学界の諸権威は推讃せらる!―その一」(『東京堂月報』昭和一〇年七月号)中、吉江喬松、平田禿木、茅野蕭々の評がある。『東京堂月報』昭和一一年四月号、同、八月号、昭和一二年五月号その他「広告」頁に塩田良平の評がある。

『明治文学史 下巻』については、『東京堂月報』昭和一二年一一月号広告頁に本多顕彰の評、同、一二月広告頁に徳富蘇峰、服部嘉香、正宗白鳥の評がある。

十月三日(土)

秋晴れ也。午前九時赤坂君来る。昨夜、纏め置きたる『明治文学史』批評抄を手渡す。雑談数刻、十一時かへる。午後、何となく疲労を覚え、床をとらせ休む。新樹社柚氏来る。『哀調』復刻の件につきてなり。電話にて小島かね氏に夕食後来て貰ふことにす。同氏七時に来る。例により同氏こゝを先途と話込む。『哀調』は予定通り進むことゝす。電話にて約束し置ける岡保生氏来る。即ち校訂薄謝として参万円を贈る。雑話数刻、九時半かへる。

十月四日（日）

珍しき秋晴れなり。一日書斎に引こもりて実践文学寄稿の原稿、獨歩全集月報(一)の原稿につきて考案す。たゞし纒らず、無為に過す。

(一) 本間久雄「『運命論者』と「やまびこ」」國木田獨歩全集第一巻月報、学習研究社、東京、昭和四〇年。

十月五日（月）

秋晴れなり。午前山下眼科、早大図書館にゆき松尾捨次郎氏(一)の著書、『国語学論攷』外一種、及び「趣味」獨歩号(二)を借出す。昼食後獨歩号などひろい読みせるも得るところなし。夕刻、久美子、高津の履歴書を携へ来る。河竹、久松、矢野、島田、服部、福原諸氏へ電話す。東京堂出版の明治文学史内容見本につきての件なり。

(一) 松尾捨次郎（一八七五―一九四八）国語学者、本間久雄の米沢興譲館中学時代の恩師。
(二)『趣味』第三巻第八号、明治四一年八月号。

十月六日（火）

曇り、気温高し。午前国際に出講、風邪気味にて気分あし。午後、獨歩全集より依頼されたる月報の原稿のことなど種々考案す。夕食後、月報の原稿書き出したれどとかく気分すぐれず、ソボリンなど服し、九時頃床に入る。

十月七日、（水）

朝より小雨、気分あしきこと昨日と異ならず。秋の風邪は容易になほらぬものと見ゆ。力めて机に向ひ、月報の原稿を書く。夕方までに七枚。脱稿す。たゞし草稿なり。推敲の必要あり。静かなる一日なり。されど又、わびしき一日なり。

眼疾のため細字を読む能はず。せめては木版本をと暫くぶりにて熊坂適山の『画譜』など取出して読む。たゞし漢文亦読むに容易ならざるあり。余にして尚且つ然り。次の時代の者、愈々漢文の書に遠ざかるに至らんか。歎くべしとなす。

十月八日（木）

朝より秋雨、夕に至りて止まず、わびしき一日なり。午前、成瀬氏より電話にて独歩『運命論者』初出掲載の「山比古」十号は明治三十六年三月五日の刊なるを知らせ来る。好意謝すべし。赤坂君木村嘉次氏(一)と連れ立ち来る。木村氏は『明治文学史』組見本の装幀図案をなせる人とのこと、余初対面なれど旧知の観あり。赤坂君と昼食を共にす。同氏かへれるのち、『独歩全集』月報の稿を書き改む。夕食後、更に推敲す。

（一）木村嘉次（一九〇〇年生）装画版下専門家。

十月九日（金）

雨もよひ、不快なる日也。立正に出講、粕屋氏に逢ひ、余、高津、尾島の履歴書を手渡す。風邪全癒に至らず。夕食後、テレビにて吾妻徳弥の新娘道成寺及び現在道成寺の舞踊(二)を見る。面白し。郡司正勝君の解説もよし。

（一）NHKテレビ一　午後一一時一〇分、日本の芸能「道成寺二題」。

十月十日（土）

秋晴れなり。午前十時妻と共に白木屋にゆく。浮世絵展を一見せんとてなり。大英博物館、ボストン、シカゴ各美術館などの出品ありて空前の豪華なる展覧会なり。更に一見の要あるべし。渋川暁氏（一）より近著『島崎藤村』を送り来る。同氏には先に『森鷗外』の著あり。矢継早に今この著あり。同氏の精進、驚嘉すべし。この日、オリンピック開会式とかにて天下騒ぐ。お祭騒ぎなり。但し、余には空々に看過すべき一些事のみ。

（一）渋川暁（一九〇五—一九九三）小説家、文芸評論家。

十月十一日（日曜）

珍らしき秋晴れなり。午前、松本理髪店にゆく。実践女子短大の試験答案を採点す。厄介なる仕事なり。午後峯田君来る。周旋せる職業につき〈て〉の報告のためなり。福島の平井氏より依頼し置ける福島民報所載熊坂適山につきてのもの、写真到着す。新聞は大正十三年のものとて紙面すでに汚損、写眞は従って不鮮明、読むに困難也。されど贅沢を云ふべきならず。たゞ平井君（一）の厚意を謝するのみ。

眼疾のため細字を読む能はず、座右の雑書中、活字の大なるものを選びて拾ひ読みす。勝海舟の『鶏肋』と題するものを一瞥す。収むるところ「外交余勢」「幕府始末」「断腸之記」の三也。明治三十年七月、春陽堂の刊なり、「外交余勢」は明治二十二年、「幕府始末」は同二十八年、「断腸之記」は明治十一年の稿也。

（一）平井博〔?〕、福島大学在職、『日記』三四年一一月一一日（二八五—二八六頁）他参照。

十月十二日（月）

秋晴れ也。午前午後実践出講。実践文学に約束し置ける「学恩記」の原稿〆切近きも、資料の関係にて間に合はず。小倉氏に相談せるに代るべき原稿なしとのことにて余大に狼狽す。夕食後、志賀謙君来る。同君の同窓の和角仁氏（一）（早稲田高校）より［託］せられたる同氏著『市川染五郎』を贈らる。雑話数刻、同氏かへれる後この著の巻頭の染五郎との対話を読む。染五郎は現今の歌舞〈伎〉俳優中珍らしき新人なり。恐らく次代を背負ふ優人たるべし。それにしても新を追ふ余りに伝統を忘れざらんことを望むの情に堪へず。

（一）和角仁（一九三二―　）、演劇評論家。

十月十三日（火）十四日（水）

共に云ふべきなし。たゞし「学恩記」に代ふるに「書斎閑語」を以てせざるべからざるに至り、構想に腐心す。十四日夜に至り漸くその筆をつく。十三日午前米沢の佐藤繁雄父子来る。同日午前東大病院に長谷川医師を訪ひ、診察を乞ふ。別状なきが如し。

十月十五日（木）

秋晴れなり。オリンピックのためテレビその他騒がしきことおびたゞし。実践出講の日なれど休講とし、書斎にこもり、「書斎閑語」の稿をつゞく。遅々として進まざること例の如し。夕食後、内田素彦氏来る。北原白秋　伊良子清白（二）の和歌短冊各一葉を贈らる。珍蔵に堪へたり。厚意謝すべし。堂本印象氏より松茸一籠贈らる。

（一）伊良子清白（一八七七—一九四六）詩人。

十月二十日（火）

小雨寒し。午前国際出講。昨十九日（月）実践出講。たゞし午後のみ、午前は休講す。数日を費やせる『明治文学史』後記（一）昨夕（十八日）にて漸く脱稿、昨日「実践文学」編輯部に手渡す。原稿二十五枚也。苦心の稿なり。ペイタアの影響を遺憾なく述べ得たると信ず。肩の荷を下せる心地す。午後四時帰宅、電話にて約束し置ける木村嘉次氏来る。高橋五郎（二）研究資料をあづかる。其内読む機会あるべし。今、火曜は別に記するに足ることなし。たゞ福島の平井氏へ適山稿うつしについての礼状、近代文学会の開館式、文京女子学園四十年祝賀会招待への欠席状を出せるのみ。

（一）本間久雄「『明治文学史』後記、（副題ペイタアと私）」（『実践文学』第二三号、昭和三九年一二月）一六—二三頁。
（二）高橋五郎（一八五六—一九三五）、『日記』三五年二月二五日（三三八—三三九頁）参照。

十月二十二日（木）

曇り後小雨、実践出講。夕食後小島女史来る。妻に委せて、余、二階に上り、雑書を漁る。Butcher's Harvard Lectures on the Originality of Greece（一）の中の The Greek Love of Knowledge を読む。興味津々たり。原著は、さすがに評判の名著なるを感ず。明晩亦つゞけて読むべし。

昨二十二日（水）書画商田島氏来る。鷗外書幅の鑑定を乞はる。疑はしき品也。ともかく森於菟氏に紹介す。

この日、杉山玉朗君（二）来る。外遊よりかへれるあいさつなり。余にイギリス製ネクタイ、妻にイギリス土産のハンケチなど贈らる。厚意謝すべし。

（一）Samuel Henry Butcher (1850-1910).『日記』三五年九月一〇日註（四一五頁）参照。

（二）杉山玉朗、『日記』三四年七月一日（一九二頁）他参照。

十月二十三日（金）

小雨、次第に陰鬱なる秋雨となる。立正出講。帰途京橋に桜井猶司氏（一）の野火会展を見るつもりなりしも雨のため中止。午後四時赤坂君来る。夕食後二階の書斎にて読みかけの Butcher's Harvard Lectures on the Originality of Greece 中の The Greek Love of Knowledge を読み終る。面白し。此程読める Mafahy（二）のものとは雲泥の相違なり。得るところ甚だ多し。再読の要あり。

（一）東京都中央区京橋第百ビル兼素洞代表者。

（二）Sir John Pentland Mahaffy (1839-1919) 古代史研究家〔?〕。

十月二十四日（土）

曇り、うすら寒き日也。一時半よりの立正教授会に出席。後、英文科研究室にて菅谷、佐瀬両氏に逢ひ、大学院設置の経過などにつき話し合ふところあり。四時帰宅。夕食後、再びブッチャーを読む。

十月二十五日（日）

寒さ急に加はる。一日二階書斎に閉ぢこもる。東武百貨店に「小公子展」あり。見にゆくつもりなりしも身をいとひてやむ。夕刻新井寛司君来る。『哀調』秩の件にてなり。夕食後、Magnus, English Literature in its Foreign Relations (1300–1800)（一）のチョーサアの一章を読む。実践にての講義の準備なり。得るところ多し。

（一）Magnus, L., *English Literature in its Foreign Relations, 1300 to 1800* (London: K. Paul, Trench, Trubner; New York: E. P. Duttonn, 1927). Laurie Magnus (1872-1933).

十月二十六日（月）

うすら寒き日なり。実践出講。午後四時帰宅。五時、赤坂君、『続明治文学史』下巻、愈々出来せしとて著者への贈与分七冊持参す。永年の労作とて、こを手にせるときは感無量なり。

十月二十七日（火）

うす寒きこと昨日に増さる。午前、国際出講。午後、二階の書斎にて白龍伝につき考案す。適山のことなど、福島民報所載蝶夢楼の記事並に白民の記事にて種々検攷す。

○ 適山の出京は天保十五年（弘化元年）、安政三年より離京、同六年迄梁川在官、万延元年再び江戸詰となりて、向島の松前屋敷にあり、文久三年松前福山城に行き（三度目）翌元治元年九月十二日同地にて没。

○ 天保十五年以前、江戸に在住せりしや否やは不明なり。尤も天保十五年と云へるも余の推測のみ。そはこの年適山は画道を以松前公の客分扱ひとなり食禄百五十石を食めりと云へばなり。適山四十九歳也。

○　天保十五年より仮りに安政二年迄江戸に在住せりとせば、その間十二年なり。白龍は白民の稿によれば嘉永二年十七歳にして無断家を出で江戸に上り、適山塾に投じたりといへば、適山出京後六年目、適山五十五歳の時にあたる。而して嘉永四年、（白龍十九歳）適山塾を辞して、関東、中国、西国等を歴遊、五年、安政二年（二十三歳）再び江戸にかへり、間もなく郷里時庭にかへれりとのことなれば、この際も適山塾に足を留めたることは想像し得れど、白龍の適山塾の塾生として正式に師礼を執りたるは僅々二三年に過ぎざるべきか。
たゞし余の蔵する白龍粉本の一巻に『嘉永七甲寅晩秋冩董星紀直蹟於江都香月樓上（羽州米沢泰嶽暁）とあるを見れば白龍の関西より江戸にかへれるは嘉永七甲寅（安政元年なることとしるけし。又、余の所蔵にかゝる他一巻の粉本（原作者の名はなきも金碧山水図）に「安政二乙卯於東都両國山静日長樓幕収』とあれば、少なくも白龍は関西より帰来、一年は江戸両国に在住せることは明らかなり。たゞし、香月楼、山静日長楼上の同一なるや否やは不明なり。又、この両国の楼上といへるもの或ひは適山の塾なるやも知れず。それらはすべて今のところ不明なり。

○　白龍は安政二年（月不明）郷里にかへれる翌三年には適山、梁川に下る。適山梁川在住六年間、白龍の適山訪問の形跡なし。其間、白龍は多く越後を中心に遍歴せるのみ。従って白龍は以後適山とは相逢ふ機なかりしものゝ如し。

十月二十八日（水）

珍らしき秋日和なり。その上暖かく心地よき日なり。植木屋四人、庭の手入れに来る。午後、志賀謙君来る。

立正短大の文化祭のために余の所蔵にかゝる沙翁関係の番附其他借用のためなり。夕刻山下眼科医にゆく。夕食後、明日の実践出講の準備。岡保生君より電話、明治文学史刊行祝賀会の件につきてなり。

十月二十九日（木）

秋日和、植木屋六人来る。昨日と併せて十人也。痛事なり。実践出講。夕刻、赤坂君来る。文学史の送り先其他相談のためなり。

十月三十日（金）

秋日和なり。午前より立正出講、午後二時帰宅、二時半、電話にて打合せ置ける増山君来る。東京堂組織の変れることの報告と共に余の明治文学史完成に祝意を表せんとてなり。閑談数刻。夕食後、「美しき言葉」と題せる随筆的論文（五枚）（一）を脱稿。

（一）本間久雄「美しき言葉」（『文芸広場』第一二巻第一二号、昭和三九年一月）四―五頁。

十月三十一日（土）

秋日和なり。昼食後、資生堂画廊に三上正寿君等の展覧会を見る。高島屋に東洋古美術展を見んとて出かけたれど延々長蛇の行列にて会場に入ることすでに困難なれば引きかへす。午後四時半日経新聞新社楼上にて開催されたる国語協議会の講演会にゆく。暫くぶりにて小汀利得氏にも逢ひたく且つ余の新著を呈せんとて持参せりしを円タクに置き忘れ、ハタと当惑す。扉に余の署名、並びに小汀利得様の文字あり。

十一月四日（水）

曇り空なれどわりにあたゝかし。正午少し前車にて妻ともども神田如水会館にゆく。増山、石井、赤坂三君の労をねぎらはむとてなり。愉快なる会食なり。帰途、三越にゆき、店内を一巡、菓子など求め車にてかへる。夕食後二階に上り、明日の実践出講の準備に費す。村松、岡二君に、出版記念会のことにて電話す。

十一月五日（木）

寒し。実践出講。夕食後、村松、岡、新井三君に赤坂君を加へて、出版祝賀会のことにつき種々議するところあり。

十一月六日（金）

秋日和、風やゝ強し。立正出講の日なれど、大学祭のため休講。午前九時半、妻同伴上野博物館にゆく。日本古美術展見物のためなり。特にボストン美術館出品の吉備大臣絵巻を見んためなり。昭和八年の頃余、当時の国民新聞に海外に流出せる吉備大臣絵巻につきての一文を寄せたることあり。(『わが鑑賞の世界』所収)今回、幸ひに右絵巻の出陳あり。見ることを得たるは近頃の幸福なり。調書は兼好法師の筆になるといふ。巻末に左の文句あり。

右、吉備公行状之図画詞書者吉田兼好法師真跡奇観無双也惣此巻者絵之詞書　往々有之同如工之といふ

寛永十三年霜月九日上旬亜槻膀（花押）(一)

たゞし右は硝子越に書写せるもの、加之、眼疾にて定かに読む能はざれど太絵巻の奇観無双なることは確かなりといふべし。

なほ、右の展覧会場に、六、七世紀頃の出土品に青銅にて馬具と思はるゝもの多々あり。茨城、群馬地方のもの大部を占む。折柄、朝日新聞に『学問の動き』と題する項目あり。中に日本民族分布に関する一節あり。（十一月四日より）中に騎馬民族征服論と題する江上波夫（東大教授）(二)の一説の紹介を見る。右馬具類の出土品と照し合するとき興殊に深し。夕刻、米沢の伊藤正道君夫妻来る。正道君は　——欠——

明七日のペーター協会出席のためなり。

（一）右吉備公行状之　図画詞書者吉田　兼好法師真跡　奇観無双也惣　此筆者絵之詞書　往々有之心如画　工云々
若躭　這言者歟。
寛永十三年霜月九日上旬　　亜槐藤（花押）

（二）江上波夫（一九〇六—二〇〇二）考古学、古代オリエント博物館館長。

十一月七日（土）

寒さきびし。午前十時慶應義塾大学にゆく。ペーター協会出席のためなり。折柄早慶戦のことゝて聴講者少なく場内場外とも、寒ざむとして淋しさかぎりなし。午後の講演は余の司会にて西脇順三郎氏(一)の「ペーターと私」土居光知氏(二)の「ペーターの思ひ出」の二講演あり。前者の諧謔交りの中に該博の学識を発揮したる、後者の諄々として滋味ゆたかに説ける中に、おのづから、ペーターのエッセンスを伝へ得たる、共に近時における学問講演の珍と称すべし。閉会は午後六時、同会より晩餐の招待を受けたれど、寒さ堪へがたく断りて早々に退却す。

（一）西脇順三郎（一八九四―一九八二）詩人、英文学者、慶應義塾大学教授。
（二）土居光知（一八八六―一九七九）英文学者、古典学者、東北大学教授、のちに津田塾大学教授。

十一月八日（日）
秋晴れにて、昨日よりはやゝあたゝかし。午前松本理髪店行。午後、志賀槙太郎君来る。本間家々乗の文献書き直しを依頼す。

十一月九日（月）
寒き日也。実践出講、帰途、新宿画廊に立ちより三上正寿君の個展を見る。進歩の跡いちじるしきを知る。嘉すべし。夕食後は二階書斎にて明十日国際出講の準備に費す。

十一月十日（火）
寒き日也。午前九時半、赤坂君来る。出版祝賀会のことにつきてなり。十時半国際出講。午後二時、大村弘毅君来る。国劇向上会改名（逍遙協会）にす書類其他を文部省に提出するとのことにて余の押印を求めらる。夕食後何をするでもなく無為に費す。

十一月十二日（木）

朝くもり、寒き日なり。午後二時、立正にゆく。緊急教授会の召集による。午後四時帰宅。夕食後、村松、新井、石丸、岡諸君集る。余の出版祝賀会発起人詮考〔ママ〕のためなり。十一時頃皆々かへる。夕刻より雨強くふり、寒さ加はる。集まれる諸君には、気の毒のおもひ一しほ深し。

十一月十三日（金）

朝くもり、やゝ寒し。午［前］十時立正出講。正午頃より急にあたゝかくなり、洋服冬仕度のため少し汗ばむに至る。実践に立よるため渋谷にて下車せるも急におもひかへして帰宅す。夕刻、赤坂君来る。

十一月十五日（日）

晴天。高島屋に世界古陶器展を見る。豪華無比ともいふべきは、十七〈世〉紀の製作にかゝる高さ四尺に余る大壷なり。メディチ家の紋章の入れあるも面白し。其他、仏英其他の王室物眼を奪ふもの、多数陳列されあるに驚く。次に『紅楼夢』展を見る。一向つまらなし。羊頭狗肉なり。『紅楼夢』一巻を読めば沢山なり。これといふ珍らしき資料ならぬを強ひてかき集めたる観あり。これにて、入場料百五十円を取れるは浅まし。

十一月十六日（月）

銀座松屋に宮島大八(一)の遺墨展を見る。山形市大久保伝蔵氏(二)等の肝入にて、この展覧会開催されしと聞く。嘗つて大八氏のもの大久保氏宅にて一見せることあれど、かく一堂に集めたるを見るは余に取り始めてのことなり。大八氏の書はすべて高士の風趣に充つ。真に敬すべき書なり。宮島氏は郷里米沢の人、余等以て誇りとすべし。この日、午前十二時、日経新聞社に小汀氏を訪ね、新書を呈し雑話、次いで同社文化部主任深谷憲一氏及び吉田晴夫君を訪ね、雑話。午後一時半妻及び久美子と須田町万惣に落合ひ、久美子の案内にて洋服裂地屋に立寄り、妻、余のために裂地を買ふ。次いで車にて、三人銀座松屋にゆき、上記宮島詠士遺墨展を一見せるなり。帰宅六時、疲れたる一日なり。夕食後は無為に過す。

（一）宮島大八（一八六七―一九四三）号、詠士、教育家、書家。

（二）大久保伝蔵（一九〇一―一九八六）政治家、衆議院議員、山形市長。

十一月十七日（火）

晴天、午前国際出講。午後井岡洋服店主来る。余の洋服新調のためなり。夕食後、山形市　長岡弥一郎氏（一）への手紙を書く。伊藤正道君より依頼の件なり。

（一）長岡弥一郎（一八九二―一九八一）国文学者、教育者、昭和三四―四三年まで山形県立米沢女子短期大学学長。

十一月十八日（水）

晴、午前妻同伴都美術館の日展を見る。日本画にては第二室の『潮騒』（麻田辨自）、『馬』（加藤栄三）、『回想』（橋本明治）、第三室の『輪廻の記念碑』（堂本印象）、『浜風』（川本末雄）、第五室『猛』（山口華楊）、第七室の『穹』（杉山寧）、『冬華』（東山魁夷）、『穹』（高山辰男）（一）など印象に残る。特に最後の三者の印象最も深し。堂本印象氏のものは例の抽象画にて一見せるだけにては理解しがたきもの。

西洋画にては第三室の『新秋』（小絲源太郎）、第四室の『室内裸婦』（伊原宇三郎）、第五室の『阿蘇山の早春』（田崎廣助）、『浮世絵の誘惑』（川島理一郎）（二）など印象に残る。

日本画の室より洋画の室に移り、一瞥の印象として日本画と西洋画とにおいて、その題材の捉へ方、自然の観方等に殆んど区別なきの観をおぼえたり。両者の相違はたゞ絵具の違ひのみなるが如し。見様によりては、日本画が西洋画の影響を受くる多きによりて、西洋画化せる現象なりとも見るべし。この現象を又別言すれば、日本画は、線描、賦彩、構図など、従来、その特色とせるものを［廃］棄し去りて、西洋画の軍門に降れるものとも見るべし。或人曰く、こは日本画の国際化せる証左なりと。言やまさに一笑にも値せざるなり。芸術における国際的とは、各自の特色を［廃］棄することによりて、すべてを一色化することにあらず。各自の特色を各自発揮し、而し各自それを認知するところにこそ、「国際的」の真の意味存するなり。

（一）麻田辨自（一八九九―一九八四）、加藤栄三（一九〇六―一九七二）、橋本明治（一九〇四―一九九一）、川本末雄（一九〇七―一九八二）、高山辰男（一九一二―）以上日本画家。

（二）小絲源太郎（一八八七―一九七八）、伊原宇三郎（一八九四―一九七六）、川島理一郎（一八八六―一九七一）、以上洋画家。

十一月十九日（木）

晴、午前午後実践出講。午後七時、大久保典夫、村松剛（一）、佐伯彰一（二）三氏連れ立ち来る。彼等同志の間に設立せる芸術思想研究会（仮称）の会長たることを余に求めてなり。即ち諾す。芸術問題につき種々懇談す。

（一）村松剛（一九二九―一九九四）評論家。

（二）佐伯彰一（一九二二―　）文芸評論家、英文学者。

十一月二十日（金）

晴、午前、立正に出講。梅山理事に逢ひ、新著『続明治文学史』下巻を手渡す。佐瀬君に逢ひ、例の大学院設置につきて相談するところあり。同君の労苦、察するに余りあり。

十一月二十一日（土）

晴、午前十一時鷗外記念展にゆく。森於菟氏夫妻岡野他家夫氏（一）等に逢ふ。鷗外に与へたる文壇諸家、逍遙、美妙、露伴其他に参考となるもの極めて多し。午後四時半、村松、岡、新井、石丸、赤坂諸君来る。祝賀会招待状草稿につきてなり。夕食を共にし、九時頃散会、（赤坂君のみ六時退去）何となく疲れたる一日也。岐阜の岩井廣光君より新著完成の祝賀として名古屋文明堂よりカステラの大箱を送り来る。好意謝すべし。

（一）岡野他家夫（一九〇一―一九八九）近代文学研究者。

十一月二十四日（火）

寒き日也。午前国際出講。妻同伴午後五時朝日新聞社講堂にゆく。日本演劇協会主催、「劇壇人としての坪内逍遙」につきてのシンポジューム出席のためなり。司会者は尾崎宏次君（一）、余と坪内士行君との談話なり。尾崎君の司会ぶり巧妙。余の話しは聴衆にいかにひびきたるにや。或る程度成功なりしものゝ如し。右シンポジュームの外に坪内君と夏川静江氏（二）の『ヴェニスの商人』法廷の場の朗読（逍遙訳にて）並びに芥川比呂志氏(三)の福田恒存氏(四)訳のハムレット一節の朗読あり。次にアメリカ、なにがし大学の学生により演ぜられたるハムレットの映画あり。こは、表現派風の演出にて面白きふしもあれど、散漫にて印象稀薄なり。未だ試みの域を脱せず。外は中野好夫氏(五)の「日本におけるシェークスピヤ」の講演ありたれどきゝ漏らせり。

(一) 尾崎宏次（一九一四—一九九九）演劇評論家、『日記』三八年八月二六日（五七七—五七八頁）参照。
(二) 夏川静江（一九〇九—一九九九）女優。
(三) 芥川比呂志（一九二〇—一九八一）俳優、演出家。
(四) 福田恒存（一九一二—一九九四）評論家、劇作家。
(五) 中野好夫（一九〇三—一九八五）評論家、英文学者。

十一月二十五日（水）

晴、一日二階の書斎にこもり、来月三日の逍遙講演につき案を練りたれど纏らず。夕刻赤坂君、続明治文学史下巻印税の内として十万円（切手）持参す。夕食後は明二十六日の実践出講の準備に費す。

十一月二十六日（木）

晴、寒し。午前午後実践出講。午後四時、赤坂君来る。祝賀会のことにつきてなり。

十二月二日（水）

晴、午前、日刊工業新聞の酒井昭君来る。筋子贈らる。眼福の後、舌福。午後一時、中河與一氏(一)来る。久方ぶりのことなり。文学のはなし、芸術の話などに時を費す。用件は同氏の全集を東京堂より出刊したく、その橋渡しを余に依頼のためなり。余快諾。たゞし東京堂内の種々の事情を語り成否の別ものなることを同氏に告ぐ。明三日、日本女子大における講演、『坪内逍遙』につきの考案、漸く纏る。

（一）中河與一（一八九七―一九九四）小説家。中河與一全集は昭和四二年より角川書店にて刊行。

十二月三日（木）

晴、午後二時半日本女子大にゆく。大学ゼミナーハウス主催の講演会『先人に学ぶ』における「坪内逍遙先生につきて」の講演のためなり。約一時間にわたり、逍遙先生の業績につきて語るところあり。時間の不足のため思ふにまかせず、失敗の講演なりし如く覚ゆ。上代たの子氏（一）は力のこもれる講演として余を讃賞せりしが、果して如何なりしにや。次の茅誠司氏（二）の「本多光太郎についての話」は諧謔交りにて聴衆には極めてウケたるものゝ如し。講演後、上代学長の室にて茶菓のもてなしを受け、七時、車に送られてかへる。疲れたる一日也。

夜、岡一男氏新刊の『源氏物語事典』持参、九時過ぎまで雑話。贈られたる右の書を所々拾ひよみす。骨の折れたる仕事なり。五十嵐力先生を引合ひに出せる件多し。先生在世ならばなど、先生を思ふの情しきりなり。

（一）上代たの子（一八八六―一九八二）日本女子大学学長。
（二）茅誠司（一八九八―一九八八）東京大学総長。

十二月四日（金）

晴、例により立正出講。三時かへる。留守中小宮山書店主赤飯を持参。余の新刊に祝意を表せるなり。厚意謝すべし。東京堂より金子千尋氏買約の「明治文学史」全五巻を届け来る。

十二月五日（土）

曇り、うすら寒し。午前十時、東大新聞文庫に西田氏を訪ね、『続明治文学史』下巻を贈り、年来の氏の協力につき謝するところあり。帰途赤門前より農大前まで古書店を漁る。大山堂にて Browning Encyclopedia（一九〇六年刊）〔一〕を求む。定価千八百円なり。柏林社にて霊華小品などを見る。維魔を描けるもの、見事なる出来也。価八千円也といふ。割愛す。

（一）Berdoe, E., *The Browning Cyclopaedia: a Guide to the Study of the Works of Robert Browning* [5th ed.] (London: Swan Sonnenschein, 1906). Edward Berdoe (1836-1916).

十二月六日（日）

晴、寒し。米沢尾崎周道氏〔一〕より「米沢の散歩」と題して大熊信行氏〔二〕とＮＨＫテレビにて対談ある由の通知あり。午前八時半なり。寝過してきくを得ざりしを遺憾とす。金子千尋氏宅にゆく。拙著届けかたがた同氏の蔵幅を一見せんとてなり。呉春〔三〕の『男舞』蕪村の『風竹』服部南郭〔四〕の七絶、基角の句入れ手柬、象山の大幅などあり。すべて本間祐介氏の世話にて入手せるものなりといふ。午後は朝日新聞（五日夕刊）の宇野義方氏〔五〕の「日本語は乱れていないか」と題する一文、毎日新聞の（四日夕刊）時枝誠記氏〔六〕の「近代科学としての国語学」の一文を読む。前者は「文藝春秋」十二月所載の金田一春彦氏の「日本語は乱れていない」に対する反駁なり。余は金田一氏の文は見ざれど宇野氏の指摘せるものゝ如しとせば、そは言語同断の愚論なり。妻曰く、「文藝春秋」を買ひ求めて読むべしと。余答へて曰く、「雑誌のために金を投ずることの惜しきにあらず。かゝる愚論を読むために投ずることの惜しきなり」と。

さるにても宇野氏の反論、余りに控へ目にて、歯がゆきこと、おびたゞし。時枝氏の文は一読大に得るところあり。再読すべし。

午後五時、本郷の一勝にゆく。立正英文科の忘年会のためなり。余、匆々に切上げて、車にてかへる。七時半なり。

（一）尾崎周道（一九二三―一九七八）米沢市出身、詩人、書家、北斎研究家。
（二）大熊信行（一八三九―一九七七）山形県出身、経済学者、評論家、歌人。
（三）呉春（一七五二―一八一一）松村月渓の別称。江戸中期の俳人、画家。
（四）服部南郭（一六八三―一七五九）江戸時代の漢詩人。
（五）宇野義方（一九一九―　）国語学者。立教大学教授。
（六）時枝誠記（一九〇〇―一九六七）国語学者、東京大学教授。

十二月七日（月）

晴、実践出講。帰途、フジキ画廊にゆく。節其他アラヽギ派の展覧会を見んとてなり。大部分は節の家より出でたるものなりといふ。左千夫の節に与へたる書簡、節の父に与へたる書簡などかずかずあり。プライバシーに関するもの多し。節の伝記家、左千夫の伝記家などに取り、なくてかなはぬもの多し。而も手束一通につきいづれも価三万円を越ゆ。研究家たる亦難いかな。午後六時帰宅、七時半、池上氏来る。依頼し置ける巻物、浪六（一）、未醒、眉山（二）三通持参。価二千五百円を支払ふ。池上氏又アラヽギ派の愛好者なり。フジキ画廊より三度にわたり求めたるもの、すでに七十万円を越ゆといふ。驚歎に価す。今夕、その一部の手束を持参、余に閲読をゆるす。余熱心に読み入ること二時間、心中甚だしく池上氏に謝するところあり。更に節、左千夫各一通の横装を依頼す。十時、同氏帰る。余、しばし茫然。氏の蒐集に、羨望堪えざるものあればなり。この日村松氏の『明治文学史』評、週刊「読書人」(三)に出づ。

(一) 村上浪六(一八六五―一九四四)小説家。『日記』三八年一月五日(五四九頁)参照。
(二) 川上眉山(一八六九―一九〇八)小説家。『日記』三九年六月六日(六〇九頁)参照。
(三) 村松定孝「本間久雄「明治文学史」全五巻―三〇年の労作が完結」『週刊読書人』昭和三九年一二月七日号。

十二月八日(火)

晴、午前、二階の書斎に入れど無為に過す。午後二時新樹社柚氏来る。小島文八氏『哀調』複製の件につきてなり。高橋雄四郎君夫妻来る。閑談数刻。夕刻、車にて東京堂出版部にゆき、増山、石井、赤坂三君に会ひ、中河與一氏より依頼を受けたる同氏全集の件につき談合するところあり、帰途悠久堂に立寄り、同氏所蔵にかゝる節手束(父宛)を一覧す。節の結婚問題につきての重要資料たり。余の所蔵にかゝる節手束(父宛のもの)と併せ見るとき、愈々その重要さを現じ来る。悠久堂のは、昨日のフジキ画廊にてこを求めたるなり。憾むらくは余一歩を遅れて、つひにそを得るに至らざりしを。

十二月九日(水)

晴、午後二時練馬区向山町城南住宅の高橋岩太郎氏(一)を訪ふ。庭の眺め、住居のおもむき風雅を極む。白龍研究資料につき質すところあり。閑談数刻。六時かへる。午後七時、田崎暘之助君来る。小説に筆を染めしといふ。「写楽の大首」と題する作品所載雑誌『るなぱあく』と題する同人誌を贈らる。所々拾ひ読みす。面白さうなり。同君、小説に筆を採ること年来の希望なり。漸くその希望実現の端緒を得たるを喜ぶ。

（一）高橋岩太郎、米沢有為会会員、大浜炭鉱株式会社取締役会長。

十二月十日（木）

晴、午前午後実践出講。坂崎氏と逢ひ相互に心境を語る。余、すでに実践辞任の意あり。たゞその時期を待つのみ。

今朝、本間祐介氏に手紙を書く。尾崎周道氏より白龍筆『近江八景』『金沢八景』の屏風に関する余の調査報告書（今春山形県文化保護委員会に提出せるもの）（一）を来春の米沢日報に載せたしとの書簡に接し、その可否につき本間氏に質せる書なり。夕刻、高橋岩太郎氏に手紙を書く。

（一）『日記』三九年一月二六日（六〇六頁）参照。

十二月十一日（金）

晴、立正出講の筈なれど休講とし、佐瀬氏と共に神田一円の古書店を探し歩く。崇文堂、大屋、〔・・〕等には約四十万の英書を求む。立正英文科大学院充実のためなり。

十二月十二日（土）

このところ晴天つゞきなり。午後四時、村松、石丸、新井及び赤坂の四君と余夫妻、大隈会館に会す。十七日余の祝賀会の打合せのためなり。夕食を共にす。

十二月十三日（日）
午前、大沢実君来る。暫くぶりにて閑談、正午、同君上野西洋美術館にモロオ展を見るとて余の家を辞す。漸く抱月の『夢の世の中』の稿をおこす。日経に寄稿の約束あればなり。(一) 例により筆すゝまず、難渋す。夕食後は明日実践の出講の準備に費す。

（一）本間久雄「島村抱月の『ゆめの世の中』」『日本経済新聞』昭和四〇年一月二一日。

十二月十四日（月）
実践出講、東山氏に逢ひ実践の辞意を語る。金田、高橋両君に逢ひ、おなじく辞意を語る。帰宅後夜にかけ、漸く抱月『夢の世の中』の草稿成る。この日、夕刻、東京堂の増山君歳暮に来る。

十二月十五日（火）
午前、国際に一寸顔を出す。午後、赤坂君来る。二時間雑談。昨夜の草稿を訂正清書す。清書を更に訂正、判読しがたきに至る。余再び浄書せんとす。たゞし、妻の好意に甘んじて、浄書を妻に委嘱す。眼疾いよいよ重きを加ふ。やがて失明に至るやも知れず、即ち憮然として天を仰ぐ。「文芸広場」十二月号を送り来る。紙上余の文章「美しき言葉」あり。編輯者、文章の終りに余を「国文学者」と註す。いさゝかの不快を覚ゆ。余は自ら「英文学者」を以て任ずればなり。

十二月十七日（木）

朝より雨、而も余の出版記念会の日なり。昨日まで三十日好天つゞき、今日に至り雨天。来会諸氏のことを思ひ暗然たることしばし。三時半車を駆りて、大隈会館にゆく。会場花に埋もれ、意外に心地よし。料理も思ひの外よし。来会者百五十余。早大、昭和、実践等にて余の講義に侍せるヤンガー・ゼネレーションの顔多き、余に取り殊に快事なり。村松定孝君の司会にて、矢野峰人、発起人を代表しての挨拶、次いで石橋湛山氏の乾盃にて、次々に土岐哀果、服部嘉香、谷崎精二、島田謹二、塩田良平、佐藤輝夫諸氏の祝辞あり、次いで余起ちて謝辞を述べ、次にパーテーに入り、更に次の諸氏の祝辞相次ぐ。すなはち小汀利得、久松潜一、本多顕彰、佐伯彰一氏等なり。最後に生方敏郎氏の愛嬌たっぷりの祝辞あり。石丸久氏の閉会の辞にて、式終る。余の謝辞の後、田崎廣助氏夫妻、余等夫妻の花束を贈る。其辞亦真情のこもるものあり。余心中深くその好意を謝す。諸家の祝辞中、塩田氏の真摯なる、久松氏が佐佐木信綱氏の余の著につきて氏に語れる挿話を披瀝せられたる、佐伯氏の余の対外国文学の態度につきての批評の余に取り知己の言なる、何れも余の銘記して措かざるところなり。八時、新井君の車に送られかへる。わびしき学究生活に甘んぜる余等夫妻に取り、近来最も輝かしき面晴れの日なり。

十二月十八日（金）

晴、昨日のわびしき降雨に比し、いぢわるき天候なり。立正出講の日なれど、流石に疲れたれば休講とす。

午後、久美子来る。四時、早大文学部、比較文学研究会にゆく。岡一男君の司会にて、鈴木幸夫君(一)の「影響の限度」、斎藤一寛君(二)の「坪内逍遙と比較文学」、黒田辰男君(三)の「ソ連文壇と日本文学」、佐藤輝夫氏(四)の『ロオランの唄』と『平家物語』の比較あり。佐藤氏のもの、最も聴き応へあり。流石に場を圧す。斎藤氏が逍遙のポスネットの紹介の講義『比較文学』と題せるもの(紀淑雄氏筆)を発見し、紹介せるは、わが国比較文学史上の珍として敬意を表するに足る。最後に、余、強ひられて壇に上り、一場の挨拶をなす。

(一) 鈴木幸夫(一九一二—一九八六) 英文学者、小説家。早稲田大学教授。
(二) 斉藤一寛(一九〇〇—一九七八) 仏文学者。早稲田大学教授。このテーマに関しては、斉藤一寛「坪内逍遙の講義「比照文学」一」『坪内逍遙研究資料 第二集』、新樹社、昭和四六年、一四—六四頁。および同、「坪内逍遙の講義「比照文学」二」『坪内逍遙研究資料 第三集』、新樹社、昭和四六年、一五—五八頁。Posnett, Hutcheson Macaulay, *Comparative Literature* (London, 1886) および、ハチエソン・マコーレー・ポスネット著、坪内雄蔵抄訳「比照文学」(長島生筆記)(『公友雑誌』第一・二号) 参照。
(三) 黒田辰男(一九〇二—一九九二) ロシア文学者。早稲田大学教授。
(四) 佐藤輝夫(一九〇〇—一九七八) 仏文学者、早稲田大学教授。

十二月十九日(土)

晴。午後一時三十分の立正教授会に出席す。後、京橋百二銀行における兼素洞展にゆく。堂本印象氏の『モツアルトの小さき像』は構図、賦彩共に面白く、中村岳陵氏の『虹』の詩情の横溢せる亦嘉すべし。

午後五時、渋谷道玄坂の南甫苑にゆく。支那料理也。実践英文科忘年会のためなり。会するもの、堀君、小倉君、両坪内君、其他余を合せて八名。余中座して八時かへる。かへり際に、余、小倉君に始めて辞意を告ぐ。

小倉君驚いてとゞむこと切りなり。

十二月二十日（日）

晴、午後一時、金子千尋氏来る。画談に時をうつす。三時、田村霊祥氏長男勇氏（一）の告別式にゆく。勇氏は早大哲学科の出。前途有望の身にて早世。哀悼に堪へず。国雄妻歳暮に来る。妻、招待にて歌舞伎座にゆく。この夜の招待券二葉、共に二階ほの何々号にて、眼疾の余にはやゝ遠きに過ぎて見る能はず、一葉を顕子にゆづる。余、又、この夜、早大学芸会の主催の前進座見連にゆく筈なりしも、いさゝか風邪気味なれば欠席す。せっかくの招待券宙に迷へるは気の毒なり。

（一）田村勇（一九六四年没）、昭和二五年早稲田大学文学部西洋哲学科卒業、昭和三六年当時、助手。

本間久雄関連系譜（□は『日記』登場人物）

■本間家

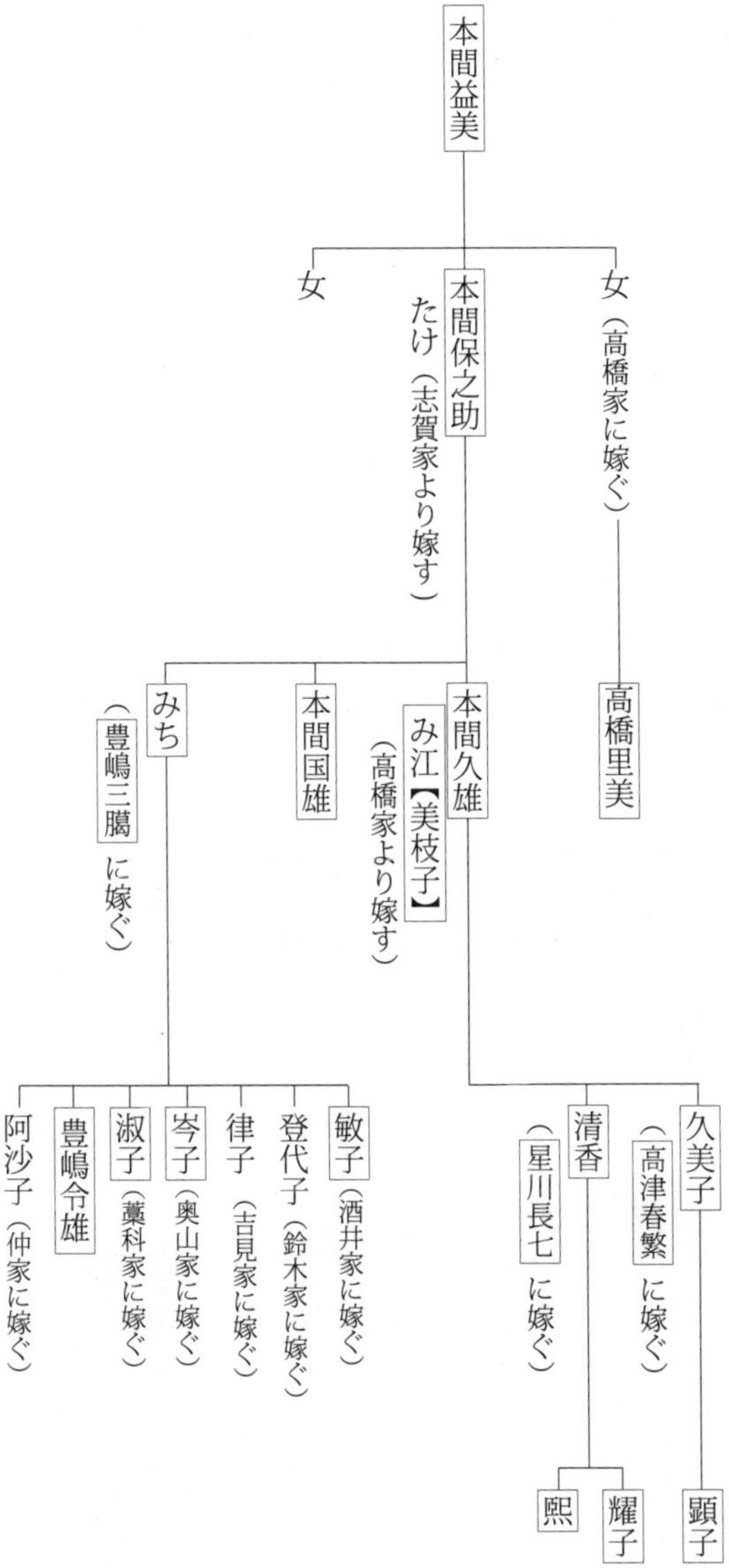

■高野家

- 高橋孝次
  - 高橋盛蔵
    - 一女（高野家より嫁す）
    - 孝一
      - 高橋英郎
    - 美雄（伊藤家に養子）
      - 伊藤正道
    - み江【美枝子】（本間久雄に嫁ぐ）
    - 幸吉
      - とく（片平家より嫁す）
    - 貞雄（山吉家に養子）
  - 高橋龍造
    - 二女（高野家より嫁す）
    - 高橋龍雄
      - 富美代（七海家より嫁す）

- 高野清一
  - 高野省三
  - 高野四郎
  - 一女（高橋盛蔵に嫁ぐ）
  - 二女（高橋龍造に嫁ぐ）
  - ウン（七海兵吉に嫁ぐ）
    - 吉郎
    - 菊代（渡辺鉄太郎に嫁ぐ）
    - 富美代（高橋龍雄に嫁ぐ）
    - 武代（鈴木九万に嫁ぐ）
    - 松代
    - 治郎（七海兵太郎の養子となる）
    - 千代（川村勝巳に嫁ぐ）
    - 光代（大川又三郎に嫁ぐ）

本間久雄母方志賀家系譜（＊龍助は志賀祐親の直系の曾孫にあたる）

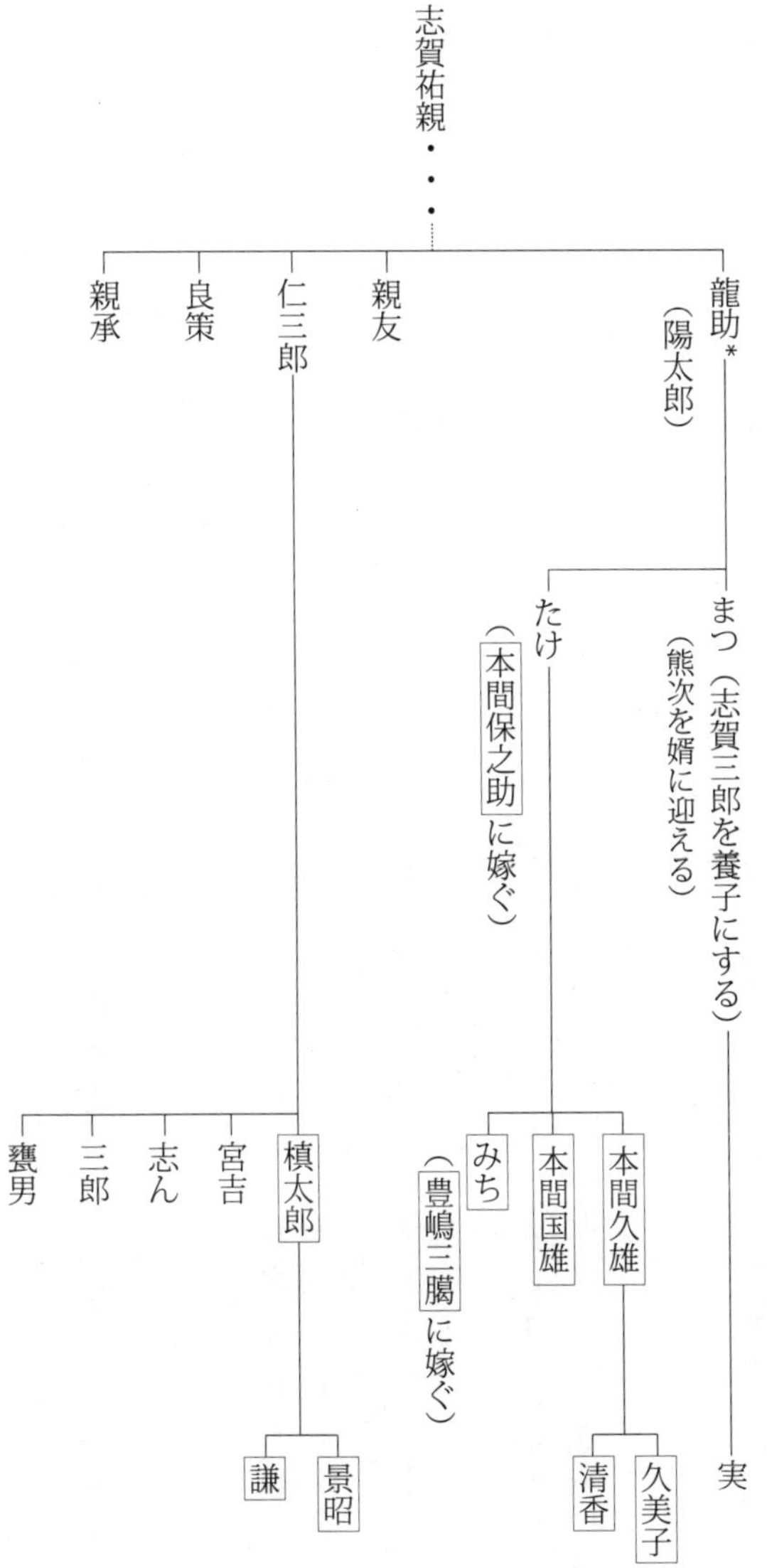

本間久雄略年譜

一八八六　明一九　一〇月一一日山形県米沢市越後番匠町に代々上杉家に仕えた能役者の裔として生まれる。画家本間国雄は実弟、哲学者の高橋里美は従弟。
一九〇四　明三七　山形県立米沢中学校（もと藩校興譲館）卒業。
一九〇五　明三八　上京して早稲田大学高等予科に入学。
一九〇六　明三九　予科を卒業し、英文学科に進学。坪内逍遙のシェイクスピア講義、島村抱月の唯美主義の講義を聴き、同郷の五十嵐力の感化を受ける。先輩の相馬御風、片上伸らと親交を結ぶ。
一九〇九　明四二　七月早稲田大学卒業。卒業論文「シェイクスピアとトルストイ―近代批評上の二問題」、指導、島村抱月。卒業後抱月主宰の『早稲田文学』に寄稿、自然主義系の新進評論家として活躍を始める。
一九一二　明四五　七月ワイルド『獄中記』（新潮社）を翻訳出版。
　　　　　大　一　高橋美枝子と結婚。
一九一三　大　二　評論集『高台より』（春陽堂）、ワイルドの『ドリアン・グレイの肖像』の翻訳『遊蕩児』（新潮社）出版。
一九一四　大　三　一月早稲田文学社に入社。文芸評論家として活躍しつつ、ワイルド、エレン・ケイ、ヒルン等の著書の翻訳・紹介につとめる。長女久美子誕生（後に高津春繁に嫁す）。
一九一五　大　四　『エレン・ケイ思想の真髄』（大同館）。
一九一六　大　五　ワイルド童話集『柘榴の家』（春陽堂）。
一九一七　大　六　『新文学概論』（新潮社）、評論集『近代文芸の研究』（北文館）を刊行。二女清香誕生（後に星川長七に嫁す）。
一九一八　大　七　島村抱月を受けついで第二次『早稲田文学』を主宰することとなる。早稲田大学講師に就任。高等

一九一九　大　八　予科等で文学概論、近代芸術研究担当。
一九二〇　大　九　評論集『現代の婦人問題』（天祐社）刊行。
一九二三　大一二　『生活の芸術化―ウィリアム・モリスの生涯』（三徳社）、『現代の思潮及文学』（大同館）刊行。
　　　　　　　　　『婦人問題十講』（東京堂）、『唯美主義者オスカア・ワイルド』（春秋社）刊行。八月、上海行。
　　　　　　　　　この頃までに、小石川区雑司ヶ谷一四四番地に住居を定める。
一九二五　大一四　モリスの訳書『吾等如何に生くべきか』（東京堂）、『近代芸術論序説』（文省堂）刊行。この年より
　　　　　　　　　昭和二年六月まで『早稲田文学』の企画として七冊に及ぶ明治文学特集号を編輯。この年から文学
　　　　　　　　　部英文学専攻で英文学批評史の講義を担当。
一九二六　大一五　『文学概論』（東京堂）刊行。
一九二七　昭　二　『欧州近代文芸思潮概論』（早稲田大学出版部）刊行。一二月に『早稲田文学』休刊。
一九二八　昭　三　三月、早稲田大学海外研究生として英文学研究のため渡英。ワイルド関係資料蒐集。プラハにて日
　　　　　　　　　本民俗芸能につき講演。
一九二九　昭　四　帰国後『滞欧印象記』（東京堂）刊行。
一九三一　昭　六　『文学論攷』（東京堂）刊行。文学部教授となり、英文学評論、世紀末文学研究、明治文学史等担当。
一九三四　昭　九　『英国近世唯美主義の研究』（東京堂）刊行。この研究で昭和一一年文学博士の学位を受ける。
一九三五　昭一〇　『明治文学史　上巻』（東京堂「日本文学全史」巻一〇）刊行。『明治文学史』全五巻（一九六四完成）
　　　　　　　　　のうちの第一巻。
一九三七　昭一二　『明治文学史　下巻』（東京堂「日本文学全史」巻一一）、『わが鑑賞の世界』（東苑書房）刊行。
一九四一　昭一六　『冬扇夏炉』（青悟堂）刊行。
一九四二　昭一七　『文学と美術』（東京堂）刊行。
一九四三　昭一八　『続明治文学史　上巻』（東京堂）刊行。

一九四五　昭二〇　五月空襲のため自宅焼失。文京区高田老松町に転居。
一九四六　昭二一　『生活の芸術化』（銀書院）刊行。日本女子専門学校講師。
一九四七　昭二二　『近代作家論』（白鳳出版社）、『婦人問題――その思想的根拠』（東京堂）、『歌舞伎（研究と鑑賞）』（天絃社）刊行。
一九四九　昭二四　昭和女子大学講師。旧居住地に新家屋竣工、転住。季刊『明治大正文学研究』（東京堂）創刊。
一九五一　昭二六　『明治文学作家論』（早稲田大学出版部）刊行。近代日本文学会（現、日本近代文学会）設立。初代会長。
一九五七　昭三二　三月早稲田大学教授を停年退職、名誉教授となる。五月、古稀記念として『自然主義及び其以後』（東京堂）刊行。九月、一旦退職していた昭和女子大学講師に復職、同大学の「近代文学研究叢書」監修者に加わる。
一九五八　昭三三　実践女子大学教授となる。『続明治文学史　中巻』（東京堂）、『歌舞伎』（松柏社）刊行。
一九五九　昭三四　『坪内逍遙（人とその芸術）』（松柏社）刊行。
一九六〇　昭三五　昭和女子大学を退職。
一九六二　昭三七　実践女子大学を退職、名誉教授となり、客員教授として教鞭をとる。
一九六三　昭三八　立正大学教授。
一九六四　昭三九　一〇月『続明治文学史　下巻』（東京堂）刊行。昭和一〇年以来の「明治文学史」全五巻を完成。
一九六五　昭四〇　『明治文学――考証・随想』（新樹社）刊行。
一九六七　昭四二　勲三等旭日章を受ける。
一九七四　昭四九　立正大学退職。
一九七七　昭五二　『明治大正文学資料・眞蹟図録』（講談社）刊行、真跡は早稲田大学図書館に本間文庫として収められた。
一九八一　昭五六　六月一一日死去。享年九四歳。

平田耀子
東京に生まれる。現・中央大学総合政策学部教授。早稲田大学文学部大学院博士課程修了。イギリス、シェフィールド大学 Ph.D. 西洋中世史専攻。著書に『ソールズベリのジョンとその周辺』（白桃書房、単著）、*Anselm: Aosta, Bec and Canterbury*（The University of Sheffield Press, 共著）、*Friendship in Medieval Europe* (Sutton Publishing Co. 共著)、『近代作家論』（中央大学出版部、共著）がある。本間久雄の孫にあたる。

本間久雄日記

二〇〇五年九月一五日　初版発行

編著者　平田耀子
発行者　森　信久
発行所　株式会社　松柏社
〒一〇二―〇〇七二　東京都千代田区飯田橋一―六―一
電話　〇三（三二三〇）四八一三（代表）
ファックス　〇三（三二三〇）四八五七
Eメール　shohaku@ss.iij4u.or.jp

装　幀　熊澤正人＋中村　聡（パワーハウス）
編集・ページメーク　櫻井事務所
校閲　高崎千鶴子
印刷・製本　モリモト印刷株式会社

ISBN 4-7754-0085-1 C1095

定価はカバーに表示してあります。